反贪一线

原创长篇法治小说

FANTAN YIXIAN

党柳灵 著

群众出版社
· 北京 ·

图书在版编目（CIP）数据

反贪一线／党柳灵著．—北京：群众出版社，2018．10 ISBN 978-7-5014-5881-3

Ⅰ．①反… Ⅱ．①党… Ⅲ．①长篇小说—中国—当代 Ⅳ．①I247.5

中国版本图书馆 CIP 数据核字（2018）第 235636 号

反贪一线（原创长篇法治小说） 党柳灵 著

出版发行：群众出版社
地　　址：北京市丰台区方庄芳星园三区 15 号楼
邮政编码：100078
经　　销：新华书店
印　　刷：北京市泰锐印刷有限责任公司

版　　次：2019 年 1 月第 1 版
印　　次：2019 年 11 月第 2 次
印　　张：21．25
开　　本：787 毫米×1092 毫米　1/16
字　　数：478 千字

书　　号：ISBN 978-7-5014-5881-3
定　　价：39．80 元

网　　址：www.qzcbs.com
电子邮箱：843195700@qq.com

营销中心电话：010-83903254
读者服务部电话（门市）：010-83903257
警官读者俱乐部电话（网购、邮购）：010-83903253
文艺分社电话：010-83901730

代序

反贪战线的一出大剧

肖建国*

我不是第一个阅读《反贪一线》的人。小党稿成，首先自然让她先生通读。小党的先生是检察院的侦查员，经历颇富传奇色彩。他经办过的一些案件曲折复杂，奇招频现，是一般人（比如我）想象不到的。《反贪一线》就是以他为原型创作而成，然后给一位电视剧名导看了；再然后好像又给一位创作电视连续剧的高手看了。几位专业人士都给了很高、很确定的评价。书稿到我手里时，耳朵里已经充盈了如潮的好评。我捧着沉甸甸的书稿，怀疑自己能否很快读完。其时，小外孙刚刚出世，我不知轻重，主动承担起了看护任务，完全不知道带嫩毛毛要如此精心细致，非常累人，我只能利用晚上的时间读稿。每天晚上，宝宝总要醒来两三次。啼声一起，就要赶紧给他换尿片，冲牛奶，喂奶水，哄他入睡。宝宝睡着了，大人却没了睡意，索性歪在床上看稿子。我一只手握着宝宝柔嫩的小手掌，一只手轻轻地翻动纸页（宝宝的小手好温润啊，贴在我的手板里寸寸入心），没有想到小党能把故事讲述得这么精彩，这么有味道，无法释手。我用几个晚上，把书稿看完了。

小说写了一个案件，又不只是一个案件。案件套案件，一个案件扯出另一个，故事就有了曲折，有了波澜，有了悬念，非常好看。我尚不清楚小党以前写过长篇没有，这部小说已经表现出了她讲述故事和把握节奏的能力，显得训练有素。反映公安题材的小说看过不少，检察院题材的却不多。两者都涉及破案，内容却不同。一个是刑事犯罪，一个是职务犯罪。近些年来，国家不断加大反贪力度，挖出不少蛀虫，拍死好多苍蝇，也不乏老虎。现实生活中人们都很

* 著名作家。湖南省作家协会原副主席。曾担任过花城出版社社长、花城杂志社主编。

关注这个领域，是个热门题材，但为什么这类文学作品却不多呢？我想，原因之一是很多作家对这块生活不熟悉；之二是创作这类作品有相当难度。与公安题材相比，这类作品很难写出曲折紧张的故事。但若故事性太强，又很难写出人物的性格和命运。两者不容易统一。小党是个敢于挑战的作家。她对这一领域自然是熟悉的。她的先生是反贪一线的斗士，日常耳濡目染，口传心授，让她对检察院系统的人和这块生活十分了解。她一直就想着迎难而上，要把一个枯燥的题材写成好看的小说，要把反贪战线同志们的风貌展现给读者。

小说中的案件起于两个保安的举报。举报材料说，公司经理贪污了二十几名保安六千多元加班费。事情很小，可经办人吴文杰科长经过分析判断，敏锐意识到公司经理的问题肯定不止这一桩。果然不出所料，他们很快就查实了他贪污二十万元的犯罪事实，还顺藤摸瓜，查出了其上级集团公司领导受贿、行贿、贪污的诸般劣迹——一个耸人听闻的窝案。破案过程当然不轻松，是非常艰难曲折而又漫长的。窝案中的领导有正厅级、副厅级、正处级、副处级，都是洞庭湖上的老麻雀，非等闲之辈。他们有势力，有关系，还有大把的钱，个别人甚至还有部队和政法系统工作的经历，可谓老奸巨猾，具有极强的反侦查能力，大难来时，绝不甘愿束手就擒，而是使尽花招负隅顽抗。一场侦查和反侦查的斗争就此展开。一开始铁幕只是捅开了一个小口子，越往里去，口子越阔大，越幽深。沿途波光潋滟，柳暗花明，精彩纷呈，直至猿声啼尽，大现光明。在一大堆铁证面前，腐败窝案的大小魔头终于流了泪、低了头，认罪服法，反贪利剑大获全胜。

读者大多喜欢故事性强的小说。故事性也即人们通常理解的人物冲突、情节起伏。《反贪一线》中的人物冲突很多时候是背靠背运作的，斗争双方是在不甚明了对方的情况下进行的，这就增强了故事的神秘性和紧张度。一般情形下，侦查员一方是主动的，犯罪嫌疑人则处处被动，但偶尔也有情势反转。《反贪一线》中犯罪嫌疑人通过上层关系向下施压，甚至一度面临撤案和吴文杰无故被指责、强行调离的局面，侦查员们的行动就显得被动了。这是现实生活在文学作品中的反映，也是小说情节要有曲折的必须。有时，敌对双方也有正面交锋。比如：一个犯罪事实费尽周折都无法坐实时，百般无奈，只好找到当事人面谈，展开攻心战，以求找到突破口。又比如：犯罪嫌疑人用尽心机都无法阻止案件侦破时，只好铤而走险，约见办案人员求情。这种面谈有时在办公室，有时在茶楼，有时在家中，有时在讯问室，有时在宾馆，地方都是经过精心策划的。那种交谈是智力与语言的交锋，既剑拔弩张，又内敛虚与，察言观色，出语谨慎，进进退退，左右闪烁，步步进逼，步步为营，明修栈道又暗藏机锋，有迂回，有强攻，紧张得“空气里都能抓出水来”，无异于一场战斗。这种交谈，往往是情节的一个转折（当然有时也是白费工夫）。作者对这种场面的描述，表现了很高的智慧和技巧，细致灵动。

小说中也有很多闲笔，反贪一线的侦查员们除了工作也有家庭生活，有社交活动，要买菜做饭，要接送孩子上学，要应酬，要打球，要生病，要为婚房发愁。小说写得最多的是喝酒。吴文杰和兄弟们似乎个个善饮，半斤八两白酒根本不在话下，兴头来了斤把也可以。他们在酒席中绝不谈工作，不谈案子，只一件事——喝酒。我参加过一次他们的聚会，开始时都还文质彬彬，小杯小杯地喝，转眼之间就上了高潮，小杯换了大杯，人也变得亢奋，平时严肃刻板的脸松弛下来，大呼小叫，神采飞扬，咕——一杯，咕——一杯，喝酒像喝水。他们实在是工作太紧张，压力太大，借喝酒减压。每次喝酒，他们都是自掏腰包，自带酒水，每次都要醉倒一个两个。小说也写到，有一次他们到一个经济发达地区调查取证，接受吴文杰战友的邀请去了一回夜总会。战友对调查帮了大忙，盛情安排之下，不去不恭。这里，作者以摄像似的手法细述了夜总会装饰、灯光、音响、地毯、酒水以及花枝招展的小姐，极尽奢华，让侦查员们大开眼界，也让读者开了眼界。然而，吴文杰们自有做人的底线，更有做警察的底线，绝不会越雷池半步。如此种种，看似闲笔，却是整部小说机体中不可或缺的部分。如果说一部小说即是一棵大树，情节是树干，闲笔就是树叶，一棵树光有树干不行，会很难看，只有覆上了层层叠叠的浓绿树叶才会生气勃勃、摇曳多姿，才会有无尽韵味。

我同小党的先生每年总有几次约在一起小范围喝酒聊天，约略知道一点他的工作性质和工作状况。读了《反贪一线》，我才知道检察院从立案到结案要走那么多程序，要做那么多艰苦而深入细致的工作；才知道破案过程也会遭遇诸般掣肘；才知道抓捕、审讯都是有方法和时机的；知道什么情况会要撤案，而什么人身上有什么病只好抓了又放；知道年度办案工作为什么从圣诞节开始；知道什么叫“击弱”；知道“开门红”“开门黑”对他们的工作意味……我想，读者对这些大概也会有兴趣。

如前所述，《反贪一线》主人公吴文杰的原型是作者的先生，而故事则是依据先生经办的几个案件综合提炼和创作而成。吴文杰的身世、身材、相貌、脾性都跟作者先生大致相同，就连说话慢条斯理的语气、接听电话时的神态、喝酒时仰头一倒的爽快，都活灵活现是我常见的那位朋友，像是一个模子里倒出来的。难怪我在翻看书稿时常会会心一笑，暗暗称绝。但我不知道朋友会打羽毛球，会做菜，会在床上说梦话，会因为妻子去约见大学男生而生闷气；还不知道他独爱口味极重的酱板鸭……如此种种，并不奇怪。作为朋友，了解的肯定不如朝夕相处、同床共枕的夫妻。何况文学作品需要虚构，也是允许虚构的。古今中外，妻子以丈夫或丈夫以妻子为原型进行创作的范例数不胜数。我国上世纪50年代的一部小说《野火春风斗古城》，即是作家李英儒以妻子为原型塑造出了金环、银环两个典型形象。在十分熟悉的原型基础上发挥想象，进行创作，作家的自由度无疑会更大，也更合理，更真实。

《反贪一线》还塑造了一组反贪战线群像，有吴文杰的同事、上级领导，同一条战壕的战友。作者因为熟悉自己的先生，也就熟络了他的战友们，写起来无不自然顺畅，惟妙惟肖。一部长篇，光是主人公性格鲜明不够，总得有一群性格各异的角色环绕周围，才能生动、饱满而丰富。

小党希望我给她的小说写个序，我很高兴，虽然我很少为人作序。大家都知道，这是件很冒险的事情，很难说到点子上，费力不讨好。但我很愿意向读者推荐这部小说，期愿每个读者都能从中获得不同感受。这，大概也是作者的期许。

一

吴文杰有点儿烦。不，应该说是很烦。这种烦并非来自家庭。都说“清官难断家务事”，但吴文杰似乎没有什么家务事要他去断的，都由妻子一人去断了。甚至连他转业进检察院，都是妻子的主意。

他后来才明白，妻子之所以让他放弃年薪几十万的国企优裕工作而到年薪不足十万的检察院，是为她今后的创作准备素材。她是一个作家，也是一位军人，说公安局的素材太多了，军队的素材也数不胜数，检察院的却寥寥无几。

让他敬佩妻子的，倒不是她作为一个作家的长远眼光。他向来对妻子的才华不屑一顾，总取笑她是“柴女”——柴米油盐的柴，“坐家”——坐在家里的家。他敬佩妻子的，是她让他在检察院里找到了自己的位置，那就是反贪污贿赂局的侦查处，让他在破案方面的专长发挥得淋漓尽致。

当然，一开始他进的并不是侦查处，而是反贪局的职务犯罪预防处。对此，向来温文尔雅的他也有了一丝愠怒。“院党组不是定了我去侦查处吗？”在检察院政治部干部处处长办公室，他质问处长邓亚辉，“为什么又通知我去职务犯罪预防处报到？”

“别急，听我解释。”邓亚辉处长赔着笑脸，“你是个人才啊，大家都抢。陈检想让你去侦查二处，杨检想让你去侦查一处，相持不下。最后，院党组才决定让你先去预防处体验一下，以后再调整。”陈检是检察院的陈南检察长，杨检则是杨明德副检察长兼反贪局局长，都是个性鲜明、说一不二的人。

“这完全不是一回事嘛。”吴文杰想不通。

“差不多，都是反贪局的处室。”邓处长是个老滑头。“工作的宗旨是一样的，都是为了制止犯罪。”

“好吧，我先去干干看。不合适的话，你给我调侦查处去。”

“行，先去吧。预防处申处长人不错的。”

不用想，吴文杰在职务犯罪预防处自然是“身在曹营心在汉”。他和侦查一处的冷宝军处长打得火热，经常在一起喝点小酒吃个宵夜饮个茶什么的。冷处长遇到难题，就借他去帮帮忙。吴文杰在部队情报侦察部门工作多年，积累了丰富的情报侦察经验和人脉关系，再难破的案件在他这里总能撕开个口子。

预防处的申云处长是一位名副其实的美女处长，有着江南女子精致秀美的五官以及白如凝脂的皮肤。军队高干的出身让她待人处世优雅而圆润，从容而良善，是难得的人美心更美的女强人，在检察院的口碑一向都很好。她对吴文杰的种种“不安心工作”看在眼里明在心里，但没有埋怨责难。相反地，还很喜欢这位忠厚实在的转业干部，觉得他不装，甚至还冒着一丝傻气，却又挺有才华和能力的。他主张并建立的“行贿人数据库”，对贪污腐败分子起到了极大的震慑作用——凡是上了“黑名单”的人，两三年内不能在该行业参与招投标。这让预防处的工作，迈上了一个新台阶。

冷宝军处长三番五次借吴文杰，她次次“开绿灯”。但借得多了，再通情达理的人心里也是有些不痛快的。冷处长看情况不妙，只好搬来了杨检。他们上下级关系多年，已经形成了一种工作上的信任和默契。

“侦查一处负责的专案遇到了棘手的问题，想借吴文杰去帮帮忙。”杨检屈尊来到申处长的办公室，跟她商量道。

“又借？”申云处长真的很生气了，“吴文杰到我们处工作才几个月，他冷处长就借了好几次。他们侦查处没人了？”不久前，吴文杰刚协助侦查一处去南西省执行过追逃任务。

“这次的事还非吴文杰不可。”杨检解释道，“市国投案的一个关键证人是香港人，有军方背景，只有靠吴文杰协调做工作。”

“好吧，下不为例。”申处长沉吟了一下，勉强同意了。杨检是空军转业干部，跟申云处长同住空军大院，抬头不见低头见，况且又是她的顶头上司，这个面子总要给的。

三天后，吴文杰与专案组成员赴香港面见港商阎小刚。一周后，阎小刚来检察院作证，提供了市国投董事长钟玉强涉嫌贪污公款三千多万元的证据。这个任务的成功完成，让冷宝军处长下决心要把吴文杰调到侦查一处来了，不想老去求申云处长。再怎么说，他也是南州市反贪战线一个响当当的“铁腕人物”，被他惩治的贪污腐败分子对他既恨又怕，送他个外号叫“冷气杀人”。他把吴文杰叫到办公室，试探道：“院里准备搞一次双向选择、竞争上岗，你有什么想法？”

“我坐不住，还是适合搞侦查。”吴文杰直言不讳道，“但申处长那边怎么办？她会不会放我走？”

“我做工作吧。”坐在冷处长办公室的杨检插话道，“手心手背都是肉。你转业时我就想让你来侦查一处，当时坚持一下就好了。”

双向选择后，吴文杰从反贪局的职务犯罪预防处调到侦查一处四科，协助科长工作，但冷处长觉得他的工作能力当个科长绰绰有余。转业时，吴文杰就是部队的正团职干部，到地方时降了一级，副处级。他要给吴文杰压压担子了。“我想让你当科长，但你没有业绩，我难以服众。”

“说吧，想让我做什么？”吴文杰对冷宝军处长已有一定了解，知道又有任务要交给他了。

“有个馅饼送给你。”冷处长停了一下。看吴文杰不吱声，继续往下说，“银河区检的张检打电话说，水利研究院有一笔十万元的现金不见了，嫌疑人只有两个——会计和出纳。研究院向派出所报案，派出所认为不归他们管辖，移交给了银河区检察院。张检说，今年他们的任务完成得差不多了，想让我们来做。”

“这哪是馅饼，绝对是个陷阱！”吴文杰大叫道，“好做谁还不做！”

“不管是馅饼还是陷阱，我都答应张检了。你费费心吧。”

吴文杰没有办法，处长交代的任务，他有条件要上，没有条件创造条件也要上。

三个月后，他带领四科干警成功侦破省水利系统系列案，立案四件四人。

不久，吴文杰被任命为侦查一处三科科长，成为2001年《检察官法》颁布以来南州市检察院唯一没有法律职称的反贪一线办案科长。当了科长后，他一路顺风顺水，屡破大案、要案、奇案，却未曾想2010年开春不顺。

二

南州市检察院反贪局侦查处每年工作是从圣诞节开始的，而不是元旦新年第一天。作为南方经济最发达的城市之一，南州市一直保持惩治腐败的高压态势，市检反贪局各办案科每年的办案数量均在十件以上。由于元旦之后就是春节，第一季度很快就过去了，而第四季度又基本不立案，吴文杰他们每年开工的时间就提前到了上一年的年底——圣诞节。当大街小巷张灯结彩、圣诞树披金挂银，人们沉浸在花白胡子的圣诞老人派发糖果的喜悦中时，吴文杰却和科里弟兄投入到新一年的辛苦忙碌之中。

他们拘留了南州市电视台一位涉嫌贪污、行贿的副处级干部，本以为挖出萝卜带出泥，一窝可立它六七个案子，但省委某常委以保障亚运大局为由，出面干预，强令检察院放人，吴文杰被迫中止了调查。尽管新来的副检察长兼反贪局局长范明亮安慰说："这件事不怪你，怪就怪我们官没有别人大。历史会证明一切。"果然，几个月后，该省委常委就因严重违纪被中纪委双规。吴文杰还是觉得憋屈，累死累活经营的一条线眼睁睁地就没了。休息几天后，他和科里弟兄又开了一条线，可费了很多工夫抓回来的行贿人居然有高血压，不敢审，怕出人命，只好又放了。还有一条是处长高得意给的线索。他是新来的，原来的冷宝军处长调到玉城市当检察长了，几乎和杨明德副检察长是前后脚走的。他看吴文杰他们开工后没立几个案子，想关照一下。查来查去，却无确凿证据，属于诬告一类，只好又撤案。连开三个案子，屡开屡败，如同中了魔咒一般，吴文杰心里能不烦吗？这是他当科长八年来的"滑铁卢"啊，别的科最多的已立了九个案子，少的也有七个，他们科总共才立了两个案子，属于侦查一处四个办案科中进展最慢的，而以往他们科每年的立案数均居全处前列。

真是"出师未捷身先死"啊。反贪系统有一个相当传统的习惯，讲究"开门红"，忌讳"开门黑"。"开门红"指的是新年大吉，第一宗案开案顺利，全年就会顺风顺水。"开门黑"则正好相反，指新年出师不利，全年就会辛辛苦苦，事倍功半。乌云压顶，眼看就要"开门黑"了。如果上半年不能立一批案子，下半年工作压力就会很大。通常情况下，当年的案子当年就要侦查终结；10月份以后还要开始准备第二年的线索。一年不好，第二年就会受影响，形成恶性循环。

这一道坎该如何迈过呢？吴文杰坐在办公室望着窗外阴雨绵绵、灰雾濛濛的天气，一支烟接着一支地抽着，桌上烟灰缸里的烟头已堆得小山般高了。此时正是南方的梅雨季节，淅淅沥沥的小雨似乎永远都没有消停的时候，细密的雨丝就像一张蜘蛛网，随时随地将行人粘在里面。吴文杰感觉自己就像一只鸟儿，给牢牢地困在这张网里动弹不得。猛吸了几口烟后，他觉得还是找科里弟兄来商讨对策。众人拾柴火焰高，也许可以将这该死的蜘蛛网烧穿一个洞。

虽然地处南方经济发达的大都市，南州市检察院的办公条件依然紧张，二十八层的办公楼里挤着二十六个处室的六百多名干警。侦查一处是反贪局第一大处，共有三十五名干警，然而只有十一间办公室和一间会议室。处长和两名副处长以及内勤就占了四间办公室，只剩下七间办公室给四个办案科。吴文杰的三科就有两人得与四科的三个人混合在一间大办公室里办公，另有两人只好坐到会议室去了，他的办公室连他在内也有四个人。他们科共有七名干警和一名文员，是侦查一处人数最多的一个科，平均年龄也是全处最大的，超过四十岁。

他让同一办公室的文员甄珠给其他几个办公室的人打电话，自己则在茶台上烧水、泡茶。早几年他对喝茶并不讲究，一把茶叶一杯水，可以喝半天。后来听朋友说，喝普洱茶能降血脂，就买了一套茶具。两三年后，血脂果真降了下来。水烧开时，科里的人陆续到齐了。最先到的是在处会议室办公的张伟强和刘敏锋。这两个人是吴文杰的得力助手，和副科长叶如青一起，号称他的“三驾马车”。由于他们三人的存在，吴文杰的三科成为侦查一处综合实力最强的一个科，破案率在处里数一数二，大案、要案、奇案的成功侦破也就不足为奇了。

当然，吴文杰刚调侦查一处时，冷宝军处长给他配的人手并不是这么兵强马壮的，老弱病残全放到他这个科了，还美其名曰“你人缘好，大家都想到你这个科来”。吴文杰哭笑不得，只好一步步去建立自己的“侦查王国”。

副科长叶如青和吴文杰一个办公室，就坐在他前面。三十八岁，湖南人，绰号“叶老总”，因经过商、善于精打细算而得名。他经历丰富，心思缜密，法理知识深厚，是侦查一处的“大法官”。1980 年代末，叶如青硕士毕业后留校当了英语老师；后来想改行就考取了法学硕士；之后辞职当了律师；不久又考取了注册会计师资格，再次辞职去了一家证券公司工作，并当上证券公司部门经理。2002 年证券行业进入低潮，他就去考国家公务员，从深圳来到南州市检察院。吴文杰 2004 年 5 月从反贪局预防处调到侦查一处四科协助科长工作时，叶如青已在四科。两个月后，他就帮助吴文杰侦破了省水利厅受贿窝案，也就是冷宝军处长送给吴文杰的那个“馅饼”。两人在工作中由相识、相知到惺惺相惜。年底，侦查一处人事大调整，吴文杰从四科提拔到三科当科长，叶如青仍在四科原地不动，未能接替吴文杰的职位，有些心灰意冷，萌生了去意。2005 年 10 月，副科长调走，吴文杰马上找到冷宝军处长，力荐叶如青调过来当他的副科长。吴文杰对他相当信任，只要叶如青坚持的他都力挺。叶如青体会到了工作的乐趣，下决心不再辞职漂泊，并将妻子从深圳调来南州市。从此，吴文杰和叶如青双剑合璧，一个擅长破案，一个擅长法理，缔造了一个又一个传奇。用副检察长兼反贪局长杨明德的话说，吴、叶二人是他“最信任的最佳搭档”。但叶如青很谦虚，常称“杰哥是我的一本教科书”。

张伟强是部队转业干部。四十五岁，浙江人。绰号“张一刀”，因审讯能力强而得名。对犯人，他基本上都能审得开，故谓“一刀”。张伟强的妻子是南州市人大代表，与市检的陈南检察长在同一人大小组，是她找陈检安排张伟强进检察院的。张伟强转业前与吴文杰妻子的同学搭档在部队某处当正副处长，听他说起过吴文杰。说吴文杰在市检干得不错，如果能到吴文杰的手下工作，会有个照应。当陈检征求张伟强意见，问他想到哪个部门时，他就指名道姓要到吴文杰的科。吴文杰不知道这件事，听说要给他分来一名军转干部，还是正团职，立刻摇头：“太老了。能不能换一个？”高处长斩钉截铁地说不行，是陈检的意思。谁知张伟强来后，参与的第一个案件——跟车秘捕一个犯罪嫌疑人，就让吴文杰非常感动。嫌疑人的车刚停下，张伟强奋不顾身地扑过去将其控制。不久，吴文杰和张伟强有了一次深谈。张伟强坦言，自己没有法律职称，干不了什么事，拿个正处级工资得过且过算了。吴文杰说：“老张啊，干了侦查这一行你要混日子会很难受的。在这个地方没有一技之长、帮别人打下手会很没面子，给别人呼来唤去的那种滋味不好受。毕竟你是团职干部，在部队也当过领导，在反贪局这边干活是要凭真本事的。”

张伟强本就要强，也好胜，就问吴文杰：“怎样才能干得好呢？我可不敢指望像你这样当科长。你当科长已是前无古人后无来者，我们院一百多名转业干部能在业务部门当上科长的你是唯一，我跟你没法比。况且你又是侦察专家，能力强，在部队先是技术侦察后是谍报侦察。”

吴文杰说：“我也是干出来的。跟你一样，一个团职干部转业到地方，什么都不懂。但我想原来搞侦查找人还可以吧，一开始就帮他们去找人。后来看看材料、熟悉一下情况，发现破案也不是很难；而抓捕，也跟在部队搞侦察一样大同小异。几个环节的工作做完，感觉反贪侦查也不是很难，只不过有些证据的把握和法律的定性稍微差些。你在部队也是搞侦察的，凭你的资历和能力，再配一个年轻一点的有法律职称的同志做下手，工作一定做得起来。关键还是要有立身之本。”

张伟强又问：“怎样才能找到立身之本，我又不是学法律的，院里的法律人才如天上星，数也数不清。”

吴文杰说：“像我呢，就是破案比较强，擅长线索评估、经营、取证和追捕。这跟我当科长有关系，我得考虑一个科的生存，只有将案件破开后才能成案。我看你干活也是很上心的，建议你攻攻审讯，我们科审讯不是很强。如果你在这一块能够脱颖而出，一是能树立你的威信；第二你还能靠审讯吃饭；三还能帮科里打开新局面。你同意的话，可以钻研一下犯罪心理学和审讯心理学，到书店看看有没有这方面的书。没有的话我那里有几本，写得挺不错的。”有一次抓回一个犯罪嫌疑人，吴文杰有意锻炼张伟强，“用你的办法能不能把他审开？”

天亮时，张伟强居然把这个嫌疑人拿下来了。其间，吴文杰下去看了一下，觉得张伟强还真是审讯的料。他相当有气势，而这个犯罪嫌疑人胆子又有点儿小，再加上行贿人这块吴文杰他们心里有底，犯罪嫌疑人没做较多抵抗就承认他拿的钱里确实有分给老总的。第二天，老总就被抓了回来。

这次审讯后张伟强有了信心，对审讯的兴趣越来越浓，费的工夫也越来越多，渐渐崭露头角，陆续审开了很多案子，名气越来越大。各区、县级检察院纷纷请他去讲课，他也被尊称为“张老师”。再加上他在部队当过领导，工作能力也很强，在处里的威望也比较高。

张伟强和叶如青是吴文杰的左右手，砍掉哪一只都痛，但吴文杰跟张伟强的共同语言更多些，两人都是军转干部，有相同经历。更难能可贵的是，张伟强身上还保留着军人不怕苦、不怕累、不计较个人得失的良好品质，很正、很大气，对待科里的兄弟像大哥。他平日里有两大爱好，一是打羽毛球，每周两三次；二是喝酒，一斤白酒不醉，在部队时就被叫作“张司令”。

刘敏锋则是侦查一处的后起之秀。二十八岁，潮汕人。绰号“刘老板”，因潮汕多大老板而得名。他是西南政法大学刑侦专业高才生、中山大学法理研究生，知识面广，执行力强，年轻好学，谦虚低调。他比张伟强早三个月分到三科，吴文杰还是让张伟强当他的师傅，并把他也安排到会议室，跟张伟强做伴。张伟强来的时候办公室没位置了，吴文杰就到会议室摆张桌子，让他将就一下。谁知这一将就却是四年，连同刘敏锋一起。刘敏锋毫无怨言，而且对张伟强敬重有加，一直以“师傅”称之。一个是刑侦专业的高才生，一个是在部队工作二十几年的经验丰富的副处长，两人搭档，优势互补，相得益彰，突破了一个又一个案件。工作三年后，刘敏锋已独当一面，可单飞带徒弟了。

除了叶如青、张伟强、刘敏锋这“三驾马车”，吴文杰的科里还有三名干警和一名女文员甄珠。甄珠二十五岁，南州大学法律本科毕业，聪明乖巧，讨人喜爱，但瘦弱娇小，一阵风就可吹倒，曾因整晚审讯犯罪嫌疑人而面色苍白，昏厥过去。吴文杰觉得她不适合待在侦查一线，就跟冷宝军处长建议将其调离。倔强好强的甄珠听说此事后，连续几晚审讯做笔录均挺了过来，让吴文杰不得不对她刮目相看。老干警王木林五十二岁，南州市司法学校中专毕业。1990 年代初在侦查一处当过副科长，脾气有些古怪；丛志天，四十八岁，从外省某市检察院调来不久，工作能力一般；常淡云，三十九岁，从南西省招考过来的书呆子，因长相酷似一部电影里的便衣队长而得名“云队”。这四人不能独当一面，只能做些辅助工作。全科人员工作能力虽然参差不齐，分工倒也明确，优势互补，扬长避短，团结互助，每个人的积极性都充分调动起来了。在三科这个大家庭里，大家都相安无事，其乐融融。这种祥和的景象，与吴文杰的付出和努力不无关系。

刚到三科当科长时，中秋、国庆来了，他亲自到深山里的工作点看望坚守岗位的王木林等人。没想到他的善举却遭到了王木林等人的误会，以为是冷宝军处长派他来监督工作的。吴文杰饭桌上连续递了三次烟给王木林，他都扔在地上。一向涵养很好、很少发火的吴文杰疾言厉色地说道：“老王，你今天如果不把烟拣起来，我跟你的关系到此结束。”慑于吴文杰的不怒而威，王木林不得不照办。随后，他倒了一大杯酒来敬吴文杰。吴文杰的酒量不如王木林，喝下去后昏昏沉沉的。从此以后，王木林对他客气了很多。

丛志天女儿高考刚过南州大学投档线，担心不被录取，就找到吴文杰。吴文杰二话不说，立即联系省高教厅的一位处长——他部队老首长的好朋友——顺利地解决了问题。诸如此类还真不少，无偿为部下亲属解决就业、调动、升学等问题。

吴文杰如此对待下属，除了宽以待人、乐于助人、与人为善的本性，跟心里面的“小九九”也是有关的。他不是法律专业出身，要让科里同仁为他干活，就得付出真心实意。只有人心稳，工作才稳。不顾颜面、不计报酬地“笼络人心”，使得他在处里的威望相当高。本院处以上领导都叫他“文杰”，处以下干警均称他“杰哥”。他资历深，三十五岁在部队已是副团级。

三

“开年不利。客观因素不说了，往前看吧！”吴文杰开门见山道，“下一步怎么办，大家说说看。”

“不知王丽丽回来了没有？抓到她，天就亮了。”叶如青首先说道。以他沉稳寡言的性格，一般不会先开口，但科里工作没进展，作为副科长的他心里也着急。王丽丽是一家医药公司代表，涉嫌向多家医院有关人员行贿，一年半前听到检察院要抓她的风声，躲了起来。

“上次王丽丽侥幸逃脱。她在祈福新村有房子，除非卖了，否则这么久不会不回来。”张伟强急不可待地接过叶如青的话。他说话办事是军人风格，雷厉风行，干脆利落。“体院那条线我和小刘查了近一年，线头很多，已具备开案条件，可以考虑。”

“我觉得去年河珠区建设局那个案子还可以扩扩线，开案成本也不高。”刘敏锋接着说。他是吴文杰“三驾马车”中资历最浅、年龄最小的，科里开会讨论，他往往最后一个说。

叶如青、张伟强、刘敏锋说完后，王木林、丛志天、常淡云和文员甄珠都习惯性地不发表意见。

“大家说得很好。”吴文杰总结道。他拿支烟自己点着，接着递给张伟强一支。从不抽烟的叶如青也伸手要了一支，可见心里有多烦了。“抓捕王丽丽可以优先考虑。丛志天和甄珠先去东禺摸摸情况，发现了王丽丽，我们就开这条线。体院的线要慎重，举报人把举报材料都放到网上去了，搞得沸沸扬扬的，被举报人一定会串供。我们不要轻易相信举报人，万一证据不足不能成案，有可能会被举报人把检察院当作保护伞弄到网上去，有损司法机关形象。河珠区建设局案子的扩线工作也可以同时展开。各位还有什么补充？”

叶如青、张伟强、刘敏锋三人虽颔首同意，但都没有表态，心里都没底。第一条线，王丽丽下落不明；第二条线，变数极大；第三条线，能扩成怎样还是个未知数。此时，除了袅袅上升的烟雾、不时的啜茶声以及甄珠“啪啪”的打字声，室里静得掉一根针都可以听见。

突然，吴文杰放在办公桌上的手机响了，大家都吓了一跳。他下意识地看了一眼来电显示，见是不熟悉的号码，抬手就把它摁掉。他手机里一般只存亲朋好友和经常联系的人的号码，陌生的通常不接。况且，他现在心情极为不好。电话再次固执地响起，一遍又一遍，并不像是拨错了号。急如骤雨般的铃声像“乒乒乓乓”的敲门声，敲打得吴文杰心绪烦乱，心神不宁，不得不拿起了手机。“谁呀？”他没好气地大声问道。

“请问是南州市检察院的吴文杰科长吗？”一个怯生生的声音问道。

“我是。你哪位？”

“我是你南西省老乡，姓冯。”

“我老乡多着哩，不认识你。”吴文杰好生纳闷。

“我是王文彪介绍过来的。”

“王文彪又是谁？”吴文杰没印象。

“南西同乡会会长。”

“噢。”吴文杰的语气缓和了下来。他想起来了，去年春节前受邀参加南西同乡会，与王文彪有过一面之交。王文彪贵为一会之长，八面玲珑，吴文杰却出于职业习惯，行事低调。经联络人介绍与王文彪打过招呼后，他便寻个偏僻角落坐了下来。除了与同桌的或前来敬酒的碰碰杯，并未四处走动，甚至没去王文彪所在的主桌敬酒。“你有什么事吗？”若非公务，吴文杰从不在办公场所会客。

“我在你们楼下大堂。我要举报，我有材料。”

听到这话，吴文杰就像打了一针“强心剂”，全身每一个细胞都活跃起来。实名并当面举报通常都有真材实料，可信度较高，可查性也较强。他立即把手上的烟在烟灰缸中摁灭，兴奋地说道：“你等着，我马上下来。”挂掉电话后，他拉开抽屉拿出一包烟，起身对大家说道：“真是天无绝人之路！楼下大堂有人拿着材料，指名道姓要找我举报。今年连开三个案子都不成，命中注定就是有人要帮我们。你们等一下，我去去就来。”

吴文杰话音刚落，大家脸色不约而同地由阴转晴，心情一下子轻松起来。

四

刚走出电梯口，吴文杰就看见一高一矮两个农民工模样、四十岁左右的陌生人盯着他胸前的工作证看。工作证上印有他的照片、姓名和职务。凭直觉，吴文杰觉得，他们就是刚才给他打电话的人。“我姓吴。哪位姓冯的找我？”

“我就是！我叫冯小民。”两人中矮矮壮壮的人毕恭毕敬地答道，声音带着浓重的南西口音。

“到这边来吧！”吴文杰把他们领到大堂旁边的接访室，请他们在椅子上坐下，递过去两瓶矿泉水。

冯小民连忙站起来，双手接过后，从口袋里掏出一包烟，抽出一支递给吴文杰。

见是家乡产的土烟，吴文杰就掏出自己的烟。“抽我的吧。”他说道。

冯小民却执意说：“都是老乡，还是抽家乡烟吧。”

“那就换一根，你抽我的，我抽你的。”

“好，好。”冯小民接过，掏出火机要给吴文杰点。

“自己来吧。”吴文杰道。

吴文杰点燃烟，吸了一口，以惯有的审慎腔调不紧不慢地问道：“你们找我有什么事吗？”

冯小民抖抖索索地把材料从裤兜里拿出来，罗罗嗦嗦讲了一通。他不善言辞，声音又小，吴文杰没听明白。

“还是我来说吧。”瘦高个的同伴说道。他操着一口北方口音，看起来比冯小民精明多了。“我叫李劲勇。我们是南东省南方资产管理公司东升投资顾问有限公司下属飞达物业管理分公司的保安，来举报我们经理张安帮。他克扣我们工资，贪污我们加班费，最后还开除了我们。他还有其他问题。这是我们带来的材料。”他拿过冯小民手中的材料，递给吴文杰。

不需要看材料，吴文杰就已明白来人的动机——被解聘的员工心怀不满，状告所在公司领导。类似的举报比比皆是，往往还有夸大成分。他一下没了兴致，但并未在脸上表露出来。检察机关受理群众控告、申诉和举报，是职责所在。他浏览了一下材料，最后一页有两个举报人签名，乃实名举报。实名举报反映的情况通常比较真实，而且不怕打击报复。检察院对实名举报也有规定：三个月内要将查处结果答复举报人。他认真起来，坐直了身体，吸了一口烟，开始仔细审阅材料。材料列了十几条张安帮贪污公款的条目，具体而详细，涉及虚列工程项目、虚增工程量等工程管理问题。他初步算了一下，大概在二十万，但没有凭证。另外还有一张二十多人签名、总共六千多元加班费的签领表，多的三五百，少的一二百。真是小得不能再小、查起来又繁琐的举报材料！吴文杰想帮他们联系院举报中心，但看到冯小民、李劲勇期盼的目光，又于心不忍。“这些问题你们没有向公司纪委反映过吗？”他问道。按程序，单位纪委最应该知道这件事。当然，他也想了解他们的动机。通常情况下，企业员工不会为几百元加班费“冒险”检举自己的领导，一定另有隐情。

“反映了，但我们只反映了加班费的事。员工推举我们先向东升投资公司纪委反映，他们却将我们的材料转回物业管理分公司处理。张安帮把我们骂了一通后，硬是赖着不给。我们又向投资公司上面的南方资产管理公司纪委投诉，他们又说这么小的事不管，叫我们还是去找投资公司。这事又让张安帮知道了，对我们进行更严厉的打击报复，去年底炒了我俩的鱿鱼，不给劳动补偿。投资公司领导跟张安帮一个鼻孔出气。没办法，我们只好把物业管理分公司告到法院，法院判令公司按《劳动法》发还我们补偿金。但张安帮威胁我们说，打赢了官司也没钱给你们，公司现在都是亏损的，就是有钱也不会给，看你们还告不告。走投无路之时，有人建议我们到检察院试一试，说既然得不到钱，又被开除，不如告倒这帮人，出一口气。就这样，我们就到你这儿来了。”李劲勇抢在冯小民的前面，一股脑儿地说完了这番话。

“原来是这样。”吴文杰沉吟了片刻，说道：“谢谢你们对检察院的信任。我相信你们如果不是到了申述无果、告状无门的情况下，是不会走检察院这一步的。跟检察院走就是‘开弓没有回头箭’，非得跟他们鱼死网破不可了。”

“是啊，是啊。我们实在是被逼无奈、走投无路了，才到你这儿来的。”两个保安几乎异口同声道。

“不过，我想问问，你俩是保安，材料涉及工程方面的情况你们是怎么知道的？有没有证据？”吴文杰边说边下意识地掂了掂手中的材料。“你们俩说白了点，只是在门口值班站岗的物业管理分公司最底层的保安，按身份不应该知道这么多事情，还知道得这么清楚，是不是有人提供的？”

“这个……”没防备吴文杰这样问，他们面面相觑后低下头来，就连能说会道、反应迅速的李劲勇也没再出声。虽然明白吴文杰的意思，但这个问题他们不能回答。

“材料里面列举的张安帮涉嫌贪污二十多万元的线索有一定价值，但没有提供证据。既然是贪污，账面上肯定是平的。尤其是虚列工程项目、加大工程量这两项没有内部人指点，查证难度较大，希望知情人能协助我们，不要有什么顾虑。我相信他既然能把材料提供给你们，让你们拿着材料来检察院举报，肯定也是愿意配合我们工作的。”

这道理两位保安也清楚，但还是不发一言。

“材料列举的贪污二十万没有证据，而实际办案是讲求证据的。你们这份材料证据比较充分的，也就是张安帮克扣的有二十多名保安签名的六千多元钱的加班费清单，被克扣的加班费最多的有一千多元，最少的也有几百元。如要立案，我们就要找所有有关人员来取证。况且，六千多元钱也没有达到我们南州市检察院的立案标准。一般情况下，我们的立案标准是五万元。我倒是对张安帮贪污工程款感兴趣。但像你们这么大的分公司，上面还有投资公司，材料反映的那几年的账没有单独分开来做的话，拉回来就是大半辆卡车。这么多的账本我要一页页去找，如同大海捞针。”吴文杰停下来，看了一眼冯小民和李劲勇，只见他们耷拉着脸，像泄了气的皮球，刚和吴文杰见面的高兴劲儿荡然无存。“这样吧，看在老乡的面上，材料我收下，你们先回去。我会安排人手查处你们举报的问题，尽快给你们一个答复。要是给你们提供材料的人愿意配合我们、帮助我们查账，那就另当别论了。你们回去跟他商量一下，他应该有一定级别，至少也是中层干部，做做他的工作。”

冯小民和李劲勇立即像充满气的皮球鼓起精神来，连声向吴文杰道谢后，满是希望和期待地走出了检察院。

“等等！”吴文杰突然将他们叫住，“是谁叫你们来找我的？”他想起他和王文彪相互间并未留电话，参加同乡会填写信息表时，也只在工作单位一栏填写“南州市检察院”。他不相信这事的背后推手是他。

“那个人把你的电话写给我时，特别交代不让我说出他的姓名，只说合适的时候自然会见你。”冯小民犹豫了一会儿，说道。

冯小民不愿说，吴文杰也不再问，转身乘电梯回到办公室。一路上都在想，检察院有专门受理案件举报的部门，两位素未谋面之人却指名道姓要向他举报。这种情况，他当科长八年来还是头次遇到。

五

吴文杰前脚刚进门，叶如青、张伟强、刘敏锋和甄珠等人就团团围了过来，连声问是个什么线索。他们一直都没走，都在等着他的消息。

“自己看吧。”吴文杰把材料递给叶如青，底气略显不足。

几个人把材料传阅一遍后，原先兴奋的神情很快似冰块凝结在脸上。“这线索也太小了，有证据的才六千多元，还涉及二十多人。每个人都找来谈话，工作量太大了。他列出的那十几笔工程款比较具体，可查性较强，但有些要去外地取证。有些包工队都是临时凑起来的，做完就不见了，取证也太费工夫。”叶如青说出了大家的心声。

“是啊，就怕白费工夫，像前三个案子一样，查来查去一点儿结果都没有。”刘敏锋也附和道。

“你们都不是第一次办案了，线索无所谓大小，查了才知道。很多大案都是由小线索牵出来的。有六千多元的加班费打底，我们就可以顺藤摸瓜查下去，也许还能挖出其他问题。”吴文杰没有把话说完。他相信报案人后面的工程方面的知情人迟早会现身。在这些人出现之前，他想有所保留。这是他在部队多年从事情报侦察工作养成的习惯。

“科长说开就开吧！饿了那么久，没肉吃，青菜也吃了。”张伟强有些无奈，但对科长的破案能力还是有信心的。他从部队转业到三科的这两年里，吴文杰带领他们查处的几个有影响的窝串案都是从不起眼处逐步扩开的。

“前三个案子我们费了很大劲没开成，一时又没有很成熟的线索，这一条好歹是留有证据过来的。闲着也是闲着，就拿这条线索来塞牙缝吧！我去跟处长报告一下。”吴文杰言毕，也不等大家表态，拿着材料就去高得意处长的办公室了。平时走路都是四平八稳的他此时脚底却像抹了油，溜冰一般地滑了过去。

处长办公室在楼层最东边。门开着，高得意处长正在低头批阅文件。吴文杰在门上敲了两下，高得意抬头见是吴文杰，脸上就露出了笑容。“文杰啊，我正想你，你就来啦。”他把文件推到一边，示意吴文杰在他办公桌对面的椅子上坐下，并递出一支烟。处长办公室内还有一圈皮沙发，靠墙放着，茶几上有一套茶具。他若正在喝茶，谈话就在沙发上进行。

“你想我绝对没什么好事，我倒是有事向你汇报。刚才省南方资产管理公司东升投资顾问有限公司下属的飞达物业管理分公司的保安找过来，也不知他们从哪儿弄到我的电话，指名道姓向我检举，提供了这份材料。你看看！”吴文杰把材料递给高得意。“涉案金额是小了点，但几乎是现成的案子。反正科里没有更成熟的线索，我们准备一两天后就开工，看看能不能撕开一个口子。你有什么指示？”吴文杰把烟捏在指间，也不点，只等处长表态。

高得意浏览了一下材料，说道：“好吧，案件是很小，不过已具备开案条件。今年跟其他科相比，你们开局慢了点，但我对你是有信心的。还是老规矩，你把这些材料交给内勤拿到举报中心去备个案，准备开工吧。”下属有活干，作为处长，他自然是支持的。尤其吴文杰今年的立案数在处里还是倒数第一。但这怪不了吴文杰，他知道年初他们查了南州市电视台的一个人，经营得非常成功，顺利的话可以立七个案子，今年的“开门红”就成了。只是这个案件很敏感，与政治有关，省委某常委考虑到亚运大局，要他们撤案。当时从侦查处到反贪局，甚至院里的主要领导都对这种做法不满，但作为下级部门也只能服从。好在这位省委常委事后也因其他问题被双规，才平息了他们的怒气。为了帮衬吴文杰，他也提供了一条线索。可查来查去，居然是诬告，弄得他挺不好意思的。“喝杯茶吧。”高得意拿出一盒上好的普洱茶，准备和吴文杰品一品。能喝到他的好茶是一种特殊待遇，只有像吴文杰这样的爱将才能享受到。

吴文杰今天却没此雅兴：“我还是先回吧，弟兄们还在等着我哩。等开案成功再过来喝。”

高得意没有挽留。望着吴文杰的背影，他露出了赞许的微笑。前年底他刚调来侦查一处当处长，对没有法律职称的军转干部担任办案科长还将信将疑，但随后吴文杰率领三科查处的白山区质监局贿赂窝案很快让他刮目相看。那是一宗堪称经典的案例。当时，吴文杰接到一位美籍华商投诉。一批汽车零配件被南州市白山区质量技术监督局以销售假冒产品的名义查扣后他不服，上诉法院。打赢了官司，却没能拿回货物。为此，他先后向南州市各级政府和公检法系统提出控告申诉，却一直得不到解决。各受理单位都认为，这是法院执行的问题。但吴文杰不这么看。他想，法院的裁决得不到落实，除了法院方面的原因，还会不会有其他问题？经过深入调查了解到，他拿不回货物的真正原因是因为货物短缺，质监局无法如数发还。再查下去，他又发现，短缺的货物被仓库保管员伙同该局分管稽查的副局长等七个行政执法人员内外勾结，给卖掉私分了。盖子揭开后，吴文杰带领全科一举打掉了隐藏在白山区质量技术监督局长期盗卖罚没物品的犯罪团伙，引起了南州市行政执法系统和各县级市、区两级反贪、反渎职部门的强烈反响。南州市各行政执法系统举一反三、自查自纠、堵塞漏洞，忙得不亦乐乎。反贪、反渎职部门则认真检讨各自工作作风和工作方法。高得意在骄傲之余感慨道，吴科长的眼光真毒啊！同行们则说，被吴文杰盯上的人几乎都难逃法网！

吴文杰依然脚底抹油，溜冰般回到科里，对正焦急等待的张伟强、叶如青、刘敏锋等人兴奋地说道：“已经跟处长汇报了，下周一正式开工。今天是星期五，周末大家好好休息，把家里的事安排好。张老师和刘老板抽空把张安帮的户籍资料和家庭财产扫一扫。”

处长都同意了，原先有不同意见的叶如青和刘敏锋也不说什么了。张伟强则附和道：“那就好。我和刘老板先把张安帮的情况摸一摸。”

“下班后我请大家喝几杯，怎么样？郁闷了几天，放松放松。”吴文杰意犹未尽。他习惯开工前请大家喝几杯啤酒热热身，结案后再喝白酒一醉方休。

“算了，案件开成后再喝吧。”大家的心情还是很差，几乎异口同声婉拒道。

“行，先记着。”

通常，反贪局侦查处办案科就是一个作战单位，开案时间基本由科长决定。每个科长的特点各不相同，有的喜欢在节假日抓人，有的喜欢周一开工，有的没什么讲究。吴文杰则属于中者。节假日开工的好处是各单位都不上班，犯罪嫌疑人的亲属或关系人较难打听到犯罪嫌疑人的下落，求情或疏通关系也就无从下手。吴文杰却不愿意节假日开工，觉得只有节日期间让下属跟家人一起过，把家里的事处理妥当了，才能安心工作。一开工不知要忙多少天，根本回不了家。

六

江柳办公室的窗户外面有一棵高大的木棉树，每年 3 月份的时候，木棉树就会如期开花，那硕大的、鲜艳如血的花朵就像英雄胸前的大红花一样在窗前微笑。

她非常喜欢木棉花，觉得它真是名副其实的英雄花。树干挺拔威武，像士兵不屈；树枝遒劲有力，似铮铮铁骨；就连花开，也是那么的红硕热烈，即便落地，也铿锵有力。木棉花全身都是宝，花朵可做药，花籽可做枕，树干可做家具。说起她和木棉花的渊源，还得追溯到她 1980 年代初上军校的时候。她是偶然从报纸看到一篇介绍木棉花的文章，不知怎么，竟然对这种从没有见过面的花产生了好感。从此弱水三千，只取一瓢，万千百花中，她独爱木棉花。伏案写作累了，总是喜欢抬头望向窗外，看看这棵高大的木棉树和她红硕的花朵，倦意会一扫而光，内心充满着温暖和力量。尤其是在阴雨绵绵、雾气沉沉的梅雨季节，那一树如火炬、如彤云的木棉花无疑一方亮丽的风景。今天下午，她却没能有时间来凝望窗外的木棉花，她几乎是盯着手机上的时间来工作的。她必须赶在 5 点之前把稿子编好，然后去学校接儿子。她是南州军区政治部宣传部下属刊物《士兵文艺》杂志的编辑。

当她把编好的稿子放在主编庞天海面前时，他关心地说：“其实你不必非要今天把稿子编好的，明天也可以。”他知道江柳的时间很紧张，“又要去接儿子是吧。”

江柳点点头，眼角划过一丝忧伤，笑容却在脸上：“老师那么照顾我，加班加点我都要按时完成任务的。”江柳尊称庞天海为老师，并非客气。他实在就是她的老师。军区举办第六届文学创作学习班时，作为军区创作组成员的庞天海就曾教过她课，之后又把热爱文学的江柳调到《士兵文艺》当编辑。

“文杰晚上回家吧？”因为江柳的关系，庞天海跟吴文杰也成了好友。

“你知道的，他一周能回一次家就不错了。”

“他工作忙嘛。”

“他工作不忙也这样。”

“男人嘛，都是喜欢跟朋友喝喝酒的。”庞天海一个月也会跟吴文杰喝一两次酒，有点儿向着吴文杰。

“但老师你再喝酒，也会牵挂着老婆、孩子的。他吴文杰哪里管过我们娘儿俩，心里只有工作和案子。”

“你能干嘛，里里外外都不用他操心。”

“不是这样的。是他里里外外都不操心，我才变能干的。”

庞天海不再吱声。整天跟江柳抬头不见低头见，知道她不容易。既要照顾不甚健全的儿子，还要编杂志，更要创作，且无老人可倚仗，父母在她年轻时就去世了。

看到庞天海沉默不语，江柳悄然退出办公室，在寂静的走廊里长叹：“我真是哑巴吃黄连，有苦也说不出啊！”吴文杰在外口碑太好，谁相信他对老婆、孩子不好呢？实际上，他这个“甩手掌柜”对她和家庭实行“三不”政策：不管，不顾，不问。

江柳来到学校，最后一节是体育课，儿子吴空孤零零地站在操场边的大榕树下，周围没有一个同伴。她心里有说不出的酸楚。

这个儿子，是她一生的痛。如果没有文学梦想支撑，她也许早就自绝于人世了。儿子出生时是个聪明、漂亮、健康的孩子，她上产床后二十分钟就把他生出来了。当时他一只眼睛是闭着的，吴文杰还担心他是瞎子。医生告诉他，婴儿在子宫里泡着羊水，所以闭着眼，过一会儿就会睁开了。江柳抱着儿子，这个软绵绵的像棉花糖一般的尤物让她喜不自禁地哼起歌来。儿子闭着的眼睛睁开了，望着她……

由于没有经验，别人跟她说，小孩不用教说话的，自己就会说的。在他三岁以前，她就没怎么跟他说过话。请来的农村小保姆也才十六岁，沉默寡言，自然也不会跟儿子多说话。其实在儿子一岁多时，吴文杰就先教他喊“爸爸”了。自此以后，他没再跟他说过一句话。她问过吴文杰，为什么不再跟儿子说话，他一转身：“我们单位的男人都不带小孩的。”这也就是她对吴文杰心生怨恨的原因。三岁时，她把儿子送回爷爷奶奶家，希望他们凭借自己育儿的经验教会孙子说话，可回去两年后儿子依然一句话都不会说。他奶奶认为他是大舌头，要给他割舌系带。虽然医生说不用割，但她太想他开口说话了，还是让医生给他割了。她永远忘不了儿子割舌系带时，痛得将舌头咬得鲜血淋漓的样子；她永远忘不了晚上睡觉时儿子因舌头痛流口水，将整个枕头都濡湿的样子。那时他才四岁，那么小，就受了那么多本不该受的痛。之后，江柳把儿子接回了南州。这个时候要把他留在身边，无疑对他的语言能力是有帮助的，可吴文杰为了省事，又把儿子送到离家很远的全托幼儿园，一周才见一次面，到六岁该上小学时还是没有开口说话。爷爷奶奶说不用着急，八九岁才说话的小孩最有出息。她再次受误导，错过了孩童语言发育的最后一次机会——六岁。八岁时，尽管吴空说话还只是几个词，她还是决定让他上小学，从此开始陪伴他的漫漫人生路。

学校大门打开了，江柳立即从花坛旁站起身，走到大门边。儿子跟在一帮同学后走了出来，她把儿子拽到一边左看右看，上看下看。每次回家，他身上都带有伤痕。当翻看到左手掌时，她突然看到掌心有一个黄豆大小的水泡，表皮还有些红肿，赶忙问：

“这是怎么回事？”

儿子吴空说：“毕立波用打火机烧的。”

她心疼得跳了起来：“你怎么能给他烧？为什么不告诉老师？”

她拉着儿子想冲进校园找老师，保安拦住她。她大声说：“请马上通知吴空的班主任，他的手给同学用打火机烧了。”保安进值班室打电话去了。她以为老师很快会出现。可是等了好一会儿还不见老师来，她只好打110。

很快，两个穿警服的人来到校门口：“刚才谁打的110？”

江柳说：“是我。你看他们学校的学生用打火机把我儿子的手烧成这样。”她把吴空的手掌伸给他们看。

两个警察看后，问保安：“你们老师呢？”

这时，有两个老师急匆匆走了出来，分别是年级主任和教导主任。她们看了看吴空的手掌后对视了一眼。年级主任说：“我们不允许学生带打火机进学校。”

“不允许怎么会有烧痕？”江柳问道。

“是不是在学校烧的？”教导主任问。

“他出校门后我才看见的，不在学校烧的是在哪里烧的？”江柳有些愠怒了。

“是谁烧你的？”年级主任问吴空。

“是毕立波。”吴空怯生生地说道。

“你能确认是毕立波不是其他同学吗？”教导主任又问。

“不是毕立波，他怎么说得出他的名字，而不是其他同学的名字？”江柳被她们的态度气坏了，声音也大了起来。

“你们赶快把这位学生的家长叫来。”110的警察催促道。

七

江柳牵着儿子的手，走过红绿灯口，再左拐往家走。边走边掏出手机，让儿子打给吴文杰。显然，她余怒未消。虽然学校把毕立波及他母亲一起叫来了学校，并向她和儿子吴空当面道歉，因为毕立波欺负儿子不是第一次了。

吴文杰的电话一直没有人接听。江柳愤愤不平地跟儿子说道：“你爸爸心里总是没有你，只有他的工作和朋友。什么事，都要妈妈一个人扛。”

吴文杰正在菜市场买菜，江柳打来的电话没有听见。他虽然让同事们节假日多和家人团聚，自己却是不爱回家。他生性喜欢跟朋友喝酒。请喝酒别人不去又没人找自己喝酒时，他才回家。他没有打电话给江柳，是害怕接通后她机关枪一样“哒哒哒”的“扫射”。他毫无还击之力，任由她将自己打成“蜂窝煤”。一方面，他嘴笨，说不过伶牙俐齿的江柳；另一方面，他有短处捏在江柳手中。吴文杰把家当客栈，想住店的时候才回来，不想住店时连退房都不要，拔脚就走。他做得一手好菜，只要他在家，做菜这活儿就由他包了。江柳不会做饭，只会写文章。她觉得炒菜太繁琐了，不仅要讲究各种佐料的搭配，还得把它们切得整整齐齐、细细条条的，实在太浪费时间，还不如写一篇文章来得容易。吴文杰不在家时，娘儿俩要不吃盒饭、方便面，或是下碗面条、炒个粉。江柳也正好可以减肥，虽然她并不肥。

钥匙还在门锁上转时，吴文杰就听到儿子吴空说："爸爸回来了。"接着，他就听到一声呵斥，"不要管他，让他自己开门进来。"

他拎着菜直接走进厨房，在餐桌旁辅导儿子做功课的江柳生气地说："鞋都不会换！我刚刚拖的地，都给你弄脏了！不知我有多辛苦，是吧！"把菜放进厨房，踅回身去换鞋。又听到江柳说："回来吃饭也不会来个电话，我和儿子都吃饱了，你做什么做？"

他嘟囔了一句："我做给自己吃。"

这句话让江柳越发生气了："你当然是做给自己吃！你从来就是一个自私的人，只顾在外面吃喝玩乐，从来不管我和儿子的死活。你看你儿子今天的手给同学用打火机烧成怎样！"

吴文杰将儿子的两个手掌翻开，看到左手掌心有一个透亮的水泡，脸红了红，不吭一声，转身到厨房去做饭了。

"儿子被烧成这样你一点儿愤怒的表情都没有。你还是不是个父亲?！换作别的父亲，早都暴跳如雷了。"

吴文杰把厨房门"砰"地关上，他实在不想听江柳那猫头鹰般的凄厉尖叫。

他的这一举动激怒了江柳，她一脚踹开厨房门："你真是个冷血动物，对我和儿子都漠不关心，好像这个儿子不是你亲生的一样，他还长得这么像你。我真恨自己当初瞎了眼，那么多追我的男生都不要，偏偏爱上你这么一个没有血性、没有温暖的男人。还是我大姐说得对，你对外人好，对我和儿子却不会好！你只要我为你牺牲奉献，成全你在外面的好人缘、好形象！"江柳越骂越起劲，非把吴文杰骂得体无完肤、骨头散架不可。

吴文杰忍无可忍，"啪"地把切菜刀往案板上一剁，转身就往门外走。

江柳厉声道："你要去哪里?"

吴文杰说："找人喝酒！"

儿子吴空跑到吴文杰身边："爸爸，你不要走！不要喝酒！"

"让他走！他今天敢出这个门，以后就再也不用进来！"

吴文杰在门口停了半晌，然后返回了厨房。

江柳停止了对他的痛骂，给儿子吴空听写英语单词——她念中文，吴空写英文。听写的间隙，她又开始絮叨起来："我真服了这些老师，明摆着儿子的手掌是用打火机烧出的水泡，却不肯承认，还狡辩说学校不允许学生带打火机进来。不允许带打火机，怎么会发生烧人事件？真是岂有此理?"江柳越说越气愤，"当儿子说出烧他的同学是毕立波时，她们又推责任说是儿子没把人说对。儿子虽然不怎么会说话，但还不至于记错烧他的人！"

吴文杰在厨房听得真切，对江柳的这些牢骚，他是这只耳朵进那只耳朵出。他知道她的个性，说完了就没事，她有自己应对事情的方法。在人前发不了的火，回家就发给他。他做不了灭火器，做出气筒就好了。他也知道自己的个性，说得好听些是稳重成熟，说得不好听是软弱可欺。江柳就认为他是一只“缩头乌龟”，什么事都不会出头，不会为她和儿子伸张正义。其实他是不想和人发生正面冲突。从小到大，他还真没跟人红过脸，吵过架。作为女人，谁不想有个男人能遮风挡雨，冲锋陷阵？江柳对吴文杰这种性格深恶痛绝，觉得真是奇葩一个，从古到今，从中到外，找不出不跟外人争执过一句的男人。这种性格的反面就是脾气好，能忍耐，不计较，没有事情发生的时候，他们还是幸福快乐的。

厨房飘来菜香，江柳跟吴空说：“还是爸爸做的菜好吃。”她走进厨房，拈了一块还未煮的“太爷卤猪脚”吃。吴文杰说：“还没煮，有细菌。”江柳不理他，又拿了一块，“真是好吃！怪不得是南州市的一大品牌。”

吴空跑进来说：“我也要吃一块！”

“你不能吃，吃出病来了，课就上不成了！”江柳着急地拦住吴空，并问吴文杰，“饭做好没有，儿子都饿坏了！”

“你们把餐桌清一下，马上就好！”

吴文杰先盛了一碗汤放在江柳面前：“我不喜欢喝汤，给儿子吧。”江柳把汤放到儿子面前。吴文杰又给她盛了一碗：“鱼头豆腐汤对身体有营养的。”

“我不要你这种物质上的关心，什么时候来点精神上的安慰就好了！”江柳挤兑他，“我现在都营养过剩，跟你在一起就是吃、吃、吃。我一个文人，对吃又不讲究。”

“那我念一首诗给你听。”吴文杰的这句话差点儿让江柳喷饭。时不时地，他就会幽她一默，但真正意义上的精神同步是没有的。他并不因江柳文章写得好而引以为傲，相反的，总说江柳的文章他看不懂。也许是江柳在他面前过于强势，他不得不压制一下她，以维护男人的自尊。看到江柳的心情有点儿变好，他端出一盘“清蒸桂花鱼”，给儿子和她各盛了一碗饭。“这是你们爱吃的！快趁热吃吧！”然后说道，“今天有个保安来报案，下周一终于可以开案了。”

“那太好了，我也不用陪着你担忧了。”江柳显得比他还高兴。她一向支持吴文杰的工作。作为女人，谁不希望男人有出息。但吴文杰并不是很支持她的文学创作，总是说：“你要当作家，就天天坐在家里好了。”

她也总是反唇相讥：“你就是想找这样一个人，天天待在家里，为你洗衣做饭，为你生儿育女，你就过着衣来伸手、饭来张口的生活。”这句话说到吴文杰心里了，每每此时他就涨红着脸，不做声了。

“不过案件很小，还不知能不能开得成。”

“想办法把案件扩大就行了。只要有米下锅，还怕煮不好饭。”江柳干脆果断地说道。无论吴文杰做什么事，她总是给他信心和力量。吴文杰却喜欢贬低她，只有贬低她，自己才能直起腰来。

其实，吴文杰也并不是要江柳给指点迷津。他知道江柳不是十分了解检察院的工作，不懂反贪破案，但她说的话总能让他坚定地走下去。外表看起来高大英俊，巍峨挺拔，不知就里的人还以为他是家里的主心骨，其实，家里大事小事真正拿主意的是江柳。

八

周日午休起来后，江柳已不见吴文杰身影。他总是这样，不打声招呼就走。名义上是不影响她和儿子休息，实际上是没这个意识。只有她和儿子给他打去电话，才知道他在哪了。半路从事检察工作的吴文杰在手下那些高才生面前，既要当领导又要当学生，不懂的他可以请教，但科长没人能替他当。他不得不经常在下班后或节假日来到办公室，把门一关，拿出一大堆材料分析研究。笨是笨点，但笨鸟先飞。

作为反贪局侦查处的一线办案科长，所承受的压力和案件主办官完全不同。案件主办官只需对案件的质量负责，而科长却需要对全科“多办案、办好案、保平安”负责。尤其他的办案还与众不同，别的科长是先找证据、查来源、再找人，他则相反，觉得由证到人的做法耗时费力，找不到证据时，线索就有可能废了。他是先找人，找出案件关键人，找到能提供证据的人，再想办法影响他、争取他，最终获取他手中的证据。而找人，看似容易，实则有时比证据还难找。他泡好一杯茶，点起一支烟，拿出那两个保安的举报材料以及张伟强、刘敏锋查回来的张安帮的家庭财产资料，静静思考起来。张安帮的家庭财产资料显示，2007 年至 2008 年来南州不到两年，就一次性付款六十多万在滨江路买了一套三室一厅的房，花二十多万买了一辆新产的凯美锐轿车。若不是家底丰厚，上述财产就显得异常。而那两个保安举报的张安帮贪污六千多元加班费一事，吴文杰没兴趣，他在想何时才能见到检举张安帮贪污二十多万工程款的人。不知道保安冯小民有没有把他的意思转告给他们背后的策划者，现在他们有什么想法。突然，一个电话打断了吴文杰的思绪。他看了一眼来电显示，原来是龙玉成。龙玉成原是吴文杰的老部下，五年前他的搭档、副科长，现在监所检察处当副处长。

“杰哥，忙什么呢?”即使是当了领导，龙玉成在任何场合仍称吴文杰为“杰哥”。

“有点儿事。”

“晚上有饭吃吗?”

“怎么啦，想我啦?”两人确实好久没聚了。

“是啊，想跟你喝杯酒。”

“喝酒?”吴文杰此时可没心情，但“喝酒”二字却不知怎的刺激到了他的某根神经。我为什么不约冯小民他们喝喝酒，聊一聊，也许可以见到他们背后的策划人。

“今天不跟你喝了，改天再请你。”吴文杰说完这句话就挂了，搞得电话那头的龙玉成有点儿莫名其妙。他立即拨通了冯小民的电话，直截了当地说道：“告诉你们一个好消息，我们明天开工。你们在单位不要表现异常，不要再跟其他人说什么，以免有人起疑。”按规定，案件的工作安排属于绝密，是不能跟举报人透露的，但吴文杰凭直觉认为可以开诚布公，既然他们指名道姓地来向他举报。

可是有意思的是，冯小民突然说道：“吴科长，晚上我请你喝酒，可以吗？”

这正合吴文杰的意，但他还是问道：“为什么要请我喝酒？”

“我们拿材料给你没几天，你们就开工了，没想到你们工作效率那么高，那么重视我们这个小案子，所以想请你们喝杯酒。”

这番真诚的话语，让吴文杰很感动。他激动地说：“不用你们请我，我请你们。你看看还有谁可以一起叫上的？”

“那我叫上我们分公司管保安的副经理一块出来。他也是南西省人。”一会儿后，冯小民又说，“我看还能不能再叫一个管工程的副经理。我们物业公司有两个副经理。”

吴文杰马上意识到，这就是他想见的给冯小民提供工程款的幕后策划人。他与冯小民见面后，他们也与冯小民沟通过并做出了决定，只不过没想到检察院这么快就会动手。

真是踏破铁鞋无觅处，得来全不费工夫。他抑制不住内心的喜悦，立即说：“行，你们一起来吧！地点就订在空军医院里面的湘庆土菜馆，离两家都近。订好房后我发信息给你。6点到6点半见。”反贪干警跟举报人的见面地点是有讲究的。首先，一定要安静、偏僻、保密，避免碰到见面双方都会认识的人。其次，是要离一方近，临时取些东西也方便。湘庆土菜馆是吴文杰他们科的第二饭堂，步行五分钟就可以到。老板娘跟吴文杰认识七八年了，知道他的工作性质，也了解他们的喜好。如果吴文杰要包厢，她就安排在最里面的那间；坐大厅的话，就留靠里对着门口那张台，便于吴文杰他们观察进出人员。只要告诉她人数，不需要吴文杰点菜，她就会安排好，叫起就行了。五年前，正是在这个小小的土菜馆酒桌上，吴文杰无意听到了驻南州某央企负责人涉嫌犯罪的重要线索，从而将一个厅级干部绳之于法。这次在他的福地，还会有收获吗？吴文杰将房号发给冯小民后，立即打电话给他的“三驾马车”——叶如青、张伟强和刘敏锋。

叶如青正陪老婆看电影，将手机放在震动。他心一惊，除非有重大紧急情况，节假日吴文杰是不会和干警们联系的，更不要说叫大家出来吃饭了。他跟老婆乐佳耳语道：“杰哥叫我6点赶到湘庆土菜馆，我现在就把你送回家。”乐佳怀孕已有三四个月。

乐佳心里不悦，但还是起身跟叶如青离开了电影院。她深知杰哥对他意味着什么，工作又对他意味着什么。她和叶如青是大学同学。读完硕士后，叶如青留在大学当英语老师，她则到深圳发展。经过几年打拼，她已是深圳某大型地产公司的人力资源部部长，年薪几十万。为了支持叶如青，她调到了南州，年薪还不足之前一个零头。当初她是很不想调过来的。

“我们下周一要开工，估计今晚饭跟这个案件有关。”叶如青一边开车，一边歉意地跟乐佳说道。

乐佳虽很能干，是名副其实的女强人，但骨子里依然是要人疼爱、柔情似水的小女人。“你们一开工，又要几周回不来，我这个身体你放心得下?”她把球抛给叶如青。

“我跟母亲说了，她下周就会从老家过来照顾你。”叶如青深思熟虑，做事很周到。当然，这也是为乐佳肚里的孩子着想，他想当父亲很多年了。

乐佳望着老公，甜甜地笑了。叶如青的母亲，是一个知书达理的老师，待她如亲生女儿。她来，她就像吃了一颗定心丸。她突然对这个话不多却事事都为她着想的丈夫，在心里涌上了一丝自豪。他不仅对工作负责，对她，对家庭也很负责。

听到吴文杰的电话铃声，张伟强正在打羽毛球。军令如山，令行禁止。他收起球拍，跟对面的妻子示意了一下，妻子颔首微笑。他和妻子都是狂热的羽毛球爱好者，妻子球打得比他还好。

刘敏锋正和女朋友在一起逛街。经过几次情海沉浮，这是他最满意的对象：南州市某大学的中文老师，小巧玲珑，娇俏可爱；又对他嘘寒问暖、关怀备至。之前他对一位来他们科实习的女大学生有好感，谁知人家名花有主。后来吴文杰做东，请省电网办公室李主任等人吃饭，他那位在电台做主持人的时尚靓丽的表妹一眼就相中了刘敏锋，对他穷追不舍。检察官神秘耀眼的光环令她目眩神迷，刘敏锋对她却退避三舍。他觉得整天在外面查案子的他守不住一个如花似玉的妙龄女郎，还是识相点儿好。热恋中的男女，总是卿卿我我，你侬我侬，含在嘴里怕化了，放在手心怕飞了，哪舍得离开半步。但杰哥的电话就是催征的号角啊，刘敏锋还是将紧紧缠在他腰上的女友的手臂使劲掰开，贴在她耳旁轻声说道：“吃完饭，我去找你!”

九

吴文杰提前半小时到餐馆。他要观察一下见面地点及包厢周围的环境，看看有没有熟人。如环境不理想，临时变更也来得及。当他将办公室带来的茶叶交给服务员泡茶时，张伟强、叶如青和刘敏锋陆续走了进来。

包厢不大，没有沙发、茶几。吴文杰在主位坐下来后，叶如青、张伟强、刘敏锋在他的右手边，依次而坐。

吴文杰歉意地说道：“周末把你们从家人身边叫过来，有些对不住了。”

“这哪儿跟哪儿，都是一家人嘛。”当过兵的张伟强将军人四海之内皆兄弟的情感延续到了军营外。

“女人嘛，很好哄的。”会疼人的叶如青则满不在乎地说道。

“向各位大哥报告，我刚买了部车。”刘敏锋岔开了话题。

“买彩票中了奖?”刘敏锋的家境并不宽裕，张伟强有此一问。

“我也是没办法。限牌后闲着没事，每月都在网上摇一次号。没想到房子还没着落，车子倒先买上了。”刘敏锋苦笑道。

“无所谓，随缘吧。想开点，车到山前必有路。改天我给你介绍个富二代，房子那是小事!”叶如青笑着说。

“不劳叶总费心了，人家早就有主了。”张伟强说道。

“做什么的？保密工作做得挺好的。”吴文杰诧异道。

“大学老师。”刘敏锋有点儿不好意思。

“好啊，整天不着家，找个老师、医生是最好的。恭喜！哪天好事近了，我送你一箱酒！”吴文杰高兴地说道。

就在此时，他们听到了敲门声。吴文杰说：“请进！”

冯小民先探了个头进来，见到一屋人即双手抱拳。“对不起，我们物业分公司的两位副经理住得远，要晚点儿到，让我们不用等，先用餐。”

吴文杰站起来与冯小民和李劲勇握手：“没关系。坐吧！抽支烟，喝杯茶。”他示意他们在他左手隔开的两个位置坐下。这隔开的两个位置是留给两位副经理的，然后将叶如青、张伟强、刘敏锋一一介绍给他们。

“吴科长，喝点酒吧。”不管吴文杰同意还是不同意，冯小民率先从挎包里拿出一瓶人头马 VSOP。不贵，二百元左右。

“今天有事要谈，洋酒不喝了，喝点儿啤酒吧！”吴文杰知道他们收入不高，生活不易，不忍喝他们的酒。

一般情况下，他是谈事不喝酒、喝酒不谈事，谈完事可以上酒。今天之所以同意喝点儿啤酒，是因为喝酒易使人亲近，尤其在他与这两位文化层次差异比较大的保安之间。

吴文杰话刚落地，刘敏锋立即起身叫服务员上半打啤酒。共事多年，他们非常默契，吴文杰的一个眼神，大家都心领神会。

“小刘，顺便交代服务员上菜。不用在房内服务，就在外面候着；有菜送进来先敲门。”我们先喝三杯！叶科长要开车，就不喝了。”吴文杰举起杯。叶如青要开车不喝酒是假话。他是案件经办人，要保持绝对清醒，留意谈话的每一个细节。

这一提议很得李劲勇拥护：“吴科长，你这话说到小民心里去了。他是再穷也不能委屈肚子里的酒虫。”

三杯过后，不善言辞的冯小民先说：“我们报案后，你们这么快就做出决定，给我们回音。真的太谢谢你们了！”

“应该是我们感谢你们对检察机关的信任和对我们工作的支持才是。今后有什么做不到的，希望你们提出批评，也请你们对我们的工作进行监督。”吴文杰说道。

李劲勇接过话说：“吴科长，我先自罚一杯，再敬你一杯。今天接到你的电话，我还以为你是在敷衍我们。”话还没说完就喝了一杯，之后又满上。

这时，张伟强举杯说：“我来吧。”

吴文杰抬手拦住，张伟强是明天开工的主力，需要保存好体力。“看来老百姓对检察官并不了解啊，这说明我们的工作做得不够好。这一杯我自己喝。”

李劲勇赶忙解释道：“不是的，吴科长。像我们这种平民百姓，又没有靠山，怎么斗得了这么大一个公司？当那人把你的电话写给我们、让我们来找你时，我心里还有些虚，可没想到你这么快就受理我们的案件。谢谢吴科长看得起了。”

“那个人到底是谁？”吴文杰太想知道答案了。这是他任一线办案科长以来碰到的第一宗指名道姓找上门来举报的案件。他在部队长期化名从事情报工作，转业到地方工作时间也不长，从不上电视，也不照相，不见报，交往面不宽。他认识和认识他的人都不多，即便全院六百多人，他叫得出名字的一百人都不到，实在想不出这人可能会是谁。

“那人交代我们不要说出他的姓名和身份，只说适当时会跟你联系的。”李劲勇跟冯小民之前的回答是一致的。

吴文杰不好再问下去了。虽然他对名利并不在乎，但作为有特点、有个性的办案科长，五年来带领全科办了不少大要案。墙内开花墙外香，有一定知名度是自然的。“没关系，我们只对国家负责。不论任何人，只要涉嫌犯罪，我们一定将他绳之以法。”他笑笑说道。说完，他转头交代刘敏锋，“通知服务员留几个菜晚点儿上，还有两个人要来。”

见吴文杰转移了话题，冯小民赶紧说道：“我打个电话催催他们。”

大约二十分钟后，飞达物业分公司管保安的副经理阮运丰就来到了他们面前。他看上去四十多岁，也是南西省人，自我介绍说是飞达物业分公司三位副经理之一，原来一直分管物业部、后勤和大厦餐厅。2006 年底张安帮来后，各部门负责人都换成他的老乡和亲信。2008 年中秋前大厦发生了一起盗窃案，张安帮借口加强大厦安保，让他去管保安队，实际上降了一档。物业部的其他工作由办公室主任肖江河兼管。“等于把我们这些企业的老人架空了，太过分了。”阮运丰越说越气，“唉，不说他了。等会儿让分管工程部的副经理陆清宏跟你们说吧！他也是企业老人，公司一成立他就在了。他今天有事，晚一点儿才能到。”阮运丰边说边给陆清宏打了个电话。

吴文杰从这几个人的出场顺序明白了，最后的陆清宏才是最知情的人。实名举报是需要勇气的。对于从来没和检察官打过交道的他们，谨慎点儿很正常。信任需要过程。吴文杰理解他们这样的安排。

陆清宏直到 6 点半才露面。他戴副眼镜，斯斯文文，个子不高，也是四十多岁的样子，本地人，话不多。他很抱歉地解释迟来的原因：拦不到的士，又很塞车。连连说了几句“对不起，来晚了。罚酒。”

吴文杰嘴上说：“不客气，都是自己人。”心下却想，下了很大决心才过来的吧。他亲自给每个人斟满酒，再次将杯举起：“人齐了，我们再喝三杯。第一杯，感谢东升公司的同志们对检察院的信任和支持！”一饮而尽后，他接着倒酒，“第二杯，祝明天开工顺利。明天我们就开工，去你们单位调账，希望能够查到他们的问题。来之前我向领导做过汇报，领导要我转告各位，不论谁涉嫌犯罪决不姑息，一查到底。”喝干后，他举起酒杯，神情庄重：“这第三杯呢，希望两位经理能给我们一些指点，使我们工作更有成效。”

三杯过后，陆清宏看了阮运丰一眼，“你们已经向领导汇报过情况了？”

阮运丰点点头。

“那好吧，我来补充说说。我是东升公司的老人，公司一成立我就在飞达物业管理分公司工作，对公司的情况比较清楚。”他滔滔不绝地往下说，“东升投资顾问有限公司是南方资产管理公司下属的六大集团公司之一，归属南方之前是正厅级。每任董事长都有来头、第一任董事长由省政府副秘书长兼任；第二任董事长是一位中央领导的老部下的亲戚；第三任董事长是南西省宁州军分区司令转业过来的；现任董事长胡明仁是第四任，早年是阳关市流石矿务局局长，后来提到省煤炭厅当副厅长，2004 年调到东升公司当董事长。飞达物业管理分公司经理张安帮是胡明仁的老部下，原流石矿务局供电所所长。两人关系很好，是张安帮找胡明仁调过来的。办公室主任肖江河跟东升公司二把手、分管物业分公司的谭向军副董事长也有渊源。肖江河的叔叔是谭向军的前任董事长。他们原来就是东升公司改名前省经济协作公司这一派的人。2004 年胡明仁任董事长后，东升公司的人员结构和生产经营发生了很大变化。2005 年至 2006 年间，胡明仁陆续将其在矿务局当局长时的一批老部下调来东升公司总部或下属公司担任要职，比如广兴贸易分公司经理是流石矿务局原副局长林小铁；东升公司总经理助理邱阳是流石矿务局原综合处处长，负责富达煤炭分公司。这些人过来后，又将老婆、孩子和亲信部下调过来，使得东升公司总部六十多人有近一半来自流石矿务局。尤其是我们飞达物业管理分公司原有三十多人，陆续被张安帮排挤或辞退后，只剩下十几个人。他又从流石矿务局招来二十多个人，是他任供电所所长时的老部下。这样，东升公司几乎变成了煤炭帮。我本来是飞达物业分公司管工程的副经理，张安帮来后就把我赶去管饭堂。然后从流石矿务局调来一个下岗的人，也就是他的师傅区水来管工程。虽然他师傅不是副经理，但享受副经理待遇。张安帮调来后信不过我们，就从流石矿务局调来他自己的人，负责工程维修及材料采购。”陆清宏越说越气愤，将手中的酒杯使劲往桌子上一扣。杯中酒水飞溅出来，险些弄湿坐他旁边的吴文杰的衣袖。

“这岂不乱了套！”吴文杰将衣袖往上撸撸，也很气愤。

“乱倒乱不了。我们公司中层以上干部均由南方资产公司任命，张安帮无权免我的职，只能架空我。我和阮运丰都还侥幸留了下来。”陆清宏朝阮运丰不自然地笑了笑。

“如此说来，东升公司基本上由‘煤炭帮’控制了。那公司的生产经营状况如何?”吴文杰问道。

陆清宏喝口啤酒，润了润喉说道：“胡明仁是改制时从外单位调来的。他来后，东升公司原有房地产、储运和旅游等业务都停了，只留下石油、煤炭和贸易。经营石油的能源公司因为有政策优势，下面有几十个加油站，做成品油一直很赚钱，可以说能源分公司为东升公司的利润做出了巨大贡献。开展煤炭业务是因为胡明仁等人跟煤打了一辈子交道，对煤炭有很深的感情。但挖煤和卖煤是两回事，没听说我们煤炭公司赚过钱。煤炭公司和贸易公司都是亏损的。”

一〇

“不愧是资深经理，几句话就把事情说清楚了。”吴文杰夸了他一句，想尽快进入主题。

“东升大厦楼高十八层，自用十二至十四层，其余楼层卖掉了。飞达物业分公司平时只负责自用楼层的维护和大厦的物业管理和保安，工作量不大。但张安帮指使办公室主任肖江河通过虚构工程项目、加大工程量、虚报材料费和虚报加班费等，套取了大量资金并据为己有。李劲勇、冯小民在飞达物业分公司做了十多年保安，是公司的老人，工作勤勤恳恳，任劳任怨，张安帮来后就借故将他们辞退了。辞就辞了，还不按《劳动法》给他们劳动补偿。他们多次向东升公司纪委反映却得不到解决，才向南方资产管理公司投诉。南方资产管理公司却将投诉材料转下来，交给东升公司处理。实在没办法了，他们就告到法院。这样，东升公司领导更不高兴了：‘你们去哪里告都没用，最终还是要回到公司处理。官司你们也打不赢。就算打赢了，公司也没钱给你们！’做保安本来工资就不高，被辞退了劳动补偿还得不到。作为他们的老领导，我和阮运丰经理心里都很难受，商量后决定支持他们向检察院举报。没想到你们这么快就受理了，真是很感动。我们相信，正义终将战胜邪恶。需要我们做什么，请随时吩咐。”

一番话证实了吴文杰的判断：陆清宏和阮运丰才是冯小民、李劲勇两位保安实名举报的背后推手。从他们只言片语中已感觉到，表面上陆清宏和阮运丰是在支持两位保安，实际上却是对张安帮架空他们心怀不满。如果能搞倒张安帮，最大的受益者还是他俩——或官复原职或提升一职，做物业分公司经理都有可能。但是通过法律手段处理上下级关系，尤其是扳倒有一把手做靠山的直接领导，下这个决心是需要很大勇气的。陆清宏和阮运丰看上去并非容易走极端的人，相反还有些懦弱和胆小。难道他们背后还有更强大的人或势力？另外，吴文杰与陆清宏、阮运丰并不认识，两人显然不是向李劲勇和冯小民提供他手机号的人。看来，事情还真不简单。不过，这四人不说，问也白搭。还是走一步看一步吧，总会有水落石出的一天。

贪污、贿赂案件的线索有以下几种：纪委移送、单位举报、群众（实名、匿名）举报、办案人员侦查发现、犯罪嫌疑人投案自首等。单位和群众举报的动因都是源于利益受损，希望通过法律途径得以解决。利益大体可分为政治利益和经济利益两大类。举报动机大致可分为正义、公利和私利三种。作为反贪办案部门来说，不管举报出于何种目的，它的职责只是惩治和预防犯罪，维护法律尊严。当然，弄清楚举报动机，更能客观处理整个案件；而弄清楚犯罪动机，则有助于案件的定性。

“现在，我要问几个与证据有关的问题。请各位知无不言！”吴文杰边说边看着陆清宏、阮运丰、冯小民、李劲勇四人，他们点点头。“第一，举报材料提到的加班费确实没有发下来？”

“确实。”冯小民和李劲勇争相答道。

吴文杰本想问问那张加班费签领单复印件是谁提供的，话到嘴边还是作罢了。“第二，虚构工程项目、虚增工程量、虚报材料费近二十万元，有无真凭实据？”

阮运丰、冯小民、李劲勇三人不约而同地望着陆清宏。陆清宏沉吟了一下，说道：“有，在账里。”

“我们把账调出来，你能不能找出来？”这是吴文杰最关心的。

“当然可以。我在这栋大厦工作了二十几年，负责工程维修和材料采购。可以说，这里面小到一砖一瓦、每根管线都熟悉，动一动我基本都知道。有没有必要动、动多少，我一清二楚。只要是张安帮师傅区水经手的，大多有问题，不是虚大就是乌有！”陆清宏很自信地说道。

“陆经理以前管工程部，我管物业部。谁填单报账，都必须我们两个主管副经理签字。做过什么，做了多少，我们一般不会记错。如果你们能把物业分公司的账调出来，我们私下帮你们看看，应该能把有问题的单据找出来的。可能有一些发票会以其他名义开，比如水管开成灯泡，加班费报的是办公用品或食品，还有一些科目用餐费来冲。”阮运丰进一步说明。

“我们单位毕竟是国企，管理上有一套规章制度，物业公司用钱超过一千元都要打报告请示。我是分管领导，不签字，他们一分钱都报不了。”陆清宏又说道。

“你明知有假，还签字同意?！万一出了事，岂不也要承担责任?!”吴文杰有些不解了。

这反倒使陆清宏紧张了。“我想请教一下，如果被迫出了事，怎么算？”

“能说得具体些吗？”吴文杰问。

“这……”陆清宏有些犹豫，“还是以后再说吧。”

“财务方面我懂一些，到时我来协助你们。”叶如青有意缓和一下气氛。

“叶科是注册会计师。”吴文杰赞道。

“检察官能人真是多！”陆清宏由衷地佩服。

会面的预期目的已基本达到，吴文杰与叶如青对视了一眼，说道：“好，我们已确定明天开工，会把张安帮和肖江河带走，把账调出来。”

陆清宏说：“太好了！”

“有些事我交代一下。你们几位明天上午准时上班。为保密起见，我新开了一个电话，只有你们四人知道。等下你们也把电话写给我，有事我会跟你们联系。从明天开始，你们在单位不要或参与议论跟案件有关的事，不要发表意见；要注意观察，发现异常的人和事，随时向我报告！”吴文杰说道。

“你们除了调账，带不带人？”陆清宏有些担忧。

“当然带。我们会以对账的名义将张安帮、肖江河同时带走。这样，你们行动就会方便些。”吴文杰很清楚，不带人回来，他们是不敢帮他们看账的。

“你最好把肖江河的电脑也扣走。他经办过不少事，电脑里可能会记有一些东西。张安帮没什么文化，平时基本不用电脑。”陆清宏又补充道，“肖江河是物业管理分公司办公室主任兼财务，也是张安帮的心腹。物业分公司所有账单都要经他审核，由他到集团财务部报账，领回支票或现金后再交给经手人。”

“谢谢你的提醒！这太重要了！”吴文杰说道，“各位还有什么要补充，比如张安帮和肖江河的家庭情况？”

“与张安帮、肖江河没什么私交，他们的家庭情况知道不多。只知道张安帮的老婆跟很多矿工的老婆一样，是家庭妇女，没有工作，负责处理家务、照顾孩子。肖江河的老婆好像大肚子了，在香港一家公司做设计工作。”陆清宏说道。

“那好吧。叶科？”吴文杰向叶如青望去，准备结束这次谈话了。

叶如青没喝酒，一直默默地在听，见吴文杰问到他，笑了笑说道：“没事。你们要不要再叫半打啤酒？”

“老张？小刘？”吴文杰看着他俩问道。

一听到加酒，张伟强马上来了精神：“好，加半打！预祝明天旗开得胜！”

刘敏锋则在一旁憨笑，他的酒量也不错。

吴文杰心情也大好，叫服务员加上半打啤酒。气氛一下子热烈起来。吴文杰向叶如青使了个眼色，两人一前一后来到洗手间。“还有什么要跟他们谈的？”吴文杰问。

“没有了。这两个副经理愿意出来帮我们看账，事就好办了。这两个人里面，我同意你的看法——肯定是管工程的副经理陆清宏提供的举报材料。因为每一单工程项目必须由他带人去做，做了多少工程，买了多少材料，拿了多少账来报，贪污了多少钱，他知道得一清二楚。我们要是不开工，不把人抓回来，他是绝对不敢来帮我们看账的。这样，我们就拿不到想要的证据。”

两人从洗手间回来，半打啤酒已喝得差不多了。吴文杰决定见好就收，便暗示刘敏锋出去买单。检察院有规定，不能吃请，尤其是案件关系人的宴请。

看到刘敏锋把单给买了，陆清宏四人都很着急，要把单抢回表达一下他们的感激之情。“让我们尽尽心意吧。”

“你们不要争了。”吴文杰阻拦道，“你们一买单，这顿饭的味道就变了。大战在即，不要授人以柄。”

“好吧，恭敬不如从命。”陆清宏说。

离开湘庆土菜馆，吴文杰给王木林、丛志天、常淡云和甄珠分别发了短信：明天开工，做好准备！

做好准备是：至少三五天回不了家！请带齐衣物并提前将家事安排好。

一一

江柳正准备做饭给儿子吃，接到一高中同学的电话，说她刚到南州学习，晚上想请她吃个饭。她不好拒绝，她不只是同学，还是高中时代最好的朋友。用现在的话说，是闺蜜。毕业二十多年了，几乎没怎么见过面。

她交代儿子泡一碗方便面、吃完后该做哪些作业，就把门反锁了，留他一人在家。

吴文杰跟东升公司的人见完面，兴冲冲地回到家。他家里灯是亮的，门却反锁着。这娘儿俩究竟在干什么？都将近晚上 10 点了，还不睡觉？当他发现只是儿子吴空一个人在家、江柳却不知道去哪里时，颇有些生气了。“妈妈去哪里了？”他将趴在桌上睡觉的儿子摇醒。

“妈妈跟同学去吃饭了。”儿子只会说这么一句。再问他多几句，也不会回答。

无奈之下，吴文杰只有打给江柳了。“你还不快回来，我都回来了。你自己出去大吃大喝，把儿子一人留在家里吃方便面。”

劈头盖脸的一顿责备，让江柳气不打一处来。自己都做不好，还要去挑别人的毛病。好像她嫁给他，就是要给他当牛作马一样，招之即来，挥之即去。但在饭桌上她不好发火，只好歉意地跟大家笑笑，就拿着手机走到一个僻静的地方。“你真是猪八戒倒打一耙，好意思说我出去大吃大喝？还不知道谁喜欢出去吃吃喝喝，经常半夜三更才回家。今天回得早一些，就知道催我回去。之前你不回来的时候，打你电话也不接，发短信也不回，整个像人间蒸发一样！”

江柳“哒哒哒”的机关枪扫射过来，吴文杰无法还击，她说的句句是事实。

江柳把最后一梭子弹打完，“啪”的一声挂断电话。回到饭桌上，她再也吃不下一口，只好借口有事先走了。骂归骂，气归气，恨归恨，她还是急匆匆地往家赶。原来她的心里，那么盼望吴文杰回家。只要听到他回家的消息，她那个喜悦啊，就好比听到了花开的声音。

她的这些举动，没有逃过一个人的眼睛，如同那次江柳在学校门口因儿子被同学用打火机烧伤而心痛、气愤的时候。那天，他正在学校旁边的十字路口等红灯，恰好看到了这一幕。他觉得江柳很像他高中时的校友。过了红灯后，就把车停在学校前面的路边，仔细观察江柳的一言一行。当他确信江柳就是他高中时的校友时，心像是被针扎了般，生生地疼了起来。

当年那个清纯文静、笑起来还有些羞涩的女孩，变成了现在为了儿子敢打敢拼、不顾颜面的中年妇女。高中毕业二十多年了，他无数次想象着他和她重逢的情景以及她的形象，都不是这样的一种方式。

在他的想象中，她一定是很幸福、很成功的女性。因为她是那么的聪明、美丽，富有灵性、才华横溢。她的学习成绩是那么的好，学校橱窗里是她戴着大红花的“三好学生”照片；她的文章写得那么优美，老师当作范文全校传阅；她的诗朗诵是那么声情并茂，把师生们全都念哭了。

歌德说，哪个少年不善钟情，哪个少女不善怀春。高中时代的江柳是他的女神，冰清玉洁、冰雪灵慧，是遗落人间的一颗珍珠，高不可攀，遥不可及。可是，现在出现在他面前的江柳却是泼辣强悍、勇往直前的女汉子。他对她的一切都充满着好奇和不解。把车调转头，他跟在江柳身后，一直到了过街天桥旁的军区生活大院。目送江柳进到正对大门的高楼，他才缓缓驱车离去。

这个人，就是单青华，某大型跨国公司董事长。这个饭局，其实就是他安排的。

男人对初恋总是念念不忘。确切地说，单青华对江柳，应是暗恋而非初恋。当时他太自卑了，自卑到没有爱的勇气。父亲去世早，母亲靠打零工维持他的学业。江柳倍受哥哥、姐姐宠爱，像个骄傲任性的公主，哪里把他放在眼里。每次在路上碰到她，他也只是远远地凝视她。一旦与江柳的目光相遇，他总是红着脸，迅速低下头来。高考后听说她考进了一所军队的外国语学院，而他则去了东北一所理工大学读书。毕业后，为了改变贫穷的家境，当然也为了让自己对江柳的爱能有一些资本，他打破铁饭碗，下海经商。十多年来，他关闭对任何女人的爱恋和遐想。虽然有不少或时尚靓丽，或知书达理，或小家碧玉，或家财万贯的姑娘追求他，喜欢他，但因为心里有江柳，全都被拒了。他想过江柳会结婚，生子，她的条件如此优越，身边肯定不乏追求者，最终一定是个高大帅气的男人保护她、爱护她，她则永远都是小鸟依人、温婉可爱的模样。但学校的这一幕，让他所有幻想都破灭了。

高中时代的同学虽然联系得比较少，单青华还是零星听到一些江柳的情况。说她军校毕业后分到了海南岛，之后又调回了南州市。于是，他就将公司迁到了南州。他不是没有想过通过其他同学联系江柳，但当时公司只是初具规模，他也只是一个小老板，见到江柳依然不能和她平起平坐，她依然不会正眼看他。公司做大以后，他又不敢去找江柳了。因为她肯定早已结婚生子，有了幸福的家庭。那就逢着她吧！他相信，他和她一定有这个缘分——精诚所至，金石为开。只要能逢着她一次，只要能见上一面，他这颗对她日思夜想的心，他这段青葱时代的情，就会平复下来。可当他终于逢着她了，他的心却怎么也不能平复下来。

他决定要跟江柳见一面了。既然幻想中的她与现实差距如此之大，他就要一探究竟。必要时，他还会挺身而出，护花使者不敢当，但两肋插刀肯定是可以的。当得知她最好的高中同学来南州学习时，单青华觉得机会来了。但他没想到，江柳吃到一半就走了。他还来不及好好看看她，好好宽慰自己对她几十年的相思。

江柳急匆匆往家赶。吴文杰好不容易早回家一次，她担心自己晚到家一步，他又给谁叫出去喝酒、打麻将了。当她脚不点地地赶到家里，看见的却是漆黑一片。难道他带着儿子一起去喝酒、打麻将了？江柳越想越气，拨通了吴文杰的电话。“你催我回家，回到家你和儿子又不在。你和他到底去哪里了？他明天还要上课，你快点儿把他带回来！”

“妈妈，我和爸爸在吃肯德基。”吴文杰和儿子在一起，总是让儿子接电话，不知是为了锻炼儿子的说话能力还是不想听她的唠叨声。

“你们快点儿回来，明天还要上课。”

“喂，喂，你说什么？我听不见。”儿子没说几句，就把电话给了吴文杰。

“我叫你们快点儿回来。他明天还要上课，你不知道吗？吃什么肯德基？真是会放马后炮！早知道我们没吃的，为什么不回来做？一个下午都不知道跑哪儿去了。”一听到吴文杰的声音，江柳又是气不打一处来。

吴文杰和儿子回到家时，江柳已经洗过澡了。这让他心里很不高兴，因为这意味着江柳今晚不想跟他过夫妻生活了。

江柳很爱干净。过完性生活又要洗一次，嫌麻烦的她会拒绝他的求欢的。招呼儿子洗澡睡觉后，她就到房间看书、写作去了。江柳和吴文杰分居很多年了。她实在受不了吴文杰半夜三更喝酒回来，借着酒劲扰她。她在军校读书时，因为太过用功而得了“美尼尔氏综合征”，留下了耳鸣、偏头痛的后遗症。睡不好的话，第二天会头疼得厉害，什么也干不成。

吴文杰干了反贪工作后还有一个怪毛病，经常晚上睡不着觉，看电视、看碟到凌晨。有时，睡得好好的，还会突然惊醒，大叫几声。后来她才知道，这是吴文杰的职业病。由于常常在晚上三四点审讯犯罪嫌疑人——此时是犯罪嫌疑人最睏的时候，很容易开口——也让吴文杰和同事们生物钟紊乱，昼夜颠倒。有的侦查员更怪，晚上要亮着灯、开着电视机才能安然入睡。吴文杰洗过澡，过来敲了敲江柳的门：“我明天开工，不知什么时候才能回家。你今天到我房间来睡。”

“我在你房间睡不着，明天还要审阅稿件。”

“就一晚上。”吴文杰也有些生气了，又敲了敲她的门。

“你总是只想自己，想过我和儿子没有？我们明天还要上班、上学，不要再吵了。”

“你不过来，我就外包了！”吴文杰故意气江柳。

“你想找谁都行，我马上跟你离婚！儿子你自己带！”江柳才不怕他。她有杀手锏。没有她，儿子就是他的包袱。

“江柳，你给我开门！你给我睡过来！”吴文杰把她的门擂得“咚咚”响。他也有办法对付江柳，那就是耍赖。他知道江柳好面子，怕邻居听到他们吵架，也知道她心软，最后总是无奈于他的胡搅蛮缠。

果然，江柳开门出来了：“你喊什么喊？想把邻居都叫醒看我们笑话是吧?！你看你把儿子也吵醒了。”

江柳开门的同时，儿子也打开房间门，探出头来盯着他们。一见江柳望着他，赶紧缩回头去关上了门。

就在这时，吴文杰一把抱住江柳，嘴紧贴她的脸。江柳一把推开他的头——嘴真臭。江柳现在都不跟吴文杰亲吻了，讨厌他嘴里喷出的酒肉臭气。他年轻时嘴里没有任何异味，清新得很。吴文杰也不管她，把她往自己房间推。江柳不从，他就拖着她走。

“你这是强奸民女！我要告你！”

“告就告！”

江柳早上起来时，房间已空无一人。没打一声招呼，没有交代他不在时娘俩的注意事项，没有一句关心、担忧的话，吴文杰就这样大摇大摆离家数日。江柳只好给自己打气，跟儿子说：“爸爸又要办案了。这阵子只有我们娘俩，你要听话！同学欺负你时要告诉老师！不要每次都带着伤回来！”

一二

吴文杰带着换洗衣物、两条烟、一袋茶和两瓶自制的剁辣椒来到办公室时，叶如青、甄珠和王木林都已端坐在办公桌前了。

看到吴文杰的这些行头，甄珠“扑哧”一声笑出来。“科长又准备加班熬夜、吞云吐雾了。”

吴文杰也咧嘴笑了笑：“晚上加班，烟的消耗量大。”他一边将衣物放进柜子，一边问道，“其他办公室的人都到了吗？”

“早到了。终于有案开了，大家都很兴奋。”

“那你帮我通知他们9点到我办公室来开会吧。”

因为反贪案件的特殊性，保密程度要求很高，尤其是以口供为前提的行贿、受贿案，保密工作好坏直接关系到任务的成败。除了案件经办人，吴文杰很多时候都在开工前几分钟才向全科通报案情，布置任务。反贪办案是整体作战，开案时可能要同时或穿插进行调查、取证、讯问、带人、追逃等多项工作。有时一个科的力量都不够，还要向其他科借人借车，甚至申请法警配合。作为科长要统筹兼顾，既要把每个人的职责任务安排妥当，还要协调好本院相关处室的保障。趁甄珠打电话之际，吴文杰移步到处长办公室。“高处，向你汇报一下！今天我们去带东升投资公司两个人：物业管理分公司经理张安帮和办公室主任肖江河。”

“好啊，祝你们成功。”高得意说道，“有什么需要我做的？”

“车不够用，找你借两台。”

“给。”高得意拉开抽屉，拿出两把车钥匙：一台是他的，尾数666的O牌车；一台处里的机动车，974号皮卡车。除各科专用车由各科掌管外，处里还有三台机动由处长管理，统一调配使用。

吴文杰回到办公室时，在别处办公的张伟强、刘敏锋、常淡云和丛志天相继到了。待大家坐定后，他开始安排工作：“我们今天上午，开南东省南方资产管理公司东升投资顾问有限公司下属的飞达物业管理分公司这条线索，地址在南风中路民林路口的东升大厦。要带两个人——物业管理分公司经理张安帮和办公室主任肖江河。经办人张伟强和刘敏锋。叶科老婆怀孕，这次就不主办了。视案情需要，还会作出调整。带人时全科参加。需要动用科里的81号警车、高处的O牌车以及974号蓝牌车。我、叶科、老张各带一台车，老王、老丛、老常负责开车。到达东升大厦后，叶科、老张和我三个人上去，其余人在车内待命。人带走后，叶科和小甄留下扣电脑、调账。”

“知道了。”相关人员答道。

“老丛，你现在去检查一下科里的警车以及高处的O牌车和974号蓝牌车，看看油够不够。小甄，准备一下法律文书。小刘，填单申请两间审讯室。老张通知内勤订饭，请机关服务中心晚上保障空调。”

“叶科还有什么补充？”叶如青心细。为避免疏忽，吴文杰往往都会最后再征求一下他的意见。

“没有。”叶如青答。

“好，随时准备出发。”蓝牌车是指除O牌车之外的民用牌车。检察院除了白牌警车，也有部分蓝牌车。蓝牌车主要为办案的反贪和反渎部门配备的。反贪局每个侦查处的办案科都配备一台车，蓝、白牌不定。执行监视、跟踪、守候、抓捕等任务时，开蓝牌车不显眼；去工商、银行、税务、房管等部门办事时，用白牌车则比较方便，有时会违章停车。分配完工作后，吴文杰接着给陆清宏打电话，让他看看经理张安帮和办公室主任肖江河在不在。

陆清宏提着茶叶桶去茶水间，路过隔壁办公室时用眼角余光往里看了看。回来后向吴文杰报告：“吴科长，张安帮在办公室，肖江河不在。”

吴文杰问道：“肖江河最近有没有请假外出？”

陆清宏说：“不知道。上周五还见到他的。”

“张安帮在几楼，哪间房？”

“十三楼七号房。出电梯右手边。”

“我们现在过来。你盯着点。”主犯在、从犯不在，但箭在弦上，不得不发。吴文杰还是决定按计划实施行动，通知全科立即出发。

十几分钟后，他们来到南风中路民林路口的东升大厦。这是1980年代的建筑，楼高十八层，周边的同年代或更早时的建筑都不超过九层。可想而知，当年的东升大厦是何等的鹤立鸡群、卓尔不凡。大厦位于繁华地段交界处，人来人往，前面有约一百平方米的停车场。因只有张安帮在，为不惊动肖江河和造成不必要的影响，吴文杰让警车停在大厦对面的马路边，O牌车停在十字路口执勤交警附近，仅974号蓝牌车停在东升大厦的斜坡上，车不熄火，待命。吴文杰叫上叶如青、张伟强，三人走进大厦。

大堂有两位保安值班，其中一位是阮运丰。他是特意来此等候吴文杰他们的。作为分管保安的副经理，平时不用值班，除非有重要活动或上级来检查工作。吴文杰直接从他身边走过，装作不认识。他看得出来，阮运丰见到他和叶如青时非常高兴。等电梯时，旁边一位头发花白、年约六十的老者突然冲着叶如青叫道：“叶科长，你好。”

吴文杰和叶如青都被这叫声吸引住了，条件反射似的回头。叶如青定睛细看，露出诧异的表情：“老郑！郑刚！你怎么在这里？”

郑刚说：“这是我们公司啊。改名了，原来的省经协集团现在叫东升投资顾问有限公司。”

“你还干老本行？”

“是啊。不过，快退休了。你们过来办事啊？”

“是啊。这是我们吴科长。”叶如青指指吴文杰。接着介绍道，“他是原省经协集团的纪检监察审计部副部长郑刚。我们2005年一起办过案。”

吴文杰伸出手：“太好了！我们先去你办公室坐坐。”

东升投资顾问有限公司跟飞达物业分公司在同一栋楼办公，只不过楼层不同。郑刚办公室在十二楼左手最里面一间，门口挂着“监审部”的牌子。办公室有三张办公桌，郑刚坐第一张；第二张椅子上挂着一个女式手袋，人不在；最后一张坐着一个三十多岁的小伙子，正在喝茶、看报纸。

吴文杰一看办公室的格局，就知道郑刚在公司的日子不好过。机关和国企有不成文规矩，坐最后一张的是办公室职务最高的；由后往前推，坐第一张的，就是职务最低的。说难听些，是看门的。

进屋后，郑刚对看报的年轻人说：“市领导下来检查工作，你回避一下。”年轻人没出声，看了吴文杰他们一眼就出去了。郑刚关上门，给他们泡了一杯茶说道：“这人以前是谭副总的司机，现在是董事长的司机。他的工作除了给董事长开车，就是监督我。监察审计部有三个人，部长由投资公司纪委书记兼任，在十四楼办公。坐我后面的是副部长，省国资委某领导的千金，每天神龙见首不见尾。”

叶如青问：“你刚才说的谭副总，是不是谭向军？”

郑刚答：“是的。”

吴文杰转头问叶如青：“你认识？”

“一言难尽。以后再说吧！”

叶如青继续问郑刚：“谭向军为什么要监视你？”

郑刚说：“2005 年我配合你们办的于杰案由于抓人太多，领导不高兴，说我吃里扒外；之后找了个理由，撤掉了我纪检监察审计部副部长的职务。无所谓了，我资格老，也快退休了，他们也不敢怎么惹我。现在公司监察审计部实际上就我一人。于杰案后公司由正厅级降为正处级，归属南方资产管理公司，由省经协集团改名叫东升投资顾问有限公司。现任董事长胡明仁是南方公司委派的，是原省煤炭公司的副总经理。这几年公司是换汤没换药，经营状况没一点儿好转，效益比以前还差，内部关系更复杂了。唉，以后有空再慢慢跟你们说，先办你们的事。”

吴文杰见叶如青跟郑刚熟，就示意他说话。叶如青意会：“我们接到举报，来找物业分公司经理张安帮和办公室主任肖江河了解些情况，顺便把物业分公司这几年的账调回去查查。好像张安帮在，肖江河不在?! 麻烦你帮我们看看。在的话，不用说什么，把他们叫来你这里就行。”

郑刚说：“要从这里带人，可能要跟董事长先打个招呼。否则，我去找人而不跟老板说，他会怪我的。”

“那当然。我们不会让你为难。把人控制后，再去拜访公司领导。”

一三

郑刚步行下楼，来到张安帮办公室：“张经理到我办公室来一下，有事找你。”说完，转身就走了。

张安帮愣了一下。虽然郑刚是上级公司的，但不归他管；平时没什么往来，能有什么事找他？尽管有疑问，他还是照办了。他前脚刚进门，董事长的司机后脚就跟了进来。郑刚吓了一跳，神情紧张地望着吴文杰。

吴文杰不露声色地对司机摆手道：“请你出去一下，我们要谈些事。”

此时，郑刚也已回过神来。“上级领导找张经理有事，我们都回避吧。”说完，就把司机拉了出去，关上门。

张伟强走过去守住门口。门一关，大家就闻到了一股酒气。看来来人是个酒鬼。

吴文杰没有马上出声，只盯着张安帮的眼睛看。

张安帮给盯得有些发毛。这些上级领导他根本不认识，谈什么事也无从知道。想到郑刚是东升公司纪检的，难道这几个人是更高层纪委的？如果是，我有什么事被捅了出去？他心里越发紧张了。为了掩饰慌乱，下意识地低下头来。刚好看到郑刚桌上的茶叶缸，就伸手去拿，但手有些发抖。开缸时，盖子“咣”的一声掉到了地上。他回过神来，弯腰拣起茶叶盖，然后抓了几把茶叶。冲好茶后，他双手恭恭敬敬地递给吴文杰。吴文杰并不接手，他只好放在桌面上。然后，掏出一盒黄色的香烟。

吴文杰伸手拦了一下，终于开口说话：“我不抽这烟。昨晚喝酒了？”

张安帮连忙说：“是，是。一点儿小癖好。”有些结巴。见吴文杰不抽，他也不敢点烟。“领导找我有什么事？”

吴文杰说：“例行公事，了解一下情况。”

张安帮说：“要不要我回去拿个笔记本？”

吴文杰说：“不用。”然后，他给叶如青使了个眼色。

叶如青从包里拿出工作证和《询问通知书》，朝张安帮亮了一下，“我们是南州市检察院的检察官。请你跟我们走一趟！”

张安帮身体抖了起来：“检察院的？我能有什么事？”

叶如青说：“例行公事。走吧。”

张安帮想拖延时间：“我要跟领导打个招呼。”

吴文杰知道这是他的缓兵之计，就跟叶如青说：“打电话叫老郑过来吧。”

郑刚一进门，张安帮就像遇到了救星，抢先说：“老郑，帮我跟董事长说一声，检察院的同志叫我过去。”他想让郑刚给胡明仁报个信，以便伺机营救。

郑刚是老纪检，明白他的意思，应付道：“叶科长已经见过董事长了，你放心去吧。”

“你手机在哪儿？”吴文杰问张安帮。

“在这。”张安帮拍拍裤子口袋。

“老郑，麻烦你陪叶科去把张经理的包拿下来，顺便把他办公室的门也带上。”吴文杰对郑刚说。

“不，不用了，我没什么东西要带的。”张安帮紧张得额头都冒出了汗。

张安帮的神情吴文杰看在眼里，并不去理会。“去吧，老郑！我们在这儿等你。”

对嫌疑人的随身物品进行例行检查，有时可从中发现意想不到的线索。不一会儿，郑刚拿着张安帮的包和叶如青回来了。吴文杰把包塞到张安帮手里："走吧。"

张安帮在张伟强、叶如青一左一右夹击下，老老实实走出郑刚办公室。电梯口见到同事，他还故作轻松地打招呼。看得出来，他要面子，并不希望大家知道他被检察机关带走了。

见到人被带了出来，王木林立即把停在斜坡上的974号车开过来。

吴文杰交代刘敏锋："你这台车先把他带回去。"

车走后，吴文杰和叶如青、张伟强又回到郑刚办公室。"老郑，还要麻烦你一下！打个电话给肖江河，问问他在哪里，叫他马上回来。"叶如青说。

郑刚协助叶如青办过案，彼此很信任，也很默契。他立刻拿起电话："小肖，你在哪里？我是老郑，有事找你！你马上到我办公室来一趟！"

放下电话，郑刚跟吴文杰说："他正在回单位的路上，大概十分钟后到。"

"肖江河到位后，我把他先带回去！你们两人留下调账，扣电脑。"吴文杰对叶如青和张伟强说。想了一想，他又说："老张把人带回去，我留下来和你善后。"

敲门声响起，肖江河走了进来。这是一个相貌粗俗的中年男人，大约三十四五岁，个子不高，一米七左右。当郑刚介绍说南州市检察官找他，他内心的惊恐在脸上表露无遗。

吴文杰、叶如青、张伟强对视一下，想说的话全在眼里了：这人肯定有问题，而且容易攻破。出示工作证和《询问通知书》后，三人将肖江河带下楼。一直盯着大堂动静的丛志天立即将O牌车开过来。张伟强将车后门打开，让肖江河进去挨着甄珠坐，自己再坐在肖江河身边。

车离开后，吴文杰、叶如青再次上楼。

一四

一切似乎都很顺利。然而，吴文杰清楚，战斗才刚开始。

他对叶如青说："请老郑带我们去拜访一下胡明仁董事长，如何？"一般情况下，检察机关到被调查对象单位办案，会在第一时间拜访主要领导，要求配合。但因事先得知张安帮是东升公司董事长胡明仁的老部下，又是胡明仁调入的，关系特殊，吴文杰才决定把人控制后再知会负责人。

胡明仁的办公室在十二楼尽头。快到时，一个声音从隔壁房间飘出来："老郑，干什么呢？"话音未落，人已走到了门口。

此人是东升投资公司的二把手谭向军副总经理，五十多岁，头发花白，但身材挺拔，颇有气质。见到叶如青，他讶异了一下："噫，这不是检察院的叶科长吗？好久不见，想死我了！什么风把你吹过来了？"

叶如青也认出了他："哦，是谭总。没什么，过来拜访一下胡董。"

“办完事一定去我办公室坐坐！我们兄弟好久不见了。”

“好。”叶如青应付道。

“那说定了，我等着。”

进了胡明仁办公室，郑刚介绍道：“董事长，这是市检察院反贪局的吴科长、叶科长。他们要找物业分公司的经理张安帮和办公室主任肖江河了解点儿情况。”

正当吴文杰、叶如青掏出工作证准备递过去时，胡明仁起身离开办公桌，走过来跟他们握手了。这是一位年约六十、面色黝黑、皱纹密布、两眼浑浊、胡子拉碴的男子。衣着普通，除了腰间的都彭皮带像样点儿，根本看不出是大型投资顾问公司的董事长。

“不用看了。我还信不过老郑吗？你们该怎么办就怎么办。需要做什么尽管说，我们全力配合。”胡明仁显得很爽快。

“给你们添麻烦了。”吴文杰说，“张安帮和肖江河我们已经带走了。接下来还有些工作要做，就让老郑来向你汇报吧。”

胡明仁郑重交代道：“好。老郑，一定配合好检察院的工作！你跟各部门说，你全权代表我，要他们全力支持。”

离开胡明仁办公室，谭向军在门口等着。吴文杰的心“格登”了一下。他刚才是否偷听了谈话？至少，两位部下被检察院带走，他第一时间应该知道了。谭向军头发白的很白，黑的很黑，且油光发亮。面庞红润的他两眼炯炯有神，一副精明强干的样子。与胡明仁不同，他穿着极为考究，绝对是名牌。人家已等着了，不应付一下不行了。“谭总，我们正准备去你那儿打个招呼呢！”叶如青主动说道。

谭向军像阔别老友，责怪道：“我们什么关系，怎能打个招呼就走！我茶都泡好了，上好的普洱，进来喝两杯再说。”说完，做了个请的手势。

叶如青说：“改日吧。”然后介绍吴文杰，“这是我的领导吴科长。”

吴文杰说：“久仰，久仰！公务在身，还是改日吧。”

谭向军说：“那我陪各位转转？”

吴文杰脑子一转，计上心来：“好，那就有劳谭总了。”

叶如青、郑刚一下子反应不过来，对视了一下。两人心里都很疑惑，不是要去调账吗，怎么还有闲心到处逛？就不怕弄得满城风雨？但疑惑归疑惑，他们还是相信吴文杰此举必有其意。的确，吴文杰灵机一动还真是别有深意。谭向军给他的第一印象：非大忠即大奸。如果是大奸，则是一个强劲的对手。东升公司内部拉帮结派，关系复杂，他想跟随谭向军亲身感受一下。既然谭向军想喧宾夺主，他就将计就计，也许会有意想不到的收获。

在谭向军的带领下，吴文杰、叶如青、张伟强、郑刚一行四人从公司纪委书记伍立志的办公室开始，从十四楼的党群部、财务部、企管部、法律部等部门，到十三楼的石油分公司、贸易分公司、房地产分公司和煤炭分公司，最后是十二楼的物业管理分公司，都进去转了转。谭向军一副陪同上级巡视的样子，一边带路，一边作介绍。每进一间办公室，开场白总是千篇一律："大家停一停，静一静！注意了！南州市检察院领导到我们公司检查指导工作，顺便看望大家。大家热烈欢迎！"然后，谭向军又给吴文杰介绍道，某某是什么经理，某某是什么主任。待大家握完手，他最后说："下面请检察院领导给大家做指示。"

吴文杰也总是不厌其烦地说："大家辛苦了！给你们添麻烦了！如果对我们工作有什么意见和建议，请随时打来电话。谢谢大家！"说完，掏出名片随意派放。

叶如青真是丈二和尚摸不着头脑，吴科长今天怎么了？他除了同行，几乎从来不对外派名片的。而对于谭向军的做派，他倒是见怪不怪。2005年，他参加省纪委专案组主办的于杰案时，谭向军也是这样"拉大旗作虎皮"，带着他到处炫耀。"这是省纪委的领导，来我们公司检查指导工作……"当时，他就有种上当受骗的感觉，没想到吴文杰也重蹈了他的覆辙。唯一不同的是，吴文杰还到处派发名片。难道他没有识破谭向军的伎俩？叶如青有点儿看不懂了。

如果谭向军认为吴文杰傻，那他就要后悔一辈子。当然，他要后悔也来不及了，覆水难收。吴文杰什么人？情报专家呀，对信息极度敏感。他看出谭向军想利用陪同机会，显示他与检察院领导有密切关系。如果来人是办案的，则表示他不仅与案件无关，还是案件负责人。吴文杰可不想为他做嫁衣裳。他长期在部队情报部门做争取、发展工作，善于发现和利用各种有用、能用的社会关系或工作关系。这一次他想变通一下，打拉结合，打一边拉一边，以查处张安帮、肖江河涉嫌犯罪为契机，把东升公司内部贪污腐败分子潜在的对立面吸引出来、通过他所派名片上的电话暗中与检察机关联系，以获得更多信息或线索。案件的发展证明吴文杰此举卓有成效。破案过程中一直有匿名电话和短信提供有价值的线索，指引破案方向。谭向军是聪明反被聪明误，搬起石头砸了自己的脚，后悔都来不及了。

巡视完各办公室后，谭向军告辞。吴文杰、叶如青在郑刚陪同下去张安帮、肖江河的办公室拆完电脑，再到财务部调取了物业分公司2004年至2008年的账本。

可想而知，整个东升大厦都震动了。

一五

吴文杰和叶如青回到办公室，甄珠将盒饭送来了。"科长，饭菜都有些凉了。我们科买个微波炉吧，大家就能吃上热饭菜了。"甄珠贴心地说道。

"不怕，我们有这个。"吴文杰将自制的剁辣椒打开。叶如青率先用勺子挖了些。他是湖南人，能吃辣。随便扒拉了几口，吴文杰就让甄珠通知全科人员来他办公室研究审讯方案。

叶如青把盒饭推到一边，拿纸巾抹了抹嘴，先说道："五年前我还在四科，就办过东升公司前身省经协集团的案子，总体情况比较熟，这次就不参加审讯了。"

吴文杰说："好吧，你负责案件的取证工作。东升投资公司的情况比较复杂，案件可能还会涉及其他人。要尽快把有关线索的脉络梳理清楚，为扩线做准备。”叶如青点点头，吴文杰继续往下说，“张安帮和肖江河由老张和小刘主审，谁审谁你们自己定。白天老王、老丛协助，晚上云队和小甄接替。我有个感觉，肖江河这人比较好突破，带人时他一脸惊慌。审讯时可采取击弱分化的方法，先把肖江河打倒，再去分化瓦解张安帮。”

张伟强说：“我同意。肖江河这人胆小，吓他一下，会乖乖投降。”

“现在已是午后1点了，大家先去休息吧。张安帮和肖江河让法警看起来，暂时不审。等物业管理分公司原分管工程的副经理陆清宏和分管保安的副经理阮运丰下午过来看账，把举报信反映的问题全部找出来后晚上再审。小刘可以先给他们布置作业。”吴文杰口中的作业指的是犯罪嫌疑人根据审讯人员要求，在法警的看守下书写本人及家庭基本情况、财产状况、个人简历及相关需要调查核实的问题。调查对象在做作业时，审讯人员可以处理其他事情。安排完工作后，吴文杰给陆清宏打了个电话：“陆经理，下午是否可以过来看账？”

“下班后才能过来。今天早上你们带走张安帮和肖江河后，整个公司人心惶惶，老板随时都有可能找人了解情况。上班时间去了被人发现不好，大家回家了我们再过来。”

6点钟左右，吴文杰接到陆清宏和阮运丰电话。他让刘敏锋到门卫那里将两人接到会议室。“有盒饭，要不要吃点？”吴文杰问。

“不了，看完账回家吃。”陆清宏答。

出于对证人安全的考虑，没有见过陆清宏和阮运丰的干警，吴文杰都不让参与查账。会议室只有他和叶如青、张伟强、刘敏锋和甄珠。所有扣回来的账都分门别类装在纸箱里，放在会议室桌上。甄珠把东升投资公司财务部提供的2004年公司改制以来物业管理分公司的电子账复印了两份，陆清宏、阮运丰各一份。

陆清宏一笔一笔地看，不时还与阮运丰交换意见，并用笔把有问题的账目勾出来。作为管了十几年工程的副经理，十分清楚哪些账弄虚作假了，没有把握的就由阮运丰根据他的标记去找财务凭证。两个小时后，他对吴文杰说：“粗粗看了一下，这十几笔账都有问题。这个单是假的，工程根本没做，材料款是虚构的；这个工程一万元足够了，却报了三万多元的账；这个工程三五个人就行了，却报了二十多个人的加班费。”贪污公款的账一定是平的，很多时候没有内部人指点，外人很难看得出来。由于做账的是财务专业人士，有些账目就是内部人员也看不出问题。如果做账的财务也参与了贪污，看账就更难了。陆清宏粗略算了一下，才十万元左右，大失所望。把找出来的财务凭证交给吴文杰时，他有些不好意思。因为他们举报张安帮涉嫌的问题有二十多万。

吴文杰转手递给叶如青，叶如青是这方面的专家。叶如青仔细看了看凭证：“这些凭证有一个共同点，就是报账的经手人或领款人都是肖江河。”他指着桌上那几大纸箱财务凭证，“要不大家辛苦一下，一页一页地翻，把张安帮当经理以来由肖江河经手报账或领款的所有凭证全部找出来，看看有什么发现。”

叶如青没再往下说，也没有人问为什么。大家都相信，叶如青要这么做一定有他的道理。一人一箱，六个人一本本地看，一个多小时后会议桌上堆了几十本凭证。叶如青让甄珠把找出来并折叠好的凭证全部复印出来。半小时后，甄珠复印完毕，叶如青拿出计算器算了算。“由肖江河经手或领款的单据大约一百三十万，除了工程款、材料款、加班费，还有购买办公用品、大厦清洁用品和应酬接待的费用。部门审批领导除了陆经理你，还有周枫。周枫是谁？”他问陆清宏。

“她是物业分公司分管行政和大厦保洁的副经理。是个女的。”陆清宏答道。

“这些是你签字的，差不多一百万。剩下的是周枫签字的，约三十万元。”叶如青将一叠凭证递给陆清宏。

“有这么多？”陆清宏很是惊讶，“不过，确实有些事我不知道，经手人说张安帮同意的，我不问也不看就签了。”他解释道。

“陆经理，别介意。有没有问题，等会审肖江河就知道了。钱去了哪里，他一定要有个说法。”吴文杰安慰道。

这时，陆清宏犹豫了一下说道：“有件事跟我有关系。不记得从什么时候开始，大概两年多了，肖江河每个月都给我一千五百元现金，说是汽车补贴，累计下来有三万多。如果这钱有问题，我愿意退出来。”

直觉告诉吴文杰，陆清宏的“车补”源自肖江河套出来的公款，肖江河手里有一个“小金库”，而陆清宏涉嫌共同贪污或私分。他明白了，为何之前陆清宏会问起如果是被迫的，会怎么算。而他昨天在湘庆土菜馆姗姗来迟，原来是有顾虑。不管怎样，他能加入到举报阵营中来，的确勇气可嘉。“你的车补先不管，但这事对我们破案很有帮助。”吴文杰安慰道，“除了你，还有谁有车补？”

“我不能确定，但我想张安帮、肖江河肯定有。他们拿了多少我不知道，也不知道这钱从哪里出的。”

吴文杰说：“好。我们先不管这钱的性质，但可以此作为突破肖江河的炮弹。”

张伟强知道该他上了，叫上刘敏锋就出去了。

一六

审讯有一招叫击弱，是办案人员常用的，类似于农村包围城市。弱，既指弱者也指弱点。在共同犯罪中，处于从属地位、问题较轻、心理素质较差的就是弱者。弱的打倒了，初步证据也就拿到了。经验告诉吴文杰，从各方面情况看，肖江河相对于张安帮是弱者，会更容易突破。共犯中的弱者确定了，就要找切入点，即从何处下手。这很关键，切入点的选取关系到案件成败，因为检察机关询问或审讯犯罪嫌疑人有时间限制。在规定时间内，没有取得突破、拿到证据，就必须放人。

这个切入点，不难找。张伟强在部队时是副处长兼纪委书记，有办案经验，还管过小金库。早些年由于经费有限，很多部队都搞生产经营以筹集资金。这些资金都是账外账，自筹自支，不向上级报告。从这方面说，张伟强与肖江河有共同语言，可算是“知音”。瘦瘦高高的张伟强平时就挺有气质，如今又代表正义，往肖江河面前一站，自是不怒而威。他还没开口，肖江河就不由自主地哆嗦起来。“叫什么名字？”张伟强的声音沙哑，却严厉。

“肖，肖江河。”

“干什么的？”

“飞达物业管理分公司办公室主任兼财务部主任。”

“知道检察院反贪局干什么的吗？”

“知道。”

“知道为什么找你吗？”

“不，不知道。”

“像你这种走后门进到大型国企搞鬼搞怪的，踩死你跟踩死一只蚂蚁一样。你信不信？”对胆小的嫌疑人，威吓通常是最有效的手段。

“那是，那是。”肖江河伯伯是东升公司第三任董事长肖立军，2004年于杰案时被南州市检察院调查，因癌症晚期躲过一劫。病退前，利用职权让电大还没毕业的肖江河进了东升公司。

“学过《会计法》吗？”

“知道一些。”

“做假账要负法律责任的，知道吗？”

“知道。”

“你做过假账吗？”肖江河沉默。“我们检察机关办案，没有证据是不会找你的。”张伟强开始进攻了，“主动把问题讲清楚和拒不交代，处理上是截然不同的。主动讲，可从轻从宽或免予司法处理。否则，就会被从重从严处罚。”见肖还是不说话，张伟强从亲情突破他，“你老婆快生了吧？”

肖江河点点头。

“你不想小孩一出生就见不到爸爸吧？”

“我一个小兵，有些事也没什么办法。”肖江河有些动摇。

“理解。”张伟强为肖江河着想，“我们有些领导干部私心太重，以权谋私，还带坏了下属。你是聪明人，我相信你会做出正确选择。群众检举你在大厦装修工程中弄虚作假、贪污公款。你已涉案，谁也帮不了你，只有自救。”

“我要说了，能放过我吗？”肖江河有些害怕了。

临门一脚的时候到了。“不要讨价还价。只要你说实话，我会为你求情。”

“好，你问吧。不过，有些事我不一定记得起来，也不一定记得很准确。”肖江河在张伟强的攻势下，终于举手投降。

“这你不用操心。有账的我们以查账为准。另外，告诉你一个消息，你的老板张安帮之前已被我们带走，还有一些知情人正在协助我们调查。张安帮也供认了财务那边报账他没管过，都是你经手的，他让你到财务部报过很多钱，具体情况你最清楚。我们对过账了，很多账单你都是领款人。那些钱你领了之后是怎么处理的？讲得清楚的话，没你多少事；要是讲不清楚，你要负全责，都要算到你头上。你扛不起的，明白吗？”击弱的同时，张伟强使用了审讯的另一招——分化。张安帮都招了，肖江河扛也没用。否则，后果是严重的。他要消除肖江河最后一丝侥幸心理。

“明白。”肖江河胆子本来就小，再经张伟强这么一吓，权衡了一下利弊说，“我说。”

“好。我们开始吧！”旁边做笔录的甄珠递过冯小民、李劲勇等二十多个保安六千多元加班费的签领单。张伟强把签领单和笔递给肖江河，肖江河开始一笔笔地看，一边看一边勾。张伟强希望由小到大，并通过这笔加班费测试一下肖江河的可信度。

“我就知道这笔加班费迟早要出事。”肖江河边勾边说，“我提醒过张经理，他就是不听，硬是要我扣着不发。”约一小时后，他把签领单还给张伟强，“就这些了，钱都给了张经理。”

由于对物业公司内部矛盾冲突的始末已大体清楚，张伟强在加班费问题上没有深究。见肖江河没讲假话，他决定更进一步，“讲讲车补的事吧。”这是一箭双雕的问题。车补必然涉及资金来源，又必然牵涉其始作俑者。

“这，这……”张伟强像是随口一问，肖江河却很难回答。

“怎么，不想说？别人可都说了的。你要想清楚了，现在是给你机会。你要不说，后果会很严重。”张伟强适时压了一压。这一压，肖江河就泄气了。

“能给我一杯水吗？”嫌疑人向审讯人员要烟要水，是准备交代问题的先兆。甄珠起身倒了一杯水给他。“这事跟我没关系。”肖江河先辩解。

“先别辩解，交代问题。”

“好吧。2007 年 1 月张安帮上任后有一天和我在办公室，陆经理过来了。张安帮说，物业公司有些开销不好走账，比如公司配备的一台面包车已经报废，陆经理的私家车经常私车公用，该给些补贴。还有其他经营费用每月一万多都无法报账，怎么办。我和陆经理都说确实困难。张安帮就说，工程部有些票该开的就要开，数额适当加大。他是经理提了方案，我俩没反对。他然后决定每隔一段时间由他根据经营状况确定冒领数额，我去操办。冒领出来的钱由我保管，但要按他的指示开支。有时候是他拿发票给我，有时候他叫我去找发票。具体冒领了几次，冒领了多少金额，我记不清楚了。”

“不只工程部有冒领吧？”张伟强想起肖江河报的账还有保洁方面的费用。

“还有，还有。”肖江河有些结巴起来，“保洁费也报了些，票是张安帮拿给我的。估计他跟分管服务中心的副经理周枫也商量过了，报账单上有周的签名。”

“都有谁拿了车补？”这是个有关证据链的问题。

“除了张安帮、陆经理和周经理，其他人都没有。”肖江河回答得很坚决。

“车补多少？”

“车补标准是张安帮定的：从 2007 年 2 月起，每月他三千元，陆经理一千五百元，周经理一千元。”

“总共套了多少钱出来?”

“真不记得了。大概几十万吧?”肖江河不知是真不记得还是假不记得。

“好，你再想想。过一会儿我再找你。”张伟强初战告捷。

一七

“搞定。”回到办公室，张伟强将清单递给吴文杰，“科长，你看！举报材料反映的情况基本属实。保安六千多元的加班费找到了；张安帮贪污的十几万工程款，肖江河也都勾出来了；还有一些我们没掌握的东西。”

吴文杰看了看，就把清单递给叶如青。叶如青虽不参与审讯，但他是注册会计师，对账很熟。仔细看了清单后，他兴奋地说：“妈的，居然有差不多六十万元！没想到这帮家伙还以购买办公用品的名义套取了几十万。”

从十几万元到六十万元，这一重大发现让吴文杰兴奋不已。他跟张伟强和叶如青说道：“肖江河开了口是好事，不排除他还有所保留。我看啊，可以再逼他一下。等把肖江河这里搞清楚了，再审张安帮也不迟。肖江河虽然不是专业会计，但经手这许多钱，也许会有一个记录作防身用。万一张不认，他不就惨了。如果我们能拿到记录，加上他的供词和陆清宏、阮运丰的证言，张安帮就是零口供也可以定罪。”

“对，科长说的有道理。我也估计肖江河会有一个小本本。”在部队管过后勤的张伟强有经验，赞同道，“我再下去审审，逼他交出这个本本。”

晚上10点，张伟强开始对肖江河第二次审讯。他决定先探探他：“据我们初步统计，你经手冒领和掌管的小金库资金有三百多万!”

“开玩笑！领导，你别害我！不可能有那么多!”肖江河大叫着要站起来。

张伟强走到肖江河背后，用手按住他的双肩，把他按回凳子上。“肖江河，不是我吓唬你！今天下午我们把你经手的账全部审计了一遍，不会有错。除非你拿得出凭证自证，否则对不上的部分都会算到你头上。到时候不是你出不出得去的问题，而是你牢底都要坐穿!”

“我能证明。我，我……”泼出去的水，收不回来了。张伟强确定肖江河有个记录明细的小金库账本。

“交出来吧?”张伟强逼迫道。

“交什么?”肖江河声音细若游丝，只剩最后一点儿力气。

“你刚才交代的情况有些和张安帮交代的对不上，张安帮不认的那部分将来上法庭会算到你头上。好像你读过电大财务大专班，记账还是会吧。要不我们开张搜查证去你家里和办公室找找，看看能不能找到那个小本子。”搜家是肖江河的软肋，他家中有个大肚子老婆。当然，检察官也不敢贸然前往。若造成他老婆流产，哪怕动了胎气，可不是闹着玩儿的!

“求你们千万别去我家，也别告诉我老婆我在你们这里。”肖江河一副可怜巴巴的样子。“我是有一个记录本，放在办公室铁皮柜里。”他垂下头，老老实实地交代道，“里面是我记录的所有根据张安帮指示、通过各种虚假手段从集团公司财务套现的数额和使用情况：发放张安帮车补每月三千元，两年共七万多元；发放原管工程的陆清宏副经理车补每月一千元，两年共计两万多元；我的车补每月也有两千元，两年共计四万多元；发放张安帮的师傅、临时工区水社保补贴每月五百元，两年共计一万多元。张安帮两年拿走的接待应酬费约三四十万元。还有十几万元张经理叫我放到他家楼下小卖部，以便他随时拿烟拿酒。还有两万元在我办公室抽屉里。全部约六十万元就是这么处理的。”

“你自己就没得一点儿好处？讲了就算你自首。”张伟强继续逼他。

肖江河想了想，下决心似的说道：“我也得了一点儿好处。张安帮调过来后就想搞钱，找来流石矿务局相熟的工程队做大楼装修，让我加大六万元的工程量。报完账后，我把六万元交给他，他拿了一万给我。这也是我第一次帮他造假得的好处。后来我按他指示把十几万元钱陆续转到他家楼下小卖部时，他又给了我一台八千多元的手提电脑。我总共得了一万八千元。除此之外，就什么也没有了。我愿意将这些钱马上退出来。”

“你鞍前马后，劳苦功高，就得了这么点儿好处？”张伟强不太相信。

“我不敢奢望太多。张安帮调来当经理后拉帮结派，谋取私利。公司两名副经理一个靠边站、一个形同虚设，很多业务骨干不是下岗就是无所事事，取而代之的是他在流石矿务局的老乡或老部下。我一个高中生没什么文化，电大的大专会计文凭也是假的，能当上办公室主任已经很不错了。它相当于公司副经理级别，每个月六七千元还是有的，有吃有喝，有台车开。他要是废掉我，我也只能当保安站岗去了，每个月只有两千。他知道我想要什么，让我继续当办公室主任就是给我很大好处了。我哪还敢想其他。再说我能在这里工作，是我叔叔临退休前安排的。他是公司第三任董事长，跟现任董事长不是一伙。现任董事长跟张经理是一伙的，一个是煤炭帮，一个是老经协这一帮。我叔叔帮不上我了，还一身病。张经理留着我也只是掩人耳目，真正重用的是他的师傅区水。别看区水只是班长，但工程材料都由他负责采购，账却由我来报，真真假假只有他们最清楚。对我来说，最重要的就是能保住办公室主任这个职位。”

听着肖江河的供述，张伟强迅速做出判断：肖江河所说大体可信，他的问题不必深挖。只要有问题就可以了，以后慢慢查。目前最重要的是确认他保存有记录本。这是关键物证，一定要马上拿到手，以免夜长梦多。“你记账的事张安帮知道吗？”

“知道。我经手的事太多了，不记下来怕说不清楚。我坐在张安帮的对面，他应该见到我这个记录本了。”这时的肖江河有问必答。

够了，张伟强想。他拿出一叠纸，叫肖江河写供词：“看你也可怜，我现在去向领导为你求个情，然后去你办公室把记录本拿回来。”

听完张伟强的汇报，吴文杰二话不说，立刻让叶如青到车库开车，和张伟强去审讯室把肖江河提出来，一起去他办公室取记录本。停车时，他下意识地看了下时间：凌晨1点35分。下车后又习惯性地上下左右扫视了一下，看到大厦中部有一间办公室还亮着灯，距他们车不远停着一辆丰田小轿车。丰田车的驾驶员放下车窗在抽烟，似乎在等人。吴文杰长年在部队搞侦察，养成了观察的习惯，深知细节的重要性。进到东升大厦，正好是阮运丰在值班。他趁没人注意，偷偷向吴文杰做了一个打电话的动作。吴文杰装作没看见，带着肖江河直接上楼去了。

肖江河办公室的铁皮柜里有个上了锁的小铁盒，打开小铁盒即可看到一个蓝色硬皮本。硬皮本里夹着一摞未及报销的发票。硬皮本下面还有一个信封，装有两万多元现金。吴文杰叫肖江河站在铁皮柜旁，让张伟强照了张相，然后将肖江河和上述物证带回。

一八

将肖江河交给法警看押后回到办公室，吴文杰和叶如青、张伟强传看了肖江河的记录本，与他本人供述基本一致。吴文杰决定立即召集有关人员碰一下情况，让叶如青通知刘敏锋、王木林和甄珠到会议室开个短会，其他人继续休息。对于反贪一线工作的检察官来说，通宵工作是常态。晚上审讯，犯罪嫌疑人处于疲倦状态，往往容易开口。“张安帮的情况怎样？”吴文杰先问刘敏锋。小刘与大多数勤劳的潮汕人一样，聪明、清醒、有思想、善总结。参加工作两年来，先后经历了质监局和水务局两个系列案，已具备主办案件的能力。每次开案件研讨会，吴文杰都有意锻炼他，让他先发言。

刘敏锋说：“我和张安帮谈，没露底，也没点透，只针对他收入和支出缺口不断施加压力。张安帮这人没有什么文化，一根筋，被我绕了几圈，破绽百出。我从他的家庭和收入状况开始审他，他实话实说。他老婆和大多数矿工老婆一样没有工作，是家庭主妇。一儿一女，一个读小学、一个读初中。2006年调到南州之前每月工资两千多，仅够家用。后来承包了矿上的供电所，三年多赚了近五十万元。另外，他还带施工队在2005年冰灾时外出抢修线路，挣了二十多万。这部分钱用于参股小水电站了。既然他这样说，我就问他，你也算有钱人了，之前有没有借过钱至今未还，或是借钱给别人。他说他没什么经济负担，不用借钱；也没什么朋友，不用借钱给别人。我又问他，来南州后有没有做些什么生意赚些外快或买彩票中了奖之类的，他也说没有。那我就逼他，说他调到南州才两年多，工资奖金就算一分不花，全部加起来也不够三十万，算上调来之前的五十万，家庭财产也不过八十万。但他这两年先是一次性付款一百二十多万在区政府后面买了一套房，后来又不用按揭花二十多万买了一台广本轿车，总共开支一百四十多万，减去存款八十万，多出的六十万从何而来？他无话可说。张安帮长年在相对封闭的地方工作，脑子不够用，绕两下就会晕，突破他是迟早的事。”

“好。有成效。”吴文杰赞许道，“老张，你讲讲。”

张伟强简要通报对肖江河的审讯情况后，说：“我们在肖江河的办公室拿到了他的记账本，里面的记录和他的供述大体一致。等会儿我和小刘下去搞定张安帮。”

“叶总怎么看？”叶如青心细，常有独到见解。任何时候，吴文杰都会征求他的意见。

叶如青正在查看、整理那一堆发票，见吴文杰问到他，就抬起头说道：“有些发票应该是同一天一次开出来的，也就是说号码应该连在一起的，但缺了几张。我看是不是可以再问问肖江河，短缺的发票是不是已抽出来混在哪里报掉了。如果是这样，他们报账的手法就可以弄清楚了。以后我们查账可以留意一下，或通过审计把它找出来。任何犯罪嫌疑人的交代都不可能彻底，肖江河的记录也不可能齐全，有些问题要靠我们自己去发现。”

“不愧是注册会计师。”吴文杰由衷佩服道。这个时候还有人会研究发票，并从中发现问题。

他开始派工：等会儿张伟强带甄珠继续审讯肖江河，把记录本里的东西搞清楚，同时查明肖江河本人及相关问题。刘敏锋、王木林开始讯问张安帮。小刘主审，老王配合，一个唱红脸，一个唱白脸，力争天亮前突破。

为防止嫌疑人将原件撕毁，张伟强让甄珠将肖江河的蓝皮记录本复印两份。曾有嫌疑人将纸质原件或笔录撕烂后吞进肚里，女嫌疑人将纸质原件撕烂后塞入身体私处，令办案人员手足无措。

“说说吧，把记录本的流水账都说清楚。这也是你自己救自己。”待肖江河重新坐下后，张伟强递给他一杯水。

“明白。我经手的事太多，有些不一定想得起来。”肖江河像是试探，又像是挣扎。

张伟强把他报账的财务凭证以及记录小金库流水的蓝皮本复印件扔在他面前。“别废话了！看看日期，我都对得出来。”

“唉！”肖江河叹口气，拿起两份复印件认真比对。十几分钟后，他从财务凭证复印件中抽出约一半，整理了一下。“我做的事都在这里了。”他说道。

张伟强不做声，瞪着肖江河看。

“你别这样瞪着我！”肖江河被他瞪得有点儿发毛，“我发誓不会有错。如果说了假话，你抓我去坐牢！”

“就看你的表现了。”张伟强不置可否。

“能否给我一个计算器？”肖江河问。

张伟强向甄珠点点头。甄珠走了出去，很快拿了一个计算器进来。

肖江河在计算器上按了按：“我说没这么多嘛。我经手套出来的钱总共只有一百四十七万零五百五十四元，哪有领导说的三百多万元。”肖江河的声音大了起来，还有点儿如释重负的感觉。

“你确定？别说我没给你机会！”张伟强继续吓唬他。

“不会有错。我套出来的钱每笔都有记录，财务凭证也对得上。”肖江河发誓，“况且，这个本子张安帮时不时会查看一下。”肖江河补充道。

“真的吗？”张安帮看过记录本这个信息太重要了！做过、看过的事在脑海中一定会留下印记。即使很久后被提及，心脉仍会被触动，未经特殊训练的人在表情上还会显现出来。张伟强心里一阵窃喜。

“都到这个分儿上了，我没必要骗你！”

“好，继续。”

“这个流水账我是2007年2月开始记的。你看！”肖江河右手指着蓝皮本第一行，左手拿起最上面的财务凭证：“2月15日收支票三万三千五百七十八元；18日收现金三万零二百二十，付张车补三千元，付陆车补一千五百元，付周车补一千元，付区社保八百元，余两万三千九百二十元。这是我套出来的第一笔钱。根据张安帮套三四万元费用的指示，我于2月15日虚构了物业公司两单业务：一是购买不锈钢焊条、无缝钢管、电容一万九千三百零六元；二是购买中央空调、水管、阀门、开关一万四千二百七十二元。合计三万三千五百七十八元。2月18日，我从财务部领到发票后就去找地下钱庄套现；钱庄收十个点的费用即三千三百五十八元，我套回现金三万零二百二十元。之后从这笔钱中分别拿出三千元、一千五百元、一千元发给张经理、陆经理、周经理作为第一次车补。剩余两万四千七百二十元。”肖江河将左手上的凭证放在一边，又拿起另一份凭证，右手指着流水账继续说，“2月26日收支票（防火门）两万六千九百一十元，收现金两万四千二百二十元。这是第二笔。根据张安帮指示，我虚构物业公司购买大厦防火门二十三扇，报账两万六千九百一十元；用支票购买发票，花费十个点即两千六百九十元，套回现金两万四千二百二十元。第三笔：3月18日收支票（电缆）两万七千五百五十元，收现金两万四千八百元；付张车补三千元，付陆车补一千五百元，付周车补一千元。这是我根据张安帮指示、虚构物业公司铜芯低压电缆报账的两万七千五百五十元，用支票购买发票花费十个点即二千七百五十元，套回现金两万四千八百元。然后，支付张经理、陆经理、周经理三人车补共计五千五百元。第四笔：4月10日收监控材料款三万八千元。负责购买大厦监控材料时张经理要求我开票时加大三万八千元，在财务报账后套回现金。第五笔：4月20日天面办公室结算款十六万元。物业公司负责在大厦顶层加盖六间办公室，张经理要我找施工的张老板加大工程款。第六笔……”肖江河越说越快。

“慢。把第五笔的支出讲清楚。”张伟强发现肖江河想蒙混过关。

“这，这……”肖江河变得吞吞吐吐。

“这什么这！一个字都不能漏！”张伟强呵斥道。

“是，是。十六万元有四项支出。一是四海烟酒店三万七千元，二是买购物卡四万九千元，三是付奖金一万元，四是付车补五千五百元。”给张伟强一吓，他的声音小了很多。

“再说清楚点儿！”张伟强厉声道。

“是，是。三万七千元是张经理在他家楼下烟酒店赊的账，叫我去结账；四万九千元是张经理让我给他买五万购物卡，打了九八折；一万元是张经理发给我的奖金；车补还是张经理、陆经理、周经理三人每月的定额。”肖江河开始发抖，无法继续了。

“这堆短缺的发票是怎么回事？”张伟强拿出一摞叶如青整理过的发票。

见张伟强问到短缺的发票，肖江河有些吃惊，只好补充交代道：“这些发票确实是张经理叫我虚开的，短缺的已混在我经手的项目中报掉了。之所以这样处理，是因为数额不太大，不容易被察觉。总数嘛，十几二十万吧。”

张伟强不再往下问，让甄珠拿上笔录纸给肖江河，让他逐笔对照着写下来。

一九

刘敏锋、王木林一打开审讯室的门，就听到呼噜声。张安帮趴在审讯椅的挡板上睡着了，看来是酒劲过后疲倦了。

刘敏锋在主审位坐下后，王木林来到他身边蹲下，看看，听听，然后站起来，一只手使劲地搓了搓他凌乱的头发。

“干吗！”张安帮醒了，望着面前的王木林要站起来，却被挡板卡住了。

“睡得很香嘛。”王木林说道。

“不准摸我的头！”张安帮很生气。

“摸你的头怎么了？你也不看看这是什么地方！”王木林边说边伸出右手，张安帮用手挡住，并将头扭到一旁。

“怎么，想打架？信不信，你两个张安帮也不是我对手！”王木林将手收回，握成拳做打人状。他是个粗人，个头不到一米七，体重却有近一百八十斤，胆小的见到他会有些害怕。他审讯常用的一招就是吓唬。

“我抗议。身体来之于父母。除了他们，谁也不能摸我的头。”张安帮面对五大三粗、高他半个头的王木林确实有些心虚。

“好意思提你的父母，好像你很孝顺?！我问你，你父母有没有叫你干坏事？”

“没有。”

“知不知道这是什么地方？没有证据我们会带你来？”张安帮不吱声了。“不要说没给你机会！”张安帮仍不吱声。

“说了就让你出去！”三板斧砍完，王木林没招了，回到副审座位上。

张安帮打了个哈欠，身子往后一仰，还跷起了二郎腿。

“坐好！”王木林一拍桌子，大喝一声，把他吓了一跳。

“肖江河在你隔壁。”刘敏锋出声了，边说边站了起来，“看看吧。”他把手机里肖江河接受审讯的照片递给张安帮看。张安帮紧张起来，目不转睛地盯着刘敏锋看，不知他要说什么。“肖江河都交代了，你最好争取主动。认识这个本子吗？”刘敏锋把肖江河的蓝色记账本在他面前晃了晃。

张安帮一看就傻了，像泄了气的皮球瘪在凳子上。

“知道这是什么？”

“小金库的记账本。”

“记的什么账？”

“我们套取的现金。”

“如何套取的？”

“做假账或虚开发票由我审批，肖江河经手套取的。”

“套了多少钱？钱去了哪里？”

“套了多少以查账为准，资金的去向本子里有记录。我想说明的是，很多钱都用于公务了。”

“什么公务？”

“应酬接待。”

“物业分公司是东升公司的内设机构，又不对外，有什么应酬接待？”

张安帮无话可说。

“我劝你一句：还是实话实说吧！争取从轻从宽处理才是唯一出路！”

“我不记得了，肖江河清楚。按他说的，我没意见。”

“给你点儿时间好好想想，迟些我们再跟你谈。”刘敏锋、王木林先回办公室。

凌晨4点多，张伟强和甄珠才回来。“杰哥、叶科，还有小刘、老王，你们都没睡会儿？”见吴文杰、叶如青、王木林、刘敏锋正在喝茶，张伟强问道。

“睡不着。来，喝杯茶！”吴文杰招呼道。

“茶就不喝了，有酒吗？”

“有。老丛刚买了箱啤酒，还有桂林米粉。”张伟强的习惯大家都清楚，他要喝酒肯定有开心事。

“这老丛真是我肚里的蛔虫，看来他那个反贪局政委真不是浪得虚名。米粉就不吃了。来，每人一罐。”张伟强不由分说地打开啤酒箱，每人派了一罐。

“肖江河正拿着小本对照财务凭证在写呢。”张伟强喝了一口，“老王、小刘，你们怎么这么快？”

“我这儿简单。张安帮承认了小本上的事，说以肖江河的说法为准。”刘敏锋答道。

“拿下张安帮，意味着这两个人可以上报立案了。肖江河和张安帮的贪污数额多少？”吴文杰问。

“目前查明肖江河涉嫌共同贪污五十九万多，个人所得一万八千元。”张伟强把一罐啤酒“咕嘟咕嘟”灌了下去。

“张安帮涉嫌共同贪污五十九万多，个人所得五十八万。”刘敏锋喝了一口啤酒道。

“好吧，辛苦了。肖江河写完还要一段时间，大家赶紧睡一会儿。天快亮了。”吴文杰说道。干警们没有专门休息室，男的就睡在各自办公室，女的则集中到内勤室。床也不是配备的，都是自己买的。吴文杰有一张沙发床，放在办公桌后靠窗处，休息、开会两用。

吴文杰洗了个热水澡，放松一下。检察院冲凉房、洗手间二合一，任何时候都有热水。冲完凉出来，见楼道尽头的内勤室还亮着灯，他走了过去。门是开着的，甄珠正低头看书。“小甄，还不睡会儿?”他关切地问道。

“看会儿书。马上。”

“看什么呢?”

甄珠有点儿不好意思：“《公务员考试指南》。”

吴文杰一阵感动，侦查处的文员太不容易了。他们是事业编，月薪比公务员干警少一大截，活儿却一点儿都不少。“有什么想法?”吴文杰问。

“咱们市院竞争太激烈，估计机会不大。我想考玉城市检察院。”

“玉城市检的冷宝军检察长是我们处的老处长，和我关系不错，抽空我跟他打个招呼。”

“谢谢杰哥。”

“睡会儿吧，别累垮了。”

“好的。”

回到沙发床上，吴文杰却怎么也睡不着，脑海里突然浮现出去肖江河办公室取记录本时阮运丰在大堂打电话的示意。这么大件事，忙起来差点儿忘了。他立即拨通电话。阮运丰说，他们到来前，财务部部长潘枝和丈夫凌晨1点左右，也就是他们来前半小时开车来了单位。她丈夫在下面等，潘枝则独自上楼。他们走后十来分钟，潘枝抱了一个大纸箱下来，装上车走了。吴文杰说了声“谢谢”，叮嘱阮运丰以后多留意，有异常情况立即报告。在案发的敏感期，作为东升公司核心部门，与其他单位密切相关的财务部部长潘枝深更半夜来办公室干什么?和上午在东升公司带人、调账是否有关联?财务部除了账册，还能拿走什么?私人物品用得着深更半夜来取吗?看来，飞达物业管理分公司的事并不像大家看到的简单啊。此时的吴文杰，一点儿睡意都没有了。

二〇

8点钟，常淡云准时推了个小推车下到三楼饭堂取全科的早餐。南州市检察院的伙食相当不错，早餐有包子、点心、粥、粉、面、豆浆、油条等十几个品种。因为没有参加审讯，常淡云和从志天主动承担起了后勤保障工作。

随便吃了点，张伟强和甄珠就拿了袋点心和一碗粥下到审讯室，两名看押的法警带上门退出。

肖江河两眼望着天花板发呆，全然不知有人进出。近十页的交代材料整齐地放在挡板上。

“吃点儿早餐吧。”张伟强轻声说。

肖江河回过神来：“吃不下。”

张伟强也不劝他。“写完了?”

“全在这儿了。”肖江河的字写得很难看，但很工整。从嫌疑人书写的材料，可以看出其当时的心态和交代问题的态度。肖江河先打了草稿，再抄写的。

“你自己的问题呢？”张伟强边看边问。

“总共是三万元奖金和一台价值八千元的笔记本电脑，都是从小本上记录的钱里支出的。”

“你劳苦功高，张安帮就这么关照你？”南州市检反贪局的立案标准是五万元，很多嫌疑人都卡住这条线。张伟强虽有些怀疑，但易动恻隐之心，得知其老婆怀孕后就没想深究。之所以抓住他的问题不放，只想藉此发现更多线索。

“张安帮没废掉我就阿弥陀佛了。我一个高中生，电大大专文凭也是假的，能继续当办公室主任，每月有六七千元不错了，还敢有什么奢望。”肖江河照实说。

“你又不说‘流石’话，张安帮为什么不废你？”张伟强牵住他的鼻子往下走。

“我叔叔是胡明仁的前任，让分管物业公司的谭向军副总经理保了我。否则，张安帮说不定早把我赶去当保安了。”

“谭副总保得了你？胡明仁会同意？”张伟强想多方面了解东升公司的内部关系。

“虽然胡董事长是一把手，谭副总排第二，但两人在公司的影响力不相上下，即便不是自己想用的人，胡董也会给谭副总面子的。”

“那么，张安帮听不听谭副总的？”

“表面上还是听的，张经理有点儿怕谭副总。”

“怎么说？”

“谭副总是公司的老人，上面还有关系。”

“好了，肖江河。”张伟强打算结束此次讯问，却还想最后“榨榨”他。“我帮你向领导求情，你总该意思一下吧？”

“什么意思？”肖江河没反应过来。

“不明白就当我没说。”张伟强起身，假装离开。

“等等！有个情况不知有没有用？”肖江河回过神来。张伟强也不吭声，看着他。“张安帮有匹‘马’，”张伟强听不懂，但不动声色。肖江河只好继续往下说，“也就是情妇，是四海烟酒店的老板娘。”

“你怎么知道的？张安帮跟你说的？”如果四海烟酒店不与小金库有关，张伟强才懒得理张安帮的生活作风问题，违纪归纪委管。

“这种事张安帮怎么会跟我说，我猜的。刚开始一两次，他带我到四海烟酒店拿货，价格比正规商店优惠。后来他拿货后叫我去买单，我发现价格比原来高出很多，就打电话问。他叫我不要管，付钱就行了。有一次我开玩笑说‘这么贵的烟酒也要，不会是连小费也付了吧’，他警告我，再乱说就打死我。”

“行了，知道了。”张伟强有些不耐烦这种事。

“领导，你一定要帮帮我。”

“别讨价还价。再想想看，还有什么补充的。”张伟强正色道。

“好的，好的。”肖江河使劲点头。

回到办公室，张伟强跟吴文杰汇报了肖江河供出的张安帮与四海烟酒店老板娘的关系。吴文杰将张安帮的手机和两只避孕套递给他。对张安帮、肖江河的审讯开始后，吴文杰曾打开张安帮的皮包，将物品倒在桌上。只有香烟、火机、手机备用电池、钥匙包、名片盒、公司电话号码，没什么特别物件。皮包里层还有个拉链，里面有个装着四五千元现金的信封、一个插有几张银行卡和一张镀金佛像卡的小皮夹，还有一个十只装避孕套盒，还剩两个避孕套。

“妈的，这个混蛋!”张伟强骂道，“居然把家用的东西带在身上?”

“你看看他的手机，里面有署名‘张队消防’的短信。他没有删短信的习惯。”

“对的哦。差不多每周一、二晚上八十点，张安帮都会给‘张队消防’发短信说‘我去找你’，‘张队消防’回信说‘好的’。”张伟强边看边说。

“张安帮是物业公司负责人，确与消防部门有业务联系。但哪有经常晚饭后与消防部门谈工作的?”吴文杰说。

“我以前办过城管局的案子，嫌疑人将王姓情妇在手机里名为‘王局城管’。”

“这‘张队消防’肯定是张安帮在四海烟酒店的情妇，姓张，与“王局城管”是同行。”说完，两人不禁大笑起来。“时下有些黄色短信在男人间流传，不知教会多少好色男人躲避‘河东狮子’的监管，与‘张队消防’‘王局城管’之流私通款曲。”吴文杰感慨道。

当张伟强出示手机短信、把避孕套摔到张安帮脸上后，他交代了跟四海烟酒店老板娘——“张队消防”私通的经过。20世纪90年代初，三十出头的张安帮就沾上了嫖娼的劣习。那时的他身为供电所所长，私人还有支工程队，属于较早富起来的一族，酒足饭饱之后，常在歌舞厅、发廊寻欢作乐。调到南州后积习难改，老婆经常与老乡通宵达旦地打麻将，小区外烟酒店三十多岁的老板娘张彩凤让他欲火中烧。经过几次搭讪，他了解到他与老公两班倒，十一二点后她老公接班。张安帮的大生意很快俘虏了起早摸黑的老板娘，烟酒店的阁楼成了他经常发泄情欲的地方。交代完后，他还恬不知耻地说：“比起经常去‘国会’‘皇家’挥金如土的老虎们，我这算什么?!”

“国会”和“皇家”是南州有名的歌舞厅。“简直是流氓、土匪！为了一己私欲，慷国家之慨！我们国企怎会有你这种人!”张伟强两眼冒火，边骂边握紧了拳头。

“你别这样说，我对国家还是有过功劳的。”张安帮辩称，“在2006年‘7·15’和‘7·25’流石两次超百年一遇的特大洪灾中，我冒死驾驶冲锋舟营救出一百多群众，立过一次个人三等功。我的事迹、材料在网上都可以查得到!”

张伟强哭笑不得：说张安帮傻吧，他会贪污受贿；说他坏吧，他还冒死救过群众。

二一

江柳睁开眼，天已微微亮，不用看就知道差不多6点了。她的生物钟一向很灵，子夜1点半睡觉，早上6点自然就会醒来，无论觉睡得安稳还是一个梦接着一个梦。

她昨晚带儿子去逛王府井百货大楼，回家已9点多了。她先去洗澡，交代儿子把英语单词和语文生词抄一抄，再来辅导他做其他作业。除了需要死记硬背的，吴空对题目的思考和分析能力还是很有限。

虽说国家一再提倡素质教育，强调要给中小学生减负、松绑，但又有几个学校能做到呢？虽然只是初中生，课后作业却已多如牛毛。各科老师唯恐自己给学生布置少了，争先恐后地把作业写在黑板上。江柳和儿子每天几乎都要做到半夜，还是一回家六七点就开始。像今天出去玩耽误了时间，娘儿俩凌晨1点才完成。

只有儿子睡下后，江柳才能写几个字。她正在创作长篇小说《木棉花》。这是以她军校毕业分到海南岛崇山峻岭的工作和生活为素材的，木棉花是岛上最引人注目的花。上班要编杂志、看稿件，为他人做嫁衣，有时还要出差，没多少时间创作。无论灵感如泉涌还是下笔如有神，她绝对不会超过凌晨1点半睡觉。稍微超过一些，第二天就会头晕目眩、无精打采，走路都好像踩在棉花上。她很奇怪还没到更年期，怎么就有更年期疲倦、乏力、犯睏的症状。以前写作到凌晨两三点都还精神抖擞，没有任何不适。现在脾气变得急躁，动不动就想吵架，甚至冲上去打一架。可能是带儿子的缘故吧，早晨6点就要起床，给他洗衣做早餐，7点送他去学校；中午12点接他回来，吃完午饭已是1点；草草休息一下，两点又要去学校。由于时间紧迫、精神压力大，中午她基本睡不着。读军校时太过用功，得了美尼尔氏综合征，落下了偏头痛的毛病。休息不好的话，左半边脑袋会一直疼。可想而知，她是以怎样的毅力来完成下午的工作、晚上的辅导和深夜写作的。

待儿子上床后，江柳把客厅大门用双保险锁好，又把厨房门用椅子顶住，椅子上放了一个很重的米桶。起床第一件事就是把顶门的椅子、米桶移开，这繁琐、重复的劳动让她颇为不快。要是吴文杰在家，她就不会这么胆小害怕了。但他似乎并不担心娘儿俩，至今还没有主动给她和儿子打过电话，他的电话又总是无人接听。真是对我们绝对放心啊！江柳苦笑道。

她一般先洗衣服，然后用洗衣服的水去拖地。她习惯了一物多用，以减少浪费。她喜欢放点音乐，一方面可以缓解疲劳，另一方面可以愉悦身心。6点半左右开始做早餐。因为时间紧，她往往下个面条，炒碗粉，或让儿子泡方便面。有时到外面买盒牛奶、一个面包，由儿子带到学校吃。没有特殊情况，7点整她和儿子准时出门。经过传达室时会朝里笑笑，不论值班的是大姐还是大叔。今天还没开口，值班大姐却叫住了她："江柳，昨晚有人托我把衣服交给你。"

"是谁？怎么会送套衣服给我？"江柳很是纳闷。

"我也不知他是谁。总之是个高高大大、有点儿发福的中年男人。对了，他好像开着一辆奔驰。"

"开奔驰的男人？"江柳越发疑惑不解了，"我都半老徐娘了，还有男人给我送东西？我哪有这么大的魅力？"她自嘲道。

"你魅力大得很哩，长相好，身材也好，气质更好。"

"大姐，你真是折煞我也！我都四十了，中年妇女了。"江柳边说边快步离去。她是给夸得实在不好意思，走为上策。

手上这套衣服实在是个烫手山芋，必须尽快弄清原委，把这个山芋扔掉。文人的清高让她不仅不受“嗟来之食”，更不愿接受来历不明的东西。可能是求情的家属吧。江柳一边走，一边想。之前吴文杰办案时，也出现过这种情况。她遵吴文杰吩咐，在他办案期间，任何人不许进家门。吴文杰在家时一听门铃响，就赶紧躲到洗漱间并交代她：如果来人找他，就说他不在家；如果送东西，一定要他们把东西拿走。回到办公室，她给吴文杰打了好几个电话都无人接听，只好给他发了短信。

中午快下班时，吴文杰打来电话：“我正在办一个案子，抓了两个人。这肯定是哪个求情人送的，你不能收，把它交到纪委去。还有我办案时你不要老打电话，分散我的注意力。”

“我老给你打电话？你又是恶人先告状！你办案两天像人间蒸发，我这是第一次给你打电话，而且是事情紧急。我真是太服你了！喂喂喂！”江柳“喂”了几声后才知吴文杰早已挂了。

“江姐，没事吧？”正在走道搞卫生的上等兵任力探头问道。

“没事，一个骚扰电话。声音大，惊着你了。不好意思。”

交到纪委？我们杂志社又没有纪委，往哪儿交？待任力把头缩回去，江柳平息一下心情。她把手中的笔在食指和中指间转来转去，最后转出一个答案——把衣服交给老师庞天海最合适。他是编辑部主任，下属有事理应向他汇报。这个烫手山芋，由他交到政治部纪委去吧。出于好奇心，衣服交给庞老师前，江柳想打开看看。一打开，她不禁倒吸一口冷气。贪污腐败分子真是无孔不入啊。这不是昨晚她跟儿子逛王府井时，看中而没买的衣服吗？三千八，快去了她一半的月工资。她有些害怕了，赶快去到庞老师办公室。

看到江柳拿来的衣服，庞天海差点儿笑出声来。“江柳啊，这又不是稿件！你放到我办公桌上干什么？难道要我审核不成?!”

“请老师把它交到政治部纪委去吧！吴文杰说是求情人送的，不能收；收了就是给他脸上抹黑。”为了让庞天海收下衣服，她故意把话说重。

庞天海生气道：“这么好的老婆打着灯笼都难找！下回喝酒我要说说他。”

二二

吴文杰准备去处长高得意的办公室汇报案情时接到了冯小民的电话，问张安帮和肖江河的情况怎么样了。实际上这几天，他几乎每天都要给吴文杰打电话，生怕他们搞不定这两个人。吴文杰安慰说：“放心吧，这两人的问题比你们反映的要大得多，肯定构成犯罪，回不去了。最后怎么处理，现在还不清楚。你们别着急，等消息吧。”

坐在他前面的叶如青回过头来：“这两个保安也担心我们拿不下张安帮和肖江河，会被报复。”

“是啊，我这个南西老乡冯小民很直、很老实，容易得罪人。高个保安李劲勇不一样，比较精，还有点儿鬼。我最担心的就是他。”说完，吴文杰就朝处长高得意的办公室走去，边走边跟叶如青说，“你通知大家来开案情讨论会吧！我去请处长过来。”

反贪办案部门的运作有时挺有意思，案件决策等大事处长指挥科长；后勤保障等小事科长指挥处长。吴文杰转业到检察院八年，高得意是他经历的第三任处长。每一任处长都对外宣称吴文杰是情报专家，能力当个处长绰绰有余，只可惜没有法律职称。处长们的这种表扬给人造成一个错觉，他作为情报专家能破案是正常发挥，不能破案是没尽到力。其实，不管处长们是什么用心，吴文杰只是不想给军转干部丢脸而已。

吴文杰和高得意处长来到科里时，人都到齐了。吴文杰说：“处长今天亲自参加我们科的案件研讨会，感谢处领导对我们科的信任和支持！大家畅所欲言吧！”

张伟强先说：“肖江河个人的问题差不多了，涉嫌共同贪污五十九万多，个人所得一万八千元。经手的款项还有几十万去向不明，他应该知道更多的事。”

刘敏锋接着说：“张安帮涉嫌共同贪污五十九万多，个人所得五十八万；他可能还有其他问题，有必要再挖一下。”

叶如青也说道：“没来三科之前，我在四科就主办过这个公司的案件。公司内部很复杂，当时就有些问题没查清楚，希望这次能弥补我的遗憾。至于张安帮、肖江河涉嫌犯罪，是不是多留一天，再立案采取强制措施？”

几位经办人都表了态，吴文杰也不想开长会，就说：“我同意大家的意见，或许可以与知情人再沟通一下。处长有什么指示？”

高得意说道：“一条六千多元的小线索经过一天一夜奋战，发展成了两人涉嫌贪污近六十万元的大案，无论效率还是效果都是令人满意的。大家辛苦了！客套话我也不说了，按你们的意见办！我表个态：大家放手干！有什么需要我做的只管出声！”

处长走后，吴文杰给陆清宏打了个电话，请他和阮运丰下午上班时到检察院来做个笔录。

陆清宏说：“过来没问题。因是上班时间，检察院最好跟公司纪委说一声。”

下午两点半，陆清宏、阮运丰一起来到吴文杰办公室。

“负责做笔录的刘敏锋和甄珠去市公安局查张安帮、肖江河的户籍资料还未回，麻烦你们等等。”吴文杰歉意地说道。

“没关系。他们两人情况怎么样？”陆清宏问道。他们最关心的就是这个问题。

“都招了，准备对张安帮、肖江河两人立案侦查。”

“太好了，终于可以把他们绳之以法了。”陆清宏和阮运丰高兴得要叫起来。

吴文杰用目光制止了他们：“抓走张安帮、肖江河后，东升公司这两天有什么反应？”

“他们两人被检察院抓走的事，全公司的人都知道了，议论纷纷。没想到是最不起眼的物业分公司出事。”

吴文杰问：“张安帮平时有什么爱好？”

陆清宏说："张安帮酒量不错，爱喝酒，经常跟一帮老乡喝得醉醺醺的。

吴文杰问："有没有跟你们喝过？"

"很少。他喝高了就爱吹牛。"

"有没有吹过他怎么搞钱或给什么人送过钱？"吴文杰想从他身上钓出更大的鱼。

"这种事不会讲。"话刚出口，陆清宏突然想起一件事，转头问阮运丰，"老阮，你还有没有印象？张安帮刚调来时请吃饭，我们两个、肖江河和保安队长都参加了，差不多有十人吧。喝了几杯酒后，张安帮就开始吹，吹他跟东升公司的胡明仁董事长关系有多深多铁，还警告大家说谁不听话就整死谁。后来，大家就拍他马屁，说他真厉害，矿务局关了那么多年老板还想着他，把他调来南州当经理，要他传授一下经验。他说关系好归好，但还是要花钱的。大家轮番敬他酒，逼他透露花了多少钱。如果没记错，他好像说花了二十五万。这句话好多人都听到了。阮经理有没有印象？"

阮运丰说："是有这么回事。多少钱不记得了，或许肖江河记得。好像就是他逼张安帮透露的。当时场面太混乱，我坐得远，也没听清楚。"

吴文杰大喜："叶科，你陪两位喝喝茶！老张，你跟我下去一趟。"他要立刻审问肖江河，证实此事。

"肖江河，问你件事，你要说实话。"一见肖江河，吴文杰开门见山。

"这是我们领导。不准讲假话，知道吗？"张伟强警告肖江河道。

"一定，一定。"肖江河赶紧点头。

"张安帮刚调来你们公司，请中层干部吃饭那天，你在不在？"

肖江河说："在呀。"

"你有没有问过张安帮调动的事？他有没有说过花了多少钱调过来？"

肖江河想了想："有这回事。"

"详细讲讲。"张伟强命令道。

这时的肖江河只想检举立功，能够从轻处理，什么都愿意说。"张安帮官不大架子大。吃饭时一般都是我坐在他身边，负责给他倒酒夹菜。他喝高了喜欢摆谱，教训人。那天，大家轮流敬他酒，拍他马屁。我敬酒时对他说，看得出来他是老板最喜欢和最信任的人，要不也不会从流石调他过来当管家，以后请他多提携。他教训我说关系好归好，钱还是要花的。我问他花了多少钱，他伸出三根手指。我问他三万，他骂了我一句"去"。三十万?！我又问三十万呀，这么多！他没否认，说要不我能当经理。"

"老板指谁?"张伟强问。

"还能是谁？东升公司董事长胡明仁呗。"

"你和张安帮的对话还有谁听到了?"吴文杰问。

"没留意。肯定有人听到了，要不你们也不会问我。"肖江河说道。

虽然陆清宏和肖江河两人的说法不一致，一个说二十五万，一个说三十万，但张安帮涉嫌行贿不假，受贿人不用问大家心里都清楚。

吴文杰赶紧让叶如青通知刘敏锋，张伟强跟他调换一下，再去审张安帮。

二三

审讯之于侦查工作，相当于足球比赛中的射门，是一门精深的艺术。它既要讲策略，也要讲方法，是说服劝导还是哄、骗、吓，很讲究。高明的审讯者审讯时不会使用贪污、行贿、受贿或交代等专业术语，避免增强嫌疑人的负罪恐惧感，往往追求在不知不觉中查明事实真相。张伟强当过兵、打过仗，正直、自信、威严，经验丰富又居高临下，就算张安帮这样的狠角色面对他，也很是心虚。

“坐好了。”张伟强命令道。张安帮挺直了腰板。“你还有什么事情没讲?”张伟强开始发问。

“没有了。我经常酗酒，脑子烧坏了，很多事都不记得了。五六十万我都认了，还会有什么问题。我来这里才两年多，能搞多少钱?”张安帮不敢抬头看张伟强的眼睛，小声说道。

“跟你有关的人我们都找过了，有些事你还是没讲。你从流石矿务局是怎么调过来的?花了多少钱?必须一五一十讲清楚。”像张安帮这种不懂法也不讲法、匪气十足的蛮汉，不跟他上纲上线反而好谈。

张安帮听到张伟强问这事，知道瞒不住了，很后悔，打了一下自己的嘴巴。“也怪我这张嘴，几杯酒下去就管不住它，爱炫耀、乱吹牛。我调动是花了些钱，总共十五万吧。”

“到底多少钱?”张伟强提高了声音。

“十五万。”张安帮答得很快。

“为什么大家都作证，听你说是三十万。”

“那是我吹牛讲大话，为了让人觉得我很有钱，对外讲花了三十万。”

“真是这样?”

“不信，你可以去问胡董事长和林局。”

“哪个林局?”

“林小铁，我们公司现任副总经理，以前流石矿务局的副局长。”

“详细讲讲。”张伟强追问道。

张安帮没文化，没编故事的本事，犹豫了一会儿，抬头看了看张伟强，感觉不讲实话过不去。“调来南州之前，我一直在流石矿务局供电所工作。2002年，省里决定关停包括我们矿在内的所有中小型煤矿，我们矿务局局长胡明仁调到省煤炭总公司当了副总经理。两年后，他又调到东升投资顾问有限公司当了董事长兼总经理。他很念旧，陆续将我们矿原分管安监和供电所的副局长林小铁及邱阳等老部下调过来。我在流石没什么事做，也想投奔胡董。但我与胡董不熟，就找原来的老领导、流石矿务局副局长林小铁帮忙。2006年春节前，林小铁打电话说要从物业分公司调去当总经理助理，跟胡董推荐了我接替他的职位。我就说想给胡董拜年，请林小铁帮忙安排。年初二，林小铁给我打电话说约好了。我问十万够不够，林小铁说可以。当天晚上，林小铁带我去胡董家。胡董妻子也在家。我把塑料袋包着的十万元放在他家茶几上。林小铁帮我推荐道：‘小张这个人以前是我的老部下，很不错的，鞍前马后，很听话很肯干。现在矿务局留守处没事做，想出来闯闯，继续跟着老板干。请老板看看有没有合适的机会帮他一下。’胡明仁看了一眼我包钱的袋子，淡淡地说：‘那就试试看吧。现在从外地调来省会城市起码要硕士、博士以上或专业人才。这个问题解决不了，我也很难帮你。’林小铁说文凭或职称方面他来想办法。从胡董家出来后，我问林小铁，我就一个假的中专文凭怎么办？林小铁说：‘煤炭总公司有个副总经理我认识，是机电专业职称评委，帮你弄个高级职称就可以调过来了。’我对林小铁说南州你熟悉，请你帮我去办吧，花多少钱都行。隔了一两个月，林小铁帮我弄到一个机电高级工程师证书并交给胡董。之后，林小铁运作了一个物业公司和深圳一家公司合作的节能项目，胡董以东升投资公司的名义将这一项目上报南方资产管理公司。报告说这个项目经过论证可行，但需要在全省范围内选调一个高级机电工程师，经考察认为我很合适。南方资产公司研究后就批准我调过来。我调到物业公司后，先是协助林小铁工作。2006年年底，林小铁从物业公司调去当总经理助理。几天后，东升公司就宣布了我接替林小铁担任物业公司经理的任命。”张安帮一口气讲了近半个小时，看来他平时没少跟人吹嘘。

“继续讲!”张伟强催促道。

“讲什么?”张安帮愣了一下。

“讲你这十五万怎么花的!”十五减十还有五万。不管张安帮是讲漏了还是故意有所保留，张伟强给记着数哩。

“哦。为了感谢林小铁帮忙，那天去胡董家前先去了林小铁家。他老婆也在家，我们在他家吃的饭。饭后，他老婆正好要出去逛街，我就把一个装了两万元现金的塑料袋给了她，说是让她给孩子买点儿东西。调过来后，我又去了一趟林小铁家，交给他老婆一个两万元的信封。还有，林小铁叫省煤炭总公司副总经理严力春帮我办高工证。他是煤炭系统高级职称评委。为表示感谢，我在请吃饭时私下递给了严副总一个装有一万元现金的信封，说是‘办证费’。”张安帮自有一套生存之道，请人帮忙是一定要表示感谢的。表示感谢给钱最实在，有钱就有位子；搞到位子以后，钱还可以再挣回来。搞不到钱就没钱送，没钱送就办不成事。至于这种行为是否会触犯法律，他可没想过。

“你当物业分公司经理后，调了不少人进维修队和保安队，有没有收钱?”张伟强继续问。

“我那都是小意思啦。”张安帮弄了三十多个老部下过来，知道瞒不过去。

“什么小意思?”

“办事哪有不花钱的。我调动花了三十万，几乎是所有积蓄，我当然要想办法赚回来。从老家招的这三十多人，都是到我公司的保安队或维修队。这些人不是干部，是合同工。队长两万，副队长一万，其他的五千，都是他们自愿给的。我帮他们的忙，他们感谢我，算是茶水费吧。”张安帮辩称。

“还狡辩！不送你钱，你会调他们过来吗？”张伟强训斥道，你到南州才多久，两年半不到，就变着法子从公司弄走了一百四十五万元。你对得起谁？”因张安帮的事牵扯了厅级干部胡明仁等人，张伟强要及时上报，想尽早结束讯问。

“领导，我也是没办法啊。我们那儿房子均价一千多一平方米，南州要八九千。我住得远，单位又没配车；老婆也没工作；两个孩子读书都要花钱……”张安帮装出一副可怜相。

“什么逻辑！”张伟强打断道，“我在南州工作了三十年，住房也是按揭的。你作为南方资产公司下属二级公司负责人，年薪二十万有吧，还不知足？”

“从公司套出来的钱也没全装进我的口袋，有好多都用于公务，请领导明察。”张安帮继续狡辩。

“你的事我们已经查清楚。给你一个小时好好想想，把套出来的每笔钱的去向以及你收过谁钱、送过谁钱全部写出来，争取从轻处理。否则，你会后悔的！”

张安帮的事牵扯东升投资顾问有限公司董事长兼总经理胡明仁，原总经理助理、现广兴贸易公司总经理林小铁和省煤炭总公司副总经理严力春。胡明仁和严力春两人还是副厅级，林小铁是正处级，张伟强觉得事关重大，立即回办公室向吴文杰做了汇报。此时，已是傍晚。

二四

一条小小的线索牵扯出这么多人，有的还是厅局级干部。各种矛盾在特殊时刻显露出来，问题的严重性远远超出了吴文杰的想象。

2004年叶如青承办原省经协集团下属越银房地产公司茂林分公司经理于杰案时，两千一百多万资金去向不明。2007年原省经协集团下属中水市某公司案发，中纪委派人下来查处了严重违纪的南东省原某副省长。而今年发生的案件目前为止又涉及厅级干部，吴文杰忽然感到一阵悲哀。国企改革不彻底、制度不完善、监督不到位，让少数心存侥幸的人动了邪念，不仅导致大量国有资产流失，也毁掉了自己，给家庭造成巨大伤害。他决心这次一定要一查到底，把这些蛀虫都挖干净。根据案件管理规定，凡是涉及省属副处级以上干部，需向上级院即省检察院报告，申请指定管辖。为慎重起见，吴文杰让张伟强在办公室召集大家待命，自己则向处长高得意汇报。

高得意办公室的门是开着的，他还没有下班。“怎么，不顺利？”看到吴文杰凝重的表情，高得意关切地问道。

“还好。可能会涉及厅级干部，有点儿麻烦。”

“怕捅‘马蜂窝？’”

“不怕。‘马蜂窝’不把它拿掉，总是祸害！”

“涉及省属副处级以上，尤其是厅级干部要慎重一点，证据要确凿，数额还要大一些，上面才好批。”高得意强调道。

“所以才过来向你汇报。”

“叫上大家一起吧，十分钟后在处会议室开个会。”

十分钟后，会议正式召开。“大家辛苦了！三科还是最有战斗力的！”处长就是处长，一句问候一句表扬，既暖心又鼓劲。

“谢谢处长关心。下面我们把张安帮、肖江河涉嫌犯罪的初查情况汇报一下。老张先说吧。”吴文杰因多年的保密习惯，为案件汇报圈定了范围。案件从肖江河这里取得突破，汇报理应由此开始。

“经过调查取证，我们发现，省南方资产管理公司下属的东升投资顾问有限公司的物业分公司有个小金库，办公室主任肖江河涉嫌共同贪污一百四十多万，个人所得三万多。我们拿到了小金库的账本。据肖江河交代，小金库的钱是他根据经理张安帮指示，通过虚报东升大厦工程项目和虚报或加大采购维护大厦所需产品、材料的手法，从集团公司财务套出来的。小金库的钱由肖江河掌管，开支由张安帮决定。除了张安帮提取的现金用途不明外，主要有三方面的支出：购买购物卡给张安帮、支付张安帮在四海烟酒店的赊账、张安帮每月的车补，等等。目前，小金库剩余两万多元现金。”张伟强很睿智，见吴文杰只点了张安帮、肖江河，也就只汇报这两人的问题，有关胡明仁和林小铁只字不提。

“老王和小刘说说。”虽然刘敏锋是主审，但王木林是老同志，出于尊重，吴文杰任何时候都会先提到老同志。

“小刘说吧。”王木林有自知之明。

“张安帮对小金库的问题供认不讳。”刘敏锋说道，“他说小金库账本他看过，支出以记录和查账为准。此外，张安帮还涉嫌行贿，需进一步查证。”刘敏锋说完看了看王木林，王木林点点头。刘敏锋年轻机灵，也不乏老练稳重，没有把握的事他在会上不会说。这也是吴文杰欣赏他的地方。

“东升公司是省属企业，级别高，内部关系比较复杂，我们还是按部就班地做吧。”叶如青一贯谨慎。

“情况大体就是这样。处长有什么指示？”吴文杰面向高得意问道。

“三科的工作很有成效。从大家汇报的情况看，张安帮、肖江河可以上报立案了。办案要有扩线意识，有些线头还可以再深挖。不论涉及谁，都要一查到底。有一点要注意，涉及省属副处以上干部，一定及时请示汇报。会后，文杰和叶科到我办公室去一下。”

“坐吧！会上还有什么没说？”一进办公室，高得意就问道。

“肖江河交代，听张安帮说调来南州时花了三十万。张安帮则交代，他确实跟肖江河透露过调来南州花了三十万，但这是吹牛，实际上只送了老领导、现任东升公司董事长兼总经理胡明仁十万、副总经理林小铁四万以及省煤炭总公司副总经理严力春一万。因为胡明仁、严力春是厅局级干部，林小铁是处级干部，目前又只是张安帮的一面之词，他个人还有受贿问题，会上就没说了。”其实，还有一点吴文杰有所保留，那就是陆清宏的车补问题。陆清宏的确对案件侦破起到了方向性、关键性作用，他便打了马虎眼。

“这样处理是对的。从以往办案经验看，这几个老上下级只要有不正当经济往来，就绝不止一两次。但十来万很难动得了省里的厅级干部，要从长计议。”高得意审慎地说道，“不过，既然马蜂窝已经捅了，动作就一定要快，防止被它反咬。”

吴文杰明白高得意说的反咬，指的是办案过程中程序违法、办案超时、非法获得证据或证据不足等方面的问题。“谢谢处长提醒。”

“小叶，”高得意对称谓是很讲究的：对高职级的领导和平职级的同事及低半职级的副手，称职务，如张检、王处，表明是工作关系；对有行政职务的下级，年长的叫名字，如“文杰”，对年轻的在姓前加小字，如“小叶”，一显亲切，二示平等；对非领导职务的干警，一律在姓前加个老字，如老王、老刘，显得尊重。“太太身体怎样？”领导就是领导，不谈工作，先关心你的家人。

吴文杰面露难色，叶如青老婆怀孕他是知道的，但近几个月工作压力大了些，对兄弟们的家事忽略了。

“谢谢处长。三个多月了，已经稳定了，不会影响工作。”叶如青赶紧答道。

“你也是大龄青年了，工作是干不完的。这段时间多照顾下家庭。”高得意很想听听叶如青的工作意见，但仍只谈他的家庭。

“我会处理好的。2004年的时候，我在四科被抽调办理省经协集团，也就是东升公司的前身于杰专案，有些事查得不彻底，个别人漏了网，遗留下来一些历史问题。希望这次能查清楚。”叶如青表态道。

“你家里有大事，科里的事就少做点。但你水平高、情况熟，好多事还离不开你。案件质量上你多把把关，辛苦了！”

“应该的。”

高得意转头指示吴文杰：“胡明仁、严力春、林小铁是省直副处级以上干部，按规定，立案要报省院批准。鉴于他们目前金额不是很大，我同意你们的意见，还是慎重点好，再查查看。”

二五

从高得意办公室出来，吴文杰对叶如青说：“你要不要回家看看老婆？张伟强他们在准备立案，还有点儿时间。”

“不用了。我母亲在照顾她，问题不大的。”

“那好吧。明天一早我们就去拜访郑刚吧。他是这个企业的老人，一名正直的干部，或许能为我们理清整个案件脉络提供帮助。”吴文杰知道叶如青，全科人都在干活，他是不愿享受特殊照顾的。

叶如青说：“正好我们要对张安帮和肖江河立案，也要他准备好这两个人的履历表和任职材料，明天上午一起过去取。”

回到办公室，张伟强、刘敏锋还等在那儿，一见吴文杰和叶如青马上问：“处长都说什么了？”

“处长说，十来万很难动得了一个省里的厅级干部，要从长计议。不过既然马蜂窝已经捅了，动作就一定要快，防止被它反咬。”吴文杰几乎把高得意的话一字不落地复述给他们。

“那我们下去再审审张安帮，看看还有什么遗漏的，就算打扫战场吧。”张伟强跟刘敏锋说道。

“不吃饭了？”叶如青问。

“先不吃了。”

“真是拼命三郎。”吴文杰半是批评半是夸奖道。

“这是最后的机会！你要想清楚，还有什么事没有讲。现在讲出来算你自首，否则，后果很严重。”张伟强对正在低头写供词的张安帮说道。

每隔几个小时就被审一次，每次审讯都有新发现，张安帮已经有点儿草木皆兵了。进来两天了还出不去，他知道回不到从前了。再看到张伟强神情严肃的样子，估计胡明仁和林小铁等人也要被抓了。想到这，他叹了口气，牙一咬，决定破罐子破摔，索性把陈年旧事都讲出来。“能不能给根烟抽？”张安帮烟瘾大，每天要抽三包。

“讲完，这一包烟全给你。”这不是审讯交易，但有经验的审讯人员都会灵活处理。

“好吧，我全讲了吧。”张安帮心一横。“我在流石矿务局承包供电所时，总共给胡明仁送过二十四万，给林小铁送过十八万。大约 1998 年底、1999 年初的时候，我在矿上当供电所所长，听说局里想外包供电所，就想承包。我找到当时分管的矿务局副局长林小铁，林小铁又帮我去找局长胡明仁。最终，他们同意让我承包三年。我承包后赚了些钱，每年春节都会给他们送些感谢费。三年间，按每年八万总共给胡明仁送过二十四万，按每年六万给林小铁送过十八万。林小铁还表扬过我，说我懂事。后来我没事做，想出来投靠胡明仁时，林小铁一搭桥，也没费太大劲。”

张伟强这下弄明白了他们之间并不是故旧这么简单，还有经济基础打底。“看来你们的渊源还蛮深的嘛。还有什么没讲的？”

“没了。给支烟抽吧！”张安帮乞求道。

张安帮越讲年代越久远，估计也差不多了。张伟强拿出一支烟点着。“我说到做到，这包烟交给法警。要抽，自己向法警要。”

“继续写供词吧，把刚才说的都加进去。写完才有烟抽。”刘敏锋道。

张伟强、刘敏锋回到办公室，向吴文杰、叶如青简要汇报了有关情况。四人一起给胡明仁、林小铁算了算收受张安帮贿赂的金额。张安帮承包供电所期间的二十四万，加上调动时的十五万，胡明仁共计三十九万；林小铁则是十八万加四万共二十二万。带人过来问话，足够数了。

“明天一上班，我先去跟处长汇报，再跟叶科去找郑刚。待张安帮的亲笔供词写好、证据充分后，后天上午就去把胡明仁和林小铁带过来。”吴文杰说道。

“高处担心反咬。其实，严格按这一条几乎办不了案，十二小时谁都顶得过去，有的人打麻将都可以打几天几夜。所以，实际操作过程经常会超时，我们也是在有证据的基础之上才这么做的。”张伟强说道。他还记着吴文杰转述的高得意的话。

法律规定，讯问犯罪嫌疑人的时间不得超过十二小时，且不得变相连续讯问，否则就是违法办案，取到的就是非法证据。

“审讯实际上在我们这里并不复杂，主要重证据，光靠审出来的东西我也认为变数很大。其实，我们科做证据还是比较好的，取证能力也比较强，每次立案都有证据，没有证据怎么能让犯罪分子认罪服法。”叶如青也补充道。

“法律还规定，贪污贿赂的立案标准是五千元人民币。如严格执行这一条，立案也不难。但实际操作过程中，各地依据经济发展水平制定了不同标准，南州市一般要五万元以上。当然，情节严重或性质恶劣的除外。”刘敏锋举例说。

“先别讨论这些问题了，一起出去吃个宵夜吧。我想大家都饿坏了，我的肚子早就‘咕咕’叫了。”为了等张伟强和刘敏锋，吴文杰和叶如青都没有出去吃晚饭。平时晚饭他们都是去外面撮一顿，补充一下能量。“吃完早点回来睡觉，大家都累了。张安帮、肖江河的审讯也已告一段落，交代法警注意安全。”

第二天早上一上班，吴文杰就来到处长高得意的办公室。内勤玲姐正在搞卫生。全处一正三副加上政治协理员，五位领导也只有正处长有这个待遇。内勤是处里的管家，职责之一就是整理处长办公室。每天提早十分钟到单位，下班最后一个走。这是全院内勤口口相传的经验之一。高得意正在烧水，示意吴文杰坐下后说：“桌上有烟，自己拿！”他当公诉处副处长和检察长助理时喝茶也不讲究，提拔到侦查处当处长后，朋友送了一套茶具，喝茶的水平就进步得很快了。一会儿后，水开了。高得意摆好茶具，烫杯子，冲茶，顿时满屋飘香。他朝吴文杰眨眨眼：“怎么样，上好的铁观音！”

“香！好在哪里说不出。”吴文杰喝茶也不专业。

“我也刚刚上路。你那儿什么状况？”高得意知道他有事，也不闲聊了。

“昨晚张伟强又审了一下张安帮，他初步交代行贿胡明仁三十九万、林小铁二十二万。在流石矿务局承包供电所期间，分别行贿胡明仁二十四万、林小铁十八万；调来南州前后，分别行贿胡明仁十五万，有旁证，林小铁四万。我们认为张安帮、肖江河的问题已基本查清，交代得也差不多了，打算今天下午将张安帮送拘留所。为防串供，明天上午将胡明仁、林小铁控制后，下午可将肖江河取保候审。胡明仁、林小铁到位，也便于我们取证。等核实完有关问题，立案时再报省检吧。等下我和叶如青去趟东升公司，一是拿张安帮、肖江河的立案材料，二是跟郑刚了解一下公司内部的事情。这个公司情况很复杂，估计还有很多人有问题。”

“好，有什么事及时汇报。打招呼的事我是绝对不会做的，你们放手大胆干吧。”高得意说道。高得意当了三年侦查一处的处长，任何对案件有干扰的因素都会扛下来，绝不会跟手下打招呼，省得他们办案有顾虑。偶尔吴文杰他们有失误，有些事情忙起来忘记了，他也帮忙去协调。他常说，只要我交办你们的案件，该怎么做就怎么做！我不会徇私舞弊、欺上瞒下，你们尽管放心。

二六

吴文杰根本没想到，他和叶如青的这一趟东升之行竟有如此重大收获。

与上次抓张安帮和肖江河将车辆停在隐秘处不同，吴文杰故意将警车停在东升大厦大门口。车身上“检察”二字尤其醒目，引得上下台阶的人都驻足观望。吴文杰可不是爱炫耀之人，这么做是有用意的：警车连续两天出现，却不见张安帮、肖江河回来，表明检方正在采取进一步行动。同时，吴文杰还想刺激一下东升公司内部犯罪嫌疑人潜在的对立面，看看名片发过后有什么反应。

他们来到郑刚办公室。见面后，他便把张安帮和肖江河的有关材料递给他们。“你办公室那家伙呢？”叶如青问。

“昨天你们走后就不见人影了，估计搞‘串联’去了。”郑刚答。

“这次我们除了取材料，还想请你介绍一下公司情况。”

“好吧。上次时间紧，没空跟你们说。东升投资顾问有限公司前身是南东省经济协作公司，是省政府直属的正厅级国有企业，具有法人地位，可直接对外经营进出口业务。1988 年经省政府批准成立，2004 年于杰案后改制重组，改名为东升投资顾问有限公司，由南方资产管理公司注资收购，成为南方资产管理公司下属的六大集团公司之一，级别从正厅降为正处级。东升公司的每一任董事长都有来头。第一任董事长兼总经理由省政府副秘书长兼任，这在所有省属企业中从未有过，足见省政府的重视。他是南西省人，重情重义。任职五年内，1988 年至 1993 年，公司近三分之一是他的同乡或战友亲属。他推荐的继任者冯科业，1993 年至 1998 年任职，是中央领导的老部下的亲戚，也是南西人。冯科业的接班人是肖江河的叔叔肖立军，1998 年至 2004 年任职。他虽不是南西人，但也有南西情结，转业前是南西省宁州军分区司令。肖立军掌管经协公司后，召回、提拔了谭向军等在驻外办事处的一批转业军人。现任董事长胡明仁是第四任，据说是某副省长推荐过来的，当过流石矿务局局长、省煤炭厅副厅长。他上任后，调入了一大批流石矿务局的老部下。由此可见，省经协集团的特点还是很明显的：前十年基本是‘农村包围城市’的南西人的天下，是第一代掌权人；后十年则由‘流放的老转’，即部队转业干部和‘从地下到地上’的‘煤炭帮’轮流坐庄，也就是以谭副总为首的‘老经协’和以董事长兼总经理胡明仁为首的‘煤炭帮’。老谭当不了董事长，就成为无冕之王，控制了一批人。他是第二代掌权人。胡明仁的‘煤炭帮’则属于第三代掌权人。”说到这里，郑刚停顿了一下，见吴文杰、叶如青不出声，就继续说，“这个公司不简单，领导心术不正，出事是早晚的了。从 2004 年开始，公司两三年出一次事。2004 年于杰案牵出了第二任董事长冯科业和公司副总覃仙。公司财务陈昌浩出逃，好像叶科你们还去追逃过。”

“是，我有印象。”叶如青点点头。

“我也去过。”吴文杰接话道，“在云南把他抓住的。”

“这起案件把乔副省长牵连进来了。2007 年乔副省长涉嫌严重违纪被免职，从副省级降为副厅级。”

“乔副省长被免职的事我知道，报上有登，民间有很多版本，传得沸沸扬扬。”叶如青说道。

“乔副省长是因为儿子收了冯科业和覃仙贿赂的六十万，想通过他儿子操纵中水港那块地，最终导致一亿多国有资产流失。中纪委也是在那年下来查，深更半夜找了经协公司经手的人，乔副省长就被双规了。儿子远在美国不回来，他就推托儿子收的钱跟他没关系、儿子做什么他不清楚。这样他就变成过失责任，只被开除党籍和公职，中纪委登报把他从副省级降为副厅级。他们这是属于老一辈、第一代的领导集体犯罪，自己搞钱的同时也向省长行贿。”

“乔副省长的事原来跟你们公司有关。”吴文杰插话道。

“是啊。”郑刚喝了口茶。“2004、2007 年那两起案件出事的都是‘老经协’的人。抓了两次也没抓干净，还是有漏网之鱼。张安帮只是‘煤炭帮’里的一般人物，敢那么放肆，还不是因为有靠山。你们抓这些人，我举双手赞成。就是这些人把我们公司搞垮的。犯罪分子抓不完，我们公司就不能绝处逢生。有什么需要，只要你们开口，我能做到的一定全力配合。如果你们能跟公司领导打个招呼、指定我为案件联系人，我工作起来会更方便些。”

吴文杰和叶如青对望了一眼，叶如青朝吴文杰点点头。“好的，谢谢你对我们工作的支持。我听叶科说过你，2004 年你们一起办过于杰案，为人正派，宁折不屈，长期从事纪检监察工作，经验丰富，公司那些人的龌龊事肯定逃不出你的眼睛。”吴文杰意识到郑刚不主动讲公司内部的贪腐问题，甚至从未向检察机关检举过，一定有难言之隐。当然，不排除他按组织程序向上级领导反映过。

“唉！”郑刚叹了一口气，“说来话长。2004 年我跟叶科办完案后，谭向军就把我当作眼中钉、肉中刺，一直想把我赶走。赶不动就撤我的职，把我放在这个办公室做闲人。”

“他为何要把你当成眼中钉、肉中刺？”吴文杰问。

“以后我再跟你说吧。”叶如青对吴文杰说道，“老郑，你是干干净净的一个人，就因为太正直，看不惯很多事，也不跟他们同流合污，也不帮他们，总是站在办案部门的角度协助我们检察院查他们，他肯定排挤你，赶你走。”

“赶了我好几年了。每年开会只要有机会，就提到我们这些退休后返聘的公务员，都要解聘我。”

“真是连累你了。”叶如青为这几年饱受打压的郑刚表示歉意。

郑刚潇洒地一挥手：“不关你事！谭向军也不敢惹我，他的事我知道得太多了。”

吴文杰明白了，郑刚不想惹事，就不主动去检举公司的黑暗面了。但他刚才还是说了，只要能做到的一定全力配合。这说明他手里有料。要拿到，前提是他们能问到。由于时间关系，加上不便久留，吴文杰说了声“谢谢”，就向郑刚告辞了。

吴文杰在副驾驶位置坐下，叶如青正准备离开，突然听到有人在敲车窗玻璃。从大堂下台阶到上车十几米远没听到叫唤，仿佛这人是从地下冒出来的。他也不弯腰，吴文杰只能看见他的“花花公子”腰带，带扣有些磨损，蓝色休闲裤也很普通。以为遇到求助，吴文杰下意识地摇下车窗。这人也不说话，从裤袋里掏出个信封往里一扔，转身就向后跑，再转个弯不见了。吴文杰探出头，只看到个背影，身高一米七到一米七五之间。

二七

警车驶离东升大厦几分钟后，手机响起了短信提示音。吴文杰打开一看，是路边小摊都能买到且不需登记机主资料的神州行号码发来的：因特殊情况暂不便现身，请见谅。刚才提供的材料反映的情况绝对属实，适当时候我会与你联系。显然，这是刚才朝窗子扔材料的人发来的。吴文杰立即回拨这一神州行号码。对他而言，通不通、接不接都无所谓，只想证实手机状态。如他所料：关机！看来，只能等他想出现的时候再说了。吴文杰把手机信息递给叶如青看：“又有群众站在我们这一边了！他说适当时候会跟我联系。”

“还是杰哥水平高。你发名片时我还百思不得其解，现在明白你的用意了。这几天那么多匿名短信反映问题，对我们真是很大的鼓励。”

“是啊，表面上是两个保安的事，实际上是一大帮人受排挤打击后的群情激愤。所以，他们不断向我们输送炮弹，出谋划策。虽然很多查不到证据，也对我们有帮助。我先看看这份材料再说。”

材料不长，两页纸，署名为“正义人士”。主要反映三方面的问题。一是张安帮涉嫌贪污和行贿。部分内容显然是陆清宏、阮运丰或其中一人泄露出去的。这表明举报人与陆、阮关系较好，也有可能是他们在单位散布了检方调查的情况。如果这样就不太好，吴文杰想，既不利于他们自我保护，也惊动了相关人员。他觉得要尽快提醒陆清宏和阮运丰。二是“煤炭帮”的董事长兼总经理胡明仁、广兴贸易分公司经理林小铁和总经理助理邱阳涉嫌造假、贪污住房补贴。这个好查，只要让郑刚提供相关文件和财务凭证就可以弄清楚了。三是“经协派”的谭向军副总经理指使他人拿假发票到广南联营加油站报账约十五万，涉嫌贪污。这个也不难查，只要到加油站调取相关财务凭证就可核实并找到经手人。

“这份材料事实清楚，可查性很强，不仅牵扯胡明仁、林小铁和邱阳，把谭向军也扯出来了。他贪污广南联营加油站约十五万元，我们要赶快向处长汇报。”吴文杰的话语有些激动。

“谭向军也被举报了？2004 年我办于杰案时就觉得他有问题，只是没证据。这回终于可以跟他过招了。”叶如青也很兴奋。车刚开进检察院车库，电话就响了起来。

电话是郑刚打来的。“刚才警车停在大门口，公司内部像炸开了锅。张安帮和肖江河被带走一个晚上两个白天，人不见放回，警车又来了。大家纷纷猜测这次又要带走谁。公司领导自然也知道了检察院又来了却只去了我办公室的消息，同样心神不宁。警车一走，公司纪委书记伍立志马上到我办公室询问。我说，‘检察院只是过来拿张安帮、肖江河的材料，没谈案情。估计是要立案，具体情况我也不清楚。’伍立志不信，要我当着他的面给你们打电话问情况：张安帮和肖江河有多大问题？有没有可能出来？下一步需要我们协助什么？并要我把手机话筒打开。”

叶如青见郑刚明知故问，已猜到他通话的环境，就直说：“现已初步查明张安帮、肖江河的问题。还有一些需要继续调查，一下子可能还出不去。”

郑刚说：“还涉不涉及其他人，需要我协助配合做些什么？”

叶如青说：“他们两人的事与他人无关，不用你做什么。”

“那好吧。”郑刚挂了电话。

这番对话吴文杰也听到了，笑道：“等会儿还会有人打进来。”

果然，他们刚走进办公室，叶如青的电话又响了起来。“你好！哪位？”叶如青的手机换了几个，不常用的电话他不储存。这个号码他只是似曾相识。

“老朋友你好啊，我是老谭！看来你真是把我忘了。找机会罚你酒。”电话那头的谭向军嗔怪道。

叶如青对吴文杰挤挤眼，捂住手机盖，低声说：“是谭向军。”

原来纪委书记伍立志见在郑刚那里问不出什么，就去胡明仁办公室汇报，谭向军副总经理已等在那儿了。伍立志简要报告了在郑刚那里了解到的情况，谭向军不信，决定亲自给叶如青打个电话。

“你好啊，老谭！请问有何吩咐？”

“叶科还炒股吗？”

“什么意思？”叶如青莫名其妙。

“记得以前你炒股的，给你透露个信息。”谭向军压低了声音，显得很神秘。“今天上午我去南方资产管理公司开会，会议决定投资控股一家上市公司。现在买入的话，一年之内翻番不成问题。”翻番是什么概念？买一万赚一万，买十万赚十万！多大的诱惑！控股哪家上市公司谭向军就是不说，留着吊叶如青的胃口，看他经不经得起诱惑。高人一出手，就知有没有。谭向军熟知人性的贪婪，更清楚满足欲望需付出代价。

几年前办于杰案时，谭向军作为案件联络人经常与办案人员接触，叶如青不记得什么时候说过炒股的事。看来，对谭向军要用“恐怖”二字来形容才准确。他的心头掠过一丝寒意。“几年前供了一套房，成了房奴，没钱了，早就不炒股了。所以啊，你们投资控股什么的，我是有想法没办法，你还是不要告诉我的好。否则，哪天我喝酒喝多了走漏嘴，坏了你们的好事，我吃不了兜着走，就是你害我了。”敌情不明，叶如青只能见招拆招。

“那太可惜了。”谭向军叹了一口气，“什么害不害的，我俩什么关系?！你，我还信不过?”

“好啦，不说这事了。”叶如青要掌控主动权，“谭总，你打我电话不是专门教我炒股的吧?”

“你不领情算了，我可是一片好心。”谭向军一击不中，心有不甘，却也无计可施。“好，说正事。张安帮和肖江河被你们带走后，我第一时间向洪书记做了汇报。洪书记指示我及时跟进。我们公司胡董事长想去拜访你们领导，请帮忙安排一下。”

南方资产管理公司的纪委书记洪六哥当过省纪委四室主任，叶如青办于杰案时接触过。此人一向以领导自居，居高临下，常常目中无人。若是职级比他低的办案人员到南方公司纪委联系工作，即使到了吃饭时间，盒饭他也不会请你吃一个。谭向军并非东升公司纪委书记，案件方面的事不归他分管，却称他“第一时间向洪书记做了汇报”，无非是想表明他与洪书记关系不一般，洪书记已指定他负责。

叶如青对此并不感冒：“我们处长不在。”他冷冷道。

谭向军不达目的不罢休。“那就找你。你不见我们，我们见你总可以吧。我们是老朋友了，当年还是我协助你们抓住于杰的。我，你还信不过吗？怎么样，透个底吧！我还会帮你的。”

叶如青有点儿烦了：“我也不在单位，刚去你们那儿找老郑取了份材料回来。具体情况我们已跟老郑说了，你找他问吧！电话里我就不重复了。我老婆身体不舒服，正陪她去医院。再约吧。”说完，也不管谭向军还有话没话就挂了。

叶如青与谭向军通话的声音比较大，吴文杰听得清清楚楚。如果谭向军把那只股票说出来，听到的人会不会顶不住诱惑私下或告知亲友去买？买了，就欠了谭向军一个大大的人情，以后对他请托的事项还下不下得了手？吴文杰、叶如青心里都捏了一把汗：悬！缓了一口气，吴文杰对叶如青说：“我一直想听听你2004年办的于杰案。”

“事情过去五六年了，我找有关材料看看。先吃饭吧，肚子饿了！”

二八

“开饭啦。”常淡云、丛志天和甄珠把盒饭拿了过来，每人一盒饭、一盒菜、一盒汤。

“伙食不错嘛，有鸡翅，还有猪脚！”张伟强打开盒饭，叫了起来。

“我这有辣椒。”吴文杰从身后的纸箱拿出私货，招呼大家享用。

他话音刚落，刘敏锋拿了亲笔供词上来交给他说：“张安帮的问题主要分三块：第一块是他本人的贪污问题。张安帮任物业分公司经理后主张肥水不流外人田，将东升大厦外包的每年约二百万元的维护业务收回，交由物业维修队负责。这样一来，他就有了通过肖江河套取公司资金的借口和机会。但维修队的正式职工太少，他就陆续把流石矿务局施工队的三十多人弄过来。通过肖江河套取的现金近一百五十万，除了发放周枫、陆清宏两位副经理的车补、区水的社保和肖江河的三万多奖金总共十几万外，其余一百三十多万被张安帮或提现或买购物卡，或支付四海烟酒店的赊账。其中，约六十万张安帮辩称用于超标准的公务接待了。第二块涉嫌行贿胡明仁、林小铁、谭向军等有关人员近百万。据张安帮交代，2002 年初流石矿务局关闭清算时，在林小铁帮忙下，胡明仁批准他个人承包了流石矿务局关村供电所，直到 2005 年底。为表示感谢，他每月经胡明仁弟弟转交一万元给胡明仁，给林小铁六千元。这部分的数额要去流石矿务局调合同才算得准。2006 年底，张安帮调动时，曾送给胡明仁十二万、林小铁三万。调过来后，张安帮的施工队以物业公司的名义承接工程，张安帮拿出利润一半送给帮忙或批准他带队外出施工的胡明仁、谭向军、林小铁、伍立志等领导。这部分有几十万，还要看其他人的口供。此外，林小铁分管飞达物业分公司期间，给林小铁报过一笔四五万元的办公用品。肖江河是经手人，报完账后直接将现金给了林小铁。谭向军副总经理分管物业分公司期间，也叫张安帮报过十几万元办公用品，经手人也是肖江河。此外，张安帮调动时也送了两万元给谭向军。张安帮还说，他套出来的钱有几万元逢年过节都送给了谭向军，还购买了大约六万元的购物卡送给他。这些情况我找肖江河问过，肖江河说他只管报账，领钱后交给张安帮。至于张安帮再给谁，他也不清楚。第三块是张安帮的受贿问题。张安帮跑调动送人钱，把原来流石施工队的人弄进物业公司维修队也照样收钱，每人五千到一两万元不等，算是‘辛苦费’，总数近二十万。人数太多，因时间关系还来不及取证。”刘敏锋娓娓道来，如数家珍。

“辛苦了！干得不错，搞得很清楚了。”吴文杰表扬道。心里却想，这小子将来前途不可限量。“先吃饭吧，以后再核实。”然后，他跟叶如青说道，“谭向军也收过张安帮的贿赂，并在他那里报过费用，不只有十五万的联营加油站的贪污。”

“谭向军很狡猾，在张安帮那里不会留下任何证据的。恐怕我们还得从加油站这里下点儿功夫。”叶如青说完，从吴文杰的辣椒瓶里挖出一大勺。他是湖南人，非辣吃不下饭。转头问刘敏锋，要不要也来点。

刘敏锋拿了一盒饭刚在茶几旁的椅子上坐下来：“要！”

“你不是潮汕人吗，怎么也吃起辣来了？”一旁的甄珠揶揄道。她是南东省人，平时也不敢吃辣。跟吴文杰、叶如青这些嗜辣之人出去吃饭，往往面前放一碗白开水，用来涮掉菜里的辣味。

“开玩笑！这么高强度、高压力的工作，没有点儿辣味怎么会有效果?！你跟着我们加班加点起早摸黑，也要成为辣妹子！辣、辣、辣，辣不怕！”宋祖英的歌词让刘敏锋活学活用了。

“你才是辣妹子，辣不怕哩。”甄珠挥起拳头，就朝刘敏锋打去。

刘敏锋和甄珠的言行让张伟强差点儿把饭喷出来：“你们真是一对活宝！怎么不成为一对呀，天造地设啊！”

“我才不要这个女汉子哩。我那位当老师的女朋友电话一打来，那语音、语调啊比韩剧还韩剧，我整个人就像掉到蜜罐里了。”

“所以，你打给她的电话也像爱情剧中的表白男，各种宠溺啊，我听得全身起鸡皮疙瘩了。”甄珠反唇相讥道。

“叶科打电话给老婆才让人受不了啦，那声音温柔得，唉，不说了。”刘敏锋晃晃头，扒了口饭。

“怎么说到我头上去了。”叶如青故作生气地说道。

“叶老板是我们科的暖男哪。我就不行，老婆一来电话，就是骂我的。”吴文杰打趣道。

“我老婆更厉害，一来电话就是查岗的。”张伟强说道。

大家都笑得快吃不下饭了。“好了好了，说说工作吧。”叶如青是个冷峻的人，不太喜欢开玩笑。“立案报告已在准备，强制措施报什么？”他问吴文杰。

“张安帮肯定是拘留了；肖江河老婆怀孕，个人所得也不多，而且能主动交代问题，我的意见是取保。大家意见怎样？”

“没意见！”大家纷纷同意。

“好。饭后大家赶紧休息，下午还有很多事。”

此时，吴文杰心思已不在张安帮、肖江河身上了，在考虑如何处理匿名信反映的胡明仁、林小铁、邱阳和谭向军的问题。尤其胡明仁还是副厅级干部，措施不当，有可能前功尽弃。

二九

下午两点刚过，吴文杰桌上的办公电话就响了起来。是高得意处长打来的。“在哪儿？”他问道。

“不好意思，还没起床。”吴文杰看了看表，答道。

“东升公司的胡明仁、谭向军、伍立志等过来了解情况，在我办公室。”

“这帮家伙中午就说要过来，给叶科挡住了。没想到会直接杀到你那儿去。真是机关算尽、无孔不入啊！”吴文杰无奈地摇了摇头，“有些新情况没来得及汇报，可能涉及你办公室这几位。我和叶科就不见了，你老人家应付一下吧。”

“那好吧。”高得意放下了电话。以往发案单位或上级部门领导来检察院了解情况，通常都是科长挡住，处长借故不在，留点儿回旋余地；这次却正相反。高得意没问为什么，相信吴文杰做事一定有他的道理。

处长就是处长，绝不会浪得虚名。否则，也不能三十七八岁就当上反贪局侦查处处长了。吴文杰见高得意并不问他原因，不由得心里赞道。

“这样做好不好？”叶如青倒有些担心了，听到电话也醒了。

“放心！处长是高人，我们不在，他云里雾里随便讲。我俩在，不谈具体案情也不好。”吴文杰自信地说道。

的确，高得意原在南州铁路检察院任副检察长兼反贪局局长，调到南州市检察院后历任公诉处副处长、检察长助理和侦查处处长，是见过大世面的人，精明能干，才智过人，善于处理各种复杂关系，应付东升公司这些不速之客那是游刃有余。接到值班法警通报后，他先交代法警让胡明仁一行在大堂稍候，接着跟吴文杰通电话。得知吴文杰不愿见他们后，再派内勤玲姐下楼将客人带上来。

“非常抱歉，高处长！您这么忙还打扰您。”一进门，谭向军先开口。他挂在嘴边的一句话就是，“活人还能叫尿憋死”。叶如青推三阻四不想见他，实在让他不踏实，就提议胡明仁带队，叫上副总经理兼纪委书记伍立志，上门拜访叶如青的顶头上司、侦查一处处长高得意。

“不客气。请坐！”高得意招呼客人坐下。

“这位是我们公司的胡明仁董事长！这位是纪委伍立志书记！我姓谭，叫谭向军，是公司的副总经理。”谭向军边介绍边掏出名片，胡明仁、伍立志也跟着递名片。

高得意接过名片扫了一眼，放在桌上，以静制动，冷冷看着来人。胡明仁心里直发毛，不敢对视。伍立志则双眼睑下垂，坐在那儿一动不动。谭向军是老江湖，脸上始终挂着微笑。“各位抽不抽烟？”几秒钟的冷战后，高得意问道。

胡明仁赶紧掏口袋：“抽我的，抽我的！”手有些发抖。看着胡明仁的狼狈样，谭向军轻轻叹口气，心里骂了一句“丢人”。

高得意摆摆手：“我是主人，抽我的吧。”

玲姐走过来，把高得意的烟派给客人。伍立志不抽烟，说：“谢谢！不会。”

胡明仁接过烟，连忙起身要过来给高得意点。高从桌上拿起打火机示意一下，自己点了。“胡董事长，各位这么隆重过来，有事吗？”

“高处长，省高检指挥中心的陈处给您打过电话了吗？”谭向军怕胡明仁说错话，接了过去。

“打过了。”高得意望着谭向军，不跟他说通话内容。陈处是省高检指挥中心的陈玉胜处长，他的老友。他知道谭向军一开口就提陈玉胜，无非想抬高自己的分量。

“是这样。昨天上午，您的手下从我们单位带走张安帮和肖江河后，我们上级公司领导很重视，要求我们及时跟进，一定要配合好检察院的工作。今天我们过来，主要是想了解下情况，以便自查自纠，看看有什么需要我们做的。”对谭向军的话，胡明仁、伍立志点头赞同。

高得意打了个哈哈道：“谭总客气了！有话尽管说，我这人喜欢直来直去。”

谭向军最善于顺竿爬：“高处长爽快，那我就直说了。”

这时，水开了，玲姐泡好茶。高得意把话绕了一下：“我的茶不错的，喝一杯！我们慢慢聊！”

胡明仁赶紧答话：“好的，好的。”

胡明仁这个样子，让谭向军越发看不起。他决定直奔主题，尽快打道回府，以免胡明仁再出洋相。“高处长，我们下属物业分公司的张安帮和肖江河在检察院接受调查已超过二十四小时了，情况怎样？出不出得去？”

“这两个人的问题很严重，有些问题还要继续调查，暂时出不去了。”

“有没有涉及其他人?”胡明仁沉不住气了。

“董事长，检察院办案有程序和规矩。谁涉不涉案是保密的。”胡明仁“此地无银三百两”的问法把谭向军惊着了。

“看来谭总是办过案的?”谭向军的心惊胆颤，高得意全都看在眼里，故意轻描淡写地问道。

“四年前协助叶科办过一宗案，在双规点待了三个月。我们很熟的，刚才还通过电话。”

“难怪。可惜叶科不在，要不你们老朋友可以叙叙旧了。”

“我记得叶科的科长好像不姓吴?”谭向军借机摸摸吴文杰的底。

“谭总好记性。叶科以前在四科，科长姓林。后来调到三科，科长叫吴文杰。”

“吴科长一看就很干练，他一直在侦查处吗?”

“吴文杰是军转干部，副处级，很优秀。”

“老谭，你不也是老转吗?”伍立志终于出声了。

“是啊，找机会一定要认识认识。”谭向军接过伍立志的话。

“胡董事长，张安帮、肖江河的事暂时还未发现涉及其他人。你喝口茶吧。”高得意懒得理谭向军，决定还是回答胡明仁的问题，麻痹他们一下，对方信不信无所谓。

胡明仁连声道：“好，好，那就好。”又起身要给高得意续茶。

高得意示意他坐下。

谭向军一见胡明仁吭声就不耐烦，打断他道：“胡董事长的意思是，高处长能不能提供一些线索，我们回去自查自纠，有人涉嫌犯罪就移送检察机关处理。”

“是的，是的。公司一下子两个人被抓，对我们来说是大事，说明我们平时教育不够，管理不到位，回去后我们一定好好地自查自纠。”胡明仁反应过来了。

伍立志也帮腔道：“有什么需要我们做的，我是公司纪委书记，责无旁贷、义不容辞!”

“谢谢伍书记!检察、纪检是一家，以后少不了麻烦你。”话不投机半句多，高得意估计跟他们也没什么好谈的了，就给吴文杰打了个电话：“文杰啊，回来了没有?东升公司的领导在我这儿，你有没有要交代的?好，好，知道了。”挂掉电话，高得意对伍立志说道：“经办此案的吴科长说，他的搭档叶科以前在专案组与你们纪委的郑刚配合办过案，想请你们公司指定郑刚做案件联系人。伍书记有什么意见?”

伍立志看了胡明仁一眼，胡明仁点点头。“没问题，我已经交代老郑了。一定授权，让他全力配合。”

谭向军一开始就表明他跟叶科熟，很想当这个案件的联系人，没想到检察院却指定给了被他长期排挤的郑刚，心里很不爽，想争取一下：“我主动申请负责后勤保障吧。”

高得意说：“谢谢谭总，后勤保障不用了。我们检察机关的办案经费足够用。”

“看来叶科他们一时半会回不来了。胡董事长、伍书记，那我们就不多打扰高处长了。高处长也很忙，今天我们是不是先这样?”谭向军觉得此时应该三十六计走为上了。该问的问了，该说的也说了，再待下去已无必要，还是早些回去想想对策吧。

“好。谢谢高处。”胡明仁站了起来，伸出手去。

高得意说了句“后会有期”，并不握胡明仁的手，做了个“请”的手势。

谭向军说：“高处长，还请手下留情啊!”

高得意说：“我有分寸。玲姐，代我送送客人。”

几天后，四人再见面就从七楼的办公室变成了一楼的审讯室。

三〇

“人走了，过来吧。”高得意再次打电话给吴文杰。

“好嘞。”吴文杰叫上叶如青，一起去高得意的办公室。

“案件有什么进展?”高得意问道。

吴文杰说：“有，正要向你汇报。和东升公司董事长兼总经理胡明仁、副总经理谭向军、副总经理兼纪委书记伍立志，广兴贸易分公司经理林小铁、总经理助理邱阳都有关。据张安帮交代，他在流石矿务局关停清算期间因为胡明仁和林小铁的关照，2003年至2005年个人承包了矿上的关村供电所。张安帮按每月一万元直接或通过胡明仁的弟弟胡明国给胡明仁送了约三十万感谢费；按每月六千元给林小铁送了约二十万感谢费；调动前后给胡明仁送过十二万，其中十万元林小铁在场；当着林小铁的面给其老婆送过三万元，给林小铁一万元和价值约五千元的一部手机；给谭向军送过两万元；给伍立志一万五千元。张安帮担任物业分公司经理后，分管副总是谭向军。张安帮让肖江河用套出来的钱为谭向军购买了约六万元购物卡，帮谭向军报了近五万元的账。张安帮和谭向军的交接是一对一，其他人不在场。张安帮个人有一个施工队，常以物业分公司的名义承接工程。遇有较大工程，尤其是外地工程，张安帮都会请假，亲自带队施工。完工后，他会拿出部分利润平均送给胡明仁、谭向军、林小铁、伍立志等公司几个班子成员。当然，这只是张安帮的一面之词。此外，我们接到匿名举报信称，胡明仁、林小铁和邱阳三人伪造材料骗取了几十万元的住房补贴；谭向军指使他人用假发票从广南联营加油站分两次报销了约十五万元，并据为己有。如果属实，查账取证并不难。胡明仁、谭向军、林小铁、邱阳四人都有问题。”

“很好。你们打算怎么办?”高得意对吴文杰的工作是满意和信任的。

“为防止串供、泄露案情，我想先控制嫌疑人再取证。因人手有限，初步考虑明天先把胡明仁、谭向军和林小铁三人带过来，书证十二小时之内应该可以取到。张安帮供述的问题要一些时间才可以审出来。这三人是省属处以上干部，取到书证后再报省检吧。”

“行。我同意你们的方案。刚才，胡明仁、谭向军和伍立志来我这，我也感到他们三人有问题。谭向军很滑头，会比较难对付，你们要有思想准备。总之，你们放心大胆做，有什么事我顶着。”高得意说完，又补充道，“这三人的身份、级别确定了没有？省属副处级以上干部要报省院批准才能动。所以有人说，提拔一个干部难，查处一个干部也难。”高得意叹了口气。

大要案必须报批。涉嫌犯罪数额大的是大案，涉嫌犯罪人员级别高的是要案。至于大案数额的多少、要案级别的高低如何，各省市的执行标准都不同。南州市是副省级省会城市，省属副处级以上干部涉嫌职务犯罪要报省检察院批，副厅级以上省管干部报省政法委批，市副局以上干部也要报市政法委批。

“没动人之前不好问。胡明仁是从省煤炭总公司副总调任的，估计至少相当于副厅级；谭向军是2002年退休返聘的，享受正处级待遇；林小铁是矿务局副局长调过来的，应该享受副处级待遇。按理，企业早就取消了级别，我们可以不管他。”叶如青据实禀报。

“组织部任命的都有级别，享受什么级别待遇或相当于什么级别待遇，都要搞清楚。总之，还是慎重点儿好。他们来之前，省院指挥中心的陈玉胜处长还给我打了电话。我们要尽量避免不必要的麻烦。”高得意强调道。

“高处说的有道理，我们马上打报告。”吴文杰答道。

“报告送省院后告诉一声，我会跟省院费检察长的秘书打个招呼，请他亲自跟一下，明天上午应该会批下来。”

“另外，张安帮，肖江河在这儿待了两天了，你们准备怎么处理？”

“这两人要清掉，我才够人手往下做。我想，张安帮立案拘留，肖江河立案取保。这是立案报告和采取强制措施审批表。”吴文杰将叶如青手中的材料递给高得意。

高得意简单看了看，他对叶如青把关的法律文书是放心的。“肖江河取保吗？”高得意问道。

“他老婆有孕在身，还是要体现一下人文关怀。”吴文杰答。

“可以，宽严相济嘛。”说完，高得意拿笔在报告和审批表上作了批示。“怎么样，晚上我请兄弟们吃个便饭，改善一下？”高得意十分懂得在适当的时候实实在在地激励吴文杰他们的士气。

“好啊，谢谢高处。我让他们快一点，把张安帮尽早送看守所。”

“想吃什么？”

“毛家湾好不好？”毛家湾酒家也是湘菜馆，距南州市检察院约一点五公里。远倒不远，但在毛家湾吃一餐至少顶在湘庆土菜馆吃三餐。处长请吃饭，不吃白不吃。吴文杰带领全科办案时，晚餐基本不吃盒饭。盒饭油水不够，加班到半夜肚子会饿，还得吃宵夜。他是南西省人，叶如青是湖南人，都喜欢吃辣，单位附近的大碗菜、夫妻店、血酱鸭、芙蓉楼等湘菜馆、川菜馆是他们去得最多的地方，一般二三百块钱就可搞定。处长请吃饭就不一样了，一定要高一个档次。

“夸张点了吧？我还想全案完结时再去毛家湾的。”高得意故意假装心疼。其实他很大方，有时办完一个案子，就主动打电话，“文杰啊，你们现在可以轻松一下了！我订了一间房，请你科里兄弟过来喝杯酒。”吴文杰他们到时，点菜的经理会说，想吃什么你们定，其他的不用管。

“到时我请吧。我工资比你也少不了多少，你出酒就行！”吴文杰故意将一军。

“你倒会算。以你们科的酒量，酒钱贵过菜钱。不过，你买单我出酒，我多掉价！好了，忙去吧！到时全是我的。”吴文杰的三科不仅工作时特别能战斗，酒量也比其他科好——状态好时，人均能到高度酒七八两。开工期间，大家都没什么酒兴，通常只要几支啤酒解解乏。

吴文杰和叶如青回到科里，将处长请吃饭的消息告诉了张伟强、刘敏锋和甄珠等，立刻引来一片欢呼声，两天来连续作战的倦意一扫而光，工作节奏明显加快。

五点半下班前，副检察长兼反贪局局长范明亮批准对张安帮和肖江河立案侦查，并签发了对张安帮强制拘留和对肖江河取保候审的决定书。根据两天来全科的工作强度和进度，吴文杰安排工作量较小的丛志天和常淡云协助法警，将张安帮送到南州市第三看守所羁押。

开拘留证、送看守所、体检、冲凉、收监，整个程序走完，来回最快也要约两个小时。吴文杰叮嘱他们尽快赶回来，处长这顿饭意义非凡啊。

晚饭订在7点半，丛志天和常淡云如期返回。高得意处长很大气，菜任由大家点，但不主张喝酒。因为明天上午有场更重要的战斗要打——将东升公司两大头面人物——胡明仁和谭向军带回——他不想喝酒耽误了工作。

红焖土鸡、血酱鸭、剁椒鱼头、农家小炒肉、腊味合蒸等大家爱吃的菜式几分钟就点完。看着大多数人期待的目光，吴文杰请高得意处长恩准喝点儿啤酒。

“大战在即，喝几杯酒不仅有壮行的意味，也可以放松一下心情。明天我们照常精神饱满地投入工作！”

“那好吧。今晚你们先意思意思，六瓶啤酒吧！等全案办完，我再请大家喝白酒！”张伟强、刘敏锋等好酒之人率先鼓起掌来。“三科的兄弟们辛苦了。两天立了两个案，为全处树立了榜样，望再接再厉，取得更大成绩。接下来，还有更多、更艰巨的工作要做。”高得意举起啤酒杯说道。

吴文杰说：“感谢高处对三科的关心和爱护。在高处的正确领导和大力支持下，我们科取得了一些成绩。大家一起干一杯吧！留下两个人不喝酒……”

“我不喝。”常淡云、甄珠抢先答道。

“好吧。今晚就只有肖江河一人在，单位不需要留太多人。我、刘敏锋、常淡云三人就可以了。饭后大家都回家，明早按时上班。”言毕，吴文杰端起酒杯站起来，“让我们共同举杯，感谢高处！”

虽然高得意一个劲地劝大家吃饱吃好，但任务在身，饭吃得不如往常热闹。

三一

下午刚上班没多久，庞天海来到江柳办公室。

他一般很少专门到编辑办公室，只是路过时或伏案久了出来透口气时会来聊聊天，说几句话。工作上的事，他往往会打电话叫他们到他的办公室去谈。但江柳的办公室，他却时不时就想走进去。

这间办公室没有女人的脂粉气和香水味，只有一种淡淡的花香。江柳不喜欢涂脂抹粉，从不化妆，也不穿金戴银，更不会用香水。她只是隔几天就买一束鲜花，百合花呀，茉莉花呀等能有香味弥漫的鲜花，放在办公室。只要走进去，就会神清气爽、心情愉悦。

见到他到来，江柳赶忙起身让座："老师，你怎么有空来了?"

"有一个采访，不知你想不想去?"

"老师你知道的，吴文杰正在外面办案子，何时回来还是个未知数，儿子吴空又离不开我，真是没办法再外出工作的。"江柳情急之下，又像是打机关枪了。

庞天海当然知道。吴文杰办案回来了，江柳走起路来像是跳芭蕾，优美而轻盈，脸上还洋溢着少女才有的羞涩而甜蜜的红晕。反之，表情就会凝重而深沉，脚步自然也是沉重而缓慢的，像耕牛一样背负着艰难使命。

"你的情况我清楚，但这个采访只有你才能胜任。你很善于与人沟通交流，容易走入采访对象的内心世界，客观、真实、全面和深刻地报道英雄模范及先进人物。至于你的家庭困难，我们也考虑到了。这个采访是在市郊的特种兵大队，你今晚熟悉一下情况，明天上午有车送你去，晚上吃过晚饭就回来。"

"好吧，我明晚一定要回来的!"江柳强调了这一点，就开始上网搜集采访对象资料，要赶在下班前把采访提纲写出来。晚上回家后，她得把时间交给儿子吴空。

快下班时，采访提纲写得差不多了。她正想给大姐打去电话，大姐的电话却来了："今晚到我家吃饭吧，来了几个老乡。文杰回家吃饭吗，叫他一起来吧!"

"他办案去了，两天两夜没回家了。"江柳不无埋怨道。

"那你和吴空过来吧！我让你大姐夫做些你们爱吃的红烧肉、油鸡、扣肉。"

江柳的大姐夫韦刚厨艺那是一绝，完全达到了饭馆的水平。他也就是用这个留住了大姐江雪的心。韦刚和江雪同是插队知青，江雪是积极分子。韦因受不了插队的苦，跟母亲谎称重病、没几天活了。紧张焦虑的母亲立刻坐火车来看他，却见他双脚架在桌子上，得意洋洋地在啃鸡腿。但就是这样一个落后分子，却爱上了江雪。江雪自是不愿跟他，他就威胁道，要拿炸药包炸掉她全家。当然，他也只是说说而已，个性强硬的江雪更不会把他的话放在心上。最终，韦刚的父亲扛了个西瓜大热天来到江雪家，打动了江雪父母亲。此后，江雪也有了美称——"改变落后分子先进人物"，韦刚把自己从落后面貌里解放了出来。

刚出电梯间，吴空就扯着喉咙叫了："姨妈开门！快开门！"

"啊哟，空儿来了！快请进！"江雪一边高声应着，一边把防盗门打开。

"姨妈，你穿的什么裙子？"

"你说呢？"

"我不知道。"

"哦，空儿现在会说很多话了。"江雪摸摸吴空的头，表扬道。

"姨妈穿的是朝鲜族的长裙。朝鲜族不是跳腰鼓舞的吗，妈妈跟你说过的呀。"江柳启发吴空道。

"哦。"吴空似懂非懂。

江雪今天穿了一条紫红色丝质长裙，的确很像朝鲜族的裙子。江柳想起妈妈以前也很喜欢这样穿的，还是她亲手缝制的，特意在胸前做了个大大的蝴蝶结。江柳的妈妈是个爱美之人，出身于大户人家的她很会扮靓，年近五十了依然把白头发染黑、眉毛描粗，可惜没能活到现在。要不，以现今的条件，妈妈会打扮得更漂亮。

"最近在忙些什么？"江雪的问话打破了江柳的思索。

"今天刚完成一期《士兵文艺》的编辑工作，长篇小说《木棉花》还在紧锣密鼓的创作之中。"

"别累着自己了，该休息还是要休息，该吃还是要吃好。文杰不在家，你就和空儿吃盒饭，怎么会有营养？我今天特意让姐夫给你做了油鸡和红烧肉。"

"姨妈，这也是我爱吃的。"吴空插嘴道。

"就是嘛，空儿最喜欢吃我做的菜了。"韦刚围着围裙从厨房走出来，一脸憨厚的笑。"小吴今天没来？真想和他好好喝几杯。"

"你就喜欢喝酒。"江雪冲着韦刚瞪圆了眼睛。她最不满韦刚好酒这一毛病，喝多了酒就皮笑肉不笑地胡乱说话。

"我就这点爱好。虽然没什么本事，却对你忠心耿耿。"韦刚辩解道。

"大姐夫说得好，他不是说是你一生的守护神吗？多幸福！哪像我，不知谁来守护我们娘儿俩。"江柳为韦刚打圆场时，不忘发泄一下对吴文杰的怨恨。

"他守护人民的平安啊！"这回轮到江雪为吴文杰打圆场了。不过又很快转过话锋，"我问过你，为什么会看上吴文杰？你还自豪地说，他对人好。我还泼了你一瓢冷水说，他对别人好，就会对你不好。当时你还一头雾水，不明白为什么他对别人好就会对你不好。现在明白了吧。"

"当时我还不到二十岁，哪里看得清那么多事。以后找老公，一定要找爱自己的。就像刚哥这样，做得一手好菜，又能为你洗衣服；不仅围着锅台转——还围着你转。好吃好喝地伺候你，一辈子让你安宁幸福有依靠。"江柳撅着嘴，没好气道。

"我哪有小吴有本事！还是别找我这样的，整天给你大姐骂得狗血淋头，在家一点地位也没有！"

"但你心里美滋滋的呀——打是疼，骂是爱啊。"江柳说道。

江雪是南州铁路局下属单位的财务总监，平时工作也忙，也知道江柳最担心的就是吴空的人身安全。心疼妹妹的她，这次又主动承担起照顾吴空、管教吴空的任务了。

三二

吃完晚饭已近9点，往常热闹的办公室只剩吴文杰了。他烧好开水准备泡茶，需要在茶香中好好理理思绪。

一条小线索，本以为一两天就可以速战速决，哪想到会转入攻坚战、持久战，牵扯出一大批人，涉及东升公司的胡明仁、谭向军、林小铁等高级别干部。前天上午谭向军陪同着逐个部门“检查”东升公司工作时，他萌生出一个假想：如果谭向军涉案，将是强劲而难缠的对手。看来，这个假想明天就会成为现实。仅凭张安帮一面之词是拿不下老奸巨猾的谭向军的，除非能在广南联营加油站找到匿名信提到的谭向军指使他人套取十五万现金的假发票。找到假发票，自然就可以找到报账人，而这个报账人应该就是谭向军指使的他人。贪污案有个最明显的特征就是，表面上看账是平的，但平账一个人做不来，要有经手人、审批人和财务人员互相配合。这些参与者都是知情人，贪污案一旦有知情人捅开，即可告破。难道这个他人就是参与者之一，吴文杰醒悟到。在张安帮和肖江河，还有林小铁、胡明仁和邱阳这个利益链条中，林小铁是关键。这些挖煤出身的人智商明显比谭向军低一个档次。张安帮给胡明仁送钱，有林小铁陪同，而张安帮给林小铁送钱，钱却交到林小铁老婆手上。把林小铁拿下，胡明仁就会举手。而林小铁的死穴是老婆，但把老婆牵扯进来成为共犯的可能性不大。都什么年代了，2005、2006年还有人敢提供假材料骗取住房补贴?！真是难以想象！但匿名信又不是无的放矢。吴文杰点燃一支烟，转头望着窗外，陷入沉思中。突然，门外闪过一个身影。“云队，什么事?”吴文杰问。

“我想装修一下房间，领导有没有熟人?”常淡云声细如蚊。他是个节俭之人，房屋装修可要花不少钱的。

“有喜了?”吴文杰想当然地问道。

“我谈了个女朋友……”

“恭喜恭喜。我在部队时手下有个兵，复员后在搞装修。这事包在我身上。”吴文杰马上说道。他把下属的事看得比天还高，能帮是一定要帮的。

“谢谢领导关照。”常淡云如获大赦般飞跑出去。

“杰哥，还不睡?”常淡云刚走，张伟强不知什么时候进来了。

吴文杰吓了一跳，烟灰都掉到了裤子上，急忙站起身拍了拍。“你不也没睡吗？怎么跑回来了。”

“没喝够，回来找你喝几杯。”张伟强把手中的塑料袋往吴文杰桌上一放。

“酱板鸭？去哪儿买的？不会跑到我家门口去了吧?”吴文杰住的小区门口有家湖南丁师傅酱板鸭店，如同湘庆土菜馆的血酱鸭一样有独家秘方，一吃保管上瘾。吴文杰送过两只给张伟强后，张伟强循着包装袋上的地址经常开车去买回家下酒。

“是的。”张伟强答，“看看，还有毛豆、香干、煮花生！”

“哎呀，真丰富。”看到酱板鸭，吴文杰也来了酒兴。“老丛昨晚买的啤酒还没喝完，咱俩把它干掉！”

“太不够意思了，喝酒怎能少了我呢？”叶如青人还没进来，声已进来了。

“叶总不陪老婆，明天挨骂我可不管！”吴文杰道。

“老婆睡了。我睡不着，回来找你聊天。”叶如青道。

“好！叶总来了，喝白的吧！三人一瓶。今晚处长请吃饭只喝啤酒，我心里早痒痒了！”张伟强提酒必开心。吴文杰在外应酬有时朋友会送一两瓶酒，他就拿回办公室公用。所以，科里经常会有些存酒，很让其他科羡慕。

“喝就喝，谁怕谁！”叶如青道。别看他平时斯斯文文像个学者，喝起酒来却也是八两不醉。

“下面还有人。个个喝得脸红红的，法警看到不好。”吴文杰提醒道。

“没事了。肖江河我已经让他休息，交给法警了。”刘敏锋进来了。

“好，小刘今晚没喝正好补上！”见到刘敏锋，张伟强很高兴。

“我还是不喝了。肖江河还在，万一有什么事不好。”在吴文杰的培养下，刘敏锋的酒量由一杯啤酒发展到半斤白酒不醉。他虽好酒，却知分寸。

“行，小刘不喝了，负责泡茶。”吴文杰赞同。

张伟强立马开了一瓶蓝瓷瓶二锅头。这是他的最爱。他将酒倒在工夫茶杯里，满满的三杯。“来，走一个！”他先一口干了。

吴文杰和叶如青也跟着干了，刘敏锋负责倒酒。

“我原来的手机卡坏了，临时换了一个，号码一会儿发给你们。”张伟强道。

“怎么换了手机卡？”大家都很奇怪。

“这个谭向军倒是挺神通广大，居然找到了我在南西省空军某部工作时的老政委来摸情况。这个老政委居然是他的东北老乡、空军战友。你说这世上，竟有这么巧的事。”

“那是很巧。”吴文杰也想起这个政委曾去过他家，他 1993 年刚调南州军区机关不久军校同学带来的。但他印象并不深，感觉人还比较憨厚实诚。

“谭向军和张政委是一个车皮从东北来到南西当兵的。因为是老乡，很谈得来。新兵连训练结束后，谭向军留在了大德新村机场直升机团，张政委则分到了南西静明空军部队，一直保持联系。后来，谭向军当了直升机团副团长，老张也做到了正团职政委。再后来都转业了，谭向军进了省经协集团当老总，张政委在省第四建筑公司当书记。谭向军的公司有土地，张政委的公司搞建筑，两个单位有业务联系，两人关系更密切了，隔三岔五地在一起喝酒。”张伟强介绍道。

“谭向军也真是能耐，短短两天居然摸清了科里每个人的底，了解到你张伟强是我最信任的人。在叶科那儿碰壁后，在我这也没找到沟通渠道，居然又摸清你和张政委的渊源，还都住同一大院前后楼！”吴文杰叹服道。

“张政委对我有知遇之恩。20 世纪 80 年代初，我在南西空军某部从事技术侦察工作。边防高炮部队根据我和战友们提供的准确情报，打下了越军一驾美式无人驾驶飞机。张政委力主为年轻的我报请个人二等功，并提前晋职晋级。20 世纪 90 年代中，我调到南州。几年后，张政委转业也到了南州。”

“哦，你们还有这个渊源。”吴文杰说道。

“昨晚张政委打电话了解情况，我很为难，于情于法难以处置，只好借口开会，以后再联系。今天上午换了电话卡，断了音讯的张政委急得像热锅上的蚂蚁，在谭向军的催促下派他家保姆从下午开始一直坐在我家楼前的小石凳上死等。晚上 10 点多终于等到了我，我随保姆去了张政委家。他有些激动，要开酒跟我喝。我借口单位有事，等会儿要回去，建议喝茶。他问电话昨天还通的，怎么关机了，我谎称上午出去办事丢了手机，原来不记名的手机卡办不回来，新买了一张，问他有什么事。他说好友拜托了解张安帮的事，请多关照。我问好友是谁，他说是谭向军。我说，张安帮这种小角色轮不到我上，具体情况不是很清楚，只知道证据确凿，领导已批准立案拘留了。他问下一步会怎样，我说不清楚，那是领导的事，叫做什么我就做什么。他说东升公司的事请一定帮忙，我说尽力而为。”

这番话让吴文杰很感动，发自肺腑地说道：“你是个有原则、讲感情、重职业操守的人，宁可为难自己，也绝不践踏法律！”

“来，敬一个。”叶如青举杯示意。

“其实我今晚过来，也是想跟大家讲讲谭向军的。”叶如青一杯酒下肚，也说了回来的目的。“我四年前办于杰案时跟他打过交道，这个人很不好对付，明天带他时要谨慎小心。”

吴文杰说：“早就想听你说于杰案了。”

叶如青喝了一口茶。“这个案子说来话长了。”他慢悠悠地说道，“于杰是 1995 年全国学南东、掀起下海热潮时被谭向军招至麾下的。当年，省经协集团在茂林市获得了政府低价划拨的一块土地。谭向军到茂林市茂南区国土房管局办理有关手续时，与时任房管局副局长的于杰经常打交道。为了顺利办理手续，他不时宴请于杰。推杯换盏之间，于杰对财大气粗、美女相伴的谭向军流露出羡慕的神情。谭向军也想拉拢于杰以扩大在茂林的发展，两人一拍即合。不久，于杰停薪留职，调入经协集团下属的越银房地产公司，出任茂林分公司经理，成了谭向军的左膀右臂。在地头蛇于杰的协助下，经协集团在茂林购买了大量土地和房产。起初，谭向军在茂林没什么关系，认识的人都是于杰介绍的。虽然后来谭向军有很多事都避开于杰，但于杰还是有办法知道。

“平心而论，在经协集团高速扩张的年代，于杰可算得上有功之臣。我们查过他的家庭财产，2003 年盗卖公司财产之前，夫妻名下共有一套房产、一台车，银行存款总额不足五十万元。据此推断，于杰在经协集团买地的过程中并没动什么歪心思。

“2003 年中国的房地产市场开始回暖，沉睡了数年的土地又散发出诱人的气味。郁闷了几年的于杰以为翻身之日为时不远，谁知等到的却是下岗通知。失望至极的他心理变得极度扭曲，逐渐失去理智，再之后疯狂了——公务员岗位没了不说，辛辛苦苦这些年钱也没捞着，太不公平了。他决心把一切损失补回来。

“怎么补？不是有两年的过渡期吗，足够了。他要把经协集团在茂林的土地和房产卖掉，然后卷铺盖走人。经协集团在茂林有几百亩土地和数十套房产，时价近五千万。

“由于房地产公司总部在南州，茂林分公司非独立法人，公司的公章、企业法定代表人的私章、合同专用章、财务专用章和《土地使用权证》《房产证》等都在集团公司保管。但这难不住于杰这个疯子，他私刻了公司公章、合同专用章、财务专用章和企业法人私章，伪造企业法人签名。于杰本来就是房管局副局长，一切自是做得惟妙惟肖。他低价盗卖了两千多万国有资产，尔后将所有合同、协议和财务凭证统统销毁。

“虽然于杰并未交代真正犯罪动机，但老婆陪女儿到英国定居、读书，不是几十万能解决得了的。他将老婆和女儿都移民到了英国。为掩人耳目，他与老婆办理了假离婚。

“于杰的涉案金额是两千八百多万。很多人可能和我当初一样认为这笔钱在2003年可是个天文数字，难道他还嫌不够？够确实够了，问题是有块地的一千七百多万迟迟未到账，就这么走了，心有不甘。人算不如天算，这一拖拖出事来了。

“2004年于杰案的发现，关键在于省检曾副检察长公子曾利群的及时举报。当时，省经协集团拟将茂林资产打包卖给该公子。否则，于杰可能早都跑掉了，其他人的贪腐问题也可能被捂住了。”叶如青感叹道。

“这么说，还要感谢他了？”刘敏锋有些不解。

“那倒不是。赚钱是商人的本性，赔钱的买卖他可不愿意做。起初，曾利群只拿到了经协集团茂林分公司的资产包。于杰案发后，曾利群获得了经协集团的委托，说好听点儿是参与，说难听点儿是负责了该集团大部分资产的处置工作。”叶如青道。

“这个曾利群，我们了解多少？”吴文杰问。

“不了解，只闻其声不见其人，神秘得很。有人说，曾利群是省检曾副检察长的儿子，也有人说是堂兄弟。当年，处里让我带书记员小陶参与到于杰专案组。因与曾利群有关，我查过，但查不到他任何资料。据说，此人从不担任任何公司法人代表、董事，连股东都不是，出面的全是代理人。”

“这一次，我们一定要让他露出庐山真面目。”刘敏锋道。

“好。”叶如青随口应了声，继续说，“于杰原计划将所有资产卖完也一走了之，到英国与女儿团聚。他的护照早就办好，但没想到计划没有变化快。南方集团公司关于国有资产处置的有关规定下发后，经协集团公司很快就拟订了盘活资产的方案。副检公子曾利群安排了饭局，曾检叫上洪六哥，洪六哥叫上谭向军。饭桌上谁也不说什么，心里都明白。之后，便是曾利群和谭向军私下联系了。

“洪六哥是谁？”张伟强也好奇地问道。

“洪六哥是南方公司的纪委书记。”叶如青说，“谈妥回扣、签完合同、款打过来后，曾利群指定的锐箭公司获得了经协集团的茂林资产包。曾利群去国土房管局办过户手续时才知，地和房子已经被于杰卖掉了一大半。接下来的事可想而知，副检公子曾利群气得半死，立即向他老爸举报。曾副检察长龙颜大怒，一个电话打到省国资委兴师问罪。省国资委高度重视，立刻责令南方资产管理公司纪委彻查。南方公司的纪委书记正是洪六哥，刚从省纪委调来不久。他把谭向军叫到办公室劈头盖脸骂了一通，命令他立即带队，连夜赶到茂林，将于杰带回南州立案审查。

“听闻手下干出这等丑事，谭向军觉得颜面尽失，气得半死，竟然没有向于杰通风报信。睡梦中的于杰接到家门外谭向军的电话，还以为找他喝酒，但看到谭向军身后几个面无表情的陌生人，就明白露馅了。

“他咬紧牙关，恶狠狠地看着谭向军，阴阴地笑了：‘你带人来抓我？你也不干净！我死你也活不了！’

“于杰的阴笑让谭向军感到一丝寒意——城门失火，会不会殃及池鱼？他清醒过来，既后悔又后怕。老奸巨猾的他居然犯下如此低级错误，太不应该了！怎么办？”

刘敏锋被叶如青的讲述深深吸引了。“你怎么知道得这么清楚，抓于杰的行动你参加了？”他问道。

“没有，后来听专案组说的。洪六哥这人历来是压不住了才会移送检察院，还只移送省检察院。”

“来，一起吧！说了这么久，口都干了吧。”吴文杰和叶如青碰了下杯。

“我是于杰被双规一周后进场的，他还一句话都不说。专案组没有办法，向省检察院请求支援。由于他级别不高，省检指定市检管辖，市检就指派我带一文员介入。

“双规点设在省公路局招待所，也是省纪委常用地。为确保安全，省纪委将招待所的二楼和三楼加装了防护网，房间墙壁还包了层海绵，以防谈话对象撞墙自杀。

“我介入后，洪六哥指派谭向军作为案件联络人协助工作。我觉得谭是于的直接领导、应当回避，便向洪六哥提议。他说，正是考虑到谭向军是于杰的顶头上司，才没让他负责于杰的审讯工作。况且，于杰还是谭向军带人抓回来的。根据他的经验，谭向军政治上是可靠的，值得依赖。而且在专案组，谭向军只负责安保和后勤，不参加案件具体工作，不会有问题。

“即便不参与案件具体工作，但人员安排、车辆调度、经费开支都在谭向军掌控之中，办案人员的侦讯动向又怎能瞒得了他？我又向专案组组长、南方集团公司纪委副书记秦天反映。秦天是个老好人，让多留点儿心，发现问题再说吧。

“我带着专案组人员以省纪委名义从外围开展工作，先前往茂林分公司查账，没想到居然没账。然后，去茂南区国土房管局查交易资料。最后，去相关银行查存取款凭证。银行资料显示，茂林分公司账上没钱，都被于杰取现提走了。于杰及前妻、女儿名下的账户也已被取现销户。

“在省检察院协调下，茂林检察院派人全力配合。不到一周，茂林各相关银行即把于杰案发前三年经协集团房地产公司茂林分公司及于杰家庭成员所有银行流水都打印出来，并提供了存取款凭证——满满三大箱 A4 打印纸。一套办案专用的财务账就这样建立起来了！

“我就是在办于杰案时与郑刚认识的。”叶如青喝了口刘敏锋递过来的茶，继续说道，“老郑是专案组成员，之前负责对于杰的审讯。他很正直，眼里揉不进沙子。我们目标一致，都想把企业蛀虫挖出来，追回流失的国有资产。

“我回南州审于杰，郑刚介绍说我是省纪委的。于杰听后有点儿紧张，盯着我胸前的证件看了一会儿，然后抬起头。我冷冷地与他对视，他垂下了眼帘。‘于杰，你的案子省纪委介入了，领导叫我来跟你谈谈。’几分钟后，我开口了。

“‘于杰，你要把握机会啊。’郑刚不失时机地敲着边鼓。

“‘不要以为你什么都不说我们就没办法了，我们把茂林所有银行都查了个遍。你拿走了多少钱，还有多少钱没到手，我们一清二楚。你要争取主动，在这儿讲还算你自首，到了检察院枪毙你都不过分。’我先威慑他道。于杰咬紧牙关不作声。我又问他：‘公司的账在哪里？’

“‘前几年发大水，冲走了。’

“‘卖地、卖房的合同呢？’

“‘也被水冲走了。’

“‘合同我们已从房管局和相关人员那里取到。所有银行资料我们也都提取了，并重新给你建了一本账。有证据表明，经你手卖掉了两千二百多万元土地和房产，钱也是你取现提走的。这些钱在哪里？’

“‘我投资做生意亏掉了。’

“‘做什么生意需要投这么多钱，而且全部亏掉了？’

“‘与人合伙做纸棺材生意。’

“‘那人是谁，叫什么名字，住哪里？’

“‘那人叫谢荣，是个风水大师，里水村人。我投钱，他经销。’

“‘做纸棺材生意要投这么多钱吗？’

“他不答。”

“你们从茂林拿回来的银行资料可是白纸黑字，铁证如山，他还能不认吗？”刘敏锋有疑惑。

“这个他认，但拒不交代钱的去向。他不知奉了谁的旨意，满口胡话，把我们折腾得够戗，说什么贪污的钱都被他用于和一个叫谢荣的风水大师合伙做纸棺材生意亏掉了。”

“做纸棺材！？亏他说得出！一个房管局长去做纸棺材生意，风马牛不相及，谁信呢！”张伟强嗤之以鼻。

“我也不信，即便做纸棺材生意，也用不了两千多万。但他说了，我们总得核实啊。我和专案组成员又驱车一个多小时去茂林，还走了二十多里的山路，前往他所说的里水村找风水大师谢荣。谁知谢荣家人说，早在几年前他就出车祸死掉了，埋在后山。

我们去后山一看，果真有谢荣的墓地，碑上刻有他的名字。”

“死无对证这一招，他们几年前就用过。”张伟强愤懑地说，“于杰没说真话。”

“后面呢？”刘敏锋听得很入神。

“我再去审于杰，加大心理攻势。‘于杰，你不说实话，可能会牵连你的前妻和女儿。我们会通过国际刑警给她们发红色通缉令。你希不希望我们这样做？’

“他有点儿紧张了。‘不关我老婆、女儿的事，她们什么都不知道。’

“‘你说得清楚就不关她们的事。’我又吓他道。

“‘我想抽支烟。’于杰有些心虚了。

“我虽不抽烟，但身上备有烟，就掏出一盒硬中华和打火机递给老郑。老郑取出一支给于杰点上。

“抽了一口，于杰露出了可怜样儿：‘求求你了，我的前妻和女儿与此无关。我真是做生意亏掉了。’

“‘做什么生意？’我问。

“‘纸棺材。’

“我真是气坏了：‘看来你是不见棺材不流泪了。’说完起身就走。

“我快要走到门口了，他说道：‘有一部分钱送人了。’

“‘送什么人，送了多少？’

“‘送给茂林王副市长一百万，送给茂林市法院民庭杨庭长五十万。’

“‘继续讲。’我说道。

“‘我要想想，时间有点久。我想清楚再说吧。’

“他大口吸了几口烟。我猜他是在心里骂谭向军，什么‘只要你顶住，什么也不说，我就有办法捞你出去’都是鬼话，现在省纪委都介入了，看来不说点儿什么是过不了关了。”

“你那么肯定他与谭向军有关？”刘敏锋又问。

“别急，你听我说下去。”叶如青又喝了一口茶。

“看他考虑得差不多了，我又问他：‘什么时间送的？’

“‘去年吧。具体时间不记得了。’

“‘为什么送钱给他们？’

“‘介绍费。’

“‘介绍什么？’我问。他不答。我又问：‘送钱时有没有人证？’

“‘没有。我到他们办公室送的，没其他人在场。’

“‘其他钱呢？’他还是不答。”

“后来呢，于杰交代没有？”刘敏锋问。

“没有，他缩回去了。随后就发生了一件很蹊跷的事——负责看护于杰的保安被保安队长暴打一顿后辞职了，不知所踪。保安队长说他滥赌，欠了一屁股债，债主追上门来，他就躲债跑了。但我觉得是于杰交代曾行贿茂林王副市长和法院杨庭长后谭向军十分恐慌，生怕他再爆出其他料来牵连到自己，就买通保安对于杰面授机宜，或传话、递纸条。之后又制造打架事件让他离开南州，下落不明。”叶如青说。

“真是太诡计多端了！明天带谭向军回来，可不要落入他的圈套。”刘敏锋愤愤不平道。

“后面还有故事哩。”叶如青道。

“审讯不理想。一对一的行贿受贿取证比较困难，看来得另辟蹊径。我找郑刚要于杰手机，想看看里面的信息，但郑刚说手机是空白的。我说怎么会，于杰是在毫无防备的情况下被带走的，怎会清空手机。

“他说有人做了手脚，我问谁干的，他说没有目击者，但有怀疑对象，经调查可能是谭向军。刚双规时，他检查过于杰的手机，里面还存有很多人的联系电话和很多信息。手机由专案组成员、南方资产公司纪委的梁水松保管。梁水松好酒，一天不喝就会流口水。于杰被双规第三天，精神开始崩溃。当天晚上正好梁水松值班，却接到朋友电话约喝酒。梁水松说他值班，走不开。正好被谭向军听到，就说由他来替。梁水松很高兴，连抽屉都没锁就跑了，于杰手机就放抽屉里。梁水松喝酒回来，发现于杰手机被清空，吓坏了。谭向军当然不认。最后，梁水松背了个处分，调别处去了。郑刚了解到，谭向军顶替值班当晚，单独见了于杰，两人谈了近一个小时。本来于杰就要顶不住了，居然又扛住了。我们从茂林回来后，他竟然什么也不说了。郑刚将这件事说出来后，我对他的信任度大增，成了好朋友。”

“听你讲这些我在想，梁水松被人约出去喝酒，是不是谭向军设的局。于杰手机里到底有什么重要的，非要把它清空？谭向军为什么要违反规定单独与于杰见面？他们之间又谈了些什么，以至于杰守口如瓶，拒不交代两千多万的去向？2004 年贪污两千多万元，枪毙都有可能！”吴文杰说道。

“是啊，我也在想这个问题。虽然于杰和谭向军谈话内容和相互约定我们不知，但从后来的处理和结果还是可以推测出他们之间发生过什么。”叶如青说道。

“三个月双规期满后，省检指示将于杰移送茂林市检察院起诉。对此决定，南州市检察院反贪局领导实在难以理解。既然当初已指定南州市检察院管辖立案，为何又要移送回当地起诉。省检侦查指挥中心陈玉胜主任一句‘这是省检领导的决定’，就把侦查一处的冷宝军处长给挡回去了。

“起初，于杰听说要回茂林审判非常恐惧，因为交代了行贿茂林市王副市长一百万、茂林市法院民庭杨庭长五十万的问题。他哀求我将他留在南州，回茂林就死定了。我对他说，只要你把一百万和五十万讲清楚，我就提请省院指定南州市检察院管辖。他犹豫再三还是没说，估计里面有交易。我猜想，送给王副市长一百万和杨庭长五十万是早年在茂林法院竞买某地块时于杰奉谭向军之命送的感谢费。于杰抛出这件事，目的在于试探谭向军的反应和打捞力度。若在南州审判，于杰必死无疑。求生是人的本能，若被判死刑，于杰一定会拉谭向军陪葬。所以，谭向军不会让于杰在南州市审理。

“半年后，于杰在茂林以挪用公款八百多万被判处有期徒刑十三年。至于南州市检察院移送起诉的贪污两千二百多万为何最终被茂林市法院认定为八百多万，且定性都改变了，个中内情更不得而知了。

“那年头，以贪污罪来论，两千多万至少要判死缓。而两千多万公款至今去向不明，在2004年也是特大案件。

“于杰虽然认为谭向军‘不够意思’，但事已至此，也只能依了他。结果自是双方皆大欢喜。于杰获得从轻判决，谭向军也过了几年平安日子。而曾利群除低价获得大水湾资产包作为补偿，东升公司还就经协集团资产处置事宜与其控制的锐箭公司签署了委托协议。

“可想而知，对判决结果最不满意的应当是专案组的经办人——我和郑刚。由于于杰案是省国资委纪委主管的案件，省检又是这个态度，我一个工作才两年的新同志也只能摇摇头。郑刚则不依不饶，多次找当时参与专案的每一个人，包括负责执行看守任务的保安了解每个细节，终于查清了内幕。郑刚也因此被谭向军打压排挤了多年，不再让他参与工作，纪委监察审计部也不再安排人，他成为花架子，整天跟董事长的司机坐在办公室喝茶，一个人在那里晃着。”

“原来是这么回事。”吴文杰终于知道那次去东升公司见郑刚时他说的“谭向军把我当成眼中钉、肉中刺”的含义了。

“现在像郑刚这样的人很少见了。”刘敏锋感叹道。

“是啊，多一个郑刚，就少一个谭向军。”吴文杰也附和道。

“后来我分析，谭向军出于安全考虑采取了非常手段：一是向省检曾副检的公子曾利群负荆请罪，许诺摆平于杰之事后将大水湾的资产包低价卖给他，弥补其在茂林的损失，以此换得他说服其父，将于杰案交回茂林当地处理。二是通过洪六哥压住于杰的检举不查，并由洪六哥利用茂林市纪委的关系做通当地检察院和法院工作，对于杰从轻判决。三是买通保安不时向于杰通风报信。四是趁人不备，亲自上阵，晓以利弊，做通于杰的工作，让于杰一人做事一人当，不把他拖下水。所以啊，对谭向军这个人我们要有充分的思想准备。”叶如青强调道。

“叶科分析得很全面，提醒得很及时。我非常赞同。”吴文杰说道，“前天带张安帮和肖江河时，我跟谭向军有过接触，还有他今天的行为，感觉他城府很深，老奸巨猾、不好对付，打倒他一定要有确凿证据。这样吧，明天人带回来后我和叶科立即去广南加油站，把他用假发票套取十五万元现金的财务凭证找出来，再制定审讯方案。明天很关键，酒就先留着，下次再一醉方休吧！大家先去休息。”

吴文杰和他的“三驾马车”不约而同地聚在一起，并非是真为喝酒，而是大家心有灵犀。有些事放不下、过不去，喝几杯，聊几句，说不定会碰出火花，获得一些灵感。

叶如青仍很亢奋：“我想给郑刚打个电话，让他明早一上班就找找胡明仁、林小铁等人领取住房补贴的材料。”

吴文杰说：“你不说我差点儿忘了。明天等老郑拿到材料，我们就把胡明仁、林小铁、谭向军三人先带过来，邱阳迟些再带。这三人到位后，张伟强，你就把肖江河取保。”

叶如青拨通郑刚的电话：“老郑睡了没有？这么晚打扰你，不好意思！”

“没事。有什么吩咐？”郑刚说。

“昨天胡明仁、谭向军、伍立志三人过来，我们提出由你全权负责张安帮、肖江河两人案件的协调工作，他们同意了。明早一上班，请你马上帮我们找找胡明仁、林小铁和邱阳三人领取住房补贴的材料。”

郑刚一听就明白叶如青的意图，说道：“小事一桩，不出半小时就可以搞定。到时给你电话。”

稍顷，他试探着问：“明天是不是有大动作？要动胡明仁、谭向军了？”

叶如青没出声。

“我早知道谭向军会有今天，不会一直逍遥法外的。公司那么多人怕他，叫他谭老爷；我虽对他恨之入骨，但不畏惧他。我有他做过很多事的资料，你们要，我就提供给你们。”

叶如青已把手机话筒打开，吴文杰、张伟强、刘敏锋都听到了。“原来你一直在暗中搜集谭向军违纪、违法的证据。”叶如青很佩服。

“他的所作所为引起很多人反感，但敢怒不敢言。谭向军曾对心腹说，在经协集团他真正的敌人只有一个，那就是我。我俩永远都不可能握手言和了。”

“你是中央某领导的远房亲戚，更是刚正不阿，谭向军奈何不了你。”

“我搜集他的资料，也是防他背后搞我。他也明白，我知道他干了很多坏事，一直也不敢动我，把我放到和董事长司机一个办公室闲坐着。”

“他是放了一颗定时炸弹啊，呵呵。”叶如青和电话那头的郑刚都笑了起来。“好了，太晚了，不打扰你了。需要谭向军的资料，一定找你。”叶如青说道。

叶如青刚放下电话，吴文杰就说：“这和我之前料到的一样，老郑手里有谭向军等人违法犯罪的证据。他们不赶他走，他也不会拿出来。”

“现在我们要动谭向军了，他巴不得给我们。这个人嫉恶如仇，坚定不移。”张伟强肯定道。

三三

昨晚吴文杰睡得虽然迟，却是开案以来睡得最好、最踏实的一个晚上。第二天一早，他就来到高得意处长的办公室。

一看到他的精神状态，高得意就真的得意了。“昨天晚饭没让你们喝酒是对的吧。像你这样的老酒鬼，如果同意让你们喝白酒，今儿个还能如此精神焕发地站在我面前？”

吴文杰没敢透露后面他又跟张伟强、叶如青喝酒的事，只是不住地点头：“高处长高见，高处长高见。”

“来我这儿，是说去带胡明仁、谭向军的事吧。有没有困难？人手够不够？”高得意有点儿担心连续作战的吴文杰他们吃不消。

“宜早不宜迟。我们准备今天上午就去东升公司带人。我现在有八个人，够了。年初的质监局案我们八个对九个都没问题。”吴文杰一向不愿求人。在他看来，向别的科借兵既不利于案件保密，也不一定能提高工作效率。

“那好吧，需要我做什么？”

“两件事：一是打个电话给省院费检的秘书，追追我们的请示；二是借两台车和一个司机。”司机其实也是干警，侦查处没配专职司机。按规定一车带一人，但出于安全考虑，带人时至少一车三人。其中一人开车，两人控制嫌疑人。吴文杰的三科总共八个人，带三个人则缺一名干警，要向别的科借一人。这人通常负责开车。

“马上落实。”高得意从抽屉拿出车钥匙递给吴文杰，并在座机上按了几个键，拨通了省院费检杜秘书的电话。

“你老人家的事我敢耽误吗？请示件省院反贪局领导已批了，正在费检的办公桌上。费检 10 点前回办公室，批示后我向你报告。”高得意跟费检的关系很好，他的事杜秘书自是不敢怠慢。

“我派人上午 10 点整准时到你办公室，改天请你喝酒。”

“谢了。我俩谁跟谁啊。”杜秘说道。

高得意挂了电话，微笑着递了一杯茶给吴文杰。吴文杰一饮而尽后，起身就走：“到时我派甄珠去取。”

甄珠取回费检的批示后，吴文杰决定立即召集全科开会。他有个习惯，开工前尽量控制知情面，既不跟全科的人汇报调查进展情况，也不让全科参与调查，直到动手前才会透底。一听说是带东升公司的董事长胡明仁和副总经理谭向军等人，王木林和丛志天都叫了起来：“这么大的鱼啊！厅级干部吧？!”

吴文杰没有理会他们的叫唤：“待会儿你俩跟我们一起上去，我和小刘带胡明仁，老张和叶科带林小铁，你们带谭向军。现在刘敏锋去开三张《询问通知书》，甄珠负责填写《使用法警审批表》和《使用办案区审批表》。”

法律规定，公民被刑事立案后才成为犯罪嫌疑人。一般情况下，检察院带人使用的都是询问通知书，证据确凿后才使用传唤通知书。所谓询问，就是向调查对象核实有关情况，查清无误后再立案采取拘留或取保等强制措施。传唤对象则是犯罪嫌疑人，传唤时可动用法警并视情使用手铐等警械。一切准备就绪后，吴文杰就叫叶如青打电话给郑刚，让他通知东升公司全体班子成员上午 11 点市检的同志过去通报案情，所有人都要在场。

郑刚说：“今天上午公司召开整顿动员大会，领导都在。”

东升投资公司纪律教育暨整顿动员大会在十三楼会议室举行。会议由公司副总经理兼纪委书记伍立志主持，坐在主席台正中的胡明仁脸色阴沉，一旁的谭向军则侃侃而谈："同志们，根据上级指示，公司召开全体员工大会。前几天发生的事可能很多同志都知道了，物业分公司经理张安帮和办公室主任肖江河因涉嫌犯罪已被南州市检察院立案侦查，具体案情目前还不清楚。张安帮才来公司三年就出事，说明公司制度不健全，管理不到位，他本人放松了世界观、价值观、人生观的改造。肖江河算是公司老人了吧。2004 年的于杰案，在座很多人应该还历历在目，肖江河却重蹈覆辙，代价是惨痛的，教训是深刻的……"

望着口若悬河、高高在上的谭向军，郑刚流露出厌恶的表情，发了条短信给胡明仁。胡明仁把手机递给谭向军，谭向军看后怔了怔，匆匆结束讲话。"会后，各公司、各部门，尤其是物业分公司要结合张安帮、肖江河的案例，对照上级和公司的有关制度规定自查自纠，防止类似问题再次发生。下面请胡董事长讲话。"

胡明仁已没心思做指示："物业分公司出现违法案件，作为公司法人我要负主要责任。等一下还有紧急会议，我就不展开讲了。请大家按谭总的要求进行整改。希望各公司、各部门不要受此事件影响，保持公司的正常秩序，搞好生产经营。"

吴文杰率领的三台车已驶入东升大厦停车场，他和叶如青、张伟强、刘敏锋、王木林、丛志天一起朝大堂走去，郑刚已在大堂外的台阶边等候。"胡明仁、谭向军正在台上作报告。你们的短信我已发给他们了。"

"等会儿我们开会的时候，你就去财务部把胡明仁、林小铁和邱阳三人领取住房补贴的材料找出来并复印好，走时交给我们。"叶如青交代道。

大堂值班人员仍是阮运丰。他并不知吴文杰他们这次来是带谁，但看阵势就知道一定有大事发生，自动让到一旁。其他人看到郑刚陪着一群从警车上下来的人走来，也是一片肃静。

郑刚推开公司会议室的门，请吴文杰等进去。坐在会议桌一侧的胡明仁、谭向军、林小铁、伍立志等站了起来。郑刚快步走到前面，引导吴文杰他们来到会议桌另一侧："我来介绍一下！这位是南州市检察院反贪局侦查一处的吴科长！这位是叶科长！这位是张检察官！胡董事长、谭总、伍总，检察院的同志都认识了；谭总旁边的是公司办公室主任夏新成，伍总旁边的是总经理助理林小铁。"

"请坐！请喝茶！"胡明仁说道。

"谢谢。"吴文杰说。

"抽烟吗?"谭向军问道。这回不敢再跟叶如青、吴文杰套近乎了，他已敏感地意识到来者不善。

"不客气，请自便。"吴文杰答，"我们开始吧。"

"好。"胡明仁说。

"根据领导指示，今天我们过来，是向你们通报物业分公司经理张安帮和办公室主任肖江河涉嫌犯罪的情况。根据群众举报，我们对张安帮和肖江河的问题进行了调查。他们涉嫌贪污公款的事实基本清楚，证据确凿，领导已批准对两人立案侦查，并于昨天下午拘留了张安帮，肖江河拟于今天取保候审。由于张安帮涉嫌犯罪数额较大，我们将于近日呈请逮捕。”

“好啊，谢谢市检领导帮我们揪出公司蛀虫。”谭向军皮笑肉不笑地说道，其他四人都不敢出声。今天的气氛实在不同寻常，检察院的人虽说是来通报案情，却来了六人。谁知他们下一步要做什么。

果然，吴文杰没等他们缓过劲来就说道：“谭总，作为张安帮的分管领导，我们要向你取个证、做份笔录，请带上随身物品，跟我们走一趟。电话就不要打了，我们会跟南方资产公司领导解释的。”

张伟强拿出《询问通知书》走过去，让他签字。

谭向军看了看，问：“在这儿谈不行吗？”

“账我们已经调回去了，有些财务资料需要你签认，只好劳你驾了。请吧！”吴文杰的话没有商量余地。

“好吧。”谭向军无奈地站了起来。王木林也站起来，和丛志天一起把他带到会议室门口。谭向军有经验，只拿上手机和一串钥匙。他深知任何随身物品都有可能成为侦查员破案的蛛丝马迹。但他的公文包还是被刘敏锋从办公桌上拿起来硬塞到他手里，让他带走。

原来，检察院一行六人通报案情是假，带人才是真。谭总给抓走了，下一个不知轮到谁。余下五人都耷拉着头，心里像打鼓似的。不知是紧张还是被烟呛着，胡明仁连续咳了几声。

“有些事情跟胡董事长和林总有关，请两位也跟我们走一趟。”吴文杰话音未落，张伟强和刘敏锋已拿出《询问通知书》走过去。伍立志和夏新成赶紧站起来，把椅子往旁边挪挪，让他俩走过去。胡明仁的手抖个不停，林小铁则满脸通红。

“我去办公室拿条烟吧。”胡明仁是个老烟鬼，出门还不忘拿条中华烟放进包里。他不知道，就是带了烟，办案人员也不会让他抽的。

“伍书记、夏主任，今天的会就到此吧。以后有什么需要，我们再联系。”伍立志、夏新成如释重负，三步并作两步跑了出去。

吴文杰、刘敏锋带着胡明仁，叶如青、张伟强带着林小铁，王木林、丛志天带着谭向军，一起朝电梯走去。

三四

与上次带张安帮、肖江河的情形不同，整个楼道静悄悄的。公司员工看到谭向军、胡明仁、林小铁三人被先后带出，急忙闪开，将电梯空出来。

胡明仁、林小铁没遇到过这种情况，都低着头，一言不发。谭向军则不同，办过案，也带过人，面带微笑，一边走一边还跟办案人员说话或与属下打招呼，仿佛没事一般。

郑刚拿着复印好的材料在大堂交给叶如青时看到了谭向军，平时对他冷若冰霜的谭向军居然也朝他笑了笑。郑刚心里骂道：笑，笑！我看你到了检察院哭都哭不出来了。

在单位警务区给胡明仁、林小铁、谭向军做完安检、体检并交法警看管后，大家都来到吴文杰办公室。此时，已是午后1点。甄珠和常淡云已把盒饭领了回来。

吴文杰说："大家辛苦了。先别吃午饭，听我说说！现在人已到位，按原定计划，下午一上班张伟强就通知肖江河家属过来办取保候审，否则人手不够。刘敏锋先让胡明仁、谭向军和林小铁三人写作业。晚上开始审讯，审讯工作借鉴田忌赛马的方法，确保三打两胜。张伟强带常淡云对林小铁，刘敏锋带甄珠对胡明仁。特别交代一下，因关键证据未取到，谭向军暂时不审，由王木林、丛志天负责看管。我跟叶科一个总指挥，一个总体把握。"吴文杰这样安排审讯力量是经过深思熟虑的。张伟强无论年龄、资历、级别，还是社会阅历和应变能力都超过林小铁，拿下他难度不大。刘敏锋年轻、聪明、法律功底好，胡明仁老迈、迷糊、不懂法，容易落入他的圈套，刘敏锋的胜算也比较大。谭向军老奸巨猾，较难对付，但王木林、丛志天两人也在检察系统干了二十几年，水平不高，但蒙人还可以。等拿下胡明仁、林小铁后，再集中火力对付谭向军，不怕收拾不了他。工作安排完毕，吴文杰让大家吃过午饭后抓紧休息，养足精神，下午开始审讯。然后，他去高得意办公室，看看处长有什么指示。

高得意正在打电话。等他放下电话，吴文杰说："胡明仁和谭向军、林小铁已经带回来了，审讯也已安排好人手。小刘、甄珠审胡明仁，老张、云队审林小铁。这两人拿下的难度不大。估计难点在谭向军。他很鬼，曾配合我们检察院办过于杰案，有较强的反侦查、反审讯能力。于杰就是在他的唆使下死活不讲，采取零口供对付我们的。他有可能也是这个样子，很麻烦、很难搞。我先让法警看着他，老王、老丛先做些例行性的询问，暂不审他，把他冷在那里。下午我和叶科前往加油站调取他贪污十五万的书证，实质性的问题等我和叶科回来再说。处长有什么指示。"

高得意说："行。南方资产管理公司就由我来通报，省检察院也由我负责请示，你们一定要注意安全。刚才我已向范检报告了，范检希望大家发扬连续作战精神，争取速战速决。三天内我们从东升公司带走了五个人，三人还是领导，尤其胡明仁还是厅级干部，影响会很大，方方面面的人都会盯着，一定要办成铁案。"

吴文杰说："好。几年前让谭向军逃脱了，这次一定拿下他。我先回去吃个饭，歇一下。"此时的吴文杰才打开手机，却发现有十几个未接电话，都是江柳打来的。他心头一惊，办案期间江柳一般不会这么打电话的。回过去，没人接。回到办公室，吃了几口盒饭，他又继续拨，还是没人接。他想，也许是儿子闲着无聊，乱打他的电话吧。看看时间已是两点多了，张伟强和刘敏锋睡得真香，他不忍吵醒他们，就叫甄珠给肖江河的家人打个电话。

肖江河的妻子在南州驻香港的设计公司工作，怀孕已有七个多月，这几天正在南州市休息。接到甄珠电话，她挺着大肚子在妹妹陪同下，准时来到检察院大堂。虽不知丈夫犯了什么事，但能把丈夫领回家，肖妻还是很高兴。"谢谢检察官！"她连声说。

肖江河低着头，神情很是凄惶。吴文杰交代："保证书的内容还记得吧。一定要做到随传随到！"

"放心，放心。"肖妻抢答道。

目送肖江河离去后，吴文杰转头对甄珠说："你帮我查查广南联营加油站的地址。"举报人从车窗扔进的材料并没有注明相关信息，连老总的名字也没有。

回到办公室，叶如青已经醒来，张伟强和刘敏锋也等在那里了。见到吴文杰，张伟强说："杰哥真是精神抖擞、斗志昂扬，帮我们把工作都做完了。"

吴文杰笑了笑，说道："等下跟我们一起去加油站吧。"

广南联营加油站坐落在黄园区城乡接合部，距南州市检察院一个多小时车程。加油站超市后面是一栋两层小楼，是联营石油公司的办公楼。路程远，又碰到挖路，吴文杰、叶如青、张伟强找到时已经5点半了，加油站已关门。董事长、总经理办公室的门关着。吴文杰出示工作证，向值班员询问。值班员说董事长在湖南，平时基本不过来，总经理谷军峰5点多就下班走了，让他们明天再来吧。"

吴文杰说："把他的电话给我。"

电话打通后，吴文杰直截了当地说："我是南州市检察院的，有点儿事找你了解。你在哪里？现在能不能回来？"

谷军峰说："回不来了。我在白山区有应酬，这边安排好了。明天早上9点一上班，我在公司等你们。"

吴文杰一行只好打道回府。他跟谷军峰说："通知财务，我们明天要查账。"

刚离开加油站，吴文杰就接到丛志天的电话："杰哥啊，谭向军出事了！"

吴文杰吓了一跳："出什么事了？"

"谭向军上厕所时摔倒了，口吐白沫，四肢僵硬、血压升高，把我们吓坏了。横着把他抬出来后，正在捶胸抢救。现在怎么办。"

吴文杰说："不要慌！带上法警，给他铐上手铐，送到单位对面的市第三人民医院急诊室。我和叶科、老张马上回来。"

"他肯定没病，装的。我说要防着他没错吧——诡计多端！"叶如青没好气道。

没一会儿，丛志天又打来电话："杰哥，院里医务室也参加了紧急抢救，谭向军很快活过来了。他说要去省人民医院，他的医疗关系在那里。"

"绝对不能去！可能他的熟人关系都在那里，让医生通风报信或帮他把病情搞得很重都有可能。告诉他只能去市第三人民医院，那是我们的定点医院。"

"我跟老王换一下，我要去饭堂打饭了，到饭点了。"见到谭向军这个样，丛志天也有点儿害怕。

吴文杰给王木林打去电话："老王，你带上法警，给谭向军铐上手铐，送到第三人民医院急诊室。其他一切等我回来再说。"说完，就给一位老友、心血管病专家叶教授打去电话，陈述谭向军的症状并请教处理办法。

叶教授说："你要看看他低压高不高，低压不高就没事。有经验的人憋住气息深呼吸，血压就会升高；血压升高后伸直四肢，使劲用力，会导致口吐白沫。”

听他一说，吴文杰心里就有底了，高兴地说：“谢谢，改天请你喝酒。”就放下了电话。“谭向军也真够狡猾的。”他把叶教授的话跟叶如青和张伟强说了，“看来此人真不好对付。”

检察院带回犯罪嫌疑人时，都要例行检查。首先要确保身上没有皮带和绳子，以防他们勒脖子。鞋子也要换成拖鞋，每人都有一个小柜子存放物品。其次，让医生查体。当时医生只说谭向军血压有些高，没什么问题。

“我说谭向军很鬼，没错吧。一进检察院就知道在劫难逃，便装疯卖傻，把身体搞出问题来以躲避追查。”叶如青恨恨道。

三五

此时，吴文杰的电话再次响起。“这个谭向军，又搞出什么事了?”吴文杰边跟叶如青、张伟强说道，边接听手机。

“你终于接电话了！你到底在忙什么啊？儿子给车撞了，你管不管啊！整天抓这个抓那个，肇事司机都跑了，你抓不抓啊！”电话里江柳的声音既激愤又带着哭腔。

“什么？儿子给车撞了？严不严重？做了手术没有？现在哪个医院？我去看看他。”吴文杰着急了。

“你别来了，手术早都做好了。等你来，儿子的鼻子早都歪到一边了。”江柳挂断了电话。

中午的十几个电话是江柳打的。吴空正躺在医院里，鼻骨给车撞断了。江柳在特种兵部队刚做完采访，午饭时接到大姐电话。她说中午放学时去接吴空，吴空一直走在前面，过马路时她突然听到“砰”的一声响，随后吴空跑过来说鼻子给车撞了。吴空用手指着马路。可川流不息的车流中哪还知道是哪辆。江柳饭也不吃了，匆匆打了出租车就赶了回来。一路上不停拨吴文杰的电话，就没人接听。吴文杰回拨时，医生正好给吴空做矫正手术，她又没听见。

听到吴文杰的儿子给车撞了，一旁的叶如青、张伟强都很着急。“赶紧去看看吧，我们的车快到南州了。”

“我不知医院在哪儿，她挂了电话。”

“嫂子正在气头上，再给她拨回去吧。”叶如青说。

吴文杰拨了五六次，江柳才接电话。“你不要来了。肇事司机的领导来了。他刚刚得知情况，已把司机辞退，愿负责儿子全部医疗费。”

“你总得告诉我他在哪个医院吧。”

“中山医科大附属第一医院。告诉你有什么用，来了还不是要走的。”江柳气冲冲地又把电话挂了。

吴文杰在医院找到江柳时，大姐正在痛骂肇事司机的领导。“你怎么教育员工的，撞了人还跑？不想承担医疗费是吧？想逃避责任是吧？我会提出更高的赔偿，赔不起就法庭见！看你们以后还敢不敢肇事逃逸！”

“是是是，您说得对。我确实没有教育好员工，让你们痛上加痛。所有医疗费用、精神补偿费以及后续治疗费用，都由我来承担！您就放心吧！孩子好好救治最重要！”

如此诚恳的态度，让大姐再也骂不出口。立在一旁的吴文杰不由得也看了他一眼。这是他和单青华的第一次见面。

自从那天起，他几乎天天中午或晚上放学时开车经过学校门口，只为能看到江柳。虽然他安排了江柳与高中闺蜜见面的饭局，那也只是吃了餐饭，叙了下同学情谊，递了张名片给她，两人的关系并没有实质性进展。江柳甚至对他这个大型跨国公司的董事长一点儿也不感冒，而他又不好贸然去约江柳。

其实，江柳交给庞天海那套衣服是他买的。江柳接到儿子后没有回家，去了王府井百货大楼，他就一直跟着。看到江柳很想买那套衣服又舍不得，待她们走后去到柜台跟售货员说，把刚才女士看中的衣服开单吧。

晚上放学时，没有见到江柳和她儿子，他好生奇怪，就问另一个接学生的家长，“经常跟你在一起接孩子放学的女军人怎么没见着？”

“她的儿子中午给车撞断了鼻梁骨，正在中山医科大附属第一医院接骨哩。肇事司机也逃走了。唉，这母子俩真不幸！”

听到这个消息，单青华觉得机会又来了，立即给中山医科大附属第一医院的朋友打去电话，搞清楚江柳儿子的病情以及住院的病房，就冒充肇事司机的领导赶了过来。

这也是单青华第一次和江柳的老公吴文杰见面，虽然在心里无数次勾勒过他的形象。从江柳大姐骂吴文杰的话中得知他是检察官，也解开了心里的疑惑，为什么江柳不能像他想象的“受一个男人的宠爱和心疼、保护和爱护”，为什么江柳的个性会有如此巨大的改变，从清纯可人到昂然挺立了。

“你是怎么当父亲的？十几个电话都不接？检察院的工作就那么重要？贪官污吏抓不完，但你只有一个儿子。你凭什么不管他的生死？什么事都要小柳一个人管。她跟你一样要上班，要挣钱养家，还要带孩子，还要洗衣服、搞卫生。她是铁人吗？她是女人啊！”大姐说得声泪俱下，吴文杰虽不像单青华那样“哼哼哈哈”，却也是大气都不敢出。

这两位挨骂的男人都处于尴尬的境地，颇有同病相怜的感觉。不同的是，单青华是自动找骂，吴文杰却是被动挨骂。但单青华不会想到，他对江柳的一往情深却把自己送上了一条不归路。

此时，吴文杰的电话又响了起来。这回真是丛志天打来的。他问吴文杰，要不要把饭给在市第三人民医院的王木林、谭向军送去。事关重大，吴文杰也不顾及外人在场了。“把饭送过去，让法警看着谭向军戴着手铐吃饭。急诊室里进进出出什么样的人都有，让他们用异样的眼光羞辱他。谭向军好面子，当过兵又是领导，看他在急诊室能扛多久？还有什么花招可耍？”说完，看到江柳和大姐脸色有所缓和，就走到病床前，轻轻摸了摸儿子刚矫正的鼻梁："痛吗？"

"痛，爸爸。"吴空眼泪汪汪地望着他。

"车子怎么撞你的？"

"就这样，我走过去，它撞过来。"吴空表达能力有限，用手比划着。

"你们的司机太不负责任了，撞了人还跑。"吴文杰对单青华说道。

单青华本想说"你对家庭太不负责任了"，但还是咽了回去，检讨道："对员工没教育好，是我的责任。"

"住院要多长时间？"吴文杰问江柳。

"一周。两三个月鼻骨才能长好。"

"这个医院我熟，刚刚还就案子的事咨询过心血管科专家叶教授。我找五官科主任关照一下，这周就没时间来医院看儿子了。"

"你永远都没有时间管儿子。"江柳的气还没消。

这时，电话又响起："杰哥，刚才急诊室来了几个醉酒打架、头破血流、恶心呕吐的人，看着手被铐在床架打吊针、身旁有穿制服的法警看押的谭向军都尖叫起来。老谭受不了啦，要求回检察院。带不带他回去？"王木林急切地说道。

"他想回去？没这么容易！检察院是什么地方，想离开就离开，想回去就回去？是公园吗，可随便进出?！他这是自作自受，要给他点儿颜色看看！就让他在众人奇怪的眼光中待在急诊室！我们要对他的身体负责，要做全面检查。老王你就辛苦一下，看住他！不到晚上12点不让他回来！等会儿我叫法警科长派两个人去换班吃饭。"

这番斩钉截铁的话，让单青华听得有些心惊肉跳。做生意哪有不行贿的呢？但我不会落在他手上，他很有些自负地想。他对江柳的爱，都能隐藏得那么深、那么久，还用得着担心这方面的事。然而他忘了，这份爱他正在亲手掀开。

此时，他听到吴文杰跟江柳说："我要赶回单位了。刚抓回三个人：一个人要花招躲进医院，另两个晚上还要审。"

江柳不理他，把脸转过了一边。

单青华庆幸不已：天上掉下一馅饼，正好砸到他头上。他得到了一个表现自己、与江柳接触的机会。

三六

对胡明仁、林小铁的审讯，是在晚上八九点。正如吴文杰预计的，天还未亮，张伟强、刘敏锋先后告捷。

来自山区的林小铁就像埋藏在地下的煤，一挖就有。"知道我们为什么找你？"张伟强问林小铁。

"不知道。"林小铁低着头，弱弱地答道。

"先讲讲你住房补贴的事。"张伟强拿着郑刚提供的材料，漫不经心道。之所以选择住房补贴入手，不仅因为书证的证明力要强于和优先于口供的证明力，最关键的是他看了郑刚提供的胡明仁等三人领取住房补贴的有关材料后发现了不同之处——只有林小铁的住房补贴款是妻子代领的。他妻子也是从流石矿务局调过来的，现任东升公司人事部副主任，住房补贴的事瞒不过她。胡明仁领了住房补贴并没给妻子，而是交给朋友合伙做生意去了。当然这是后面才知道的。几乎没有任何犯罪嫌疑人愿意连累家人，家人往往会成为审讯突破口。原以为张伟强会问与张安帮有关的事，林小铁早已下定决心打死不认、死扛到底，否则将会祸及胡明仁——他的救命恩人。但张伟强出其不意的讯问让林小铁一时手足无措，竟无从作答。林小铁的反应让张伟强有了几分把握，决定诈他一诈。“不好说，是吧？那我给你起个头。前几天，我的同事去了趟流石矿务局，调取了胡明仁、你和邱阳三个人的房产资料。”

听说办案人员专门去过流石，林小铁惊恐起来。张伟强看在眼里，继续施压。“刚才东升公司送来了你们三人从经协集团申领住房补贴的报告和财务凭证，你老婆代你签领了二十一万元。说说看，怎么回事？”由于书证不齐全，张伟强只能点到为止。林小铁额头冒汗，牙关紧闭，十指交叉，手指还在使劲地扭着。“你可以不说，我们就请你老婆过来说。领款人可是签的你老婆的名字。”张伟强抽出一张复印件，给林小铁看了看。

“还是我说吧。”林小铁被逼得无路可走，不愿把妻子牵扯进来。“住房补贴的事是胡董事长提起的。大约是2005年中吧，胡董事长对我说，原经协集团的专项资金里还有些钱，让我打个报告，领点儿住房补贴。我说这不行吧，我们在流石可是分了房的。他说只要原单位能证明我们原来的房子退了就行。我问都有谁呢，他说面不要太大，我、你，加上邱阳三人就可以了。后来，我打电话让时任流石留守处主任的苏建才给我们分别出具了原单位分房已退回的证明。东升公司办公会讨论通过后，财务室按正处待遇给我算了二十一万多元。虽然是我老婆到财务领的钱，但她不明白怎么回事。”林小铁说完原委，不忘为妻子开脱。

“知道你们造假骗取国家住房补贴是什么性质吗？是贪污公款的犯罪行为！”张伟强声色俱厉，要打就把他打疼，打垮。

林小铁感到有点儿冷，要杯开水。

“下面我们说说跟张安帮有关的事吧。张安帮涉嫌贪污和行贿已被检察机关立案拘留，现羁押在市第三看守所。你的这个老部下害人害己害国家，你负有不可推卸的责任。”张伟强直入主题。

“是。我荐人不当，瞎了眼，把老领导也连累了。”

“老领导是谁？

“胡局长。”林小铁仍习惯称胡明仁为胡局长。

“说名字！”

“胡明仁。”

“说说看，怎么连累胡明仁了！”

林小铁的心脏接续受到撞击，感到一阵阵的疼痛。这是一种心理的疼痛，而不是生理的疼痛。

“张安帮什么德性你清楚，我们也清楚。几杯马尿进去，就口出狂言，不知道自己姓什么了。张安帮说过什么话、做过什么事，很多人都可以作证。”林小铁沉默无言。“还是那句话，你要是不说，我们可以问你老婆。我们找了她，有可能把她当成共犯。”点穴，张伟强是高手。

“一人做事一人当。你问吧，我知道的都说。不要把老婆、孩子牵扯进来，不关他们的事。”林小铁显现了血性的一面。

“你主动讲呢可算自首，能够得到从轻、从宽处理。”

“讲什么呢？”

“先讲张安帮调动的事。”提到张安帮的调动，林小铁像个孩子似的哭了起来。张伟强也不管他，任由他哭。看看差不多了，就起身拿了张纸巾递给他。

“谢谢。”林小铁双手接过，擦了擦眼，说了句“老领导，对不起了”。“胡明仁既是我的老领导也是我师傅。我刚参加工作，下井当挖煤工，刚好分到胡明仁那个组，给他当下手，拿风枪采煤。他手把手地教我，对我很好。有一次井底塌方，还救过我的命。在井下我们一起经历过两次矿难，都没死，是过命的交情。胡明仁当矿务局长后推荐我当了副局长，分管安全监察。张安帮是供电所长，归我管。他是个粗人，好酒，酒后常失控。胡明仁和我骂过他很多次，但我一不在场，他就管不住那张臭嘴。骂归骂，但看在多年鞍前马后的分上，我调来南州后，还是找胡明仁把他调了过来。但我马上就后悔了，他总在别人面前吹嘘他和胡明仁的关系。”

“还吹嘘他送给胡明仁和你多少钱吧？”张伟强顺着逼了一句。

“就这才要命。明明只送了胡局长十万、我四万，非要吹牛说送了胡局长三十万，好像他很有钱。为这事，我和胡局长训斥过他多次，但泼出去的水收不回来了。我和胡局长怕有一天会被他害死，曾把钱退回给他，但他死活不收，发誓再也不乱讲了。没想到，这颗定时炸弹还是炸了。我对不起胡局长。”林小铁又哭了出来。

“有些事啊是不能做的，做了就要付出代价。”

“张安帮在饭桌上说的调动花了三十万的事，最后还传到了上级公司纪委。这件事过了很久才过去。”

“怎么过去的？”这是另一个问题，张伟强追问了一句。

林小铁又卡住了。或许他真不知道，张伟强猜想。但后来吴文杰从时间上推算，谭向军怂恿胡明仁买台新车凯美锐“借”给洪六哥的儿子使用，大概与此事有关。张伟强缓了缓又问：“张安帮也就一下岗工人，怎么能调得过来？”

林小铁答：“我给胡明仁出了个馊主意，虚构一个物业公司与深圳某公司合作的节能项目，以此为由向南方资产公司请求引进一名高级机电工程师，获得了批准。然后，我找省煤炭工业总公司严力春副总经理帮忙。他是省煤炭系统机电专业高级职称评委，为张安帮弄了个高级工程师证。张安帮就名正言顺地调过来了。”

“张安帮调动前后有没有给你送过钱？”张伟强咬住不放。

办案人员从东升公司把胡明仁和他带走时，林小铁就判断张安帮供出了他。但审讯如果一开始问这个问题，他或许不会承认。然而，有了住房补贴的事做铺垫，此时的林小铁已不得不说。

“张安帮调动前来过我家一次，我们三人吃的饭。饭后，我老婆出去逛街，张安帮塞给她一个塑料袋，说‘给孩子买点儿东西’。后来，我老婆告诉我塑料袋里有三万元钱。张安帮调过来后，有一次我的手机坏了，他买了部新手机给我，估计值四五千元，还给了我五千元现金，说是话费。总共有四万元。”

“第二天，你带张安帮去了胡明仁的办公室。对吧？”对上林小铁的四万元后，张伟强将话题引向胡明仁。

“是的。”看来，张安帮确实把胡明仁供了出来，林小铁想。

“张安帮去胡明仁办公室有没有送钱？”

“不知道，张安帮没跟我说。估计送了吧，不可能只送我不送老板的。”

“你有没有带张安帮去过胡明仁家？”张伟强开始加快语速。

“有。张安帮调过来后当经理的前一天晚上，我带张安帮去过。”

“去他家干什么？”

“一是感谢胡明仁帮他调过来；另外，他还想接替我当物业分公司经理。”

“怎么感谢？”

“张安帮想送十万元钱给胡明仁，征求我的意见。”

“给胡明仁送钱的时候都有谁在场？”

“我陪张安帮去，胡明仁一个人在家。张安帮当着我的面给的钱。”

“张安帮给煤炭总公司的严副总送了什么？”

“有一次吃完饭，张安帮给严总一个装有一万元现金的信封和一些烟酒。唉，又要连累老严了。”

严力春的问题不大，张伟强不想在这上面费工夫。“严副总的事先不说，你和张安帮还有什么经济往来？”

“应该没有了吧？”林小铁想试探一下。

“没有？老林啊，自首的机会可是过了这村就没这店了，要把握住啊。”

“能不能给点儿提示。我不太懂法，不知道讲什么。”

“那就讲讲张安帮调来南州之前你们之间的事吧。”

“什么事？”

“是我问你还是你问我？看在你还能老实交代的分上，我就再提醒你一次。讲讲张安帮承包供电所的事。”

见张伟强点到流石的事，林小铁知道张安帮是全招了，即使自己不认，还有个胡明仁也会招。想到这儿，林小铁不禁骂道：“这小子真是害死人！”

“你自己贪财还好意思骂别人！”张伟强训斥道。

“对不起，是我的错。”林小铁赶紧说，“张安帮承包供电所的具体时间我记不太清楚了，应该是流石矿务局关闭前三年的事。你们去流石矿务局留守处可以查到合同。我们的矿带地处山区，水利资源比较丰富，早些年为缓解用电紧张，自己兴建了几个中小型水电站。后来没煤挖了，电就富余了。2002 年流石矿务局破产清算后，水、电还不能马上移交，局里研究，想把供电所承包出去。消息出来后，很多人想承包。时任供电所所长的张安帮找到我，请我帮忙做胡局长的工作，由他来承包。我想，张安帮一直在供电所工作，还是所长，有经营头脑，他来承包最合适了。跟胡局长一说，胡局长同意了。之后，张安帮就成立了一家公司来承包关村供电所。印象中张安帮总共承包经营了三年，直至胡局长调走。张安帮赚了钱后，没忘感谢我。每年给我六万元分红，钱是打到我存折上的，好像都是在年底。给到 2005 年吧。具体数额你们可以查银行，总共三年十八万元。”

林小铁只说张安帮感谢他，却不提胡明仁，但张伟强有办法让他说出来。“张安帮为什么给你钱?”

“当时很多人都想承包，没我帮忙，可能要招投标。张安帮能不能拿得到很难说；就是拿得到了，承包价也会比较高。我找了胡局长后，胡局长同意指定交由张安帮承包经营，承包价定得也不高，他钱就赚得多。张安帮是我的老部下，赚了钱，自然会分一部分给我。”话一说完，林小铁就有些后悔。按他的逻辑，对拥有最终决定权的胡明仁，张安帮不可能不送钱。

果然，张伟强顺着竿子往上爬：“既然张安帮这么会做，除了感谢你还要不要感谢别人?”

林小铁摇了摇头，投降了：“应该也会感谢胡局长。”

“怎么感谢？感谢多少?”

“你问张安帮吧，估计会比我多些。”林小铁瘫了下来。

初次审讯能取得这种成效已经不错了，得去跟胡明仁的主审刘敏锋沟通一下。张伟强撂下话：“你好好想想！还有问题没讲完，过一会儿我再和你谈。”叫上副手常淡云就出去了。

三七

张伟强率先拿下林小铁让吴文杰稍稍有点儿意外，因为林小铁是胡明仁和张安帮之间承上启下的关键人物，重要性不言而喻，难度相对会大一些。吴文杰最初的想法是，最好刘敏锋先拿下胡明仁，然后夹击林小铁，逼他投降。谁知林小铁反而先被拿下。这是好事，可以补足胡明仁受贿的证据，然后以张安帮和林小铁的口供再去击打胡明仁，估计胡明仁也顶不了多久。

听完张伟强的汇报，吴文杰给刘敏锋发了个信息，让他上来。“搞定了，这么快?”看到张伟强在，刘敏锋问道。

“预期之外，意料之中。匿名信举报胡明仁、林小铁、邱阳造假骗取住房补贴，情况属实。此事由胡明仁提议，林小铁经办，流石矿务局留守处主任苏建才开了原单位分房已退回的假证明，经东升公司党委办公会讨论通过，胡明仁领了二十八万，林小铁领了二十一万，邱阳领了十六万。林小铁证实，张安帮调动前一天晚上，先到林小铁家送了三万元。第二天上午，林小铁带张安帮去了胡明仁办公室后离开，估计张安帮也给胡明仁送了钱。调过来后的一天晚上，张安帮为表示感谢，同时也想接替林小铁当物业分公司经理，跟林小铁商量后，林小铁带他到胡明仁家，他当着林小铁的面给胡明仁送了十万元。还有就是2003年至2005年间，张安帮通过林小铁，让胡明仁同意他承包关村供电所。为表示感谢，张安帮每年给林小铁存折打入六万元。林小铁估计给胡明仁的会更多。”张伟强向刘敏锋简要通报了审讯林小铁的情况，

“太好了，有林小铁的炮弹，我肯定打死胡明仁！”刘敏锋高兴坏了，“胡明仁的畏罪心理还较重，害怕受到法律严惩，不得善终。同时，也抱有侥幸心理，企图蒙混过关。目前为止，只承认他逢年过节收受了下属烟酒和小额购物卡，加起来也不够五千元钱。林小铁开了口太好了，我有把握拿下他。”

张伟强说：“审完林小铁后，我对流石这些煤矿工人出身的干部有了进一步了解。等下我和你一起会会胡明仁，给他施施压，进度可能会快些。”

吴文杰说：“这样也好。像胡明仁这种级别的干部最好速战速决，省得夜长梦多。再说，还有谭这根硬骨头要啃。”

林小铁不抽烟，胡明仁却是个老烟鬼，手提包里总有一条软中华烟。被带入审讯室大半天没烟抽，已显得很疲倦。张伟强也不说话，掏出烟点上，然后喝口水。胡明仁露出期盼的眼神。这时，刘敏锋介绍道：“老胡，这是我们张检察官，带你时见过的。不是厅局级干部他是不会出面的，你要争取主动。”

张伟强抽着烟，严肃地看着胡明仁。

胡明仁赶紧说：“我知道，我知道。张检察官，你了解的，我从一名煤矿工人做到厅级干部，还是全省劳动模范和全国五一劳动奖章获得者，组织上也照顾我，把我和老婆、孩子从山区调进了南州，很不容易。再过一年我就退休了，不会乱来的。我们公司的情况很复杂，派系矛盾很尖锐。我作为一把手，有时候独断了一些，个别人也用得不当，难免触犯了一些人的利益。有人说我受贿，纯属诬告。我年薪有六七十万，足够用了，怎么还可能受贿。请检察机关明察。”胡明仁一边给自己脸上贴金，一边狡辩。

“组织，你还有脸提组织！我都不知道你是怎么当上厅级干部的。你的所作所为对得起组织吗？”张伟强严厉训斥道，丝毫不给他面子。面对代表法律、一身正气、居高临下的审讯者，胡明仁低下了头。张伟强缓了缓说：“老胡啊，你的过去我们很清楚。过去你对国家确实是有贡献，国家也没亏待你。况且，功是功，过是过，两码事。检察机关找你这样级别的干部谈话，也是慎重的，没有证据是不会把你请来这里的。你若不主动讲，一旦我们出示证据，你就没有自首机会了，后果会很严重。你要想明白。”

张伟强话不多，但很重，胡明仁感到了沉重的压力，有些顶不住了，大汗淋漓。

他斟酌了一会儿，还是决定挣扎一下："你们总不能听张安帮的一面之词吧？"

"如果加上林小铁的两面之词呢？"

"林小铁和我是生死之交，不会害我的。"

"林小铁的老婆也是你调过来的，和你老婆是好姐妹，她们会不会害你？"这两个女人既是张安帮行贿的知情人，也是见证人，是胡明仁的软肋。临门一脚的关键时刻，张伟强还是决定抛出来。

"男人的事能不能不把女人扯进来？"

"那要看你的态度。你的态度将决定与她们有没有关系。"

"真是成事不足、败事有余。"胡明仁说完这句话，依然不认。

"林小铁是条汉子，能讲实话，能认识到自己的错误。你呢，连徒弟都不如。"张伟强从人格上贬低胡明仁后，进入正题，"我们的办案人员从流石矿务局留守处拿回了原流石矿务局的分房资料和房管局的房产证明，还找帮你们开假证明的苏建才取了证。林小铁和邱阳也证实，骗取住房补贴的事是你授意的。"

说起住房补贴，胡明仁也和林小铁一样觉得十分意外，防线一下子就垮了。"能不能给支烟抽？"张伟强扔给他一支烟。"好吧，我认。"

"你认什么？"

"他们说的我都认。"

"那不行。自首就是要你自己说，不是别人讲你认。"开口了就好说。张伟强走上前，将烟给胡明仁点上。

胡明仁连忙说："谢谢！"他使劲吸了一口，"这事怪谭向军。我到东升公司当董事长后不久，老谭就跟我说，我从流石到南州，安家买房是大事。南州的房价很高，原经协集团的专项经费还剩余些钱，可以申请住房补贴。他又说，经协集团虽已不经营，但没注销，我还兼任经协集团董事长，只要以经协集团的名义开个办公会，讨论通过就行了，不需要报南方资产经营公司。他还说其他班子成员的工作由他去做。我推了几次，拖了一年多。后来，谭向军又建议给林小铁和邱阳也发，我就同意了。但办公会讨论时我回避了，是老谭主持通过的。都是老谭害了我。"

"老谭害你?！你要没有贪念，老谭能害得了你！哪有那么多理由！"张伟强拍了一下桌子，把胡明仁吓了一跳。住房补贴的事查明之后，胡明仁成了死老鼠，余下的事可由刘敏锋用张安帮和林小铁的证言继续施压。"还有些事，我的同事接着跟你谈。对你的处理将取决于你的态度！"张伟强抛下一句话，站起来。

"明白，明白。"胡明仁连连点头，"能留几支烟吗？"

张伟强把他那盒烟和打火机一起交给刘敏锋，示意他留下来给胡明仁做笔录。然后，拍了拍胡明仁肩膀，离开审讯室。

回到办公室，吴文杰、叶如青还在等着他。案件进展虽在吴文杰意料之中，但复杂程度却远远超出想象。前案未了，后案又发，且案中有案，盘根错节。此时的谭向军又在想些什么呢？吴文杰点燃了一支烟。叶如青的电话响了起来，以为郑刚有新情况汇报，却是老婆打来的。“怎么了？”叶如青的声音温柔得像一只猫。张伟强和吴文杰不禁笑了。

“我很好。你放心，我会照顾好自己的。你也要照顾好我们的小宝宝，不要出什么意外。什么，你给我寄了一箱水果？什么时候的事？今天呀。好，我叫甄珠查收！”

叶如青不抽烟，就爱吃几个水果。心疼他的妻子常在他加班审犯人时给他快递一些水果过来。甄珠因为经常能分享他的水果，非常乐意为他跑跑腿，取个快递什么的。

“有这样贴心的老婆真是好！”张伟强感叹道，“我老婆今天不查我的岗就阿弥陀佛了。”说曹操，曹操到。张伟强的电话这时响了起来。吴文杰和叶如青都大笑起来。“我在加班哩。不信你问吴科长和叶科，他们都在这里。我刚审完一个犯人上来，之前都是关机的，当然接不到你的电话了。快睡觉吧，不要东想西想的了。”

“我的老婆是不会打电话给我的了。今天下午才把我劈头盖脸骂了一顿，这会儿正在医院陪孩子吧。”吴文杰说起医院，脑海里闪现出单青华，那个肇事司机的领导，心中涌现出一种不祥的预感。究竟是什么，他也说不清楚。

三八

第二天上午 9 点整，吴文杰、叶如青、刘敏锋、甄珠开着 91 号警车，准时来到广南联营石油公司。刘敏锋是主动要求来的。吴文杰想让他休息，他却精神抖擞地说：“我不累，一起去。”

联营石油公司总经理办公室的门紧闭，旁边党委书记的门却是敞开的，一名西装革履、戴眼镜的中年男子正在办公。

吴文杰说：“我们是检察院的。你是哪位？”

“广南联营石油公司党委书记兼副总经理江志。”男子答道。

“谷总不在吗？我们约好 9 点见面的。”吴文杰有点儿不爽。

“还没见他来。我请你们先喝杯茶。”江志边说边起身倒茶，“请问，找谷总有什么事吗？”

“例行公事，与谷总本人无关。借用一下电话。”

电话接通，吴文杰训斥道：“说好 9 点钟在公司见面，却不见人，怎么回事？是要我们等下去吗？”

谷总说：“我在东升公司这边开会，能不能下午过来。”

吴文杰说：“你把承诺当儿戏啊！说好是 9 点见面，你还开什么会啊?！法律不大过你的会！”

谷总说：“对不起，对不起！马上赶回来，半个小时就到。”

吴文杰说：“财务人员呢，怎么也没到？没有通知他们？”

谷总说：“财务主管在医院打吊针。”

吴文杰说：“通知你们回来，却一个在医院，一个在开会。马上打电话给财务人员。现在9点半，10点半赶回公司。”他怀疑谷军峰让会计躲起来了。放下电话，吴文杰突然想到，谷军峰说在东升公司开会，鬼知道是不是？昨天上午带谭向军时可能他就在现场。他归谭向军管，肯定是谭叫他去公司开整顿动员会，顺便听他汇报情况。吴文杰觉得自己考虑太不周到了，昨天下午怎么能跟谷军峰说检察院今天要来查账。但有一点可以肯定，谷军峰也有问题，包括这个党委书记。他们一定跟谭向军合谋搞走了很多钱，否则谭向军也不敢跟他们说办公费紧张，让他们帮报十五万元。

10点过后，一辆崭新的2005款进口奥迪A6驶进了联营石油公司。“抱歉，抱歉，紧赶慢赶还是迟到了。”谷军峰一进门就双手抱拳，“还是到我办公室坐吧，那里宽一些。”他殷勤地将吴文杰、叶如青和刘敏锋三人请进办公室。

谷军峰的办公室在二楼右侧最后一间。实际上，他和江志的办公室就隔了一间财务室。这种布局有点儿与众不同。如果是其他公司，中间的办公室会安排行政人员。谷军峰的办公室比副经理江志的面积大了一倍不止，还设有卫生间和卧室。一长两短的黑皮沙发看上去很上档次，茶几上一个黑黑的木制茶台一看就是值钱货。沙发上方是名家书写的“大展宏图”四个大字。“黑茶怎么样？”招呼大家坐下后，谷军峰从茶台下方拿出一个锡缸。

“随便吧。”吴文杰答。

谷军峰边泡茶边巴结地问：“两位检察官有何贵干？有什么可以效劳的？”吴文杰将介绍信递给谷军峰，同时出示工作证。“不用看了，警车我还是认得的。”

“例行公事。我们是市检察院的，过来了解些情况，请谷总配合一下。”

“义不容辞，义不容辞。”

“先介绍一下加油站的情况吧。”

“加油站成立于1985年。本着优势互补的原则，由南东省经协集团下属的劳动服务公司、南州铁路局燃气公司和中石油湖南南岭炼油厂三家出资建立，注册资金一千万元。其中，中石油湖南南岭炼油厂出资四百万占百分之四十的股份，南东省经协集团下属的劳动服务公司和南州铁路局燃气公司分别出资三百万各占三分之三十。说白了，加油站就是由省经协负责报建、南州铁路局负责运输、南岭炼油厂提供油品的。加油站主要由湖南方面派人具体经营和管理，我就是湖南方面派过来的。我们这个加油站地理位置比较偏，生意不太好，也没什么效益。两年前，其他两个股东先后退了股。”

“谷总言不由衷。谁不知道中石油是垄断企业，加油站又是特许经营，没有效益你谷总还坐得起近百万一台的进口奥迪A6?”

“装门面，装门面而已。”谷军峰被吴文杰说得不好意思起来。

“好了，不说这个了。我对你坐什么车不感兴趣。退股前谁代表经协，也就是现在的东升公司，在广南石油联营公司担任董事？”

“好像是郭胜。”

“什么好像，说话怎么黏黏糊糊的。爽快些！”

“是郭胜。东升公司退出都有三年了，平时也没什么往来，一下子想不起来。”谷军峰脸色微微发红。

“谭向军认识吗?”

“认识。他曾是东升公司分管我们加油站的领导。”被训斥之后，他爽快了。

“谭向军正在接受调查，有件事与加油站有关。讲假话和包庇嫌疑人是要负法律责任的，知道吗?”吴文杰强调道。

“明白。原来是谭向军的事。”谷军峰松了一口气。

“你们这里也有问题。我们收到举报，说你们亏损了一个多亿。一家联营石油公司，哪有说一个多亿的钱不见了。这钱哪儿去了?一个国有企业亏损一个多亿，难道没有问题吗?亏损企业老总开的却是六七十万的奥迪，像什么话?谭向军有事，你们谁都不能包庇。只要配合我们工作，把谭向军的东西找出来，你的问题我们暂时不查了!”谷军峰不敢再说话了。“谭向军涉嫌犯罪，你们几位不要陪他一起调查吧。”

“老谭是老谭，我们绝对不会有问题。”谷军峰赶快洗脱自己。

“谭向军有没有自己或叫人来加油站拿过钱、报过账?”

“什么时候的事?”

“有没有?”

“没什么印象。”

“郭胜有没有从加油站拿过钱或报过账?”

“这个嘛，不记得了。要查账。”

“要是不希望我们经常来打扰，最好尽快把郭胜报的十五万的发票找回来：一张2004年的，大约五万；一张2005年的，十万，可能年份有些偏差。”

“十年的账查起来要一些时间。”

“搞不清楚的话，我也不会来你这里查。你好好帮我们把这些东西找出来。”

“啊呀，我真记不起有没有这回事了。”

吴文杰厉声说道：“叫你们找一笔账，却说不记得在哪里?你要把这问题的严重性想清楚!要是想不起来，对不起了，我们只能把账全部调走。”

一说到调账，谷军峰急了：“领导，有话好说，有话好说!”

“不调也可以，把我要的东西马上找出来!”吴文杰知道戳到了谷军峰的痛处。他也不想再抓下去了，让企业受很大影响。

“好，好。我把副总经理兼党委书记还有财务经理叫过来一起回忆回忆，把这笔账的凭证找出来。”

三九

谷军峰打了个电话，江志很快来了。“老江，你帮我回忆回忆!谭向军本人或他人有没有在加油站拿过钱、报过账。搞不清楚的话，检察院就要把账调走。”

江志想了想，说：“好像报过一两次，总共十几万元。具体要问徐会计，柜子的钥匙也在她那儿。”

“徐会计请病假了，没来上班。”谷军峰说道。

“只要还走得动，让她赶快回来一趟。”吴文杰似在下命令。江志的话坚定了他的信心，匿名信的情报很准。只要查得到账，别说一小时，再等三小时他也无所谓。

“好吧。”谷军峰拨打了电话，“徐会计还在医院打吊针，过半小时才能完。我现在就叫司机去接她，能快些。”

10 时 45 分，徐会计来到谷军峰办公室，脸色苍白，身体虚弱，看来的确是在医院打吊针。

“抱歉，徐会计。生病都请你回来。”吴文杰说。

“这几位是市检察院的同志，过来了解几年前郭胜在我们这儿报账的情况。”谷军峰交代道。

原来谭向军指使的报账人是郭胜！谷军峰这个狡猾的家伙一开始就想起了这件事，但一直想蒙混过关。吴文杰心里骂道。

“这事我有印象：两次吧。大概是在 2005 和 2006 年年底——一次大约十万，一次大约五万。我们几个都签了字的。”徐会计说道。

“我刚才说的 2004 和 2005 年底，年份偏差了。”吴文杰说道，“那就请徐经理把有关财务凭证找出来吧。”

谷军峰跟着催促徐会计：“赶紧，赶紧。”

不到半小时，徐会计就把两份科目为“办公用品”的财务凭证找了出来。“这是报出来的账，数额和时间有些偏差。”

吴文杰问徐会计：“你知不知道是什么钱？”

“谭总给我打过电话，说郭董事拿两张发票给我，投资公司有些业务费需要处理，让我帮个忙从联营石油公司把账报了，现金交给郭董事。第二次领钱时还跟我说郭董事不要签字了。他先后给我打过两次电话，我不得不给他报。”徐会计没有直接回答吴文杰的问题，把整个过程复述了一遍。郭董事就是郭胜，代表东升公司在联营石油公司担任董事。

这番滴水不漏的话让吴文杰感觉到，谷军峰一定提前交代过她，“千万别得罪检察院的人，问什么就按我说的回答，其他话不要乱讲。”

谷军峰和江志也附和道：“没错，没错，谭老板交代我们报账时，就是这样说的，我们只好照办。”

吴文杰把这两张凭证交给叶如青。他仔细地看了看说：“2005 年 10 月 25 日九万六千元这张单上，领款人一栏有郭胜签名。2006 年 12 月 30 日四万八千元的单却是王梅代领？怎么回事？王梅是谁？”

谷军峰欲言又止。

叶如青说：“谷总，我提醒你，我们领导刚才讲过，讲假话、作伪证是要负法律责任的。”

谷军峰连声说："明白，明白。我想想看。"

过了一会儿，他下决心似的说道："王梅是我们公司出纳。我记得当时好像是谭向军打电话说他们公司办公经费紧张，想从加油站走点费用。如果我们同意，就让郭胜拿发票过来。我和江副总商量后，电话请示了我们的谢董事长。董事长同意了。郭胜拿到钱后在'领款人'一栏签了名。第二次，老谭特意交代郭胜不签名了。我说领款人不签名不符合财务制度，老谭让我想办法，我只好让出纳王梅代签名。"

江志接着说："没错，是这样的。"

徐会计把发票背面给叶如青看："这是王梅写的代领款说明，江副总作为'证明人'也签了名。"

情况清楚了，吴文杰又问："除了这两单，谭向军还有没有从公司拿过钱？"

谷军峰和江志对视了一眼，似乎在对什么暗号，齐声说："没有了。"

谷、江二人的神情吴文杰看在眼里，但由于时间紧急，他不想无的放矢。"记住你们今天说的话。如果还有隐瞒，后果会很严重。"

"明白，明白。"谷军峰连忙表态。

吴文杰说："好。等下叶检察官要给各位做份笔录，并复印账单，请大家配合。"

叶如青、刘敏锋、甄珠做笔录时，吴文杰给张伟强发了条短信："已查明谭向军分别于2005和2006年底，两次指使郭胜在广南联营加油站报了九万六千元和四万八千元的费用。你问问胡明仁知不知道这件事。"

笔录做完将近午后1点了，谷军峰非要请吴文杰一行四人吃饭不可，吴文杰推辞不下，就说："我请你们吧，感谢你们配合。很快账也调到了，笔录也做完了。你们湖南人爱吃湖南菜吧，附近有什么湖南大排档的？"

证据拿回去后，谭向军讲不讲都无所谓了，吴文杰照样敢拘留他。他以为指使他人在加油站领款就可以瞒天过海。殊不知道高一尺，魔高一丈，若要人不知，除非己莫为。

回到办公室，吴文杰见到张伟强就问："胡明仁怎么说？"

张伟强答道："胡明仁说，他从来没有让谭向军、谭向军也从来没有跟他说过在广南加油站报账的事。他不知道。"

"好，这下谭向军跑不掉了！"吴文杰很高兴。

然而，忙晕了头的吴文杰此时哪里知道，真相远不是郭胜在加油站领款单上签不签名那么简单……

几个月后，胡明仁告诉吴文杰他想起来了，谭向军通过郭胜在加油站套取的第一笔办公费用是向他汇报过并经他同意的。这笔款项的用途是购买购物卡分给公司班子成员用于联系一些工作关系，具体使用情况公司财务部长潘枝那里应该有登记。而第二笔他就毫不知情了，完全是谭向军的个人行为。这才解释得通套取第一笔款时谭向军交代郭胜签名、第二笔款不签名了。探究胡明仁是否年老糊涂、记忆不清或记得起来却幸灾乐祸地故意对谭向军落井下石，已毫无意义。有时候看到的和听到的并不是真的，即使有白纸黑字的财务凭证和相关人员的证人证言。这对于经验丰富的老侦查员吴文杰来说，是不应有的疏忽。

风险总是在人们自以为是或疏忽大意中形成。吴文杰每每想起高得意向省检报捕谭向军时嘱咐的“一定要做到双保险”、查明两宗以上犯罪事实，就脊背发凉。

四〇

回单位的路上，吴文杰就已让叶如青找郑刚要到郭胜电话，通知他下午两点到检察院来一趟。叶如青打完电话后，吴文杰脑海里浮现出那个约一米七的背影和“花花公子”皮带，心想郭胜是不是往我们车里扔匿名材料的人。

下午两时许，楼下值班室打来电话，说有一位姓郭的找。吴文杰让刘敏锋下去，把郭胜接到二楼证人室。他亲自与郭胜谈话，刘敏锋记录。郭胜进门那一刻，吴文杰看到了他腰间 PLAYBOY 皮带，可以确定郭胜就是神秘的匿名信投递者。他一下子就轻松了，谈话会简单很多。“郭先生，请喝水。”

“谢谢。”

“真心感谢你对检察机关的信任和支持！”

“应该的。”

两人心照不宣地一笑。

“怎么过来的？有没有跟单位领导请假？”

“没敢说来检察院，跟办公室的同事说身体不舒服、去医院看病。”

“好。这几天我们从你们那儿连续带走了几个人，公司员工有什么反应？”

“议论很多，人心惶惶，纷纷猜测下一个会轮到谁？”

“你怎么看？”

“都是罪有应得。”

“你反映的情况我们核实了一部分。今天请你过来是想当面向你详细了解一下。”

“我知道的一定说。我材料里面反映的情况有一些是道听途说，但加油站的事是我经手的，不会有错。”

“上午我们去了一趟广南加油站，找到了你经手的两笔款子的报账凭证。报账的发票和财务凭证我们已经取到了，你确认一下！”

刘敏锋把凭证递给郭胜。

郭胜仔细看了看，说：“没错，就是这两张。都是老谭交办的。具体情况是这样的：2005 年底，老谭叫我到公司财务领张支票，到大新百货公司买了九万六千元的购物卡，发票内容写办公用品。购物卡交给老谭后，我拿发票去加油站报账，并按规定签名后取回现金交给公司财务，用于冲抵领用支票的数额。2006 年底，老谭又拿了张金额为四万八千元王府井百货的购物发票给我，又叫我去广南加油站报账，取回现金后交给老谭。这次老谭交代，他已跟那边说好不要签名。过程就是这样。”

“为什么第一张单要你签名，而第二张单没要你签名？”

“是老谭要求的，我没问为什么？”

“那你怎么肯定这钱被老谭据为已有了？”

“公司总部就五六十号人，每年近两百万的办公费足够了，没理由还要广南联营公司处理的。况且，这些未报经公司一把手，也就是胡董批准。”

“到联营公司报账符合你们公司规定吗？”

“公司规定，超过一万元的开支必须报胡董事长批准。这两单都没报，卡和钱都是交给老谭，没交到财务。”

“既然不符合规定，你为什么还照办了？”郭胜犹豫了。“别担心。我们并不针对你！”

“好吧，我把心底的话说出来，随你们怎么看我。我是公司企管部的副部长，兼任联营加油站董事，平时都在公司上班，加油站开董事会才过去。企管部是老谭分管，我当副部长好多年了，他曾许诺部长去年退休后让我接任。谁知他说话不算数，让老战友当了部长。我跟了他这么多年，没有功劳也有苦劳，他不仁，也不能怪我不义了。”原来郭胜举报缘于仇恨。

跟诚信、道义有关的问题，吴文杰不想评价，只对法律负责。吴文杰又问了报账的一些细节，郭胜的说法与加油站等人谈的基本一致。“说句为你着想的话，你能证明购物卡和钱都交给谭向军了吗？”

“我没有证人。我买了购物卡和拿到钱后，都是第一时间单独去老谭办公室交给他，没有其他人在场。但是，加油站的谷总能为我作证。我两次去拿钱之前，老谭都事先打电话交代他。如果我没把钱给老谭，老谭还不早就收拾我了。”

“郭先生，还有什么补充的吗？”吴文杰决定结束谈话，尽快向胡明仁核实。如果胡明仁说不知道谭向军私自交代郭胜到加油站报账的事，谭向军贪污的证据链就完整了。

“没有了。我是谭向军这一派的外围人员，他的私事也就经手过这两单。”

“你说是外围，那么谁是老谭的核心人员？”

“谭向军的心腹原来有四个，号称‘四大金刚’，包括原越银房地产公司茂林分公司经理于杰、财务部长潘枝、办公室主任夏新成、能源分公司经理武兵。他们是一个利益团体。于杰 2004 年出事后，储运分公司经理黄国华又加了进来。老谭的事他们最清楚。”

“谢谢你对我们工作的支持。”不管郭胜举报动机如何，吴文杰还是表示谢意，“以后想起什么，随时与我们联系。”

谭向军手下还有“四大金刚”。看来，他很不好斗。好不好斗无所谓了，起码他的后院起火了。吴文杰寻思道。

四一

胡明仁是东升公司董事长兼总经理，超过一万元以上的开支都要他批准。得知这一消息，吴文杰叫刘敏锋拿着从加油站复印回来的两份凭证去问胡明仁。

胡明仁认真回忆后，明确表示：他不知道有这两笔开支。他在任五年，从未批准任何人到下级公司或联营公司去报账。

有这两条在手，吴文杰决定与谭向军正面交锋。他在办公室召集全科开短会。“这几天每一位同志都很辛苦，接下来还有很多工作要做。开个短会吧，把情况碰一碰。”吴文杰言简意赅，“老丛先说说昨天你们提审张安帮的情况。”

按规定，对犯罪嫌疑人采取拘留强制措施24小时内要提审一次。

“张安帮的供述没有变化。他写了一封信，让老婆把车和他在流石一座水电站的股份卖掉，加上家里存款，把贪污的钱退了。”丛志天说。

“好。这事你负责跟进。”吴文杰说道，“老王，谭向军从医院回来后情况怎样？”

“这小子现在没事了，不敢搞鬼了。换在十几年前，看我不收拾他！”王木林答。

“好。辛苦了。”吴文杰又问刘敏锋，“小刘，胡明仁、林小铁的立案报告和拘留请示准备得怎样了？”

“你签完字就可以报批了，下班前省院应该批得下来。”刘敏锋答。

“好。胡、林二人送看守所的任务就由老丛和云队负责，老王和小甄机动吧。下面最主要的就是谭向军的审讯，由情况最熟的张伟强、刘敏锋负责。叶总与老谭是老相识了，介绍一下谭向军的基本情况，谈一下对他的印象，看看有什么建议。”

叶如青说：“2005年调到三科前，我曾主办原省经协下属越银房地产公司茂林分公司经理于杰案，当时谭向军是分管副总经理，南方资产管理公司纪委书记洪六哥指定谭向军作为案件联络人。于杰涉嫌贪污公款两千多万，去向不明。他被双规期间，专案组怀疑谭向军毁灭了关键证据。双规第三天，于杰快顶不住时，他借看管干部出去喝酒之机跟于杰谈了一次，并将他的手机全部清空。于杰案牵涉很多人，因证据不足，谭向军逃过一劫。谭向军是空军转业的正处级干部，管过驻外办事处，当副总前任过多家下属企业总经理；当副总后又负责资产处置，还兼任过公司纪委书记。他带过兵、管过企业、办过案，背后有靠山、手下有干将，经历复杂、经验丰富、人脉关系广，有较强的反侦查能力和反审讯伎俩。昨天刚带来时还装病，相当狡猾。跟他交手，千万不要被他的假象所迷惑，不要轻易露出我们的底牌。否则，又会让他溜掉。”叶如青把谭向军看到骨子里了。

吴文杰接着说道：“叶科说的这些情况很重要。我们也看到了，谭向军这家伙确实很狡猾。知己知彼，我们也要有一定的准备。装病能装出那样，没有高人指点，不经过多次冒险训练，是不会那么逼真的。装病一是因为害怕，想借此逃避审查。二是表明谭向军清楚我们办案讲究的是安全第一。从他装病之后提出到省人民医院就诊就可看出，他害怕在陌生环境与外界隔绝，失去联系。到现在为止，他在我们这儿已超过 30 个小时，一点儿出去的迹象都没有，对他也是一个沉重打击。下一步他会采取什么对策，我们要有预判。目前有一点对我们很有利，那就是我们手里握有他贪污十五万的证据。凭这一点就可以收拾他。但他不主动交代，就不要先抛出来。审他不要急于求成，我们不急他就会慌。两位经办人还有什么意见？”

张伟强说：“领导说的很对，我们既要重视他，又要藐视他。随机应变吧。”

“没什么说的了，两位领导说得这么透彻。我还是和甄珠先下去感受一下吧。”刘敏锋边说边起身。

吴文杰说：“好。何时开审你们自己定，遇事我们多研究。叶总，你辛苦一下！马上着手给省检写一份对胡明仁、谭向军和林小铁的立案请示报告。我呢，现在就过去跟处长说一声。大家分头准备吧。”

高得意处长告诉吴文杰，省检贾检察长正在北京开会，要过几天才回来。吴文杰一听就有点儿着急了。“省检这种审批程序太慢了。听说早些时候侦查二处有一个案子报到省检两周才批下来，搞得办案人员提心吊胆，生怕出事或节外生枝。还有一件事，处长可能还记得吧。去年 11 月，我们科查办南州市水务局案，一个受贿几千万、移民去了加拿大的重大犯罪嫌疑人正好从南州入境回内地。我们的边控报告由省检报最高检再送公安部用了近二十天。那家伙可能听到风声，迅速出境，再也没有回来。搞得我们损失惨重，跟他有关的那几个人一个都动不了。处长有没有办法让省检尽快批下来，以免夜长梦多。”

高得意说：“放心吧，专心办你的案。去年水务局嫌疑人逃脱后，我主动跟省检指挥中心陈主任和贾检察长、郑副检察长的秘书加强了联系，有事没事都在一起聚一聚，现在关系很不错。报告送上去后，一分钟都不会耽搁的。”

四二

张伟强和刘敏锋下去审谭向军的时候，他有点儿意外。原先那两个五十岁左右、大腹便便的检察官哪儿去了？光看外表，他其实还是有点儿虚王木林和丛志天的。

王木林平时喜欢板着个脸，不知底细的人有点儿怕他。他见着贪官就来气，劈头盖脸先骂三分钟再说。有些心里素质差的犯罪嫌疑人会顶不住，即刻就投降。丛志天则笑眯眯的让人不知深浅，审讯时循序渐进，经验不足的贪官容易上当受骗。

“谭向军，身体怎么样了？还要不要去医院？”张伟强一开口，不讲法律政策，而是关心他的健康状况，让谭向军觉得这位瘦瘦高高的检察官的厉害——哪里痛往哪里戳！市第三人民医院急诊室那一幕幕，他想起来仍心有余悸。

“没事了，刚开始有点儿不适应。”

“你的老部下于杰，还记得吧？”再戳一下。

“这家伙不争气，辜负了我对他的期望，当年还是我协助专家组去把他抓回来的。”

有些事好像命中注定，后来谭向军也被送往于杰所在的监狱服刑。两位昔日的上下级如有机会碰面，不知会作何感想。

“你女儿和两个外孙女多久没见了？打算下次什么时候见啊？”谭向军和妻子关系不好，长期分居，唯一牵挂的就是他远在英国的女儿和两个外孙女。坐牢的话，谁知下次见面会是什么时候。谭向军有点儿受不了啦。

“有什么事你就问吧，我一定实事求是。”他主动出击。

“到检察院来的不是贪污就是受贿。你是哪一种或是两种都有？”

“我五十多万的年薪足够用了，用不着贪污受贿。”

“你一个省里的处级干部，对你立案侦查是要报省检批准的，没有证据我们会找你吗？”

“我一点儿权都没有。在公司超过一万元都要董事长批，我想贪污受贿都没有机会。请检察官明察。”谭向军狡辩。

“不要说我不给你机会。路是自己走出来的。从严还是从宽，你想清楚了！”

“怎么不见叶科，我跟他很熟的。”谭向军想攀熟人关系。

“这个案子我负责。你想说什么？”张伟强不予理睬。

“我也是办过案的，规矩我懂。我到这儿已经超过24小时了。”

“你到底想说什么？”张伟强语气很严厉。

“你们带我的时候，说张安帮有些事涉及我。我就搞不明白了，我和他能有什么事，我只是他的分管领导。当然，张安帮出事，我疏于监督管理，难辞其咎。”

“好吧，我问你！你有没有让张安帮帮你报销过发票，报完账后把现金给你？”据肖江河供认，张安帮曾让他帮谭向军报过几万元发票。

“不可能的事。我买单我自己可以报，不用找他。”

“公事当然可以，私事呢？”

“私事更不用找他。”

“有没有向张安帮要过购物卡？”张安帮也曾供认他让肖江河买的几万元购物卡是谭向军要的。

“没有。如果张安帮这么说，那是他陷害我。一定是他用公款买了购物卡，却算到我头上。这人真不是东西！”看来没有旁证，谭向军是不会认的。

“我再问你！2006年七八月份，你、伍立志、林小铁几个人是不是去过一趟流石，张安帮请你们吃过一餐饭？”

“好像有这么回事。”

“饭后，张安帮给了你们每人一个信封。这件事是有证人的。”林小铁证实，是他建议张安帮为顺利调动，给这几个公司领导每人一个五千元的封包。

“没有的事。谁作证谁就收了，反正我是没有见到张安帮派信封。”

这就是谭向军，有证人他不会认，没有证人他更不会承认。不用再劳神了，再问下去底牌都亮完了。张伟强转身点支烟，不理他。在忽明忽暗的烟火中，观察谭向军的态度。这是张伟强的一招——欲擒故纵。原以为谭向军会发怵，会在这种寂静无声中心理防线有所松动，从而主动交代问题，谁知他却以此来向张伟强发起糖衣炮弹的攻击。

“张检察官住哪里？是空军哪个部队的？”空军出身的他想跟张伟强聊得近一些。“只要我能从这里出去，就去你家拜访，好好表示一下。”

张伟强气坏了，烟也不抽了，“国骂”也出来了：“你居然想拉拢我，向我行贿？你他妈的还是空军的?！你这人道德品质有问题！如果不老实交代，休想过我这一关！不搞定你，我就不做这一行了！”谭向军似乎给镇住了，闭起了眼睛。“你还找了我部队的老领导来打听情况，来说情，对不对？”此时张伟强并不知谭向军也已找过张政委当律师的女儿商量对策。

谭向军的眼睛猛地张开了：“没有的事，我只是找她帮忙问问张安帮、肖江河的情况。”虽然张伟强点到了要害，但谭向军依然矢口否认，“她是我最好的朋友。”

“也是你唯一的朋友吧。”谭向军个性多疑，朋友不多。

“我朋友太多了，以后兴许可帮到你。”谭向军反攻为守，又回到原来的拉拢腐蚀这条道上来了。

“真是猫改不了偷腥。你好自为之吧！”说完，张伟强给刘敏锋使了个眼色，就走出去了。他俩多次搭档，形成了一种默契：在对抗阶段，张伟强施完压后离开一段时间，交给刘敏锋去磨。松动、动摇之后，张伟强伺机再上，踢临门一脚。张伟强出去后，刘敏锋也不吭声，只顾低头整理谈话记录。

洪六哥曾给谭向军讲过一个故事：他在省纪委办案时，审过一个国企老总。本来只掌握他受贿十万元，但他交代了差不多一百万还没讲到这十万。最终，这人被判了十年。结论是：不讲没事，讲多错多。这件事对谭向军的影响很大。张政委当律师的女儿也跟谭向军讲过：法院定罪量刑，情节很重要。自首的一百万并不一定会比零口供的十万判得重。这使得谭向军难以定夺。但说归说，那都是别人的经验之谈，相当于纸上谈兵。每个案件的具体情况和嫌疑人的综合素养，包括体力、精力、意志、经验和判断、应变、抗压能力等都不一样，不身处其中、身临其境是无法体会的。此时的谭向军脑子空荡荡的，心里没点儿底。时间一点点过去，不知外面的打捞队活动得怎么样了。

四三

“那位张检察官不回来了？”十五分钟后，谭向军憋不住问道。

刘敏锋也不抬头：“向领导汇报去了。”

“小同志刚参加工作吧？”刘敏锋二十七岁，看上去像二十三四岁。刘敏锋没出声。谭向军又问：“听口音你是潮汕人？”

“有什么话你就说。”刘敏锋是刑侦专业的高才生，又有着潮汕人精明和吃苦耐劳的特性。来到侦查一处近三年，主办或协办了三十多宗各种类型的职务犯罪案件，已成长为一位年轻的办案老手、高手，有较丰富的斗争经验。此时采取“以不变应万变”的策略。

“省检我有很多朋友，还有当院领导的。”谭向军停了一下，见刘敏锋把头抬了起来但没什么表情，又继续说道，“你们市院我也认识很多人，比如侦查二处的陈副处长，也是潮汕人。”

“我小兵一个，我认识他，他不认识我。”

“我可以介绍你们认识呀！刚参加工作没领导关照，进步会很慢的。”谭向军抛出诱饵，想拉拢刘敏锋。

“管不管用啊？”刘敏锋顺势接过话。

“我出去以后再跟你讲。”谭向军条件反射似的缩了回去。即使他缩了回去，他省院的关系还是漏了出来。

“你都这样了，怎么出去啊？”

“我怎么样啊？”谭向军故作不知。

“你一定有事，否则也不会带你到这儿来。”刘敏锋进一步试探。

“我又没事，怎么会出不去？刚才你都听到了，能证明我有问题吗？”谭向军显得信心十足。

“你要是出得去，都三十多个小时还在这里？告诉你，组织已经抛弃你了。”刘敏锋有意激他一下。

“你们是不是搞错了？我是冤枉的！”谭向军作出无辜状。

“办错案我们要下岗的。市检办案的原则是先找证据再找人，没有证据是不会找你的。不要喊冤，我劝你还是主动交代吧。主动把问题讲清楚，或许还可得到从轻、从宽处理。”

“你们问的我都讲清楚了。还有什么没问的？”

“自己想想。”

“绝对不可能。你说有什么事，我肯定能说得清楚！”谭向军反向试探。他的抗审宗旨出来了——不论别人说我什么，反正我是不认，除非你有证据。

“你心里清楚。你现在不讲，到时给你换地方，不要后悔。”

“我个人不会有什么问题。要有问题，也是公司班子决策方面的问题。”

“什么问题？”

“公司班子决策的事情多了，难免有错。我水平低，不知对错，人云亦云。能不能提示一下？”

“是我讲还是你讲？自首就是你讲！你要是不讲，后果会很严重的！”刘敏锋也会吓唬人。之后，他低头整理谈话记录，不再理谭向军。

“那我想想吧。”谭向军没想到年轻的刘敏锋这么难对付。

“是哪里有问题？是班子决策错误，还是我做错了什么？”谭向军故作深思状，喃喃自语。过了约半小时，谭向军又开始说话了，“小同志，还是请你提示一下吧！我年纪大了，记性不好，实在是想不起来了。”他再次试探。

“老谭，你这人真没意思。你不是办过案吗，反贪局干什么的你还不知道！检察院找你不是贪污就是受贿。有没有收别人的钱，有没有把公家的钱装进自己口袋——就这两条，想想吧。”刘敏锋仍不松口。

“你提示一下。只要有，我一定承认。我也想从轻、从宽处理。你帮帮我吧！”谭向军显得真诚而可怜。

“好吧，我提示你一下——跟张安帮之间的不正当经济往来。”张安帮行贿谭向军一对一，没有旁证，没指望谭向军承认。刘敏锋也反过来试探。

“跟张安帮？那绝对没有！他自己有问题，为求立功乱咬人，我可以跟他对质。请检察官明察！”谭向军很自信。他跟张安帮那些事都是一对一，没有旁证。只要他不认，定不了他的罪，但没想到郭胜会反了他。

这就是谭向军。他不知检察院掌握了他哪方面的犯罪事实，千方百计地试探。一旦探到，又矢口否认。要他主动讲，那是不可能的。他深知，要是讲了检察院没掌握的，还不是说多错多。

“不讲就算了，明天我们就不是在这里谈话了。”刘敏锋的言下之意，要送他去看守所。

“再提示一下吧！有的话，我一定会承认的。我经手的事情太多，工作时间又长，年纪又大，有些难免想不起来。你提示一下，我根据提示讲清楚。”

“给你纸和笔，想说就写出来！”还想再探，没门！刘敏锋不中他的计。

小伙子看上去年纪轻轻，话却滴水不漏，谭向军感到前途一片茫然。“能不能帮忙打个电话？”

“又要干吗？你公司会通知你家属的。”刘敏锋显得很不耐烦。

“告诉南方公司的洪书记一声，我在这里接受调查。”谭向军还想捞根稻草。

“你的组织已经抛弃你了，还有什么好说的。”刘敏锋坚决断了谭向军的念想。

“这是张检察官和我跟你谈话的笔录，看看签名打指模吧。”刘敏锋走到谭向军面前，将几页笔录纸递给他。

“这样就签了？”谭向军觉得有些纳闷，“没谈什么啊？”

“你这么个态度，跟你没什么好谈的。”刘敏锋一副无所谓的样子，说完也走出去了。

此时，谭向军将目光转向做笔录的甄珠，看她年轻，单纯无瑕，松弛下来了。“检察官很年轻啊，跟我女儿差不多大。参加工作多久了？”谭向军问。审讯中几乎所有嫌疑人戒备心都很重，先开口说话的并不多，但他例外。

“你女儿在哪，做什么工作？”甄珠接过话问道，似乎没把他当犯罪嫌疑人。

“出国了。”谭向军言语中露出一丝思念。

“在哪个国家？我也想出去深造，要花很多钱吧？”甄珠显得很向往。

“不说她了。”谭向军很敏感，说出老婆、女儿多年前就去了英国，无疑表明自己是裸官。而在英国，她俩的开销每年少说也要三四十万。如果还要买房买车，他一个人的工资够吗？这钱又从哪儿来？无疑是自露马脚。“小同志，我当过兵，是飞行员，身体素质好。在部队立过功，做过副团长。20 世纪 80 年代末转业后直接进了省政府机关工作，后来又搞企业，处理过很多事情，由外行慢慢懂得管理。你想问什么就说，我知道了一定会告诉你。你看吧，我经手过这么多事情，还管过纪委，跟你们检察院一起办过案。你们办的于杰案，还是我带人去抓的。我对检察院是有感情的，对你们的工作也是有贡献的。”谭向军继续跟甄珠摆谱。

“那好吧，你们以前搞过一个加油站？”

“搞过，搞过，现在还在搞。这个我就绝对没有问题了，绝对没有问题了。加油站领导请我吃过几餐饭、送过一两条烟。除此之外，我和他们没有任何经济问题了。我在部队待过，可能观点不对——我跟别人讲，酒量有多大，能力就有多大。我这人就爱喝酒，东北人，很多人也请我喝酒，送我烟酒。除了收人烟酒，其他什么也没收了。我不要钱，四五十万的年薪足够了。我女儿也出国了，老婆跟着她在外面，我一个人要那么多钱干吗？我在省检有好多关系，有很多朋友。你这小姑娘以后的路还长着哩，我出去后你来找我，我可以帮你办好多事，提拔啊，进步啊。”谭向军开始套近乎，说他跟省检董副检察长的儿子关系很好。诱惑、交易是他的惯用伎俩。

四四

张伟强和刘敏锋号称“黄金组合”，极少有审不开的，但谭向军是例外。他们和甄珠回到办公室后，向吴文杰和叶如青汇报了有关情况。

刘敏锋气愤难平。“谭向军很狡猾，见我和甄珠年轻，就给我们下套，想办法哄骗引诱，说他在省检认识很多领导，出去后给我们打招呼认识一下，市检他也有熟人，显示他有多厉害。”

张伟强也附和道：“他妈的，连我这么资深的同志都以同是空军来贿赂收买。”大家都笑了。张伟强接着说，“他有一套方针策略：首先推责任，说他的问题都是集体领导决定的，绝对不是他个人的问题，然后又套你的话，说他一把年纪，时间那么久很难想得起来，要你提示方便他回忆，他想起来一定会讲的。”

“可是你稍稍漏点儿口风，他知道你想问什么了，马上推得干干净净，开始编故事撒谎。你以为给他提示他会交代问题，实际上他却在揣摩你，在探你口风，然后编理由来搪塞你。真狡猾。”刘敏锋补充道。

叶如青赞同道：“谭向军就是个无赖，我对他太了解了。他坚信：坦白从宽，牢底坐穿；抗拒从严，回家过年。他的理念是有依据的。他的老部下于杰当年如果认了罪，贪污两千多万肯定要被枪毙。但他顶死不认，保住了一些人。最后被移送回茂林市处理，只被认定挪用公款八百多万，判了十三年。于杰是他一手教出来的徒弟，可想而知他是什么样的人了。”

吴文杰说："总结你们所说的，我得出一个印象：谭向军跟于杰一样，都是赖不拉叽的人，人品很坏，使了很多花招，手段极其恶劣，装病欺骗年轻同志，睁眼说瞎话，把我们折腾得够戗。跟他谈只是浪费口舌。在所有问题查清之前不能问任何具体的，一问，他全都封掉了。就是找到证据，白纸黑字拿给他，他也说跟他没有关系。所以，找得了证据也不用跟他说，他是一个很麻烦的人。不讲也好，我能取得什么就定什么，干脆给他来个零口供吧。"

"对，我同意杰哥的，再做一次零口供。"叶如青说。

"什么叫零口供？是没有口供吗？"甄珠不解地问。

"零口供不是没口供，而是没有犯罪嫌疑人供述其实施或参与犯罪行为的口供。通常包括两种情形：一是犯罪嫌疑人根本否认自己实施了犯罪行为。二是犯罪嫌疑人虽然供述自己的行为，但否认其主观上实施的是犯罪性质的行为。大多数零口供的嫌疑人都是第一种情形。于杰为了掩盖犯罪，把账全毁了，企图让我们无据可查，无证可取。即使我们取到证据，他也睁眼说瞎话，死不认账。谭向军会是哪种情形不好说，可能两者兼具。这人心机很深，狡猾非常，一不留神就会被他摸到底。收十万他会认一万；更有甚者，这一万元他可能还会张冠李戴，很难收拾得了他。我跟他太熟悉了，这也是我不想审他的原因。换一个新面孔，他摸不到底就会麻痹大意，漏出破绽、出错牌，比如就会被杰哥将计就计，聪明反被聪明误。"

"怎么个聪明反被聪明误，反被杰哥将计就计？"甄珠好奇地问。

"这事以后再说吧。"吴文杰笑笑。

"你以为案件发展到今天这一步，纯属偶然？那是我们杰哥谋篇布局，高人一筹在先。以其人之道还治其人之身，才让谭向军这条大鱼掉进人民战争的汪洋大海。"叶如青说道。

"行了，别涮我了。还是跟大家讲讲怎么'做'零口供吧。"吴文杰催促道。

"恭敬不如从命。'做'讲究一个谋略，我们关起门来说，也就是'引供'。引供是指引导犯罪嫌疑人按照侦查人员的意图进行供述。谭向军迄今为止，只以为我们掌握了他与张安帮有关的事。没有旁证，他便不承认。如果我们把加油站的事抛出来，可能有三种结果：一是他完全不认，二是他全认，三是认一部分。他完全不认，还好办。全认或部分不认，有从轻处理的情节，我们就麻烦了。呈捕之前发现不了其他涉嫌犯罪的事实，就这十五万，估计省院很难批准。"

"根据市法院的裁判规则，贪污受贿二十万以下如有自首、退赃等情节，可判处缓刑。鉴此，省检的侦查监督处在审查侦查部门的逮捕申请时，可能会做出不予逮捕的决定。谭向军将获得取保候审，有机会翻供串供或毁灭相关证据，最终逃避法律制裁。"吴文杰补充说道。

"大家对谭向军已比较了解，他绝不止目前我们掌握的这点问题。要查清他的事，我们需要时间；而要捕掉他，我们才能赢得时间。审讯时不能让他察觉我们的意图，只点到为止。依他的品性，是绝对不会承认的。他拒不交代本人或指使他人实施了犯罪行为，我们有证据也不出示，他就误以为检方没有证据或证据不足，将导致零口供——没有从轻情节而被批准逮捕。我说清楚了吗？”

“很清楚。”大家几乎是异口同声。

“好。专家就是专家，就按叶总说的办。待会儿我跟老张、小刘下去再会会他，当面感受一下。如仍拒供，我们合理冒险一次。不出示证据，让他以为我们没有证据或证据不足而否认在加油站的贪污行为我们就可以‘零口供’先报请拘留。有老王、小刘和我的三堂笔录，他又态度恶劣、情节严重，省院没有理由不批捕。”吴文杰说。

事态发展证明，吴文杰的判断完全正确。

四五

吴文杰在张伟强、刘敏锋的陪同下，来到一楼审讯室。“老谭，身体怎么样了？”吴文杰一进门就问。说这句话的时候，或许他自己都没意识到，内心深处泛起了对这个同为军队转业干部的一丝怜悯。当办案科长四年来，吴文杰最不愿办的就是军转干部的案。前年底查处的白山区质监局窝案，抓了几名军转干部，他心痛得元旦三天都闭门不出。

谭向军连忙扭头，见是吴文杰，脸居然红了。“吴科长，不好意思，添麻烦了。”他可是领教过吴文杰的厉害，市第三人民医院他是不想再去的了。

“老谭，我们领导百忙之中来看你，机会难得。有什么话赶紧说。”张伟强说道。

谭向军虽然阴险狡猾，但在商海混了这么多年，很会来事，见是级别高的出来审他，知道这个人可以决定生死，马上装得很老实。“谢谢领导。我不是不想讲，我一直很配合，也努力在检讨自己的问题。只是你们这些同志没有明确提示，所以讲不到点子上。而且时间太久远，我也想不起来了，有些事记得不是太清楚。请给点儿提示！我好汉做事好汉当，做了的一定承认，绝不推诿。”

“老谭你当过兵，我也是部队转业的，转业时我级别比你还高，你副团我正团，你没有什么好牛的。”“

谭向军说：“是，是，是。”

“我很少参加这种具体审讯。因为你态度太恶劣，有问题又不交代，我才下来会会你。”吴文杰先给他一个下马威。

“领导辛苦！领导辛苦！”谭向军忙不迭地说道。

“我们检察官的法律知识哪个不比你多，你还下套？给你机会又不讲实话，人品太坏不会有好结果的。我不想跟你谈太多，对你也不抱任何希望。你不愿讲，不怕，我们手上有证据。最后我们用证据来说话。”

谭向军讨好道：“我明白，我明白。我确实很想讲。我有没有问题呢，有，一定有。我经手这么多事，做过一些公司负责人。这个公司那么乱，我们又不太懂法，公司制度又不健全，钱可能会发过一些。大家有份，我肯定会有份。要是我个人搞，完全没有这个必要。我没做过公司一把手，总是二把手。老板叫我去干点儿什么，我不去办也不行。办回来的事情都是集体处理的。”

吴文杰不想听他这些狡辩。“老谭你也办过案子，政策你懂吧。都快两天了，你还在这里，说明我们有足够的证据。我们的耐心是有限的。在我们做出决定之前，你还不主动交代，后果会很严重。”

“我明白，我明白。”

“抽支烟吧。”

“谢谢。希望能有机会报答你。”

“这话就不说了。于杰的事跟你有关系吗？”

“于杰是我的老部下，去抓他还是我带的队。他出事，我负有不可推卸的责任。”谭向军差点儿说出口：他是一气之下把于杰抓回来的，事后就后悔了。因为这把火差点儿把他烧着了，任何时候想起来都后怕。现在吴文杰旧事重提，他不知其用意，小心提防着。

吴文杰当然不会说出他们想以零口供拘捕他的用意。“你当东升公司副总都分管什么？”

“分管过纪检、党群、企管部……”

“企管部管什么呢？”吴文杰打断他。

“早年我们公司有些投资参股企业，比如广南联营加油站……”

“联营加油站谁当董事长？”吴文杰又打断他的话。

“湖南方面的，好像姓谢，不常来。”

“你有没有在加油站也拿份工资，或报销过费用？”加油站的事不问不行，谭向军认不认则是他的事。至于他贪污十五万的证据，吴文杰是不会漏出丁点儿风声的。

“上级有规定，那是绝对不行的。我哪敢啊。”谭向军说得斩钉截铁。

该问的问到后，吴文杰话锋一转：“张安帮的事你还有什么补充吗？”

“张安帮咬我，我可以理解。他是胡明仁的人，我跟他不对路，他想检举立功嘛。”谭向军显得很大度，“对不起，我在背后说领导不对。”

“好了，老谭。”看他这种一问三不知的态度，吴文杰决定收尾。“有些话我还是要跟你说说。”

“洗耳恭听。”

“贿赂案的办理，很多时候靠口供。一对一的行贿，你不认我们也定不了你。贪污、挪用、私分公款案则不同，一个人做不来，需要其他人参与，有时候还是一个巨大的工程。关键是都离不开账。人在做，天在看。行贿受贿也不可能永远做到一对一，贪污、挪用、私分公款也不可能不留下蛛丝马迹。你们公司制度有漏洞、管理有死角，你要钻也不可能不留下痕迹。有些事你一个人也做不了，并非和你有关的人都跟你一条心。你要一条道走到黑，别人可不想走。你的心理我们也清楚：想交代，又怕交代了我们没掌握的。你这种态度没人会提示你，决心还要你自己下，时间不多了。”看到谭向军聚精会神地听，吴文杰突然于心不忍："每个人的命运都掌握在自己手中。望好自为之。"他劝了他一句。

谭向军也由衷地说："谢谢领导的良苦用心，我要不知进退也太不懂事了。处长讲的都是大实话。看得出你在给我机会，只是我现在还想不起来。"停了一下，像是要让吴文杰好交差似的说道，"我们公司有些事情的处理还不太正规，我有责任。大家有的，我肯定也有，我也不是不食人间烟火。逢年过节下属的一些礼尚往来、烟酒、红包、购物卡之类的我也会收，没什么大数，累计起来几万元还是有的。我会好好回忆一下，想起来了我就把它写下来。"

"这些事就不要讲了，你绝不止几万元逢年过节这么简单。你的工作经历我们很清楚，知道你负责什么，又做过些什么。"

"我们的确做了不少事情，企业当时改制啊，重组啊，是乱了一些。到底哪一块违法，请科长给提示一下。"谭向军好像在深刻检讨。

"你把你分管公司的事好好讲一下！你们怎么做的？搞了多少钱走？你得了多少好处？整个经营过程是怎样的？"

一听到这样问，他马上缩了回去。"时间这么久了，我要好好想想。"

"现在这楼上楼下很多跟你有关的人都在接受调查，有的说完走了。何去何从，看你自己了。"

"由于历史原因，我得罪了不少人。有些人落井下石，还请领导明察。"

"我们办案，一切以事实为依据，既要收集有罪证据，也会收集无罪证据，不会冤枉好人的。你还有什么要说的吗？"

谭向军表决心似的说："我一定认真考虑科长的话，好好想一想，想起来了我会讲的。"

"明早 6 点之前想起来了，你就叫法警打电话找我；想不起来，6 点以后打报告拘留你。如果主动交代，还有可能重新处理。"

第二天早上 6 点钟，法警打吴文杰办公室电话，说谭向军要见他。"吴科长，你给我布置的这些作业，昨晚我好好想了，觉得我个人没什么问题。"

"没问题，你叫我干什么？"

谭向军庄重地说："态度一定要端正。因为你叫我 6 点钟之前要有说法。你要有具体事情提示我，想得起来我一定会认的。"

"你态度端正？"吴文杰觉得谭向军可笑。

"你批评得很对，我确实平时工作作风不是很严谨，经手的事情也有很多漏洞，以至于被手下趁机钻了空子。比如说张安帮和肖江河，居然贪污公款这么多，具体数额我不太清楚，你们把他抓来我听说了。这是我管理不善造成的。我还签了字让他们去报账，我负有领导责任，"

"这里面你有没有问题？他们报账贪污公款，有没有给你送钱？"吴文杰问道。

"没有，没有。你别听他们乱讲。他们报的账都是他们的事，我做领导的肯定要批，我的责任就是把关不严。但这些东西没有给过我。”

“老谭，你真是给脸不要脸。行了，你就到看守所去好好反省吧！”吴文杰对他彻底失望了。“你也革命了几十年，我不想你的余生都在铁窗里度过。我最后提醒你，有首歌在我们这没得唱——打死不认的回家过年了，举手投降的进去坐牢了。你好自为之吧！”

四六

谭向军才不信吴文杰说的，在于杰案里，他不就是“打死不认回家过年了”。但这一次能不能像几年前的于杰案一样侥幸逃脱，他心里也真没底。这个对手吴文杰看似绵却藏针，跟以前的检察官太不一样了。

然而，他还是决定搏一搏。有句话不是说：搏一搏，单车变摩托！他相信和他一条船的人绝不会见死不救，就像当年他们救于杰一样。否则，于杰绝不会大事化小，也不会一个人顶包，让他们逍遥这么多年。

当年对于杰说的话，他还历历在目：“你只有顶住了，别把我拖进去，我才能在外面营救你。即便不能保你安然无恙，起码也能让你获得最轻处罚。”他兑现了承诺。此时，他也多希望亲耳听到那个人给他同样承诺。没想到这一搏，后果却是很严重！他不仅听不到同样承诺，还自掘坟墓。那个人救是救了，但像矛和盾一样，无论矛怎样锋利，却刺不穿坚硬的盾牌。

就在吴文杰审谭向军的时候，高得意接到省检反贪局侦查指挥中心陈玉胜主任的电话：“高处，有领导问谭向军的案子有没有进展？能不能取保？”

陈主任是高得意的老友，资历深，为人正直，处事得体，在检察系统的威望很高。谭向军等人的立案请示首先要报到省检侦查指挥中心，陈主任掌握谭向军涉嫌犯罪的数额，但还在问进展。显然是高层有人在以数额小为由，想把谭向军保出去。谭的老婆、孩子都在国外，属于裸官，又有护照。如果取保，很有可能逃之夭夭，一去不复返。担心归担心，但不能成为不予取保的理由。高得意只好实话实说。“陈主任，谭向军的问题很大。我们初步查明他涉嫌贪污十五万，数额小是小点，但立案足够了。关键是他零口供，没有从轻处理的情节，没办法给他取保啊。放了他，法理不容。”处长就是处长，水平就是高。中国的职务犯罪不是讲数额，而是讲情节。零口供属于情节恶劣，当然不能取保。

“明白了。老高啊，这样的话，我就不说什么了。领导那儿我会应付的。作为老友，我要提醒你一句，有领导过问的案件要高度重视，最好能做到双保险。”双保险的意思是指除了加油站的十五万，还要再查证他至少一单犯罪事实。

“放心，我们一定做到，决不辜负你老人家的信任！”

高得意是个敢担当也能担当的人，对吴文杰他有足够信心。但陈主任的话仍像巨石压在了心上，何时才能搬开，全看吴文杰努力了。他一个电话打给吴文杰，叫他和叶如青马上到办公室来一趟。还在研究案情的吴文杰和叶如青不知发生了什么大事，应声奔去。

“刚才省检侦查指挥中心的陈主任打来电话，说有领导过问谭向军的案情，十五万太少了，能不能取保？”

“动作真快。我们刚想以零口供拘留谭向军，就有人去省检活动。这个老领导会是谁？”叶如青问道。

“肯定是洪六哥。他在南方公司当纪委副书记、书记近二十年，在省、市纪委和政法系统资历、影响都很大，手中握有不少高官的把柄。”吴文杰说。

“这人我没接触过，能量真有这么大？”高得意说。

“我接触过。”叶如青说道。“2004年于杰案涉案金额巨大，涉及的人也多。南方公司纪委与检察机关合作办案，洪六哥却指定于杰的直接领导谭向军来协助办案，结果办了个零口供，贪污变挪用，还由南州市移交于杰所在的茂林市处理。开始我还以为这是谭向军捣鬼和运作的结果。”

“谭向军哪有那么大能量，两千多万在南州审至少要判死缓。通常浮在台面上的人只是棋子，都不是最终操盘手。”吴文杰说。

“先不论这个洪六哥吧。现在陈主任说，有领导过问的案件至少要做到双保险。你们必须再查清一桩谭向军的犯罪事实。能不能做到？”高得意提高了音调。

“处长都这样说了，肯定要做到。”吴文杰说。

“那好吧，赶快回去想办法。”高得意说道。他茶也不请大家喝了，甚至烟都忘了给吴文杰发一支，只希望他们尽快搬掉陈玉胜压在他心上的巨石。

就在吴文杰不知如何双保险时，郭胜打来了电话。郭胜生性胆小，打蛇不死怕蛇咬，担心举报不能将谭向军绳之以法，将来会被打击报复，焦急知道案件进展。吴文杰不想瞒他，说加油站的事已查实，但对于省里的正处级干部来说，十几万的分量稍微轻了些。他还问他知不知道谭向军的其他事，道听途说也行，准不准确都无所谓，检察机关自会核实，绝不冤枉他。

郭胜迟疑一下，小声说道：“听说老谭包养了一个二奶，前段时间还给他生了一个孩子。”

吴文杰一听有戏。即便不论包养费，奶粉钱总要给的吧。这种事绝不会空穴来风。“电话里不说了，你赶紧过来一趟。”

出于职业习惯，自从谭向军进入视野后，吴文杰就产生过疑问：谭向军一个裸官，八小时以外怎么过？他一个好酒之人，喝完酒后回到家，会不会有人照顾？现在终于有了答案。吴文杰跟叶如青交代了几句，就叫上张伟强，开着私家车在检察院后门接上郭胜。驶入地下车库后，乘电梯上到警务区二楼证人室。对证人，检察院都有责任保护。

在证人室坐下后，郭胜说他在联营公司原来有一好友叫朱明，是财务人员，2008年底辞了职。朱明辞职前与他喝了一次酒，透露说去年春节前谷总叫他办了一张五十万元的卡给谭向军。据谷总说，钱是谭向他索要的。他很不高兴，当着朱明的面骂他搞大了肚子，还叫人买单，亏他开得了口！

“什么钱？”

“听说是打胎费。”

“这个信息很重要。”吴文杰说，“还能不能联系朱明？”

“联系不上了。我打过他电话，换了手机。听说去了外地。”

“朱明成家了吗？南州有没有亲戚？”

“朱明三十六七岁，单身，山西人。在南州没听说有亲戚。”

“他是哪个大学毕业的？”

“中南财大。”

“这事可能要你操操心，看能不能通过加油站要好的同事悄悄找找他。我们也想想办法。朱明很关键。”

郭胜说：“好吧。”

“这事你怎么看？”送走郭胜后，吴文杰问张伟强。

“这种事不会空穴来风，可信度比较高。关键是要找到朱明。”张伟强说，“要不要把谷总叫过来审一审？”

“不行。这条线索太宝贵了。一旦被察觉，可能就发挥不了作用。”吴文杰摇摇头，“而且账面上肯定看不出来。”

“这事交给我吧，工程量有点儿大。我先把联营公司的社保信息调出来，弄清朱明的身份证号再说。”

几天后，郭胜陪同朱明，与吴文杰、张伟强在二沙岛的茶馆见面。显然，郭胜做通了朱明的工作，再加上谈话环境比较轻松，朱明直言不讳：“东升公司原有块三角地，在南州市和西海市交界处，交通很方便。2004 年谭向军负责资产处置，将地卖给了谷总。谷总用那块地与人合伙建了私营加油站，收益还不错。”

吴文杰问：“收益不错，你为什么还要离开？”

朱明说：“谷总既是国营企业老总，也是私营公司老总，公私不分。我兼做两边的账，怕出事，早就想走了。但效益不错，有点儿舍不得，就一拖再拖。2007 年底谷总让我从西海加油站给谭向军转了五十万，我才决心离开。谭向军虽然很少到这边来，但他们私下关系还是很好的。具体的你要找谷总了解。”

吴文杰问：“那五十万是如何做账的？”

朱明说：“做在西海加油站的应付款科目上。”

“在哪儿开的卡？”

“建设银行。”

“以什么名义开的？”

“谷总给的账号。”

“既是谷总给的账号，你又怎么知道钱是给谭向军的？”

“我要做账，当时钱要得很急，就问谷总这钱给谁？谷总可能气坏了，当着我的面骂道：‘还能给谁？老谭这个王八蛋，搞大了别人肚子，还叫我买单！亏他开得了口?!’”

“离开联营公司后，你和谷总还有没有联系？”

“没了。离开公司我就换了手机号码，他想找我也找不到。”

四七

再与谷军峰见面是在检察院的讯问室。

路上，吴文杰通知谷军峰立即赶到检察院。谷军峰有些紧张，问：“能不能像上次那样，在我公司谈。”

吴文杰说：“有些材料需要你看一下，辛苦一趟吧！”

张伟强将谷军峰带到警务区。一进警务区，高大的法警就将谷军峰的随身物品收走，让他脱下裤腰带、皮鞋，摘下手表、戒指等饰物，和随身物品一起放入储物柜。法警随后将穿上拖鞋的谷军峰带入讯问室，让其坐在审讯椅上，翻过木板一卡，“啪”的一声就给谷军峰一个下马威。谷军峰哪儿见过这阵势，差点儿一口气喘不过来。

接到张伟强的电话后，吴文杰有意半小时后才下来。“谭向军那五十万元是怎么回事，老实交代！稍有隐瞒，对你不客气！”吴文杰直奔主题，厉声问道，“这件事可大可小！”

谷军峰连说：“明白，明白。”他知道这次可跟加油站时的谈话不一样了，不能采取拖延战术了。“谭向军爱喝酒，老婆又不在身边，经常泡夜总会。两年前一天晚饭后，我和他去国会夜总会卡拉OK，把我相识的两个坐台小姐刘芳、刘丽姐妹叫来陪他，他玩得很开心。以后，谭向军就常去，且都是叫刘氏姐妹陪他。忽然有一天，谭向军跟我说刘丽怀了他的孩子，想叫她打掉，她不肯，跑回四川老家把孩子生了下来。回来后逼谭向军给安家费，否则就告到他单位去。老谭没办法，就让我准备一张五十万的卡，说是刘丽在东禺市买房子急用。以后谭向军每个月都给刘丽生活费，刘丽也就较少出来坐台了。”

“刘丽住哪个小区？”

“估计是怡景新村，我送过老谭一次。”

“这五十万是怎么给的？”

“老谭想要现金，我一下拿不出来，就让公司财务在建行开了张卡，从西海加油站我个人公司的账上转到卡里，然后把卡交给老谭。”

“你公司财务叫什么？”

“朱明。”

“银行卡密码？”

“六个〇。”

常淡云和甄珠很容易就在建行查到了这张卡：以谷军峰名义开的，开户时存进五十万元，余额尚有近十万元。银行流水单显示，去年 1 月下旬卡上有一笔约三十五万元的消费。银行凭证显示，三十五万元资金的去向是东禺市怡景新村。

常淡云和甄珠在东禺市房管局调取了刘丽位于怡景新村的房产资料，发现这是一套两室一厅七十多平方米的小房子，产权人是邓丽花，付款用的正是谷军峰的这张卡。在怡景新村查到，住户登记的是刘丽的姐姐刘芳和邓丽花，刘、邓两人是母女关系。

根据对谭向军的了解，吴文杰分析，让他承认收了谷军峰五十万的卡几乎不可能。而这房是刘丽的命根子，没有确凿证据，她也不会承认用了谭向军给的钱。只有拿到这张卡，一切才迎刃而解。问题是如何找到这张卡。刘丽不住怡景新村，她住在哪儿？问谭向军无异于与虎谋皮。问刘芳和邓丽花，结果肯定不得而知。夜场小姐流动性很大，吴文杰就这点儿人手，要找到刘丽可不是件简单的事。一筹莫展之际，吴文杰打开手机，在“联系人”里一个个往下看……老 A！他眼前一亮！老 A 是他在部队情报部门工作时的一个关系，多年来一直单线联系，曾在香港和澳门回归期间发挥过重要作用。他在南州开了近二十年的夜总会，黑白两道都熟，让他找个夜总会小姐有的是办法。

吴文杰约老 A 在老地方见面，说：“碰到难题了，请老兄帮帮忙。”

老 A 说：“你转业这几年，按规矩我们一直未见面，但我知道你干得不错，也挺不容易。你的能力我清楚，你找我肯定是被什么事卡住了。凭我俩十几年的交情，你尽管开口，能办的我一定办。”

吴文杰说：“我现在的身份和工作性质不一样了，有些手段也不能用了。请你帮忙，也没办法给你经费。”

老 A 说：“别说这些。究竟什么事？”

吴文杰拿出写有刘丽字样的照片和写有谷军峰银行卡号的纸片递给老 A，说：“我想确认这张卡在不在这个女人身上。她原是国会夜总会的小姐，现被人包养，有一张尾数为 4267 的建行卡。不管你用什么办法，哪怕是偷，也要给我找到！”

老 A 说：“南州市跟国会同档次的夜总会没几家，小姐跳来跳去也在这几家，低档的不会去。就算她回到老家，也会在成都、重庆跟国会同级别的夜总会做。放心吧，人我一定找得到。只是找到这张卡可能有点儿难度。你知道的，夜总会的小姐出门也就带个一二百块打的钱，身份证和银行卡不会带的。我想想办法吧。”

“我就知道难不住你。但有一点我要提醒你，不能违法。”

“放心吧，我还能砸你的饭碗？你什么也没说，是我自己的事，她欠我钱。”

“谢谢。改天再请你吃饭。”

“择日不如撞日。到了检察院，连饭也不吃了？”老 A 有点儿不爽，“我们多久没见了！你不请我，我请你总行吧？”

“今天真不行，我一大摊事，忙得晕头转向。改天我自罚三杯。”

“好，先记着。等我消息吧。”

吴文杰回到办公室，正是午饭时间。他在，大家一般都在他办公室吃；他不在，就一定在会议室吃。来到会议室，张伟强、刘敏锋、叶如青、甄珠正拿着他的辣椒大快朵颐。“嗨，给我留点儿!”他说道。

“别着急！吃完我那里还有。”叶如青说道。

“叶嫂嫂给他寄来了叶科妈妈做的湖南剁辣椒，明天就可以收到了。”甄珠说，“要是水果就好了。”

“上次你不刚帮叶科取回一箱吗？叶科没吃几个，全给你吃了。”刘敏锋揶揄道。

“你怎么跟我说话都像吃了枪子，跟你女朋友说话就像吃了蜜糖。”甄珠挥起手臂，又想朝刘敏锋打去。

“你俩真是不是冤家不聚头。别闹了，谈点儿正事!”张伟强说道，“杰哥，谭向军那五十万的证据有点儿眉目了吧。”

“已托人去找刘丽那张卡了，过几天就有消息。吃完饭你再去审一下张安帮，看还能不能挖出些谭向军的东西。”

“处长这双保险，必须加紧完成！坐实谭向军，让这狡猾的狐狸没有翻身机会。”叶如青说道。

这时，吴文杰电话响了。他看了下号码，示意大家安静。“吴科长，你放出去的办公室主任肖江河找了张安帮的师傅区水一起打我。区水还扬言，以后见我一次打一次，看我还敢不敢举报。区水手下有几十号人，要收拾我也就一句话的事。说不定哪天就能把我给打死了。我惹不起，只好向你求救了。你想办法救救我吧，吴科长!”

吴文杰赶紧问：“怎么样？要不要紧？去医院看了没有?”

得知冯小民无大碍后，吴文杰深表歉意：“对不起，冯小民！我疏忽了，责任在我。肖江河和区水太嚣张了，我来处理。我保证，这种事再不会发生了!”冯小民、李劲勇举报张安帮、肖江河，导致胡明仁、谭向军、林小铁被查处，在东升公司已是人尽皆知。清除了企业蛀虫，大多数员工拍手叫好，但少数既得利益者，比如每月获得张安帮社保补助金的区水却咬牙切齿，取保后的肖江河也对他们恨之入骨。冯、李随时面临明枪暗箭的打击报复，这一点吴文杰确实疏忽了。他放下电话，立即致电郑刚：“老郑，冯小民、李劲勇被肖江河和区水殴打的事你听说了没有?”

“知道了。肖江河取保后不知悔改，还伙同区水对举报人打击报复，是错上加错，一定要严惩。公司上午已召开员工大会，表彰一批爱岗敬业的优秀员工，其中包括冯小民和李劲勇，并宣布了对肖江河、区水的处理决定。我还想会后向你报告的。昨天上午得知胡明仁、谭向军、林小铁被检察院带走后，南方资产管理公司立即召开董事会，委派企管部总经理赵玉强赴东升公司主持工作，全权处理一切事宜。赵董下午到位后马上向我了解了有关情况，接着找肖江河谈了话，宣布撤销他的物业公司办公室主任职务，扣发年度奖金。”郑刚一口气说道，语气很是气愤。

“肖江河我们来通知。下午2点，麻烦你亲自带区水到检察院来一趟。这两个家伙藐视法律，不给点儿颜色看看不行!”吴文杰说道。

“好，就这么办!”

“肖江河和区水居然敢打冯小民，真是无法无天！我要好好教训他们。”张伟强饭也不吃了，把筷子一撂说道。

叶如青也是气极了："肖江河的电话我来打。"

肖江河电话关机，叶如青打给他老婆："我是南州市检察院的叶检察官。肖江河取保候审，在外还敢打人，是不是想去看守所？你通知他下午 2 点到检察院来一趟，把事情说清楚。再这样，就送他进看守所。"

肖江河的老婆一听吓个半死："对不起，叶检察官！你别生气，肖江河太不争气了！还敢这样做，真是不应该！求您高抬贵手，再给他一次机会！他绝不敢乱来了。我马上找到他。我快生孩子了，请千万别拘留他！"肖江河的老婆在南州驻香港的设计公司工作，香港居民或在香港工作的人法律意识都比较强。

下午 2 点，肖江河一到检察院，直接跪在地上，声泪俱下："吴科长，我知错了！请千万别拘我！你们一拘我，老婆肯定离婚！求求你们了！"

"你买发票回来报假账，我定你共同贪污，你一定死！现在给你取保候审，你还敢打人？再打举报人，马上送你去看守所。"

肖江河给吴文杰吓得声音都打战了："吴科长，我再也不敢了！我只是冲动了，气愤了，看那个保安怎么都不顺眼，就说了他几句。没想到最后动起手来，就找人把他打了一顿。今后我再也不敢了。请你们高抬贵手！我那些事都是听领导安排的，请你们放我一马。"

张伟强眼睛一瞪："放你一马，你个戴罪之身还不知珍惜！说吧，打人是谁的主意？"

"区水。"肖江河轻声回答。

"胡说！你骗三岁小孩呢！你是领导，会听他的！"张伟强不信。

"真是他！他手下有几十号人，敢打。"

"你们真是无法无天！不收拾你，法理不容！"张伟强把桌子一拍，骂道。

"别，别。您大人大量，我给您磕头！"肖江河把头往地板上敲去。

"你磕头也没用。领导说了，你这种行为一定要严惩！"

"求您了！给我一次戴罪立功的机会吧！"有了前几天的经历，肖江河知道检举立功可从轻处理。

"立什么功？真能将功补过，或许我能为你求求情。"张伟强说道。

肖江河像捞到了救命稻草："我想起了财务部长潘枝的一些事。"

"她有什么事？"吴文杰眼睛一亮。

"她通过林小铁叫我帮她处理过一些费用。"

"要讲就讲，别吞吞吐吐的。"张伟强呵斥道。

"在我经手的办公费中，有几万报出来后给了她。"

"有什么问题吗？"吴文杰问道。

"我和她没有工作关系，她却叫我报账，一看就知道是套钱。她给我发票，我以物业分公司名义为她报账，给她钱，当然有问题。"

“这事张安帮知道吗？”吴文杰又问。

“知道。张安帮不签字，我哪里报得了。”

“账上能找出来吗？”

“可以。”

“找不出来是什么后果，知道吗？”张伟强训道。

“知道。新账旧账一起算。”

“知道就好。起来吧，坐到凳子上。”

张伟强打电话叫甄珠把肖江河经办的财务资料复印件送下来。肖江河急于出去，只用了半小时就找到了潘枝叫他套取的三笔共六万二千多元的发票：第一笔，2007 年 1 月 7 日，物业分公司购买节能灯两万八千元；第二笔，2007 年 1 月 15 日，物业分公司购买食品五千七百五十元；第三笔，2007 年 4 月 3 日，物业分公司购买办公用品两万九千四百元。

“第一笔两万八千元是我找的发票；后两笔是潘枝提供的发票。她当时还没有当公司财务部长，只是在越银房地产分公司做财务经理。”肖江河解释道。

少是少了点，但传潘枝足够了。吴文杰想起那天晚上带肖江河回公司取笔记本时，潘枝也回公司搬了几个纸箱下来，她在销毁凭证和证据？他没往下想，心思还在谭向军身上，希望还能挖出他更多贪污事实。

“就这点儿事啊！”张伟强有点儿不屑，“还有补充吗？检察院可不是你想来就来、想走就走的，你可要想清楚了。你讲的情况我们自会核实，不准确也不会怪你。”放肖江河之前，张伟强又强调了一下。

肖江河犹豫了一下，吞吞吐吐道：“有一个情况不知道准不准，听张安帮说的。好像胡明仁他们在策划收购北部山区他们老家的小水电站，有段时间张安帮老往流石跑。据说可行性报告南方公司已通过，投资额还不小。”

因为是胡明仁的事，吴文杰和张伟强都没太在意。“知道了。以后再听说什么随时报告，对你有好处。看在你老婆大肚子的分上，我做主了，今天就放你一马。再写份保证书，你就先回去吧。记住二十四小时开机，随传随到。”张伟强说道。

郑刚在把张安帮的师傅区水送到检察院前，先把他叫到办公室训斥了一番。常年被排挤打压的郑刚自被检察院指定为案件联系人后，在东升公司的地位一下子变得举足轻重起来，办公室由门可罗雀变成门庭若市，请示工作的、探听消息的、巴结讨好的络绎不绝。一不留意，办公桌上还会冒出些茶叶、香烟等物，甚至还有购物卡。好在郑刚不是得志小人，不会趁机报复，只是腰杆挺得更直，说话底气更足了些。他是淡泊之人，一旦发现来路不明物品，统统用手机拍照后装入纸箱、上缴南方公司纪委。“区水，不想干了？张安帮等人涉嫌犯罪，关你什么事？你还敢打人！知道是什么后果吗？”

“冯小民是个告密小人，诬陷好人。我打他都是轻的，是伸张正义。”区水强词夺理。

“你还敢狡辩?! 你干的那些事别人不清楚，我还不清楚?!”郑刚大吼他一句。区水不吭声了他才说，“我刚才接到检察院通知，让我下午两点陪你过去，看看怎么处理你。”

区水一听之下，吓坏了。且不说虚开发票报材料款，单是检察院让他把张安帮从小金库特批给他的每月八百元、三年共两万八千八百元社保补助金吐出来他都受不了，连忙向郑刚求情：“老郑，你是好人。求你帮帮我。我要出事，家就完了。老婆没有工作，全家都靠我啊。”区水哀求道，刚才的理直气壮全没有了。

“知道就好，你要认识到错误的严重性。等下我送你去检察院，当面给你求求情，看看管不管用。”

“一定管用。谢谢，谢谢!”区水差点儿要给郑刚跪下了。

吴文杰不想战线拉得太长，只想教训一下区水以儆效尤，震慑与胡明仁、谭向军、林小铁、张安帮等有关联的人以间接保护举报人。再说，张安帮通过区水虚开发票、套取现金，也要找区水做份笔录。教训区水的事，他交给王木林和丛志天。吓唬人，这二老最擅长。

王木林桌子一拍，区水就吓得发抖。他的确怕检察院向东升公司发出《检察建议》。如此的话，他将饭碗不保。丛志天再在旁边一哄，倒也很快达到了预期目的。王木林和丛志天给区水做完笔录，让他写了保证书，就打电话向吴文杰汇报。

吴文杰好好表扬了他们一番。心想，尺有所短，寸有所长。以后是不是也该给他俩压压担子了。“先别放人，我下来一下。”吴文杰吩咐道。

进入审讯室，看到头发斑白、背微驼的区水，吴文杰突然生出一丝恻隐之心。

“这是我们领导。”丛志天向区水介绍道。

“领导好。”区水不敢直视吴文杰，怯怯地说道。

“你也存在报假账：负责材料采购，一万报三万；有时根本没买就去报账。这些我们都没找你，你还敢帮肖江河打冯小民，是不是也想进看守所。”

“我错了，领导。再也不敢了，求你们放过我。”区水眼泪汪汪道。

“鉴于你和肖江河认错态度好，打人一事我们就不深究了……”

“谢谢领导，谢谢领导。”吴文杰话未说完，就被区水打断。

“回去后要好好工作，下不为例。如有重犯，严惩不贷!”

“一定！一定!”

“张安帮是回不去了。你们这帮流石的农民工，谁能做主?”

“他们都听我的。”

“好。考虑到你们从大山里出来不容易。我会建议你们公司，如有可能尽量留用，毕竟东升大厦的维护工作总要有人做。”

“谢谢领导，谢谢领导。”区水眼泪流了出来，最担心的就是张安帮出事后他们这帮农民工要被清退。

“但有一条，不能做违法乱纪的事。否则……”

“没有否则。”

“好，记住你的保证。”吴文杰加重语气。然后，转身对丛志天说，“送他和老郑回去吧。”

四八

吴文杰独自去审胡明仁。因为胡明仁、林小铁、邱阳等人骗领住房补贴的事是谭向军指使的，他很想由些查出谭向军另外的犯罪事实。高得意处长说的“一定要对谭向军做到双保险”，他言犹在耳。

“你2004年调到东升公司时有没有领过住房补贴。”

大多数像胡明仁这种垮掉的嫌疑人为争取获得从轻、从宽处理，对审讯人员基本上问什么讲什么。“领过。”

“那你在流石矿务局时分过房没有？”

“分过。”

“有没有办产权证？”

“有。”

“产权证在哪儿？”

“应该在家里。”

“你调到南州后，分的那套房子是如何处理的？”

“出租了。”

“流石过来的人还有谁和你情况一样？”

“林小铁和邱阳。”

“他俩是不是也都领了住房补贴？”

“是。”

“你们三人都领了多少住房补贴？”

“我二十四万，林小铁十六万，邱阳十四万。”

“你们几个领住房补贴符不符合有关规定？”吴文杰从部队到地方，按规定享有住房补贴，但对有关规定从未研究过。他相信单位房管部门，给就要，不给也不想，从不关心个人得失。正是由于不关心，单位干部处连续三次加工资（两年一次）把他漏掉，他都不知道。后来偶然发现了，他也没有责怪办事员，觉得她只是工作疏忽罢了，并不是有意要损害干警的切身利益，工资补齐就行了。换了别人，向政治部领导或院领导告上一状，她就可能换岗。结果，把那位女同志感动得一塌糊涂，逢人便说吴文杰大气，够意思，体谅人。

胡明仁之流就不一样了，自己有贪念，还把责任推给别人。“我不是很清楚。这事由谭副总负责，他分管财务。”

“老胡，不会讲假话就不要讲。你单位一把手、财务一支笔，公司万元以上的开支必须经你批准，你会不清楚有关规定？”胡明仁无言以对。吴文杰继续问：“2002年你从流石矿务局调到省煤炭厅任副厅长时，有没有领住房补贴？”

“没有。”

“为什么没有？”胡明仁不吱声。“是厅里没发还是你不符合条件？”见他还是不作声，吴文杰不想逼他。胡明仁贪污公款的主观故意已经很清楚了，最终定罪靠的是证据。“好了，你能不能领取住房补贴，你我都心知肚明。还是如实讲讲事情的经过吧，对你的处理会有帮助。”

“我上任后不久，谭向军跟我说，公司还有一百多万，是前任留下来的，专门用来发放住房补贴。当时，流石的房子一千多一平方米，南州的却要七八千，山区来的大多买不起。我家里又确实不宽裕，来南州几年了，还借住在煤炭厅宿舍。老谭说由他来操作不会有问题，但我觉得还是不妥，一开始没同意。后来，林小铁和邱阳都来找我，说除了我们这些外地调来的，公司员工都领过住房补贴，我的心态有点儿不平衡了，就没再反对。之后老谭又让我们三个人提供流石矿务局证明，证明我们在原单位没有分过住房。这种弄虚作假的事我从未干过，有些害怕。老谭又保证说只要我们不说，没人会去查，大家不会知道的。我把老谭的建议去与林小铁和邱阳商量，他俩说听我的。不久，老谭提议班子成员开会，专门研究我们三人的住房补贴问题。因为跟我有关，班子成员自然一致同意。补贴标准参照公司同级别干部：我二十四万，林小铁十六万，邱阳十四万。”说完，胡明仁又补充道，“我愿意把钱退出来。”

吴文杰不知道胡明仁是否清楚，他们三人的行为已涉嫌贪污公款，并非退钱就不追究责任那么简单了。案发后退赃改变不了性质，只是具备从轻处理的情节。但他不想点透，免得增加他的心理压力，影响自己查明事实。“证明是谁去开的？”

“不记得了，不是林小铁就是邱阳。后面的事我都没管，也没给流石打过招呼。”

“还有什么要说的？”

“我想向领导求个情。邱阳也是我从流石调过来接替林小铁担任总经理助理的，专门负责煤炭业务。目前公司还有六千多万债务没有要回来，邱阳进来了，别人接不上手，债就要不回来了。那样的话，公司会垮掉。”

“邱阳的情况我们清楚，处理时会慎重考虑。你还是多操心操心自己吧。”

吴文杰并没能从胡明仁等人领取住房补贴的事中发现谭向军其他犯罪事实，却让他思考：谭向军为什么要给胡明仁出这个馊主意？从结果上看，谭向军设计的住房补贴最终害了胡明仁等人，但他与胡明仁无冤无仇，没理由设局害他。“设局”这个词一跳进脑海，吴心头就猛地一亮。如果是设局，就解释得通了。谭向军以此为诱饵拉胡明仁下水，进而以之为把柄控制胡明仁和“煤炭帮”。果真如此，谭向军的心机就太深了……吴文杰不敢再想下去。

胡明仁、谭向军、林小铁立案拘留的请示送省检察院四天后，终于批了下来。法警给胡明仁和林小铁戴上手铐，先后押入一台分隔成两个车厢的警用面包车，由张伟强和刘敏锋押送市第三看守所。办完交接手续，看守所干警打开铁门、准备将林小铁带入监区时，林小铁转身看了一眼不远处蹲着的胡明仁，突然跪下去号啕大哭：“大哥，对不起！是我害了你！”给胡明仁磕了三个响头。胡明仁也不说话，扭过头去背对林小铁，刷地流下了眼泪……这一幕，让张伟强和刘敏锋都唏嘘不已。表面看，是张安帮案发牵出了胡明仁和林小铁等人，实际上，这些历尽艰辛进城的山里人望着林立的高楼、憧憬脱贫致富的那一刻就走上了不归路。

谭向军的《拘留决定书》是由王木林、丛志天出示的。他很愕然：“你们凭什么拘留我？我没有什么犯罪事实！”

王木林双眼一瞪：“问我？你做的事，自己最清楚！”然后，交代法警，“铐上，带走！”

谭向军当然不明白，检察院是以零口供拘留他的。他以为办过案、咨询过战友张政委当律师的女儿、受益于杰减轻处罚的经验，还有老领导在外面捞他，只要不开口就会安然无恙。但他的如意算盘这回打错了。无奈地被法警带走，他心里却还在酝酿脱身之法。外面那些人应该发起拯救了吧？力度怎么那么微小呢？

四九

将胡明仁、谭向军、林小铁送到看守所后，每位参与行动的干警都很有成就感，吴文杰也松了一口气。他对科里人说：“这段时间大家都很辛苦，领导也很满意。后续工作不是很急，可以过几天再处理，这三人的报捕文书也是四天后才送省检侦监处。各位把手头工作梳理一下。我请大家喝两杯，好好庆祝一下！然后，大家都回家休息吧。没有什么事，这几天就不用来上班了。”

吴文杰所说的后续工作，是指涉及东升公司纪委书记伍立志、总经理助理邱阳、财务部长潘枝的事。胡明仁、谭向军、林小铁拘留后，东升公司五名班子成员只剩下纪委书记伍立志和办公室主任夏新成。出于对东升公司经营发展的整体考虑，吴文杰暂时不想立即处理伍立志、邱阳和潘枝。个人物品和工作资料收拾得差不多，吴文杰正准备和叶如青去开车吃饭，张伟强急冲冲走了进来。“老张，什么事这么急？”见到张伟强这样子，他好生奇怪。

“你打开电脑看看！老王调机关服务中心去了，从公诉处调来个小陆。”

“我怎么不知道？”吴文杰急忙把刚关的电脑打开，果然看到干部处的通知。“糟糕，这个时候换人可不好！你们等等我，我去一下处长那里。”他在心里暗暗叫苦。

“高处，怎么这时候调整王木林？”吴文杰问。

“三年前我刚来时，你不就想调他走吗？”高得意说，“况且，给你补充新生力量不是更好吗？”

“好是好，但现在不是时候。”

“人事调整是院党组决定的。调令已下，无法更改。”

“为什么不提前跟我说一声？”吴文杰有点儿责怪道。

“你忙得晕头转向的，怎么说？况且，这样也会动摇军心。这个时候知道最好，案件已告一段落，大家都能冷静接受。”

“目前正是案件的关键阶段，我担心老王会闹事，影响工作。”吴文杰有点儿焦虑。

“你没事吧？”高得意故意激一下他。

“我能有什么事？”

“没事就好。尽快安排好老王的工作交接吧。”

吴文杰回到办公室，向张伟强、叶如青摊开双手：“没辙了，院党组决定的事无法更改。先吃饭吧！甄珠，通知公诉处的陆明春今晚一起吃饭吧！他刚调进我们科。”吴文杰想借此送老迎新。

可是，得知调动消息的王木林却没有来。“今天本想送老迎新，但老王没来。我们共同喝一杯，欢迎小陆！”吴文杰提议道。

“谢谢大家。”陆明春一杯酒下肚后说道，“早听说三科是个优秀团队。我有幸能来，还请各位前辈多多关照。”

“不用客气。大家能在一起就是缘分。公诉也有很多优秀的东西值得我们学习。大家共同努力把科里工作搞好！”吴文杰说道。

丛志天、常淡云喝了几杯就说家中有事，陆续离开了。近期，丛志天老婆身体不好，常淡云忙于筹备婚事，大家也没怎么在意。但实际上，两人是赶到体育西路一餐厅与王木林喝酒去了。“妈的，把我赶走，还假惺惺地请我吃饭，我让他好看！”见到丛志天和常淡云，王木林恶狠狠地说道。

“老王，你也年过五十了，在三科整天加班加点的，去服务中心轻闲点儿也不是坏事。”丛志天劝道。

“老丛，你懂个屁！咱们三个在科里一直被边缘化，重要的工作既不让我们知道，也不让我们插手，更不会让我们仨去干。我早就看不惯了。现在他们终于把我调走了；接下来就轮到你俩了。当心点！”王木林说道。

常淡云默不作声。

“老丛，去年中秋前吴文杰他们跟省电信公司领导吃饭，你参加了吗？”王木林问。

“参加了，我是案件经办人。饭局是省电信公司纪委跟你联系的。”丛志天记性好，很快想了起来，“问这事干吗？”

“你别管。吴文杰办公室那箱二锅头酒哪儿来的，知道吗？”

“就是省电信公司送的。那天跟省电信公司吃完饭，他们往我车上搬了箱酒和月饼。我拉回来放在吴科长办公室，后来科里吃饭喝掉了。”

“好。”王木林说，“青山化工公司审计的事你们谁清楚？”

“不清楚。青山化工专案是叶科负责的，没参与。”丛志天道。

“好像负责审计的是吴文杰的关系，还请全科吃了餐饭。有印象吗，在长城宾馆？”

“老王，算了吧。”常淡云明白王木林的用意了，“你老婆的工作、老丛女儿读大学，还有我新房的装修，吴科长可是帮了忙的。”

“我说云队，你就是个软柿子，老被人捏。”王木林教训道，“吴文杰最善于拉拢人心了。”常淡云不吱声。“好。不说了，喝酒。”王木林拿起水杯，喝了一大口白酒。

一个科，两场酒。酒正酣，吴文杰丝毫没有意识到一场由内部矛盾引发的危机，正向他悄悄袭来。

五〇

吴文杰醉意沉沉地回到家时，又是夜里10点多了。他照例没有打电话给江柳。即便打了，也避免不了这个事实——单青华和江柳一起将儿子从医院接回了家。

吴空给车撞断鼻梁骨的那天傍晚吴文杰到医院看过，之后整整三天了，他没再去过医院，连电话也没有打过。要在以往，江柳或许会耐不住寂寞，叫儿子或亲自打电话讲讲病情，聊聊儿子的现状，不管他有没有时间听、愿不愿意听，也要罗嗦一阵子才放下电话。现在单青华一直陪在身边，她也就不愿再给吴文杰打电话了。当然，她也想泻泻心里的怨气，凭什么都是我们娘俩给你打电话，你就从来不会主动给我们打电话。都是惯出来的，江柳心里一直这样认为，因为是她追的吴文杰。以后她才明白，这并非她惯的。虽然也是部分原因，但归根结底是吴文杰性格所致。他就不是一个主动性强的人，似乎总是被动而为，除了工作。说到底，就是对家庭，对他们娘儿俩，缺乏责任心而已。

单青华却不然。吴空出院前三天，他几乎寸步不离地陪在医院，把公司大小事都交给副总和秘书，除非特别紧急，他电话遥控指挥一下。有时江柳过意不去，劝他回公司去，说不会追究他的法律责任，那只是大姐的气话而已。她并不知道，单青华这样做，是出于对她的爱和关心，出于对吴空的担忧和焦虑。她还以为，单青华只是因为司机撞倒吴空又故意逃逸而心生内疚，才要将功补过哩。

劝是劝，江柳心里还是特别希望单青华陪在身边的。他带给她一种安全感和可靠感。这种感觉，在吴文杰身上是找不到的。吴文杰可以找到相熟的医生来给儿子最好的治疗，也可以买回儿子和她爱吃的东西，让她们暂时高兴一下。江柳在这里用的是暂时，因为物质带来的短暂满足以后，就是长久的孤单和无助；只有精神的陪伴和安慰，才是持久和永远的。

单青华不仅能带给她暂时的高兴，关键是能带给她精神的安抚。他跟医生、护士都很熟，一样给了吴空最好的照顾和治疗。从早到晚，他一直陪伴在吴空和江柳身边，就算不说一句话，无形中也给了江柳温暖和力量。他给吴空讲故事，跟江柳谈文学、谈艺术，原来他跟江柳还有这么多的共同语言。有时他也谈谈他的生意，但一定是依附在江柳所喜爱的文学艺术旁边，绝不喧宾夺主。江柳只会对他的事业和生意有新鲜感、好奇感，绝对不会有压力和压迫感。

此时的江柳，仅仅只是对单青华有好感而已，毕竟他也是他高中同校不同班的同学。要说起男女之爱慕，还远远不到。她全部的爱情都给了吴文杰，尽管他的缺点逐渐暴露出来，远非恋爱时那般美好，但还不到过不下去的时候。况且，她现在的心思只在儿子吴空一人身上。她很操心他的未来，毕竟他的语言表达能力还很欠缺。虽说随着年纪的增大，语言能力会有进步，但会进步到什么程度呢，她心里还真是一点儿底都没有。

开门看到单青华正坐在茶台边喝茶，吴文杰很有些讶异，甚至还有一丝愠怒。平白无故就带男人来家里，还坐在自己专属的位置喝茶，且已是深夜。但良好的修养让他克制住了自己的情绪，主动和单青华打了个招呼："你好！"

看到吴文杰突然开门进来，单青华也有些惊奇。他是想到江柳家里看看，想看看她生活的状况，却不想碰到吴文杰。在医院陪伴江柳母子俩的三天里，他知道她有多么不容易。吴文杰几乎没给江柳和儿子吴空打过一个电话。"都是要我们打过去的。"他听到江柳唠叨过这么一句。如果是他，无论怎么忙，也会在空闲时给老婆和孩子打去电话，尤其孩子还在生病，这样的关心一定要有的。"你好！"单青华也很有礼貌地站起身，向吴文杰致意道。

"今天儿子出院，单总是专门接送我们回来的。"江柳向吴文杰解释道。

"哦，谢谢你！"吴文杰礼貌性地说道，"我有点儿累了，先去洗个澡。你喝杯茶哈。"

"单总在医院陪了我们三天，他很辛苦。"江柳对吴文杰这种不冷不热的态度有点儿生气。

"爸爸回来了！"吴空听到吴文杰的声音，从卧室跑了出来。

吴文杰应了声"回来了"，也不多说话，就进到卧室去了。

"我先走了，不打扰你们了。"看到这种情况，单青华知趣地向江柳告辞。然后热情地说，"吴空，再见了！好好养伤哈，叔叔有空再来看你。"

"单叔叔你什么时候来？"

"嗯，现在还说不准。但叔叔一定会来带你出去玩。"

"空儿，谢谢单叔叔。"送单青华到电梯口后，江柳回来就骂道："你怎么对单总是这种态度？起码要过来陪人家喝杯茶吧！这三天你忙你的案子，电话也不打来问问儿子的情况，全是单总在照应我们。你还对人家没有好脸色。"

吴文杰不理她，打开水龙头洗澡。

"对儿子也是没有几句话，冷冰冰的。你看人家，对儿子是多么友好热情，还给他讲故事。你什么时候给儿子讲过故事了。你如果对儿子话多一点，他也不至于不会说话。"

吴文杰把水龙头开得大大的，冲洗着头上的肥皂泡，似乎根本就没有听到江柳在说什么。

江柳骂够了，回房关上门，紧锁上。她不想吴文杰洗完澡后过来扰她，她现在可没有男欢女爱的兴致，一点儿都没有。儿子吴空的这种现状，还不知能不能讨到老婆呢？她又怎能只顾自己的欢愉呢？

吴文杰洗完澡后，也没过来敲她的门。见江柳不想理他，他也提不起兴致来。看来做爱，也是需要互相激励的。当然，他的心里，也还在生着江柳的气。他对江柳太了解了。除了他，她心里没有别的男人，更别提带哪个男人回家了。她连女友都很少带回家来，喜欢家里宁静和洁净。可是今天，她居然把单青华带回家来，可见她对他有好感。

江柳以为自己很快会睡着，这阵子在医院忙吴空的事，都不怎么去上班，也中断了写作。好不容易儿子今天出院了，她可以好好睡上一觉了，却怎么都睡不着。吴文杰突然回家，让她心里漾起了一丝喜悦和兴奋。多日不见，她其实是很想念他的。虽然不停地骂自己真没用，耐不住一点点孤单和寂寞，耳朵还是不由自主地竖起来，倾听着吴文杰房间的动静。她听到吴文杰洗完澡，啪嗒啪嗒地走回房间的声音。他就是这样，从来不考虑她娘儿俩的休息，只顾自己的自由和畅快。以前跟他同房住的时候，只要他回来，不管她睡得沉还是浅，总是啪嗒一声就把电灯打开。她给惊醒后，眯缝着眼骂他一句，他憨笑着就把电灯关掉。唉，没心没肺的！就是不会心疼她娘儿俩。

她以为他会来敲她的门，扰她一下，谁知竟没有，看来他也生她的气了。我跟单青华又没什么，他只是开车把我们送回家。她心里愤愤不平地想道。如果要跟男人上床，还会等到今天，早都上了。江柳知道她对男人，还是有一定魅力和杀伤力的，但能让她去“杀一杀”的男人却是凤毛麟角。

“咣当”一声，吴文杰关上了房门。也许办案累了，想睡觉了吧。江柳想到，她也有了浓浓睡意。蒙眬中她听到吴文杰大声在说话，还打开房门走了出来。她不知道发生了什么，赶紧趿拉着拖鞋出来：“又要去哪里？”

“张伟强刚回家就打老婆，她老婆给我打电话告状来了。我得去他家看看！”

“这么晚了，不安全。”

“我会小心开车的。”

“我和你一起去。”

“你不要去，在家看着孩子。”

“把门反锁就好了，交代好他。我一直想去张伟强他们营区看看的，那么多同学住在那儿。”张伟强转业后，还住在部队营区。江柳听同学说这个营区很漂亮，果树飘香，鲜花盛开，一直很想去看看。

“好吧。”吴文杰拗不过江柳。

吴文杰一边开车，一边给处长高得意打电话。高得意听说张伟强打老婆，也很吃惊，觉也不睡了，也开车往张伟强家赶。

部队大院坐落在闹市区，但闹中有静。一进大院，果然名不虚传，空气中有淡淡的花香和芒果香味。一排排芒果树像一队队士兵，整齐地站在家属楼下；中间则是不知名的小花。即便夜幕低沉，透过依稀的灯光仍可看见花儿开得艳丽和娇嫩。

张伟强的家是部队集资房，宽大舒适。他的妻子卢蓉开门后，叫了声“吴科长，你来了”，就进到房间里。张伟强则坐在客厅沙发上，低着头，一言不发。吴文杰示意江柳去陪陪卢蓉，自己则挨着张伟强坐下。

卢蓉虽是第一次见江柳，却一见如故，滔滔不绝地讲起张伟强打她的经过。“他一个多星期不回家，一回家就不知发什么神经，说我没有做好饭菜等他回来，还自己先吃了，把我当作犯人似的踢了一脚，擂了一拳。你看我的手臂还是青紫的。”

卢蓉撩起衣袖，江柳果真看见左手臂上有一大团淤青。

“你说什么说！给我闭嘴！”张伟强吼了一句。那嘶哑又略带上扬的腔调把江柳吓了一跳，当真像在审犯人。

“我就说了，怎么的？”卢蓉也毫不示弱，反唇相讥。

“嫂子，别生气！老张刚办案回来，压力大，回到家发泄一下，你就原谅他吧。”吴文杰向卢蓉赔了个不是。

此时，高得意进来了。他也顺着吴文杰的话说：“嫂子啊，我们检察官在短短几天之内要让犯人开口，压力真是不同寻常。你们老张又是主攻手，犯人开不开口、要怎么开口，全靠他。他是我们侦查处的功臣啊。回家释放一下，不是把你当犯人，而是当作亲人才这样啊！理解一下他，别生气了哈！”

卢蓉在吴文杰和高得意左一个嫂子、右一个嫂子的尊称和道歉下，慢慢收敛了怒气。“看在你们两个领导，还有江柳嫂子的面子上，我就不跟他计较了。问他想吃什么，我做给他吃就是。”卢蓉把江柳也称作嫂子。

“我和老张出去吃个宵夜吧，不劳嫂子你操心了！”吴文杰不管江柳直跟他翻白眼。他就是这样，对兄弟比对家人还好。

张伟强自是愿意跟着吴文杰走，江柳只能一个人打车回家了。好在此时东方已露出了鱼肚白。

五一

法律规定，在宣布拘留涉嫌贪污的嫌疑人二十四小时内要提审一次。吴文杰他们通常是拘留后的第二天跟着提审。虽然知道马上提审没什么意思，嫌疑人待了一两天，该讲的都讲了，但也有当时说没有的事到差不多结案时才讲的。所以，对一个人要反复提审很多次。有时一碰到点儿事就要派人去问他们，实际上也是给他说话的机会。

提审必须两个人，基本上都是刘敏锋跟张伟强负责，吴文杰一般不去。如果涉及女的，就派甄珠去。如果同时要提审几个人，就四五个人或五六个人一起去，把几个人提出来一起审。吴文杰通常只提审胡明仁、谭向军。

对谭向军，因叶如青跟他熟，一直在回避。科里其他人则怕他，轮到去看守所提审，都没人愿意。实在非去不可，都希望吴文杰带队。没办法，谭向军的每次提审，吴文杰都得去。谭向军关进看守所的第二天，吴文杰去提审他。“老谭，怎么样啊？”见到谭向军，吴文杰问道。

“吴科长，你厉害！”言下之意，我什么都没认，你居然把我拘留了。

“你也不赖。我看你可以写一本《反侦察、反审讯大全》。”谭向军不吱声。吴文杰说：“你没有罪啊？”

“我有罪，但我确实想不起来了。”

“你是否觉得意外？”

“也不觉得意外，我有我的说法。”

“当时你把这些数认了，就让你取保候审出去了。”谭向军不说话了。吴文杰说：“我们拘留你，知道我们查到什么证据了？”

“不知道。我什么都没说。”

“你不认，我就拿你没办法了？”

“我知道你们有办法。但我的问题还不至于这么严重。”

“你零口供啊！零口供判得很重啊，后面还惨。”谭向军沉默。吴文杰说：“现在有什么要说的没有？”谭向军想想，还是摇摇头。“有的人是不到黄河心不死，你是到了黄河还不死心。那好吧，你继续在看守所里反省吧。”

“我也想说，但我年龄大了，记性不好。你的兄弟也不提示一下。”谭向军声音有些大。

“年龄再大也不可能一点儿都记不起来。提示也要看你的态度。你不讲，我们还好做。”

“吴科长，后面的事都很难说。”谭向军抬起了头，直视吴文杰。

“我知道你后面有利益团体。但无论谁，都要对法律心存敬畏。法律的尊严不容践踏！”吴文杰铿锵有力地说道。

当看守所的门在吴文杰身后“咣啷”一声关上时，他并未有终结者的感觉，反而觉得自己陷入了一张更大的网中。在劫难逃的谭向军之所以抵死不认，必与东升公司背后一股巨大而无形的势力相关。吴文杰困惑的是，这股势力由谁在掌控，一人还是几人，或是一个利益团体。有一个人他深信不疑，那就是洪六哥。他一定会出手相捞。实际上，他已经出手了，只不过让高得意处长给顶回去了。

也就是从那件事后，吴文杰对洪六哥进行了深入研究和了解，所谓知己知彼，才能百战不殆。不了解不知道，一了解吓一跳。洪六哥绝对是牛人一个。他是南下干部子弟，家里很有背景，为人牛皮哄哄，架子很大，相当狂妄。因在家排行老六，故取名‘洪六哥’。作为南方资产管理公司党委副书记兼纪委书记，常以副厅干部自居，人却孤寒抠门。是廉洁，还是对检察院的人有成见，说不清楚。2006 年以前，纪委有双规权。除非涉及追债，洪六哥绝不将案件移送检察机关处理。近年遇到案情重大、“内部处理”不了（兜不住）、必须移送司法机关处理的线索，他也决不登门，而是派副手将材料送过去，或是让手下打电话请检察院过去研究工作。到了吃饭时间，洪六哥常说：“知道你们很忙，就不留你们吃饭了。”但他有一个特点，只要国家的钱不见了、单位企业的钱被搞走了，便嫉恶如仇，非要追回来。他对钱看得很重。

洪六哥还有些大名鼎鼎的传闻。他能量很大，从不把顶头上司——南方资产管理公司董事长伍宏放在眼里，与他是死对头。伍宏曾是南州市常务副市长，当不上市长后就去当了南方资产公司的董事长。两人斗了很多年。凡是伍宏要保的人，洪六哥都要利用与省、市纪委和政法系统的特殊关系以及手中的办案调查权暗地里去查，查完后就双规，把人往死里整。反之，伍宏要处理的人，洪六哥则拼命往外捞。

八面玲珑的谭向军据说因为机缘巧合，才攀上洪六哥这一高枝的。2002 年国企改制时，谭向军作为经协集团分管纪检的领导参加了省国资委办的一期纪检干部培训班，有洪六哥的授课。在教学互动环节，谭向军的发言博得洪六哥赞赏。课后，谭向军组织学员请洪教头，即洪六哥吃饭，把洪教头伺候得非常开心。再往后，这位得意门生经常找机会向洪教头讨教，逐渐成为洪六哥战队的干将。2004 年经协集团重组归入南方公司时，洪六哥出任南方公司纪委书记，洪与谭由师徒变成了上下级。他想扶持谭担任经协集团更名后的东升公司董事长兼总经理，谁曾想半路杀出个讲话都不清楚的胡明仁。胡明仁履新时，洪六哥代表南方公司与胡明仁谈了一次话，内容不得而知，结果却是东升公司班子分工时，胡明仁让谭向军掌握了油水丰厚的资产处置。谭向军自然投桃报李，处置资产时唯洪六哥马首是瞻。

谭向军折了，大佬洪六哥岂能坐得住？唇齿相依，唇亡齿寒！他和谭向军是一根绳上的蚂蚱，不捞谭向军捞谁!?

不论人品，单讲心术，吴文杰还是挺佩服谭向军的。若论道行，谭向军与洪六哥就不是一个档次的了。谭向军分管过纪检工作，而洪六哥是大型国企的专职纪委书记。若将两人比作围棋弈者，则都是业余段位。谭向军可算业余二段，走一步只能想到后面的两三步，且落子之时还要制造干扰，分散对手注意力；洪六哥却是业余六七段，走一步已想好后面的七八步，且变化多端，落子之时不动声色，让对手心力交瘁。两人之差，四至五步。

很可惜，洪六哥的对手是吴文杰。洪六哥是业余高手，吴文杰可算专业棋手。两人棋力相差不大，只是术业专攻不同。一个研究进攻，一个注重防御。进攻者一次攻不下，还可重新组织下一次进攻；而防御者一次防不住，则可能前功尽弃，满盘皆输，落荒而逃。

洪六哥与吴文杰的对弈虽不谋面，但双方均已闻到硝烟的味道，感受到了对方的心跳……

五二

胡明仁、谭向军、林小铁被刑拘的第二天，也就是吴文杰去提审谭向军的次日，高得意接到了两个电话：一个是省检指挥中心陈玉胜主任的；另一个是洪六哥的副手——南方资产管理公司纪委副书记、监审部主任秦天的。

陈玉胜说："南方资产管理公司纪委书记洪六哥到我们这儿参了你一本，说你们办案乱抓人。一个投资公司总共六十多人，就给你们抓走了五个。现在东升公司群龙无首，人心惶惶，无法开展正常的生产经营工作，基本处于瘫痪状态。从省经协集团开始到东升公司，你们查一次，公司就降一级，留下很多后遗症，引发很多社会矛盾，影响了企业的正常发展。东升公司差不多被你们搞垮了。省院领导指示，办案要有政治责任感，要有大局观，还要有发展观，惩治犯罪和维护企业稳定并重。你们要慎重啊!”

东升公司的前身是省经协集团，正厅级。2004 年于杰案发时，正遇到全省国企改制，省里决定省经协集团重组、降级并入正厅级的南方资产管理公司，改名东升公司。此次东升公司主要班子成员出事后，南方公司拟将东升公司交由二级发展集团公司托管，降级也是迟早的事。洪六哥以此出牌，为官、为政者不得不小心应对，他出面可不是开玩笑的。

但高得意处长才不怕他。“只听说腐败把企业毁掉了，没听说过反腐把企业搞垮的。”高得意有些恼火，“据了解，2004 年重组后的东升公司原有一亿多资产，五年来在胡明仁、谭向军、林小铁等贪腐分子的经营下，竟产生了近一亿的逾期债权，已濒临退出经营的境地。将来东升公司关门，那与检察院办案一毛钱关系都没有！这些人贪得太厉害，不拔掉的话，企业就更加没办法发展了。”

“你这话留着对我们领导和洪六哥去说吧!”陈玉胜柔中带刚。

“南方公司什么意思呢?”高得意问。

“南方公司说现在东升公司群龙无首，无法正常运作，想让你们取保一个人出去主持工作。还不就是洪六哥的主意，要求把人放回去。”陈玉胜说。

“保谁?”

“谭向军。南方公司说，谭向军在东升公司时间长，经验丰富，能力强。”

“扯淡。负责公司全面工作的董事长不保，保个副总。算什么话!”高得意很气愤。

“保胡明仁你同意吗?”

“两码事。”

高得意说这话并不意味着胡明仁就能取保。撇开法律不说，要保谭向军，胡明仁要一起保才行。谭一个副总，只分管公司部分工作，放他出去就能玩得转?

“你这些话留着对省院和南方公司领导说去吧。保重!”陈玉胜又来了同样的话，挂掉了电话。

南方公司纪委副书记兼监审部主任秦天的来电则是预约洪六哥第二天上午 9 点钟的来访，要跟高得意沟通一下情况。高得意把这两件事告诉了吴文杰。

该来的终于来了。去见高得意前，吴文杰想，洪六哥这只老虎为力挽狂澜，居然独创了一套组合拳，软硬兼施，借刀杀人，威力还极大。自己到底能不能顶得住?

“你怎么看?”见到吴文杰，高得意问。

“洪六哥终于露面了！他一直放不下其原省纪委室主任的架子，喜欢走上层路线，怎么肯屈尊到市检察院来了?”吴文杰朝高得意先笑笑，然后语气急转直下：“真是岂有此理！先扣我们一个影响企业稳定经营和发展的大帽子，接着冠冕堂皇地捞人。捞就捞吧，还不捞一把手，要捞二把手。看来，谭向军在洪六哥心目中的地位比胡明仁重要啊。不尿他！”吴文杰越说越来气。

“就这么简单？”高得意继续问。

“岂止啊！”吴文杰一点就透，“洪六哥关系很广、熟人很多，肖江河又取保在外，估计案情也了解得差不多了。捞谭向军也是怕殃及池鱼。捞得出，当然最理想；捞不出，也要尽全力阻止我们往下做。下一步，我们还有三个对象要动。其中一个是东升公司财务部长潘枝，谭向军的老部下，重要的知情人和经手人。如果动了她，说不定很多事情都迎刃而解了。洪六哥对谭向军还是有信心的，老谭打死都不会说，潘枝就很难说了。洪六哥更急的应该是潘枝。”

“我同意你的分析。你准备怎么办？”

“怎么办，装傻呗！我想在洪六哥明天上午来之前，先把潘枝动了。当然，连纪委书记伍立志和总经理邱阳一起动。潘枝是财务部长，也是东升公司这个窝案中最关键的人物，多名涉案人均与其有牵连。洪六哥9点过来，8点半我就带人到东升公司，打他个措手不及。”

“好。只是你们辛苦了。这一拨处理完后，我再为你们庆功！”

“职责所在。领导信任就好。”

“这样吧，明天带人你就不要去了，我们一起会会洪六哥。”

“好吧。车不够用，还得借你的坐驾。”

与高得意商量完毕，吴文杰立即打电话通知科里人中止休假，第二天8点钟到单位。然后，向四科科长借一台车和一名开车的干警。

“怎么样，有新精神？”叶如青感觉吴文杰有事叫他做。

“刚才洪六哥通过省院提出取保谭向军，被高处回绝了。洪六哥明早9点过来，高处让我和他一起会会他。经与高处商量，我想在洪六哥来之前由你带队，把剩下的三个涉案人——伍立志、邱阳和潘枝动了。”

五三

5点半下班后，单青华将车直接往母亲那里开。他买了两套房，一套是自己的，在市中心，方便上班；另一套则在郊区，空气好，给母亲住。按惯例，他是周六才回去陪母亲，周一回来上班。而平时，他都是住在市区自己的房子里。其实，以他的经济实力，完全可以买别墅。但他不是铺张之人，不想炫富。他赚钱，只是为了证明自己的实力和能力，只是为了让母亲过上好日子。更重要的是，他要让心爱的人看得起自己，要缩短自己与她的距离。

他开车驶进小区时，看到路边有菜农在卖自己种的青菜和姜蒜等农作物以及家养的鸡鸭，就停车买了一只鸡和几把青菜。住在郊区就有这个好处，可以吃到天然、无污染的东西。她母亲就爱吃这种走地鸡。

开门进到家，母亲正在吃饭。餐桌上依然摆了两副碗筷：一副是他死去的父亲的，另一副则是他的。他的眼眶一下就湿润了。他十岁时父亲因病去世，母亲一直没有再嫁，靠打零工供他读完大学。后来他成立公司，生活好了，母亲还是不愿找老伴，心里只有死去的老公和儿子单青华。

“你回来了，快来吃饭。”母亲见到他，高兴地去给他盛饭。“好在我今天多煮了些饭菜，冥冥中好像你就要回来似的。”

单青华洗完手，坐下来大口吃起母亲做的饭菜。在外面山珍海味吃多了，还是觉得母亲做的饭菜最香。

“看你这狼吞虎咽的样儿，还是找个人照顾你吧！回到家也好有口热饭吃，衣服也不用一周扛回来一次给我洗了。”

“你找个老伴，我就找个女伴。”

“我都这个年纪了，什么老伴不老伴的。你赶快给我生个孙子，我就有人伴了。”

“我才四十岁，结婚、生孩子还早。妈，你不也才六十岁，抱孙子也早。”

“是没有意中人出现吧。如果她出现，我看你二十岁也会结婚、生孩子了。”母亲这句话点到了单青华。他脸红了红，没再说什么。“哦，对了，今天不是周六，你跑回来做什么？”母亲忽然疑惑道。

“想你不就回来了。”

“你明天上午不是要去陪人打高尔夫吗？”母亲提醒道。

“改成股东大会了。”说完这句话，单青华把最后一口饭扒完，碗筷搁在桌子上，擦了把脸回房了。

单青华一遇到什么事，就会回到母亲这里。当然，他不会把困难或麻烦告诉母亲，以免徒增她的担忧。他只是想在母亲这儿得到一种力量，亲情的力量，能让他渡过这一关。这不，见到江柳后，他觉得要迈过人生最重要的一道关了——爱情和婚姻，所以回到母亲这里获取力量和温暖来了。

奇怪的是，他以为对江柳的暗恋会在如愿以偿见到她后消失，从此安心娶妻生子，走上正常的人生轨道。但恰恰相反，一见到江柳，尤其是她的老公，对她的爱却再也无法消失，甚至还比以前更甚。

并非是她过得不好，他要担当起拯救她、挽救她于水火之中的重任，而是她过得还行，老公也很优秀，儿子虽有些问题，但依然很帅、很可爱。他只是觉得，她应该生活在安然、富足、自在、舒适的环境中，有人爱，有人疼，想买就买，想吃就吃，不会捉襟见肘，不会亏待自己。尽管她也很能干，很出色，就像高中时代的她，清纯、美丽，如同一滴晶莹的露珠。

因为吸食雪茄太猛，他连呛了几口。母亲在外面听到咳嗽声，关切地问道：“华儿，你没事吧？”

“没有。我在看书哩。妈，你拿一瓶红酒进来。”

除了打高尔夫是因为生意上的需要不得已而为之，单青华并不像其他富人一样，有着很多奢侈的享受和玩乐，最多就是抽抽雪茄、喝喝红酒。而且，从不上瘾。

他的一切，也就是母亲的一切。在找对象的问题上，母亲一直尊重他的想法。好几次，有人想通过她给他提亲，都被她挡回去了。“我儿子有他选对象的标准，我就不干涉他了。”母亲大字不识一个，却有着中国母亲最善良、最朴实的智慧和思想——只要儿子觉得好的，就是好的。

他从来没跟母亲提过江柳一句，母亲却知道他心里藏着一个人——这个姑娘不出现，他是不会恋爱、结婚的。

“华儿，洗澡了。水给你烧好了。”母亲在敲他的门。

母亲一直使用电热水器。他觉得对于独居的母亲来说，这比用煤气更安全。

“好的。”他掐灭烟头，拎了条大毛巾走了出来。对于母亲的关爱，他一向很领情，无论处于何种状态，忙或不忙，愉快或忧伤，烦闷或清爽。

他用沐浴露使劲擦洗全身，好像这样一来对江柳的记忆才会更加清晰和洁净。当然，他也碰到了他那个东西，瞬间就硬挺了起来。而之前，无论他怎么碰到，都还是绵软的。他的东西，至今为止从来没有放进哪位女人的身体。也就是说，单青华至今还是一个处男。如同那些痴情、纯洁、忠贞、传统的女孩，要把自己的第一次留给最爱的人一样，他也要把自己的第一次留给江柳。虽然他清醒地意识到，这样的愿望也许难以实现，但他愿意等。

他有男人的生理需求，但从不去找女人，或是让别的女人来填补他心灵的空白。这种时候，往往也只是在他想念江柳时，在夜里，他可以用自慰来解决。平时，他都给各种各样的会议、各种各样的谈判和各种各样的出差填满了。

这种对爱情的绝对，甚至到了极端的地步。这得益于母亲的言传身教。当然，也有血脉的传承。她坚守对他父亲的爱。对他的爱，以一种负责任的态度，以一种坚韧不拔的精神，将他拉扯成人。她拒绝了所有同情她、爱慕她、想帮她一把的男人的追求，心里只容得下他的父亲和他这两个男人。

单青华洗完澡出来，母亲正斜倚在沙发上，闭着眼，看似睡着了。电视机还开着。他轻轻走过去想关掉电视机，母亲突然睁开了眼。原来她只是假寐。

“你怎么不到房间去睡呢?”单青华有些嗔怪道。

“你不睡，我怎么睡得着。”

这倒也是。单青华不在家时，母亲八九点就早早入睡了。但只要单青华在家，她总是最后一个睡。无论多晚，她都要听到他的鼾声才能安然入睡。而单青华也习惯了在母亲收拾东西、清洗衣物、打扫卫生的动静中进入安宁甜蜜的梦乡。可今晚，他怎么样也睡不着了。

五四

单青华是给秘书洛霞的电话吵醒的。“单董，今天有股东大会。其他股东都到了。”电话里传来洛霞温柔的声音。就算是火烧火燎的时刻，她的声音依然甜美，即刻冲淡了单青华紧张的情绪。

作为董事会秘书，她提醒他有活动很正常，但也可以不提醒。这其间的微妙处，只有他心里明白。

无论从哪方面说，洛霞这个姑娘都是完美无瑕的。她的五官精致，身材苗条，气质恬静典雅，谈吐大方得体。虽然衣着时髦、打扮前卫，骨子里却是传统、质朴而善良的，尤其对工作细致认真，负责忠诚。有了她，他省心了很多。

她刚到公司时，中专才毕业。一头披肩的长发，一副清纯的面容，未施粉黛，有种“清水出芙蓉，天然去雕饰”的感觉。一瞬间，他差点儿把她错认为江柳。

都说日久生情。天天朝夕相伴，共处一室，在一起的时间比家人还多，他渐渐体察到洛霞对他的情谊。她的感情表达方式是中国式的，含蓄隽永，细柔绵长，恰到好处。她会在他累的时候，把一杯咖啡放在他面前；她会在下雨的时候，把一把伞放在他的桌旁；她会在开会前，给他泡好一杯他爱喝的茶；她会在外出前，将一盒胃药悄悄放进他的包里。

年近四十的他身体并无大碍，作息规律，基本没有夜生活。如果没有特别重要的事，晚上 10 点就上床了。看一会儿书，12 点就入睡。早上 6 点他会起床跑步，风雨无阻。饮食，他也是以清淡为主。除非应酬，他一碗白粥、几片咸菜即可。

少年长身体时营养没跟上，他落下了胃疼的毛病。特别厉害的时候，他会蹙眉，会用手顶住胃部，会吞几片止痛药。这些细微的举动，给洛霞观察到了。她放进他包里的胃药，和他吞的药片一模一样。

她做这一切的时候，是那么的从容不迫，得心应手，游刃有余。使人觉得这是一个秘书的分内事，太正常不过了。这就是她的聪明睿智之处，在一些微小的细节里感动着他，打动着他。如果是另外一种，热烈奔放的、直抒胸臆的爱的表达方式，他会找一个借口，让她离开。

江柳在他心中的地位，太坚如磐石、固若金汤、牢不可破了。在没有见到她之前，他是绝对不会对任何一位女人动心的。什么办公室的恋情，什么小蜜、小三之类的，在他这里不适用。既然洛霞不明示，他就假装不知。因为他很需要这样一位能干、聪慧、精明的女秘书。

单青华一看表 9 点了，心惊了一下，立即翻身下床。一不小心，却将脚给崴了。他一边揉着疼痛的脚踝，不禁想起昨晚的事。好在红酒的麻醉程度不如洋酒，他还能忆起那么一点儿。

昨晚他失眠了，到清晨时才迷迷糊糊地睡着。这在他一贯作息规律的生活中，是很少见的一次。即便商场如战场，再怎么“硝烟弥漫”“枪炮齐鸣”，他也几乎都能做到镇定自若、睡眠良好。与其说心理素质强大，不如说是他头脑聪慧，能把一切都想得清清楚楚、明明白白，一切都在掌控之中。否则，他又怎能安然入睡呢？都是因为江柳，这个让他牵肠挂肚、朝思暮想的女人！一旦出现在他的面前，他的智商、情商全都退步了。都说恋爱中的人是傻瓜，他不在恋爱中也傻了。

不容他多想，又有电话打进来了。这回是他的合作伙伴之一、股东杨总。“老兄，你怎么还没到啊？都几点了？”

“马上，马上！”他跳着脚，赶紧刷牙，漱口，洗脸。好在母亲不在屋内，她有早起晨练和买菜的习惯。要不看到他这一瘸一拐的样子，又要心疼地数落他一顿了。他这才醒悟母亲为何没有叫醒他，也是想让他多睡一会儿。她一定察觉出他昨晚的异样，因何而异样。即便知道他今天有会议，也故意装作不知。这就是没有文化的母亲的“文化”——母爱不仅使人坚强，而且灵慧。

他风驰电掣，一路疾驶。幸好全程高速路上车少，平常要开半个多小时的路程他十几分钟就到了。

他的公司，在南州市最繁华的商业区。他并没有把公司装修得富丽堂皇、华彩绚丽，而是素朴典雅、韵味悠长，却透着一丝低调的奢华。进到公司，他先去会议室，跟各位股东打个招呼。以杨总为首的股东齐齐笑话他：“昨晚搞久了？腾云驾雾，飞升上天了？”他脸红了红，没有搭理他们，转身去到办公室，拿来手提电脑，手脚麻利地架在会议桌上。

坐在他旁边的秘书洛霞，已打开了会议记录本。听到这些黄色笑话，她并没有离开。只有她心里清楚，单青华董事长的床上从未出现过任何女人。他今天的迟到，是他终于等到了一生中最心爱的人。

这并非是她有一双孙悟空般的火眼金睛，或是来自于女性特有的敏感直觉，而是她在单青华身边多年，用心感应出来的。

她大专毕业后应聘到单青华的公司，对这位一表人材、英俊洒脱、会做生意、家财万贯却一直独身的董事长充满着好奇。公司员工对他的议论，她也时有所闻。有的说他有同性恋倾向，对女性不感冒；有的说他有恋母情结，不喜欢年轻女人；有的说他感情上受过伤害，不愿再涉爱河；有的说他眼光高，不会轻易看上任何一个女孩。可她慢慢观察后发现，这些议论一个都站不住脚。他对柳树有着特别的偏爱。办公室有一幅名为《柳色》的画作，就挂在办公桌对面墙上。他一抬头，就可以看见这幅画。画面上，是一棵棵如烟似雾、如梦似幻的柳树；垂下的柳枝，像一支支清雅的竹笛，随风吹起，明丽而忧伤。初看到这幅画时，她的心就颤栗了一下。这一定是为哪位女子而做；这位女子，一定跟柳有关。她有着柳枝的婀娜，有着柳叶的绿意，有着柳笛的悠长，有着柳烟的韵味，就像唐朝诗人笔下的绝世美人。不只如此，他还将公司的一切都与柳搭上了关系。公司名叫思柳投资有限责任公司；公司名片上，有一棵婆娑的柳树；公司会议室里，有一棵真的柳树，不大，却很清秀，透着一种生机和活力。能够将一位如柳的女子装在心里，怎么可能是同性恋？怎么可能不喜欢女人？至于他在感情上是否受过伤害，她就不得而知了。但他对公司女员工的尊重和友好，却分分秒秒体现在他儒雅的举止和极富修养的谈吐里。

当凭着才干被提拔为公司董事会秘书、有更多接近他的机会时，她曾试图用自己的柔情去化解他内心的情结。她这才知道，在这样物欲横流的社会里，还有这样一种男人，可以不为美色所打动，可以不被温柔所融化。

她当然能感觉到，他是知道她的心意的。每每看到她特意为他准备的劳累时喝的咖啡、下雨时用的雨伞、出差时吃的胃药时，脸上会泛起一丝红晕。但恰恰是这种知道却又坚如磐石、岿然不动，才更令人灰心丧气，陷入绝望。

她也曾想用传媒大亨默多克的东方妻子邓文迪的方法，故意把一杯红酒洒在他的身上，或是赤裸裸地向他表明心迹，但最终觉得都不妥。她已经是单青华的秘书，跟他在一起的时间比家人还多，根本不需用洒红酒的方式来引起他的注意。她的性格又是偏内向的，装扮固然时尚新潮，骨子里却很保守传统。让她大胆直白地向单青华示爱，打死她都做不到。

她唯一的办法，只有等。就像单青华在等他心爱的女人一样，她在等单青华。即便红颜老去，成为老太婆，她也要等。她坚信，如水的柔情终将会打动单青华。水滴都会石穿哪。何况单青华还不是石头。

也许，这就是伟大的爱情。她不是一个浪漫主义者，相反她很现实。正是因为现实，她才觉得单青华值得爱。她并不是爱他的财富，她爱的是他这个人，他的才干和人品。一个才貌双全、精明能干、非常富有的男人，多少女人愿意对他投怀送抱，而他却为一个女人耗尽青春和年华。这样的人，难道不值得爱，不值得等吗？

她曾经很担心，很恐慌于他心中深藏的女人的出现。因为她的出现，会完全将单青华的心牵过去，她就一点儿机会也没有了，甚至连对他的关心和照顾都会被当作一种负担，一种累赘。比如上周日，她打电话提醒他晚上有活动，以前他总是欣然接受提醒，这次却明显表露出了不耐烦。上一周他几乎没在公司待过，业务交给股东之一杨总打理，其他杂务则交给她来处理。他说有重要的事出差，但从他偶尔回公司疲惫的神情看，并不是在出差，而是有什么事在操心和担忧。

虽则如此，近水楼台先得月、先下手为强又不适用于她和单青华。她是近水楼台了，她也先下手了，但并没有“先得月”，更没有“为强”。单青华对她，始终不动“芳心”。一个如铁，一个似水，碰在一起，只能让她的心锈迹斑斑。

从某种意义上来说，她更期待单青华心上人的出现。这种感觉，相较于单青华，甚至有过之而无不及。因为像他这个年龄，心上人一定结婚、生子了。单青华见到她，肯定是束手无策、无计可施的。他总不会阴险到去拆散别人家庭，鸠占鹊巢吧。而以他的人品，他也不会做出这种龌龊的事情来。另一方面，能让她等二十多年的心上人，人品自然也是纯良的，更不会为他舍弃家庭、抛夫别子。如此一来，他就会死了这条心，重新审视她对他的爱、她对他的等待。那么，再铁石心肠的人也会融化了。洛霞并不认为自己的这种心理有任何阴暗之处。她只觉得这很符合人性，是自然的规律，是诗人、画家笔下的妙手偶得，是民俗专家眼中的天作之合。

当她的心体察到单青华的心上人出现了，反倒很平静、很淡定、很从容，脸上还有一丝不易被人察觉的微笑。好像是心里的一块石头落了地，走路都是这般的轻盈、灵动，像蜻蜓点水一般的划过地面。她要看看，单青华和他的心上人这出戏该如何唱？从中，她又能把握怎样的机会？

洛霞这些细微的变化，怎能逃得过单青华那双猎人般的眼睛。以往做会议记录的她虽认真而快捷，心事却是重重的，如同一幅水墨画，总有化不开的情结。而今天坐在他身边的她，虽也时不时带着一种崇拜和欣赏的眼光凝视他，眼神却是清澈而明亮的，尤其那嘴角还有一抹弯弯的笑意，就像月牙儿一样可爱而俏皮。

她到底察觉了什么？又悟到了什么？什么事会让她如此的心花绽放呢？之前她眼神偶尔流露出的忧郁，还可理解为她对他的爱恋，犹如一枚石子投进湖里，没有泛出一丝波澜。她今天的开心和快乐，让他百思不得其解了。她遇到了心爱的人？她有朋友自远方来？她中了什么彩？但这些，似乎都不是。她的心依然在他这里，再怎么隐藏，眼睛是不会骗人的。

女人的心，真是海底针啊。单青华不愿想，也想不了。他现在的心思，全都在江柳身上了。

五五

第二天上午8点，叶如青带着干警又出发了。抵达东升大厦后，与前次一样，郑刚早已在大堂恭候了。叶如青告知来意，郑刚说，南方资产管理公司已决定由与东升投资顾问有限公司并级的南都发展集团公司来托管东升公司，现在是发展集团公司的赵玉强总经理在全权处理东升公司的一切事宜。

“既然这样，你带我先去拜访一下赵总吧！”

赵玉强总经理的办公室在十四楼。房间不大，约四十平方米，布置非常简便，除了办公桌椅，只有一长两短沙发，不见标配的保密柜和书柜。

“欢迎，欢迎。”看到郑刚领着叶如青和张伟强进来，高大的赵玉强便站了起来，“老郑，水已烧好。先给客人泡杯茶！”赵玉强是东北人，说话口音很重。显然，叶如青来之前，郑刚已向赵玉强汇报过了。

“谢谢赵总。”叶如青客气道，“赵总怎么不用胡明仁的办公室，那间大得多。”

“他那间办公室邪气，我才不用。”赵玉强心直口快。“前面的情况我已经清楚了。叶科长这次过来，有什么需要配合的？”

“我们要找伍立志、邱阳和潘枝了解情况。”

“在这里谈还是带走？”

“去检察院谈。”

“这样，叶科！我提个不情之请——在你们带人之前，我们能不能跟他们三个先谈一下？你放心，我、老郑还有我带过来的副总跟他们都没有私人关系。我们一人谈一个，十分钟。”

叶如青对赵玉强第一印象很好，就说：“可以。在这里讲清楚的算自首，可从轻处理。”

“好的，谢谢。”说完这句后，赵玉强就对郑刚说，“老郑，你把他们三个人分别叫到胡明仁、谭向军和林小铁办公室。让他们睹物思人，体会一下人去楼空的感觉。”

叶如青笑了笑，心想赵总这人真有意思，或许他还真能谈得开。这样的话，也省了我们很多事。

十分钟后，赵玉强和郑刚回到办公室。“伍立志承认他收了张安帮几万元钱和购物卡；邱阳打算把住房补贴交上来，你们不来，他也会向检察院投案；潘枝没交代什么。”赵玉强介绍完谈话情况后，又补充了一句，“东升公司这么多人贪污受贿，财务部长潘枝她能不知道，除非她自己也有问题，睁只眼闭只眼。”

“看来赵总还是有魄力，谈话效果比较好。”叶如青肯定道，“这三人我们带回去再谈谈，程序还是要走。”

“好，恭敬不如从命。我有个建议请检察院考虑！邱阳经手的款项还有六七千万没收回来，其他人情况又不熟，也接不了手。如果他没有其他事，能不能让他取个保?”

“办案是我们的职责，检察机关也有义务为企业排忧解难。赵总请放心，你的建议我们一定会认真考虑的。”

“谢谢理解。”

9点钟，吴文杰接到高得意的电话：“客人来了。”

在高得意办公室，吴文杰只见到南方资产管理公司纪委副书记兼监审部主任秦天和另外两个人。“洪书记临时有事，来不了。委托我们几个过来沟通。”秦天解释道。

“别客气。有什么事打个电话就行了。”吴文杰估计叶如青带人的消息打乱了洪六哥的计划，他立即转到别处活动去了。

“好了，谈正事吧。”高得意发话了，“秦主任先说说你们的来意。”

“最近，我们下属的东升投资顾问有限公司出了一系列案件，分管的省领导和我们南方资产管理公司的领导都很重视。东升公司没管好，南方公司有责任，给市检添麻烦了。今天我们奉命过来，主要是想了解一下这几个人的情况，看看能不能从轻处理，以便我们安排东升公司后续的工作。”秦天是个老实本分的人，不知道如何为下属说情。办于杰案时他也在场，不太爱说话，配合检察院工作都是忙前忙后的。当时包括省纪委的人对这个监审部主任，那时他是副主任，印象特别好。

“让吴科长跟你们说吧！他们具体办案，最清楚。”高得意轻易不表态。

“张安帮、肖江河就不说了，不足挂齿。”吴文杰知道这两个小人物根本入不了洪六哥的法眼。“胡明仁、林小铁、谭向军都涉嫌贪污受贿。其中，胡明仁、林小铁认罪态度较好，犯罪的主观恶意并不大，有自首情节。但由于犯罪数额比较大，不适合取保。谭向军态度恶劣，拒不认罪，没有从轻处理情节，是零口供被拘留的，更不具备取保候审条件。”

秦天说：“公司一二把手都被你们带走了，企业群龙无首，公司上下人心浮动，生产经营活动也受到很大影响，我们正式以南方资产管理公司的名义过来跟你们沟通协调，可否给胡明仁、谭向军取保。以后你们还可以继续调查他们，我们担保他们随传随到。”

听到秦天这样说，吴文杰很生气：“秦主任啊，你也是办过案的人。他们三人犯罪数额巨大，已立案拘留，按程序很快就会转捕。谭向军是属于零口供被拘留的，没有从轻处理的情节，根本不具备取保候审的条件。另外，再向各位通报一个情况：东升公司的纪委书记伍立志、总经理助理邱阳和财务部长潘枝正在来检察院的路上，我们有些问题要找他们核实。这件事回去后也请转告洪书记。”

秦天被吴文杰说得有点儿不好意思了，听到伍立志三人又被带走的消息，马上中止了谈话。“情况基本清楚了。伍立志被带走后，东升公司班子成员只剩下办公室主任夏新成一人。我得立即回去汇报，南方公司要尽快安排东升公司的相关事宜。”

“这样的话，我就不留你们了。你看茶都没有好好喝一杯。下次吧。代我向洪书记问好！过段时间闲点儿我去拜访他。吴科长代我送送客人。”高得意边说边起身。

吴文杰回到办公室：“大家都说说，下一步怎么办。”他习惯集思广益。

“就目前掌握的情况来看，这三个人问题都不大。邱阳就一笔十四万多的住房补贴，伍立志和潘枝也是几万元的事，我看立个案取保算了。我们的主要精力还是要放在胡明仁、谭向军、林小铁身上。”开案以来，张伟强一直担任主攻手，非常辛苦，有点儿力不从心了。

“大家还记不记得开案第一天晚上，我们带肖江河回单位取小金库的记账本，潘枝也在办公室清理物品。我看潘枝的问题没那么简单。”叶如青意见有些不同。

“这段时间一直忙个不停，有件事我们都没来得及做，就是搜查胡明仁、谭向军、林小铁的办公室和住所。拔出萝卜带出泥，说不定会有新发现。”吴文杰边说边做安排，“等下去搜查，我、叶如青、张伟强、刘敏锋就行了。其他人在家暂时休整，给他们三人布置些作业。其他等我们回来再说。”

“真是忙晕了，怎么把这事忘了？”张伟强说道。

“我倒是记得。只是我们先动的张安帮和肖江河，他俩的办公室我们搜过了。两天后才动的胡明仁、谭向军、林小铁。如果他们有警觉，该处理的也处理过了。还记不记得那天潘枝深更半夜去了办公室？”叶如青说。

“那也不一定。潘枝让物业公司帮她报过账，敏感些是正常的。其他人倒不一定有反应，有必要去搜一搜。”刘敏锋说。

“小刘说得对。”吴文杰对刘敏锋的分析很赞赏，感觉他在明显地进步。

胡明仁、谭向军、林小铁等人看过南方资产管理公司纪委转下来的举报信，根本就想不到张安帮、肖江河这么低层次、小打小闹的人能有事会牵扯到自己，不一定会有很强的防备。就是有防备，由于不是很专业，也不可能打扫得干干净净。再退一步说，即便打扫得干干净净，也会留下打扫痕迹成为侦破线索。

吴文杰不喜欢纸上谈兵。他不是个空想主义者，而是想到了就去做。

五六

搜查的目的是为了查找证据和破案线索，通常在立案后立即实施。不论犯罪嫌疑人的反侦查能力如何，优秀的侦查员总能在办公场所或住所发现有价值的东西。

在东升投资公司代表郑刚的陪同和见证下，吴文杰、张伟强、叶如青和刘敏锋依次对胡明仁、林小铁和谭向军的办公室进行搜查。最后才搜谭向军的办公室，是因为吴文杰把它当作搜查重点了。吴文杰宣读《搜查令》后，搜查由外到内、有条不紊地展开。叶如青对整个搜查过程做了同步录音、录像。

每个人办公室的布置，其实就是其个性、特点、兴趣爱好的体现。胡明仁的办公室很大，近八十平方米。最显眼的地方是大班台背后三个红木书架，密密麻麻全是书，居然还有英文原版的。"看来我要对胡明仁刮目相看了。"吴文杰问英语专业硕士叶如青，"这是些什么书?"

"有关企业管理的。"

"要是胡明仁平时都研究这个，企业还能搞成这样?"吴文杰有些纳闷。

"咦，你们看!"叶如青把那几本英文原著抽出来，空的，只是个书壳，装饰用的。再看看其他书，也全是书壳。原来，这几个书架是装门面用的。

"想象一下！乍一看到胡明仁坐在大班台后低头批阅文件的照片，你们会不会认定这是一个学习型的领导呢?"张伟强说道。

"这就是我们的董事长!"郑刚语带讥讽。

刘敏锋从大班台抽屉搜到了几本日记本。胡明仁年龄大、记性不好，有记日记的习惯。"你们快过来！这些工作日志为我们了解东升公司的工作动态、人事变迁和胡明仁的心路历程提供了参考。"刘敏锋边翻阅边说。

胡明仁在第一本工作日志的扉页上写道："雄关漫道真如铁，而今迈步从头越。"

"看得出来，新官上任时，胡明仁对一些历史遗留问题还是不满的，对经协集团这个烂摊子有做一番事业的决心。"吴文杰说道，"日记中错别字还挺多的，可能刚调来对公司情况不熟悉。"

"胡明仁一开始对谭向军、伍立志、夏新成等人在公司资产处置上是有分歧的，后来意见逐步趋向一致。"叶如青也说道，"结果就是大家共同违纪、违法。这个认同过程当然就是同流合污的过程了。"

"这本家庭日志详细记录了胡明仁从 2003 年 2 月调入省煤炭公司至 2004 年 11 月调到省经协集团期间的收入和家庭开支情况，小到一二百元给父母的过节费，大到几千元买电视机和亲友的借款。"刘敏锋手拿一本日志说道，"可见，这期间的胡明仁还是位勤俭持家的家庭妇男，对工作还算比较敬业。"

"这一点与员工对他的评价一致，到东升公司前还是比较本分、清廉的。"郑刚点头道。

“可为什么调到东升公司三个月后，胡明仁的家庭日志就不记了？是不是因为大钱见多了、小钱就不放在心上了？”吴文杰疑惑道。

进到胡明仁的卧室，有三个衣柜，书架也是三个。“胡明仁是不是很喜欢‘三’这个数字？”吴文杰问道，“他到东升公司后，先后从流石调过来的邱阳、林小铁和张安帮，加起来也是三人。”

“对哦，我也有这个感觉。”叶如青附和道。

“卧室里好像有股酒味，应该是从这三个衣柜传出来的。”好酒的张伟强对酒很敏感。果真，靠外的衣柜放了些常用衣物。中间的衣柜分两层：上层有十来条中华烟，下层全是酒。靠里的衣柜挂着七八套还包着塑料套的西装，塞了好多个估计开会发的公文包。

林小铁的办公室在胡明仁隔壁，面积比胡明仁的小了近一半。与胡明仁办公室不同的是，林小铁办公桌后并非摆着书架，而在墙上挂着一块黑黑的普洱茶叶制成的“难得糊涂”的匾。仅此一点就可断定，林小铁是个好茶之人。果然，卧室里放有几十饼普洱茶。办公桌的抽屉里，一份肖江河提及的《关于投资收购武江中下游水电站的可行性报告》引起了张伟强注意。一看不得了，位于武江中下游的乐源、昌兴两县，九个建于20世纪70年代、总装机容量不足两万千瓦的县属中小水电站，居然能投资一亿六千多万。

吴文杰刚到侦查处时曾查过省水利厅的一个案子，并到北部山区实地查看过，兴建一个小水电站四百万就够了。九个中小水电站要花一亿六千万，简直是天方夜谭！“老郑，东升公司拟收购南东省北部山区水电站的事，你清楚吗？”吴文杰将报告递给郑刚。

“不清楚。你不说我还不知道。”郑刚在东升公司是被边缘化的人，不清楚内幕是正常的。

“叶总，你还记不记得，2004年底我们办过省水利厅农水处的一个案子。我们到实地查看过，乐源、昌兴地理位置和自然条件是差不多的。农水处1998年集资参股兴建的昌兴县八角滩水电站总投资也就六百万。没有理由一座运行了近二十年的旧电站还贵过新建电站的。”吴文杰对叶如青说。

“杰哥的记性真好！时隔四五年了，还记得这么清楚。”叶如青由衷地佩服。

“因为那是我到侦查处后办的第一宗案子，印象特别深刻。”然而，这是一件将错就错办出来的窝案，也就是冷宝军处长送给他的水利研究院那个“馅饼”。吴文杰没好意思说。

“你们看看，这都是些什么家伙，家都叫他们给败完了！”郑刚不禁骂道，“东升公司现有全部资产才一个多亿，煤炭业务那块有七千多万的债权没追回。还要投！?”

“东升大厦不是你们的吗，少说要值几十个亿吧？”吴文杰问。

“大厦的所有权南方公司收走了，我们公司只负责出租和管理。如果在我们公司手上，恐怕业主早已将我们告到检察院了。”郑刚说。

“看来胡明仁对乐源、昌兴还是有感情啊，投资都要投到老家。正所谓肥水不流外人田啊。”吴文杰试图揣摩流石矿工们的心理，“你们猜猜可能是谁的主意？”

“胡明仁。还能有谁？他是董事长。”郑刚说。

“也可能是林小铁，报告是他起草的。”叶如青说。

“有一点大家是一致的，不可能是邱阳。他负责煤炭营销，那么多钱收不回来，肯定不好意思提。有没有可能是张安帮的馊主意呢？他可是承包经营过供电所的，懂行。”吴文杰说。

“有道理。”叶如青表示赞同。

“提审一下张安帮就清楚了。找个机会老郑跟我们一起到乐源和昌兴县看看。好在这个项目还没有启动，否则后果不堪设想。”吴文杰说完，突然觉得有点儿累，轻嘘了一口气。

“怎么啦？是不是不舒服？”郑刚见吴文杰皱着眉头，关切地问。

“没事。”在下属和外人面前，吴文杰从不轻易流露心绪。他深知作为指挥员，他的决心和意志时刻影响到办案人员的斗志。“走吧，去老谭那儿看看。”

五七

谭向军的办公室在胡明仁对面，面积比胡明仁的小，比林小铁的大，有近六十平方米，陈设相当简洁。进门是一套一长两短的沙发，办公桌摆在靠窗位置。屋内比较显眼的物件是办公桌侧后墙角的一块至少两百斤的巨石，以及对面保密柜上方的一个相框。相框内的照片，字样是“2002 年省国资系统纪检干部培训班合影留念”。

“这就是老谭与洪六哥结缘的开始。”叶如青看着这张照片说道。

刘敏锋上去摸摸那块巨石，不解道：“摆这块大石头做啥用？”

“这块巨石是有讲究的，寓意是背后有靠山，腰杆硬。”吴文杰说道，“这些是看得见的，看不见的东西才更有分量。”

他打开谭向军的保密柜，不禁“哇”地惊呼一声，“真是与众不同啊！”

目光平视的那一格正中，居然是一个精致的十寸铝制相框，相框里是一个年轻女人的全身风景照。再仔细一看，这个女人竟然是东升公司的财务部长潘枝。

潘枝现年三十七，照片看上去不到二十五，比吴文杰调账时见到的要年轻四五岁。照片没有拍摄时间，只能通过潘枝穿着——一件红色短袖衬衫推断是夏季，地点应该是东南沿海。照片中的潘枝左手轻叉着纤腰、右手扶着棕榈树，眼神热辣，直视前方。说实话，潘枝并不漂亮，但年轻、身材好，穿着惹眼的红色，在比她大二十多岁的谭向军面前充满了活力。谭向军的老婆常年不在身边，他虽然五十八九了，但身体很结实。可想而知，潘枝在谭向军的心里占据着怎样一个位置！一个领导珍藏女下属的私人照，一开柜就四目相对。这是什么样的感觉？吴文杰不愿再想下去。

张伟强听到吴文杰的惊呼，也凑过头来看了一眼：“这两个人一定有不可告人的秘密。”

保密柜里引起吴文杰注意的，还有一串挂着银行保险箱钥匙的钥匙串，以及放在一个小铁盒中的借款人为武兵的五十万元的借条、东升公司股权追债奖励三十二万签领单和储运公司欠款追缴奖励三十万签领单、横沥地块处置奖励十万签领单的影印件。谭向军为什么留存这些复印件？吴文杰很疑惑。

看来，张安帮、肖江河出事，谭向军并不紧张。就他和张安帮那点儿小事又没有人证，完全可以矢口否认，检察院奈何不了他。否则，他早把柜子里的东西都转移走了。吴文杰分析道。

在谭向军的保密柜里还发现了一把保险柜的钥匙。这个保险柜藏在他的办公桌底下，大约半米高，双保险。刘敏锋试了试：“杰哥，钥匙插得进去，但没密码打不开。”

吴文杰打电话给市第三看守所谭向军的监区长，让他问谭向军办公室保险柜密码。几分钟后监区长回电说，谭向军说他记不得了。此乃意料中事。虽然如此，问还是要问的。谭向军不说，吴文杰就要叫开锁公司来开了。开锁公司的人半小时就赶了过来。他先查看了吴文杰的工作证，然后看了看保险柜，说没密码一时半会儿打不开。吴文杰说；“那就把锁给破了。”

开锁人拿电钻从钥匙孔钻进去，折腾了半个多小时，将保险柜打开了。保险柜里除了十几万人民币和港币，还发现了一个意想不到的东西——香港居民身份证，证件上的谭向军名叫马向前。“难怪刘丽称谭向军为老马。”吴文杰朝叶如青和张伟强笑笑道。根据以往工作经历判断，谭向军的香港身份证是在20世纪90年代中后期花钱从军情或国安部门办出来的。保险柜里没有发现金银首饰等贵重物品，只有几本存折和几张借据，借据夹在存折里。存折存有近百万人民币和三万美金、两万多英镑，总计折合人民币约一百五十万。借据与存折的金额相等。但谭向军的借据与很多贪官保留的不同。其他贪官的借据表明的是受贿的金钱是跟人借的，谭向军的借据则显示他借了多少钱给别人。借据与存折放在一起，无非想证明存折里的钱是别人还给他的。他有五十多万年薪，当然借得起。“老谭心里的小九九还真是挺多的。”吴文杰把借据和存折递给身旁的叶如青。

“贪污钱，却制造一个假象，是别人向他借的。老谭真是比狐狸还狡猾。”叶如青掂了掂借据和存折说道。

保险柜下层还有一个抽屉，里面只放着一封检举信，举报人竟然是谭向军老婆。检举信是写给省纪委的，为何到了谭向军手里？吴文杰觉得此事很蹊跷。

检举信称，谭向军“工资基本不用，老婆基本不动。利用职务便利，贪污受贿几十万，且包养情妇、道德败坏。恳请组织将其开除党籍、撤销职务、移送法办”。举报时间是2003年3月。“这个时间大约是谭向军老婆去英国前。看来她知道了老谭包养二奶的事，一气之下远赴国外。”刘敏锋说道。他年轻聪慧，对事物的判断敏锐而超前。

时下，情妇、二奶举报情夫的，吴文杰见过不少；老婆举报老公的，吴文杰还是头一次碰到。这是怎样一种夫妻关系呢？他心头疑云重重。老婆、情妇、二奶并存，谭向军的性格又有多少面？看来此人真是太有故事，值得深挖。

叶如青在谭向军卧室的床头柜里还发现了另外一个小保险柜。几天后拿到密码的吴文杰打开了这个保险柜，以及存放在东升公司对面工商银行里的谭向军的保险箱。这个小保险柜里竟然放有几十张谭向军与潘枝一同游览丽江、桂林等地的照片。工商银行的保险箱里则有一本长春的房产证，产权人是谭向军，购于1997年3月；一份香港的房契，产权人是马向前，购于2005年7月；一本汇丰银行一百五十多万港币的理财存折和工商银行近百万人民币的存折。吴文杰推算了一下，1997年是谭向军担任长春办事处主任期间，而2005年则是谭向军负责资产处置期间。

谭向军懂法，巨额财产来源不明罪的数额再大，量刑一般不超过三五年。如果承认了贪污或受贿，少则十年以上，多的有可能无期或杀头。所以，吴文杰他们要将谭向军送上法庭，取证异常艰辛。

这时，张伟强在谭向军书架的底柜里发现了各种各样的烟酒。有一个高档的洋酒盒，张伟强问吴文杰道："这是什么酒?"

吴文杰笑笑，"路易十三，差不多要两万元一瓶呢。"

张伟强没见过，拿起酒盒摇了一摇。听到里面有响声，就打开了："哇，有没有搞错啊！竟然是五十万人民币！"张伟强惊呼了起来。

事后，谭向军辩称，他没打开这个洋酒盒看过，并不知道里面有钱，不知道是哪个老板送的酒。交给司机后，司机送他回来，他就拿到了办公室。

搜查完毕，刘敏锋开始制作搜查笔录。

将这几间办公室呈现的书证、物证与近期查处的案件以及2004年的于杰案联系起来，发案地域之广、涉嫌人员之多、作案时间之长、涉案金额之大，让吴文杰有一种力不从心的感觉，以办案科八个人的力量想把东升公司的问题都搞清楚，谈何容易！世上没有救世主，只能自己靠自己。当务之急是要先理个头绪出来，看看哪些证据和线索与伍立志、潘枝和邱阳有关。"你怎么看?"吴文杰回头问郑刚。

郑刚作为老纪检干部、案件搜查见证人，有经验、懂规矩，办案人员在查看嫌疑人物品和文件材料时，他主动往后退一两步站着。虽不动手，察言观色，也知道办案人员关注什么。"胡明仁、林小铁来公司时间不长，平时还是比较敬业的。他们涉嫌犯罪，公司员工包括我都觉得比较意外，很惋惜。谭向军嘛，迟早的事。"郑刚见吴文杰对他说的这些没兴趣，就转了话题，"老谭保险柜里摆放的潘枝的照片我也看到了。一直以来，公司内部都有一些关于他俩的传闻，如今看来并非空穴来风。"

"说说看。"吴文杰对这感兴趣。

五八

"听说十年前，高中毕业的潘枝在公司饭堂卖饭票，与管饭堂的陆清宏，也就是现在物业分公司陆副经理谈恋爱。谭向军从南西省调回南州市，任东升公司副总兼房地产分公司、石油分公司和贸易分公司的老总，单身一人经常到饭堂吃饭。老谭挺有气质，一表人才，高大英俊，潘枝就看上了他。当时潘枝二十八岁左右，长相中等偏上，身材也不错，戴副眼镜，很斯文。谭向军一个人待着无聊，就跟她搞在了一起。两个人其实是金钱和肉体的关系。潘枝攀上谭向军后，就把陆清宏甩了。随后，谭向军把潘枝调到了他分管的房地产分公司做出纳，给她高薪还有奖金。不久，在谭向军的帮忙下，潘枝考上省财经职业技术学院，读了两年书，毕业后又回到房地产分公司任副总经理兼会计。没多久，上调到东升公司财务部任副部长。当副部长后，潘枝彻底与陆清宏断了关系。陆清宏迁怒于谭向军，几次想打他。于杰出事前，谭向军经常和潘枝坐司机丰永福开的车去茂林市检查工作，两人绯闻渐渐传出。”

“怪不得陆清宏要支持两个保安到检察院举报，原来他嫉恨潘枝甩他而去投靠谭向军，想借机把他们整下来。”吴文杰恍然大悟道。

“谭向军还是很阴险的。为了转移公司对他俩的议论，胡明仁来后，就让潘枝去黏胡明仁。公司员工在饭堂经常看到潘枝主动帮胡明仁打早餐，然后坐在一起吃，便称这是‘爱心早餐’，潘枝与胡明仁又传出绯闻。后来，胡明仁为避嫌，不再去饭堂吃早餐，潘枝就将早餐送到胡明仁办公室。

“当然这可能也是因为2005年公司副总兼财务部副部长陈昌浩携款潜逃后谭向军分管了公司财务，就跟董事长胡明仁提出，把潘枝调到公司做财务部副部长。由于住房补贴一事，胡明仁已经被谭向军架空。但谭向军也怕胡明仁调一个自己人过来。谭向军想帮她争这个位置，就让她去勾引董事长了。

“后来潘枝报名去南州大学读MBA，学费二十多万。按规定毕业后拿到学历，公司才给报一半。结果潘枝一入学，谭向军就给她申请了十万元。开始胡明仁不同意，老谭就说是借，胡明仁没办法就给她报了。潘枝的努力还是卓有成效的，很快在谭向军的提议下，胡明仁任命她当了财务部副部长。

“谭向军更毒的一招是给潘枝介绍男朋友，让她结婚。潘枝现在的老公刘连，原来在物业公司饭堂负责采购，也是潘枝的追求者。潘枝结婚后，谭向军通过关系把刘连调到空军机关幼儿园当采购科长。刘连窝囊，没本事，全靠潘枝傍着老谭才把一个家撑起来。潘枝买的房子很贵，至少要一万五一平方米，她还买了车和车位，还有小孩读书等。从她离开饭堂到总公司，至今已有七八年时间。

“其实当年潘枝与陆清宏谈恋爱，外人看来倒也般配，但她要得太多，野心太大，陆清宏无法满足。傍上老谭，才可以实现她的梦想。最后又因为老谭，嫁了个比陆清宏还差一大截的刘连。到底是老谭以权钱勾引了潘枝，还是潘枝色诱了谭向军，只有他俩心里清楚。总之，两人关系暧昧，甚至在潘枝嫁给刘连之后多年，与老谭还绯闻不断。但两人对流言蜚语无所畏惧，依旧我行我素，经常结伴外出，宣称工作需要。据说洪六哥训诫过老谭之后，两人关系才逐渐由公开转入地下。”

“谭向军一般是什么时候带潘枝去茂林市？”

“通常周四、周五去，周一回，一个月差不多去两次，以检查工作、查账，需要带财务副部长潘枝为由。那边房产和土地太多，又有官司，所以要经常去。去时还有个司机丰永福开车，因为路上要五六个小时。于杰帮他们订酒店，开三间房，一人一间，他们两个住隔壁。表面上两个人不睡在一起，一到晚上潘枝就到谭向军的房间去了。公司很多人知道这件事。司机不敢讲，他平时也给司机不少好处。”

郑刚说的时候，吴文杰脑海里浮现出阮清宏提到谭向军时那种火一样的愤怒眼神。生活作风是纪律问题，只要不违法，吴文杰就不管它。他关注的是权、钱、色三者非法交易，到底谁和谁在交易？拿什么来交易？想获得什么？

“老郑，粤电力股票的事你知道吗？”吴文杰想起搜查时在谭向军保险柜里看到的一张追债奖励签领单。

“大体知道。我曾任公司工会副主席，粤电力股票就是以工会名义买的。20 世纪 90 年代中，我们公司从银行贷了十几个亿，以房地产为主进行多元化投资，包括购买几百万股粤电力原始股，收益都不错。1997 年金融风暴后，公司资金链断裂，开始出现巨额亏损，每况愈下，资不抵债，直至 2004 年被南方资产管理公司兼并重组。即便如此，粤电力上市后，公司将股票抛售，还是赚了不少钱。改制重组前，公司为避免债主追债，将粤电力股票放到下属公司隐藏了起来，改制完后才又拿了回来。具体如何操作的，财务部和法律部最清楚。我保存有一些材料，可以提供给你们。”

“粤电力股票的收益是如何分配的？”

“公司效益不好，股票收益大部分用来发了奖金。如何发的，我就不清楚了。但财务账上一定有显示。”

“这几份复印件提到债权追缴奖励和资产处置奖励是怎么回事了吗？”

“东升公司 2004 年被南方公司重组后，按南方公司的规定和要求成立了谭向军、伍立志和夏新成三人资产处置小组，进行清产核资、追缴债权和处置早年投资的烂尾资产，也叫盘活资产。为调动大家的积极性，公司规定，凡追回债权或处置成功，包括通过中介处置成功，都可按一定比例予以奖励。”郑刚解释道。

只要是卖掉，不管卖高还是卖低，都算处置成功；只要是追回，不管追回多少，都有奖励。这里面大有文章可做。损公即可肥私，东升公司的国有资产不流失掉才怪呢。谭向军等人不知从中捞了多少好处！洪六哥掌管的南方公司监审部又都干了些什么？吴文杰心想。“债权追回有奖还说得过去；烂尾资产卖掉也有奖，有标准吗？怎样才算合适？”

“公司还有个听证委员会，由资产处置小组三人加上董事长和财务部长担任，负责评估资产的价值和奖励的标准，资产评估的情况需向南方公司报备。”

“有没有可能这三人既是裁判员又是运动员？”

“有这种情况。当时是饥不择食了。”

“三人的这种身份岂不是享有获取高额奖励和低价处置国有资产的职务便利？”

“是啊。你看这上面的签名：股权追缴奖励名单上就有潘枝，横沥地块处置奖励也有谭向军和潘枝的名字。而横沥那块地差点儿就被老谭贱卖了。”

“说得详细点。”

“横沥地块原属东禺区，后属南土区，是公司早年投资买下的。2004 年由谭向军担任董事长的越银房地产分公司负责处置。谭向军找了个香港老板，拟以两千四百万卖掉。南方公司认为卖得太低，没有同意，又重新找公司评估。正好碰到区划调整，横沥地块划归南土区，地价升值很大。南土区决定由政府出资收回，经南方公司的伍宏董事长与南土区政府磋商，结果卖了三千七百万。这里面有没有问题，老谭负责资产处置，潘枝是财务部长，两人最清楚。”

“老郑，麻烦你尽快把粤电力和横沥地块的有关材料和财务凭证找出来给我们。”吴文杰觉得事关重大。

“没问题。当年于杰案发后，南方公司成立了一个调查组，专门清理经协集团的地产。我是小组成员之一，现在手上还有些资料。我找一下，很快就可以给你们。”

“股权追缴是由谁负责的?”

“法律部的王伟佳。”

“还有，这是老谭老婆告老谭的信，你有没有听说过这事?”因与案件有关，吴文杰没将检举信给郑刚看。

“这事我不知道。”郑刚说，“我想起一件事，不知是否跟这封检举信有关。老谭老婆出国前，我倒是见过她来我们单位找老谭大吵大闹过一次。老谭还因此被洪六哥在我们公司中层以上干部会上以家庭矛盾影响工作为由，点名批评了一次。当时我就觉得奇怪，老谭是洪六哥的亲信，任何场合都是维护并力挺他的。本来，肖江河的叔叔肖总得了癌症，由老谭主持全面工作，还是有希望接班的。没想到，最后上面派了胡明仁过来。公司内部都说老谭老婆把他的总经理给吵没了。我倒是觉得，老谭一定是出了大事。之后，有一段时间老谭心情非常不好。”郑刚继续说，“他是个城府极深、喜怒不形于色的人。在大的场合，即便喝了很多酒也不会失态。但在欢迎胡明仁的酒席上，老谭居然喝醉了，说‘成也萧何，败也萧何’。现在看来，老谭是指他毁在了老婆手上。”

“成也萧何”又是指什么呢?中午吃饭时，张伟强给出了答案。

五九

“杰哥，今天搜查时听到你和老郑聊起老谭和他老婆的事，讲什么‘成也萧何、败也萧何’的。我部队的老领导张政委跟我透露过谭向军的一些秘事，你听听看，不要打断我。”张伟强一边吃，一边说道。

“张政委称，他和谭向军三十多年交情，一起下过乡、扛过枪、嫖过娼。这是黄段子哈，张政委可没像老谭那样嫖过。张政委是谭向军唯一掏心窝子的死党。老张说，他见过潘枝，觉得老谭和潘枝的关系很奇特，既亲密又疏远。由此他肯定，老谭与潘枝之间绝对没有肉体关系！别看他俩经常在一起，老谭却从未碰过她，即便潘枝想以身体做报答，老谭也没要。

“老张说，老谭是个有严重心理缺陷的人。他是个孤儿，从小失爱，性格孤僻、内向寡言。1972 年 9 月，航校毕业的老谭和老张到空七师南州新村基地参加集训。闲暇之余，老谭和战友们常到驻地附近一家小食店吃饭，喝酒。不知从何时开始，小食店老板变得热情起来，给的菜分量比以前多了，女服务员阿曼还不时主动送一些小吃给他们下酒。再往后，阿曼提出帮学员们洗军装。细心的老张经过观察发现，原来稚气、小巧的阿曼和英俊、帅气的老谭好上了。从此，老谭时不时偷偷跑出去，与阿曼手拉手逛街、看电影。宿舍走廊里经常能听到老谭爽朗的笑声。

“然而，老谭的甜蜜时光没能持续多久。国庆军民联欢晚会上，多才多艺的老谭怀抱吉他弹唱的一首歌打动了一位少女——副师长女儿的芳心。集训结束前，副师长找老谭谈了一次话，老谭变得忧郁寡言起来。集训结束后，老张分到南西，老谭留在新村。在后来与老谭的通信中得知，老谭与副师长的女儿结了婚；阿曼嫁到了外地，从此没了音讯。

“在岳父大人的悉心关照下，三十三岁的老谭当上了航空兵团的副团长，在我们学员中进步最快。然而，官运亨通的老谭生活并不幸福，因为他不爱副师长的女儿。婚后不久，老谭开始酗酒，经常借口部队有事或值班不回家。回到家，说不了几句话，两口子就吵架，一吵架老谭就甩门而去。他老婆也变得神经质起来。

“老谭的心里从来就没有放下过阿曼。这是老谭的初恋，也是老谭唯一一段真感情。在新村工作的时间越长，老谭对阿曼的思念也越深，以至再已无心思在部队干下去。1989 年没当上团长的老谭通过老岳父的关系转业到了省经协集团，任后勤副处长。

“有的人一生平平淡淡，有的人则注定有很多故事，比如老谭。一天，年近四十的老谭在公司饭堂突然见到一个十七八岁的小姑娘，魂就被勾走了。这小姑娘就是潘枝，饭堂的出纳。潘枝与当年的阿曼无论年纪、长相、身材、说话的语气，尤其是眼神都极为相像，只是口音略微不同，潘枝戴眼镜而阿曼不戴。有一次，老谭说潘枝戴眼镜不好看，潘枝不明缘由，但从此再也没有在老谭面前戴过眼镜。

“老谭觉得是他抛弃了阿曼，这一辈子都对不起阿曼。他曾发誓，如果老天有眼让他能再见到阿曼，一定倾其所有对阿曼进行补偿。潘枝的出现，让老谭感到快乐，以至于他看到潘枝经常会产生幻觉。老谭不知不觉就把对阿曼的依恋转移到潘枝身上，潘枝的境况时时让他感到心疼。老谭决定帮助潘枝，让她摆脱困境，否则他就像看到阿曼的痛苦。当然，他内心的这些秘密是绝不会透露给潘枝的。

“老谭对潘枝说，你这么聪明，应该读点儿书，否则可惜了。潘枝回答，读书有什么用，还不是卖饭票。老谭说，只要你愿意，我来安排。潘枝将信将疑。1995 年，老谭到驻长春办事处当主任，走之前潘枝考入了省财经职业技术学院。三年后，潘枝大专毕业，老谭回到南州，担任经协集团公司副总兼房地产分公司经理，就聘潘枝为房地产公司出纳，第二年升其为副经理兼会计，月薪一万五千。这与她之前在饭堂卖饭票每月一千多，简直是天壤之别。

“回到南州后，老谭把女儿送去英国，老婆跟着也出去了。于是，老谭把全部心思都用到了潘枝身上。一次偶然的机会，老谭得知潘枝跟物业公司管饭堂的陆清宏副经理谈恋爱，大为恼怒，横加干涉，并找借口把陆经理调去管保安。气愤之极的陆经理差点儿打了老谭。老谭和潘枝传出绯闻，为此洪六哥还把老谭大骂了一顿。不久，潘枝嫁给了她的另一个追求者、饭堂的采购员刘连。潘枝婚后，老谭眼不见为净，将刘连调到了空军机关幼儿园当采购科长。领证前一天，潘枝和老谭两人吃饭。潘枝对老谭说，如果你娶我，我就嫁给你。老谭说，不行。潘枝说，你不娶我，今晚你就要我。老谭还是说，不行，你陪我喝酒就好了。老谭不说潘枝当然不明白，因为她不知道有阿曼这个人的存在。又正因为她像阿曼，所以老谭才不娶她也不碰她，并要求她必须嫁给像他一样的人。然而，如何能找得到一个像他老谭那样的人？

“潘枝并不爱刘连，但爱不爱是一回事，生活还要继续。婚后的潘枝生了一个女儿，这是她的唯一希望。像是约定，老谭不问，潘枝在老谭面前也从不谈及她的家人和家庭生活。

“老谭把潘枝当成了精神寄托，愿意无偿为潘枝做任何事。2004 年经协集团重组更名为东升公司后，老谭力荐潘枝当了财务部副部长。之后，又说服董事长胡明仁批准借二十万学费给潘枝读 MBA；再之后，将潘枝捧到财务部长的位置。其实，潘枝能扶正，与其自身努力分不开。这就是东升公司员工津津乐道的‘爱心早餐’的故事。或许是老谭觉得这件事有损他的颜面，才没告诉张政委。2005 年初，财务部长一职空缺，老谭向胡明仁推荐潘枝，胡明仁不表态。老谭无计可施，潘枝只得亲自出马，向胡明仁献殷勤。每天早上胡明仁一到饭堂，潘枝就端上两份早餐，坐到胡明仁身边请示汇报工作。两人的绯闻传出后，胡明仁就不吃早餐了。潘枝不管，把早餐亲自送到胡明仁办公室去，弄得胡明仁一点儿办法都没有，直到同意潘枝当财务部长她才作罢。后来，‘爱心早餐’的故事被演绎成多个版本，传到了洪六哥那里，搞得胡明仁挨了一顿批。

“在东升公司，财务部长的年薪已有近三十万，这在得到老谭垂青的十年前，潘枝是做梦都不敢奢望的。她对老谭心存感激，又觉得无以回报。所以，只要老谭高兴，他去哪儿她就去哪儿，哪怕被人戳脊梁骨。老谭不需要潘枝感激，他觉得这是为阿曼做的。他很享受潘枝的崇拜，这让他找回了当年的感觉。不论外人怎么看，老谭始终觉得他与潘枝的关系是清清白白的，‘君子坦荡荡，小人常戚戚’。他无惧流言蜚语，经常与潘枝出双入对，该出差出差，该赴宴赴宴，直至刺激到了他远在英国的老婆。大约是 2006 年，他老婆专门回国，向省纪委检举他包二奶，老谭险些出事，才有所收敛，与潘枝的交往也由明转暗。令人费解的是，潘枝对老谭与一帮酒友经常通宵达旦地喝酒，甚至去夜总会找小姐，也是知晓的，但并不责怪他，只是心疼他要注意身体。这是怎样的一对组合？

“老谭这人比较偏执，至今都认为是‘因为货不够’，即送钱不够才没能当上团长和东升公司总经理。或许，这就是老谭出事的动因。

“老张还说，老谭出事他要负一部分责任。当年，老谭的部下于杰案发，老谭曾向老张当律师的女儿请教如何应对审讯、规避犯罪等事情。老张的女儿告诉他，办案是要讲证据的，一对一现金交易，仅有单方口供定不了罪。而且说多错多，只要有把握，什么都不要说。于杰零口供，获得轻判，与老张女儿的指点和老谭的教唆有很大关系。由于有了成功的案例，老谭对自己很有信心，没想到最终把自己也送了进去。有句话怎么说的，天网恢恢，疏而不漏。莫伸手，伸手必被捉！

“老谭其实是一个自相矛盾的人。他常说，过程不重要，结果最重要。希望能高质量地活到六十岁，平平安安地过完下半生。老谭所谓的‘高质量’是什么？老张现在明白了，就是钱、权、色都拥有。然而，国家反腐力度那么大，拥有钱、权、色的人又如何能善终?!

“老张说，现在老谭也折了，显然她女儿饭桌上教的那几招不管用。虽然她女儿也是搞法律的，与检察院算是同行，然而术业有专攻。他觉得老谭应该好好反省一下过往自己所做的事，看看有什么经验教训，到时该如何配合我们调查。”

“谭向军还有这样的艳史，真是艳福不浅。我怎么就没有阿曼那样一个初恋女友?”刘敏锋难得的没有打断张伟强，一是累一是饿。要不，他才不会那么听话。

“曾经有一段真心的感情放在你面前，你却没有好好珍惜。现在后悔了吧。”甄珠又在讥讽他。

“是你吗？是你吗？我才不稀罕。”刘敏锋撇撇嘴。

“人家有甜蜜的初恋男友，轮不到你。”张伟强很喜欢拿这一对金童玉女开玩笑，“我就没有初恋。老婆一追我，我就稀里糊涂答应了，一点儿恋爱的感觉也没有。什么阿曼、阿猫、阿狗的，都没见着。”张伟强的话，让大家险些喷出饭来。

“我们这里最有初恋感觉的，就是叶总了。他们到现在要当父母了，都还是初恋。”吴文杰说道。

“杰哥你就不要说我了，你跟嫂子彼此不都是对方的初恋吗？之前都没谈过恋爱。”

“现在成恶恋了，见面就吵架。唉，她真是一位烈女，之前怎么就没看出来。”

“我老婆更烈，一生气可以把一栋房子都掀起来。谁敢惹她?!”张伟强像疾风扫落叶一样，把最后一口饭扒进嘴里。

六〇

郑刚和办公室副主任方同、财务部副部长陈英整个中午没休息，下午一上班就将几个大信封送到了检察院。

吴文杰看完材料，决定立即传唤东升公司法律部副主任王伟佳。材料显示，王伟佳自始至终负责粤电力股票的运作，知晓全部内幕。他觉得，可以把他作为污点证人。污点证人是较为特殊的证人，是犯罪活动的参与者，有犯罪污点，但也可以为国家公诉机关作证，以换取免受刑事追诉或减轻、从轻指控等待遇。

王伟佳接到叶如青的电话，称不在单位，要傍晚才能过来。“使的是缓兵之计吧。”吴文杰的话音刚落，与他私交不错的侦查二处宋建民科长就打来电话：“文杰，听说你要找王伟佳?”

“有这回事。怎样，你有何吩咐?”吴文杰很客气。

“王伟佳是我司法学校同学，毕业后分到东阳区法院，1980年代末下海去了经协集团法律部。想问问他有什么事，能否关照一下。”

王伟佳是股票事件的关键人物，如能争取他，将会对整个案件的进程起到至关重要的作用。况且还有三个嫌疑人在候审，时不我待，以一换三，轻重不言而喻。想到这，吴文杰打算借助宋科长“说情人”这条桥，消除王伟佳的顾虑。“宋科，咱俩什么关系。你也帮过我，不用客气。近段时间我们抓了他们公司几个人，有些事跟你同学有关。你告诉王伟佳，只要他说实话，讲清楚，不会为难他。我们不考虑追究他的法律责任。到时我跟他谈。”

“好，谢谢。我会做好他的工作的，叫他一定配合。”

说情人也是工作的桥梁。桥梁的作用很重要，可以提高工作效率。吴文杰是一诺千金的人，不会像个别办案人员目的达到后翻脸不认人，该抓照抓。

看看还有时间，吴文杰决定和叶如青先去看守所提审胡明仁，他一直想搞清楚“爱心早餐”是怎么一回事，胡明仁、谭向军和潘枝存在怎样的纠葛。“老张和小刘，你俩在家准备好晚上对伍立志、潘枝的审讯。”临走前交代张伟强和刘敏锋。

拘留几日，胡明仁已显老迈，原就不修边幅的他衣衫更是不整。见到吴文杰，他勉强挤出一丝笑容。吴文杰拿出从东升公司账上找到的住房补贴发放记录。胡明仁点点头，承认领了住房补贴。吴文杰又拿出南州市房管局和南方资产公司颁布的“在原单位所在地分过房的调来南州也不能发放住房补贴”的文件。胡明仁辩解说：“我们在流石矿务局没有分过房子，在南州没有分到房子，可以领住房补贴。”稍顿，他又说，“我和林小铁、邱阳都认为是违规，不知是违法。”

“你从流石矿务局调来时，也以东升投资公司的名义颁布了这个文件，即便有钱，也不能发放住房补贴。”

胡明仁说：“公司决定以党委名义给我们发放住房补贴时，流石矿务局给我们出了证明，证明我们调来之前的所在地，也就是流石矿务局没有分过房，这三张证明都盖有公章。”

“你们乐源县房管局也给我们回了公函，说你们流石矿务局是破产企业，不管你原来分没分过房，在南州也不参照执行，不能领这个住房补贴。”

胡明仁看了一眼公函说：“我不知道有这份文件。”

吴文杰说：“你认不认都无所谓，我会去你们矿务局调查清楚，到底在当地分没分过房。”

胡明仁低头不语。他相信吴文杰可以做到的。吴文杰又拿出搜查林小铁办公室时找到的《关于投资收购武江中下游水电站的可行性报告》。胡明仁只诧异了一下，就坦白了全过程。“投资收购北部山区水电站的设想是张安帮提出来的。当时在我家，在我和林小铁、张安帮、邱阳四人的例会上，也就是喝酒、猜拳、打麻将时，我说我们这些

‘挖煤挖到南州’来的外地人由于没有关系和其他专业技能，除了卖点儿煤——卖煤还收不回来钱——什么也做不了，还经常受到以老谭为首的‘老派’本地人欺负和排斥。南州房价、物价这么高，我很担心再过几年退休后，本人和家庭生活没有保障。

“林小铁、张安帮、邱阳三人中以邱阳学历最高，硕士生，脑子也最活络，但他对我的担心没提任何建议。实际上，他也不敢提任何建议。邱阳是我到东升公司四个月后，于2004年底邀请来公司担任总经济师的。他在流石矿务局负责煤炭营销。早年煤生意好得煤老板都是用麻袋装着现金来提货的，后来游戏规则变了，先供货再收钱。张安帮不是东升公司人员，并不清楚邱阳在外还有六七千万的债权没有收回，我也不想让他知道。常年负责安全生产的林小铁对做生意不在行，也没什么招。

“这时，张安帮说起一件事，让大家眼前一亮。2006年底张安帮调来南州前，乐源、昌兴等县根据国务院有关文件精神，陆续开始对因人员过剩、机器运行时间长、效益低造成年年亏损、资不抵债的县属水电站，通过县属资产管理中心公开拍卖，所得款项用于归还单位改革前所欠各种债务和作为解除劳动合同职工的补偿费。张安帮认为这是个好机会。况且，东升公司还有点儿钱，再不花出去，过了这村就没这店了。根据他承包关村供电所和投资参股罗坑水电站的经验认为投资乐源、昌兴等县水电站的事有得做。具体操作方式仍可像从前一样，由东升公司投资，对水电站升级改造或更换设备后再交给他承包，他按月给每人分红款。水电站买得多，就分得多。何况，水电站资产评估还可以报大数。后半生何患之有？

“‘你这主意好是好，钱呢？我们是独立核算、自负盈亏的企业，上级公司不可能给我们投钱的。’我说。

“‘据我了解，近期乐源、昌兴有九个中小水电站要拍卖。我估算了一下，四千万就够了。当然多多益善。’张安帮说。

“我想了想说：‘帮子这个建议我看行。但公司目前资金周转有些困难，等资金回笼后可以实施。前期工作我们现在就要开始做。我来分分工！邱阳的岳父是乐源的老领导，地方关系你来协调。水电帮子在行，实地考察、调研的事你带小铁和邱阳一起做。小铁负责协助邱阳撰写可行性报告。我呢，找机会给上面吹吹风。’哪曾想，南方公司批准该项目后还没来得及实施，我们四人就先后出事了。”

吴文杰愤慨地说：“如果不是查处你们，一亿六千万呀，国家的钱就要被你们私吞了。”胡明仁不作声，低下头，花白的头发微微颤抖。“公司股票的事，你知不知道？”吴文杰又问。

胡明仁抬起头：“公司股票是我来以后开始卖的，但实际上我对这次股票操作根本就不明白，都是谭向军在操纵。”

“有人说你跟公司财务经理潘枝关系特殊，有没有这回事？”吴文杰转移了话题。

没曾想胡明仁居然哭了起来：“我太冤枉了！这个黑锅我背了好多年。谭向军这个人太坏，明明是他跟潘枝好，却要把脏水泼到我这儿来。”胡明仁边哭边说，“大家传是我跟潘枝有关系，实际上还是谭向军跟她。谭这个人坏到极点，为了这件事我还被上级领导找去谈话。是他跟潘枝偷偷摸摸，被人家检举告发，为了转移视线，就让潘枝来勾引我，搞出什么‘爱心早餐’。谭这个人很坏很坏，他这是‘一箭双雕’。潘枝从房地产分公司调到东升公司当财务部副部长后就想当财务部长，当时财务部长空缺，要我点头同意，他就让潘枝来黏我，经常到我家送钱，送购物卡。表面上她脚踏两只船，实际上她只跟谭向军一个人好，对我只是黏而已。”

“她经常到你们家送钱，送物?”吴文杰要查下去。

“她去我家送过几次购物卡。我 2004 年 5 月上任，春节时她就来我家送了两千元购物卡，我推都推不掉，只好给她女儿封了四千元红包。我一年六十万年薪，意思就是不想要她送，我看不惯下属跑到家里来送钱。谁知 2005 年春节她又来我家拜年，送了四千元现金，我就给了四千元购物卡给她女儿。以后她就再也不来了。外面传我跟她关系怎么样，其实我跟她一点儿关系都没有，就是她来黏我。毕竟董事长是一支笔，财务提拔全靠我，我不签字她什么招都没有。”说到这里，胡明仁又哭了起来，“都是谭向军把我拉下水再把我架空，他以住房补贴抓住我的把柄，然后他想干什么我一点儿办法也没有。那一次潘枝读 MBA 想在单位报十万，我不批，他就说是借，逼得我没办法。就是因为我没有抵挡住金钱的诱惑，有把柄在他手上，就被他拖下水并被架空。”

“还有什么?”吴文杰接着问。

“潘枝借了公司十万去读南州大学的 MBA 至今未还，算不算事?”胡明仁问。

“说说看。”

“大概是 2006 年潘枝当了财务部部长后，老谭找我说潘枝家庭困难，想先借十万元报名读 MBA，并说按公司以前惯例，读 MBA 拿到文凭的可报销学费。我批准同意了。后来，也没见潘枝再借钱，不知道她读没读完、通过了没有。”胡明仁道。

看来传言不实，潘枝跟胡明仁一点儿关系也没有，否则胡明仁不会检举她。但吴文杰还想多句嘴：“有人说，潘枝是你的红颜?”

“胡说！那是造谣，给我戴绿帽子！”胡明仁很气愤，“老谭与她才不清不楚的。”

这个谭向军，真是阴险狡猾心机深啊，老实巴交的煤矿工人怎会是他的对手，只能像一个玩偶，被他玩弄于股掌之间，好像头戴紧箍咒一样受制于人。吴文杰感慨道。

六一

王伟佳来到检察院大堂时，吴文杰叫常淡云下去把他带到警务区二楼证人室。

十分钟后吴文杰下来了，常淡云一副无可奈何的样子。“吴科换人吧，这个人我搞不定。”王伟佳做过法官，很厉害，常淡云一见他就怕，不是对手。在王伟佳这个老江湖面前，真是有点儿难为他了。

吴文杰叫常淡云回办公室分类、整理、复印郑刚先前送过来的资料，他亲自跟王伟佳谈。他先训了他一通：“你是学法之人，懂法律，做过法官，贪污公款、行贿造假的事也敢做?！跟法律部姓方的律师，你们的问题我很清楚。你们东升公司我抓了五个人回来，知道我下面要干什么？”给了王伟佳一个下马威后，吴文杰让做记录的甄珠去倒杯茶过来，他要单独跟王伟佳谈一下。甄珠走后，吴文杰说：“你跟我们侦查二科科长宋建民是同学，他是我的老友，专门给我打过电话，说能不能放你一马。我说可以，但你必须把事情讲清楚，公司的问题可以不追究。宋科应该跟你说过了吧。今天找你过来，希望你实事求是，不要有隐瞒。之后，该干什么就干什么。”

见吴文杰这样说，王伟佳有点儿不好意思了：“啊呀，吴科长，你的话讲得这么实在，也不追究我，再不讲实话就对不起你和建民了。我拿的钱我退出来。”沉默、思考、试探后，王伟佳再说道，“粤电力股票的事应该没什么问题吧，都是按领导指示操办的。”他还是有些顾虑。

“老王，别绕圈子了！你也从事法律工作二十几年了，有没有问题你知我知，你的领导也知。如果不是因为宋科，轻点儿定你个私分国有资产、重点儿定你个贪污都不过分。这几天东升公司的事想必你也听说了，我们查得很清楚，没有抓错人。”此时，吴文杰并不知晓东升公司几个头头在股权操控中也捞了好处，便没有点透。

“好吧。你问我答。”王伟佳下决心似的说道。由于事先已沟通协调好，他也懒得耗下去，希望早点儿完事走人。

“请先谈谈公司法律部的工作职责？”吴文杰问道。

“从经协集团及东升公司一直都设有法律部。法律部就部长朱小宏和我两人，实际上我俩没有明确分工。法律部负责公司的合同审查、债权追收及债务处理，根据公司法人授权进行诉讼，在企业经营过程中采取法律风险防范措施。”

“讲讲处置粤电力法人股的债权情况？

“原经协集团拥有一百八十万股粤电力企业定向法人股，后因许多债权人追债，2002年公司领导研究决定，将法人股先转至下属生华公司，生华公司再转至有合作关系的白马房地产公司名下隐藏起来。后因生华公司、白马公司双方有债权债务关系，白马欠省经协一百八十万，生华公司起诉白马公司。生华和白马经法院调解，同意以白马名下的粤电力法人股抵偿上述债权。2005年初，经协集团重组更名为东升公司。东升公司成立后，它与生华公司也存在债权债务关系，东升公司起诉生华公司。在法院调解下，生华公司同意以其名下的上述粤电力法人股抵偿所欠债务。东升公司领导决定收回粤电力股票。为了拿回股票，东升公司和生华公司虚构了两个借款合同。通过法院调解，东升公司拿回了股票。2007年，粤电力法人股上市，公司抛售股票，获利一千多万元。”

“东升公司与生华公司的债权关系你是否清楚？”

“东升公司与生华公司的债权关系是由财务部提供的依据，债权金额是一百八十万，生华公司在协议期间偿还了二十万，还有一百六十万逾期债权。法律部是依据这个债权关系履行职责而对生华公司起诉的。”

“东升公司与生华公司之间的债权债务关系是否实际存在？”

“这个我不清楚，我们是以财务部门提供的财务凭证作为依据的。”

“谁交办你们追讨该项债权的？”

“是分管法律部的公司领导谭向军。领导交代我们与财务部协调负责追讨这项对生华公司的债权。”

“东升公司与生华公司债权关系的财务凭证是谁提供给你们法律部的？”

“东升公司财务部的潘枝提供的，我们按照这个债权依据提起法律诉讼。”

“你两次提到公司领导。公司领导是谁？”

“当年经协集团的董事长是肖江河的叔叔肖立军，东升公司的董事长是胡明仁。分管资产处置的公司领导是谭向军，分管法律部的是伍立志。老谭交代，法律部与财务部协调，负责追讨股票债权。”

“是不是可以这样说，在粤电力股票的追缴过程中，财务部负责虚构债务，法律部负责虚假诉讼？”王伟佳沉默。“法律部在追收粤电力法人股过程中有没有提取追债奖金？”

“有。根据公司相关规定，追讨逾期债权的有关人员可以提取一定的追债奖金。法律部在追收白马公司时，提取了四万多追债奖金。从生华公司追回东升公司时提取了三次追债奖金。这个数额是按照当时粤电力法人股升值后的市值四百八十万总额的百分之五提取的。”

“哪些人提取了这笔二十四万的奖金？”

“提取奖金时，法律部有一个关于企业经营利润单项奖励分配方案，我本人拿了六万，其他人员我记不清了。具体以书面分配方案为准。”

“你是否经手将法律部领得的奖金送给其他人？”

“自从法律部有奖励领取后，很多人都很眼红。省经协集团公司的纪委书记伍立志在法律部报批时，经常以各种借口拖延，说要研究。朱小宏部长和我讨论认为，这是领导暗示我们也要给他一份，因为领导也是公司追债小组的领导，法律部是在追债小组的领导下办事的。其他办公室也眼红法律部有钱分，后来报方案时，相关部门也不得不列入奖励名单。而伍立志、胡明仁、谭向军是领导，不能在奖励名单上出现，要避嫌，就只能以我们法律部的人员名义多领取一些，再分给他们。之后，法律部打报告领取奖励的时候，都是预备了给领导份额的。从 2003 年以来，我们给伍立志、胡明仁、谭向军的份额是均分的。胡明仁有几次小额的没有要，因为他每年还有绩效奖。大概比伍立志、谭向军少了一万左右，而伍立志、谭向军每人拿了五万一千元人民币。”

“你是否确定从 2002 年以来法律部就领取了上述五次奖励？”

“记不清了，要查办公室记录。法律部不只分得上述三十九万多元人民币。”

“股票套现后，奖励是如何实施的？”

“根据南方公司有关规定，经东升公司领导批准，我们提取了三十五万多元的债权追收奖励，扣除差旅费、公关费、调查费等有关费用后，尚余约三十三万元。根据法律部拟定的分配方案，我和朱小宏各十三万五、潘枝六万元奖金。”

“你所说的我们也会向朱小宏核实，希望你说的跟他说的一致，不要给自己找麻烦。”对嫌疑人的供述，吴文杰历来都既信又不全信。在此前张安帮和肖江河的供述中，胡明仁、谭向军、伍立志均有受贿前科。

“好吧，我据实说说吧。”王伟佳犹豫了一下说道，“实际上，我和朱小宏也只领取了六万元奖金，剩余部分分给了谭向军、伍立志各五万一千元、胡明仁三万八千元。”

“胡明仁、老谭、老伍和潘枝都不是法律部的人，为什么也能拿奖金?”

“胡明仁是公司董事长负责决策，谭向军分管资产处置，伍立志分管法律部，潘枝负责财务和抛售股票，这些人我们都得罪不起，否则债权追收奖励方案要么通不过听证会，要么就会被无期限拖延。伍立志就曾以各种借口，压住我们的报告不批。胡明仁、谭向军、伍立志是公司领导，要避嫌，不能在分配名单上出现，只能以我和朱小宏的名义多拿一些，再分给他们。胡明仁是公司董事长，每年都有绩效奖，就比谭向军、伍立志少一些。这样安排，我们也是事先私下跟他们沟通过的。”

“你们也太厉害了，造个假就贪污六十万。所有文件都是假的，通过东阳法院打的也是假官司。实际上藏股票的那个公司是你们下属分公司，南方公司下面有子公司、孙公司，为了逃避债务你们就把股票藏在下属公司，然后做个假协议，欠这个公司多少钱，要把股票抵押给人家。公司重组完毕后，南方公司出钱九个多亿收购省经协集团，南方公司就变成最大股东，法院执行后经协破产，一破产债权人也拿不到钱，最大的股东是南方公司。这样，你们就把以前股票都卖掉。这件事你要负很大法律责任！你竟敢通过假官司把分公司股票拿回总公司，还说是追债，然后让法院判决，赢了后写个假报告，追债有功提请奖励。你这还不是造假？敢打假官司拿钱出来分还不是贪污？你在里面也拿了钱，分了十几万奖金。你和朱小宏拿了六十万走，这六十万涉嫌贪污。你把这些钱都送给谁了?”

“我十几万，朱小宏十几万，剩下三十多万都送给他们了。谭向军跟伍立志每个人都六万多元，胡董事长八万多元，还有财务部长潘枝是两万多元。都是谭向军的意思。”他跟伍立志各拿了十到十一万元。

“有证人吗?”

“我的部长朱小宏知道。”

六二

尽管吴文杰承诺不追究王伟佳的法律责任，但王伟佳措辞还是很谨慎，能推则推，能避则避。这些对于吴文杰来说都无所谓了。因为已有充分证据证明，东升公司股票从来都没有脱离过控制，只是为了躲债，将左口袋的钱放到了右口袋里。但任何人只要巧立名目，将公家的钱装进自己口袋，法理不容。

“还有什么事与法律部有关，也是私下操作的?”吴文杰想从王伟佳身上挖出更多的事。

“我想想看。”这次王伟佳不敢把话讲死了。

“不急，好好想想。”只要王伟佳肯爆料，吴文杰有的是时间，“我不想找你第二次。”

“还有件事不知道有没有什么问题？”

“请说，我们会核实。”

“2006年一天，分管法律部的谭向军打电话叫我到胡明仁办公室。我见到胡明仁、潘枝以及锐箭机械设备有限公司的一个陈姓财务。东升公司与锐箭公司合作资产处置事宜，应付东升公司五十万人民币。当天陈姓财务带来了十万元现金，胡明仁叫我收下。我说应该财务收的，潘枝说了一大堆财务困难，什么不好出账，等等。最后胡明仁还是叫我收下了这笔钱。我就以法律部名义向锐箭公司陈姓财务出了一张收据：收到锐箭公司暂收款十万元，待双方财务理顺票据关系后归还收据。2007年春节前，潘枝要我在春节前一天将这笔十万元交给她，说是单位要发开门利是。我在春节前一天将钱交给她，并追她要我那张十万元的收据。她又老调重弹，说不好出账之类的。我说不管她怎么与对方理顺财务关系，反正我法律部给了锐箭公司收据，她一定要给我个交代。既然单位发了利是，人员签收单据我要一份。春节后，潘枝就给了我一份三页纸的签收单复印件。我看了一下，有东升公司所有人员的签名，共一百人，每人一千元人民币，合计十万。2007年底，锐箭公司又送来了十万元。胡明仁也要我依照上次的办法给锐箭公司开收据，现金交给了公司财务。之后我又追潘枝要发票，潘枝给了我十多张王府井百货公司的购物发票复印件，说是用这些发票与对方冲账的。我看了一下是以办公用品名义开的，就要她在与锐箭公司对好账后帮我拿回法律部开的收据，但至今潘枝都没有帮我要回收据。她给我的签收单及购物发票复印件我一直保存！我愿意一起交给检察机关。但锐箭公司余下的三十万元是如何处理的，我就不清楚了。”

吴文杰听明白了，就是这个锐箭机械设备有限公司与谭向军内外勾结、低买高卖，处置了经协集团的遗留资产。谭向军是个吃里扒外的东西，而胡明仁是个傻乎乎的家伙。谭向军串通锐箭公司，一点儿小甜头就把胡明仁搞掂了。“你保存的这些资料都放在哪里？”

“我带过来一部分，在包里。还有一部分放在家里。”

“等会儿我派人跟你去取。”

“可以。”

“还有什么补充吗？”

“没有了。”

“谢谢你的配合。”王伟佳走后，吴文杰立即打电话叫朱小宏过来。他到后，吴文杰问：“王伟佳供出你们贪污公司股票的事了。你把股票的事讲清楚，送给公司领导多少钱，再把你拿的钱退出来，我们就不再追究你的问题了。”

朱小宏说：“王伟佳讲了多少钱？他怎么讲，我作证就行。”

“王伟佳讲的属不属实？”

朱小宏说：“属实。法律部有纪要，我都记录在案。”

吴文杰让他回去，把那个本子拿回来给他。王伟佳、朱小宏的证言和提供的东升公司股权追缴奖励分配证据链完整，充分证实了胡明仁、谭向军、伍立志涉嫌收受法律部贿赂，而锐箭公司给东升公司的二十万则使潘枝难逃私分国有资产或共同贪污的嫌疑。

几天来马不停蹄地调查、取证、审讯，尽管很疲惫，吴文杰还是很兴奋。可以开始对伍立志、邱阳和潘枝的审讯了。

六三

单青华拿起又放下，放下又拿起，如此重复了十几次，还是拨通了江柳的电话。他确信江柳一定会接他的电话的。

通过这几天和江柳接触，他对她又有了更深一层了解。如果说中学时他是因她的纯真善良而心生爱慕之情，现在则是因为她的坚韧顽强而由衷地喜爱佩服，甚至感动。按道理，好好一个孩子变成这样，她一定得整日愁眉苦脸、怨天尤人，哀叹命运的不公，但她不是，依然乐观自信地度过每一天，热爱工作，热爱生活，热爱人生。能做到这一步，心态得多么健康坚强。他也明白，她一定悟透了一切，才能做到如此淡定沉着。但像她这种内心强大的女人，是不需要怜悯和施舍的。要进入她的内心，一定得打动她。而且，也不是随随便便什么人就能走入她的心的，弄不好反而弄巧成拙。

江柳接了他的电话，耐心细致地讲了吴空一天的情况，却不愿接受他的邀请，带吴空出去吃饭。“我很忙的，单总。谢谢你了。现在我既要管吴空，还得写小说，编杂志，真是分身无术。”她说得很客气，也在理，单青华再也无法继续邀请她。

其实，单青华并不想当第三者插足她的家庭，就目前情况来说他也插不进。江柳对他根本就没有那意思，只是对他有好感而已。他就是想见到她，跟她说说话。当然，如果江柳哪天能对他心动了，他绝不会放弃这个机会。他现在只能按兵不动，守望观看。

人有时候就是这么奇怪，越得不到的越想得到，而身边真正关心爱护自己的却视而不见。单青华很清楚自己的心理，来自江柳那里的受挫感反而让他百折不挠。不要着急，慢慢来！他给自己打气道。他把洛霞泡好的咖啡一饮而尽后，透过办公室的落地玻璃窗看了一眼洛霞，正好和盯着他一举一动的洛霞的目光相遇，忙移开视线。他不想洛霞误会他，他们之间的关系只能是工作上的。他作了个手势，洛霞立即起身来到他的办公室：“单总，有什么事吗？”她总是这么乖巧，这么善解人意。

“帮我订一张4月2日到南西省柳园市的机票。”

“我已经为你订好了。”洛霞轻声说道。

“订好了？”本来单青华想问，她怎么自作主张去订，但转念一想，他每年的4月2日必定回柳园市给父亲扫墓，洛霞把工作做在前面了。“谢谢你了！”

“没事我就出去了，单总。”洛霞悄无声息地退出去了，即便她想在他身边再多待一会儿。来日方长，她这样想。只要能在办公室看他一眼，她也就知足了。千万不能操之过急，以免做错事。

世事就有那么巧！江柳在放下单青华电话后，也打电话给售票中心订了一张4月2日往柳园市的机票，也想趁人少时去扫墓。但她并不是每年都去，没这个时间，也没这个假期。今年是她第一本书，诗歌散文小说合集《回望青春》刚出版，她要念给父母亲听。父亲是江柳文学上的领路人，而启蒙者则是母亲。出身于大户人家的母亲喜欢读书，家里藏书颇丰，像四大文学名著及《聊斋志异》《家》《春》《秋》等。从小她就趴在妈妈膝盖上听她讲《聊斋志异》里的鬼故事，《红楼梦》里的林黛玉、贾宝玉。可以说，是妈妈在她心中播下了文学的种子。七岁时，识字不多的她就将这些大部头的小说全部读完了，遇到不认识的字就跳过去。父亲成绩是班上最好的，写得一手漂亮的毛笔小楷。江柳很小的时候，他牵着她的小手坐在小土坡上，指着放学回来的小学生说："以后你也要跟他们一样去上学。"江柳成绩很好，尤其是作文，从小学到高中，老师经常当作范文在全班朗读。江柳的父亲总是在试卷及作文本家长签名一栏写上：百尺竿头，更进一步。生活一向节俭甚至有些小气的他居然拿出二十元，托朋友从桂林给江柳买回一套《诺贝尔奖获奖作品选》。在20世纪80年代初，二十元相当于现在的二百元吧。在扉页上，他用毛笔小楷工工整整地写上：书山有路勤为径，学海无涯苦作舟。江柳读军校时，获得军校征文大赛一等奖和全国征文大赛二等奖，从来不喜形于色的父亲拿着她的获奖证书到处跟朋友们炫耀。

因为爱情，江柳军校毕业时，随着吴文杰上了海南岛。她跟父亲说："先要爱情，后要事业。"父亲是那么期待她能走上专业作家的创作之路。江柳爱情要到了，文学事业却中断了二十多年。她跟着吴文杰上高山下海岛，吃了很多苦才调回南州市。此后又生了儿子吴空，一直在围着他转。先是吴文杰，后是吴空，江柳哪有时间搞文学创作。她的文学创作在大学崭露头角，却中止于到海南的那一年。真正拾起来的时候已是人到中年，四十岁了。现在的她既要忙于照顾吴空，又要忙于创作。还好，还能将所有作品汇集成一本书。《回望青春》既是回望，也是前行。她要实现当作家的梦想，要给九泉之下的父亲一个交代。

六四

心魔，就是人心里的恶魔，也可以理解为精神上的缺陷。常说的"战胜自己""人最大的敌人就是自己"，其实指的就是心魔。

孔子曰：人之初，性本善。南州市一位全国人大代表、国企负责人则说：人之初，性本恶。中国有十亿农民，一生下来就为温饱而奋斗。孔融让梨难以想象，人一辈子都在与恶斗。一位古代学者，一位现代企业家，虽然观点不同，但皆将善恶之源归结为与生俱来。吴文杰是现实主义者，认为人心存在善恶两面，既有一个天使，也有一个恶魔，善恶的争斗将持续于人的一生。很多人就因为一念之差，恶战胜了善，走上了不归路，直到被绳之以法，才幡然醒悟，后悔不已。

伍立志1956年生，五十五岁，也是煤炭系统出身。早年在富仁矿务局工作，20世纪90年代中期和胡明仁是上下级关系，胡明仁任省煤炭工业总公司副总经理时，伍立志是下属煤炭机械厂厂长。2004年8月他们同时从省煤炭工业总公司调到东升投资公司，伍立志接替分管生产经营和资产处置的谭向军担任公司副总经理兼纪委书记，分管纪检和人事工作。他虽然和胡明仁都属“煤炭帮”，但两人关系并不紧密。因为东升公司的“煤炭帮”几乎来自流石矿务局，都是老乡，伍立志出身富仁矿务局，只能是同行。念及老部下，又同时调到东升公司，也算是有渊源，胡明仁对伍立志很关照，按“煤炭帮”的待遇将伍立志的大女儿调到东升公司财务部做出纳。伍立志在张安帮的调动等很多问题上与胡明仁基本保持一致，不完全一致的地方就与谭向军一致。谭向军分管资产处置时，由胡明仁提名担任资产处置小组组长的伍立志与他谋取了共同利益——资产处置奖。

伍立志的审讯由叶如青进行。2005年叶如青和他办过于杰案，突破他很容易。只一个晚上，他就开口认罪了。“怎么啦，老伍？哪里不舒服？”看到伍立志左脚有些不太灵便，叶如青问。嫌疑人的安全问题始终是第一要务。

“没事，老毛病了。”

伍立志并没有顺杆爬，让叶如青动了恻隐之心。“老伍啊，你当了几年纪委书记，我跟你也办过于杰案，政策你也懂。刚才，你们新来的赵总也跟你谈过了，希望你争取主动。”

“张安帮被抓后，我就开始认真检讨自己的问题了。”伍立志显得很诚恳。

“都想起什么了？”叶如青也很和善。

“年纪大了，什么也记不起了。”

叶如青觉得要给他施加点儿压力了。“我们知道你以前的问题。你在省煤炭公司机械厂当厂长的时候，厂里有些资产处置跟你女儿、女婿有关，追不追究就看你的态度了。把我们目前查的情况认清楚，你以前的问题我们酌情考虑。”

冰冻三尺，非一日之寒。东升公司案发前一年，举报中心曾转过一份材料给吴文杰。材料反映，伍立志在担任省煤炭公司机械厂厂长期间，擅自将厂里部分房改房和临街铺面低价卖给自己和其他厂领导亲属，涉嫌侵占国有资产。侵占国有资产在国企来说就是贪污，吴文杰曾派人查过，但没查到确实证据。考虑到属地管理、时间间隔、证据的证明力及办案人手等因素，吴文杰并未展开调查，仅将此份材料转省煤炭公司纪委自查自纠，结果不了了之。因为省煤炭公司纪委书记也先后在富仁和流石矿务局工作过。

听到叶如青这样说，伍立志以为吴文杰已经查清楚他以前的事了。他担任省煤炭总公司机械厂厂长时工厂搬迁，新工厂大门前建了一排门面。他就跟两个副厂长商量，把十几个门面以三万元的低价卖给各自亲戚，而市面价值为十万。他的女儿、女婿买了其中一个门面，他们都在机械厂上班。也是因为工厂搬迁，原来老宿舍离工厂比较远，他们又建新宿舍，新宿舍同样也以低价卖给了亲戚朋友。这两件事加起来问题就大了，可以定贪污罪的。伍立志心想这下完蛋了，以前的事情更大。检察院追究起来，可能把女儿、女婿又牵扯进来。他决定先把股票的事认下来。“请给点提示吧！想得起来的我一定说。”

“那就讲讲粤电力股票吧！”伍立志属中间派，问题不大，叶如青决定争取他，先给他划定圈子，然后将粤电力股票分钱名单拿给他看。

伍立志作为纪委书记，很清楚南州市检察院反贪局近年来推行的“先找证据再找人，没有证据不带人”的办案方式。他见法律部存有分钱的记录，猜到检察院已找过相关人员，躲是躲不过去了，牙一咬说：“大家都有份的，不是我一个。”

“大家是谁，有多少？你主动讲算坦白，处理不同的。”

“法律部王伟佳把粤电力股权追收奖分三次给我五万一，老谭应该和我一样多，以及巧立名目骗取资产处置奖三万元。”

“你能拿这个奖吗？”贪污罪的构成要件之一，就是利用职务便利为自己谋取利益。

“我参与了决策。”

“你这是狡辩。按你这么说，你是资产处置小组和听证委员会成员，所有你负责的事你都参与了决策，所有奖励你都要有份了？”这个帽子太大，伍立志不敢答话。“锐箭机械设备有限公司那些钱跟你有关系吗？”叶如青想速战速决，开始问另一件事。

“好像有二十万元，是胡明仁拍板的。开门利是我和大家一样，都一千。后来，潘枝叫我去财务部领了两万元购物卡。”

“就这些了？”

“张安帮调来之前给了我五千元现金，之后又给了我一万元现金。2007 年到 2009 年三个春节、两个中秋共五个节，他每次都给我五千元购物卡，共两万五千。还有骗取横沥那块地五万多元的资产处置奖。”伍立志知道南州检察院的立案标准是五万元。

“还有什么？”叶如青追问道。

“就这么多了。你知道的，虽然我是煤炭系统出身，但不是胡明仁这边的人。当然，我更不是老谭这边的人。他们两边的事，我从不参与，只做顺水人情。”

“好吧。我们谈的这些事，你把它详细写下来。”

伍立志一认，东升公司法律部以假借追债有功从股票利润提取七八十万出来私分的事就板上钉钉了。谭向军贪污股票的钱也跑不掉了，吴文杰又给他加了一笔。

六五

邱阳，1963 年生。与胡明仁、林小铁最大不同是，他从未挖过一天煤。他和大学时相恋的女友 1986 年毕业后，由时任乐源县副县长后升任阳关市副市长的未来岳父安排进了令人眼红的央企——流石矿务局办公室工作。几年后邱阳调到矿务局综合经营处，胡明仁当流石矿务局局长时他任煤销部部长，后来还担任过流石矿务局副局长，一直从事煤炭营销工作。

胡明仁说自己“一辈子挖煤，除了煤什么都不懂”，调到东升公司后就将原有业务大部分停掉，大力加强煤炭贸易。为此，他将老部下邱阳调过来全力负责煤炭销售业务，任总经济师。为解决邱阳的后顾之忧，胡明仁还将其妻也调入东升公司任财务部副部长。邱阳果然不负重托，将煤炭业务做得红红火火，但就是收不回货款，案发时累至近六千万元收不回来。其中，还包括胡明仁与朋友合伙托邱阳经营的两百多万积蓄。

邱阳一直顺风顺水，家庭生活富足，夫妻俩对胡明仁也心存感激。如果不是受了谭向军蛊惑，邱阳绝不会想到去占公家便宜，骗取住房补贴。

“邱阳，知道检察机关为什么找你吗?”常淡云问。排兵布阵是有讲究的，由什么人审什么对象，效果完全不同。考虑到东升公司还指望靠邱阳去追回其经手的六七千万欠款，除了住房补贴，吴文杰并不打算深挖邱阳在经营煤炭生意中可能存在的吃回扣等受贿问题。因此，他安排长期从事法律研究并不擅长审讯的常淡云去审邱阳。

“知道。我贪污公款，骗取了公司的住房补贴。胡明仁等人被检察院带走后，我已将骗取的十四万住房补贴放在办公室，随时准备上缴。”

“你岳父是流石矿务局所在地阳关市副市长，家境很好，并不缺钱，怎么动此邪念?”

“我参与骗取住房补贴，完全是因为谭向军去鼓动胡董事长。谭向军跟胡董说你家庭困难，在南州买不起住房，东升公司有钱可以给补贴。但胡董一个人拿住房补贴又怕别人有意见，我和林小铁也拿，他就敢拿。我明知不符合条件，还和林小铁劝胡明仁拿住房补贴。实际上是我和林小铁害了胡明仁，对不起胡董事长。”邱阳答。

“怎么对不起了?”

“胡董事长信任我，把我从流石调过来委以重任，让我负责煤炭贸易，结果我屡屡失手。不是借款被拖欠、担保被牵连、投资被诈骗，就是货款收不回，导致公司六七千万元资金和胡董事长两百多万个人投资至今未能收回。”

“胡明仁个人也投资做煤炭生意吗?”董事长做生意，这还是第一次听说。

“他以前不做的。但到了省煤炭总公司后，尤其是担任经协集团和东升公司一把手后认识了很多煤老板。胡董事长讲义气，煤老板又说得天花乱坠的，他经不住诱惑就被拖下了水。一开始，胡董事长是用个人私房钱与煤老板合作。赚了些钱尝到甜头后想做得更大，就让我把公家的钱投进去。谁知是中了别人的招，越陷越深。以前我们是生产企业，做贸易并不擅长。唉，现在说什么都晚了。”

“公司都有哪些货款没收回?”

“胡明仁于2004年4月擅自决定出资与草都区新华镇个体老板蔡壮合作经营煤炭贸易，并违规借给蔡壮五百万元。在尚有二百三十万无法收回的情况下，又违规借给蔡壮珠海健信公司三百万元提供担保，因对方无法按时还款，需负连带责任也损失了二百一十万元。与贵州百宏公司周觉，他是胡明仁妹妹的关系，合作做煤炭贸易投入七百八十万元，因被对方诈骗，只收回三百八十万元。与佛山三水恒达公司合作，供应煤炭给云浮亨达水泥制品厂，被拖欠煤款达六千三百万至今。”胡明仁不守企业“三重一大”，即重大决策、重要人事任免、重大项目安排和大额度资金运作必须由领导班子集体决策的规定，自行其是，并由邱阳操作屡屡失手，导致东升公司再陷绝境。

“如果放你出去，你能把公司的钱追回来吗?”

“不敢说全部，大部分总可以的。云浮一家水泥厂欠我们货款最多，五千多万。放我出去，我就回流石组织几百名下岗工人或农民工去厂里追债，一定追得到的!”邱阳当过矿务局的副局长，再加上老岳父的关系，组织几百人确实没问题。

“追不回来呢?”

“追不回来钱，你们再把我送进看守所也不迟!”取保后的邱阳果真没辜负公司的期望和检察官们的良苦用心，一个月后追回了两千多万欠款。

法律并非冷酷无情，检察官们的眼里时常饱含着热泪。

六六

潘枝初进审讯室哭了一夜，负责审讯的刘敏锋是个年轻小伙子，参加工作三年多，参与办理了几十宗案件，与形形色色的人打过交道，也没见过这阵仗。

“哭什么哭?还没问，你就哭!”刘敏锋方寸也有些乱了，毕竟没谈过几个女朋友。刘敏锋这一喝，潘枝居然哭出声来。“好，哭到明天就直接送你去看守所，让你哭个够!”

潘枝抬头看了一眼凶巴巴的刘敏锋，又低下头抽泣。过了十几分钟，不再抽泣了，就开始折弄衣角。她穿的是红色长袖衬衣。前几天去东升公司调账时，天气还凉些，她穿的是红色薄毛衣。而谭向军摆放在保密柜的照片中，潘枝穿的则是红色短袖衬衣。刘敏锋断定，谭向军喜欢红色。潘枝身上的红色在谭向军这个老色鬼眼里，一定像鸦片一样令他感到兴奋。刘敏锋想。

“姓名?”看着潘枝的红衣服，刘敏锋也有点走神。

“潘枝。”声音细细的，不知是不是谭向军喜欢的音调。

“大声点儿，听不见!”

“潘枝。”声音还是细细的。

真是没办法!听都听不清楚，如果谭向军也喜欢这种声音，她一定要贴着耳朵说。不知咋的，刘敏锋时不时会想到谭向军。

“身份证号?”

“44＊＊＊＊1970＊＊＊＊＊＊20。”

“家庭成员?”刘敏锋离开座位，来到潘枝面前。

“丈夫：刘连，空军机关幼儿园采购科长。女儿：刘茜……”潘枝又哭了，这个没用的丈夫，这个寄托了她全部希望的宝贝女儿，她一提起就想哭。如果让她把这十来年的忍辱负重全部哭出来，三五天都不够。

就这样哭哭停停，把潘枝的基本情况、工作简历、家庭财产问完，刘敏锋竟用了几个小时。问也不答，骂也没用，审讯根本无法进行。开始还以为她是因为到了检察院害怕；第二天才明白，原来她是以拖待变，狡猾狡猾的！刑法规定，检察院审讯犯罪嫌疑人不得超过十二小时，公安则是二十四小时。普通人很少与检察院打交道，多误以为检察院审讯的时限是二十四小时。一些犯罪嫌疑人，尤其是有准备的犯罪嫌疑人被带到检察院后，都会想方设法拖过二十四小时，以试探检察院的决心。针对犯罪嫌疑人的这种心理，办案人员有时干脆过了二十四小时才开始审讯。当然，前提是掌握了一定证据。

谭向军被检察机关带走后，潘枝没了主心骨，行尸走肉般地度过了几个不眠之夜。情急之下，她想起了极少往来的远亲，已退休的省检察院政治部原副主任钟志强。昨天晚上，看在她两大袋“孝心”的分上，钟志强模棱两可地说了几句话：一、虽然我已退休，但还是有原则的，具体案件我是不会干预的；二、检察院办案是讲证据的，没有证据不会抓人，你要没事就不要怕；三、检察院讯问犯罪嫌疑人是有时间限制的，不能超过十二小时。如果南州市检察院办案程序违法、证据非法，看在亲戚的分上，我会过问的。

钟志强的话潘枝听得明白，一定要扛过十二小时，扛过十二小时，钟志强就会出手。但问题是钟志强出手管用吗？凭潘枝对谭向军的了解，他是绝对不会认罪的，也绝对会扛过十二小时，而且他有关系，来头比钟志强还大，还不是被拘掉了？但不管怎么样，先拖过十二小时再说，看看钟志强的能量到底有多大。

潘枝1970年出生，湖南人，中专学历，有电大文凭，个子不高，戴副眼镜，长相算不上漂亮，但能长年周旋于几个男人尤其是老男人之间，从饭堂的出纳到管理处的会计，再到房地产分公司副总经理、东升公司财务部部长，一步步走来，游刃有余，足见其心机之深。

看到潘枝不停摆弄衣角，时不时还抽泣一下，就是不开口交代问题，刘敏锋也懒得管她了。他泡了一杯茶，边喝边观察潘枝，看她还有什么招可出。

犯罪嫌疑人座位背后的墙上有日期、时间和温度的电子显示牌，扭头即可看到。果然，十二小时过后，见办案人员没有放她走的意思，潘枝停止哭泣，慌乱起来，开始套近乎。“检察官，对不起！没经历过，情绪太激动了。我们谈谈吧。”

积累了一定的办案经验，刘敏锋感受到了潘枝心理和情绪的变化，并不急于直奔主题。“想谈了？那就先谈谈你的家庭吧。”大多数女人都是感性、顾家的，从亲情入手，可以发现她的软肋。

“我老公是一个普通人，在空军机关幼儿园工作。女儿在省实验中学读书，初二。”平平淡淡一句话透露出两个信息点：老公一普通人，没什么指望了。省实验中学是省重点中学，名校，女儿是全家的希望。

“你女儿成绩怎样？”女儿是妈妈的心头肉、命根子，也是潘枝的软肋。

“中上水平吧，读个一般的重点大学没问题了。”

“有什么特长？音乐、文学、书法、绘画？”

“钢琴弹得不错。要在平时，今晚我还要送她去学琴。”想到目前的处境，潘枝又流出泪来，这次是真哭。她要是进去了，女儿怎么办。

“把问题讲清楚，你还可以送女儿去学琴。”这话说得违心，但会让被审讯者看到希望，有希望她才会去争取。

“真的吗？我讲清楚了会让我出去？”

“说吧。”

“说什么？”

“与张安帮、肖江河、胡明仁、谭向军、林小铁、伍立志、邱阳这些人有关的问题。账我们也调了，还有证人证言。你要争取主动，就可以从轻处理。”

“我没什么问题啊。”

“没证据我们会找你吗？没证据早放你走了！实际上你说不说都无所谓。想说的话把它写出来，到时我们再谈。”刘敏锋丢下笔录纸出去了。

吃过午饭，他拿了几本卷宗再下到审讯室，见到留下的笔录纸上写了很多数字。“怎么样了？想清楚了没有？时间不多了。”

“给点提示吧，想不起来了。”

“有没有叫人给你报过账？”

“好像叫林小铁帮着报过点儿钱？”

“多少？”

“不记得了，以查账为准吧。”

“报出来的钱干什么用了？”

“我用掉了。”

“还有什么？”

“没什么了。”

“粤电力股票！”刘敏锋声音大了起来。

“我领了几万元奖金。”她不点不说。

“还有什么？”

“还是你问我说吧。”

“横沥地块。”

“也是奖金。领导批准的。”

“看看这些东西。”刘敏锋把林小铁叫肖江河、张安帮为她报的三万元财务凭证和粤电力股票追债奖励签领单、横沥地块处置奖励签领单复印件递给她。她仔细查看后又不吱声。“还有什么？”刘敏锋问。

“没了。真没了。我一个财务人员能做什么，每笔款都是有请示有批示的。”

跟潘枝这种又无赖又狡辩的人谈，没有确凿证据估计也问不出什么。刘敏锋把纸和笔扔给她，让她把东升公司工资以外的收入写下来，就走了出去。

六七

刘敏锋上到办公室，跟吴文杰、叶如青说道："审女人我真不在行，不是哭，就是不讲话。一问有什么问题，她就说没有。问到横沥那块地，她也说所得的七八万都是奖金。现在我们手头的证据就只有张安帮为她报的三万元发票。"

"她是最后进检察院的，可能有人教她说没过五万，检察院不会抓人，所以她一直在扛。"叶如青分析道。

刘敏锋的这个结果没有出乎吴文杰的意料，对于这个跟着谭向军出入各种场合、耳濡目染十多年的潘枝，年轻审讯员的经历、阅历以及对生活的感悟明显不足。"没关系，任何人都是在锻炼中成长的。战场也是练兵场，以战代训就是最好的锻炼。"吴文杰安慰道，"求生是人的本能，趋利避害是人的生存法则之一。面对困难，女人的承受力、忍耐力、意志力要比男人更强一些。为了逃避法律制裁，她必须拿起武器去战斗。毕竟是在国企工作，潘枝与贪官包养的二奶和风月场所的小姐企图色诱审讯人员不同，她的武器是一哭二闹三上吊。现在还只是用了第一招——哭。"吴文杰继续说道。

"让她这么哭下去可不是个办法。我去吧。"叶如青主动请缨。

吴文杰等的就是叶如青这句话。叶如青是注册会计师，审讯财务人员，他上最合适。

"下午我想先和小刘去趟王府井，把潘枝让肖江河处理的那几张发票查一查，再跟她谈。"叶如青说。

"有什么特别吗?"

"不知道，总觉得有点儿怪怪的。"

"也好，反正我们有打底的。"吴文杰同意，"要不我先下去跟她谈一会儿。"

见到吴文杰，潘枝居然停止了抽泣。在年龄偏大、成熟稳重的检察官面前，她还是有些自尊心的。

"你现在是零口供啊，什么都不认，同于杰一样。他现在被判刑了。我只跟你谈到4点钟。"吴文杰是3点钟下去的，"4点钟之前你要是再不讲，我就不再跟你谈了。明天早上8点钟之前，还是一分钱都不认的话，我就拘留你。"

潘枝还是保持沉默，直到吴文杰要走了，她才开口："我还是向你承认错误吧。"

"什么错误?"

"那三万元的发票，是公家叫我办事，然后找发票拿回来报账的。"吴文杰觉得她不讲实话，就没做声。见吴文杰一直不说话，潘枝心理防线崩溃了，开始耍赖，边哭边反悔："那三万多元是我个人用掉了，买了购物卡。"

"你承认就算你自首。这三万元购物卡，个人用去做什么了?"这个时候，潘枝打死都不再说一句话。

吴文杰从时间上推测，这三万元的购物卡大致有两个去向：一是她去读南州大学的 MBA，学习成绩并不突出，毕业需要人帮忙。二是她女儿读省实验中学，刚从小学转初一，需要赞助费。看病难、读书难是当今社会两大难。吴文杰身为反贪局的侦查科长亦不能免俗，不送礼，饭还是要请的。见潘枝一直不说话，吴文杰转移了话题："你在横沥这块地里拿了七八万元奖金，我们认为是贪污。"

"这是公司正常发的奖金。"潘枝又哭了，"贪污"二字把她吓倒了。

"这块地你根本就没有理由拿奖金！地没卖成拿什么奖金呀？我们认定你就是贪污。"

潘枝又咬紧牙关不说话了。吴文杰也走了出去，不再审她。说实话，他心里也没底。潘枝那时还没当公司财务部副部长，单位一起分钱她有份，七八万元钱作为奖金的辩解也有可能。

下午 3 点，叶如青和刘敏锋找到王府井商店负责人，出示工作证后，拿出发票表明意图。负责人看了看发票，然后拿出员工花名册。"这张五万七千多元发票的开票人肖玉是超市的，这张两万九千四百元发票的开票人梁红是机团服务部的。详情我陪你们了解一下吧。"

"机团服务部是干什么的？"叶如青问。

"这么说吧，机团服务部其中一项业务是销售购物卡。我算了一下，三万元的购物卡打九八折，正好是两万九千四百元。这张发票应该是买购物卡开的票。"商店负责人说。

"能不能帮我们把发票底单找出来？"叶如青问。

"这有点儿麻烦。你知道，我们这么大一家商店每天要开多少本发票。三个月以上的发票都送到了东禺仓库，别说你这还是两三年前的发票，查起来都难。"负责人有些为难。

"我们办案急用，请你们想想办法。这样好不好，你安排个人，明天上午我们派车跟他一起去仓库找找。"

"好吧。"

叶如青跟刘敏锋回来的时候，吴文杰说道："我去审潘枝，她承认那三万元用来买了购物卡。"

刘敏锋说："我们也查到三万元购物卡打九八折，正好是两万九千四百元。这张发票应该是买购物卡开的票。"

"明天上午才能把发票底单找出来，明天再审潘枝吧。"叶如青说。

六八

第二天上午，王府井工作人员用了两个多小时，找到了两张发票的底单。底单显示，五千七百多元的发票购买的是一箱轩尼斯 XO 洋酒，而两万九千四百元的发票确如商店负责人所说，购买的是三万元的购物卡。

叶如青和刘敏锋中午饭也不吃，马上下去审潘枝。

听到开门声，潘枝扭头朝门口望去，接着看了看墙上的电子显示牌。

“别看了，不讲清楚是出不去的。”叶如青边说边和刘敏锋走进来。

潘枝有些怵叶如青。前几天调账的时候，叶如青就指出东升公司财务部存在审核把关不严、有假发票入账等问题，当时就感觉叶如青的财务专业水平在她之上。

“没吃饭吗？我们这里的饭不好吃？你的待遇和我们可是一样的。”叶如青一眼就看到潘枝凳子旁有两盒饭没动过。大多数嫌疑人在审讯室都不会有胃口。只要喝水，三四天不吃饭没什么问题。潘枝凳子的卡板上有个水杯。

“能不能给家里打个电话？”嫌疑人向审讯人员提请求，表明其抗拒态度发生转变。

“我们已经给你丈夫打过电话了。”叶如青说。

“今晚我女儿要去学琴，平时都是我去送的……”

“小刘，去把她电话拿过来。”这个理由叶如青没法拒绝。

“小洁，妈妈临时有事出差回不来，今晚让爸爸陪你去学琴。学完就回家，早点儿休息，知道吗？”潘枝并不交代老公照看孩子，有点儿出乎叶如青的意外。

“你女儿多大了？”亲情是很多人的软肋。

“十岁。”说到女儿，潘枝来了精神。

“在哪所学校？”

“师大附中。”

“那可是名校。成绩怎样？”

“一般。”

“数学一定很好。”叶如青肯定道。

“为什么这样说？”

“有个当财务部长的母亲，女儿的数学岂有不好的？”

“数学好有什么用？”

“可以像你一样当财务部长啊。”

“我可不希望她像我一样？”

“当财务部长不好吗，谁都会求的。”

“财务部就是个火药桶，一旦爆炸，就会伤及自身。”

“举个例子看看。”谈到实质性问题，潘枝不吱声了。“老谭……”叶如青有意停顿了一下。潘枝流露出关注的神情，与叶如青对视了一眼，又低下了头。“老谭什么也没说，但我们还是拘留了他。”叶如青实话实说。

潘枝相信谭向军不会说。她还记得他讲过说多错多的故事，有个嫌疑人交代了近百万还没讲到办案人员掌握的十万元。实际上“坦白从宽，抗拒从严”从来都不是一句空话。比起主动坦白检察机关未掌握的一百万，拒不承认检察机关只掌握的十万性质还要恶劣！这也是为什么有的人犯罪数额并不大却被重判的根本原因。

“我一个财务人员只负责管钱，没权用钱，每支出一分钱都是经领导批准的。”潘枝听懂了叶如青的话，本能地推卸责任。

“你不是普通的财务人员，你是财务部长，财务部的责任人。《会计法》《公司法》及上级的有关规定你应该知道吧?”

“我水平不高，也不称职，只认签名。领导签了字，我就付款。”

“收款呢?”

“收什么款?”

“收款怎么处理?”

“还能怎么处理，入账呗。我们财务部又没有小金库。”

叶如青绕了一圈，就等她这句话。“锐箭公司那五十万是怎么回事?”

“什么锐箭公司?”

“你提供给法律部的收据和发票不会不记得了吧?”

“对不起，太紧张了，突然间想不起来。锐箭公司的事我不清楚，应该是与我们公司的合作吧。”潘枝装模作样地想了想，“我印象中只有二十万吧，哪有五十万?”

“为什么不入账?”

“领导决定的。”潘枝的声音开始变小。

“那钱是怎么处理的?”叶如青不想点击她自相矛盾的地方。

“第一笔十万元，用来发 2007 年的开门利是，每人一千元；第二笔十万元……”潘枝停了下来，有些犹豫。抬头看着叶如青，叶如青面无表情。“2008 年底买了购物卡。”

“继续说。”

“胡明仁三万，老谭两万，伍立志两万，我一万五，胡玉五千。”胡玉是邱阳的老婆、财务部副部长。

“这些购物卡作什么用了?”

“用于公务、公关了。”

“财务部是内设机构，需要公关吗?”潘枝无言以对。“还有没有没入账的?”

“没有了。真没有了。”潘枝说完，又低下头。

“粤电力股票，你从中获利三万元。”

“我负责掌握股票抛售，股票获利我有功劳，奖金是我劳动所得。法务部做的这个局与我无关。”潘枝受谭向军熏陶多年，自不肯轻易就范。

叶如青也不恋战。“看在我们是老乡的分上，”看到潘枝惊讶的表情，叶如青继续说，“我还是想给你一个从轻从宽的机会。”潘枝流露出期盼的眼神。叶如青递过肖江河套现的财务凭证复印件，“这里有几笔款是帮你报的账，希望你争取主动，把它找出来。”

“帮我报的账?”虽嘴上置疑，潘枝还是飞快地翻看，中间有几次停滞。这些东西显然与留存在她脑海中的记忆重合。“不可能，没有的事!”潘枝话说得有些底气不足。她的头虽没抬起来，但可以想象脑子一定在飞转，思考对策。

“财务人员由于职业养成，对数字的敏感优于常人，况且还是你审核的账。我要是你，还会复印存底。”见潘枝不作声，叶如青决定再给她施施压，轻轻拍了拍桌上的几本卷宗，“要不要我把林小铁、肖江河和张安帮的口供给你看看？”通常审讯人员都会在桌上放几本卷宗作为道具，关键时候具有杀伤力。

潘枝赌不起，林小铁、胡明仁、谭向军已被立案侦查，供她出来是完全有可能的。还不主动交代，将可能丧失机会。“我再想想看。”脸色因恐惧而苍白。

察言观色的叶如青已胸有成竹。“相信你会做出正确选择。”内心经过激烈的斗争，反复权衡之后，潘枝挑出了一单。刘敏锋上前拿过来给叶如青看。五千七百多元。这是最小的一单，潘枝明显在避重就轻。“肖江河就在隔壁，要不要我把他叫进来，帮你再找找？”叶如青施压了。

潘枝崩溃了。不知骂了句什么，极不情愿地把两万八千元的“节能灯”和两万九千四百元“办公用品”的单据找了出来。

叶如青看了看电子显示牌上的时间，还想细问，潘枝突然大哭起来，悲痛欲绝。痛哭之后归于平静需要时间。叶如青起身，示意刘敏锋留下来，趁热打铁地把笔录做下来。

六九

尽管伍立志、邱阳，尤其是潘枝的问题，还未全部查清，吴文杰从维护企业稳定的角度考虑，拟对他们三人提请取保候审，以体现宽严相济的原则。

张伟强很赞同吴文杰的做法：“我们已经办了好几个了，这是第八个。人手少，办得有点儿累了，也不想再做了。一个企业抓了七八个，伤筋动骨了，都是中层以上干部。”

叶如青也说：“对潘枝从轻处理，立案以后取保，最后法院判个缓刑，来换取她对谭向军的检举。”

然而，就在刘敏锋准备立案报告和填写《采取取保候审强制措施审批表》时，发生了一件意想不到的事，让吴文杰和主管领导改变了决定。

下午快下班的时候，南东省检察院原政治部副主任钟志强打电话给副检察长兼反贪局局长范明亮。“范检啊，我是钟志强啊。你们市院办案有没有时间限制啊？”他一开口就直奔主题。

“有啊，十二个小时。你是老领导，我们怎么办案您还不知道吗？省院有要求，我们一直严格执行。有什么不对的请您批评指正！”市院反贪办案偶尔也被投诉，范明亮都很重视。

“那你们办案怎么都超时？昨天早上东升投资公司有几个人被你们侦查一处带来调查，到现在都一天多了，还没有一个说法。”钟志强一副兴师问罪的样子。

“有时也会有特殊情况，立案以后没有及时处理。我们领导不一定都在，不能马上批。”

“省院已接到投诉了，说你们超期羁押！”

“我马上了解一下情况，然后回您电话。您有什么指示？”范明亮很客气，他相信这种事不会空穴来风。

“被调查的人中有一个叫潘枝的女同志我很了解，不会有什么问题的。你让他们尽快放了吧，她孩子还小。”声东击西，原来是为了求情。

求情就求情，还要先打三板斧。钟志强的电话引起了范明亮的强烈反感。范明亮是省人大代表，部队转业干部，从书记员一直做到市中级人民法院副院长。2005年初交流到检察院任职，性格耿直，嫉恶如仇，任人唯贤。上任之初，就是他力挺没有法律职称的吴文杰担任侦查科长。但他对吴文杰的了解，却是在2009初吴文杰不畏强权查办的省电视台某领导受贿案，很对他的胃口。对东升公司前几个人的处理，他也是满意的。潘枝、伍立志、邱阳昨天才带来，高得意还未向他汇报。他拿起电话就打给高得意：“你们是不是带了一个叫潘枝的？这个人有没有问题？够不够数？”

“目前为止六万多元。”

“够数就尽快拘掉她！刚才省检原政治部副主任钟志强向我兴师问罪。太不像话了，还找省检领导来压我，对我们办案指手划脚的。”

“好，我问问情况，按你的指示办。”范明亮亲自打来电话，高得意不能不重视。

“文杰，到我办公室来一趟。”放下范明亮电话，高得意立即安排。

“高处，有何指示？”吴文杰一进高得意的办公室就问。

“这三个人考虑怎么处理啊？”高得意对下属除了尊重和信任，还充分放权。

“都取保吧。”短短一周内，一个仅百余名员工的国企竟有八人涉案，吴文杰有点儿下不了手。“东升公司六七千万的债权要靠邱阳去追讨，而且他们三人目前查证数额并不大，都是十几万，拘了估计也捕不下来。”

“潘枝的情况有点儿特别，范检已经过问了，不拘恐怕不行。”高得意说，“潘枝刚抓来第二天，省院已退休的政治部原副主任钟志强——我们一把手陈南检察长曾经的搭档，不知受何人所托，打电话给范检，倚老卖老地批评我们超时办案，并为潘枝开脱、说情。范检是个吃软不吃硬、遇强越强的人，钟志强的做派让他很反感。”

“潘枝是搬起石头砸自己的脚，活该！”吴文杰也很讨厌既当婊子又立牌坊的人。“既然范检有指示，我们坚决执行。伍立志的数额比潘枝的还多一些，也一起拘了。等范检气消了，再取保吧。至于邱阳，我建议还是取保。拘了他，没人去追债，省里有些人会拿这个做文章。”在吴文杰看来，办案有人说情很正常。遇到难处，连个帮忙的朋友都没有，说明这人为人很差。但没有像钟志强这样说情的，先倚老卖老地把人批一通，再假正经地说情，遇谁谁也受不了。结果必然是越说情越严办。

“可以。”高得意表示赞同。

当法警给潘枝戴上手铐准备送看守所时，她傻掉了，站都站不起来了。

吴文杰再劝她：“我们已经知道许多事情。你是经手人，只要你检举，我们一定对你从宽、从轻处理。谭向军已经这个样子了，肯定出不去了。”

潘枝咬紧牙关，一句话也不说。她心里很清楚，她检举谭向军，谭向军也会把关照她的事情说出来，她就构成了贪污。

吴文杰继续逼她：“你讲了，作为立功表现，我们不认定你。如果谭向军对你有什么不利，我们仍然可以对你网开一面。”潘枝依然沉默。吴文杰不得不佩服她对谭向军的忠诚，绝不出卖对方。哪怕被拘留，也绝不把责任推到谭向军头上。

伍立志是副总经理兼纪委书记，知道自己问题的严重性，对于刑拘未觉意外。

邱阳一个外地人，在南州一点儿关系都没有，突然获悉被取保候审，欣喜若狂。当他在检察官的陪同下步入检察院大厅时，早已等候在那儿的他的妻子、儿子、哥嫂等七八名亲属立即欢呼着跑了过来。他与他们一一拥抱，泣不成声。

范明亮自然要把处理决定通报钟志强：“老领导啊，经过了解，潘枝涉嫌侵犯国有资产十几万，已拘留。”

钟志强气得甩掉了电话。

得知钟志强当省检政治部副主任时，主任正是南州市检察院的现任检察长陈南，吴文杰相信他绝不会善罢甘休，跟准备潘枝、伍立志和邱阳三人立案报告的刘敏锋说道：“一定要把证据做扎实，防止翻供。”

而当了解到潘枝和钟志强都是湖南老乡时，他脑海中浮现出胡明仁和谭向军的样子，以及他们身边倚着的红装伊人潘枝。在这些比自己大二十多岁的权势人物身边，喜欢穿红色衣服的潘枝更像一团火在燃烧。难道潘枝和钟志强，就只是老乡关系这么简单？

叶如青也悟到了什么，“于杰贪污的两千多万去向还未查明，省检就下令侦查终结移送茂林检察院处理。这个疑问三年后才解开，原来是这位时任副厅级政治部副主任钟志强出面干预。作为于杰的关系人，潘枝和谭向军一样都是险些被殃及的人。”

七〇

对潘枝实施拘留后，吴文杰开了张搜查证，带人对她的办公场所和住所进行突击搜查。去肖江河办公室拿笔记本的那天深夜，看到潘枝拿了一大堆资料回去，吴文杰一直想找个机会去她家搜查一下。他才不相信那是她的私人物品。

但吴文杰此行已经晚了，一点儿收获也没有。在她家找到了一些资料，的确是私人物品，只是这些私人物品吓了吴文杰一大跳。她的办公室早已进行了清理。潘枝的家是南州市骏景花园的高层豪宅，有车库。吴文杰不禁大吃一惊。“我在部队一辈子都挣不到两百多万，她居然一次性付款买下这套居所。老公没掏一分钱，可能全是她贪来的。”

张伟强也笑着说：“他老公就是窝囊废一个，他俩各存各的钱。谭向军对她也真是好，潘枝跟着他十年时间，有地位也有钱了。”

叶如青说："他先让她当房地产公司副总经理兼财务，然后又设法让她当财务部长，有二三十万的年薪。老谭又担任几家公司的法人代表，账都归他管，每个月让她到公司平均报五千块，她的日子怎么不好过？"

"我也要傍个富婆，要不到老都买不起这样一套房。"刘敏锋的话，让吴文杰他们哈哈大笑起来。

潘枝的丈夫刘连陪着吴文杰他们一起搜查。他个头不高，样貌低俗，唯唯诺诺，胆小怕事，却语出惊人。在卧室的床头柜里，吴文杰发现有几张面额一千元的过了期的购物卡。对此，她丈夫的解释是——"潘枝有收藏购物卡的爱好。"

如果刘连的解释是真实的，潘枝的这种爱好则是这个社会绝无仅有的。购物卡不同于人民币，过期作废。只有一种解释才是合理的，那就是潘枝的购物卡多得用不完！

据胡明仁交代，逢年过节，东升公司都会让财务部买几十万元的购物卡发给分管各条线的班子成员"公关"用。潘枝虽非班子成员，但财务部很特殊，经常要与上级有关部门和东升公司欠债的银行打交道，也需要公关。至于这些购物卡送没送出去就不知道了。一个不计还贷、收入和支出相抵的国企，单是购物卡每年都要送出去几十万元，难道还有存在的必要？吴文杰心里涌过一丝悲凉。

书房里几大箱的账册是叶如青发现的。他正想把这些账调走，刘连说："不能调！调了会把她饭碗都砸掉。"

吴文杰走过来一看，不由得背上直冒冷气。这几大箱的账册，居然是某军情单位商业掩护公司的财务资料！虽然都是为了国家利益，为了国家安全，但情报界的竞争也很激烈，资深的情报员对各家掩护机构的情况或多或少都知道一些。这些要人命的东西怎么会出现在一个犯罪嫌疑人家里？为军情部门工作，常年身处敌对国家和地区，最大的担心就是人身安全问题。不论潘枝知不知道这些资料的价值，一旦外泄，后果不堪设想！"这些东西哪来的？"吴文杰没敢流露出惊讶。

"是她业余时间兼职做的会计资料。她人不在，你们可不能把它拿走！"刘连懦弱无能，有点儿怕老婆。

"开张扣押清单，把这几箱资料带走。"吴文杰不对任何人解释，口气强硬，交代刘敏锋立即办理。手续办完，吴文杰赶快收队。然后第一时间打电话给梁师姐，要求立刻见面。梁师姐的丈夫是这家军情单位的负责人，她也在该单位工作过，三年前转业进了公安系统。

"什么事大惊小怪的，会让我们的吴大科长乱了分寸？"梁师姐适应了地方工作和生活。

"要命的事，见面再说。我找你还是你找我？"有些事电话里不能说。

"我找你吧。十分钟后，我在你单位对面酒店的咖啡厅等你。"

见到梁师姐，吴文杰简要把搜查情况作了通报。"谢天谢地，这些东西到了你手上。"梁师姐由衷地感谢。

"我可不想要。让你老公派人来拿走吧！"在梁师姐面前，吴文杰从不邀功。

“潘枝知不知道这些资料的性质？”梁师姐问。

“她人已被我们拘了，还没有核实。”吴文杰答。

“好了，你不用管了。我马上去找我老公。这事我们会处理的。谢谢你，帮了大忙了。过几天，我让我老公请你喝酒。”

“不了。算我还你一个人情吧。”

“那事你还记着？”

“怎能不记！正是因为那件事，我们老板才真正对我刮目相看，将我调到侦查处。今天……”

“今天正好还了我人情？”

“都是天意。一直想请你喝杯酒，欠了七八年了。”

“好了。不说了，等我电话。”

2002年10月，吴文杰从部队转业到南州市检察院，被分配到反贪局职务犯罪预防处，郁郁不得志，经常通过他在侦查处的老战友杨清接触侦查处冷宝军处长。2003年春节前一个晚上，冷宝军、杨清、吴文杰三人在龙口西路的桂林人餐厅吃宵夜。闲聊中，冷宝军说到刚立案查处的市国投专案，问吴文杰：“香港还有没有信得过的人？”

吴文杰问：“什么事？”

冷宝军说：“有件事比较头痛。我们要查香港一家公司的注册资料，侦查员出境审批最快要半个月才能下来。万一走漏风声，该公司注销，查起来就麻烦了。”

吴文杰说：“小事。我现在就打电话让我以前的工作关系明天查了送到南州。”

冷宝军惊喜：“如果办成，你就帮了大忙了。”

第二天下午，吴文杰过去的交通员将一份公司资料带到了南州。

春节后，冷宝军约吴文杰、杨清吃饭。冷宝军对吴文杰说：“上次你帮忙拿回的资料很有用，加快了工作进度。还有件事看看你有没有办法。”

吴文杰说：“你说。”

冷宝军说：“有个关键证人是港商。据了解，她是某情报部门的人，我们想找她。看看能不能帮着做做工作。”

吴文杰说：“哪个单位的？”

冷宝军说：“四局的。”

军情系统很大也很小，吴文杰的梁师姐当时就在四局：“正好我师姐在那儿。”

冷宝军说：“太好了。请她帮忙协调一下。”

吴文杰说：“协调没问题，你给我一个底线。”

冷宝军说：“只要她过来讲清楚，我们就不动她。”

吴文杰说：“好。我联系一下。”

第二天，吴文杰来到冷宝军的办公室。“那人说，出于安全考虑，她同意在四局人员陪同下在香港与办案人员见面。”

“行吧。我们尽快办手续。你也一起去，请假的事我请局长跟你们处长说。”

在梁师姐的陪同下，香港的谈话进行得很顺利。一周后“她”从香港入境，在四局的工作点完成了取证工作。

当年，市国际信托投资公司系列案被评为省、市两级十大精品案。以此为契机，冷宝军处长向局长建议：吴文杰是个难得的人才，希望能调到侦查处。

吴文杰确实是个人才，针对建筑领域屡禁不止的行贿犯罪提出的“廉洁准入”方案，得到了市委、市政府的高度肯定和大力支持。侦查处想调，预防处不想放。拖了一年多，直到全院搞双向选择，吴文杰才调到侦查处。

一个人命运的改变，除了自身努力，有时还要讲运气，得有贵人相助。吴文杰的贵人之一就是梁师姐。

吴文杰是个重情重义之人，从不愿欠人情。只不过他没想到还的这个人情可能避免了军事情报秘密的泄露，或许还保障了很多军情人员的人身安全！虽然已转业到地方七年，吴文杰在不违背法律的前提下，偶尔也为军情系统做一些力所能及的工作，如法律咨询和建议，以报答部队对自己的教育和培养。

几天后，梁师姐打电话给吴文杰，说她老公要派人过来了解有关情况，请吴文杰务必帮忙。潘枝接触到绝密军情，对军情部门来说非同小可。她到底知不知道是绝密军情？知道多少？有没有外泄？泄露给了谁？都必须要搞清楚，否则军情部门长期经营的工作网就有可能面临灭顶之灾！

张伟强也在军情系统工作过，吴文杰让他一起参加接待军情部门来的人。军情部门的人开门见山地说，他们向北京汇报后，上面很重视，要求他们向羁押潘枝的南州市第一看守所派遣特情人员，跟潘枝把有关事情搞清楚，请吴文杰全力配合。

吴文杰边说边递给他们一摞潘枝的资料，介绍道：“潘枝爱贪小便宜，问题很多，但她就是不承认。她有一定的反侦查、反审讯能力。我们抓她前，她听到风声，提前转移藏匿了很多证据。审讯人员声音大些，她就哭，好像很冤枉，装得可怜兮兮的。要不是掌握了一些书证，靠审讯还真是拿她没有办法。日后，还请你们特别留意我们这方面的情况。”

军情人员答：“好说，好说。”

七一

对潘枝拘留、搜查尘埃落定后，吴文杰同张伟强和叶如青说道：“现在有点儿时间，我们不如去拜访一下东升公司新来的董事长赵玉强吧。”

在郑刚的带领下，吴文杰一行三人乘电梯来到东升大厦十四楼赵玉强董事长的办公室。郑刚向双方作了介绍。“欢迎，欢迎。”赵玉强起身握手。他是东北人，高高大大，性格直爽。“对不起，吴科长，理应我去拜访你才是，但东升公司这个烂摊子搞得我焦头烂额的。”

“没关系。”吴文杰说，“董事长办公室太小，怎么不用胡明仁那间最大的？”

“上次我们来带潘枝、伍立志、邱阳三人时，就问过这个问题。”叶如青附和道。

“那房间邪气太重，在里面坐过的两任董事长都没好下场。”赵玉强还是同样的回答。

“赵董事长还信这个？”张伟强问。

“不是信不信的问题，在那个房间难免想起那些个人，晦气！”赵玉强喝了口茶说道，“东升公司是个烂摊子，我不想来，但组织安排没办法。”

吴文杰说：“你们公司的确烂，中层以上干部都有问题。有人说现在贪腐之乱之多，共产党的干部每一个都杀有冤枉的；隔一个杀有漏网的。你们中层干部每一个都杀，绝对不冤枉。但现在抓的人太多了，再抓下去对公司的影响也会很大。”

赵玉强说：“是啊。上任时南方公司老总特意交代我，一定要注意平息矛盾，不要让这些人再出去捅娄子了。要与检察院加强沟通和联系，做好企业的善后工作。”

吴文杰说：“我们检察院办案是为了制止犯罪，为企业发展扫清障碍，为国家和企业挽回损失。希望东升公司在赵董事长的领导下，尽快建立健全各项规章制度，加强内部监督，堵塞漏洞，使企业回到健康发展的轨道上来。”

赵玉强说：“近期，我们将以胡明仁、谭向军等人为反面教材，在全公司开展一次纪律教育活动，自查自纠，增强企业员工的法律意识，防止类似案件再次发生。”

“好的，我们保持联系。希望公司尽快处理好各方面的工作，拨乱反正、加快发展，为国家创造更多收益。”

回到办公室后，吴文杰就接到冯小民电话，称赵董事长上任后对他和李劲勇很好，很快发还他俩的补偿金，他有五万多，李劲勇六万多，还找他们去办公室谈话。

“哦，他跟你们说什么？”吴文杰挺感兴趣。

“说我俩是‘打虎英雄’。由于我们的举报，检察机关挖出了公司一批‘蛀虫’。作为新上任的董事长，对我们这种行为表示钦佩，同时也以个人的名义希望我们继续回公司工作，监督新一届领导班子，把这个腐败公司搞得清正起来。”

“说得还算中肯。那你们继续回到公司工作还是……”

“李劲勇决定回去。他觉得年纪大了，再就业不易，且老婆、孩子也在南州。我怕被打击报复，决定回南西省老家，拿着补偿的五万多做些小买卖。”

挂了电话的吴文杰想起东升公司董事长赵玉强赐给冯小民、李劲勇的称号，不禁讶然失笑。如果不是正直的检察官出手，没有“武功”的平头老百姓“打虎”谈何容易！然而，心有余悸的“打虎英雄”却选择了离开。想到冯小民拿着补偿的五万多独自创业，吴文杰的心情又沉重起来……

南州军区珠江宾馆庐山厅，吴文杰第二次来到这里。第一次是胡明仁、林小铁、谭向军三人被抓后，他的恩人，原部队老领导方老板和他的好友、省纪委赵副书记一起宴请朋友，请他参加。席间，赵副书记关心地问：“胡明仁是享受正厅级待遇的副厅级干部，要不要我给你帮帮忙？”吴文杰从不愿求人，欠人一次他会记一辈子。2002 年转业时，方老板请赵书记向陈南检察长推荐了他，直到 2012 年赵书记退居二线前，十年间吴文杰再也没有利用赵书记的影响和他与陈检的关系为升迁说过一句话。2005 年初，吴文杰当科长后第一次查处正厅级干部——央企中船南州管理局局长管冲，经验不足，主动与省纪委联系，赵书记做了他坚强的后盾——二十四小时内突破不了，省纪委可出面实施双规。结果，吴文杰和当时他的副科长龙玉成三小时就拿下了管冲。

“文杰，好久不见啦。”省纪委四室刘副主任一推开房门，见到吴文杰就大声说道，“怎么样，老战友还好吧？”

他的话，将沉浸在回忆之中的吴文杰，拉了回来。刘副主任也是军转干部，与吴文杰原在一个部队，早转业几年。吴文杰立即起身迎了上去：“你不关照我怎么会好？”说完，与刘副主任使劲地握了握手，“请坐。喝茶。”

“有两三年没在一起聚了吧？”

“是啊，三年前中船案之后就没请你喝过酒了。”

“算了吧，你的酒不好喝。有什么吩咐？”

“不敢。想向你打听个事。”

“说吧。”

“南方资产管理公司下属东升投资有限公司的谭向军被他老婆检举，还有印象吧？”

“好多年前的事啦，忘不了。”

“为什么？”

“这件事很有意思，又正好是我经手的。收到检举信后，我们做了初步调查。然后，联系谭向军老婆核实有关情况。谁知他老婆却说她并无根据，只是两口子吵架后胡乱告了他一状，还道歉说给组织添麻烦了，想要回检举信。”

“不会吧？”

“当然是事出有因。我们查到了老谭生活作风有问题，包养了一个二奶。关于经济问题，由于老谭老婆不配合，我们也查不下去。后来，我们责令南方公司纪委对老谭按党纪作出严肃处理。”

“难怪老谭没当上投资公司一把手。”

“怎么啦？你问起这事，是不是他老婆又告了？”

“不是。最近，老谭涉嫌贪污受贿，被我们逮捕了。”

“原来是这样。要不要帮忙？”

“要。你酒量好，等会帮我多敬方老板几杯。”情报系统习惯称首长为老板。

“谁要敬我酒啊？”说曹操，曹操就到。一个洪亮的声音从门外传进来。

“老板好！”两人闻声而起。

五十多岁的方老板是干部子弟，温文尔雅，一副大家风范。刘、吴二人转业，都是方老板安排的工作。

“你俩刚才说什么呢？”

“我向刘主任汇报工作。”吴文杰说道。

“没有的事。”刘副主任很谦虚。

“小刘现在干得不错，有机会要多多提携文杰。”

“老板喝茶。”吴文杰递过一杯茶。

“文杰！”方老板喝了一口茶问道，“你也转业七八年了，现在手握生杀大权，有什么体会啊？”

“地方不比部队，诱惑很多。我专业底子差，又没有法律职称，有些事情把握得还不是很准。所以，一直战战兢兢，如履薄冰。”

“好啊。你说这话，我很高兴。要时刻怀有敬畏之心，才能不断进步。”

“小刘我见得少，酒量有没有进步啊？”

“请老板检验！”

七二

东升公司出事后，上面空降了新领导，监审部那位女神仙——坐在郑刚后面、整天神龙见首不见尾的张小梅也保持了较高的在位率，但办公室三人仍形同路人，除了上下班时打声招呼，相互间整天也说不上一两句话。郑刚作为董事长的全权代表、案件联络人整天忙得晕头转向。张小梅则换完手提电脑换手机，当起了“研究生”。司机阿明已无车可出，除了看报纸就是玩游戏。

“老郑，我来拿老谭的私人物品。”谭向军的老婆江兰突然出现了。她仍旧一副大嗓门，人还没进来，声音先到，谭向军的事似乎与她无关。

郑刚也不起身，抬头看了看江兰：“老谭的办公室贴了封条，我要请示一下检察院领导。”谭向军被抓后，是吴文杰让郑刚给江兰打电话，叫她回来收拾一下谭向军的私人物品，并看看要不要请律师。

接到郑刚的电话，吴文杰说道：“让她等着，我派两个人过来。”

二十分钟后，张伟强、甄珠来到。核对完江兰的身份证后，张伟强对郑刚说：“你们派一两个人一起吧。”

“小张吧。”郑刚叫上张小梅。张小梅有些不情愿。

“涉案财物我们已依法扣押，老谭的私人物品在他卧室。”郑刚打开谭向军办公室的门，张伟强说道。

“我能看一下扣押清单吗？”江兰问。

“不行。涉案物品属案件机密，结案之前无关人员不得接触、查看。”张伟强正色道。

江兰打开谭向军卧室的衣柜门、床头柜抽屉，蜻蜓点水似的看了看。

“有没有车，等会儿找个人帮你搬一下？”郑刚问。

江兰不作声。对谭向军的衣物、烟酒，她毫无兴趣。“我看看他的保密柜。”从卧室走出来，江兰说道。

“都是些办公文件材料。”郑刚回答。

“我只看一眼，不动。”江兰说。

保密柜按规定保持了原貌。打开上半截保密柜门，映入眼帘的仍是谭向军放在正中的潘枝含情脉脉的大幅生活照。刹那间，江兰受到了强烈刺激，大叫一声：“气死我了！”夺门而出。大家生怕发生意外，立即追了出去。

江兰冲进财务部，连声大叫：“狐狸精！狐狸精！你个骚货！在哪儿呢？”

随后跟进来的郑刚劝道：“别嚷了！现在是上班时间，影响不好。她也出事了，被拘留了。”

“抓得好！抓得好！要她坐一辈子牢！”江兰气呼呼地说，“我早就觉得他俩不对劲。以前来我家，我就觉得他俩眉来眼去的……”

“怎么回事啊？吵吵嚷嚷的成何体统？”江兰的吵闹声惊动了赵玉强董事长。

“这两位是检察院的同志。这位是谭向军的老婆江兰。她过来拿老谭的私人物品。”郑刚向赵玉强汇报道。接着对江兰说：“这是我们的赵董事长。”

赵玉强先与张伟强、甄珠握手，并对张伟强笑了笑：“前几天我们还见过面。”然后，伸手给江兰。

江兰却不握他的手：“赵董事长，姓潘的这个狐狸精勾引老谭你管不管？”江兰胳膊肘往里拐了拐，把责任推向潘枝。

“管，当然管！我们是国企，党纪国法都要讲。法律规定，如果生活作风有问题，我们要给予纪律处分。但他们俩现在都被拘留了。”赵玉强道，“请你不要影响工作秩序！”

“好，有你这句话，我等着。”江兰不好意思再闹了，“还想叫我帮他请律师，死去吧！我回英国去了！哪有说一打开铁皮柜，就看见一个女人生活照的。哼！”江兰气鼓鼓的。

“老谭的那些东西，怎么办？”郑刚问道。

“扔垃圾桶去吧。”江兰说完，转身就走。

“这事到此为止，谁也不许多嘴外传！”赵玉强对屋内公司人员警告道。

一小时后，江兰又来到郑刚办公室。这回没再大嚷大叫。

“又怎么了？”郑刚见到她，就有些头痛。

“我要老谭的身份证。”江兰道。

“在检察院那儿，我帮你问问。”郑刚说。

郑刚又打吴文杰电话，吴文杰说：“谭向军所有财物我们都冻结了。身份证可以给她，你随时过来取。”

“我下午去拿回来，你明天再跑一趟吧。”郑刚对江兰说。

“谢谢。”此时的江兰与先前大吵大闹判若两人，显得很安静。谭向军放在保密柜里潘枝的那张照片，让她做出了先控制谭向军财产进而离婚的决定。然而，江兰要达到这个目的，除了要有谭向军身份证、银行密码，还要有授权书，即谭向军允许她转让房产、车辆等财产证明。当然，更要获得检察机关许可。

七三

几次约江柳，江柳虽都接了电话，却不愿意出来吃他的饭。他又不能贸然去敲江柳家的门，怕又像吴空出院那晚，吴文杰突然回来。没办法，单青华只能重拾老路子，去吴空学校门口等。因为江柳一定要来接儿子放学的。

他又看到了第一次见到江柳的那一幕。江柳正在学校门口为什么事而气愤填膺，神情激动。他赶紧锁好车，来到江柳的身边："我刚好路过这里。发生什么事了？"

"你看，他们把吴空的眼睛砸成什么样了？"

单青华定睛望去，吴空右眼圈周围有一团淤黑，眼睛看起来像熊猫眼。

"谁打的你？"他抚摸着吴空的头问道。

"张一平。"

"他怎么打的？"

"脉动。"

"什么脉动？"

"就是用那种脉动矿泉水。"江柳说道。

"他为什么扔脉动到你眼睛上？"

吴空讲不出来。一旁的班主任解释道："有个同学教吴空说'张一平'我爱你，吴空说了后，张一平就扔了脉动砸到他眼睛上。"

"你们怎么当老师的，欺负吴空是吧。他要砸，也要砸到叫吴空说这话的同学眼睛上。怎么往吴空眼睛上砸呢？这不明摆着欺负老实人嘛。好好教育你们的学生。"面对理直气壮的单青华，班主任低下头来，一句话也不敢说。

而单青华这段话，却让江柳刮目相看。他的这些话绝不是在讨好她，而是真实的内心表达。这才是一个有担当、有血性、有正义感的男人。换作吴文杰，绝对说不出来，只会跟班主任道歉，说是吴空的错，吴空不该这样说话。他就是这样的一个人，左脸挨了一巴掌，还要把右脸凑上去。跟着他，就是活得憋屈，毫无力量和温暖。

感动于单青华的这些话，一向不接受单青华吃饭邀请的江柳，破天荒地决定和吴空一起跟单青华吃晚饭。单青华领她们到了白玉兰宾馆。这是南州市最早的五星级酒店，刚装修过，高雅、舒适、唯美、时尚。

"吴空想吃什么呢？"单青华很喜欢和吴空说话。吴空和他在一起，话似乎也会说很多了。"我要吃乳鸽。"

"除了乳鸽，还想吃什么？"单青华想让吴空多说话。

"饮料。"

"喝什么饮料？"

"椰子汁。"

"好，只要吴空喜欢，我们都点上。"

单青华点了满满一桌菜。“吃不完，你们就打包。吴科长不在家，你又不会做菜，总得给吴空补补营养吧，正是长身体的时候。”单青华跟江柳解释道。

其实不用解释，江柳也知道他的用意。她甚至还更明白，这次学校门前的见面绝不是偶遇。她开始思考，为何单青华总是在她最需要的时候出现？同学见面那次聚会，肯定也是他安排的；那套王府井她舍不得买的衣服，肯定也是他送的；撞断儿子吴空鼻梁的，肯定不是他的司机。他一直默默跟在她的后面，该出手时就出手。但他为什么要这么做呢？

他不会是爱上自己了吧。江柳为这个猜测脸红了起来。但她觉得不是自作多情，而是有依据的。她相信直觉，百分之百正确。敏感的人往往很聪明，能迅速判断实质，并想办法解决它。但现在还不到这一步，单青华没明确表示，也没施加任何压力，造成诸多困扰。她并不讨厌他，且好感与日俱增。他和吴文杰的个性、思维完全不同，几乎是两个世界的人。他给她带来了新鲜感、愉悦感，还有满足感。

“白玉兰宾馆是一个香港富商建造的。为了得到江边这块地，盖一个全国最早的五星级宾馆，富商答应政府，五十年后将宾馆交还政府经营。前几日刚刚到时间，政府收回来后重新整修。现在我们坐的地方，就是刚装修过的。”单青华把一个乳鸽腿放到吴空碗里，说道。

“哦，怪不得很多市民涌进来参观，原来是宾馆回归政府了。”江柳说道。

“也是政府和宾馆邀请市民前来参观的。你没看这几天的《南州日报》，都是白玉兰宾馆的广而告之，每天还有名额限制。我们吃晚饭，才没那么紧张；早茶的话，可能就要排队了。”

“装修过的白玉兰宾馆比以前漂亮气派多了。”江柳感叹道。

“你以前来过？”

“当然。不过只来过一次。只是来参观，在大堂看一圈就走了。”江柳不好意思地说。如此豪华的宾馆，岂是她能随便来吃喝的。

单青华明白她的意思，也就不再说下去了。他把服务员送来的木瓜炖燕窝放在江柳面前：“这个补血又补颜。”

“单总，这太奢侈了吧。”江柳惊叫道。

“难得请你们母子出来，吃好一些吧。”单青华淡淡地说道。他不想让江柳知道他是有意为之，感到任何压力。

服务员送来的木瓜炖燕窝，还在小酒精炉上慢火煨着，江柳第一次吃，不知如何拿汤匙，手给烫了一下，下意识地叫出了声。

“怎么了，疼不疼？”单青华关心地问道。

“没事，只是烫红点皮。”

“涂点儿酱油吧。”单青华拿过餐桌上的小酱油瓶，为江柳轻轻倒上一点儿，并替她抹平。

“真不好意思，让你见笑了！什么都不懂，我这是刘姥姥进了大观园。”

“没关系的。谁都不是天生就懂，多吃几次就知道了。”

多吃几次？这种地方我能来多吃几次？一个月工资就没有了。江柳心里想。“单总的生活质量很高啊，怎么身边没一个红颜知己呢？”江柳本不想打探别人隐私，但也很好奇他到底成家没有。按道理像他这个年纪，该是已当爹了的。

单青华本想说：“红颜知己不就是你吗”，但没有说出口，而是说道：“年轻时创业，不想个人问题；现在业创成了，却成了剩男，没人要了，哈哈。”

“哪里？像单总这么优秀又暖心的男人，身边那可是要围着一群美女的呀！”

“鄙人不才。我看上的，别人看不上我；而看上我的，我又对她没感觉。”单青华实话实说，眼睛却盯着江柳。

江柳给他看慌了。“你看看，你吃东西总是不讲卫生的，桌面给你弄得乱七八糟。”江柳训斥吴空道。

“我们吴空最懂事了，吃东西总是干干净净的。服务员，来换一个盘子！”单青华招手道。吴空果然在新盘子上把吃完的乳鸽骨头放齐整了。“对小孩不能训，要规劝。”单青华对江柳说道，“其实吴空什么都懂，反应又快，是个很好的孩子，只是你们给他启蒙晚了。现在也不要着急，慢慢教他就好了！”

又是一股暖流涌入江柳心里。这个单青华啊，怎么如此善解人意呢！关键是对吴空好，会哄他。吴文杰有他对吴空一半的耐心，吴空就不会是这个样子了。一滴泪从眼角滑落，江柳赶紧用手拭去，但还是给单青华看到了。

七四

一大早，吴文杰就接到了高得意电话：“赶紧的，叫上叶科，跟范检去趟省检侦查监督处。”

跟范检去省检侦监处？吴文杰有种不祥的预感。印象中范检作为副省级省会城市的副检察长兼反贪局长，极少到省检业务处室研究工作，去也是找省检领导。省检侦查监督处是管批捕的，难道是哪个案件批捕遇到了麻烦？吴文杰把在办的几个嫌疑人飞快过了一遍脑子，停在了谭向军身上。

南东省检察院在南州市检察院后面不远，步行只需五六分钟。“猜到是什么事了吗？”高得意问吴文杰。

“谭向军的案子？”

“一说你就能猜到，说明谭向军这个案子你们做得不漂亮，省检不批捕。”高得意说。

“不会吧。按惯例，省检在做出不批捕的决定之前，都会与经办人沟通。”吴文杰说，“不过，早就听说省检侦监处的吴处长是个拆数佬。难道……”

“不要这样议论上级领导。”范检批评道，“要从自己身上找原因。你的证据要是没问题，别人能找你的茬吗？”

“是，范检说得对，我们的原因。”吴文杰应道。

范明亮带着市检侦查处长和经办人一起上来，出乎省检侦查监督处吴问天处长的意外。“没想到惊动了范检，应该是我过去汇报的。”

“你们是上级，我们理应过来。”范明亮客套道，“麻烦请一下赖检。”

赖占飞是省检分管侦查监督处的副检察长，范明亮指名道姓要请他，吴问天不敢不禀报。几分钟后，赖占飞来到侦监处会议室，与范明亮握过手后，来到对着门的椭圆形会议桌中央坐下。吴问天和经办李科长分坐他两侧。范明亮则坐在赖占飞对面，高得意、吴文杰、叶如青坐在他左右。

“什么事劳驾范检亲自过来？”赖占飞责问吴问天。

“不关吴处长的事，是我要过来。”范明亮为吴问天打圆场。

吴问天望着范明亮，脸上堆起笑容，欠欠身子表示感谢。

“那开始吧。”赖占飞吩咐吴问天。

“是这样。根据南州市检请示，我们就东升公司副总经理谭向军涉嫌贪污受贿案提审了他。谭向军否认指使郭胜从广南联营加油站套取一万四千八百元现金并据为已有。谭向军还称，郭胜拿发票到联营加油站报账是经董事长胡明仁批准同意的。此外，谭向军否认了全部涉嫌受贿的事实。我们处里经研究认为，加油站财务凭证、经手人郭胜和加油站总经理谷军峰等人的证言都可以证明谭向军套取现金贪污犯罪是事实，但贪污的主观故意和资金的最终去向仅凭胡明仁一人证言证据力不足。至于谭向军涉嫌受贿的事情，证人也是一对一，难以认定。据此，我们为慎重起见，做出不予逮捕的决定。”吴问天有理有据地说道。

“因为是不予逮捕的案件，我把卷宗也看了一遍，吴处长他们的决定我是同意的。”赖占飞接过吴问天的话说，“就该案来说，我认为市检侦查处的同志取证工作做得不细，重视收集谭向军涉嫌犯罪的证据，却忽略了无罪证据。不知道经办人注意到没有，为什么郭胜套取现金一次签了名，一次没签名？还有，谭向军声称他指使郭胜这样做是经胡明仁批准的，而胡明仁却称全是谭向军的个人行为，他并不知情。犯罪嫌疑人的口供是最不稳定的，将来胡明仁翻供怎么办？你们考虑过没有？”

“赖检和吴处长批评得对，我们的工作做得不细，回去后补上。”范明亮接过赖占飞的话说道，“谭向军涉嫌贪污受贿案，是东升公司系列案中最重要的一个，因为时间关系，有些证据还没来得及上报。除了贪污受贿，谭向军还有巨额财产来源不明的问题，尤其他还与东升公司大量国有资产流失有关。希望省检支持我们的工作。”只要在外，范明亮向来是维护手下的，有什么问题回去再说。

“既然范检都开口了，这个面子还是要给的。我对范检是有信心的。”赖占飞说，“范检，你看这样好不好？这份批件先放着。我再给你们三天时间，如果能再发现谭向军的其他犯罪事实，我就破次例——让吴处长重新写个请示，准予逮捕。”

领导们讲话时，高得意、吴文杰、叶如青都在笔记本上认真记着。

“吴处长？”赖占飞望向吴问天。

“按赖检的指示办。”吴问天答。

“贾检那儿我会跟他讲的。”赖占飞说。

“多谢关照。”范明亮道。

“我俩还客气什么，都是为了工作。范检在法院时对我们省检，特别是我的工作一直很支持。”赖占飞道，“况且，难得范检来侦监处一次。上次是什么时候了？”

“上次是公诉的事。四年前，那时你分管公诉处，公诉处长是羊鸣，央企中船南州管理局局长管冲的案子。”范明亮道。

“还是范检记性好。为了南州每年两百多亿投资，我砍掉了你们的部分起诉意见。没怪我吧？”赖占飞道。

“哪里话，你还不是为了南州好？”范明亮道，“那个案子也是吴科长办的。”

“办得好。既惩治了犯罪，又保障了经济发展。”赖占飞表扬吴文杰。

吴文杰有些不好意思：“离上级要求还差得远。还要继续努力，不辜负领导期望。”

“等你们的好消息。”赖占飞说完，站起身来。

“得意，你怎么看？”返回单位的路上，范明亮问道。

“我工作没做好，我检讨。”高得意道。

“我不是说这个。我是指谭向军这个案子。”范明亮道。

“真悬。今天不是您出马，我们就功亏一篑了。”高得意道，“说实话，虽然证据有些瑕疵，但批捕是足够了。看来谭向军背后的势力不可小觑，手都伸到省检去了。”

“我估计……”吴文杰想说。

“不要乱猜！要有证据，要相信组织。”范明亮道。

吴文杰脸微微一红。

“你们要抓紧啊。刚才赖检说了，三天内不能提供新的扎实证据，就只能取保放人了。”范明亮提醒道。

“请范检放心，保证完成任务。”吴文杰说得铿锵有力。

跟范明亮、高得意分手后，吴文杰和叶如青往办公室走去。路上，他对叶如青说道：“伸往省检的这只手，肯定就是洪六哥的。你看我们报捕文书刚送上去，省检立即不予逮捕，动作真够快的。”

“我也有这感觉。洪六哥是从省纪委室主任下到南方资产公司的，跟省检的人很熟。”叶如青很赞同。

“好吧。那我们就看看这双伸往省检的手是否能一手遮天?!”吴文杰来了个深呼吸，说道。

七五

要在短短三天之内查证谭向军新的犯罪事实，无异于大海捞针，好在之前郭胜说出了谭向军包二奶的事情。吴文杰想，老 A 忙了这么多天，应该有消息了吧。

好像有心灵感应般，想到曹操，曹操就来。老A打电话约见吴文杰。“你交办的事有戏，但你先帮我办件事。”一见吴文杰，老A就说。

“还有条件？”吴文杰纳闷。

“瞎想，我是这种人吗？赶紧办吧。”

“什么事？”

“酒后寻衅滋事致人轻伤，现在人关在东湖区南风派出所。这是有关材料，先把他捞出来再说。”

半小时后，吴文杰通过分管公安的东湖区副区长给公安分局领导打招呼，将老A所说的人取保候审，放了出来。

两天后，老A将一张照片交给吴文杰：“这就是你要找的那张卡。”照片显示，老A所说的那张卡放在一个红色皮夹里。

吴文杰问：“谁的皮夹？”

老A说：“刘丽的。”

“在哪儿找到的？”

“在刘丽的住所。”

“她住哪里？”

“皇家夜总会后面的一个小区，租的房。”这下吴文杰明白了，刘丽之所以不与姐姐和母亲同住怡景新村，原来是为了方便上下班。

吴文杰问：“怎么找到的？”

“人呢，我是通过妈咪们找到的。妈咪们也有圈子，尤其是老乡，即使不在同一家夜总会，经常都有联系。”老A见吴文杰听明白了，接着说，“还记得我托你从派出所捞的那个人吧。他父亲曾是盗窃团伙老大，多年前洗手不干了。我找他办你那事的时候，一开始他还犹豫。正好碰到他儿子进了派出所，急得不行。我通过你把他儿子弄出来后，他欠我人情，这才破戒叫人跟踪刘丽。趁刘丽不在家，开锁入室，在刘丽家的床头柜找到了放在红色皮夹里的这张卡，并拍了照。”

吴文杰说：“办事的人没顺手牵羊拿人家东西吧。”

老A说；“放心，绝对没有。他们做事有他们的规矩，连现场都没弄乱。”

吴文杰放心了：“今天我兑现承诺，请你吃饭，自罚三杯。”

“你请就算了吧，你那点儿薪水还是留着家用吧！罚酒三杯我没意见！”

第二天上午9时，叶如青、常淡云和甄珠根据老A提供的地址——胜利小区三栋一四一七房，上门传唤刘丽。

在小区门口，叶如青见到片区警察在巡逻，就向他出示证件，请求他协助工作。这位片警四十多岁，经验丰富，没有多问什么，随叶如青他们来到一四一七房。

做夜场的通常都是昼伏夜出。足足按了五分钟门铃，才听见里面有响声。木门打开，一个穿着睡衣、头发散乱、身高约一米七、年近三十、体貌特征挺像刘丽的女人出现在叶如青面前。被搅了春梦的刘丽怒气冲冲地骂道：“发神经啊，一大早就按人家门铃!”典型的四川女人的泼辣劲。

甄珠不理她，在铁门外出示《传唤通知书》。“刘丽吧。我们是检察院的，找你有事。开门!”

“检察院的？检察院干什么的？”刘丽不解，“找我也是公安找呀。有没有搞错啊，我跟检察院的会有什么事？”

“我是警察，快开门！否则，我就叫人开锁了!”站在叶如青身后的片警走上前来。

见到警察，刘丽没脾气了。“等一下，我换件衣服!”随后“啪”的一声把门关上了。几分钟后，刘丽将门打开。这是一室一厅的小套间，屋内布置简单，散发着淡淡的香气，但闻不到男人和小孩的味道。“什么事啊？”刘丽问。

“把身份证拿出来!”叶如青要验明正身。

刘丽进入卧室，拉开床头柜最上面的抽屉，拿出一个红色皮夹。正是老A照片中的那个皮夹子，从里面抽出一张卡片，返身走出来递给叶如青。身份证与本人一致无误。

“因为案件需要，我们要向你了解些情况。带上你的随身物品和这张银行卡，跟我们走一趟!”叶如青把谷军峰的卡号递给刘丽看。

刘丽明白怎么回事了，慢慢转身走进卧室，拿起床头柜上的小坤包。

“银行卡拿了吗？这是《搜查证》。不用我们找吧？”叶如青跟了进去，出示谭向军的《搜查证》。《搜查证》填写的搜查地址是：办公室及相关场所。

“谭向军是谁？有没有搞错啊，你们搜谭向军，搜到我这来了？”刘丽看了看《搜查证》，一脸茫然。

刘丽的表情不像是明知故问，叶如青有点儿奇怪，难道孩子他爹不叫谭向军？他突然想起搜查谭向军办公室时《香港居民身份证》上的名字叫马向前，以及吴文杰当时说的话——“难怪刘丽称谭向军为老马。”他恍然大悟：在夜场混的人没几个会透露自己真名实姓的。

“别废话，带上银行卡！否则，我们动手找了!”叶如青厉声说道。

“配合一下吧，他们是合法的。”片警在一旁帮腔，叶如青向他点头表示感谢。

刘丽极不情愿地再次打开红皮夹，从里面拿出一张银行卡。

“拿过来对一下卡号!”叶如青命令道。

刘丽扭过头去，右手将卡递过来。

“有人告你盗用了他这张存有五十万元的借记卡。”叶如青边核对卡号边说。

刘丽当然不认，说：“卡是朋友送给我的安家费。”

“跟我们走一趟吧。”叶如青不想多费口舌，与片警告别后，将她带上警车。

审讯室里，刘丽的骄蛮收敛了许多。她交代，两年前她和姐姐刘芳在国会坐台时，一位人称“老马”的中年男人点了她姐妹俩作陪。老马很喜欢她这个乳房大、酒量好、会唱歌的小妹。后来，老马就经常来国会订她的房——小姐订房消费有提成。再后来，他俩就睡在了一起。起初是在国会的楼上开房，后来就在她的出租屋过夜。差不多一年后，刘丽发现自己怀孕了。老马叫她把孩子打掉，考虑到自己年近三十，刘丽不肯。为此，刘丽和老马大吵过几次。2008年春节前，刘丽回四川老家把孩子生了下来。之后，老马就不理她了。刘丽一气之下把孩子留在老家，自己回到南州，向老马索要五十万分手费和奶粉钱，声称“不给钱，就闹到他单位去”。老马无奈就给了她这张卡。刘丽就用这张卡里的钱在东禺怡景新村以母亲的名义买了套房。

“你看看这是不是老马？”叶如青将谭向军的照片递给刘丽看。

“是的。别人叫他老马，他也自称老马。”刘丽答。

夜总会的小姐从没想过搞清楚他的客人姓马还是姓谭，因为她们对外也从来都是用化名，如娟娟、小红什么的。

“你认识开这张卡的人谷军峰吗？”叶如青问。

“不认识，我管他是谁呢。”刘丽答。

“你知道老马在哪儿上班吗？”

“知道。在东升大厦。”

“你怎么知道的？”

“有一次我在马路对面等他，看到他从东升大厦出来，有人还跟他打招呼，估计是他公司的人。”

看来谁要小瞧了女人，真是大错特错！叶如青感叹道。“《搜查证》你也看到了，老马已经涉嫌犯罪被逮捕了。你的卡我们要扣押，怎么处理再说。你先回去，暂时不要离开南州。我们随时都会找你。”叶如青交代道。

“好吧，你们最好快点。这事完后，我想回老家，不做了。”看得出刘丽已经心灰意冷，决定回到她人生的起点去了。

七六

去省检侦监处开完会的第二天，也就是叶如青、常淡云和甄珠去传唤刘丽的时候，吴问天处长把吴文杰叫到了办公室。

“吴处还有何指示？”吴文杰问，不相信吴问天这么快就来询问谭向军“双保险”的事了。吴问天有些犹豫。“吴处，有话请直说。”

“有件私事……”吴问天停了一下，想看看吴文杰的反应。吴文杰不说话，摊开右手，做了个请的手势。“我太太喜欢收藏，前段时间在大德路文化广场的一品斋买了幅假画。”吴问天道。

“可以要求退货赔偿。”吴文杰说。

“已人去楼空，手机也停用了。”

“没报警吗？”

“证据不足。”

“那也可以向法院起诉啊。”

“我们不想打官司，搞得沸沸扬扬的，影响不好。”

“明白了，我来处理吧。”

“谢谢文杰。”傲慢的吴问天突然对吴文杰改了称呼。

“有什么凭证？”

吴问天打开抽屉，拿出两张纸。“这是货款收据和画的影印件，还有一品斋老板张山的名片。”

三十多万！吴文杰心里轻轻叫了一声。

“等我消息吧。”吴文杰告辞道。

“谢谢。我知道你有办法。”吴问天恭维道。

这个狡猾的吴问天，算准了吴文杰不会拒绝他的请托。因为吴文杰目前在办和下一步要办的案件，都离不开他吴大处长的大力支持。吴文杰也清楚，他答应吴问天是要冒很大风险的。首先，吴问天都认为张山诈骗证据不足；其次，即使张山诈骗证据确凿，也是归公安管，检察院没有管辖权。如果公安抓到人交给吴文杰，按法律程序，吴文杰也只能移送公安处理。动用司法力量为私人追款，属公权私用，严重违纪。一旦被告，处分都算是轻的。不过凡事也有好的一面，吴文杰想。张山作为画店老板，肯定知道自己在卖赝品。他有诈骗故意，涉嫌犯罪，也不敢拿牢狱之灾作赌注。吴文杰决定走一步看一步，见机行事。吴问天所托之事是当务之急，而他的人手又捉襟见肘，这让他很是焦虑，心事重重地走进办公室。

“吴科长，别来无恙啊。”办公室沙发上突然站起一个人向他打招呼。

“唐队！”吴文杰眼前一亮。这是南州市公安局刑侦支队二大队的唐队长，去年底曾移交过一宗贪污案给他，两家联手，干得很漂亮。唐队因此立了三等功。

“你真是我的大救星。”吴文杰道。

“算了吧。我还欠你一个人情。有事你吩咐。”唐队道。

“先说你的事。”吴文杰说，“什么风把你吹过来了？”

“送个案报捕，顺便看看你。”唐队道，“你什么事？”

吴文杰把吴问天处长的资料递给唐队：“省检领导交办的。我人手不够，请帮帮手。”

唐队看了看资料，问：“要我怎么做？”

吴文杰道：“抓到人后交给我就行。”

“说干就干。正好我带了两个兄弟过来。你能不能帮我把张山的手机定下位？”

“老张！”吴文杰跟正陪唐队喝茶的张伟强交代道，“马上填个单给范检批一下，去情报处找张冲处长定位一下手机，再把张山的基本资料打出来。”

张伟强应了声，上电脑操作完，转身出去。吴文杰则陪唐队继续喝茶。张伟强去到门外，给吴文杰打了个电话：“杰哥，你出来一下。”

吴文杰拉开楼道木门，与张伟强走到楼梯间。“杰哥，这件事是不是吴问天交办的？这样做妥不妥？这可是违纪啊。”张伟强担心地说。

“别问了，有事我负责！去办吧。”吴文杰道。

“还是考虑考虑吧。”张伟强说。

“你没看出来，省检对老谭不予逮捕的决定有些特别。省院决定不予逮捕事先竟然不跟我们打个招呼，太不正常。去年10月批捕上提一级后，全省二十多个地级以上城市检察院的自侦案件都要报省院批，我们南州是省会城市，省院侦监处每案必提，什么时候见到省院如此高效？以往的案件，省院基本上都是拖到最后第十四或第十五天才批出来。谭向军案上报才三天，也就是拘留后第十天，省院的决定就出来了。会不会是什么人怕老谭挺不住，急着把他捞出来？吴问天太关键了，我不想惹他。”吴文杰道。

“杰哥，咱们兄弟，有事算我一份。”张伟强听吴文杰这样说，拍拍胸脯表态道。

“有心就行了。我这个年纪，就这样了。你不同，还要进步。万一有事，你就往我身上推。如果你们没事，我就不会有事。这事老叶、小刘就不跟他们透底了，也牵扯不到他们。”吴文杰道。

“明白。”张伟强道，“我们几个兄弟你放心，谁都不会乱说的。但唐队、情报处张处他们、当事人张山和吴问天的太太，万一谁无意漏出去，岂不很麻烦？”

“也不麻烦。唐队他们去年不是向我们移送了南州美术学院的贪污案吗，你主办，你最清楚，很多材料要补，找个理由还不容易？”吴文杰道。

“杰哥，你是走一步看三步啊。”张伟强由衷地佩服道。

“行了，我也是没办法的办法。忙去吧。”吴文杰道。

十几分钟后，张伟强回到办公室。“张山换了个手机。现正在南风东路王府井旁边的倩影婚纱影楼附近。这是他的照片。”张伟强道。

“太好了。我们马上出发。”唐队起身道。

“机会难得！老张、老丛、小刘，我们一起去看看，学习一下公安兄弟如何抓捕的。”吴文杰道。

“好咧。”张伟强道。

“班门弄斧了。”唐队抱抱拳。

从市检察院驱车赶到倩影婚纱影楼不到十分钟，就看到唐队的警车在影楼对面路口停下，便衣甲、便衣乙冲了出去。到了影楼门口，两人迅速观察了一下周围环境，互相用手点点，便衣甲便进入影楼，便衣乙则守在门口。不久，唐队和门外的便衣乙同时看了看手机短信。然后，唐队下车，站在马路对面紧盯着影楼。十几分钟后，影楼内的便衣甲尾随一个三十多岁、身着浅灰色西装的中等个男子走了出来。他举起右手，握拳，竖起大拇指向唐队和守在门口的便衣乙示意。便衣乙向张山迎面走去。

“来了。”唐队跟吴文杰说了声，快速横过马路，三人成品字形将张山包围。刘敏锋将车打着火。公安的专业素养，检察官没得比。吴文杰他们坐在车内看着，感慨道。

几乎同时，张山身后的便衣甲抓住其左手腕，前面的便衣乙抓住其右手腕，将其西装衣领往下一扯，再一用力便将人按倒在地。动作之快，一气呵成。张山刚想叫唤，看到了便衣身上的手枪，吓得说不出话来。

吴文杰打开车门，两便衣将张山押上车。唐队说：“走了。”吴文杰点点头，抬起右手给唐队敬了个礼，刘敏锋将车驶离现场。

“请，请问阿 SIR……为什么抓、抓我?”听口音，张山是南东人。港片看多了，南东人习惯将警察称为阿 SIR。张山将吴文杰他们也当成了警察。

“还问为什么？这是什么?”吴文杰出示吴问天给他的照片和收据。

“你情我愿的，我没违法啊。”张山回过神来，申辩道。

“没违法？你到看守所去说吧。”吴文杰大声说。

“我退钱！我退钱，行不行？请不要送我去看守所，过几天我就要结婚了。请阿 SIR 高抬贵手。”张山鼻涕、眼泪都流了下来。精准而强力的抓捕对嫌疑人的心理打击是巨大的。

“小刘，把车停路边。老丛，给他纸笔。”吴文杰道。

“张山，也可以不送你去看守所。”吴文杰对张山说。由于是公权私用，吴文杰也不想将张山带回单位处理。

张山闻言即刻要下跪。“只要不去看守所，阿 SIR 怎么说我怎么做。”

“先把这幅画交易的经过如实写下来，然后带我们去取钱。结完婚，你自己去公安局投案自首，这样可以从轻处理。听到了吗?”吴文杰道。

“听到了，听到了。谢谢，谢谢。”张山使劲点头，“我身上带有银行卡，转账行吗?”

“可以。”吴文杰说完，给吴问天打电话，“吴处长，一小时行吗，叫你太太带上那幅画、收据和银行卡，到我们单位对面的南州银行取钱吧。”吴文杰通知吴问天。

“是吗？我没听错吧？太感谢了。一小时后见。”听得出来，吴问天喜出望外，很是激动。

不到一小时，吴问天陪着太太来到约定银行。吴文杰跟吴问天到门外抽烟，张伟强、刘敏锋和丛志天则坐在银行大厅，监督张山与吴太办理转账手续。

“文杰，以后有用得着的地方尽管出声。”吴问天给吴文杰点烟后，说道。

“这事没发生过。张山我建议也别追究了。”吴文杰道。

“明白。”吴问天说。

“老谭的案件我会按赖检的指示加紧办，到时还请吴处多关照。”吴文杰道。

“放心，我有数。”吴问天道。

“吴处，苏公子你认识吗?”吴文杰问。

“不认识。姓苏的大佬除了我们苏检，省政协主席也姓苏，他们都是江州人。”吴问天说了句意味深长的话。

苏主席？年前刚从省政法委书记转到政协去的苏主席？那宗电视台的案件不就是被他干预掉了吗？吴文杰听懂了吴问天的话。“谢谢提醒。”吴文杰道。

“另外，告诉你一个消息，我们省院的办公室副主任钟向东可能很快就会到你们市院反贪局当副局长。”吴问天道，“办公室也是苏检分管。”

“谢了，我会注意的。”吴文杰说。

“钟向东没在侦查部门干过。”吴问天又补充了一句，“他来估计也是过渡。”

“谢谢。”吴文杰又说。经此事件，吴文杰和吴问天成了好友。

一个月后，吴文杰最不想发生的事还是发生了。新上任的钟向东不知从哪里听说吴文杰找唐队长抓人的事，找了最年轻、貌似最单纯的刘敏锋了解情况。“小刘，下面我要问的事，你要用党性保证你说的都是真话。否则，后果很严重。”钟向东很严肃地说。

“我保证。”刘敏锋两眼无邪地望着钟向东。

“市公安局的唐队是不是帮你们科抓过一个人？”

“不止一个，应该有好多个吧。”

“怎么回事？”

“去年，南州美院图书馆馆长朱书福被市公安局刑侦支队立案侦查，贪污部分唐队移交给了我们。由于案情复杂、涉案金额大，两家联手找了很多人。我不知道你说的哪个？”

“你参加的有哪个？”

“我们科就这几个人，基本上抓人全科都上。朱案是叶科主办，他最清楚，我连名字都说不上来。”

“好了，这事就到此为止。”

“明白，领导放心。不该说的我绝对不说，不该问的我绝对不问，不该听的我绝对不听。”

此事从刘敏锋这里没有打开缺口，钟向东也就没有再找其他人。事后，吴文杰听了刘敏锋的汇报，还是惊出了一身冷汗，告诫自己下不为例。

七七

谭向军贪污五十万的证据材料报到省检，赖占飞副检察长兑现了承诺，批准对谭向军采取逮捕强制措施。

吴文杰让常淡云和甄珠去看守所，对谭向军宣布逮捕决定。谭向军露出惊讶的神情——居然将我捕了？

“怎么，不服？”常淡云调侃道。

“不服！当然不服！我没罪！”谭向军显得很气愤。几天前从省检侦监处经办人的提审中获悉，检察机关仅掌握了他套取广南联营加油站十五万的证据，而且有一单约十万元的证据还是胡明仁同意了的。他不相信省检能据此批准逮捕他。

“不服？不服就写下来，我让你心服口服。”常淡云将笔录纸递给谭向军。常淡云没想到，他这画蛇添足之举又给本已繁重的侦查工作增添了许多额外负担。本来他的任务就是去宣布逮捕决定，毫无必要询问谭向军对逮捕的意见。

2005年，南州市检察院两年试行后，在检察院设立正处级人民监督员办公室，正式启动人民监督员制度，将被逮捕的犯罪嫌疑人不服从逮捕的意见纳入人民监督员监督范畴，让人民监督员监督检察权力的运行。人民监督员由社会各界法律专家组成。

谭向军接过纸和笔，写上："检察院没有证据，冤枉好人。我谭向军不服逮捕。"

办过案、熟知法律的谭向军决定利用南州市检察院的人民监督员制度，向人民监督员办公室提起诉讼。他的如意算盘是：他不服从逮捕，人民监督员那一关过不去，吴文杰就要放他出去。出去后他就可以找关系，搞定自己的事。

面对这张不服从逮捕的签名意见，胆小怕事的常淡云一点儿办法都没有。在狡诈阴险的谭向军面前，他毫无反击之力。回到检察院后，他敲开了吴文杰办公室的门，怯怯地站着不动。

"云队，什么事？"吴文杰抬起头，放下手中的材料。

常淡云犹豫了一下，走过来向吴文杰汇报了向谭向军宣布逮捕的经过。

不用常淡云描述，吴文杰就可以想象得出他向谭向军宣布逮捕的情形。常淡云这个做法律研究的书呆子平时都不敢抬头正眼看人，说话也是轻声细语的，让他去宣布逮捕肯定底气不足。此消彼长，反而壮了谭向军的胆。老谭是不会放过任何一个挣扎机会的。他有点儿后悔安排他和甄珠这趟差事了。"没事，云队。"看到懦弱的常淡云，他心里有些自责，"改天我和你提审谭向军一次。"

"这事还是由叶科来负责收尾吧。"常淡云仍是怯怯的。不服逮捕意味着办案单位要将犯罪嫌疑人的申辩向人民监督员办公室通报，并接受人民监督员的质证。根据最高检要求，南州市检察院人民监督员制度自2003年试行、2005年正式启动以来，侦查部门还没有与人民监督员打过交道，一直没碰到过像谭向军这样零口供、不认罪的犯罪嫌疑人。常淡云让叶如青收尾，就是让法学功底深厚的叶如青去应付人民监督员的质询，只有他才能胜任。

"叶科？"吴文杰向坐在他前面的叶如青征求意见道。

"行，我来吧。"叶如青应道，"谭向军就是这么无赖，只要有一点儿权利，就要拿来折腾，给我们增加工作难度。"难度归难度，叶如青心里还是有底的。谭向军贪污加油站十五万元和谷军峰那张五十万元卡的证据是立得住的。

2009年以前，检察院自侦案件的逮捕犯罪嫌疑人的审批还未上提一级，即市反贪局办的案件直接报本院侦查监督处批捕。2010年以后，市院办的案件要实施逮捕，则由省院审批。2009年以前的《逮捕决定书》与2010年的内容也有不同，2009年以前的《逮捕决定书》需征求犯罪嫌疑人意见，签字服从还是不服从逮捕；2010年以后则无需征求犯罪嫌疑人意见了。

半个月后，叶如青面对十一名人民监督员，将谭向军涉嫌贪污的犯罪构成要件一一阐述，并提供翔实的书证材料和多名证人的证言。与会的十一名人民监督员对检察机关作出的逮捕决定全部投了赞成票，全盘否认谭向军的不同意见。这也成为南州市人民监督员监督检察机关执法的首起案例。

七八

除了厅局级的犯罪嫌疑人，吴文杰很少去看守所。对谭向军这个处级，准确地说是享受处级待遇的干部，吴文杰是破了例的。他叫上常淡云再次去看守所，向谭向军通报人民监督员的决定。

他们先来到看守所值班室问值班员：“谭向军有没有对外通信?”

值班员查了一下通信登记簿：“有，通过一封信。”

吴文杰问常淡云：“送所时我们没有限制通信吗?”

常淡云说：“有啊，我办的手续。”

吴文杰对值班员说：“麻烦你再查一下！这人是要犯，我们是限制通信的。”

值班员答：“好的。”

吴文杰说：“我想见见老谭的监区领导，请帮忙通报一下。”

值班员打了个电话，几分钟后监区长来到值班室。

吴文杰说：“监区长，谢谢你对我们工作的支持。谭向军是要犯，我们领导很重视。我们是限制了他的律师会见和对外通信的，但他往外通了一封信。”

监区长说，“可能是我们疏忽了，以后不会再发生类似事情了。”

“他进来这段时间，情况怎样?”

“还挺听话的，没惹是生非。”

“身体怎样?”

“没什么问题。”

“进来没有挨打吧?”

监区长声音提高了八度：“他这个人怎么会挨打?他才厉害，进来几天就成为仓老大，组织能力、控制能力都很强。看守所里一个仓二十多人，值班干活他不用做的，都安排别人去做。累了有人帮捶背，睡觉有人帮铺床，他在里面地位很高。”

吴文杰笑了：“谭向军不愧是当过副团长带过兵的，才进看守所几天，居然当上了领导，还有人侍候，真是有些手段。”

见到谭向军后，吴文杰说：“老谭，听说你在这儿混得不错啊。气色很好。”谭向军看上去，似乎比入所前还胖了些。

“吴科长，你就别取笑我了。你亲自过来，我很感动。”

“我们今天过来，是向你宣布人民监督员同意对你实施逮捕的决定。你有什么想法?”

“我有想法也没用。”

“我同事说你不服逮捕?”吴文杰话锋一转。

“这是我的权利。”谭向军立刻反弹。

“但人民监督员听证会否决了你的申辩。”吴文杰冷冷地说。谭向军低头不语。“你知罪吗?”吴文杰目光炯炯。

“你这是问客杀鸡。”谭向军依旧强硬。

“你本来有机会从轻、从宽处理的。”吴文杰叹了一口气。

“我听从内心的抉择。”谭向军毫无悔意。

“每个人都要为自己的选择负责。你现在知道后面的事了吧。”吴文杰指的是洪六哥的利益团体并没把他捞出来。谭向军不自觉地摸了摸手铐，咽了口口水。吴文杰觉得有些可怜，起身拿了瓶矿泉水，走过去放在他面前的卡板上。

“谢谢。”谭向军打开水瓶，喝了一口。

“抽烟吗?”吴文杰打开一盒软中华，谭向军只抽软中华。

“戒了。”谭向军说完，自己先笑了，“不戒又怎样?看守所没烟抽。”

“抽一支吧!”吴文杰点着烟，递给他，“明天是你生日。”

在看守所二十多天，每天死气沉沉的，哪还有生日的概念。听到吴文杰提到生日，谭向军的眼眶一下子潮湿了，感激地看着吴文杰，接过香烟，抽了一大口，哽咽地说了声“谢谢”。

吴文杰回到座位，看着谭向军一时不知说些什么。谭向军则闷着头，把整支烟抽完。“今天不是提审。随便聊聊。有什么想说的吗?”吴文杰问。

“科长，有时我在想，如果不是遇到你，我会在这儿待着吗?”谭向军抬起头。

“老谭啊，你错了。我和所有检察官一样，履行公务时代表的是法律。如果你违法，迟早都会遇到我；不违法，就不会遇到我。”听到吴文杰这样说，谭向军低下抬起的头。“人在做，天在看。法网恢恢，疏而不漏。还记得我跟你说过的话吗，虽然我们不能查清你的所作所为，但你不可能永远都是一对一，有些事你也不可能一个人做得下来。你不说，吃亏的还是你自己。你是个聪明人，怎么做事这么糊涂。不知道后果吗?”

“后果我知道，但我确实不明白我有什么问题。”谭向军一如既往地有问必答，但答非所问，就是不认罪。

“你的问题是你知我们也知，你坦白不坦白都无所谓。”看谭向军不吱声，吴文杰有意调侃一下，“老谭啊，我有个建议，你可以写一本《反侦查之我见》。”

“吴科长，你还取笑我。我要有这本事也不会在这儿了。”

“你好自为之吧。”

“谢谢吴科长关心。还请高抬贵手。”

“贵手高抬不了，关心可以。你多保重吧。”吴文杰没有看一眼谭向军，转身就走。

“对谭向军这种人就要居高临下，要有心理优势，引而不发，还要有点儿匪气、痞气，才能动摇他的自信心，增强他的恐惧感，迫使他在轻重、利害之间做出抉择。”在返回的路上，吴文杰对常淡云说道。常淡云若有所思地点点头。“他的信条是：坦白从宽，牢底坐穿；抗拒从严，回家过年。可惜，这次他碰到的对手是我。”吴文杰继续说道，“回家过年是不可能的了；是否会坐穿牢底，他只能乞求上天保佑了。”

七九

“怎么样，文杰？东升公司的案件已告一段落，要不要放松一下？我定了一间房，请你科里兄弟过来喝杯酒，拿了支‘大炮’。说好了的。”高得意言出必行。

“谢谢高处。我问问兄弟们，过会儿回你。”吴文杰答。

通常情况下，对领导的问话他表态就行何况这是处长的美意。但兄弟们这一周确实太累了，还不知道各自家中有没有事。“高处有个提议让我转告大家，要不要今晚他请大家吃个饭？”吴文杰问。

“饭就不吃了吧，好多天没回家了。”张伟强抢先表态。

“行，那就先记着，改天再好好喝。”张伟强有酒不喝让吴文杰有些意外，相信他一定有事要私下说。作为科里的干将、审讯的带头人，他的意见吴文杰和叶如青都会优先考虑。“有什么想法？”只有他俩时，吴文杰问张伟强。

“中国羽毛球公开赛今晚半决赛，能不能弄到票？”

打羽毛球、喝酒是张伟强的两大爱好。酒可以不喝，球却不能不打，隔两三天不打球浑身都痒痒。即便在办案，他也要忙里偷闲去活动两小时。这次东升公司案压力太大，张伟强愣是一动没动，真是难为他了。

吴文杰也喜欢打羽毛球，若不是左脚半月板撕裂，时不时会应邀和张伟强结对双打。在吴文杰、张伟强的影响下，叶如青、刘敏锋也加入进来。羽毛球成了三科继酒量之后，全处领先的第二大强项。

“你不说我差点儿忘了，已经开打一个多星期了。球票我来想办法。”吴文杰答。

中国羽毛球公开赛的举办地在距南州一个半小时车程的清宁市，男单选手林丹是全民偶像，他的比赛场次那是一票难求。

“柯民，能不能帮忙弄几张今晚羽毛球比赛的票？”柯民是吴文杰的外甥，省体育基金会秘书长。不走他这个后门，现场一千元一张的黄牛票都拿不到。

“算你运气好，这次的赞助商我熟，否则也没办法。要几张？”

“四张。”

“太多了吧。有点儿难度哦。”

“你有办法的。”

“我尽力吧。”

半小时后，柯民来电：“搞掂。票怎么给你？”

“你在哪儿，我现在过来取。”

“我在单位。”

“好，改天请你喝酒。”

“不用了，有空我去你家吃饭。”吴文杰做菜一绝，经常会请亲朋好友去吃家宴。

听说吴文杰搞到了球票，能到现场看林丹打球，张伟强、叶如青、刘敏锋兴奋得不得了。四人在办公室吃完盒饭，立即坐上吴文杰的私家车前往清宁市。起程这一刻，他们将所有与案件有关的事都抛到脑后，一周来身心的疲惫也消失得无影无踪。

清宁市篮球中心体育馆因林丹的出现座无虚席，伴随着林丹的杀球，尖叫声、欢呼声此起彼伏，震耳欲聋。似乎是被现场气氛感染，刘敏锋竟站起来，带领全场喊“加油”，直到声嘶力竭。不一会儿，他却说了声“冷”。他一说冷，四人一下子觉着鸡皮疙瘩都起来了。平时大家工作忙，很少有到体育场馆看球的机会。没经验，不会随身带件外套。场馆空调一开，时间长了自然受不了。吴文杰没说话，起身到场外的李宁专卖店买了四件长袖运动服，回来分发给兄弟们，大家得以坚持看完比赛。

中国是个传统国度，中心人物的喜怒哀乐会潜移默化地影响周围人的生活习惯。吴文杰有点儿小酒瘾，科里人均酒量在全处名列前茅；吴文杰喜欢吃辣，全科人小聚常以湘川菜为主；吴文杰爱打羽毛球，羽毛球也成了全科的科球，以科为单位在全局没有对手。

“我们都很平凡，但我们可以做成一些不平凡的事。通过努力和坚持，可以做到让人刮目相看的。”林丹的话，让吴文杰深有同感。

“你们有没有饿，我请宵夜？”12 点多快到单位时，张伟强问。他显然意犹未尽。

“还是我请吧。明天也没什么急事，喝两杯，睡个懒觉。”吴文杰接过话。

“好啊，晚上大家都回办公室睡觉。”叶如青附和道。疼爱老婆的他也不回去看了，整天跟吴文杰他们混在一起，哥们儿义气越来越重。

“体育西路有家烤鱼，味道不错的。”正在热恋中的刘敏锋也把女朋友抛到了九霄云外。

“就这么定了。”张伟强拍板。

还是老规矩，每人先来一瓶啤酒。“敬林丹一杯。”张伟强提议，四人举杯干了。

“张老师，给大家讲讲林丹的球为什么这么好。”四人中张伟强的球最好，吴文杰先点将。

“羽毛球比赛关键是控制权的争夺。谁掌握了控制权，谁就能赢得比赛。”张伟强一副高深莫测的样子。“不懂了吧。来，再干一杯！”大家不约而同地端起酒杯。看到大家崇敬的目光，张伟强继续往下说：“我们打球是看球，对方的球击出来后，我们才根据球的路线而动，属于被动式打球。而林丹不同，他是看人，看对方的手腕击球的刹那，判断球飞行的轨迹，先敌而动。所以，对方的球还没到，他人已经等在那儿了。我们打球是根据对方的站位找空位，哪里空往哪里打。也就是说，对方站好了，我们才打。可是林丹呢，从第一拍他就让对方跑起来，对方的站位是他决定的，不用看他也知道对方站在哪里。疲于奔命之下自然是漏洞百出，想怎么打还不是林丹说了算。总之，我们打球是球指挥人，林丹打球是人指挥球，天壤之别。”

“说得好，难怪张老师的球比我们打得好。”吴文杰赞许道。

“过人的天赋、刻苦的训练，加上坚强的意志，才让林丹成为羽坛常青树。”张伟强补充道。

“看来我是指望不上了，希望我的儿子能争光。”刘敏锋道。

“你儿子？”叶如青问，“女朋友有了？”

“你才有哩。”刘敏锋一语双关道，引得大家哈哈大笑起来。

“快结婚了吧，这位做老师的姑娘看起来挺顺眼的，比省电信的丁姑娘要合适。”张伟强说道。

半年前，吴文杰的三科跟省电信监察室打完羽毛球后聚餐。有位丁姑娘人挺漂亮，收入又高，还能喝酒，他们觉得很不错，就撮合刘敏锋和丁姑娘。“丁姑娘年龄大了些。我们那儿的习俗认为，女比男大不行。”刘敏锋说道。

“省电网办公室李主任在电台当主持的表妹你也看不上，说太有名了心里不踏实，怕跑了。”叶如青取笑刘敏锋。

“做老师或医生的最好，很合适我们检察官。我们一办起案来就回不了家，老师会管孩子，医生会保养身体，都可以为我们保驾护航。”吴文杰善解人意地说道。

仿佛有默契，从外出看球开始，吴文杰和他的“三驾马车”都避谈工作，想让紧绷了一个多星期的神经松弛一下。吃完宵夜，已是凌晨1点多。像往常一样，一起回办公室睡觉。

东升公司系列案开工以来，近一个月马不停蹄地连轴转，四十五岁的吴文杰明显感觉身体吃不消了，精神也恍恍惚惚的，有人打招呼半天都反应不过来。再看看部下，别说叶如青、张伟强、刘敏锋这三大主力，就连胖乎乎、工作量不重的丛志天、常淡云都明显瘦了一圈，甄珠这段时间做了多少份笔录也都不记得了。她一个月才两千八的工资，干的活一点儿也不比他们这些拿七八千薪水的干警少。而叶如青的妻子怀孕三个多月，正是需要照顾的时候，他却回不了家；张伟强的儿子正在准备高考……吴文杰对兴致盎然、酒兴正酣的叶如青、张伟强和刘敏锋道：“今儿太晚了，明天一早你们都回家吧！科里连放三天假，没事不会叫你们！”把他们一个个都赶回家去，他自己也得回家看看了。

八〇

吴文杰回家时机很合适，正好江柳要回柳园市给父母扫墓，担心吴空没人照看。吴文杰可不这么认为，一听说江柳要回柳园市，立刻不高兴起来。

“你怎么不打声招呼就要回柳园呢？我随时有任务要回单位的，东升公司窝案还没完。哪有时间照顾吴空？”

吴文杰这种态度早在江柳预料之中——他的事最重要，她和吴空都要靠边站。“你真自私自利，只要我和儿子对你牺牲奉献，你从来没想到为我和儿子牺牲点儿什么、奉献点儿什么。嫁给你，是我一生最大的错误。换作任何男人，儿子就不会是这个样子。”

“换作任何女人，儿子就不会是这个样子。”吴文杰回敬道。

“我生出来是好好的一个儿子，堪称完美。为什么成了这个样子，你和你们家没有一点儿责任吗？”江柳的这句话，吴文杰毫无反驳之力。

“你当然想换女人！你就想找个农村妇女为你洗衣做饭、生儿育女，你就过着饭来张口、衣来伸手的舒服日子。早知道你是这样的人，我根本就不会爱上你。你真是隐藏得太深了，表面上看起来人模人样的，实际上对我们母子俩不闻不问。我是哑巴吃黄连，有苦说不出。当初我就应该听大姐建议，不要跟你在一起。我是不听老人言，吃苦在眼前。”

江柳和吴文杰谈恋爱时，大姐江雪就问她为什么会看上吴文杰。她说吴文杰对人好。江雪提醒她，他对外面人好，就会对你和小孩不好。当时江柳还很不解，现在看来，真是应了大姐的话。姜还是老的辣啊。她不得不佩服大姐的先见之明。

知道江柳又要唠叨个没完没了，吴文杰按照以前策略，三十六计走为上，回房间拿起衣服洗澡去了。就在这时，江柳手机响了。起初他并不在意，直到听见江柳说：“单总早上好，有什么事吗？”他才驻足聆听。

“谢谢单总关心！我很感动你为吴空所做的一切！放心好了，我会尽量减少他在学校受伤害。”

“谁来的电话？又是那个单青华。”向来对江柳一举一动并不上心的吴文杰问道。他不是不关心江柳，而是对江柳太放心了。既然江柳主动追求他，就不会轻易对其他男人动心。但不知为什么，这个单青华却让他有了一丝隐隐的不安。他不仅优秀，而且对江柳和吴空有一种特别的情感。这种情感，已经远远超出了他和江柳作为高中同学的情谊，不得不有所警惕。

“是他又怎么样？人家比你会关心人。吴空在学校经常受欺负，每天都带着伤回来，你何时关心过啊。但单总就不一样，找到了跟校长关系好的朋友。校长保证说，以后吴空在学校不会再受欺负了。”

“我怎么不关心了？上次吴空给人在学校打了一巴掌，你打电话说他耳朵听不见了，我正跟方老板吃饭，还不是立即回来带他到医院检查。”

“立即回来，你还好意思说。我打电话给你，你说正跟方老板吃饭；如果我不是跟你说儿子耳朵听不见了，你还不会放下筷子回家。”

“检查不也是没有问题吗？”

“没有问题？要有问题就来不及了。你总是不见棺材不掉泪，见了棺材也不掉泪。换作别的男人，不要说听到儿子耳朵听不见的消息，就是听到儿子给人打了一巴掌，都会立刻跳起来找学校算账了，还吃什么饭啊。”

“行吧，你愿和谁交往就和谁交往。但我提醒你，单青华这个人肯定有问题，小心被检察机关抓住，把你也牵连进来。到时别怪我没提醒你。”

“怎么什么人在你眼里都是贪污犯呀！嫉妒人家有钱是不是？有本事自己也去挣啊，让我们娘儿俩也过上好日子，想吃就吃，想穿就穿。再说，就算他单总贪污，跟我也没关系，我又没拿他一分钱。你们检察机关不会把我也抓去吧。”

“上次那套三千多的衣服，我怀疑就是他送你的。”

“是又怎么样？我又没要他的，交给庞天海了。”

“那就好。记住我的话，千万不要收受他任何财物。”

“我何德何能啊，他会随便赠与我钱财。再说我人到中年半老徐娘，又不是如花似玉倾国倾城。”

“我说不过你。吴空，怎么醒了？”

听到吴文杰的话，吴空把打开的房门关上。他是个敏感的孩子，听到爸妈说话就打开房门来听，虽然并不理解江柳和吴文杰在说什么。

八一

幸福的家庭都是相似的，不幸的家庭各有各的不幸。如果说吴文杰和张伟强的家庭都不幸，叶如青和刘敏锋则是幸福的了。其实，吴文杰和张伟强的家庭也只是有些矛盾而已，而且也都有化解的可能。

叶如青回到家，妻子正在休息的话，他会轻手轻脚，做好饭等她醒来用餐，或是把卫生搞好，让她起来看到一个整洁的家。否则，他会先给她一个拥抱，然后附在她耳边轻声说：“对不起，老婆！这么多天不在家，没有尽到丈夫的责任，让你受累了。”这样的老公，妻子怎么会责备呢？就算有再大怨气，也会破涕一笑。他尊重妻子，尊重妻子对他的付出，而不会认为这是应该的，不会认为他上班那么累，回家就得有热饭、热菜端上来，而是觉得这么长时间没回家对不起妻子，所以要弥补亏欠。这样的想法、这样的行为、这样的丈夫，怎么会有家庭矛盾呢？当然，更不会有家庭危机了。这次办案，叶如青比以往更觉得亏欠妻子乐佳，因为她怀孕了，而叶如青又是那么渴望当爸爸。他从湖南到深圳，又到南州，兜兜转转一大圈，最后才在南州安定下来。之后乐佳做出牺牲，放弃深圳的高薪工作跟他到南州。之前因为工作不稳定，一直没要孩子；等到要小孩时，乐佳成了高龄产妇。轻轻走进家里，看着熟睡中的乐佳，他摸摸她圆圆的肚子，俯下身子，把头靠在她的肚皮上，倾听孩子的动静，脸上露出了慈父般的微笑。正当他想去吻一吻乐佳时，乐佳突然醒来了。原来她梦中都在想着叶如青，仿佛心灵感应，觉得叶如青来到了身边。

“啊，你回来了。这不是做梦吧。”她不顾怀有身孕，扑到叶如青怀里，“真是想你的三百六十五天啊！”

“我也很想你。”叶如青紧紧搂着她说，“你和孩子都好吧。”

“好，都好。就是他老踢我。估计是个男孩子，很有劲，踢得我下腹都疼。”

“一直忙案子，都没时间回来看你。说不定明天又要给杰哥叫走。”叶如青捧着乐佳的脸，吻道。

此时的刘敏锋，也正躺在女朋友陶如意怀里，给她讲破案的故事哩。正逢周末，她不用去学校上课。“你真做好了准备，要跟我结婚吗？”刘敏锋捋了捋她长长的黑发。

"当然，这还有假?!"陶如意搂紧了刘敏锋。

"那你要经常独守空房了，我十天半个月都回不了一次家。"

"没问题。我就喜欢检察官。不回来还好，我少洗一件衣服、少做一顿饭。"

"原来你想偷懒啊。下次我回来带一堆给你，反正办案期间洗不了衣服。"

"有洗衣机哩，怕啥。"

"洗衣机不如你洗得干净啊。"

"我又不是你的老妈子和全职太太，我还要教课。"

"看看，这就是八〇后的孩子，娇生惯养。检察官的老婆可不是那么好当的。"

"我当老婆，又不是当保姆。老婆是需要老公疼、老公爱的，你要搞清楚概念。"

"好了，不跟你斗，横竖你都对。中文系毕业的就是有一副'铁齿铜牙'。"

"你才铁齿铜牙哩，整天审我。我这是伶牙俐齿。"

"好，好，好，我举双手、双腿投降。"

"那就举起来啊。"

"你示范一下。"

"这个我示范不了，我只会牢牢把你拥在怀里。"。

"快放开我，我又不是你的犯人。"陶如意给刘敏锋抱得喘不过气来，挣扎着。

八二

周日，张伟强的妻子卢蓉又给吴文杰打电话了："吴科长，我还是想见见你，有很重要的事要跟你反映。"

"你跟老张说过没有。"

"没有，我不愿跟他讲。我就是要说他的事。"

之前，卢蓉给吴文杰打过两次电话说有事找他，还要求见面谈。吴文杰说那就让老张跟我说吧，卢蓉说不行，必须她亲自跟他谈。

吴文杰觉得张伟强怎么会有事呢，他们天天在一起。另外他还担心张伟强回家后怪卢蓉找领导，两口子又闹矛盾。他借口工作忙，没空见面。但这次不好推了，毕竟是周末。"好吧，你定地方。我有车，我来找你就好了。找一个离我们都不太远的地方吧。"

卢蓉第一句话就让吴文杰吓了一跳。"老张在外面有女人。"

"怎么会？我跟他在一起的时间多过你，没发现他有女人。"

卢蓉拿出了一卷电话清单："你看，吴科长！这是老张的电话记录。铅笔画出来的，就是他跟这个女人打的电话、发的短信。"

"打电话、发短信很正常啊。"

"但你看这个时间，大清早有，深更半夜也有，中午休息也有，下班也有，几乎不分早晚。这个就完全不正常了。尤其是去年10月份这段时间，都是快下班时他们开始发短信打电话，密集得不得了。下班后能干什么，不就是约会吃饭吗。难道还有其他事？”

听她这样一说，吴文杰认真看了看这个号码，然后说：“嫂子啊！”“这个号码我很熟悉，可能我也认识。”说完，他把这个号码输入三星手机，联系人里出现“张薇”二字。“嫂子你搞错了。这是张薇电话，我们处正科级检察官。他们不会有问题的，不在一个科。”

“不会有问题？你看他们联系多密切。尤其是去年10月份。”

“我明白了，嫂子。去年10月份，你想想你老公在干什么？”

“在干什么？”

“才过去几个月你就忘记了？那段时间正好是我们反贪局去浙江大学办了一个班，他们两个都是那一批的学员。2007年我参加过这样的培训班，快下课的时候大家都在发短信，约晚上去哪里吃饭，放学后干什么，是打球还是打麻将，或是去散步逛街。在那里人生地不熟，就是侦查处的一些人，跟区、县检察院往来都很少，联系多一些很正常。”

“很正常吗？一个男的和一个女的能这样联系吗？”卢蓉反问道，“我觉得他们有问题。”

“嫂子啊，我跟你介绍一下张薇吧，你看看他们有没有问题。张薇在南州市反贪局算是比较漂亮的，你老公算什么哩？一不是领导；二是年纪比张薇大八九岁，并非一表人才；三则没有专长，也不是法律科班出身。张薇这么心高气傲、很要强的人，怎么可能看上你老公？当然老张也很优秀，大家都很尊重、敬佩他，但张薇最佩服的转业干部是我而不是你老公，跟你老公不会有什么关系的。他们谈得来的原因估计就是你老公审讯比较强，可以向他请教一些工作上的问题。张薇不太瞧得起人，又很要强，各方面的经历和经验少一些，碰到搞不清楚的事不会问我，反而会问你老公。另外，你老公羽毛球打得不错，她也爱打羽毛球，有共同爱好，联系多些也正常。张薇的老公是她师兄，也是处长，年轻又有发展前途，听说马上要提拔了。你老公从哪个方面讲，都不可能与张薇走到一起。他们只是同事关系，工作上的联系多一些。还有就是一起打打球，不会有其他的。”

吴文杰苦口婆心说了这么多，卢蓉还是不相信。“你看看这个时间，哪有深更半夜还在发短信的。”

“搞侦查的都是夜猫子，有时大家都在加班，碰到问题或是审不开了，张薇又瞧不起科里的人，找你老公问一问，很正常。”

“吴科长，你别包庇他。”卢蓉的情绪有些激动了。

“我不会包庇他。”吴文杰很平静。

“老张有前科。”

“有什么前科？”

“前阵子我刚发现的。除了张薇这个电话，老张还有另外一个女人的电话。”

吴文杰看了看号码：“这个电话我不认识，但我们的工作得跟很多女性打交道。你们家老张，我打一百个包票，他不会跟异性有问题。他没有钱，房子你们共同住一套，车子也是你买的，小孩读大学的费用由他出。有时离发工资还差一周就听他说，身上只剩下几百元钱了。在外面交女朋友总要吃饭喝酒吧，他那点儿钱怎么够？”

“我不管，反正老张有前科，跟你那个同学钟宁就不清不楚的。”

“怎么扯到钟宁身上去了！我老婆说我跟钟宁是很合适的一对，怎么又跟老张有关系呢？”

“他们在一起整天打羽毛球。我也喜欢打羽毛球，但老张从来不跟我打，而是去跟钟宁、张薇打。吴科长，你说有没有问题？”

“嫂子，同学、朋友约在一起打球，家属去肯定不方便。打完球后请你一起吃饭，就很合适了。我们一般都是在上班时间打球，叫你来你也打不了，你也要上班。我们跟你们企业不同，办案没有时间锻炼身体。有时一个月去打几次球，都是在周五下午或领导有时间时一起去。你下班时我们不是也叫你一起吃过饭吗，你也是有时来、有时不来的。”

吴文杰东说西说，居然有点儿说通卢蓉了，慢慢接受了他的观点，脸上泛起了红晕，但心里还是不爽。

晚上，吴文杰接到了张薇的电话：“杰哥啊，老张老婆怎么会是这么一个人?! 刚才打电话给我，骂了我两个小时，说我勾引她老公，跟她老公不清不楚。”张薇很委屈。

说起张薇，吴文杰跟她还有些渊源。两人都是通过2004年的双向选择来到侦查一处的。冷宝军处长很器重她，想把她打造成侦查处唯一的女办案科长。张薇虽然很能干很要强，很想做一番事，但毕竟是女孩子，单纯些，能力也不够全面。她是从南东省设计测绘院通过公务员考试来到检察院的，社会阅历、人际交往等方面还是差一些。不过她能通过司法考试，也说明她比较聪明，加上长得漂亮，有些心高气傲，侦查处除了吴文杰，她就佩服张伟强，对他的审讯极其崇拜。审讯是她比较弱的一个环节。她喜欢打羽毛球，两人共同语言比较多，且都心高气傲，很要强，有很多相似之处，接触自然就密一些。2009年10月份，南州市检察院在浙江大学办了一期侦查业务培训班，张伟强和张薇脱产学习了一个半月，当时侦查处去了六七人。学校食堂伙食不太好，晚上大家就聚在一起下馆子，两人交往更密切了。这也造成了卢蓉的误会。

“怎么会这样，上午她约我见面，我还开导她很久。那你怎么办？没有跟她解释一下？”吴文杰很惊奇，没想到卢蓉不听劝解，直接打电话找张薇算账了。

“我怎么解释？只有你当科长的出来跟我们沟通。”

“那你就让她骂你呀？”

“不让她骂又怎么办，她又不挂电话。我说我要休息了，她说不行，就在电话里叽叽呱呱地骂我，什么难听的话都骂得出来，骂了一两个小时。我老公还以为我在干什么呢。”

“那行吧，抽空我再跟她好好解释一下。我来做这个协调工作。”

听到吴文杰这句话，张薇放心了。虽然她也是很有个性的一个人，但毕竟由于她和张伟强的接触给他妻子造成了困扰，内心也是不安的。

八三

吴文杰想好好休息，可就有人不让。谭向军的被捕，一些和他有利益关联的人害怕吴文杰这只“铁手”继续深挖下去，将他们一个个连根拔起，要给吴文杰一些厉害瞧瞧了。

吴文杰准备和张伟强出去，刚到地下车库，电话却响起来了。

“文杰吗，我是包思良。”包思良是南州市纪委派驻市检察院的纪检组长，院党组成员之一。2004 年从南州军区后勤部转业，曾任反贪局副巡视员，协助范明亮分管反贪局政治思想工作和检察官队伍建设。他对吴文杰很欣赏，每年都会小范围召集包括吴文杰在内的市院军转干部聚聚，偶尔还会私下叫吴文杰去他办公室喝茶。吴文杰对包思良也很尊重。

“领导好！请问有什么指示？”这个电话不像请他喝茶的。纪检组和反贪局工作并无交叉，吴文杰很是意外。

“在哪儿呢？”

“车库。正准备出去干活。”“

“换个人去吧，你到我办公室来一趟。”

“好的，我马上上来。”吴文杰让张伟强先去办事，独自上楼。此时的他并没有想到正面临一场危机。

包思良办公室的沙发上坐着两位年轻的陌生人，一高一矮，神情严肃。“文杰，这两位是市纪委的同志。要向你了解点儿情况。”包思良没有介绍来人姓名和所在处室。“你是老同志，党的纪律你是知道的。知无不言，实事求是吧。”

吴文杰想不到市纪委谈话对象居然是他！自己兢兢业业工作，从不徇私，实在想不到会落下什么把柄。他打量了一下对方，点点头，算是打招呼。纪检、反贪工作联系比较多，省、市纪委上上下下很多人吴文杰都认识，但对这两位却一点儿印象都没有。

“要不，你们在会议室谈？”

“好的。”高个子年轻人说。

看来高个子是负责人，吴文杰判断。

包思良打了个电话，叫院纪委监察室的小苗带三人去走廊尽头的会议室。走时他拍了拍吴文杰的肩膀，无声地传递着一种力量。吴文杰感激地笑了笑。

一高一矮两个人坐在吴文杰对面，盯了他足有一分钟。吴文杰感到了双规点才有的审讯气氛。“姓名？”矮个子先开口。

“审讯吗？”吴文杰有些反感。

“你说呢?”矮个子还是咄咄逼人。

“我也在办案，没时间。请有事说事。”吴文杰不耐烦这种问话方式。

矮个子欲站起来，准备训人了。一旁的高个子轻轻按了按他的手背，说道：“市纪委接到署名举报，反映了你的一些问题。今天我们找你谈，你要实话实说。”

“请问吧，我一定实事求是。”他不相信自己会有什么问题。

“说说看，这是怎么回事?”高个子拿出几张照片，放到吴文杰面前。

吴文杰认真看了看，一张照片拍的是南州市皇家国际俱乐部门口吴文杰正和在门口迎接他的老A握手；一张是吴文杰和老A等人在俱乐部包房内喝酒，一旁有夜总会小姐。

“你们跟踪我?”吴文杰感到很气愤。

“照片里的人是你吧?”高个子双手按在桌面，眼睛盯着吴文杰的眼睛。

“是我。怎么样?”吴文杰不屑。

“好。”高个子有点儿得意，“我问你，去夜总会干吗?”

“我去办案。”吴文杰口气强硬。

“办案要去夜总会吗?三陪小姐左拥右抱的，你这是办案?”高个子紧逼。

看着照片，吴文杰有口难辩。那天是老A拍到刘丽那张卡后，吴文杰兑现承诺跟他去喝酒。老A刚把小姐叫进房间，吴文杰就叫她们离开了。他不知谁这么快拍到了这张照片。

“还有，你们吃的那顿饭是老板买的单吧?”高个子声音大了起来。审讯讲究气势，气势这东西就是此消彼长的。

吴文杰叹了口气，那顿饭的确是老A买的单。“你想说什么?”

“不论出于何种目的，接受私人老板宴请和在营利性夜总会消费娱乐，违纪违规是肯定的。”高个子上纲上线。

吴文杰的电话响了，是叶如青来的。

“不要接电话!”高个子厉声道。

“耽误办案你负责?”吴文杰也不客气。高个子不作声。吴文杰听完叶如青的电话，交代了几句。“还有什么?”吴文杰并不想在老A宴请的事上与他多费口舌。他明白，高个子只想用这几张照片给他个下马威而已。

“我们接到实名举报，反映你负责的两个案件司法审计有问题。我们想听听你的说法。”高个子说。

“又是这事，前段时间我已向纪检组书面汇报过了，材料就在包组长那儿。”吴文杰有些烦。王木林调到院机关服务中心后一直认为是吴文杰整他，心生怨恨，到处宣扬吴文杰拉帮结派、排除异己、以权谋私，并实名举报吴文杰私下指定朋友的会计师事务所负责两个专案的司法审计工作，为朋友谋取私利。为此，包思良亲自找吴文杰谈了两次话，吴文杰也找了很多证人说明特殊原因，总算澄清了自己。没想到王木林不依不饶，又告到了市纪委。

“两码事。现在是我们在调查。”高个子仍旧冷冰冰，“做审计的是不是你朋友?”

“不是一回事吗，我们院纪检组难道不是市纪委的?”

“问你什么说什么!”高个子声调高了起来，“我再问一遍，做审计的是不是你朋友?”

“是我朋友。但与我没有利益关系。”

“怎么没关系？是不是你推荐他们做的?”

“是，又不是。”

“怎么说?”

“省电信案的司法审计原来是我们委托我院技术做的，但他们人手不够，不能在规定时间内完成审计，于是转托地方会计师事务所来做。技术处的苏科长将事务所负责人带到我们处联系工作时，我才发现该事务所的负责人雷总是我多年前的老部下。这个情况，我们处领导和我们科所有办案人员都知道。”

“审计费由十万增加到三十万是不是你的意见?”

“是我的意见，但这里面没问题。当初，技术处找的第一家会计师事务所要价是一百万，省电信公司没同意。技术处就找到我朋友雷总，雷总同意十万做。后来因为案件需要，增加了审计事项，我就与省电信沟通，省电信同意适当增加审计费用。增加的费用是省电信方面与审计单位自行商定的，与我无关。”

“你或者你们科有没有接受审计单位的请吃?”

“没有。”

“你或者你们科没有和雷总一起吃过饭?”

“两回事。我原来部队的老领导时不时都会请我和科里同志一起吃餐饭。雷总是我的老朋友，有一次被我老领导叫来，但单是部队买的，与雷总无关。我们全科每个人都可以作证。”

高个子不再说话，矮个子接着往下问：“南州青山化工公司案的审计是不是你指定的?”

“是。”

“请你讲讲实际情况。”矮个子客气了很多。

“青山化工公司的案件是我们院领导指定的专案，需要进行财务审计。因为时间跨度长、审计量大，我院技术处根本做不过来，只能委托地方事务所做。这也是我当科长八年来第二次委托地方事务所作审计。由于案情特殊、复杂，审计单位一定要信得过，不能被收买，我就推荐了雷总的公司。对此，我们逐级向上作了请示，并专门向范检作了说明。领导同意后，我们根据案件需要提出审计要求，审计单位才与发案单位具体商谈。有关情况你们可以向案件经办人叶科长了解。”

“2005中秋前你有没有收过省电信公司送的一箱二锅头酒?”高个子进了一步。

吴文杰想了起来，2005年中秋前，与省电信公司吃完饭后第二天，丛志天搬了一箱二锅头酒来他办公室，说是省电信公司送给科里的，吴文杰为此还批了丛志天一通。

时隔四年，这事又被刨了出来，看来举报人真是挖地三尺了。“省电信公司是送了一箱二锅头酒，但不是送给我的，是送给我们科的。”

“有没有收过别人的钱?”高个子想必已把二锅头酒的事搞清楚了，也没有过多纠缠，开始谈关键问题。

“没有。”吴文杰想都不想。

“没有?”高个子拉长声调。

“没有。”吴文杰顶了回去。

高个子和矮个子目光对视了一下，矮个子点点头。高个子说道：“既然你在这儿不想说，那就换个地方让你说。”说完，起身返回包思良办公室。

高个子不想亮底牌。吴文杰确定，市纪委这两人此行目的就是来带人的，刚才的谈话只是不想驳包思良的面子。

“带人?”包思良很意外，“吴文杰的科正在办一个省里的系列案。带人这事我要跟范明亮说一声。”

包思良用座机和范明亮汇报，然后转头对高个子说：“范检马上下来。”

八四

见到范明亮，高个子马上站了起来。

“什么情况？范明亮问。

高个子把谈话情况简单说了一下。

“既然来了，就把情况搞清楚再说。”范明亮也不理会高个子，对包思良说，“你和我去跟吴文杰谈，叫聂主任过来陪纪委的同志喝杯茶。”

高个子给矮个子打了个电话。范明亮和包思良进会议室后，矮个子撤了出来。

“文杰，市纪委的同志过来带人可不是小事！我和包组长要跟你谈谈，你不能有任何保留。”范明亮开门见山。

吴文杰明白范明亮是在保护他，心里一阵感激：“谢谢领导，我一定实话实说。”

“他们问过的，我就不问了。我想听你讲讲跟南州大同会计师事务所雷总有关的事。”范检道。

“汇报之前，我想先说一句，接下来我要讲的，我处刘副处长和叶科等人可以作证。”吴文杰停了一下，看到范明亮点了点头，就继续说，“2004 年我当科长以来，我们科所办案件的审计除了省电信和青山化工两件案子是由大同所负责审计外，其他案件都是由我院技术处负责审计。2005 年，我科承办省检交办的省电信设计院私分国有资产案，经办人是叶科。案件需要审计，叶科就填写了审计申请单报刘副处长和冷处长批准，送交了我院技术处。由于工作量太大，技术处人手不够，做不了。经我们与省电信纪委商量，省电信的丁主任、技术处的孙处长、我处的刘副处长、我和叶科在我处支部书记赵书记办公室由赵书记主持，把市法院指定的十二家会计师事务所用摇珠的方式摇了一家出来。后来，省电信说对方要价一百万，而他们只愿出十万，谈不拢，希望我院技术处找一家有资质、能做的。后来，技术处就委托了他们的合作单位大同所负责审计。技术处的苏科长将大同所的雷总、李总带到我的办公室。见到雷总，我很意外。他是我在军情部门时的一个工作关系，我并不知道他是大同所股东。具体工作由叶科和雷总交涉。听说，最终的审计费是二十万。另一件审计就是去年的青山化工系列案，我院技术处也做不了。考虑到案件的特殊性，为了防止审计人员被收买，我就想找一家信得过的事务所来审计。由于有省电信案的合作基础，我就和案件经办人叶科提到了大同所。定大同所的事，我和叶科还专门去到杨检的办公室汇报过。听说，大同所与青山化工公司的上级主管单位光明公司商定的审计费是三十多万。以上两次审计，我们只提工作要求，并不过问审计费用；审计费用都由事务所和被审计单位自行商定。我汇报的这些情况，上述人员都可以作证。我和大同所有关人员没有任何经济往来。”

听完吴文杰汇报，范明亮问包思良：“怎么样？”

“这两件事之前我都查过，没有什么问题，纯属王木林调离三科后对文杰心怀不满、到处告状造成的。”包思良答。

“文杰，就算你没有问题，我也要借这个机会狠狠批评你一下。”范明亮严肃地说，“这些年你工作干得不错，对部下也很好，但要有个度。否则，谁要捅一下，我们领导很被动。回去后，写份检查交到包组长这里。下次开全局大会时，我还要点名批评你一下。”

范明亮看了眼包思良，包思良补充道：“这次举报事件对你本人、反贪局、我们全院都是件好事，给我们敲了一次警钟，要吸取教训。检察干警除了不能违法，也不能违纪。这事就到此为止了，我同意范检的处理意见。希望你不要背包袱，专心工作。”

“谢谢领导，给领导添麻烦了。”吴文杰道，“组长，能不能告诉我纪委那两个人是哪个室的？”

“怎么，想投诉啊？我知道你跟纪委熟。”包思良道。

“不敢。人家代表组织，也是职责所在。”吴文杰道，“只是因为我现在所办案件很复杂，我想多留点儿心。”

包思良看了看范明亮，范明亮点点头，他才说：“一室的。”

“情况我和包组长已大体了解清楚了。等下吴科长在你们的笔录上签个名，你们就请回吧！我会给你们王书记打电话的。”范明亮从会议室出来后，对一高一矮两位年轻人说道。两人很诧异。“有什么事我负责。”范明亮坚决地说。

两个年轻人低声沟通了一下。矮个子将几页笔录递给吴文杰：“你看一下！没什么问题就签个字吧。”

吴文杰粗看了一下，没有异议，便签名，打指模，然后将笔录递给矮个子：“请两位也在谈话人处签个名吧。”吴文杰的要求不过分，他想知道找他谈话的人是谁。

两人对视了一下，也签了各自的姓名：王道明、朴华。

姓朴的人不多，吴文杰的心“格登”了一下，想起了另一个姓朴的人——原东湖区房管局局长，五年前因涉嫌受贿被吴文杰查处，好像被判了三年。

“谢谢你的配合。”矮个子起身并伸出手来，高个子则站着不动。“不客气。”吴文杰也起身与矮个子握手，并主动将手伸向高个子。高个子没与他握手，大步走到了矮个子前面。

“聂主任，帮我送送两位。”包思良道。

范明亮回到办公室，打电话把高得意叫了过来。得知市纪委的人要来同吴文杰谈话，包思良立即向范明亮汇报，担心会有意外发生。而范明亮也立即向高得意吹了风。之前，他们都知道王木林向市院纪检组实名举报吴文杰但查无问题的事，没想到他又向市纪委举报。吴文杰是他们的爱将，他们有责任和义务保护。“这事你怎么看？”范明亮问高得意。

“吴文杰让王木林抓到把柄了。以我对吴文杰的了解，我还是很信任他的。”高得意说，“王木林举报的动机很简单，就是报复，把吴文杰搞臭，搞倒。王木林调令下达那天，吴文杰就有预感，但我没在意。而且，这件事有没有被人利用不好说。前几天我们去省检，我就感觉不对劲，好像有一只看不见的手在干预东升公司案件的查处。”

“与我所想一致。”范明亮道，“吴文杰是干将，也有些毛病，比如对朋友很义气，有江湖作风，容易给人家抓住小辫子。以后不时得给他提醒点儿。”

“行。”高得意一出来，就给吴文杰打去电话，“文杰，我刚从范检办公室出来。找你聊聊。”

“谢谢处长，这事不聊了。我不会背包袱的。我现在有事正忙着哩。”吴文杰知道高得意处长要跟他谈什么。

“这就好。只是想提醒你，有些人在针对你。千万要小心！”

“好的，谢谢高处。”吴文杰眼睛模糊了。他正在给市纪委二室的许国平副主任打电话。他曾在一室当过科长，两人协作办过案，关系很好。“许主任，请问一室都有谁啊？”

“是不是有什么好线索？跟我们二室一起做啊。”许主任道。

“以后一定找你。先回答我的问题。”吴文杰道。

许国平把一室人员逐个念了一遍。

“没了？”

“没了。”

“朴华？是不是个子将近一米八，瘦瘦的，戴副眼镜？”

“是的。去年南州大学毕业，招公务员考进来的。怎么啦？”

“没什么。朋友托我打听。请保密。”

“收到。”许国平心领神会。

“叶科，前几年原东湖区房管局姓朴的那个局长笔录是你做的吧？”吴文杰问。

“是的，我电脑存有备份。有什么事吗？”叶如青问。

“没事。打开，我看看。”吴文杰道。

叶如青的笔录做得很详细，朴局长的社会关系一目了然。朴局长没有儿女，朴华是他乡下哥哥的儿子，从小寄养在他家读书，两人感情很深，朴局长已将朴华视为己出。

他让刘敏锋到档案室把当年朴局长的卷宗找给他。卷宗拿来，五年前审讯朴局长那一幕又浮现在眼前。经过三天审讯，空军转业的朴局长终于崩溃，大哭一场后提出要见领导。吴文杰下到审讯室，朴局长说他听到了老婆的哭声，说他的事与她无关，请放了她。吴文杰说，你那是幻觉，没抓你老婆。朴局长又说如果允许他给儿子打个电话，他就交代问题。吴文杰说，破例要有理由。朴局长说，他要指导儿子填高考志愿。吴文杰动容了。打完电话后，吴文杰问朴局长，让儿子报了什么专业？朴局长说，报了南州大学法律系，自己不懂法才会犯罪，希望儿子能学法律。朴局长还请求吴文杰交代他老婆，千万不能告诉朴华他被抓的事，就说他要出国考察一段时间。吴文杰也答应了。后来，吴文杰听说朴华果真考上了南州大学法律系。没想到四年后居然进了市纪委，没想到居然居高临下地找吴文杰谈了一次话，还想把他抓到市纪委去问话。事后他还了解到，他和老 A 见面的照片是朴华拍下来的，他那天刚好去皇家国际俱乐部查案。一些犯罪嫌疑人及家属其实并不感激办案人员的良苦用心，反而认为如果你不抓我或我的家人，我或他（她）就不会有事。法律的柔情常常被仇恨所掩盖，即便朴华也成了一名纪检干部。

吴文杰心里说不出是什么滋味，他对着洗手间的镜子看了看两鬓，白头发不知何时多了起来。

八五

不用说，这一切的幕后操纵者必定是洪六哥。只有他才能调动得了省、市政法系统力量，欲“以其人之道还治其人之身”。将吴文杰拿下之后，就能确保他的安全了。

吴文杰决定反击了。“大家辛苦一下！”他把全科人员召集到一起，“每人包一个铁皮柜，看看有什么费用与洪六哥有关。”

“放心吧，杰哥！保证蛛丝马迹也不放过。”冰雪聪明的刘敏锋立刻明白了吴文杰的意图，“这家伙也太可恶了，居然到省检告我们的状，还想把我们杰哥拉下马！要给他点儿颜色看看！”

第三天，刘敏锋举起手中的财务凭证，兴奋地叫了起来：“搞定。”

大家围过来看：“这算什么？汽车维修费而已！有什么问题？”常淡云想不通。

“看清楚了。”刘敏锋开始解读手中那几页纸。“有哪家汽车修理厂这样开发票的？没有清单，就几个字——‘修理费三十六万五千元’。况且是谭向军亲自报的账……”

“说明白点儿，小刘。”吴文杰也没反应过来。

“对不起。”刘敏锋有些不好意思，“三十六万五千元正好是当年新款丰田皇冠 2.5 裸车价。老谭再贪也不至于这么明目张胆地抢钱，一定事出有因。问问胡明仁就知道了，他批准报的账。”刘敏锋的业余爱好就是收集各种车模、车标，对国内外各种主流轿车、吉普车的性能、价格如数家珍。

“云队，带上前几天胡明仁女儿送来的东西和信，我跟你去趟看守所。”吴文杰嘴上不说，心里还是同意刘敏锋的分析。

近半个月不见，胡明仁苍老了很多，无精打采地耷拉着脑袋。

“老胡，今天我们把你女儿给你的衣服、药品带过来了，等会儿管教会交给你。还有，这是你女儿给你写的一封信。”吴文杰把信递给胡明仁。胡明仁有些激动，连忙撕开信封，边看边流泪。“你女儿很明事理，也比你想的要坚强。”吴文杰道，“家里人都希望你早点儿出去。”

“我都快六十了，出去还走得动吗？”胡明仁有些灰心。

“你有自首情节，如能检举立功，是可以从轻处理的。”吴文杰道。

“公司的历史遗留问题我不想管，也管不了。我上任后很多事他们也不让我管，他们做的事报到我这里，也只是走个形式，我不管用。”胡明仁无奈中带着些怨恨。

“内幕不清楚，线索也行，有助于破案都算立功。”吴文杰提示。

“那我想想看。”胡明仁坐直了些，“能给支烟吗？”

吴文杰把烟点着，让刘敏锋送过去。

“谢谢。”胡明仁边抽边想，吴文杰静静地看着他。没费什么劲，胡明仁就道出了整个事情的经过。

2006年的七八月间，谭向军找到胡明仁说：“洪书记的儿子大学毕业没找工作，准备自主创业。作为洪书记特别关照的下属单位，我们公司是不是考虑提供些支持？”

“怎么支持？”胡明仁问。

“借台车给他用吧？”谭向军说。

谭向军的意思胡明仁明白，说是借其实就是送；要送当然要送新车，且中低档还不行。“这合适吗？”

“这几年诬告我们公司领导的事情也不少，还不全靠洪书记为我们遮风挡雨。包括前段时间个别别有用心的人还在拿你们几个的住房补贴说事。”

谭向军这话说到了胡明仁的痛处，胡明仁不吱声了。他想了想，下定决心：“你定。怎么处理？”

谭向军要的就是这句话。“我办事，你放心。我找部队的关系给他上副军牌，查都没法查。”

“财务上怎么处理？”胡明仁还是有些担心，“这么大一笔支出，总要平账吧？总不可能拿购车发票来入账吧？”

“当然不能。否则，见票不见车还不露馅？”谭向军又亮一张底牌，“我们公司指定的汽车修理厂厂长是我老战友，让他提供张发票，小事。”

“好吧。你全权处理。”谭向军的深不可测让胡明仁感到害怕。

“不久，谭向军就拿了张发票过来报销，说是花了三十六万五千元买了台新款丰田皇冠轿车借给洪书记的儿子用。我签批入了公司固定资产的账。”

“有没有办理过户手续?”吴文杰问。

“没印象了。”胡明仁答。

“洪书记知不知道这事?”

“不清楚，洪书记没跟我提及此事。”

“还有什么?”吴文杰继续问。

“蓝天化工公司改制我一直觉得有问题。”

事关企业改制和涉及国有资产流失的问题，让吴文杰来了兴趣：“蓝天公司的产品好像很出名的。”

“是的，蓝天公司生产的蓝天牌不粘锅专用涂料现在是全国第一、世界第二的品牌。蓝天公司原是我集团下属三级企业，2002 年改制剥离。听说，对蓝天公司的改制，我的前任肖总是不同意的。后来，蓝天公司老总黎启风越过肖总，找了我们上级南方公司某位领导，获准改制，估值约四千万。改制后，我公司持有百分之二十的国有股。这里面有几个问题：一是占公司百分之二十一股份的黎启风改制时有没有实际出资；二是改制前黎启风是否串通隐瞒了部分资产，改制后据为己有；三是我公司百分之二十国有股份的转让有关。经协集团在 20 世纪 90 年代搞房地产开发时欠一个姓戴的老板一千五百万。2004 年底，戴老板在东湖法院起诉，向我公司追讨债权。法院将我公司持有的蓝天公司股权冻结拍卖，执行债务。竞标时黎启风输给了戴老板，戴老板以一千五百万债权加几百万现金，获得了百分之二十的蓝天公司股权。法院拍卖程序没有问题，我怀疑的是这一千五百万的债权是虚构的。我曾向洪书记汇报过想法，洪书记说过去的事我不清楚，由老谭全权负责好了，我就没再说什么了。”

“戴老板现在干什么?”

“不知道。我没见过，好像常年在加拿大。”

“还有什么要补充?”

“一时就想起来这么多。”

接下来不到一天时间，空军转业的张伟强就拍到了洪六哥儿子驾驶的空 J 牌丰田皇冠轿车的照片。吴文杰请他在部队时的老部下林处长通过其在空军装备部当处长的哥哥查到了该车的档案资料，证实该车的购车款系东升公司支票。望着兄弟们疲倦的双眼，吴文杰心里充满愧疚：“大家休息两天，下周一动手。”

不料周六晚上正在宴请大学老师的吴文杰接到高得意电话：“三十几万就想动一个厅级干部?组织上培养一个厅级干部要花多少个三十几万!”高得意一反常态地训斥吴文杰，“这事到此为止，剩下的事你搞定!”

正喝在兴头上的吴文杰对高得意的态度感到不可思议：这是那个嫉恶如仇、泰山压顶不弯腰、令全处干警敬重和佩服的儒将吗?这一夜，吴文杰喝醉了，醉得很深。最后被两同学架着回了家。第二天早上醒来，吴文杰觉得心里堵得慌。他没脸面对科里兄弟，决定外出几日散散心，让高得意自己去收拾这个摊子。

他跟江柳撒了个谎，说是临时有任务，要去昆明出趟差。然后，订了张机票，就回办公室收拾文件。吴文杰之所以想去昆明，是因为老师昨晚提到了昆明一些同学的往事，触动了他的某根神经。收拾完文件，吴文杰还是给叶如青打了个电话，说身体不舒服，要休息一个星期，科里工作可以直接请示高得意处长。

以他对吴文杰的了解，叶如青觉得他的病假休得蹊跷，但他什么也没问，只祝吴文杰早日康复。

在办公楼的台阶上，吴文杰碰到高得意。没等高得意开口，吴文杰抢先说道："昨天大学老师来南州，喝多了，胃出血，想休一个星期假。假条下周再补。"

高得意看了看吴文杰的脸色，把想说的话咽了回去："好吧，你多保重。"

八六

在昆明机场，吴文杰大学期间最好的同学、现已转业到昆明公安局当科长的任春早已等候在出口。两人热情拥抱。"什么风把你吹到我们这穷乡僻壤来了？"

"怎么，不欢迎啊？"

"怎么会？想死我了！有什么计划？"

"想到麻栗坡走走，能不能陪我一起去？"

"有毛病啊？我们班同学都调动或转业进了昆明，你去看谁？"

"我想去麻栗坡烈士陵园扫墓。"

"神经病！先别说这个了，我们昆明所有同学都在等着为你接风呢。"

"我是认真的。你有没有空陪我去？"

"真去啊？"任春疑惑地看了看吴文杰，吴文杰点点头。"好吧。什么时候出发？"

"明天早上吧。"

"好。晚上我请个假，借台车。"

从昆明五六个小时的车程，来到麻栗坡。按吴文杰要求，两人先去对越自卫还击战纪念馆参观。馆内没有其他参观者，也没有讲解员。三十年前的那场对越自卫还击战早已尘封在大多数人记忆里，除非战争亲历者，当地很少有人会提及那段惨烈的往事。由于不是清明节，再者从纪念馆出来已临近傍晚，烈士陵园门口的小卖部没了鲜花，吴文杰有点儿遗憾，买了一把香和一瓶酒。"看谁？"任春问。

"1984 年炮战中牺牲的两位师兄。"

吴文杰刚入校时，一位师兄应邀来校，向全校师生讲述他们的英雄事迹。吴文杰觉得师兄们真是了不起，还向他们要了签名。时隔二十多年，他们却静静地躺在了这里。

两位师兄的墓并排立在偏僻的角落，周围有一些杂草，看得出很久没人来整理了。吴文杰和任春默默地将墓四周的杂草拔掉。然后，点上三支烟立起，再打开酒瓶盖，将酒倒在墓碑前。

“怎么回事?”扫完墓出来，与吴文杰坐在小酒馆里喝酒时任春问。吴文杰来过几趟昆明，从未提出过来麻栗坡扫墓，这次的反常之举让任春觉得很意外。

“我们军校毕业参加工作也二十几年了，有些事我至今也没弄明白。现在的人都怎么了，做什么事都唯上面马首是瞻，要上前线怎么办?”

“你也别太较真了，或许领导也没错。”任春似乎明白了些什么。“来，喝酒。这可是麻栗坡茅台，以前师兄们都爱这个。”

吴文杰和任春碰了一杯。任春提到师兄，吴文杰一下子觉得自己太小家子气了。和为国捐躯的师兄们相比，自己这点儿委屈算什么。“或许是我想多了。来，喝酒。”吴文杰又和任春碰了一杯。

说也奇怪，一瓶酒喝下去，吴文杰居然觉得心中的结已解开了。人有时候就是这样，某道坎过不去，不妨换一个环境，洗一洗脑子。因为工作还要继续，生活也要继续。

一周后，吴文杰回到单位。全科同志既不问吴文杰身体情况，也不谈论洪六哥儿子那台车的事，仿佛什么都没发生。以往每周一习惯逐科巡视的高得意也没到三科来。吴文杰意识到，他和高得意不可能再像过去那样亲密无间，而是有了一道隔阂。

中午，吴文杰接到方老板电话。“文杰，来我家喝杯酒。”方老板道。

“遵命。”吴文杰对老首长很了解。他极少请人到家里吃饭，一定是有重要客人。

“跟处长闹别扭了?”看来是高得意将事情跟方老板说了，方老板要做和事佬。

“没事。”吴文杰不想让方老板为自己操心。

“没事就好。过去我常跟你们说，心大才能做大事。”方老板一边说，一边端起酒杯，“来，喝一杯。事情的原委我都知道了。这事也怪你。如果你当时直接把洪六哥的儿子带回来，而不是等到星期一，案子不就成了？你错失了良机，机失不再来。”

“我们的调查是在秘密进行的，我的兄弟们不可能泄密。”吴文杰有点儿想不通。

“你有没有想过问题会出在看守所那边？如果看守所的工作人员被收买，你们一提审完，消息就会传出去。亏你还做过情报工作，这点都想不到。”方老板教训道。

“老板教训的是，我大意了。”吴文杰心悦诚服，“老谭一进看守所就当了牢头，实际上就是一个信号，但我没往深处想。”

“孺子可教。好了，不说了，喝酒吧。”

老板就是老板，站得高，常能看到别人看不到、想不到的。吴文杰对高得意萌生了一丝歉意。

“我敬书记一杯。”吴文杰端起酒杯对方老板身旁的省纪委张副书记说道。

张书记一口喝尽后说：“文杰啊，虽说洪六哥是我的老部下，但如果他有事，我绝不护短。但你也算是老侦查了，很多时候所谓的证据并不像别人所说或你所想象的那样，要打个折扣。就说这台车，洪六哥如果不知情，你怎么能算到他头上？况且，还不知道车有没有过户。办就要办成铁案，光车这一单不行，至少要两三单。还是从长计议吧。”

“书记说的在理，我有些急了，欠考虑。”吴文杰心服口服。

“洪六哥原是我们省纪委党廉室的正处级干部，2003年提副厅时去的南方公司。近两年，我听到一些对他的负面反应。省纪委甚至接到过对他的举报材料。因为是我们省纪委的派驻组长，他经常向我汇报工作。我也感觉这些年他有些变化，党性、原则性有些下降；我也批评、提醒过他。怎么，他干涉你工作？”

“没有。”此事吴文杰已不想再说。

“没有就不说了，好好吃饭。”方老板道，“来，老哥，我敬你一杯。”

张书记喝完，对吴文杰说：“文杰，有事你就出声，我一定支持你。”

“好，谢谢书记。”吴文杰恭恭敬敬地说道。

八七

江柳对吴文杰要去昆明公干的消息半信半疑，因为事情来得太突然，之前没有任何征兆。当然，也有这个可能，吴文杰正在办东升案，有些急事需要立即出发。但是江柳没办法纠结于吴文杰真出差还是假出差，他说走就走，根本不管自己不在的这些日子她和吴空该怎样生活，而且连一句交代和歉意的话都没有，似乎她是大力神，什么事都能扛得起，解决得好。本来希望清明放假几天，他能帮忙照看一下吴空的。这下好了，他早早地就溜之大吉了。照看吴空的事又得交给大姐一家了。

沿着墓园凹凸不平的石阶往上走时，江柳心里已升起一丝悲伤的情绪。石阶旁的茶花开得正好，硕大鲜艳的花容很像母亲喜欢的芍药花。妈妈和外婆都很喜欢花。小时候，家门前种了很多蔷薇、芍药、玫瑰等鲜花，有些小孩经常来偷摘她家的花，为此她没少和她们吵架。她手里拿着两束专门从南州带回的鲜花。她以为柳园市的鲜花业没有南州发达，尽管两束花要数百元，她也愿意千里迢迢带回来。谁让妈妈和外婆那么喜欢花呢！

久不回来，江柳找父母和外婆的墓地花了不少时间。墓园很安静，难以见到一个人。偶有几声鸟叫，为这静谧的氛围增添了几许阴森之气。江柳先给父母、外婆跪拜磕头，然后拿出她的书《回望青春》，翻到《我的父亲》那一页念起来。

我没有父亲了。在我二十五岁时，他走了。他一直坚持到我从海南岛的大山沟调到南州这个大都市，才闭眼。

父亲很爱我。小时候，我可以坐在他的腿上，去揪、去捶他凸起的大肚皮，他一点儿也不恼，“嘿嘿”地笑着，任我玩。长大后，我经常说他老奸巨猾，他也只是微笑着点拨我，“阿六，这样说不好”。我是他六个孩子中最小的。

他总是这么慈祥，这么温和，但也有生气的时候。一次放学后，我和小伙伴边走边往路灯上扔石头，给他看见了。回到家，他在地上画了一个圈，命我一个小时都不能走出来。我不解，大哭。事后才知道他是怕碎玻璃掉下来砸破我的头。

我读书成绩很好，他每次都在我的试卷上写下：百尺竿头，更进一步。而家长会我却从未让他参加过，因为他满头白发，同学们说他是我爷爷。他五十岁才有了我。军校报到时，他虽送我去南宁，我也没让他进部队招待所。登上北去列车那一刻，他来了，一向只穿背心的他披了件白衬衫。列车窗口上挤满了送别的人，我却没法跟他说上一句话。

知道我喜欢文学，他从微薄薪水中拿出二十元，托人从桂林买回一套《诺贝尔文学奖获奖作品选》，在扉页上工工整整地写下：书山有路勤为径，学海无涯苦作舟。他是一个很节约的人，很舍不得花钱。我曾想买双白球鞋，他说："白的还不是要变成黑的。"我想吃肉，他说："吃了还不是要拉出来。"可是，二十元在现在，却相当于两百元。如此的大方，想必是为了我的成才。

军校毕业后，瞒着他我上了海南岛；为了爱情，中止了文学的梦想。

我的笔名是灵子，他说不好，要改为"也芳"。究竟是"也"还是"野"，有何含义，已无法问他，但"芳"却是他的名字之一。

他受了很多苦把我养大，却没有享过我一天福。他若在世，我会买下一块农田，让他去种他喜爱的棉花和青菜，在家乡的箭盘山下。他种得很好，并且常常从山上采回新鲜的蘑菇给我吃。还曾经牵着我的小手，坐在山上的小土坡，指着路过的小学生说："你要跟他们一样去上学。"

今天是父亲节，写下此文悼念我的父亲。

人总是这样，活着的时候不知道珍惜，死了才知痛惜……

江柳念完最后一句，已经泣不成声。过了一会儿，她擦干眼泪，抬起头来，透过模糊的泪眼突然看到一个人影，就站在不远处。

"谁？你是谁？"江柳吓了一跳，以为大白天遇到鬼了。

"是我。把你吓着了吧？真不好意思！"

"原来是单总。你怎么在这里？"江柳抚抚受惊的胸口，镇定下来说道。

"跟你一样，扫墓呀。路过这里，听到有说话声，就走了过来。原来是你。"单青华浅浅地说道。实际上他见到江柳，内心是很激动的。"你写给父亲的文章真好！我都感动了！高中时我就喜欢读你的文章。"

"高中写的都很稚嫩的，不值一提。"

"哪里，每篇都是范文，老师将油印件全年级散发。我们都很佩服你，文笔那么好。"单青华差点儿没说出，"当时就暗恋你了。"

江柳体察到了单青华的心绪，就借口说要吃午饭了，躲过了单青华望向她的热忱目光。

"我请你吃午饭吧，顺便送你一程。"单青华知道江柳不会开车，肯定是打的来的。

"谢谢，我想自己走一走，静一静。"江柳不是客气，说的是实话。刚刚看过父母，她想平复一下心情。

“走到大街上还有一段距离，我送送你吧！另外，我请你吃最正宗的螺蛳粉，怎么样?”这句话打动了江柳，家乡的螺蛳粉是她的最爱，每次回来必吃，但总吃不到正宗的。看到江柳沉默不语，单青华抓住机会，打开车门道：“上车吧。”

单青华果然带江柳去到一个老字号的螺哥螺蛳粉店。“店开张时，很多人开着奔驰、宝马、劳斯莱斯等名车来，只为吃一碗螺蛳粉。”单青华边请江柳坐下边说。

“这么神奇!”江柳有些不相信。可当她尝了一口时，不禁赞道：“好吃、好吃，真的好吃！这是我吃过的最好吃的螺蛳粉!”

“名不虚传吧！为什么他的螺蛳粉正宗哩，原因就是田螺肉比别家的鲜美。别家虽然号称螺蛳粉，但其实没几颗螺蛳肉。螺哥的不是，他在螺蛳肉上下了很大功夫。将螺蛳肉加了猪肉一同绞碎，拌入香料、味精、老抽和糖、醋、生粉，一同加入煮熟的米粉中，使得螺蛳粉既鲜香又有螺味。这才是真正的螺蛳粉。”听到江柳赞不绝口，单青华也来了兴致，滔滔不绝地介绍这家螺蛳粉店。

“我看你也可以开家螺蛳粉店了。”江柳半是敬佩半是揶揄的话又让单青华抓住机会了，“只要你喜欢吃，我可以在南州市开家分店。”

“我是开玩笑的，真没必要那么麻烦的。”江柳笑笑道。

“可我是认真的。”单青华也笑笑。

“咦，这家螺蛳粉店对面就是柳园市一中，我们母校啊。刚才怎么没注意到呢?”

“对呀，螺哥螺蛳粉店一直在我们母校对面，忘了说了。”单青华也很后悔，“要不进去看看?”

这又正对江柳下怀了。她这人重感情，爱怀旧。每次回柳园市都是匆匆来匆匆走，没空去母校走走，看看。单青华的提议她没有拒绝。

校园左手边依然是一排橱窗。单青华感叹道：“真是一点儿没变，以前你获得市三好学生的照片就放在橱窗里。”

“右边变了，以前什么都没有，现在是体育馆了。真是高大上啊！现在的学生真有福气!”

往前走依然是操场。一个神态安详的老者正在挥杆，练习打高尔夫。江柳忽然有些激动，慢慢向这位老者靠近：“王老师，王秋明老师，你还认识我吗?我是你的学生江柳啊。”

那个老者停止练习，抬头看了看她：“我不认识你。”而此时，江柳也看清了老人并非文科班的历史老师——很赏识她的王秋明。她很尴尬地向单青华吐了吐舌头。

单青华被她这一俏皮举动逗乐了，也被她的纯真迷住了。四十多岁的她还像孩子般可爱、天真。以前就是在这个操场上，每周一的升旗仪式，是由成绩最好的学生作为升旗手。当江柳飞跑上主席台升旗时，他真是对她爱不释眼啊，苗条、清秀、敏捷的江柳打开了他“哪个男子不善钟情”的心扉。

“主席台还在，只是加了些石阶。”江柳的话打断了单青华的思绪。他们沿着石阶登上了主席台。江柳忽然站在台中央高声朗诵道：“所有的日子，所有的日子都来吧!

让我编织你们！用青春的金线和幸福的璎珞编织你们！”

单青华有半秒钟的疑惑后明白过来了，接着高声朗诵道：“有那小船上的欢笑，月下校园的欢舞，细雨蒙蒙里踏青，初雪的早晨行军，还有热烈的争论，跃动的、温暖的心……”

看到单青华如此娴熟地朗诵出下一节诗句，江柳也有半秒钟的疑惑。这是著名作家王蒙的长篇小说《青春万岁》中的序诗，她非常喜欢的一首诗。单青华不仅能背得下来，而且能和她一唱一和的朗诵，让她的心“砰”地动了一下，脸微微红了，偷偷看了一眼单青华。原来他是这么帅、这么美。

八八

还没等吴文杰再找卢蓉谈，她居然找机会来见张薇了。侦查处每周五下午都会去张伟强家附近的羽毛球场馆打球，卢蓉也来了。她专门从单位请了假，站在场馆边远远看着吴文杰他们。

张伟强和吴文杰都看到了卢蓉，其他人并不认识她，包括张薇。他俩走过去，范明亮局长也在。张伟强就给他介绍道：“这是我老婆卢蓉。”

吴文杰为卢蓉介绍道：“嫂子，这位是我们反贪局范明亮局长。”

范明亮跟卢蓉握握手：“欢迎你来观看。”他没说什么客套话，是个实在人。

吴文杰继续介绍道：“嫂子，打球的那个女的是张薇，跟她配合的瘦高个是分管我们科的刘副处长；那边打球的两个人是我们科的叶如青、刘敏锋；再那边的是四科的张科长和余东波。平时我们处里打球的比较多，嫂子要不要上去打一下。”

卢蓉说：“我不打。”她气鼓鼓地站在那儿看着。

过了一会儿，吴文杰又劝她：“嫂子，还是打一回吧！回家换换衣服，时间来得及。我们订了两个小时的。”

卢蓉沉思了一下，就折回家去换了衣服过来。她的球明显比张薇打得好，吴文杰就表扬道：“啊呀，你们两个女同志，嫂子的球比张薇打得好。”

张薇也附和道：“是，是，是。”

卢蓉很高兴，终于没有在现场发火。

隔了段时间，吴文杰他们又去打了几次球，每次都叫上卢蓉，卢蓉也欣然前往。慢慢地，卢蓉的怀疑就没有了，张伟强和张薇的关系依然很好。

在一次以处为单位的羽毛球比赛中，侦查一处报了单打、双打和混双。吴文杰的脚伤了，不能打，新来的陆明春负责单打，双打则是范局长跟余东波，混双就是张伟强跟张薇了，很强的搭配。练了两次球后，张伟强和张薇都出差了，回来后就参加比赛，拿了混双冠军。这一天刚好是张伟强的生日。他和张薇、曹洋、腾冬胜四人在侦查处的关系非常好，号称“四人帮”，生日都要聚在一起吃饭，喝酒。酒足饭饱后，张伟强还想去歌厅唱唱歌，就给吴文杰打电话：“杰哥在干吗？”

吴文杰说："我在赛马场，跟几位朋友一起吃饭。"

"吃完饭哩？"

"吃完饭会去唱歌。"

张伟强没吱声了。过了一会儿，又打来电话："杰哥能不能帮我订间房，我请几个人去喝喝酒，唱唱歌。"张伟强平时没几个钱。

吴文杰说："好啊，等下我们去皇家国际卡拉OK！我叫朋友多开间房，你和朋友一起去就好了，费用我来出。"

吴文杰还没吃完，张薇又来电话了："杰哥，你能走了吗？"

"你们可以去啊，我房间都订好了。"

"你一定要来我们这边才行啊。"张薇说。

"为什么？"吴文杰很纳闷。

"今天是张伟强生日呀。"

"这样啊，那我今天一定要参加你们这边了。你们有几个人啊？"

"有曹洋、腾冬胜，就我们四个。"

"那好啊，你等等。"

吴文杰立即通知全科人，一起来给张伟强过生日，人多热闹。科里人听说后高兴坏了，不顾天黑夜深，纷纷来到歌厅。吴文杰将朋友的房和张伟强那间合在一起，让所有朋友为张伟强唱生日歌、切蛋糕。他还为张伟强准备了香槟。那一晚，大家玩得很开心。

八九

潘枝被拘留后，她的老乡，省检政治部原副主任钟志强并没有放弃对她的"营救"，不停地给南州市检的陈南检察长写控告信。在省检的时候，他俩是搭档，陈检是政治部主任。

陈检把这些控告信让秘书转给高得意处长。控告信上未做任何批示，但没有批示比有批示更难处理。陈检常年管人事工作，做事不露声色。

考虑到钟志强跟陈检的这种关系，高得意对钟志强还算客气。但高得意的个性也是很强的，钟志强多次打电话让他把潘枝放了，他始终不松口。

这时，国家安全厅来了三个人，一个处长、两个副处长，说潘枝是他们的工作关系，是为他们做账的。现在很多账目急需她处理，牵涉国家安全稳定，希望把她放回去。他们是带着公函过来的。

高得意说："按程序，我要跟领导汇报。"

范检一听就很恼火："不放人就影响国家安全稳定，岂有此理！不拘她才影响我们国家的千秋大业！国家大厦就是给这些蛀虫吃空了。"

高得意就叫吴文杰也回一个公函，把他们打发走了。

正当领导们为潘枝的事处于胶着状态时，伍立志的家人又送来了他的新病历。他们在伍立志被拘留时就已向吴文杰申请取保，说他身体不太好，并附了病历和X光片。

吴文杰仔细看了看伍立志的新病历，“尿毒症”这字眼把他给惊着了。之前的病历只说他有糖尿病，脑子里还有瘤，左脚的血管也很特别，动静脉靠得很近。在审讯室那两天，吴文杰就已发现他的左脚有点儿浮肿了。

吴文杰立即派丛志天、刘敏锋去省人民医院，通过医院纪委找伍立志的主治医生。医生说，伍立志家人反映的情况属实。伍立志几年前查出患有右下肢动脉硬化性闭塞症，一直是他负责跟踪治疗；因病情严重，治疗效果并不理想。目前伍立志的右下肢已缺血、缺氧，即便按时服药，如果专门饮食和适当运动得不到保障，病情很容易恶化，会导致截肢，甚至会有生命危险。得赶快让他取保候审，人命关天。吴文杰想，如果伍立志在看守所出事，检察院还要承担很大责任，况且他的认罪态度也很好。

既然要放他，不如把潘枝也一起放了。实际上，吴文杰一直不忍心对女性犯罪嫌疑人下手。抓了男的，家里还有妻子照顾；抓了女的，家里老人、小孩都很难办。况且潘枝有证据的也只有七八万。即便她和谭向军生活上有问题，那也只是违纪，不是违法，跟检察院关系不大。想起审讯时潘枝提到女儿泪水涟涟的样子，吴文杰心里也挺难受。一个女人撑起一个家，她要出事，这个家就垮了。再说，潘枝和伍立志的涉案金额都是十几万，伍立志还是正处级。如果报省检逮捕，凭钟志强的面子，不到二十万省检侦查监督处肯定不会批。从宽严相济的政策来说，拘了就要争取捕得了，否则就没必要拘留，除非案件特殊需要。

本来这两人都可以不抓，他们并非主要角色，立个案就行了，吴文杰也不想把动作搞得太大，只是因为范局一时气愤。拘潘枝就必须拘伍立志，放伍立志也必须放潘枝。都过了十几天了，此时把伍立志和潘枝的取保候审报告交给范局，时机应该正好。

虽然市检反贪局的党总支宋书记曾在吴文杰的老首长面前评价他“做事太认真”，但吴文杰并不是没有人情味的检察官。经过反复权衡和综合各方面的因素，为保证东升公司系列案的顺利进行，他决定抓大放小。他让经办人刘敏锋打报告，将潘枝和伍立志由拘留变更为取保候审，看看高得意、范明亮等领导的反映，领导们居然都签字“同意”。范明亮在随后给钟志强的电话中说潘枝当时涉案数额没办法确定，所以先拘留了，后面查实证据只有十一万多，适合取保候审。

潘枝和伍立志的取保候审报告一批下来，吴文杰马上把在外工作的张伟强叫了回来。“什么事这么急？”张伟强一进门就问。

“人命关天。”吴文杰简单介绍了潘枝和伍立志的情况，“你和小刘叫上甄珠，分别通知两人家属，然后去看守所和武警医院把人放了。”伍立志入所第二天，就把他送到了武警医院。

不幸中的万幸却是放出了伍立志。一个月后他果然出事了，尿毒症引起左脚动静脉血管碰在一起，动脉血管爆裂，住院治疗后一度病危，锯掉左腿才保住了一条命。

九〇

胡明仁、谭向军、林小铁一逮捕，吴文杰就有两个月的结案期。这是侦查终结的期限。在两个月内，其他人都不重要；只有谭向军要命，因为他零口供。

法律规定，犯罪嫌疑人带来后二十四小时内要审开；审开后就立案；立案的同时报拘留；领导批完立案，拘留四天后就报逮捕。此时要赶快补充立案的证据材料，省检侦查监督处批准后拘留转逮捕。之后就有两个月的侦查期，要补齐所有证据。如果不延期，就结案移送起诉。

公诉处审查起诉主要是审查证据，没有证据补充就往法院起诉。如果在两个月的侦查期内取证做不完，法律规定可以延期。第一次可延长一个月；如果证据没有补充完，可以申请第二次延期两个月；极特殊的案件可第三次申请延期两个月。

一般情况下，吴文杰他们都希望能在两个月侦查终结期内把所有证据补充完，然后移送公诉处起诉。这两个月包括拘留转逮捕的时间。正常情况下，犯罪嫌疑人在吴文杰的手上只有短短七十五天，拘留转逮捕是十五天。

吴文杰泡杯浓茶，点支烟。科长最主要的职责是把握办案的方向，谭向军案办得铁不铁，将决定整个东升公司系列案的成败。这是侦查的主要方向。他将整个案情细细梳理了一遍。四年前的于杰案让谭向军溜过去了，这一次他决心把他所做之事“刨”个遍。实际上，谭向军被抓后，吴文杰查了他整整一年多，一直没有放弃对他所做事情的追究。依谭向军的秉性，要他交代搜查时发现的巨额财产来源，是绝不可能的。能源分公司经理武兵的五十万元借条、储运公司欠款追缴奖励三十万签领单、横沥地块处置奖励十万签领单的复印件，又是怎么回事呢？之前搜查的时候，郑刚已跟他谈过横沥地块的事，后来也拿过一些材料过来，但因为粤电力股票紧急，他先处理了股票事宜，打算以后再查横沥地块的事。吴文杰吸了口烟。看来还是要找郑刚问问，他手里肯定有料。前提还是要能及时问到。

接到他的电话，郑刚很爽快地说：“没问题，我帮你找找。”经过前一段时间的配合，郑刚已对吴文杰的工作思路和办案特点有了一些了解。很快，郑刚就将厚厚一大信封亲自送到检察院，项目一个一个分得清清楚楚。长期从事纪检监察工作的郑刚相当专业，向来对贪污分子深恶痛绝，对谭向军这些年的排挤和打压更是十分愤慨，早就准备好了材料。

吴文杰看着信封上标注的“背景材料”“审批文件”“合同协议”“支付凭证”，心中一阵感动。“老郑，谢谢你。你想到我心里去了。这些材料对我们帮助太大了！晚上我以个人名义请你吃餐饭，喝杯酒。”

“心领了。我吃素，你们受不了。结案时我开戒，跟你们好好喝几杯。”

“那好吧。客气话我也不说了。”翻看这些材料，吴文杰把原先的疑问说了出来，“你手上有现成东西却一直不举报，是不是因为谭向军没赶你走。”

“这是一方面的原因。其实，我也是为公司的生存和发展着想。这个公司中层以上干部个个都有问题，查下去至少可以抓二十人。这样一来，公司就不复存在了。”听完这番话，吴文杰心里又是好一阵感动。“上梁不正下梁歪。都是谭向军这帮公司领导造的孽。当然，之前还有冯科业、覃仙那批人，一个教一个，一个带一个，一个拉一个下水，把公司全搞坏了。”

“他们搞钱的手段都不一样。”刚进门的叶如青也插话道。他和张伟强刚刚办事回来。“覃仙是‘红小鬼’，她的人生观、价值观转变是由于中年所得独子一场意外高烧造成的脑瘫，冯科业则是被居心叵测的不法商人养坏的。”

“谭向军是因为仕途挫折改变了信仰。”张伟强也抢着说道，喝了一口吴文杰递过来的浓茶。办案期间，他们的茶杯几乎不分的。“张政委跟我透露，谭向军在部队没当上团长对他刺激很大。他始终认为，没当上团长的原因是没钱跑关系。到了地方后，他就拼命搞钱。”

“我也听说过他在部队的一些情况。”郑刚说，“老谭是 1993 年从空军某部转业，时年三十四岁，当了三年副团长。他在部队三十一岁就当副团长，进步算很快的。”

“1993 年正是全国掀起经商热潮的时候，老谭转业进了名气很大、经济效益很好的省经协集团，很让人羡慕。”张伟强说。

“他在部队分管营建和后勤保障，算是懂经济的。到了经协集团后，即被任命为房地产分公司副总经理。那时的老谭工作还是很努力的，很快进入角色。正当他准备大干一番的时候，冯科业却把他派往他的东北老家长春市担任办事处主任，不仅老谭不明白，很多人都不明白。”郑刚说。

“后来呢？”吴文杰很感兴趣于谭向军这段历史。

“直到 1998 年，同样是部队转业的肖立军，也就是肖江河的叔叔出任省经协集团董事长，老谭才得以调回南州。在肖立军的扶持下，老谭于 2001 年担任经协集团副总经理，享受副厅级待遇。因此，老谭对肖总心存感激，并将这种感激之情化作对肖立军侄子肖江河的关照。”

“肖总没有扶老谭做接班人吗？”吴文杰问。

“退休前肖总推举老谭接他的班，老谭也花了不少钱，甚至通过关系找过同是空军转业的某省领导帮忙。谁知半路杀出个程咬金，讲话口齿不清、写篇文章好多个错别字、年龄还比老谭大一岁的胡明仁居然把他给挤掉了。老谭哀叹：命中注定他只能当‘千年老二’！”

“有时当官确实也要靠运气，但更多看人品。这一点老谭始终没弄明白。他钱有了，还是没能当上一把手。”吴文杰感慨道。

“但奇怪的是，年轻时的老谭可算英俊潇洒，娶个老婆却其貌不扬，还有点儿神经质。”郑刚饶有兴致地说道，“他在家和老婆基本不怎么说话。平时也是女儿回家时，他才在家吃饭；吃完饭就借口单位有事，找人喝酒去了。”

“正是这个丑妻，却有个高干父亲。靠着这个老丈人，老谭三十一岁就当了副团长。”张伟强说道。

“哦，看来他真是‘成也萧何、败也萧何’了。”郑刚恍然大悟道，“他没接上肖总当公司一把手，也跟他老婆到公司大吵大闹，甚至向南方公司纪委告状有关。他太好色，外面不知有过多少个女人。”

“老谭经常跟哪些人一起喝酒？”吴文杰感觉这里面一定能有发现。

“老谭在省经协集团后改制为东升公司有个小圈子，外人称之为‘四大金刚’：储运公司经理黄国华、东升投资公司办公室主任夏新成、房地产公司茂林分公司经理于杰和东升公司财务部部长潘枝。于杰出事后，能源分公司经理武兵成了新骨干。老谭喜欢喝酒，经常召集这些心腹聚会，一喝就是一箱白酒。一场喝完还要到夜总会去喝第二场。潘枝不喝酒，夜总会是不去的；老谭找小姐陪喝，她在也不方便。”

这就是郭胜所说的“四大金刚”了，吴文杰像是发现了新大陆：“这‘四大金刚’成形于什么时候？都是什么来路？”

“于杰 2005 年出事时，2001 年左右这些人就成形了。老谭是 2001 年初当的副总。第一大金刚——储运公司经理黄国华跟他搭档，在长春办事处做正、副主任；他回来后，黄国华也跟着回来了。黄国华也是转业干部，同属空军。老谭比较信得过的人就是黄国华。他俩回来后同在储运公司当正、副老总，老谭做了东升投资公司副总之后，他就接老谭当了储运公司老总。黄国华对老谭特别忠心，叫他怎么做就怎么做。后来资产处置这一块就归他管。第二大金刚是东升公司办公室主任夏新成。他也是长春办事处副主任，老谭回来后提拔他当了主任。他把长春那边的东西卖光后回南州，老谭安排他当公司办公室副主任。老谭当了东升公司副总后，又想办法让他当了办公室主任。第三大金刚是原材料公司的老总、后来当了能源公司老总的武兵，于杰出事后他接替了‘金刚’地位。”一个好汉三个帮。谭向军却有四大金刚。他腐败，也允许手下腐败。他们有“福”同享，能不能有“难”同当呢？

吴文杰暗下决心，要对谭向军的“四大金刚”采取各个击破的策略，深入调查谭向军的问题。

九一

为使全科人员在侦查期内的工作更有针对性，吴文杰将他们召集在处会议室，请叶如青结合于杰案对东升公司的历史背景、遗留问题和涉案人员情况作一个详细介绍。

吴文杰说：“经过这段时间的调查，大家都感觉到了，今年查处的这批案子与 2004 年叶科参与查处的于杰案有千丝万缕的联系，有的因果相连，有的利益相关。我们只有把东升公司的历史搞清楚了，才能准确把握整个案件的脉络，绘制出一张人物关系图来，以利于后面侦查工作的顺利开展。”

“是的，杰哥说得对。东升公司的案子不看历史是搞不清楚的，也查不干净。总之，东升公司的问题既要现实地看，更要历史地看。”张伟强附和道。

“我先来说几句，算是抛砖引玉吧！”吴文杰说道，“大家都知道，于杰是东升公司的前身省经协集团下属越银房地产公司茂林分公司的经理，因挪用公款罪，2005 年被茂林市中级人民法院判处有期徒刑十三年。从职务看，于杰绝对是个小人物；从影响看，于杰则是重量级的。首先于杰案发，揭开了反贪干警查处原经协集团内部或相关人员贪腐的序幕。至潘枝止，先后有三批次共十三人落马，级别最高的副省级。其次，于杰案发标志着原经协集团由顶峰走向衰败，被兼并重组。再次，在于杰的手上，有两千多万公款至今去向不明。这在 2004 年属于特大案件。因此，于杰在原经协集团的历史上是不能忽略的。于杰案的主办官叶科也因‘工作出色，圆满完成上级交给的任务’荣立个人三等功一次。”

“请叶科讲讲当年的那批案子。”刘敏锋急不可待地说道。

叶如青喝了口茶，清清嗓子说道：“那得从于杰案说起了。这是 2004 年那批案件的导火索。1980 年，我国在东南沿海设立经济特区后，在全国掀起了改革开放的大潮。1985 年，南东省为适应全省经济建设需要，加强省内外经济、技术、物资和人才协作，1985 年由省政府批准，从省政府各部门抽调人员成立省经济协作办公室。1988 年，省经协办开始经商办企业，成立了具有法人地位和直接对外经营进出口业务的国有企业——省经济协作集团公司，主要经营本省紧缺的原材料和各种生产、生活资料。经协办和经协集团是一套人马两块牌子。以‘发挥群体优势，全方位、多元化开拓，科工贸并举，内外贸结合，服务社会，建设四化’为宗旨，按照平等互利原则，通过横向经济联系，筹集资金，开发资源，兴办实业，为南东省经济发展服务。”

“当时的情况我有过直接感受。”吴文杰说道，“1987 年，我军校毕业，从南州、海口到三亚，一路上接触到很多辞职或停薪下海的各色人等，一个个豪情壮志、信心满满，仿佛遍地是黄金，唾手可得。当时由几个小渔村组成的三亚市甚至喊出了‘三年打基础，五年腾飞’的口号，那激进的场面有点儿像大跃进年代。”

“是的，那时真是八仙过海、各显神通，什么赚钱就做什么，人人口袋里都有批文。改革开放之初，各种原材料和生产、生活资料十分紧缺，汽车、成品油等大宗商品的贸易还需要许可证。经协集团是省政府兴办的企业，具有得天独厚的政策优势。它的第一桶金是 1988 年公司成立时省政府特批的一百二十台进口桑塔纳汽车指标，仅此一单就赚了三百多万。此后，它继续利用政府给的特许经营权，开展汽车、摩托车、成品油、钢材等紧俏物资的商贸。至 1991 年，三年已累积利润五千多万。1992 年邓小平‘南巡’讲话发表后，南东省的房地产开始升温，迅速成为最暴利的行业。经协集团利用特殊政策优势和广泛的人脉资源以扶植地方发展经济为由，在全省范围内或免费获得几块政府划拨的土地，或低价购买大量土地，加入到炒地、炒楼行列。炒地皮有点像炒股，低买高卖就赚钱，高买低卖就赔钱。若买在高位，世道又不好，割肉都卖不掉，炒股的就有可能炒成股东，炒地的就可能炒成地主。经协集团顶峰时曾盈利十三亿。从成立之初的二十三人到 1997 年底的五千多人，省经协集团经过十年高速扩张，发展成为拥有子公司二十多家、孙公司一百三十多家，资产最多时达二十二亿的超大型国有企业。与越海集团一道，成为全省两家标志性国企。”

“厉害。”张伟强感叹道。

“厉害是暂时的。”叶如青一副过来人的口气，“1992 到 1997 年有些地方的地价、房价涨了三倍、五倍都不止，疯了似的，一天一个价，没有最高只有更高。那时几乎没人相信地价、房价会跌，个个杀红了眼。经协集团把所有能调动的资金全部投到了房地产上。炒地皮、房地产中介成为一种时尚。集团下属近一百八十家公司大多数都是房地产公司，哪怕不是房地产公司也炒地皮、炒房产。集团原有的房地产、油品、商贸三大主业只剩下房地产一项。1997 年下半年亚洲金融风暴来临，中国的房地产开始崩盘。到 1998 年底，贷款炒地、炒楼的经协集团连本带息欠下银行十几亿，濒临破产。截止 2001 年，经协集团欠下银行二十七亿，严重资不抵债，难以为继。”

“当年我也接触过不少赚得盆满钵满的商人。”吴文杰道。

“金融风暴不是一两天形成的，经济泡沫总有破裂的时候。”叶如青继续说，“炒地、炒楼跟炒股一样，总有人在高位接最后一棒，也总有人在低位割肉卖出。危机来临，所有买入都是错误。反之，机会来临，任何卖出也都是错误。买入卖出的原因有很多，客观方面就不说了。主观方面而言，有的不讲政治，不懂经济，在赚钱效应下跟风盲从；有的能力水平不高，判断决策失误；还有的就像我们这些案件嫌疑人，为了私利置国家和企业的风险于不顾，甚至不惜损害国家和企业利益。经协集团这些年连续出现大面积塌方式贪腐，根本原因是公司高层先烂掉了。‘出来混，迟早是要还的。’前几年的于杰事件和这次的保安事件只是导火线而已。经协集团的第一任董事长由省政府副秘书长担任，这在所有省属企业中从未有过，足见省政府重视。然而，它的掌舵人变得越来越浮躁，越来越务虚，开始迷失自己，忘记了企业创办宗旨，什么赚钱、什么来钱快就做什么，丝毫没有意识到危机的相伴而生。”

“人的本性就是这样，没机会挣钱的时候也挺知足；有机会挣钱了，大多数人还是愿意搏一搏的。经历过五六十年代困难时期的人都穷怕了。穷则思变，但变的方式因人而异。有人愿意踏踏实实，多劳多得；有人则孤注一掷，单车变摩托；当然也有人企图不劳而获，干违法勾当。”吴文杰说。

“20 世纪 90 年代初，经协集团领导人置邓小平‘摸着石头过河’的风险警示不顾，根据经协集团得天独厚的政策优势提出‘借鸡生蛋’的口号，带领一帮没有经商经验的政府公务员‘大胆地试，大胆地闯’，大肆开办各种类型的公司。当时的经协集团是谁能从银行贷到款，谁就可以组建公司。内部管理采取收缴管理费的方式。下属公司每上交一百万管理费，可返还百分之十作为奖励，另奖励企业一把手百分之三。十年间，经协集团下属子公司、孙公司加起来约一百八十家。为了上交管理费，各企业纷纷向银行贷款。然而，银行只认经协集团，有经协集团担保就贷。经协集团为此背负了沉重包袱。2000 年，南东省开始酝酿对省属国企进行体制改革。2002 年，撤销了省经协办，成立五大资产管理公司，经协集团划归南方资产管理公司。之后的经济体制改革从省会城市南州逐步扩展到各地，分批分步骤关、停、转、并包括经协集团在内的负债累累和没有发展前景的企业，对国有资产按计划进行处置，对重组企业的债权、债务进行处置。因摊子大、人员多，经协集团获得了两年过渡期。过渡期内关、停除能源、贸易和物业管理公司外所有亏损企业以及公司，在维稳的前提下完成人员分流；与所有挂靠的商业关系脱钩，理清债权、债务关系；清理和盘活资产。获悉企业重组消息，一些居心叵测的人开始了最后的疯狂。远在茂林的于杰也蠢蠢欲动。两年的过渡期在于杰看来是千载难逢的机会，想趁国企改革这把火还没烧到，捞一把走人。没想到，他这一捞把天捅了个大窟窿。于杰贪污两千多万被抓及审讯判刑的过程大家都知道了，我就不多讲了。”叶如青停了下来，喝了口水。

九二

“了解一个人，就要了解他的过去；了解一个单位的现状，就要了解它的发展和变迁。”吴文杰说，“叶科，机会难得，你再给大家详细讲讲后面发生的事吧！”

“说来话就长了。”叶如青点点头。

“没关系，现在是侦查期，有的是时间。”张伟强道，“听说于杰案发还导致了经协集团的高层被抓？”

“是的。于杰案震惊了省主要领导。两千多万在2004年可是天文数字，何况是贪污。这在全国都不多见。省检主要领导听完省检指挥中心陈玉胜主任的案情汇报后，立即给省国资委主任打电话，要求对经协集团所有资产进行全面清查，发现侵吞国有资产等违法犯罪行为的一律严惩不贷！省国资委的审计人员很快进驻经协集团，对历年对外投资进行专项审计，很多历史问题暴露了出来，牵涉集团过去几名高层。不过，与谭向军关系不大。20世纪90年代初他还没有进入权力中心。审计发现，蒙永达与经协集团的关系由刚开始的‘中间人’变成了后来的合作者，经协集团多个项目都有蒙永达的身影。有一点始终不变：不论经协集团赚钱还是赔钱，蒙永达都赚钱。蒙永达——于杰之前又一个在经协集团历史上有重大影响的人物进入了审计人员的视野。国资委将初步审计情况向省检领导汇报之后，省检决定由反贪局对蒙永达立案侦查。我们原来对于杰的专案组升了格，省纪委和省院派员参与了。新组建的专案组由省纪委四室的胡主任任组长、省院反贪局二处唐处长和洪六哥任副组长。鉴于专案组内部的复杂性，我以于杰案已进入司法程序、很多后续工作要跟进为由，向唐处长请求退出专案组。唐处长没同意，说我前段工作不错，各方面情况比较熟，让我再顶顶。”

“你们于杰专案组的工作还是卓有成效的。”吴文杰说道。

“言归正传吧。”叶如青有点儿不好意思，“唐处长的工作魄力和专业水平我还是挺佩服的。专案组成立的第二天，中水市检的同志就奉命将蒙永达送到了双规点。省院就是省院，要是我们承办，即便上级指定管辖，也不可能有这么高的效率。”叶如青感慨道，“蒙永达，中水市一新石油化工有限公司董事长，跟他打过交道的人不是破产就有牢狱之灾。”

“叶科，你这可是宿命论了。”张伟强插了一句。

“你别不信。你们听我往下讲！”叶如青抬头朝中水的方向望去。中水在南州东南，而现在的蒙永达正在中水北部关山监狱服刑。在叶如青看来，不论蒙永达身在何处，中水都留下了他不可磨灭的印记。“我们常听到成功者说，之所以成功，是因为遇到了贵人。也听到失败者说，之所以失败，是因为遇到了灾星。蒙永达是贵人还是灾星？对经协集团某些人来说，蒙永达开始是贵人，后来变成了灾星。”叶如青像个哲学家一样自言自语，“果真是这样的吗？”没人回答叶如青的话，他继续往下说：“蒙永达 1956 年出生，中水本地人。高高大大、天庭饱满、慈眉善目、两耳垂肩，一派福相。更为难得的是此人在中水市当过工业副镇长，言语不多，更不会酒后失态，总是笑眯眯的。20 世纪 90 年代初蒙永达辞职下海，成立石化公司，倒卖了几年成品油批文，赚了几百万，然后将目光投向当时刚刚兴起却利润更高的房地产。如果说年近五十的蒙永达活跃于 20 世纪 90 年代初经协集团高速发展时期，于杰则崛起于 21 世纪初经协集团逐渐退出历史舞台之际。与于杰不同的是，蒙永达是商人、行贿者，是官商勾结、权钱交易的典型代表。他不仅直接将经协集团两名厅级干部送进大牢，还间接毁掉了一名副省级干部的一世英名！省检出手，如同杀鸡用牛刀，威力非同小可。蒙永达抓到南州第三天，他就基本交代了犯罪事实。蒙永达一开口，办案人员立刻找经协集团财务经理陈昌浩取证。因为公司所有资金进出都要经过他核准，大额资金他还亲自经手。他对资金的性质、用途最清楚，即便不是办案，就是例行审计，第一时间也要找他。然而，财务部副经理告诉办案人员，陈昌浩三天前，即蒙永达被抓当天，已经休假外出了。办案人员第一反应就是陈昌浩可能闻风潜逃了！如果真是这样，可是大事。办案人员经请示，立即兵分两路：一组马上对陈昌浩办公室进行搜查，并清点财务部财务，发现财务部保险柜里近两千万元现金不翼而飞；另一组赶赴陈昌浩家里对其实施抓捕。陈昌浩的父亲，市邮政局退休干部说，陈昌浩跟他说单位有急事，派他去北方出差一段时间。可以确定陈昌浩携款潜逃了！省检反贪局抓捕蒙永达行动高度保密。别说陈昌浩，就是南方资产公司高层都不一定知晓。那么，又是谁通知陈昌浩仓皇出走的？这个谜要等抓到陈昌浩才能破解了。省检反贪局侦查指挥中心决定，省检侦查处继续查处蒙永达系列案，将追捕陈昌浩的任务交给南州市检负责。南州市检反贪局领导决定在全局抽调精兵强将，全力抓捕陈昌浩。一场投入近五十人次、持续一年多的跨省追逃行动就此展开。”

“我也参与了。”吴文杰插话道，“一个月后，我从职务犯罪预防处被临时抽调到追逃小组，前往南西省参加追捕行动。”

“蒙永达交代，他原是中水市中滨石油化工公司经理，多年来一直傍着省经协集团这棵大树开了间皮包公司，干着买卖成品油批文的活，积累了几百万资产。这在 20 世纪 90 年代初也算大老板了。但蒙永达和当时的有钱人一样，也将目光转向了房地产。然而，房地产生意靠他那几百万身家根本不可能。聪明的蒙永达又打起了经协集团的主意——借船出海！仿佛命中注定，蒙永达的福星——省经协新上任的副总经理覃仙出现了。

“覃仙，女，1936年生。祖籍湖南。初中文化。十三岁参军的‘红小鬼’转业后，一直在政府部门工作。1991年由湖南籍同乡、副省长乔安平安排，出任省经协办副主任兼经协集团副总经理，1996年8月退休。其父是红二方面军贺龙的部下，与乔副省长的父亲是战友。应该说，任经协集团副总经理之前的覃仙还是保持了老党员艰苦朴素的光荣传统，虽然文化水平不高，工作倒也勤勤恳恳，任劳任怨，不计个人得失。1992年初邓小平‘南巡’之后，全国掀起了大力发展经济的热潮。一时间，下海经商成为潮流。精明的南东人得天时地利之便，将目光投向了房地产，狂炒地皮。珠三角到处流传着一夜暴富的神话。这时，背有靠山、手握大权的覃仙也坐不住了。想到再过几年就要退休，想到独生儿子年幼高烧、自己疏忽大意错过治疗而烧坏了脑子，无法独立生活，就让同在政府机关任处长的丈夫辞职下海，带着儿子开公司，经商做生意，赚些钱保障儿子的后半生。

“俗话说：苍蝇不叮无缝的蛋。掌权者一旦动了邪念，魔鬼就要缠身了。主管生产经营的覃仙上任后，派头十足的蒙永达找到业务合作伙伴、省经协集团能源分公司经理钟波。钟波原是覃仙父亲、覃老将军的公务员，也是南西人，生于1959年。20世纪80年代末在南西为老首长送终后，覃仙通过乔副省长的关系将其调入经协集团。在钟波的引荐下，蒙永达主动上门拜访，请覃仙在南州最高档的酒楼吃饭。燕、翅、鲍、龙虾等极尽奢华，让覃仙羡慕不已。蒙永达趁机邀请覃仙有时间去中水市视察、指导工作，两人一拍即合。

“不久，蒙永达带上中水土特产专程来南州，称朋友在中水港口附近有块地，一百亩，升值潜力巨大。根据市政府规划，将来这一片要建成中水最大的海鲜批发市场。朋友近期要出国定居，托他转让，请覃仙下去‘考察’。‘考察’的结果是，覃仙非常满意。1992年上半年，蒙永达打电话给钟波说中水港开发区有一块地不错，投资买入再转卖一定可以赚钱，他和覃仙看过了。如钟波、覃仙满意，他可以介绍给他们购买，但要收取中间佣金每亩一万元。钟波向覃仙说起此事，覃仙说那块地不错。你和地主谈谈看，价钱合适的话打个报告上来，我去找冯总批。

“几天后，钟波向覃仙汇报说那块地总共一百亩，两年前地主从中水港开发区买下时才四万多一亩，现在要价十七万，蒙永达还要收取每亩一万的中介费，买不买？覃仙说可以买，现在的地是一天一个价，还有得涨。况且，听说省里拟规划在附近建一座跨海大桥，大大缩短去港澳的距离，错过就没有了。蒙永达是我们经协的长期合作伙伴，现在资金比较紧张，请求我们每亩多付一万元即每亩两万元中介费。两万就两万吧，这块地的手续还要他帮着做。

“真大方！每亩多付一万，就要多付一百万啊！不是自己身上的肉不心疼。覃仙是个说一不二的人，她决定了谁说都没用。钟波轻轻叹了口气，转身打报告去了。在总经理冯科业的办公室，覃仙说这块地以能源公司名义买下来后可以转让给深圳分公司，乔小阳有兴趣，认识很多香港人。乔小阳是乔副省长的儿子，常常以经协集团深圳分公司的名义干私活。

“见覃仙提到乔小阳，冯科业知道不批是不行的了。但看到要支付两百万中介费给蒙永达，冯科业没有表态。覃仙就补充说，多是多了点，大家都有好处的。冯科业也就同意了，并说有机会帮我约乔省长吃个饭。

“付款后覃仙请冯科业到中水看地，晚上住进富华大酒店。蒙永达提着装有五十万元的塑料袋来到冯科业房间。冯科业问，覃仙有没有？蒙永达回答，都有的，蒙永达也同样给了覃仙五十万。蒙永达还交代，他在中水港这块地除去行贿冯科业、覃仙的一百万以及钟波的二十万外，还净赚四百万。他倒卖这块地获得了每亩五万块，一百亩共五百万的差价。这是皆大欢喜的结局。

“经协集团能源公司十七万元一亩买下中水港后，按约定原价‘转让’给乔小阳。而实际上，乔小阳接手中水港这块地没花一分钱。仗着老父亲的关系，乔小阳跟覃仙说资金周转不过来，让能源公司先把地过户给他，他卖掉后再把钱还给经协集团。十七万元一亩成了天价，经协集团成了最后一棒。乔小阳接手后，几年都卖不出去。1997 年亚洲金融危机后地价跌得一塌糊涂，乔小阳又让能源公司原价‘买回’。覃仙所说的中水连接港澳的大桥十年后确实建了起来，落脚点却在珠海，与中水无关。跨海大桥成了他们炒地皮的借口。”

“经过中水港地块双赢合作，覃仙对蒙永达印象很好。蒙永达趁机向覃仙提出，由他出资在澳门成立一间公司，覃仙占干股，一起做点儿事。覃仙欣然同意。1992 年底蒙永达出资五百万在澳门成立先成实业发展有限公司，覃仙占百分之三十的干股。澳门先成公司成立后不久，经协集团的参股公司白马发展总公司与南州大学签订了合作兴建教学、展览、科研及商住楼的协议。白马公司总经理韩光与覃仙较熟，聊天时说他看好南州大学项目。随后覃仙向韩光推荐蒙永达，说蒙永达可以一起开发南州大学项目。不久，韩光和蒙永达谈妥，并在 1993 年 11 月签订了联营合作协议：蒙永达以先成澳门实业发展有限公司名义投资五百万元给白马公司，双方以白马公司名义和南州大学继续开发合作项目。协议签是签了，但韩光、蒙永达一分钱都没往里投。蒙永达习惯空手套白狼。

“半年后，蒙永达与韩光商量，找覃仙帮忙把项目转卖给经协集团。覃仙同意省经协集团房地产开发公司以两千一百万买断南州项目开发权，并按协议支付了首期转让款八百万给白马公司。蒙永达分得两百万元。蒙永达拿到钱后，覃仙说家里购房资金比较紧张，需要一百二十万元。蒙永达想到没有覃仙帮助，他一分钱也赚不到，即划一百二十万到覃仙丈夫公司的账户。

“1995 年初，经协集团拟将公司大厦二楼装修做餐饮，对外寻求合作伙伴。覃仙问蒙永达有没有兴趣。蒙永达觉得地理位置不错，应该能赚钱，决定以先成公司名义投资三百万元。酒楼开张后每月亏十几万。半年后，蒙永达多次找覃仙，想撤回投资，改由经协集团独资经营。覃仙不再主管此事，就让蒙永达去找冯科业。冯科业表示要考虑考虑，蒙永达留下十万元走了。几天后，经协集团决定以三百万收回酒楼，由服务公司自己经营。蒙永达全身而退。”

“这也行?”刘敏锋觉得不可思议。

“还有更离谱的呢!”叶如青继续说。

“1996年房价已高，蒙永达无事可做，又跑来南州找项目。此时，覃仙也退休了。蒙永达来到冯科业办公室，请他吃饭，深圳分公司经理乔小阳也在。冯科业说饭就不吃了，我和乔总正准备去澳门。一块去吧。真是天上掉下个林妹妹！蒙永达喜出望外。乔小阳的大名蒙永达是早就久仰的了，可惜没机会结识。听到冯科业相邀，连忙答应了。

“在澳门赌场，蒙永达为冯科业、乔小阳每人提供五万港币筹码。吃饭时，冯科业说，能源公司通过乔总向省政府申请了五百万资金用于政府的菜篮子工程，问蒙永达有没有兴趣共同投资养猪业。蒙永达想都没想就答应了。

“回到中水，蒙永达立即找了姓郑的农场老板商议，做了一份可行性报告给冯科业，冯科业没派人考察就同意了。按蒙永达要求，以郑老板名义开立账户，将账号和密码一起交给蒙永达。随后，省经协将五百万养猪款打给蒙永达掌管的郑老板的账户。蒙永达提现两百万，送冯科业和乔小阳各一百万；余下三百万转到自己名下。

“五百万养猪资金投入后，省经协并未派出财务人员参与管理和监督。一年后，蒙永达借口“猪全病死了”，将“猪场”关闭。郑老板于2002年死亡。政府投资既无任何收益，也无任何可收回财产，五百万国有资产损失殆尽。”

“五百万说没就没了?”刘敏锋很气愤。

“还能怎么样，猪场老板也病死了。不过，2006年乔公子跑到美国，乔副省长被降为副厅级领导职务。”

“乔安平副省长是湖南人，1938年出生，原中央某领导的远房侄孙。1988年任副省长，1998年任省政协副主席，2003年退休。2007年因多次为其子乔小阳经商谋利，导致一亿多国有资产流失，被中纪委双规，后开除党籍，降为副厅级待遇。根据蒙永达的交代和初步取证，经请示省纪委，省国资委纪委对覃仙和冯科业实施双规。之所以采取双规，因为双规期限三个月。根据案件需要还可延期三个月。时间基本够用了。这就是纪委双规的优势。我们反贪局的优势主要体现在人员、专业和手段上。纪委一个检查室的人数与反贪局侦查处一个科的人数差不多，办大案，尤其是系列案人手根本不够，只好采取与检察院或公安组成专案组、检察或公安干警提前介入的联合办案模式。反贪干警除了个别转业干部，大多是政法大学毕业，专业上有优势。此外，反贪办案还有法律赋予的财产查询和拘留、逮捕等强制措施等职能优势。冯科业、覃仙被双规后，交代的问题与蒙永达所说基本一致。此外，冯科业还交代，他收了港商蒙永达贿赂的一百二十余万港币。”

“覃仙不是说中水那块地乔公子可以帮忙卖掉吗。卖了吗?”刘敏锋还在想着这个问题。

“当然没有。乔公子拿到授权书后，将地直接抵押给银行用于贷款，直到于杰案发后才将土地证交回经协集团。一千多万就这么白白给他用了七八年!”叶如青道，“不说了，越说越气!”

“好了，讲了那么多，叶科也累了。歇会儿吧！”吴文杰说道，“2004年的专案持续了约一年半时间。其间，叶科从四科调到了三科，把于杰案也带了过来，有关情况我知道一些。我接着往下说吧！2004年底，冯科业因涉嫌违法移送南州市检察院处理，被羁押在省看守所。这里羁押的犯罪嫌疑人通常是省直属机关或企事业单位副厅级以上干部。可能因为是南西老乡的缘故，冯科业向前来提审的我交代了如何走上犯罪道路的。听罢，真是让人感慨不已。”吴文杰说道，“纪委双规针对的是党员，对非党员，尤其是行贿人采取措施，还是要靠检察院。刚才叶如青讲到了蒙永达，也提到了冯科业，但经协集团为人人投资失误买单绝不止一次。除了蒙永达，冯科业还为一个名叫兰石的港商买过大单。兰石的单可比蒙永达的大十倍不止。因为兰石是港商，再加上蒙永达的一些事，香港和澳门有些取证工作要做。我对港澳情况比较熟悉，那边也有些关系，专案后期也参加了，对兰石和冯科业的一些往事比较清楚。兰石和冯科业相识于河尾撤县设市后于南州举办的招商酒会。”吴文杰的思绪回到了二十年前。

九三

1990年1月7日国务院批准设立河尾市，下辖一区五县、四个街道、一百一十二镇和一个民族乡，三百三十万人口，是我国唯一纯客家人的地级市。为加强河尾市的经济建设，时任省经委某处处长的冯科业被提拔为河尾市常务副市长，分管工业、招商引资等工作。新官上任的冯科业很想有一番作为，仅用一年时间就走遍了全市所有乡镇，对各方面情况了如指掌，拟定了河尾经济发展总体规划。1991年初，南东省将河尾命名为沿海开放地区的后花园。河尾成为既可享受山区特殊政策，又可享受沿海开放地区优惠政策的新兴城市。河尾喊出了“三年打基础，五年腾飞”的口号。

真是万事俱备，只欠东风。踌躇满志的冯科业抓住机遇，1991年春节刚过，亲自带队到南州市花园酒店举办招商引资会。一时间国内外客商纷至沓来，达成投资意向十多亿。当天省内各大报刊、电台、电视台都用大量篇幅对这场招商会进行了报道。在答谢酒会上，望着满座高朋，冯科业心情大好，频频举杯。宴会临近结束时，秘书贾谊领着一个人前来向冯科业敬酒，并介绍说是河尾籍港商兰石，希望能为家乡建设做贡献。

冯科业很高兴：“兰老板致富不忘家乡人，我代表市政府和河尾人民感谢你！我不胜酒力，你多喝点。”

兰石说：“市长海量，我敬你一杯。”

冯科业说：这样吧。既是招商，还是要有个主题。这一杯我喝了，你投五百万。”

兰石说：“我是商人，总要讨价还价吧！市长你喝一杯我投三百万，喝十杯我投三千万，怎么样？

气氛达到了高潮，两人立刻成了整个宴会的中心。大家都围了过来，冯科业也很兴奋。其实，冯科业的酒量非常好，一斤白酒不在话下。兰石此言正中冯科业下怀。他连喝十杯，佯装醉了高声道："大家都看到了：我喝了十杯，兰总要投三千万！不许赖账！"然后，他转头交代秘书贾谊，"记住兰老板说的话！给我盯住兰老板！"

兰石也高声说："君子一言，驷马难追！"

冯科业环顾左右：还有谁来，一杯三百万！我豁出去了！你！你！你……

大家心疼市长，纷纷说："市长别喝了！兰老板财大气粗，我们尽力而为！"

酒会非常成功，冯科业对兰石印象极好。

1992 年 1 月 8 日，港商兰石兑现承诺，和河尾商人成江分别出资三千万元建立的员工一百二十多人、年产螺纹钢三十五万吨的河尾钢铁厂，正式建成投产。

妻子因病早逝，冯科业还未再娶，独子在南州大学读大一。河尾距南州近三小时车程，他每个周末回家看一次儿子，平时独住市政府宿舍。从热闹繁华的大都市到经济欠发达的河尾，冯科业在当地没几个熟人朋友。除了公务应酬，私人活动一下子少了很多，尽管已到河源四年多，仍有些不大适应。精明的兰石感觉到了他心理失衡和需求，经常从香港带些手信过来约他吃饭、喝酒、唱卡拉 OK。冯科业逐渐将兰石视为知己。

理想很性感，现实很骨感。冯科业在河尾的三年时光很快过去了。尽管享受多种优惠政策，工业基础薄弱的河尾还是看不到腾飞冒出的青烟。照此等速度，五年又能如何？冯科业开始萌生去意。

1994 年初，冯科业的老领导、南西省老乡、省政府副秘书长兼经协集团首任董事长、总经理李再贤退休前推荐冯科业接任、主管省经协集团的全面工作，此时的河尾钢铁厂已连续两年亏损。

离开河尾赴南州上任的前一天晚上，兰石和成江在河尾大酒店为冯科业送行。从头到尾，兰石绝口不提钢铁厂亏损的事，令冯科业非常感动。饭后，兰石送冯科业上车。冯科业说："有事一定来南州找我。"

兰石说：一定，一定！说罢，将一个纸袋递给冯科业，"两斤茶叶，不成敬意。"

回到宿舍，冯科业打开纸袋，见茶叶下面还有一个包装精美的礼盒。打开一看，原来是价值十万港币的劳力士手表。冯科业是识货之人，马上打电话给兰石说："我们是患难朋友，你这是怎么回事？"

兰石说："市长别介意。我没有任何别的意思。我们是朋友，纪念品而已。"

冯科业说："下不为例啊。"

1994 年中秋前，兰石到南州宴请冯科业。他不再送贵重物品，改为港币五万元。冯科业头次见到这么大笔的现金不太习惯。

兰石解释说："我们是多年朋友，只是想给孩子买点儿东西，又不知买什么，就请你代劳了。"

说到儿子，冯科业就头疼："这个不成器的东西大学毕业不到两年，单位就换了四五个；最近还辞职不干了。二十几岁的人还要我养。"

"要不让他到我香港公司来帮帮我，我正想请人呢。"兰石顺势说道。

"去香港工作他倒是求之不得，可他能干什么？我怕给你添乱。"

“没事的。我看这孩子挺聪明，会有前途的。”

“好吧，我考虑一下。”

不久，冯科业的儿子去了香港，兰石吃住全包，每月还发三万港币薪水。冯科业觉得欠了兰石很大一个人情。

1995年初，兰石来南州给冯科业拜年。接过兰石给的五万港币，冯科业说：“无功受禄，真是惭愧！看看我能为你做些什么，别客气。”

时机终于成熟了，兰石一直在等这一天。“有件事真是难于启齿。”

“你的事就是我的事。说吧，只要我能办。”

“最近我在资金方面有些困难，急需现金周转，经协集团能不能收购我河尾钢铁厂部分股份？要是让你为难就算了，当我没说。”

这事确实让冯科业为难，河尾钢铁厂的情况他是清楚的。这个小小的钢铁厂技术设备落后，产品质量也差，没有任何竞争力。建成投产两年来连续亏损，根本不值得投资。然而，此时的冯科业与兰石已是利益共同体，无法不管。“好吧。我来想想办法。”冯科业说。

没有与经协集团其他班子成员商议，冯科业决定以公司名义购买该钢铁厂股份。类似购买进行了两次，经协公司共付出两千一百万元，拥有该钢铁厂百分之三十五的股份。此后，经协公司还陆续给该厂投资两千多万元。一直到2000年，钢铁厂才开始有所收益，每年不过几十万元。

当然，兰石也是知恩图报之人。在帮助成江解决资金问题后，冯科业分两次在香港铜锣湾汇丰银行收受了兰石和河尾商人成江给予的“感谢费”，共计港币一百二十万。冯科业将这笔钱交给儿子在香港炒楼，大部分亏掉。

兰石说：“他与政府官员打交道的策略是养兵千日、用兵一时。他在河尾就看好冯科业，认为冯科业会有发展前途，才决定在他身上投资，相信总有一天会用得着。”冯科业在朋友的人情往来中不知不觉陷了进去，不可自拔。

专案组根据冯科业的交代，决定对兰石和成江实施抓捕。然而，出入境记录显示，冯科业双规后，兰石一直待在香港。虽是蒙永达的事牵扯到冯科业，但兰石也害怕自己和冯科业的事被查。不过，他还是心存侥幸——冯科业将我供出来，岂不砸了他儿子的饭碗？成江则以为，尽管给冯科业送钱他是知道和同意的，但都由兰石经手，应该没自己什么事，犯不着东躲西藏。

兰石对贪官并不了解，级别越高、贪得越多的贪官越容易举手投降，老谭这种人比较少见。年龄大、体力差是一个原因，主要原因则是贪得越多，破绽越多。

兰石与成江约定，每天晚上通一个电话，直至他认为安全为止。半年后，冯科业被移送起诉，兰石通过律师查阅案卷得知，里面并没有自己的问题，就放心大胆地过关。哪知一入境就被扣；成江同样也是入境时被抓的。

兰石和成江显然有过约定，拒不交代也不回答办案人员提出的任何问题。兰石还自恃香港身份，按香港那一套程序让办案人员找他的律师谈、以沉默方式抗审。成江则一问三不知，声称自己从未给任何人送过钱，抗议检察院抓错了好人。审讯陷入僵局。经协系列案的查处持续近半年，涉案人员也进行了较充分的准备。鉴于犯罪嫌疑人身份的特殊性、案件的复杂性和时间的紧迫性，我与办案人员经反复研究，决定报请处、局领导进行风险决策，对成江实施先拘后审、各个击破的策略。没有口供也被拘留，大大出乎成江的意外。

“审讯成江的事我知道，我来讲！”张伟强打断吴文杰的话，说道。

在看守所，审讯人员恐吓成江说：“为什么你不承认我们也照样拘你，因为你不讲，别人也会讲。讲了的人取保在外，你不讲就进来了。后悔不后悔？”

三天后，成江骂：“香港佬没屌用。”还问，“如果我把知道的都说了，是不是也让我出去？”经过再三权衡，成江选择相信和合作，除了交代和兰石共同向冯科业行贿的一百二十万港币，还检举了港商兰石曾向原经协财务部经理陈昌浩行贿四十万港币。

据成江交代：港商兰石曾向他透露，1996 年下半年，陈昌浩发现香港南方公司并未按合同约定将经协公司投入的一千二百万用于河尾钢铁厂的建设，而是将资金挪作他用，即向经协公司总经理冯科业汇报。冯科业当时并未作出处理决定，而是与港商兰石商定，由兰石向陈昌浩行贿港币四十万。不久，陈昌浩按冯科业的电话通知专程到香港，在香港某酒店房间内接受了兰石贿送的四十万港币。之后，陈昌浩再也没有就香港南方公司挪走资金一事提出不同意见。据抓捕回来的陈昌浩交代，他将收受的四十万港币加上十万港币共五十万委托香港亲戚投资股票，大部分亏损，1997 年仅收回八万五千元港币。

看到审讯人员出示成江的拘留证和部分亲笔供词，兰石感到意外。没做更多抵抗，也如实交代了有关问题。

“拘后审是怎么回事？”甄珠问道。

“拘后审与异地羁押有异曲同工之处。异地羁押能从地理上断绝犯罪嫌疑人多年来编织的各种关系网，让其成为无源之水、无本之木，呼天天不应，叫地地不灵，从心理上给其造成巨大威慑，将其求生本能逼迫出来进行自救。所谓自救，即满足办案人员的要求，服法认罪，或检举立功，从而获得从轻处罚或免予处罚。拘后审则是将犯罪嫌疑人隔离在相对封闭的区域，通过监管场所的亲身经历认识到自由的可贵，加深其后悔心理，进而产生强烈的出去的欲望。此时，若犯罪嫌疑人看到取保候审的希望，也有可能交代犯罪问题。当然，拘后审还是有一定风险，即证据不足或有瑕疵。如能异地羁押和拘后审结合使用，则成功的几率会很大。大多数有过被羁押经历的犯罪嫌疑人，尤其是富有的行贿人，没有任何人愿意再回监所。”叶如青说道。

“好了，东升公司的历史背景、遗留问题和涉案人员情况叶科作了详细介绍。心中有数，才能把后面工作做好。其他人不要紧，主要是谭向军，我们要把他的问题查深、查透，对这种罪大恶极又拒不交代问题的贪腐分子一定要严厉惩罚。刚才大家都听到了，好好的一个东升公司，就是给这些贪官污吏整垮的。大家有没有信心。”

“有！”几乎是异口同声。

“冯科业是哪年退休的?”回到办公室，吴文杰问叶如青。

“1999 年。2006 年判了十五年。”叶如青道。

“判轻了，可能公诉处砍去了一些。老谭的证据要做足，做扎实，不能让他也判这么轻!”吴文杰语气很坚定。

九四

江柳和吴文杰的矛盾，终于因为吴文杰摔杯子而爆发出来。

江柳之前虽然对吴文杰怨恨深深，但他对她的埋怨和唠叨都是一笑而过，或是这个耳朵进那个耳朵出，置之不理，偶尔争辩一两句也是以江柳的胜利而告终。如此之下，他们还能相安无事，可以波澜不惊地度过每一天。

吴文杰之所以对江柳的脾气采取隐忍和包容态度，一是他性格温和，不易发怒，更重要的一点则是他觉得亏欠了江柳——经常不在家，或忙工作，或和朋友吃喝玩乐。他是一个很重朋友情谊的人，甚至超过了对江柳和吴空的爱。他一向以为江柳对他的爱情牢不可破，就算江柳整天数落他，骂他，因为是江柳追求的他。单青华的出现却让他感到婚姻受到了威胁，逐渐体察到江柳对他态度的转变。在以前，打是疼、骂是爱，现在则是他不如单青华的痛恨，甚至还有一丝愤慨。当她再像机关枪般打出一梭子弹后，他忍无可忍，把茶杯往地上一摔。

江柳怎么受得了他摔茶杯，本来对他就很有意见!不关心她们母子俩不算，连骂都骂不得了，居然还朝她摔茶杯。这不就是把她往单青华那里推吗?她也朝他扔了一个茶杯，然后甩下一句话:“自己带儿子!”把门在身后用力一关。这是她跟吴文杰结婚生子后第一次离家出走。她该往哪里去呢，回办公室吗?她现在也静不下心来创作;一个人去逛街吧，没这闲情逸致。想来想去，她只有去找单青华。

单青华接到江柳电话时，正登机前往美国，有一笔近亿元的生意要谈。但他果断走下飞机，折返回来。江柳对她太重要了。之前都是他主动，而她则退避三舍。他一直在等她的召唤。只要她一句话，他都可上天揽月、下海捉鳖，哪还在乎生意的损失。他把车开到军区礼堂门口，江柳正在那里等他。接到江柳后，他问:“去哪里?”

“去一个无人打扰的、安静的地方。”

单青华将车开往东禺区，就是他母亲所在住宅的附近。那里有一个以荷花为主题的公园。公园里的荷花开得正好，亭亭玉立，清香怡人。单青华周末回母亲这里时，晚饭后会过来走走，更能感受到朱自清笔下的荷塘月色。江柳站在荷塘边，许久没有说话。一袭粉红带淡绿的连衣裙，使她看起来就像一朵出污泥而不染的荷花;清风掠过她的发梢，送来一阵荷香。单青华有一种醉意朦胧的感觉。

“我以为很爱一个人，他也会很爱我。但现实却并非这样。他利用你的感情，让你对他无私奉献，有事出错统统是你的责任。他不会去爱护你、心疼你，为你撑起一片天，给你温暖和力量，只会从你身上去索取，去榨干你的血汗。”

单青华知道她说的是谁。既然她不点破，他也就没有必要去指明。从吴空的情况以及这阵子和江柳接触，他明白她的难言之隐。她选择这个时候来跟他谈，说明压抑已久，不得不说。单青华静静聆听就好，她现在需要倾诉，需要听众。

“爱一个人，不如被一个人所爱；被一个人所爱，不如被一个人所懂。年轻时不懂这么多，总觉得爱情不就是要爱对方吗？跟一个不爱的人在一起，就算他很爱自己，也不是爱情。现在是痛定思痛，痛何如哉！如果还有下辈子，我一定选爱我、懂我的人，就算我不爱他，也可以慢慢培养感情。”

单青华想，你身旁不就站着一个爱你的人吗？你有勇气接受他吗，还是视而不见、漠视他对你的爱？

“我这个人活得很委屈，有些事真是哑巴吃黄连，有苦说不出。因为人家人缘好，说出去都没人愿意相信。”

“我相信啊。”单青华适时回应道。

“你相信没用。”

怎么没用？我可以给你想要的温暖和力量；我可以保护你，爱护你；我可以把你捧在手心怕飞了、含在嘴里怕化了。这些话单青华没有说出口，怕说出来江柳真飞了。“天气这么热，到我妈妈家喝杯山楂茶吧！她家离这儿挺近的。她做的切粉，不比柳园市的差。”单青华又拿出了“杀手锏”——米粉。其实，他是醉翁之意不在酒。妈妈不是老催婚吗，就让他看看儿子相中的吧。这就是儿子的择偶标准。

江柳不懂单青华的这些小心思、小把戏、小骗术，是真给他口中的切粉打动了。这种切粉南州市见不着，她垂涎欲滴于它如同螺蛳粉。切粉的粉形不是圆的而是扁的，汤用猪筒骨熬制。粉煮熟后倒入这种汤，再加些酸菜、头菜和辣椒，味道真是好极了。

单青华的母亲第一次见儿子带女性朋友回来，一下明白是怎么回事了。只有他相中的对象，才会带回她这里。看到江柳着军装，英姿飒爽、落落大方，长得又清秀典雅、娴静动人，自是喜欢得不得了。看来儿子的眼光还真不错，他不想找是有道理的，要等到这位女性出现。

和江柳打过招呼后，单母就走进了厨房。只要家里来客人，她都要去买菜。单青华跟着走了进去。“妈，买些扁粉，做切粉给江柳吃。”

“她也是柳园人？”

“是的，我高中同学。”

“你是不是一直等的就是她？真不错，是个好姑娘！她有孩子和老公了吧？像她这么优秀的，该早嫁人了。”

“嫁又怎么样，她离婚我就娶她。”

单青华和母亲一同走了出来，江柳捺住性子说：“阿姨不用买菜了，我现在减肥。”

“你又不胖。”单母回敬她一句。江柳脸红了红，不再出声。

待她走远后，她责备单青华道：“你怎么说离婚就娶我呢？你诅咒我离婚吗？对不起，不能在你这儿吃饭了。”说完后，江柳拂袖而去。单青华怎么拦都没拦住。

九五

七月的南国南州市，与三四月份的梅雨季节一样让人受不了。一个是嘀嘀嗒嗒的雨，令心情都要发霉；一个是酷暑难耐的热，令心胸都要爆炸。

吴文杰很瘦，办公室的空调开久了他会冷，只好披一件棉衣。这令进出办公室的人都会发出善意的笑声。

吴文杰哪有时间计较别人的笑声，正埋头于郑刚送来的一堆资料，像考古专家一样在探寻有价值的东西。

对搜查谭向军办公室所获得的横沥地块处置奖励十万签领单的复印件，吴文杰一直不明白是怎么一回事。翻开郑刚给的相关资料，发现一个房地产买卖中介签的合同：请款人是武兵，代表省经协集团；受款人是东禺市四方房地产咨询公司的梁玉琴；武兵向梁玉琴支付了十万元卖地中介费。

横沥这块地是新成立的南土区政府从南方资产公司收回的，价值三千七百万，不需要任何中介。这份中介费的支出很蹊跷，吴文杰想到。很可能是假中介，根本没做业务，就从中介这里把钱拿走。这是谭向军又一捞钱的手法。武兵正是他的四大金刚之一——能源公司的董事长。另一份中水市港口地块的资料与南土区横沥地块一样，也有一张三十万元的中介费。财务凭证显示，三十万支票的请款人是武兵，受款人是中水五金材料公司的鲁南。得赶紧叫郑刚过来，了解一下情况。

“哟，吴科长！大热天的你居然穿棉袄?!”郑刚一进来，忘不了取笑吴文杰。

“来，喝口茶！边喝边聊!”吴文杰没心思理会郑刚的打趣，脱下棉袄，倒了一杯茶给郑刚。

“是这样。我看了你送过来的材料，横沥和中水港这两块地的处置都产生了中介费。这有点儿不正常啊。”

“是不正常。”郑刚明白吴文杰的心思。

“怎么说?”吴文杰问。

“上次搜查时我跟你说过一些。横沥这块地一共六百多亩，是经协集团于1996年南土开发区设立前耗资三千三百多万买下用来开发房地产的，承建商是省三建工程公司。1997年金融风暴后停了下来，经协集团欠省三建工程款一千一百多万。2003年老谭主持经协集团工作时拟以两千四百万卖给港商以盘活资产，上报南方资产公司后，曾任副市长的伍宏董事长不同意，认为卖低了，要求重新评估。到了2004年初，南土成立行政区，这块地划归南土区政府管。南土区政府跟伍董事长协调后，以三千七百万收回。暂且不论土地贱卖有何企图，但公对公的事产生中介费就毫无道理了。”郑刚道。

“公对公，国企对政府，还是高价收回，根本就没有中介什么事。”吴文杰接过话，“胡明仁也同意这笔中介费?”

“胡明仁刚来，根本不知道有这块地。老谭拿了两份中介协议让他看，他见是十万块的小数，就签字同意。就这样，老谭他们就把十万搞出来了。”

“这个老谭，真是挖空心思啊。”吴文杰骂道。

“从两千四百万到三千七百万，老谭要是计划得逞，国有资产就会流失一千三百万。真是国家的蛀虫！”郑刚也愤愤不平。

“老谭在这块地上什么也没捞着？”吴文杰问。

“没有的事。他贪得无厌，过河之鲫都要捞一把。横沥这块地卖了后，负责公司资产处置的他就跟胡明仁说，按上级公司的提成规定，我们可以提一部分钱出来奖励。胡明仁就给南方资产公司打报告，说我们公司在盘活资产处置方面做了很大贡献，以三千七百万卖出了横沥这块地，请领导批准我们按百分之十的提成标准从中拿出一百三十万在公司内部发奖金。这样，老谭和潘枝各分得十万和七八万元奖金。潘枝当时是越银房地产公司副总兼会计，这块地属于越银房地产分公司。”

“他们有什么理由拿奖金？这可以认定为贪污。”吴文杰义愤难平。

“负责人和经办人都是能源公司老总武兵。如果横沥地块中介费有问题，中水港地块中介费也会有问题。”

“这是肯定的。只要是老谭趟过的河，连虾米都没有了。中水港那块地至少有三十万被老谭以中介费名义贪污掉。”郑刚说道。

“我看你给我的材料，当时有三家公司想买。因为地头很好，就在港口旁边。如果中水到香港的大桥开通，那块地升值也很厉害，前景会很好。”吴文杰说。

“十年前，经协集团以十七万元一亩另加两百万中介费共计三千七百万元买下中水港这块地。十年后，负责资产处置的老谭在东升公司办公会上提供了三家公司购买意向书。报价最低的四万多，中间的五万多，最高的才六万元一亩。即便按最高价成交，也要亏掉两千四百万元。想想看，老谭又会从中捞到多少好处。”郑刚说。

“我马上组织人手对这两块地的中介费进行调查，查清后再跟武兵打交道。谢谢你，郑刚！帮了大忙了！”

中水港那块地，难道真是风水宝地，这么多人对它有兴趣?！吴文杰自问自答。可这一次打它主意的是谭向军。

讲风水的人都忌讳邪气。两次打中水港这块地的主意的人都进了班房，够邪气了吧？但谭向军不信，因为死无对证。如果当时能预见到自己的克星是吴文杰，或许他就不会这么想了。

九六

让吴文杰始料未及的是，潘枝取保候审出来后，居然翻供。

她一出来就找亲戚，也就是居高临下打电话给范明亮局长的省检政治部原副主任钟志强咨询了解，在他的授意之下倒打一耙来告吴文杰。钟志强也继续给领导写信和打招呼，对吴文杰他们施压。他反正退休了，跟在位时的心态完全不一样，什么事情都敢帮潘枝出头。

潘枝翻案的原因有三：一是她收的那七八万元全都用于公务了，没有一分钱是用在自己身上的。审讯时她之所以没讲，是因为她不想做小人。如果供出这些钱是胡明仁董事长交代她去买烟、酒、购物卡送人的，别人会说她不仗义、出卖领导。二是吴文杰他们违法办案、超期羁押。法律规定只有十二个小时的审讯期限，却把她关了整整四十八小时。办案有问题。三是她在吴文杰他们那里待了两天两夜没得休息，整个人头脑混乱，神志不清，问什么她就说什么。而且，审讯又不文明，过程粗鲁，多次把她吓哭了。她很害怕，不得不承认。鉴于这三点，潘枝要求吴文杰撤销对她的指控，还她一个清白，尽快结案不起诉，公正地处理她的问题。

对于潘枝的这些把戏，吴文杰烦不胜烦。不就是好面子吗，怕有污点，以后找工作人家不要。他不理她，看她折腾到什么时候；同时，继续查她的问题。既然你要翻供，那就让证据来说话。

吴文杰叫刘敏锋和甄珠去东升公司，将潘枝任职期间的越银房地产开发公司的账扣回来，一笔一笔查她经手的项目。潘枝曾当过越银房地产开发公司副总经理兼财务主管，还把当时的经手人、出纳王晖也一起带了过来。

“办横沥这块地的出让手续时，我不小心弄丢了越银房地产公司的营业牌照，还被潘枝罚了五千元，只得了两万五千。”王晖愤愤不平地对叶如青说。她要跟潘枝划清界限，怕受牵连。

“你认为潘枝还有什么问题？”叶如青明白她的心思，和颜悦色地问道。

“越银房地产分公司 2003 年就停业了，哪有账可报。前几年潘枝还叫我报了几十万！”王晖道。

“那好吧，你把这些凭证找出来。”叶如青说。

王晖的凭证找出来后，叶如青一看，原来是卖横沥这块地时，潘枝从新大新、王府井百货公司买了五十万元的购物卡，再将发票拿回来报。其中，还有 2009 年中秋、春节两次在王府井购买的十五万元购物卡和在物业公司报的总共三十多万办公用品、劳保用品的发票。

“横沥这块地是在越银房地产公司名下，潘枝作为副总经理兼财务主管肯定要参与卖地。当时这块地老谭他们卖得成，至少有一千万可赚。”叶如青提醒王晖道。

“我不知道。我报账的钱都交给了潘枝。我先生是区公安分局的刑警队长，要求我实话实说。”王晖赶紧辩护。

看王晖这样子，再问也问不出什么了。吴文杰对叶如青说：“让她作个笔录后，回去吧。你和小刘马上去新大新、王府井查查，看看证据还有什么瑕疵。”这件事查清楚，差不多要两个星期。

吴文杰想找出潘枝更多的证据。他想起郑刚说过，潘枝经常跟谭向军去茂林市，开车的是谭向军的司机。这个司机对谭向军有意见，跟人发牢骚：“这两人平时装得人模狗样的，见面都不怎么说话，一到周末就叫我开着车跟他们走。开上三间房，晚上潘枝就跑到谭总那间房去。”

于杰案发时有两千多万不见，谭向军和潘枝又经常去茂林市，会不会跟这件事有关呢？吴文杰把谭向军的司机丰永福叫到检察院。“你经常为谭向军和潘枝去茂林市开车，希望你能检举他俩的一些犯罪事实，为国家挽回损失，协助检察机关伸张正义。”

哪想到丰永福打死都不敢说。“我只是一个司机，领导叫走就走了。自己找房间住下来，自己去吃饭，什么活动也不参与，领导也不会当我面说什么。我什么都没证据。”

“你曾说过，一到晚上他们就在一起睡。”

“我不知道。我、我、我乱说的。”丰永福紧张得口吃了。

“你回去吧。”吴文杰挥挥手。丰永福连跑带跳地逃离了检察院。

“杰哥的心又软了。”叶如青笑道。

“得饶人处且饶人！拿一个司机来折腾，显得我们检察院太没水平了。丰永福或许真的不知道，或许有领导给他打过招呼了。那他还怎么敢说？说了直接就炒他鱿鱼。”

事后，吴文杰去阳河监狱提审于杰时，于杰也发誓说他给谭向军搞了不少钱，但没一分钱经他手给过潘枝，自然潘枝在茂林也不会拿过钱。

为把潘枝的证据做扎实，吴文杰又去看守所提审胡明仁。“你是不是经常交代潘枝去买烟、酒、购物卡。她说买了两箱洋酒和一些烟，都交给你了。”

“没有的事。她这是恶人先告状。她是财务部长，我们从来不会叫财务部门去买这些东西。”胡明仁言之凿凿。

“横沥那块地，你知不知道？”

“根本不知道。2003 年卖这块地时，谭向军拿了两份协议给我看。当时有两个中介，我见是十万元的小数目就签字同意了。”

胡明仁和谭向军关在同一看守所。提审完胡明仁，吴文杰就去谭向军的监区。潘枝的事，不能不问他。“老谭，告诉你件事，潘枝也被拘留了？”吴文杰故意对谭向军隐瞒潘枝已被取保的事，要看他的反应。

“关她什么事？”果然，一说到潘枝，谭向军就有些激动。

“怎么不关她事？”

“她都是为了公家，我同意的！”情急之下，谭向军漏出了潘枝报假账套现之事。

“那你说说看，你是怎么同意的。”吴文杰紧逼道。

“记不清了。反正我签字的我都承担责任。”谭向军发现漏嘴之后，很快又圆了回去。

报账程序合规，吴文杰确实也奈何不了他。“你分管财务吗？”吴文杰以进为退。

“不管。我不懂财务，董事长兼总经理胡明仁亲自管。但我分管公司很多具体事务，知道有些事财务人员不把关可能就会搞错，企业就会吃亏。财务人员指导我们开展业务工作，董事长是同意的。”谭向军很狡猾，把皮球踢给了胡明仁，以此为潘枝的贪污和私分行为开脱。

“那为何潘枝说她什么也没做？”吴文杰想诈他一诈。

“不可能。她胆小，可能是给你们吓坏了。”谭向军并不上当。

“你知道你这样说的后果吗？”吴文杰吓吓他。

“知道。历史自有公论。”谭向军依然很强硬。

谭向军不揭发潘枝，吴文杰可以理解。两人也许早就订下了攻守同盟，互不出卖。但他没想到，谭向军会如此保护潘枝。看来，他对潘枝的确有着特殊的感情，保险柜正中那张潘枝的照片绝不是徒有虚表。

事实上，谭向军对潘枝的深情和关爱远远超出了吴文杰的想象。他愿意无条件照顾她，默许她每个月以购买办公用品、劳保用品等名义在越银房地产公司或东升公司他管辖的范围内报销五千到一万不等以贴补家用，甚至发奖金和分配“公关”的购物卡也预留给她一份。但谭向军并不想、也根本不会把潘枝牵扯到自己的事情中来。他认为潘枝不是一个聪明人，只会做账。假账一旦被戳破，就是铁证如山，可能还会连累到自己。

这番跟谭向军的谈话让吴文杰感觉到，之前可能由于郑刚的误导，他对谭向军和潘枝的认识有些偏差了。郑刚对谭向军愤恨，恨乌及屋，把潘枝也当成罪大恶极的贪污犯了。

张安帮、肖江河，胡明仁、林小铁和谭向军，包括之前的于杰，东升投资公司“煤炭帮”“经协帮”六个成员相继落网，却无一人供出掌管钱财的财务部长潘枝。可见潘枝虽为谭向军犯罪集团的四大金刚之一，却只是一个边缘化的人物。这一发现让吴文杰颇感意外，也有获知真相的痛快感。

九七

吴文杰把潘枝叫到检察院问话。法律规定，犯罪嫌疑人在取保候审期间隔几个月就要被叫来问话，每人至少要有十次。尽管还是穿着一套红色衣服，但明显已毫无光彩了。“这十五万购物卡的发票是怎么回事？”吴文杰把王晖找出来的凭证往潘枝面前一放。

“公司规定，超过一万元的开支都要经董事长一支笔批准。十五万的购物卡是胡明仁叫我去王府井购买的，财务部存有公司班子成员‘公关所需’的领用签名，并非我私用。而办公用品、劳保用品只要需要，随时采购。采购这类用品，公司从未指定专人负责，很多人都经办过。王晖所报款项并不全是我交办的。即使是我交办的，也绝对是买了东西，发给了公司员工。”潘枝辩称。

“横沥地块十万元奖励也是‘公关所需’吗？”张伟强咄咄逼人。

“前期我们越银房地产公司还是做了很多工作的，联系买家、评估，忙了一年多，拿点儿奖金也是应该的。”潘枝依然狡辩。

“你还好意思说！你们计划一千七百万卖掉的地块被政府以三千多万收回，没追究你们责任就不错了。”张伟强训斥道。

“那也不是我的意思。我不懂。”装傻是潘枝的法宝。

“分钱你就懂?”张伟强刺她一句。

“你们从横沥地块报出的五十万拿来干什么用?”吴文杰又问。

“办公室用掉了。我一个人也定不了，都是领导决定的，公家办公事。”潘枝怎敢认，再认还要加重罪罚。

“我们去提审谭向军的时候，他说这五十万是他授意你去做的。”

“他根本就没授意，是胡董事长在公司班子会上决定的。”

吴文杰抛出谭向军是想诈一诈潘枝。出于“夫妻本是同林鸟，大难临头各自飞”的思维定式，以为潘枝出于自保或许会供出谭向军的一些事来。谁知潘枝用实际行动告诉他，他们不是夫妻，胜似夫妻。两人如出一辙，都把责任推给胡明仁。

“不说实话，就把你重新抓回来。”吴文杰威胁道。

潘枝害怕了，哭了起来，很是伤心、委屈，显得可怜兮兮。一起跟着来的潘枝的老公刘连诉苦道：“她的心理负担很重，在家要死要活的，工作也找不了。求你们放过她吧!”每次吴文杰他们叫潘枝过来，刘连都会跟着来，不知是出于对潘枝的担心，还是想保护她。实际上，他也保护不了她。

“那就签字打纸模吧！签完你就带她走!”吴文杰心又软了。既然问不出什么，不如让他们回去。

潘枝死活不肯在笔录上签字，害怕签了后会殃及自身。

不签也罢，有凭证，有证人，铁板钉钉的事想翻案不是那么容易的。吴文杰决定侦查终结时，再将潘枝与胡明仁、谭向军和林小铁一起移送公诉处，起诉她贪污五十万。取保候审跟拘留一样，也是强制措施，也要移送起诉，也要侦查终结，侦查结案期也是一年。现在已是11月底，吴文杰想在元旦前将这个案件结掉。

如果是纪委，就可以把潘枝双规起来，连续查她三个月；时间不够，还可再延期三个月。那样的话，移交检察院再查半年，什么东西都查清楚了。此时，吴文杰有些羡慕纪委的权力了，比他们检察院的时间要宽裕多了。

“一开始，我还以为谭向军和潘枝之间的关系是女的对男的寻求依靠和保护，男的对女的出于异性的需要。谭向军老婆不在国内，潘枝又是下属，可以找各种理由待在一起。我才不信张政委说的老谭心中有阿曼，对潘枝从来就不碰一下的论调。身边有个年轻漂亮的女人，哪个男人能坐怀不乱。”张伟强的话让吴文杰和叶如青大笑不止。“可从这几次对潘枝的讯问才知，他们不只是肉体关系，还是有真感情的，打死都不出卖对方。”张伟强继续说道。

“开始我也以为他们俩大概就是这么一种关系：老谭解决潘枝的工作、待遇、级别和经济上的问题，再通过每月给她从公款里弄万把块钱、发奖金时多给她分一点等小恩小惠，保证潘枝永远跟着他，不离不弃。可自从那天提审谭向军之后才知，他对潘枝是有真爱的。今天更印证了他们之间并不是利益上的互不揭发、互不出卖，而是有情感的保护和爱护。”

“看来贪官也不全是用钱来做性交易、用钱来玩弄女性的啊！他们是用钱实践真感情！”叶如青长叹一声。

九八

吴文杰回家见到江柳、告诉单青华被检察院追逃一事时，是以一种近似幸灾乐祸的表情说的。本来像他这样温和、善良、慈悲为怀的人，即便有检察官职责所在，也断然不会有此种心绪，只是因为单青华威胁到了他的家庭，尽管他曾帮助过儿子吴空。

不出所料，江柳听到单青华被检察院追逃的消息，几乎跳了起来。她指着吴文杰的鼻子破口大骂：“我就知道你黄鼠狼给鸡拜年，没安好心！简直一肚子的坏水：怀疑我和他有问题，怀疑他破坏我们家庭，竟然不顾廉耻、良心，做出如此下三滥的事情。肯定是你举报他的，是吧！凡是给你盯住的人，没一个逃脱得了你的魔掌！”

“我没有举报他，就算我认为他一定有问题！做生意的人常在河边走，哪有不湿鞋的。尤其像他生意还做得这么大，这么好。但在没有拿到确凿证据之前，我是不会动他的。检察机关办案，是讲证据的。”吴文杰耐心解释道。他这个时候不发火了，也没必要发火。因为单青华正在逃亡路上如丧家之犬，自身都难保，如何还能威胁到他和他的家庭。

“你讲个屁证据！你的所谓证据就是他是第三者，插足我们的家庭。如果不是顾及儿子，不想让他失去父亲、想给他一个完整的家，我早就跟单青华私奔了。人家比你对家庭负责任，而且吴空也很喜欢他。”

吴文杰才不理江柳要跟单青华私奔之类的话！凭他对她的了解，她绝对不会做出如此惊天动地的大事来。她是一个喜欢安静的人，安静地写作，安静地看书；况且她很爱面子，很爱荣誉，不愿意听到别人在后面对她和家庭指指点点，说三道四；再者，她现在全部精力都在吴空身上，哪还有多余时间去跟人私奔？她已过了冲动的年龄，比如冲动地爱上他。她现在成熟而理智，不会轻易毁掉自己的家庭。

“我差点儿因为你而被牵连。是二科查的案子，事先我根本没得到一点儿消息。况且，我也忙着我的东升案。处长早知这个案子跟我有关系，因为单青华跟你的关系很密切，怕影响我的工作情绪，一直没告诉我。”

“你们检察院怎么把什么人都当作嫌疑人啊！单青华是犯罪嫌疑人，难道我也是吗？况且我只是跟他有来往，关系并不密切。你们觉得我有问题，尽管来查我好了。我没收过他任何东西。就是那一套衣服，也是在你那里备过案的，也让庞天海老师交给政治部纪委了。”

“没说你有问题。只是怕消息泄露、让二科调查和抓捕遇到阻力和障碍。”

“我连衣服都不敢收，还会去泄密？我这十几年的军人白当了！你们把我当成什么人了，真是岂有此理！”江柳真是又好气又好笑。

“别人不敢说，但单青华难说。”

“胡说八道！他真有问题，你们尽管抓他好了，在我这儿费什么口舌！”

“就是抓不着他呀，才回来跟你说！希望你配合我们检察机关，把他抓回来！”

“嗨，我说你们检察院真可笑！查他的时候防着我，也防着你，就怕我透露信息给他；现在人家溜掉了，又来找我把他钓出来。这回你们不怕我泄密了?！真是滑天下之大稽！谁让你回来跟我说的？是你们那位高得意处长吧！”

“就是他啦。他今天找我谈了一下，说二科负责的专案遇到了麻烦，关键证人单青华潜逃了，到了南西省；还有可能继续出逃。希望你能站出来，现在单青华最想见到的就是你！”

“他最想见到的是他母亲。他母亲一个人住在东禺区的一个楼盘里！你们去那里布点吧，肯定能抓住他！”江柳不无讽刺地说道。

“你去过他的家?”吴文杰反讽道。

“去过又怎么样？我又没跟他上床！”江柳才不怕吴文杰。

“专案组的人问过他母亲，他跟母亲说要去外地出差，拿了些衣物就走了，至今连个电话也没打回来。”

“你们别再去骚扰他母亲了。他是个孝子，不会跟他母亲说什么的。”

“现在处里已成立追逃小组，对单青华实施抓捕，并搜查其办公室和住所，看看能否发现有价值的线索；排查他所有亲属和社会关系，判断其有可能落脚的地点；了解他的兴趣、嗜好，与中国银联南东省分公司联系，对其家庭主要成员资金往来进行监控，以便发现行踪；请市公安局对其本人及亲属的电话进行二十四小时不间断监控。”吴文杰一口气说出这些举措，无非想让江柳支持他们的工作。

“你们怎么抓单青华，那是你们的职责所在。但有一点，不要去搜查他母亲的家，不要让他母亲知道单青华的事。她就这一个儿子，是她的精神支柱。她之所以失去丈夫后再也没嫁，完全是为了单青华。不要让老人家为此而伤心悲痛了。”

“好，我会跟处长反映这件事。必要的时候，你还得配合我们处的行动，把单青华缉拿归案。”

“我已经说过了，你们处是你们处，我是我。我没有责任和义务配合你们抓捕。况且我和他的关系，也没有你们想象的那么密切和深厚。”江柳又有些气愤和激动了。

“你没有，他有。”

“他有是他的事。”

“你心里一点儿没有，能去他的家?”

“那都是你给逼的。谁让你摔杯子了?”

吴文杰哑口无言了。其实很多婚外恋，也是在夫妻一方的推动下才形成的。虽然他很肯定地认为江柳不会对单青华没有一丝情意，因为她是一个重感情的人，但江柳也绝不会迈过雷池一步。至少现在不会，她还有很多未竟之事。

幸好单青华给二科揪了出来，否则后果不堪设想。吴文杰对此有些窃喜。江柳不愿意配合他们抓捕单青华，就是她喜欢单青华的一个佐证。她才不像她说的那么冠冕堂皇。

九九

吴文杰准备去找横沥、中水港两块地的中介费经手人——东升公司能源分公司总经理武兵来问话时，接到公诉二处副处长章新林的电话："文杰，有空吗？晚上一起吃个饭！"

反贪局与公诉二处是业务对口部门，反贪案件侦查终结后都要移送公诉二处审查证据，起诉犯罪。2004 年吴文杰当科长后办理的第一宗案——央企中船管理局局长、正厅级干部管冲职务犯罪案所涉及的贪污、受贿、挪用公款和巨额财产来源不明等四个罪名，主诉官正是章新林。由于章新林的指点，吴文杰才事半功倍。吴文杰一直对外声称，章新林是他业务上的第一个老师。

"你老人家都开口了，我怎敢没空！"吴文杰对章新林很尊重，"怎么样，有什么吩咐？"印象中都是他请章新林，如今却倒了过来，章新林一定有什么事。

"有件事我很为难……"章新林有些犹豫。

"我能做些什么？"报答章新林是吴文杰多年的心愿。

"恐怕你也会很为难。"

"我有办法的。什么事？"

"见面再说吧。哦，忘了告诉你，我还叫了谢专员。"

"好啊，谢专员好久没见了。干脆你好人做到底，给我另外多开一间房，让我的兄弟们也改善改善伙食。"

吴文杰给自己定下一条铁律：只要科里开工办案，身为科长，一定与兄弟们同在，决不参加任何应酬活动，哪怕是他的直接领导高得意、范明亮叫他。这次接受章新林的邀请是个例外，因为东升公司多个犯罪嫌疑人的案件要在公诉二处起诉，吴文杰可不敢得罪这位老友。

"没问题。等会儿我把房号发给你。"

谢专员是吴文杰住在同一栋楼、原部队不同处室的老战友，低头不见抬头见，彼此很客气。谢专员若有事，会直接找他。看来，谢专员今天也是个陪客。

放下电话，吴文杰不禁想到，就他个人而言，只有案件的事才会让他为难，而目前他在办的案件也只有东升公司系列案。这四大金刚也真是厉害，竟然摸清了他的底细，猜透了他的心思，可以请到他必须买账的两个人，而这两个人居然事先也不跟他打个招呼。可见这四大金刚活动能量之大！

事已至此，他也只能走一步看一步了。都是业务相关单位，以后案件结案后也要移送公诉二处起诉的，吴文杰可不愿意为这件事伤了和气和感情。从长远讲，以后还要合作！而且谁没有个亲朋好友呢？

晚饭订在离单位不远的体育西路一间中高档潮州酒楼。吴文杰在章新林这一边，手下的兄弟则在另一间房吃饭，饭菜随意点。吴文杰推开房门，章新林、谢专员和另一位面熟、戴眼镜的中年男子起身迎了上来。

“我同学罗志家、罗总，还记得吧？我们一起吃过饭。”章新林介绍道。

章新林这一说，吴文杰想起来了。去年春节前章新林召集检察系统好友小聚时，他这位同学也在，还是他买的单。当时罗志家还给大家派过名片，吴文杰没在意，后来名片也不知放到哪儿去了。

“不好意思，每次跟章处都喝多！罗总请再给张名片！”吴文杰伸出手与罗志家相握，边握手脑子边飞速运转。东升能源公司总经理是罗志家，董事长却是武兵——横沥地块中介费的经手人。侦查与反侦查比的就是速度，慢半拍就会陷于被动。“罗总一直在东升能源公司吗？”吴文杰问。

“我原先在区里的国资系统，前几年才调过来的。”罗志家答。

“坐吧。等下慢慢聊。”谢专员招呼道。

饭菜很丰富，喝的是洋酒。因为有案件关系人在，吴文杰没敢放开喝。酒过三巡，章新林开始进入正题：“文杰，都是老友，有件事请你关照一下！”

“什么事，你说吧！”

“我和罗总都是从化人，跟他们董事长武兵一个村的。武兵是看着我俩长大的，也都帮过我俩。我知道你正在办东升公司的案，他们能源公司没什么事吧。”

“目前还没什么事。有事我会跟你通气的。”章新林都发话了，吴文杰也该表个态。

本来他就认为武兵没多少事，十万、三十万不是很大，谭向军肯定拿大头，按惯例至少要拿一半以上，中介费也会拿一点。只要把钱退出来，他不会追究武兵的问题。

“好，还请你多关照。”章新林端起酒杯。

既然章新林挑起了话题，吴文杰决定放些风，试探下罗志家的反应：“横沥那块地与武兵董事长有些关系，必要时我们可能会找武董了解一下情况，还请他配合。”利用说情人做工作，有时会事半功倍，吴文杰时不时就会用到这一招。看到罗志家有些紧张，他便端起酒杯：“罗总，我敬你一杯。”

罗志家马上站了起来：“谢谢吴科长。有什么事你说一声，我们一定全力配合。”

“好。我们一起敬谢专员一杯吧！”吴文杰边说边起身。

“我们老单位的人都听说了，文杰在检察院干得不错，我们都为你高兴。朋友多了好办事，办案也需要朋友。案子是办不完的，有时候灵活些，抓大放小，有的放矢。当然了，朋友决不能让朋友难做。”谢专员老江湖，话不多，话中有话，习惯把话说给所有人听。

“谢专员说的对。我和罗总一定会配合好的。你的事就是我的事，我的事也是你的事。大家都是朋友，一定要互相帮忙。”吴文杰话说得也很圆。说完，起身敬谢专员酒。

看到罗志家的事基本上没什么问题了，章新林说：“文杰，我和你一起过去敬敬你那些兄弟吧!”

“好，谢谢。谢专员你和罗总先喝着，我和章处过去一下。”吴文杰附和道。

章新林和科长过来敬酒，张伟强、叶如青、刘敏锋等人很感动，气氛一下子热烈起来。因为要加班，大家都没敢多喝。章新林也不介意，一人敬一杯。他酒量很大，一点儿事都没有。吴文杰也代表全科回敬了章新林一杯。吴文杰有些酒瘾，但从未因为喝酒而耽误工作。

回到科里，吴文杰跟叶如青、张伟强和刘敏锋商量道：“既然武兵是章新林的亲戚，看着章新林长大的，对他有恩，数额也不是很大，我们就给章处一个面子吧，先不带武兵回来问话。等把横沥、中水港的事情搞清楚，再带他回来也不迟。”

“杰哥定。”刘敏锋说道。

“叶科?”吴文杰扭头找人。

不知何时叶如青已坐回自己办公桌，拿个计算器在算什么。叶如青一定有什么发现，吴文杰示意大家不要打扰他。

“阿成，地税收几个点?”叶如青拨了个电话。叶如青很有经济头脑，早年在中水买了套房，这些年一直通过房地产中介阿成放租。

“百分之五点六。”阿成答。

“谢谢。”叶如青挂掉电话，拿起计算器按了几下，“这就对了。”

“杰哥，你看!”叶如青将中水五金材料公司开具的三十万中介费发票递给吴文杰看。

“有什么问题?”吴文杰问。

“你看看发票背面。不留意几乎看不出来。”

发票背面有一个铅笔写的数字：四点六八。“怎么啦?”吴文杰问。

“我原来一直没弄懂它的意思，刚才问了中水的朋友，代开发票者一般要收十个点的开票费，地税还要收五点六，两者加起来就是十五点六。也就是说，三十万的中介费要付开票费三万，交地税一万六千八百，共四万六千八百。”叶如青说。

“明白了。如果这笔业务是虚构的，三十万的‘中介’费有二十五万三千二百被人搞掉了。”吴文杰醒悟道。

“叶科这个注册会计师绝不是浪得虚名的。”张伟强佩服道。

“看什么?”叶如青见吴文杰还盯着发票看，问道。

“开票人的名字，你看看。”吴文杰将发票递回叶如青。

“好像是古什么。都扭到一堆了，很难认。”

“去了就清楚了。”吴文杰说

“既然如此，取到证再接触武兵比较合适。”叶如青说。

“不谋而合。由近到远去取证吧，先横沥后中水。老张、小刘，你俩负责横沥，叶科和甄珠负责中水。”

不管是真中介还假中介，当务之急是把资金流向查清楚。

一〇〇

当吴文杰按计划叫张伟强和刘敏锋对横沥地块中介费展开调查时，处长高得意交给他一个紧急任务：全科协助省纪委办一个专案。这一办就办了两个月。这两个月内，武兵和罗志家马不停蹄地展开了一系列串供活动。武兵等人串供其实并非坏事。从案件发展看，它促成了一些再生证据。

两个月后，张伟强和刘敏锋赴东禺展开调查。到东禺市工商局查找横沥地块的中介方四方房地产咨询公司。工商资料显示，四方公司已于2006年注销，原法人代表是一梁姓女子。根据身份证号码，张伟强和刘敏锋在房管局查到这一梁姓女子叫梁玉琴，原住明珠苑，现住祈福新村，手机号码是137＊＊＊＊8907。在婚姻登记处查到梁玉琴于2005年与一香港男子结婚，育有一子，现在祈福新村小区门口开了间港式饼屋。

张伟强和刘敏锋敲开梁玉琴家的房门，开门的是一老妇人。张伟强出示工作证："我们是检察院的，要找梁小姐了解一些情况。"

"梁小姐去了香港，不知何时能回。"老妇人说道。

"你是她什么人?"

"我是她保姆。"

张伟强打电话向吴文杰请示，要不要电话通知梁玉琴赶回来吴文杰说："跟她另外约个时间吧。"

"梁女士，我们是南州市检察院的工作人员。要向你了解一些情况。你什么时候回来?"张伟强拨通了梁玉琴的电话。

梁玉琴想了一会儿说："我刚到香港，周日晚班车回来。你们周一上午过来吧。"

周一上午，张伟强、刘敏锋如约见到了梁玉琴。她的丈夫也在。

梁玉琴有些紧张："不瞒你们说，这几天我都没休息好，也不太愿意讲这件事。都过去那么多年了，跟你们见面后我是讲真话还是假话呢？我老公说他陪我回来，劝我还是实话实说，没必要惹官司。没什么大不了的，没必要帮人讲假话。"

张伟强安慰梁玉琴说："没事的，我们不会对你怎么样。只是找你了解一下情况，希望你实事求是。"

梁玉琴的丈夫也说："我跟我太太说，事情发生了总要面对。违法的事我们不做，该怎么样就怎么样。我们平民百姓也惹不起官，还是配合司法机关的调查，实事求是。"

梁玉琴放下心来说："我们是本分人，在这边做点儿小生意。我老公也是实在人。我们商量后，决定还是跟你们说实话。我知道你们找我什么事。一个星期前他们来找过我，希望我能按他们说的做。"

张伟强心一惊，赶忙问："谁找过你？你说实话，我们不会为难你。"

梁玉琴说："我们区房管局的王科长和一位戴眼镜的年轻人。2003年横沥那单业务就是王科长介绍给我的。”

“你跟王科长和戴眼镜的年轻人熟吗？”

“我以前开公司时就认识王科长，他是房管局管企业登记注册的。戴眼镜的年轻人2003年见过一面。”

张伟强说：“戴眼镜的年轻人是不是右眉头有颗痣？”

梁玉琴说：“是的。”

“你确定？”

“确定。”

张伟强和刘敏锋交换了一下眼神。戴眼镜的年轻人是东升能源公司的总经理罗志家。

“他们希望你做什么？”

“希望我承认做了横沥那块地的中介业务。”梁玉琴扭头去看丈夫，她丈夫点点头。“他们要我把十万元钱认下来，就说这个中介费全部给我了。其实我只留下百分之十，拿了一万元走，剩下的九万都给了他们。我当时开了一家房地产中介公司，嫁人后开了饼屋，就把中介公司停掉了。”

“讲讲当年事情的经过吧。”

“我并没有做横沥那块地的中介业务。”梁玉琴在丈夫的鼓励下说出了实情。“我做房地产中介在东禺国土局有一些熟人。2003年五六月间一天，东禺国土局的朋友打电话说介绍业务给我，叫我帮帮手。实际上也没什么好做的，就是从我这里过过账，我收点儿手续费而已。”

“说具体点。”张伟强说。

“当年王科长带着戴眼镜的年轻人来到我公司，说要处理一张支票。我说要收十个点的费用，加上税费六个点，总共一万六千元。王科长说没问题。年轻人就把中介合同和一张十万的支票递给我。我在合同上盖了章，就带他们到公司旁边的工行取了八万四千元现金交给戴眼镜的年轻人。我都可以把存折拿来给你们看。”梁玉琴说得很诚恳。回房间不久，她就拿出了一本存折。“你们看，这里进来十万元钱，之后又取了八万四千元现金出来。实际上就是给回他们了。”

“后面你们还有联系吗？”刘敏锋问。

“之后就再也没有联系过。2005年后生意不好做，我就把公司关了。没想到一个月前他们还是找到我了。现在想来，我都后悔死了。”

“是不是这个合同？”刘敏锋出示一份复印件。

梁玉琴稍稍看了看：“是的。”

“谈话笔录你看看，签个字。”

梁玉琴听说要签名，有些犹豫。“没事的。”她丈夫在一旁鼓励道。梁玉琴听丈夫说没事，就按要求在合同复印件和笔录上打指模、签名。

“你的所作所为已经触犯了法律，念你还能讲实话，我们也就不追究你了。我们找过你的事不要对任何人说起，对你没好处。”张伟强交代道。

“明白。多一事不如少一事，我们只希望平平安安地过日子。”梁玉琴的丈夫答道。

“我绝对不会说。谢谢你们。什么时候我把那钱退回去？”梁玉琴几乎咬紧牙关说道。

“等通知吧。”张伟强说。

一〇一

南国的秋天依然绿意缭绕，看不到一片金黄的树叶，但却褪去了夏日的暑热，空气中带着一丝丝的凉爽。这是一年中最好的季节。江柳的办公桌正好在窗前清凉的秋风中她才思如泉涌，下笔如有神，以至于庞天海站在她办公桌前多时她都浑然不觉。在键盘上敲完一个字后不经意抬头，她才看到庞天海。“老师，你来了！怎么不叫我一声呢？真是不好意思，失礼失礼。快请坐。”江柳忙不迭地道歉。

“不坐了，部长叫你到他办公室一趟。”

“部长？是宣传部宁部长吗？”江柳心惊了一下，“他找我有什么事？不是我犯了什么错吧？”在南州军区政治部，江柳这种级别的作家，宁部长很少召见的。

“他没说什么事，就是叫你到办公室去。”

“哦，要立即去吗？我正在赶点儿东西。”

“对，他要我通知你马上去。可能有什么紧急事吧，我也不好问。怕电话打不通，就过来了。”

宁部长办公室就在江柳办公室楼上。进门之前，江柳先整了整军容，然后大声道：“报告！”

屋里传来一个洪亮的声音：“请进！”

江柳推开门，宁部长指着沙发上的三个人问道：“认识吧？”

江柳定睛细看，是吴文杰和他的处长高得意——上次在张伟强家见过，一个很儒雅、很有涵养的检察官；另一个他就不认识了。但从他气宇轩昂、镇定自若的神态看，应该是比高得意处长还大的官。

“他们是南州市检察院反贪局的范局长，还有侦查一处的高处长；吴科长就不用我介绍了吧。”

江柳走过去跟范局长和高处长握了握手，然后在他们对面的沙发上坐下。

“有这么一件事，南州市检察院侦查一处二科正在办的一个专案牵涉某大型跨国公司董事长单青华，单青华现潜逃在外。考虑到他对你的特殊感情，只有你才能让他现身。你看，范局长和高处长亲自来请你了！你的面子真够大的。”宁部长语气温和、风趣，却有一种不容置疑的力量。

从一见到他们三人开始，江柳就猜到是什么事了。她本能地就有抵触和防备心理。真是会找人，直接找到宁部长这儿来了。“部长，这件事跟我们军队没关系，是他们检察院的事，由他们内部解决就好。”

“江作家，早已听过你的大名！你的文章写得很好。”范局长很会说话，未说正事，先表扬江柳一番。

“过奖了，范局长。”

“单青华这个犯罪嫌疑人对我们侦查一处二科破获这个专案，具有至关重要的作用。他又是一个精明老练、反侦查能力强的人。虽已查明他落脚在海南三亚下关村，但村里外来人口较多，一时难以发现他的踪迹。海南很容易出逃国外，一旦他逃走，二科这个案子将会前功尽弃。我们知道单青华对你有很深的感情，希望你能配合我们，把他缉拿归案。”范局长讲得有条有理、有根有据。

“这是你们检察机关的内部事务，我们外人不便参与。”

“你不是外人，你是我们侦查处的嫂子啊！谁不知道吴科长有个聪明能干的妻子。”高得意也顺势吹捧一下江柳。

“高处长，不是我不帮你们，而是没有这个义务。况且单青华跟我只是高中同学，我们只有同学情谊，没有其他的。我出面，他也不一定会出来。你们检察院能人那么多，还是自己搞定吧。”

江柳话已至此，范明亮和高得意都不吱声了。吴文杰早在家里领略过她的强硬态度，此时更是不便说话。短暂的沉默后，宁部长突然站起来高声说道：“南州军区政治部中校江柳听令！”

这一声命令将所有人都震住了，包括江柳。她愣了一下，立刻戴上军帽，站起，立正：“江柳到！”

“从即日起，停下你手头所有工作，全力配合南州市检察院，将犯罪嫌疑人单青华缉拿归案！”

“是！”江柳大声应道，然后向宁部长敬了个军礼。

江柳刚领受任务还没有出发，洛霞说情的电话就来了。她说她是单青华的秘书，有要事禀告江柳。江柳不得不见她。见到洛霞，江柳如同见到了当年的自己，清纯秀丽，真诚执著，对爱情一根筋，不撞南墙不回头，撞了南墙也不回头。

“真不好意思，江姐，打扰你了。”洛霞的声音柔柔的，似乎呼一口气都可以把她的语句扯断。“单总是个好人，检察机关正在查办他。你先生是检察院的，能不能帮帮他。”洛霞没有更多的客套，直接说明了来意。

江柳喜欢这种直性子的人，一方面说明事情急迫，另一方面也证明了她对自己的信任。“查不查办他，具体怎么查，这都是检察机关的事，我是不懂的。他的案子也不是我老公他们科主办。我只能跟他说，对单总要实事求是，该怎么样就怎么样。”她没有跟洛霞说她正领受任务，马上就要去海南追逃单青华了。

听到江柳这番话，洛霞居然哭了起来。她边抽泣边说：“江姐，你不知道单总有多爱你。他的公司全是用柳树、柳叶、柳枝来装饰的。就连他的办公室，也挂着一幅柳叶画，他可以在画前一站就是一天。四十多岁的他依然单身，就是因为心里有你。他从高中时代起就开始暗恋你。”洛霞就差说出你不能对他这么无情的话了。

江柳递了张纸巾给她。“我懂，但法律是无情的，是讲证据的，是没有感情可讲的。我也想帮他，但我帮不了。”

“做生意的，哪有不行贿的，否则项目拿不到。拿不到项目，就挣不了钱。挣不到钱，员工就没有工资发，公司就没有发展。单总也是为了公司好，为了员工好。他挣的钱都用到公司的长远规划以及员工福利上了，自己几乎没拿什么钱。”

“这我知道，他很清廉，不讲排场和享受，不追求奢华生活，且乐于助人，乐善好施，负责任，敢担当，孝顺母亲。”江柳一口气说出单青华一大堆优点。

洛霞抬起了头，擦擦眼泪，以为看到了希望。“他一直默默地爱着你，也不去破坏你的家庭，只希望你过得好，不好时他就尽力去帮你。江姐，这么好的人，你心里真的对他一点儿感觉也没有吗？他落难时你也要帮帮他啊。”

“如果我没有家庭，没有老公，没有小孩，真的会接受他。可以说，他比我老公完美，是个真正的男人，给人温暖和力量，跟他在一起很有安全感、很踏实。但法律就是法律，并不能说你是好人，犯了法就可以免责了，对吗？”

“但总可以减轻罪行吧，可以不用坐牢或少判几年。公司不能没有他，要是关进去了，他多年打拼、苦心经营的公司就将倒闭，一辈子的心血就白费了。”洛霞不知道取保候审这个法律专用术语，江柳也不知道。

“我也希望他不用坐牢，平平安安地过日子，跟你结婚成家。看得出来，你是个好姑娘，他不该错过你。”

“错不错过我无所谓，我会一直等他。他不结婚我也不结婚，他结婚我也不结婚。只要他平安幸福，我就开心快乐。就算他坐牢了，把牢底坐穿，我也会等他出狱。”洛霞斩钉截铁地说道。

江柳一低头，一串泪珠就滚落下来。唉，又是一个对爱情执迷不悟的好女孩。跟当初自己对吴文杰的感情一样，只要能跟他在一起，上刀山下火海都可以。只是她没办法帮他，真的没办法。如果有办法，她也不用去追逃他了。

一〇二

海南三亚下关村是个典型的小渔村，虽然三亚已从中国最南端的小港口发展成为“中国的夏威夷”，下关村却好像三亚当年的翻版一样，街道狭窄、出租屋林立、外来人口众多，空气中飘着咸咸的海腥味。

单青华就住在下关村。自从南州市城建委主任被检察院带走后，他就知道下一个该轮到他了。因为他曾为了拿到某工程项目，向该主任行贿了一百万。他先回柳园市，看望一下地底下的父亲，便开始了逃亡生涯。

来三亚主要是为了江柳。她军校一毕业，就分配在三亚某高山上的军营，一待就是两年。她对三亚有着很深感情，如同柳园市一样，是她第二故乡。她经常跟单青华提起军营火红的木棉花，还有高高的椰子树，神往崇敬的表情让他一辈子都无法忘记。来到三亚，他就好像闻到了江柳的气息，就好像跟她在一起。还有一个原因，则是三亚方便出逃。只要有些风吹草动，他都如惊弓之鸟。检察院正在追捕他。他相信吴文杰并没有参与此事，就算他有些吃醋，也没有犯罪证据。从他与吴文杰短暂相处中，觉得他还是一个正直厚道的检察官，不是斤斤计较、挟私报仇的小人。

就算检察院的人就站在她面前，他也不会逃走。因为这一走，不知猴年马月才能见到江柳。他太想见她一面了。为了躲避检察院的追查，他不敢住宾馆，不敢在大街上随意走动。即使在这个外来人口众多的小渔村，也不敢轻易喘口气，只能没日没夜地待在出租屋。为了驱赶孤独寂寞，他找了一个流浪汉来同住，总算有人可以说话了。

精明如他，没有料到检察院已在他所住的下关村布下了天罗地网。他的照片被印在了扑克牌上，只要一出现，就会被发现。将他照片印在扑克牌这一招，还是吴文杰出的主意。他更没料到，江柳的突然出现竟是检察院落下的一颗棋子。当他在出租屋窗口看到江柳身着军装那俏丽身影时，就奋不顾身地向她扑过去，如飞蛾扑火。可他还没到江柳身边，就听到一声叫喊："就是他！抓住他！"随即就被几个人按倒在地。

江柳不用回头，就知道身后发生了什么事。一行泪，不由自主地从眼角滚下来。此时，单青华抬头望着离他几步远的江柳，眼神不是愤怒、怨恨，却是久未相见的亲人般的柔软而深情。他知足了，就算被缉拿归案，就算江柳是钓饵，只要能见到她一面，一切都不重要了。

在检察院审讯室里，他一五一十地讲述了一切，末了还说，感谢你们让我见到了江柳。这是南州市检察院反贪局历史上第一个不需要审讯就开口的犯罪嫌疑人。在看守所里，江柳来看他，他的第一句话也是："不要背任何包袱，是我投案自首的。"

江柳的看望是特批的。由于她协助检察院将嫌疑人缉拿归案，高得意处长要给她报功。她说："处长，我不想立功，但我想见见单青华，可以吗？"

高得意是个既讲原则又通情达理之人。虽然江柳去看单青华是违反规定的，但他还是为她争取到了这个机会。

"你恨我吧，是我把你钓出来的。"江柳对单青华说道。

"我怎么能恨你呢？高兴还来不及啊。"单青华发自肺腑地说。江柳能去三亚钓他，说明他在她心中的分量，只有她才能让他出现。这比他问一句"你心里有我吗"来得更有说服力。

"你有什么需要我做的？"

"没有。如果我提要求，那不证明我恨你、需要你做些什么来弥补过失吗？"单青华的思维跟别人总是不同。都说恋爱中的人是傻子，像单青华这么精明能干的商人也未能免俗。

"你的母亲我可以帮忙照顾。"

"谢谢你。南州还有亲戚，不想给你添麻烦了。"

"你没必要这么客气的。"

“你的事也挺多，还要照顾吴空。他是个好孩子，只是语言启蒙晚了，耐心地慢慢引导，他会有进步的。”

江柳强忍住要落下的泪水。到这个时候了，单青华想的还不是他自己，而是她和她的儿子。如果时光倒退二十年，她一定选择他而不是吴文杰。

“洛霞是个好姑娘，为你的事操了不少心。出来了，就和她成家吧！千万别错过！”

“她的确很优秀，但我对她没感觉。你转告她，叫她找个好人家嫁了，不要因为我而耽搁了人生大事。”

“她说，就算你把牢底坐穿，她也会一直等下去。你不结婚她也不结婚，你结婚了她也不结婚。”

“唉，真是个傻姑娘。”单青华叹了口气。他没想到，其实他也是个傻男人。而且，应该还加上江柳。江柳更是为了吴文杰，为了爱情，放弃了心爱的文学事业，跟着吴文杰上了海南岛。

从看守所出来后，江柳让吴文杰直接把车开往东禺单青华母亲的家。

一见到江柳和穿着制服的吴文杰，单青华的母亲就明白一切了。之前单青华跟她说要出差一段时间，但没有一个电话打回来，以前都是每天一个电话的，就预料到大事不好。“你们不要开导我，我早都提醒过华儿，让他老老实实做生意，踏踏实实过日子，但他人在江湖，身不由己。为了公司发展，为了员工生存，他不得不做一些违心之事。他这是咎由自取，理当受到国家的惩罚。”单母虽然文化不高，但一个人把他拉扯大，也悟到了人生真谛。

“阿姨，真是对不起！我也是身不由己，不得不配合检察机关把他绳之以法。”江柳道。

“你不要跟我说对不起，你做得对。其实从见到你的那天起，我就知道华儿这一生因你而荣，也因你而落。他一直没找女朋友，是因为你；他要做生意挣钱，也是因为你；他最后被抓获归案，也是因为你。只能说，他一生都离不开你。”

“阿姨，谢谢你的理解。以后你的生活，就由我和吴文杰来照顾吧。”

“你们工作忙，不用管我。你看我现在七十多了，还能动能吃能锻炼。如果见到华儿，帮忙转告一声，好好在监狱接受改造，争取减刑，早点儿出来见我。不要等我离世，还见不到他一面。”

“阿姨，单青华有自首情节，会获得宽大处理的。放心吧，他一定能够提前出来孝顺你的。”吴文杰说道。

“听你说话，就知你是个能干的检察官。好吧，你们不用担心我。华儿喜欢吃我做的头菜和萝卜干，不违反规定的话，帮我带一瓶给他吧。”

在把头菜和萝卜干递到江柳手上那一刻，江柳看到，这位通情达理的老母亲，眼泪都滴在了瓶子上。

一〇三

11月，南州亚运会期间，离吴文杰年底结案差不多了。高得意处长接到赵志强的电话。“高处长，我找过你们范检和陈检了，有些情况想跟你们沟通一下。请你们一起吃个饭，好吧。”

高得意以为，陈南检察长这是也想听听潘枝案的进展情况。陈检一般不会直接打电话给他。他特别谨慎，手段高明，不露声色，整个检察院都很怕他。于是，高得意答应晚上跟赵玉强一起吃饭。

周末下午吴文杰没什么事，正准备依朋友之约去打麻将。本来预计打几个小时麻将后6点左右去吃饭，高得意来电说：“赵志强约吃饭。晚上一起吧。”高得意周末不会轻易叫吴文杰出来的。

当吴文杰他们人陆续齐了，准备打麻将时，高得意又来电话：“我想了一下，改主意了，还是不要吃赵志强的饭，约他去南珠新城的蒙地卡罗西餐厅喝茶吧。时间提前到下午4点。我来买单我们也不欠他的，那他还会有什么话说。”

吴文杰说：“行啊。跟他吃饭，不喝酒又不好；喝多几杯，话还不太好说。喝茶比较好。我们早到半小时吧。潘枝翻供后，我们对她的问题又进行了全面调查，有些情况想跟你汇报一下，看看后面该怎样跟这位老领导说。”吴文杰麻将也不打了，提前半小时来到南珠新城的蒙地卡罗西餐厅。

坐定后，高得意说：“正好南州亚运会没开完，我就跟钟主任说，山东有一批老乡来看亚运会，晚上要请他们吃饭，只好提前跟他们喝茶了。”

吴文杰说：“好啊，这个理由好。我刚才打电话给经办人叶如青，问了一下潘枝的详细情况。要不要叫上小叶？”

高得意说：“不用了。经办人不在，你作为经办人的科长也不用讲得太具体。”

吴文杰说：“有些情况我跟你汇报一下，看看待会儿跟老领导怎么说。潘枝全部翻掉这一块，我们就不管它了。证据基本上也就这样，没法再往下走了。但既然她要翻，我们就多做一些准备，把她所有问题都调查了。在她任职的几家公司和她经手的款项中，发现她还涉及其他犯罪问题，就是横沥那块地。2003年底，大概有三个月时间，她指使手下两名财务人员以在王府井和新大新购买办公用品和劳保用品的名义，从公司领走了四五十万。她是领款人。叶如青和刘敏锋去这两个百货公司调查发现，发票全部从购物卡里出的。这就有个问题了：虽然每个班子成员根据需要可以申请购物卡作为公务开支，但也只是从办公费里拿出十万到二十万。除此之外，则由东升公司统一从办公费里买，下属任何公司都不能另行开支买购物卡。所以，潘枝买这几十万的购物卡是不可能的。因为她分管的越银房地产公司、咨询公司、建筑公司当时账上有钱，她就以买购物卡的名义报掉了。查明这个事情后，我们就传潘枝过来核实情况，问她这些钱的去向。她不愿意说，只说都用于公务了。让她在财务凭证上签字，她死活不干，就在那里哭。我们简单给她做了份笔录，确认这些钱跟她有关系，让她回去了。目前主要就是发现了潘枝的这个问题。”

高得意说：“好，这样对我们就很有利了。前面那些问题给她胡搅蛮缠，全部翻掉了。赵志强过来后，我把你介绍给他。你谈完情况后听听他的意见，让他表个态。”

吴文杰说：“好的。”

“这么个老领导，也是做了那么多年法律工作的，退休后就不懂得自重自爱，什么事都敢出头，肯定被人收买了，跟在位时心态完全不一样。”高得意开玩笑似的说道。随后，他从包里拿出一坨很好的普洱茶，叫服务员过来。“茶我们自己带，按你的服务标准收费就行了。”

“这里的茶不是很好，跟省院领导在一起还是要喝些好茶。单自己买，每个人三十。也不贵，省得人家说闲话。”高得意对吴文杰说。毕竟是省检原政治部副主任，退休前提了一级，副厅级退休。他的搭档，当时的省检政治部主任，又是现在市检的陈南检察长。考虑到这层关系，高得意对钟志强还算是客气。

4 点 10 分左右，钟志强来了，还带了一个人。他介绍说那人是潘枝的妹夫。吴文杰和高得意都觉得很别扭。按道理，这种见面不可能带上犯罪嫌疑人的家属或亲戚。你不仅自己来说情，还把犯罪嫌疑人的亲戚也带过来说情。高得意没有吱声，事情到了这一步，硬着头皮也要见下去了。

潘枝的妹夫坐在吴文杰旁边，歉意地说潘枝是他老婆的姐姐。他把手里提着的两袋东西放在脚底下，吴文杰看见每袋里好像有四五条芙蓉王烟，看不出是四五十元一盒的还是六七十元一盒的，总之是高级货。吴文杰知道那是送给他和高得意的，就没理他。既然人都带来了，也不好赶他走，让他听听也好，反正他们也要表明对潘枝的态度。高得意把吴文杰介绍给了钟志强和潘枝的妹夫。

吴文杰说：“我的经办人住在东禺，过来不方便。虽然准确的情况在他那里，但大概的我还是清楚的。就由我来跟老领导介绍一下潘枝案的情况吧。”

钟志强点点头。

“潘枝的问题主要分三部分。有两部分大家都清楚了。一是她通过我们已逮捕的张安帮和肖江河，在物业公司报了四万多元钱。二是她违反规定领取了六万多元的奖金。这近十一万元钱，从把潘枝带来调查到取保候审期间，已反反复复做过很多次笔录，有录音和录像为证，潘枝也有供述，我们也调取了相关书证。这两部分我们认为没有什么问题，但潘枝从看守所出来后不知什么原因全部翻供。我们又找了她的领导和其他犯罪嫌疑人核实，再次否定了潘枝的说法，就是立案的那十一万元钱。现在要说的是潘枝翻供后，也就是第三部分的问题。在潘枝取保候审这一年里，我们对她在几家公司履行职务的情况和她经手的款项进行了调查，发现她作为领款人从东升公司账上报了大约三十万元；又以购买办公用品、劳保用品和文具、食品的名义，从她担任副总经理和会计的几家公司里拿走了四五十万。后来我们把这些发票进行了核实，发现它们主要出自新大新和王府井两家百货公司，全部用来买购物卡。老领导，你也是资深的法律工作者，应该明白是怎么回事了吧。办公用品、劳保用品和文具、食品根本就没买，而是直接买了购物卡。发票写上这些科目，然后拿去报销。这个问题就很严重了。这些购物卡到底拿去干什么了？潘枝如果没有说法，我们还要调查。拿公款买这么多购物卡，转手就可卖给收购物卡的，把现金套出来。”

说到这里，钟志强很紧张。显然，吴文杰打了他个措手不及。“还有这种事情？！潘枝没有告诉我，你们也没跟我说，我根本就不知道。”

为了挽回面子，钟志强马上兴师问罪：“老找你们，你们也不见我。老给你们打电话，你们也不处理。现在好了，一下子就出来这个事情。这个问题先不谈了，看看前面的问题怎么处理。”

高得意说：“老领导，我们先不讲前面。如果后面这些问题查证属实，我们还是要依法处理。你得尊重办案人的意见，尊重事实，尊重法律。”

听高得意这样说，钟志强的口气一下缓和了下来：“前面的问题怪潘枝，不怪你们办案人员。她没有经验，又是多年以前的事情，加上有些顾虑，记忆有些偏差。”

他不再以上级机关领导的那种做派指责他们“讯问有问题，讲话不文明，超期羁押，小题大做，希望实事求是地给潘枝一个公正的处理”，而是问道，“至于后面说的三十万元买购物卡，今天还是第一次听说。现在是个什么状况？”

吴文杰说：“现在只是侦查发现了，原来立案时没有。”

“希望你们一笔一笔地找有关人员核算清楚，不要在证据上出现问题。”钟志强的态度好了很多。

高得意说：“如果就前面的事来说，十几万元里确实有八九万元的证据不是很充分，可以砍掉；认定潘枝贪污，证据上有瑕疵。但差不多有五万元定贪污肯定是没问题的。法律规定，五千元就涉嫌犯罪了。”

“潘枝也很可怜，又年轻，女儿也不大，MBA 刚刚读完，将近一年没有工作了。女孩子找份工作也不容易，家里又都靠她，现在家庭比较困难。她整天在家哭哭啼啼的，像个神经病，动不动就喊受不了啦，要上吊，要跳楼。她也真是不容易！犯了点儿小错误，问题不是很大，能放一马就放一马吧。我有个建议：考虑她的实际情况，能不能做一个纯宜不起诉，有问题可以找陈检。”赵志强转而以情动人。

高得意说：“老领导，不行的呀。如果最终不起诉，必须是相对不起诉。否则，我都不同意。”

钟志强说：“为什么呢？”

高得意说：“你也是老领导，也管过公诉，纯宜不诉就意味着我们办案有问题，办错案了。相对不诉则指潘枝已构成犯罪，但证据不充分，可以罪轻不起诉。这是两个概念、两种性质，纯宜不诉肯定不行。即便是相对不诉，也还要经过我们院的检委会集体讨论，且范检、陈检都没有意见。另外，今天我也是第一次听吴科长说大约五十万元购物卡去向不明的问题。这个问题最终怎么定，还要进一步核实。我个人的意见就这样。老领导有什么想法，可以去找我们的一把手，你们是老同事了。但我想在证据面前，大家都要尊重事实，尊重法律。”

高得意话都说到这儿了，一点儿让步的意思也没有，钟志强只好说：“我去找找陈检，跟他沟通一下。先维持这么一个情况吧。后面查出的四五十万元购物卡的事，你们要慎重，不要没搞清楚又加到她头上。”

高得意说：“放心吧，老领导！你的意见我们会认真考虑的，绝不会冤枉一个人。回去后我们再找经办人开个会，对每一笔款项、每一个问题好好研究，有什么情况再向老领导报告吧。”

“好吧。你看，请你吃饭也总是请不到，我跟你们陈检还是老搭档。”钟志强颇为无奈地说。

“不好意思，老领导。我整天瞎忙，分管两个处，你约了几次正好都没空，多有得罪。今天也实在是没办法，老家有个县长带了几个人来看亚运会，晚上一起吃饭。我不敢得罪父母官，只好得罪你老领导了。但答应跟你见面就一定要见面的，所以定在这里喝茶了。其实，我也很想跟你坐下来喝杯酒的。我们还有机会。”

高得意这番话都是场面上的，心里根本就瞧不起钟志强。作为省院领导，不仅不支持市院把案件办下来，还在那里制造障碍，向上级领导告状，要他们对潘枝网开一面。高得意是最讨厌这种人的。

看看大家东一搭西一搭无话可谈了，潘枝的妹夫就借口上洗手间，跑着去买单。他没想到高得意一进茶室就放了两百元钱在收银处，并交代收银员说谁也不准买单，走时按消费多少结账。潘枝的妹夫回来后将两袋烟递给吴文杰和高得意，一人一袋。

高得意说：“这不行。不能收。见面已属违规；再拿东西就更不合适，更变味了。谢谢好意。”

钟志强说：“高处啊，不要搞得这么认真嘛！都是抽烟的人，送几条烟算什么。这样吧，算我个人送你们的。”实际上，犯罪嫌疑人的亲属拿过来的烟怎么可能算他送的。

高得意坚决不收：“烟我们都有得抽。”

潘枝的妹夫把烟放在凳子上，转身就要走，吴文杰走过去把烟塞到他手里。然后对钟志强说道：“这可不行，老领导！一码归一码。你对我们的工作提出批评，进行监督，那是应该的。这东西我们不能收，谢谢了。”

钟志强和潘枝的妹夫很是失望。看到他们走远了，高得意对吴文杰说：“还是要想办法尽早结案，不要拖太久，省得他们整天折腾。”

吴文杰说：“好，等我这个专案告一段落后，抽时间把它结掉。”他们科正配合省纪委办一个案子，这是高得意交给的紧急任务。“既然老是通过这种非正常渠道来做工作，她有多大问题，我们就都一起给她加进去，看看她最后怎么做。”吴文杰越说越气愤，“让她一步，她根本不领我们的情，还说我们办错案。我们怎么可能办错案呢，肯定是她自已有问题。虽然我们暂时还不能查清楚，不能全部给她认定，她却得寸进尺了。我们一定把这个案件办好。”

高得意说："文杰，我跟你私下沟通吧！说实话，钟志强如果能跟陈检、公诉处协调好，给潘枝弄一个纯宜不起诉，我也没什么意见。但他肯定搞不定。他如果搞得定陈检，早就告诉我了。陈检一般人都搞不定的。"

"我也觉得。"吴文杰赞同道。

"钟志强跟陈检是老同事，都是副厅级退休，估计会从轻处理潘枝。我们做相对不起诉的可能性比较大，但纯宜不起诉我们不干。你跟经办人叶如青还是把这五十万照样给她起诉上去，如果法院能够认定，该怎么处理就怎么处理。"

一〇四

去中水市取证的时候，已是2008年年底。此时的北方已是大雪飘飘、银蛇蜡象，南州市依然绿树成荫，热气腾腾，甚至还要穿短袖，一派夏天的景象。

南州市距中水两个小时车程，不太远。吴文杰带领叶如青、张伟强、刘敏锋一行四人，风尘仆仆地从南州市驱车前往中水。这是他们三下中水了。

南州市的反贪干警都不太愿意出差办案，倒不是因为异地办事难，根本原因是出差标准太低，要倒贴。财务规定副处级以上干警出差，每天住宿加餐费标准是一百一十元，科以下九十元，超出部分自理。按照这种标准，只能住招待所，吃盒饭。办案人员外出，通常都携带电脑等贵重办公用品和法律文书及案件材料等保密文件。吃盒饭且不说，住招待所的安全保密是一大问题。基于此，吴文杰一直主张，出差办案一定要住三星级以上宾馆。每次确有必要出差，他都亲自带队，负责协调各方面关系和后勤保障。

虽说全国检察是一家，但异地办案仍有诸多不便。首先是管辖权问题。检察机关的权责是属地管辖，也就是说异地办案没有管辖权。异地办案必须知会当地检察院，并取得当地检察院的支持和配合。否则，有可能寸步难行。其次是地方保护主义。反贪的工作对象大多不富则贵，而这些富贵之人都有些能量。若非上级检察院，比如省检察院或最高检交办的案件，有的地方检察院就不愿意自己辖区内的人被外地检察机关查处。接下来就涉及第三个问题——协查的要求不一样。中水检察院就要求外地办案人员工作证、介绍信、立案决定书和相关法律文书缺一不可，否则不予协助。

第一次是叶如青、刘敏锋跟甄珠去的。因为手续不齐全，没有带立案决定书和拘留证，中水检察院反贪局不愿提供协助，让他们白跑了一趟。第二次再去，加上了张伟强。他们以为带一纸介绍信和银行查询通知书就可以了，但中水检察院反贪局还说不行。这第三次去是一周后，吴文杰带队了。出发之前，高得意凭借与省检指挥中心陈玉胜主任的私交，跟他通了个电话。陈主任表示，若有需要，他随时可以跟中水市检察院打招呼。

在中水市检察院，分管协查的反贪局钱副局长仔细查看了吴文杰等人的介绍信和工作证后严肃地问："有没有立案决定书？"

吴文杰说："我们只是来取证，不带人。"

钱局长说："没有立案决定书不行。"

吴文杰说："我让家里传真一个过来，行不行？"

钱局长说："必须是原件。"

吴文杰问："我请省院指挥中心跟你说行不行？"

钱局长说："省院要求我们协助必须有书面指示。"

吴文杰无可奈何地说："好吧，我们过几天再来。"

从中水市检察院出来，他们决定去工商局和税务局碰碰运气。工商局的工作人员看了介绍信和工作证后说，没有中水市检察院的介绍信查不了。税务局的工作人员也是此种说法。他们又去银行。因为带有银行查询通知书，银行帮他们查了一下流水，但要详细结果还得等一段时间。

无计可施的吴文杰决定给林平打个电话。其实，吴文杰对中水是有着特殊感情的。中水市是著名侨乡，也是南东省重要的工业制造基地，经济发达，交通便利，风景怡人。转业前，他分管中水办事处，与兄弟们结下了很深的战斗友谊。办事处主任林平是市长的丈夫，在中水可是呼风唤雨的人物。

"文杰！"电话一接通，林平就在电话里叫了起来。"转业了电话也不来一个，兄弟不做了？"

"对不起，平哥！都是我的错。"吴文杰道歉道，"我当面赔罪。"

"好啊，罚你三杯！"林平豪爽，好酒，海量。

"我认罚。我过来公干，可能有事会麻烦到你。"

"喝好了我就帮你。"

"一言为定！"

"我正在陪客人打高尔夫，一时半会儿还结束不了。这样，你们先到楼外楼吃饭，我一收杆就赶过来。不见不散。"

楼外楼是林平弟弟阿明开的酒楼，吴文杰再熟悉不过了。转业前，差不多每个月都要来两三次。"杰哥，好久不见！"几年不见，阿明还是一眼就认出了吴文杰。"跟我哥联系了吗？"

"那是必须的。把你哥的好茶拿出来给我们享受一下。"

"好的，你稍等！"阿明把吴文杰他们带到房间，拿出茶叶。

"忙你的吧，茶我们自己冲。"

"好的。"

"老班章！"刘敏锋叫了起来。

"干吗大惊小怪的？"张伟强问。

"你不知道，这家伙起码五千一饼。"刘敏锋显摆了一下，边掰茶叶边问，"杰哥，你朋友什么人，这么牛？"

"这么说吧，市长以下的都听他的。"吴文杰笑了笑。

“包括市长吗？”

“市长是他老婆。”

“不会吧。”

“这我能骗你？”

“那你来之前怎么不让朋友打个招呼？不然钱局也不会卡我们了。”

“待会儿再说吧。”

“杰哥！”阿明敲了敲门，进来问道，“我哥说了，你们先喝着，他晚点儿到。怎么样，起菜吧？”

“饭我们可以先吃，酒还是等你哥来了再喝吧。”吴文杰说。

“随你便吧。”阿明说道。

8时许，主人到了。“文杰，别来无恙！”林平人未进门话先到。

吴文杰迎了过去，与林平握手。“几年不见，黑了许多！”

“打高尔夫晒的。这几位都是你兄弟？”林平问。

“我介绍一下！都是我单位同事：叶科、张检察官、小刘。”

“请坐。”林平招呼大家坐下，“文杰是我老领导，文杰的兄弟就是我的兄弟，不要客气。”

“平哥豪爽。”叶如青说。

“酒呢？怎么不喝酒？”林平问。

“等你呢。”吴文杰答。

“阿明，把酒拿来。”林平叫他弟弟。“怎么样，事情顺利吗？”林平转头问。

“不懂规矩，白跑了一趟。”吴文杰答。

“哪里有问题？”

“检察院的钱局熟吗？”

“不熟，只认识检察长。我们市纪委一室的张主任前几天还请我帮他协调一件事。饭后我们去帝都，我让张主任叫钱局过来一起喝酒。多大件事？！”帝都是中水最豪华的夜总会，平哥酒量好，一餐不够，饭后经常要去帝都再喝一场。

“要不等下换个地方喝茶？”去夜总会吴文杰觉得有点儿不妥。

“有什么关系？我们是谈工作。况且中水这地方也没人认识你们。”林平道。

“好吧。”吴文杰望了兄弟们一眼。

阿明抱了支六斤的轩尼斯XO进来，开瓶后开始倒酒。

林平找到张主任电话，拨了过去：“张主任，9点钟我去帝都。你帮我叫上反贪局的钱局，一起喝杯酒。”收线后，他在每人面前放上一杯洋酒。“怎么就倒这么点酒？”林平不高兴，“把酒瓶拿过来！我们兄弟六七年不见，起码要喝一满杯。”

满杯至少七两，吴文杰长这么大从未一口干过。“平哥，你饶了我吧。我酒量你是知道的，一杯下去即刻倒！”

“看来你酒量没什么进步。减半吧，不能再少了。”

“好吧。这样，平哥，我们留两个兄弟不喝，饭后还要回单位拿点儿材料。”

“不行，不喝酒我怎么尽地主之谊？你放心，我安排不会误你的事。饭后，我派司机送你兄弟回去取材料。”

“好吧，那还是少点。”

“我陪平哥喝吧。”张伟强报名。几年来，他帮吴文杰挡了不少酒。

“行，像当兵的。”

“平哥，你还真说对了！张检察官就是当兵的，空军，正团职转业。”吴文杰道。

“失敬了。”林平举杯站起来，“来吧，干了。”

半杯三两多一口喝下去，吴文杰赶紧喝了一大口矿泉水。

“行了，下杯减半吧。”林平看在眼里，有点儿过意不去。林平酒量好，两斤洋酒不在话下。吴文杰、张伟强两人加起来也不是他对手。半小时不到，差不多半瓶酒没了。

“平哥，剩下的酒带到帝都再喝吧。”吴文杰道。

“行，下不为例。等你们忙完，我们放开了喝一次。到时我把翁老板也叫过来。”翁老板是吴文杰和林平的老领导。

从楼外楼出来，叶如青和刘敏锋向林平告辞，准备开车回单位取材料。

“我在国际大酒店给你们都开好了房，报我的名就行，费用不用管了。”林平道。

“出差不报账不行。”吴文杰说，“出差标准内的房费我们付，超出部分不管了。”

“条条框框这么多。”林平道。

到帝都也就五六分钟车程。林平订的自然是最大的总统房，带有桌球台，至少有一百平方米。听说林平要来，公司老总等一干人早早在门前恭候。“先生好！”声音很整齐。

“把酒倒上。”林平一进门就吩咐服务员。

“还是等等张主任他们吧。”吴文杰道。

“等下叫你们再进来。”林平有点儿急了，看了看表，又打张主任电话。

“对不起，来晚了。”一个四十多岁、身着白衬衣的中年男子推门进来，后面跟着一位年长几岁的着蓝色T恤的男子。

“张主任，坐吧。”林平也不起身，向左手边座位示意。

“我介绍一下！”张主任向身后看了一眼，蓝色T恤赶紧往前一步，露出笑容。“这是我们市检反贪局的钱副局长”。

“我听说过你，坐吧。”林平不冷不热地说。

“谢谢。”张主任、钱局长拿了杯酒站起来。

“我们敬平哥一杯。”张主任说。

“等等，我先介绍一下！”林平坐着不动，指了指吴文杰，“这位是南州市检察院的吴科长，我的老领导。”张主任、钱局长露出惊讶的神情。“你们先敬我领导一杯。”

“敬吴科长。”两人齐声道。

“谢谢张主任、钱局。”吴文杰起身。

“不敢当。”钱局先干为敬，张主任、吴文杰同时喝了。

“其他几位是吴科长的同事。”林平继续介绍。

“敬各位。”张主任、钱局长举杯示意。

“谢谢。他俩有事不能喝，我代了。”张伟强端杯起身，跟张主任、钱局长干了。

这时，林平端杯站了起来：“张主任、钱局，加点儿酒，我敬两位一杯。”

“不敢。”张主任、钱局长赶紧往前一步，服务员拿酒瓶过来加酒。

喝完酒，林平对钱局说：“我领导吴科长他们下来公干，钱局麻烦你配合好。”

“一定，一定！”钱局表态道，“前几天，省里交办了个专案，我们全局都进去了。明天我就抽个得力的人出来，协助吴科长把事办了。”

钱局显然没说实话，上午在钱局办公的楼层很多人悠闲得很。吴文杰笑了笑：“谢了。钱局，我敬你一杯。”

“好。这事了啦。喝酒！”林平接过话。

林平在中水是个大人物，好多人想巴结都没门。开喝没多久，“平哥好，平哥好！”三五个官员、老板闻风而来。敬完林平，林平又让来人敬吴文杰。这一拨还没走，另一拨又来。

吴文杰喝了几杯后，眼看顶不住了，就装醉。张主任、钱局趁机提出送吴文杰回酒店休息。林平此时已是自顾不暇，交代两人把吴文杰和张伟强送到国际大酒店。

“要不要喝点儿粥醒醒酒？”走出帝都大门，钱局巴结道。

“不了，谢谢。时间不早了，两人请回吧。我们也早点儿休息，明天还有事。”吴文杰道。

“工作的事不需操心。我那手下是本地通，找个人是小菜一碟。放心！”

“好，那我们后会有期。”

第二天上午 9 点钟，钱局手下的李科长打电话到吴文杰房间。

吴文杰很怀念中水公园路口的张记牛肉粉——新鲜的牛肉整片挂起来，要哪个部位，老板直接用刀割下来，切成丝，然后将粉、肉分别在开水中一烫，捞起，盛入放有生抽、麻油、小葱的碗内，再舀上一瓢牛骨汤。那个鲜啊，叫人回味无穷，百吃不厌！

年近四十的李科长不愧是经验丰富的本地通。抄了条近路，三五分钟就将吴文杰一行带到了张记牛肉粉店。李科长与老板也很熟，给的料要比别人多。吃完粉，李科长向吴文杰询问了此行的目的后，带他们找到了那家作中介的中水五金材料公司，但已关门倒闭。他们又来到公安局户证中心。

“李科长，你们运气不好。冶金公司的法人代表郑通才已于 2006 年病故了，你看。”工作人员打印了一页纸递给李科长。

郑通才是中介合同的签字人。吴文杰惊叹不已。经协集团的人从覃仙开始，到于杰、谭向军，都有一个特点，喜欢找病入膏肓的人合作。

“还找谁？”李科长问。

“这张发票的经办人。”叶如青将复印件递给李科长看。

“去税务局吧。”李科长说。

“几年前的事了，这恐怕要费点儿时间。”税务局的小姑娘看了看发票，打起了官腔。

李科长是老江湖，看在眼里。“美女，你们杨局长在吗？我去看看他。”李科长很老到，心里想赶时间，口头却说去看局长。

这一招果然见效。这几位可是局长朋友，得罪不起。“局长不在。要不你们先去办别的事，我找个帮手，争取尽快搞定，然后给你电话。”小姑娘道。

“我们去工商局吧。”吴文杰说。

“走吧，隔两条街就是。”李科长说。

十来分钟后，工作人员将一摞企业档案资料交给吴文杰。吴文杰看也没看，递给刘敏锋。刘敏锋随手翻了翻，这看似随意的动作实际上是一个刑侦专业高才生的良好习惯。

“你们看看，是不是这个人？”刘敏锋指着一个股东的名字——古菊香，并将发票复印件一起递过来。

工商资料记录，作为中介的中水五金材料公司原是国企，后来改制成民营企业，中介费的经办人是公司的财务经理，叫古菊香。吴文杰终于知道发票上扭来扭去看不清楚的名字了。

“走，去税务局。”吴文杰道。

“等下，我买点儿水。”很快，李科长买来一盒饮料，大家各取一瓶。

“美女，辛苦了！喝瓶饮料吧！”李科长对税务局小姑娘说。

“谢谢领导，很快就好。”小姑娘取了饮料说。

“学着点儿。”吴文杰对兄弟们说。

“见笑了，小地方讲究多。”李科长有点儿不好意思。

“领导，找到了。”小姑娘递过几页纸。李科长示意吴文杰。吴文杰转递给叶如青，叶如青看了后点点头。

真像叶如青先前计算的，有三四个点的税款，加上几个点的手续费，大约拿走了百分之十还是百分之十一，总共三万多元钱。查明了这笔业务费，吴文杰的心里有底了。

“麻烦你复印一份、盖上公章给我们。”叶如青说。

“怎么样？是继续，还是先吃饭？快 12 点了。”李科长征求吴文杰意见。

“还来不来得及去房管局？”吴文杰问。

“试试看吧。”

临近中午，路上有点儿塞，赶到房管局已下班。吴文杰提议在房管局附近一家川菜馆用餐。“下午两点才上班，有的是时间。要不要喝两杯啤酒？”点完菜后，李科长问道。

“不啦，下次吧。我们是朋友，有的是机会。脸红红的，不好看。”吴文杰道，“这次多亏李科长帮忙，否则不知要折腾多久。”

“哪里。我们小地方，没办过什么大要案。钱局长指示我，要向你们多学习。”

“李科长客气。来，我们边吃边聊。”吴文杰道，“中水这几年发展怎么样？”

“还可以，市民们的幸福指数比较高。”

“开发区的地价怎么样？”

“全市也就开发区的地价最高了。前两年跨海大桥修起来后，全区地价不知不觉翻了一倍，港口附近的地价更是涨得离谱，有价无地。怎么，吴科有兴趣投资？”

“我哪里投得起。十年前帮一个香港朋友在开发区谈下一块地，就在跨海大桥桥底下，可惜他资金出了问题，也不知那块地干什么用了。”吴文杰的话半真半假。十年前吴文杰因工作需要，代表组织、军情部门确实帮一名外商在中水小坎镇而不是开发区拿下过一块地用于投资办厂。倒是吴文杰要查的经协集团能源公司卖掉的这块地，位于开发区跨海大桥桥底下。吴文杰有意把话题往调查方向上引。

“那真是太可惜了。现在那一片是我们这一市三县最大的海鲜批发市场，交易量占了全市三分之一，海鲜甚至卖到了港澳。”李科长为吴文杰感到惋惜。

吴文杰可不这么看。无论当兵还是从检，都要有职业操守，发财与他毫不相干。

转眼间就到了两点钟。有李科长出面，一如上午般顺利，很快在房管局查到了古菊香的住处。“这可是我们市领导住的地方。”李科长道。

“我们自己找她谈就可以了，不麻烦李科长了。”林平的夫人是市长，市领导住的地方，吴文杰很容易找。

一〇五

古菊香的家位于江边一个依山傍水、绿树环绕的幽静小区。小区内有十几栋三四层高的老式洋楼，中水市政府在职的领导们就住在这里。小区保安查看了吴文杰的证件后，打了个电话，然后打开铁门，用手指了指一栋独立的小楼。

门铃响后，一个保姆模样的中年妇人将吴文杰一行领到二楼，请他们在客厅坐下。“阿姨，客人来啦。”中年妇人高声说道。“给客人倒杯水，我马上就好。”里面房间传出声音。不一会儿，一个四十多岁、举止优雅、戴眼镜的女人走了出来。“抱歉，我在炒股，下了个单。”

吴文杰站了起来：“请问是古女士吗。我们是南州市检察院的。”

“我是。”古菊香说道，然后转身对中年妇人说，“阿红，你去忙吧。”

阿红走开后，吴文杰掏出工作证。

“不必了。”古菊香摆了摆手，“请坐，喝杯茶。”

“谢谢。”

“检察官们辛苦了。检察院我很熟悉，我家公就是我们中水市的人大副主任，先生也在市政府上班，是个处长。我对你们的工作有些了解。有什么事请问吧！只要我知道的，一定大力配合。”

“好，那我们就不绕弯子了。”吴文杰说道。

“请看看这个。”叶如青递过一张复印件。

“我就估计是这事。”古菊香很直率，“想问什么？”

叶如青又递过一张复印件。“这张发票背面有个用铅笔写的数字，四点六八。”

古菊香看了几秒钟：“是我写的。知道什么意思吗？”

叶如青与吴文杰对视了一眼，吴文杰点点头。叶如青说道：“这组数字的意思是你们公司按十个点收取开票费，即三十万元收三万元；税费是百分之五点六，三十万元的税费就是一万六千八百元。两项加起来四万六千八百元。”

“到底是省城来的，水平就是高，蛛丝马迹都没放过。”古菊香由衷地赞许道，“你说的不错。想知道什么？”

“找你了解一下2003年和2004年中水港那块地的情况。这块地经你们公司做中介卖掉了。”

“你们找对人了。我们公司的原董事长老郑三年前病逝了，知道这件事的只有我了。”古菊香抬头望了望窗外，然后继续说道，“我是个正直之人，早就知道这一块有问题。当时他们这样搞，我就很有意见。公司没做这个业务，为了这几万块钱，就帮人家洗钱。”

“那你回忆一下当时经手的这笔三十万中介费的事。”吴文杰说道。

“我是公司财务经理，也是股东，公司的事情基本上都知道。2003年七八月份一天，老郑跟我说，省经协集团想让我们帮走一笔三十万的款子，委托我们做这块地的中介。老郑提出百分之四点六八的条件，经协已同意。两三天后，三十万到账。老郑让我开张三十万的发票，扣除税点和管理费后将剩下的钱和发票拿到办公室交给他。我在我们账上留下四万多，然后去交行城东支行取出二十五万现金。你们到银行可以查到这笔数。我把这笔钱拿到老郑办公室，他让我放在桌上。当时经协的武总也在老郑办公室。”说起这件事，古菊香记忆犹新。

“跟武总熟吗？”叶如青问。

“他是老郑的朋友，来过我们公司几次。”古菊香答。

叶如青出示几张照片。古菊香毫不犹豫地把武兵找了出来，然后拿着谭向军的照片看。

“认识？”叶如青问。

“是不是姓谭？武总的领导？”古菊香问。

“搞财务的记性就是好。”叶如青夸道。

“他的名字好记，所以有印象。”古菊香道，“吃过一餐饭。”

“还记得当时的情形吗？”叶如青问。

“这人出事了？”古菊香很敏感，人又心直口快，但话一出口就觉不妥，“对不起，我不该问。”

叶如青笑了笑。

“经协打款过来之前，谭总来过一趟，具体为了什么事不知道。”古菊香想了想，“那天水产市场的丘老板请吃晚饭，老郑叫我一起去。”

“一起吃饭的还有谁？”

“印象中就我们四人。老郑向我介绍说，谭总是武总的领导。”

“他们有没有聊到什么事？”

“没有。记得谭总对丘老板说，事成之后可不能是只请吃饭这么简单啊。丘老板说那是一定的。”

叶如青与吴文杰又对视了一眼，彼此心领神会。丘老板就是中水港地块的买家！谭向军城府极深，决不会在饭桌上谈论秘密事项。

“公司的账在哪里？”叶如青问。有证言还要有书证。

“老郑2005年死后，五金公司就关闭了。公司关闭后，我也没再找工作，天天在家炒股。老郑全家移民去了加拿大。账我也不知在哪里。但你们可从银行查到这笔数。印象是钱到账的第二天，我就到银行提了现。银行在人民医院对面。”

“怎么样，杰哥？”叶如青扭头问吴文杰。

“把中介协议给古女士看看。”吴文杰说。

叶如青向古菊香出示了《中水港地块中介委托协议书》影印件。

“不知道，没见过。我只管钱。”古菊香道。

“谢谢你。”

“不客气。这事与我有关，我有义务配合你们。”

“今天我们见面的事还请保密。”

“我明白，请放心。”

从古菊香家出来后，他们就去了银行。银行流水单显示，古菊香说的那天的确进了三十万，她提了二十五万出来。

事情搞清楚了，吴文杰如释重负。他给钱局打电话表示感谢，钱局热情地说，已订好了地方尽尽地主之谊，一定要喝杯酒再走。吴文杰说下次吧。

“回去还是去哪儿？”叶如青问。

吴文杰看了看表说：“4点不到。时间还早，我们去看看中水港那块神奇的土地吧！那块让那么多人垂涎欲滴的风水宝地！”

开发区的路标很清楚。不用二十分钟，他们就来到了跨海大桥，浓烈的海产品腥味扑鼻而来。张伟强指着“金沙海鲜批发市场”的牌子说：“买这块地的老板发大财了。”在阳光照射下，“金沙海鲜批发市场”几个金字非常刺眼，市场内一派繁忙景象，车水马龙，川流不息。可以想象这里的生意是多么的红火。

看着忙碌的人们，吴文杰感慨不已：从覃仙、于杰到谭向军，拿着这块肥得流油的地却从来没有想过好好开发利用，只顾倒来倒去谋取私利，大把的钱都让私人老板挣跑了。经协集团怎么养了这样一帮人！有这种败家子在，国企岂能不垮！吴文杰在心里骂道。

停车场没有车位，刘敏锋只好将警车停在了派出所门口。

“走一圈看看。”吴文杰道。

“好，我也没来过。”叶如青赞同。

走了几分钟，大家的鞋都脏了。“算了，到市场管理处看看。”吴文杰说道。

“请问还有档口租吗？”吴文杰问管理处工作人员。

“早就没了。都是长租户，最少都是五年十年的。”工作人员答。

“请问丘老板在不在？”丘老板就是经协集团那块地的买家。

“丘老板怎么会在这里？他只出租档口，并不卖海鲜。”

“这里有多少档口是丘老板的？”吴文杰问。

“大部分都是。”

“平哥。”吴文杰拨通林平的电话。

“怎么样了，文杰？”林平问。

“中水的事很顺利。单位有点儿事，我要赶回去。下次再聚吧。”

“好，一定记得给我电话。”

“请帮我问一下，‘金沙海鲜批发市场’的老板是谁。”

“过会儿回你。”

几分钟后，电话响起：“文杰，金沙的真正老板是曾利群，听说跟你们省院的曾检有关系。你多保重吧。”

“金沙的真正老板是曾利群。”吴文杰把林平的话重复了一遍。

刘敏锋有点纳闷：“怎么又是这个曾利群。经协集团的资产处置怎么都跟他有关系？”

“上次是谁说的，东升公司在经协集团资产的处置上与锐箭公司有合作？”吴文杰问。

“王伟佳吧。我做的笔录。”刘敏锋说。

“公开资料上曾利群与锐箭公司有没有关系？”吴文杰又问。

“没有。”刘敏锋答。

“叶科，2004年省审计厅对经协的专项审计好像就是源于曾利群的举报。”吴文杰问叶如青。

“是的。当年曾利群用别人名下的公司购买茂林资产时，发现有两块地被于杰卖了，一怒之下向省检举报，才引发了一场地震，导致多名经协集团的高管被抓。”

“谭向军和这个曾公子，可能还有事情我们不知道。先吃饭吧。”吴文杰感到有些力不从心了。

“我在城中区有套房出租，附近有家乳鸽做得不错。我请客。”叶如青说。

“好啊，叶老板请客，还可喝点儿酒解解乏。这一天下来太累了。”张伟强即刻表示赞同。

“还是回南州吧，天黑了不好开车！安全重要。”吴文杰道。

一〇六

从中水回来后，吴文杰决定趁热打铁，立即审讯武兵。

考虑到和章新林处长的关系以及东升公司人心惶惶的现状，他没有和章处长打招呼，而是让郑刚把武兵带过来。

接到郑刚通知后，武兵立即致电章新林。章新林正在开庭，没接到电话。武兵急得像热锅上的蚂蚁，就向郑刚谎称自己正在医院看病，下午上班才能过来。

中午庭休，章新林看到武兵的电话，复电安慰他说：“放心去吧，没事的！我跟吴科长打过招呼。”

武兵说：“最好你开完庭后回单位给我盯着，以防不测。”

下午两点半，刘敏锋将武兵带入警务区后，回办公室待命。吴文杰、叶如青、张伟强和郑刚正在喝茶。

“说实话，武兵对集团的贡献还是挺大的。能源公司成立二十多年，一直赚钱且效益很好，不容易。”郑刚说道，“实际上，武兵与老谭走在一起也是被动的。我不知道武兵有多大问题，但我想为他求个情。今年武兵也要退休了，能放一马就放一马吧。”

“我们会把握的。”保护干部也是企业纪检人员的职责之一，吴文杰表示理解。

吴文杰给郑刚添些茶水。“武兵是哪里人？情况如何？”

“武兵的情况我了解的也不多，看法也不一定对，仅供你们参考。”郑刚喝了口茶说道，“武兵是从化市人，公司的老人。公司成立之初，就担任能源公司的董事长兼总经理，没挪过位子。在武兵的管理下，能源公司从未亏损过。从这方面说，武兵算是有功之臣。武兵平时为人低调，与世无争，做事也不张扬，群众口碑尚可。经协集团历任董事长都想推荐和提拔他，他总是婉拒。他常说，自己没什么文化，水平也不高，除了卖油什么都不懂，当个部门经理很知足了，提拔他那是害己害人，还是让他耕好他的一亩三分地吧。总之，他不会让领导操心。

“武兵与省里一位领导是同村同族人，还沾点儿远亲，可能这也是武兵能二十几年担任石油公司一把手的主要原因。老谭是个喜欢拉大旗做虎皮的人。2001 年担任东升公司副总分管能源公司后，去哪儿都喜欢带着武兵。逢人便说：‘这是某某省领导的表哥。’经常拿他炫耀。仿佛该省领导也是他老谭的表哥似的。武兵虽不情愿，但又拉不下面子。

“能源公司有钱，武兵在，老谭花钱也方便。现官不如现管，老谭大权在握，武兵无可奈何。老谭有时候也给武兵一点儿小甜头，让武兵越陷越深。久而久之，大家都把武兵看作老谭的头马——‘四大金刚’之首。”

“好的，谢谢你！老郑，你先回吧！跟武兵的谈话一时半会儿还结束不了，到时会给你电话。辛苦了。”吴文杰站了起来。

“武兵能回去吗？”郑刚问。毕竟人是他带过来的，他想要个说法。

“会让他回去的，放心。”吴文杰这样说，并不是敷衍郑刚。因为章新林仍在办公室等着，他的面子吴文杰一定要给的。于私，吴文杰欠章处一个人情；于公，这个系列案侦查终结后，还要移送到章处手中。办案既要注重政治效果、社会效果、法律效果，有时也要讲人情。这就是所谓的宽严相济。

能源公司是经协集团从成立到改组唯一从未亏损过的企业，早年如果不是按经协领导人的要求将利润不断投入到房地产，2004年重组时，能源公司足以收购整个经协集团。这也是吴文杰在东升系列案中对武兵网开一面的主要原因。

虽然接到传唤通知时给章新林打了电话，武兵的心理压力还是很大：交代问题吧，除了谭向军还会把办公室主任夏新成拖下水，自己和徒弟罗志家也会受牵连。不交代吧，又担心即将退休可能不得善终。虽然章新林跟他讲过和吴文杰的关系，并向吴文杰求过情，但一码是一码，谁知吴文杰是不是敷衍章新林呢？与此同时，武兵也心存侥幸：事情都过去那么多年了，物是人非，取证也不是一件容易的事。况且，相关人员还订立了攻守同盟。心事重重的武兵，就这样接受了讯问。

“老武啊，这段时间可好？”张伟强问，刘敏锋记。

“谢谢领导关照。”

“知道今天为什么找你过来？”

“老武愚钝，还请明说。”

“我看你也真是老糊涂了。”看见武兵低下了头，张伟强加大声音，“把头抬起来。根据谭向军的交代，我们去了趟中水，找到相关人员了解了情况。现在我问你，中水港那块地的事，是你讲还是我讲？”武兵额头开始冒汗。“我讲你就回不去了；你讲呢，从轻、从宽处理。”

武兵不愿讲，熬了一个晚上，坚称中介费是他经手的，但他把钱给回了中介公司。吴文杰也不理他，由他自增压力。

公诉二处章新林副处长则坐立不安。武兵到检察院后，他就没离开过办公室，连晚饭都是叫的外卖。到了晚上12点，他终于拿起电话打给吴文杰：“文杰，武兵怎么样了？”

吴文杰说：“放心吧。处理完就会让他走。”

第二天上午，吴文杰亲自和武兵谈。“武兵，政策你也懂，我不重复了。我们开门见山吧。章处跟我说过你们的关系，我和章处关系也不错。但有一点，我过不去，你就过不去。别让我和章处为难。看在章处的面子上，我们想尽量给你一个重新处理的机会。你马上也退休了，刚办完手续一两天就到我们这里报到。我们也不希望你退休后不是回家，而是回看守所。你自己想清楚。”吴文杰这么说，武兵就很紧张。“经营企业你是行家，办案我是专家。你有你的对策，我有我的办法。你们谁谁何时找过谁，我们都知道。再说得清楚些，一个多月前你们都做了什么，我们也掌握了。找你之前，中水、横沥这两块地我们也都查清楚了。你的做法真是太恶劣了，居然去找中介公司串供。我还是那句话，跟章处承诺过的，讲完了你该干什么就干什么去!”

听吴文杰说完，武兵深深地叹了一口气：“好吧。”又犹豫了一下，“所有事我一人承担，能不能不追究罗总。我退休后，他要接我当董事长。这是个优秀的小伙子，很有前途的。”

“我也不要你承担什么，把事情讲清楚就行了。罗总确实很能干，我会给他机会的。”吴文杰郑重表态。

“你问吧。”

“我们先把中水这块地放下来，把横沥这块地讲了。你去找了东禺那个姓梁的中介以后，九万一千多元你拿去哪里了。”这下武兵顶不住了。“你要不讲这九万一千多元，我就全算你头上。那够你喝一壶的，就得到看守所好好给我待着了。”吴文杰强调道。

“这九万一千多元钱是公司的奖励。当时说这块地如果谈得下来，就可以拿一定的比例。原来公司是想拿二十万出来奖励的，前期我们跑这块地，也垫了不少钱。”武兵有些松动了。

“这是你们的托词。地没卖成，拿什么奖励。根本就不存在这笔中介费。说吧，这钱你们是怎么分的?”

“事情你们都清楚，十万元扣除对方费用和税费后剩余约九万元。按我的意思，由我、罗总和东禺国土局的王科长三人平分了。”

“老谭没分?就你们三个人啊。”吴文杰有点儿不相信。

“这块地老谭就没拿钱。”

“为什么不拿?老谭这么好心，他这么贪的一个人?!”

“老谭确实没要。他说在横沥地块处置上拿了几次奖金，这次就不要了。横沥这块地由两千四百万卖到了三千七百万，多卖了一千三百万，公司很高兴，就拿了一百多万出来发奖金。东升公司发，越银房地产分公司也发，老谭就拿了好几次钱。而我前期跑得也很辛苦，又垫了一些钱，十万块钱也不是很多，老谭就跟我说，你自己处理吧，我就不参加了。”

吴文杰觉得武兵说的话可信度较高。接着问：“中水那块地三十万的中介费呢?”

武兵没想到，吴文杰会问起中水那块地三十万的中介费。因为章新林没跟他说过，一下子就慌了，不知如何作答。

“中水这块地二十六万元，你要讲不清楚也算在你头上。若要人不知，除非己莫为。经协集团的问题我们查了一年多，很多事都掌握了。”

“如果我把这个事情全部交代清楚，你们会怎么处理我?”

“你的行为已经构成犯罪。还是那句话，你不要有什么顾虑，尽量从轻或免予处理。说了就没你的事，钱你要退回来。当然，老谭另当别论。”吴文杰继续宽慰他。

“我说。”武兵终于下了决心，“中水那块地的中介费也是老谭的主意。20世纪90年代我们公司买下了，1997金融风暴后烂在那儿了。2003年，跨海大桥动工，中水市政府拟收回闲置土地。当时，经协集团肖总病休，老谭主持工作。他要我想办法在中水找家公司把地尽快转让出去。我找到与我们公司有业务联系的中水五金材料公司总经理郑通才帮忙，并将郑通才介绍给老谭认识。之后，郑通才与我就没再联系过，怎么谈的我就不知道了。”

武兵边说边看着吴文杰。见吴文杰皱了皱眉头，他急了：“你别不信，我说的都是实话。不信你可以问郑通才。”看来，武兵不知道老郑病故的消息。“接着说！”吴文杰道。

“老谭做事的风格一向都是具体的事他亲自谈，下属不能参与。我只负责牵线搭桥。谈妥之后，老谭让我起草个报告，说是有三家有意接手，报价分别是每亩九万多、六万多和五万多。出价九万多的要求分期付款，不行。出价最低的也不考虑了。做海鲜的老板好像姓丘，报价六万多，比较合适。老谭说，丘老板可以一次性支付百分之九十五的现金，剩下百分之五办完转让手续后支付，就定他了。交割完毕后，老谭又叫我打个报告。按公司规定，可以提取三十万元奖金。这笔钱最好以中介费的名义打到中水冶金材料公司账上，再提出来。我说，这样的话可能要支付一些费用给对方。老谭说，没问题，按行规办。”

“那块地很好，放出去人家就找上门来了，根本不需要中介。你们假借中介名义搞钱，真是可恶！”吴文杰骂道，“中介协议也是你签的？”

“中介协议是办公室主任夏新成签的，我只负责联系买主和跟中介洽谈。这些事你们应该都知道。老谭都这样说了，我做小的还能怎样？做也死，不做也死。只能听天由命了，希望不要出事。”武兵唉声叹气道。

吴文杰翻出那张发票，递过去。“是不是这笔钱？”

武兵辨认了一下：“是。”又递回给吴文杰。

吴文杰指着发票上用铅笔写的那组数字：“这四万六千八百元是不是中水五金材料公司收取的费用和税费？”

武兵终于佩服了：“是。”

吴文杰问：“这数字是不是中水五金材料公司的财务经理古菊香写的。”虽然已知，吴文杰还是想证实一下。

武兵答：“不知道。我取发票时就有。估计是对方经办人写的。”

吴文杰继续问：“剩下的二十五万多是怎么处理的？”

“有一天，老谭打电话给我，说老郑那边搞定了，要我去老郑办公室拿钱。老郑把扣除税点和手续费后的二十五万元给我，给的是整数。我打电话给老谭和夏主任，说钱拿到了，问他们是不是到中水来玩玩，吃顿饭休息一下，再一起回去。老谭说好啊。那天老谭跟老夏就各开一辆车下中水，吃饭时买地的丘老板也在。老谭就跟丘老板说，你要好好感谢我们，丘老板说一定一定。后来丘老板私下再给老谭什么好处，我就不清楚了。”

“二十五万怎么处理？”

“这二十五万是这么处理的，老谭说他要一半，十五万。他要买房子，多要一点。老夏也是兄弟，给他四万元。我辛苦一些，就拿六万吧。我把钱拿报纸包好，装在塑料袋里。吃完饭送老谭上车，递了一袋给他。后来送夏新成，递了一袋给他，跟他说是中介费里提出来的。按老谭的意思，他四万我六万，老谭十五万。”

“夏新成知不知道你给他的是什么钱?”

“我告诉了他是中介费。”

“老武啊，你还要再讲点儿什么我才好放你，是不是?”吴文杰继续逼他，他还想从武兵那里挖出更多的料。

“我懂，让我想想。”武兵经过两次审讯，已经老实了。“讲一件我原来的副总、现生产经营管理部部长杜风向我透露的事吧，也不知有没有用。”生产经营管理部部长杜风？吴文杰联想到郭胜，原来是他挤占了郭胜的位置。

“东升公司有人把潘枝、我、夏新成和杜风称为老谭手下的‘四大金刚’。”武兵见吴文杰没出声，又说道。

哦，原来“四大金刚”还有个杜风。“说说看。”吴文杰来了兴趣，甄珠则在电脑上准备记录。

“杜风原是国资委监察审计部的老科长，好酒、喜泡妞。2000 年左右，调到我这儿当副总（副处级）。大约是 1998 年吧，有人举报老谭当长春办事处主任时吃空晌，也就是虚报员工人数，多领工资、奖金、福利。国资委派杜风带队到经协集团驻长春办事处了解情况。老谭安排了吃饭、卡拉 OK、桑拿一条龙，招待杜风一行。卡拉 OK 时，杜风看上了一个三陪小姐，就把小姐带到了房间。正做那事的时候，警察进来了。录完口供后，老谭从派出所把杜风捞了出来。杜风看到老谭跟派出所的警察很熟悉，怀疑是老谭设的局。但没办法啊，落了把柄，审计的事只能睁只眼闭只眼了。

“老谭在部队当副团长时，手下有个兵姓黄，叫远航。退伍后在南州倒卖批文，赚了点儿小钱，开了间装修公司，2003 年想转行搞运输。他资金不够，找到老谭帮忙。杜风早年在南州市交委工作过，有些人脉。老谭就把杜风从我公司调到储运公司当总经理，法人代表老谭兼任。根据老谭指示，储运公司向小黄的远航公司投资三百七十万，小黄买了十五台康明斯货车。现在的远航公司总部在上海，已经是全国民营物流公司的前十强了。当年，小黄为感谢杜风支持，按每台车一万元，给了杜风十五万元。杜风害怕又是老谭设的局，就把此款存入了南方公司的廉政账户，并保留了存款凭证。

“不到半年时间，远航物流公司就将三百七十万元还给了储运公司。老谭指示杜风搞一个虚假协议，名义上免除远航物流公司七十万的欠款，实际上这七十万元进了储运公司小金库，被储运公司员工私分了。杜风是老审计，应该保留了小金库的账本。杜风说，他在运输公司越做越怕，改制后申请调到了东升公司的生产经营管理部。”

“行吧。今天先到这儿。等下我叫个同事跟你做份笔录，具体情况你再跟他讲。做完笔录，你就可以回去了。准备好钱，等我们通知，退回单位去。我们谈话内容要保密；手机要保持二十四小时畅通；离开南州要请示。”吴文杰道。

武兵交代的这件事，跟那张“储运公司欠款追缴奖励三十万签领单”有关联，吴文杰准备以后再处理。回到办公室，他把谈话情况简要向大家作了介绍。

“赶紧找夏新成吧，免得夜长梦多。”张伟强建议道。

“好，等一下我就让郑刚把夏新成带过来。”说完，吴文杰跟刘敏锋说道，“小刘去审讯室给武兵做笔录，叶科把把关。”

“好的。武兵怎么处理?”叶如青是绝顶聪明之人。因为章新林处长的这层关系，他觉得吴文杰对武兵的处理可能会另有想法。

“放人。”吴文杰道，“小刘做完笔录，老张就去放了武兵。”

对武兵的处理，吴文杰其实很为难。武兵涉嫌两起共同贪污，如不追究法律责任，那是渎职。但拘了武兵，无法面对章新林倒是其次，武兵因此绝望而翻供才是要命的。

一〇七

吴文杰给郑刚打去电话，让他把公司办公室主任夏新成带过来。郑刚有些担心道：“吴科长，手下留情啊！夏新成可是我们公司班子成员最后一根独苗了。”

“我有分寸，放心。”吴文杰说。

一小时后郑刚回话说，夏新成找不到了。没过多久，吴文杰桌上的电话响起。人算不如天算，吴文杰做梦也想不到，一起打架斗殴事件竟会让谭向军的四大金刚之一夏新成缴械投降。

这个电话是东河派出所王所长打来的：“马上到我这儿一趟，有件事或许与你们有关!”王所长原是公安分局的刑警大队长，从警三十多年，屡破大要案。吴文杰在原东湖区卢副区长召集的饭局上经分局梁副局长介绍，两人惺惺相惜，相见恨晚。

放下电话，吴文杰叫上从墨脱检察院过来挂职的扎西，立即驱车到了东河派出所。“什么事，老兄？这么急把我召来。”

“先说怎么谢我，再跟你说事。”

“随你。”

“言不由衷。算了，到时请我喝杯酒吧。”

“我家有瓶茅台放了好多年，今晚咱俩把它喝了。”

“好。今天凌晨，我们处理了一起酒后打架斗殴案，牵出了多年前的一宗行贿受贿案。值班民警简单做了笔录。人还在，你要不要去审一下?”

“你先说说看。”吴文杰对王所长的办案能力深信不疑。

“今天凌晨，有两个人在珠秀宾馆旁的大排档喝酒大了，争吵起来，还动了手。一人被打得头破血流，报了警。出警民警将两人从带回处理。打人者叫江鹏，多年前做运输，后来改行破了产，还欠了一屁股债。伤者叫夏新成……”

“什么？你再说一遍！伤者叫什么?”吴文杰以为听错了。伤者居然叫夏新成？不会吧，这么巧?

王所长看出了吴文杰的惊奇，也不问缘故，重复道："夏新成，东升投资公司干部……"

"好了，你不用说了。我们自己去审吧。真是踏破铁鞋无觅处，得来全不费工夫。你帮了我大忙了。今晚一定请你喝酒！"

见到检察院的干警，江鹏酒一下子全醒了，追悔莫及。他之前的交代已由办案民警记录在案，不得已又将他与夏新成的恩怨再说了一遍。

多年前，江鹏在夏新成的关照下做运输生意，赚了不少钱。江鹏按照约定，每做一单给夏新成百分之十的回扣。总共给了夏新成四十多万元人民币。后来，江鹏改做房地产生意破产，欠了一千多万债务。走投无路之下，江鹏找到夏新成，想让夏新成给他十万做家用。夏新成对他不予理睬。江鹏威胁说，不给就将他们之间的事捅出去。不得已，夏新成约江鹏见面，给了他一万。江鹏不高兴，两人争吵起来。情急之下，江鹏用酒瓶砸破了夏新成的头，夏新成就报了警。

对于吴文杰的讯问，夏新成知道事情的严重性，自然矢口否认。然而，江鹏交代：有一次他手头现金不够，通过银行转账给过夏新成五万元。当吴文杰提到这五万元时，夏新成知道查银行对检察院来说很简单，不认不行。但除了这五万，夏新成再也不承认还收到过江鹏的其他贿赂。

"回检察院交代问题。"吴文杰将夏新成带回，由丛志天先看着他。

刚回办公室不久，就有一个电话打了进来，弄得他赶忙道歉不已。"对不起，对不起！这段时间案子多，压力大，兄弟们急了一点。下不为例！请高抬贵手，改天请你吃饭。谢谢。"

"怎么啦。"吴文杰放下电话，张伟强就问。

"妈的，这个老丛尽添乱。"吴文杰几乎从未骂过手下，"刚才是巡视督察室的艾主任来电话。他们在警务区巡视时，从监控视频看到老丛扇了夏新成一个耳光，就兴师问罪来了。"

"估计是遇到事了，老丛心里有气，发作了。"叶如青替丛志天开脱道。

"那也不能打人啊。这是刑讯逼供，要挨处分的。"张伟强说道。

"让老丛上来了解一下情况吧。"

丛志天上来后，气还是难平，原来就黑的脸更是涨得像猪肝色。"艾主任是恶人先告状。如果不是夏新成用傲慢的态度、挑衅的话语激怒我，我怎么会动手打他。"

"夏新成20世纪90年代初在省公安厅搞过政保，在经协集团当过保卫处长、纪委副书记，有办案经验。他分析，检察院找他，可能是老谭供出了他。但仅凭老谭一人之言，也是孤证，五五开。他知道审讯有录音录像，就激怒丛志天，为他将来以刑讯逼供为由做翻供准备。"叶如青跟夏新成办过案，了解他。

"于杰、潘枝、武兵和夏新成，是老谭的'四大金刚'。与老谭相处了十几年，耳濡目染，一脉相承，对待办案人员的调查审讯一概装疯卖傻。'打死不说'就算了，还诡计多端。潘枝就独创了一招，一哭、二闹、三上吊，即审讯时哭、取保后告状、在家喊自杀，外加绝食。真是一个比一个难缠!”吴文杰摇头道。

“这么难缠，那我要下去会会他。”张伟强叫上刘敏锋就走。

空军转业、高高大大的夏新成并不把瘦瘦高高的张伟强放在眼里，见到他依然是一副傲慢、目不斜视的样子。

“你真是丢我们空军的脸，给抓进检察院还不算，还要激怒办案人员打你？你以为靠你假装的刑讯逼供就可以翻供吗？换作我，打你三巴掌都不止!”张伟强只是吓唬而已，怎敢打他，否则他的“张一刀”就是浪得虚名了。“说吧，你跟老谭在中水那块地上拿了什么好处?”张伟强开始言归正传。

夏新成头仰起、眼闭起，就差没打呼噜了。他岂是张伟强能吓唬得了的！跟谭向军一样，两人能力都很强，一路货色一个风格，什么也不说。

“不说是吧。不说就把你关进看守所。你以为四万元我们就不敢拘留你吗？认了就放你回去，否则有你好看!”

夏新成睁开了眼睛。他懂法，知道性质的严重性，想从轻处理。但又怕这四万认了照样被定罪，被送进看守所。

“想明白了没有？说了就什么事都没有!”

夏新成又闭上了眼睛。他不相信张伟强的‘说了什么事就没有’，一副任你风雨袭来、我自岿然不动的神情。

对夏新成这种“死猪不怕开水烫”的姿态，张伟强决定缓一缓，叫刘敏锋做个笔录，自己先上去。

“这个人跟老谭一样，是厕所里的石头又臭又硬。进展不顺利。”张伟强对吴文杰说道。

“那我下去会会他吧。”走到门口，吴文杰又交代张伟强说，“武兵走时，让他进去跟夏新成打个招呼。”

“我来跟你演个双簧。”张伟强一下明白过来，“你先跟他谈。一会儿我去放武兵的时候，带他到你的房间跟夏新成见个面，对他的心理会是个震撼。”

“好你个老张!”吴文杰佩服道。

夏新成对吴文杰把他从派出所带到检察院还是心有余悸，见到吴文杰后低下了头。“你知道，我们一定是掌握了你的犯罪事实，否则不会带你到这儿来。你只要把事情讲清楚，把钱退了，可以免予处理或不追究法律责任。”郑通才死了，需要像武兵、夏新成这样的污点证人。基于这个原则和底线，吴文杰也想放他一马。

夏新成相信检察机关确实掌握了有关证据，也深知认罪后果是严重的，轻则党纪、政纪处分，重则有牢狱之灾。不论吴文杰如何晓之以理，动之以情，他几次张开的嘴巴就是吐不出字来。

“老夏，老武都交代了。你认了吧。”僵持不下之时，张伟强将武兵带入了审讯室。

武兵轻声说：“我先回去了，你好自为之。”说完，转身随张伟强出去了。

将武兵放走对夏新成来说，影响是两方面的：第一，武兵已经交代完了。第二，武兵拿的钱比他多也没事，他再扛已没有任何意义。而且，还不知道老谭有没有把他供出来。武兵突然进来虽然对夏新成有一定冲击力，但他干过纪委，觉得其中有诈。他不相信武兵会把他供出来，他们盟过誓。

对于夏新成这样一副负隅顽抗、死不开口的样子，一旁观摩学习的藏族小伙扎西终于忍不住拍案而起："我们那里常年积雪，道路阻塞，我走了三天山路才坐上长途汽车，七天才来到南州。你们呢，每年几十万的年薪还不知足！你们这些人做的这些事，在我们墨脱个个都要判无期。"墨脱地处高原，人烟稀少，全年刑事案件不过十宗。扎西身兼反贪局副局长、批捕科长、起诉科长三职五年，从未办过贪污贿赂案，见到南州的贪官如此贪婪，自是义愤填膺。

望着扎西喷火的双眼，夏新成轻轻叹了口气，沉思了一会儿说道："我要见叶如青。我跟他比较熟，信得过他。"

吴文杰把夏新成的意思跟叶如青说了。叶如青说："我和他一起办过于杰案。他是个有个性的人，吃软不吃硬。既然他这样说，我就和他谈谈吧。"

叶如青出山了，吴文杰很高兴："行，交给你了。"

叶如青刚下去，章新林的电话就打了进来。"文杰，谢谢了。"显然武兵一离开警务区，就向章新林通报了情况。而此时，张伟强还没上来。

"不客气，他也挺配合的。"

"叫上你的兄弟们，一起喝杯酒吧。"

"算了，别搞得此地无银三百两似的，你知我知就行了。"

"好，我欠你一个人情。"

"这次不算。以后可能还要劳你驾。"

"怎么，武兵还有事？"

"不好说。"

"你不说，我也不问了。只是武兵请你一定要关照！有什么需要我做的，你就出声。我保证做通工作。"

"好，有事我一定告诉你。"

夏新成看到叶如青，像看到了救命稻草，眼神充满了渴望和期盼。

"谢谢你对我的信任。你只要协助我们把问题搞清楚，可以不追究你的责任。"叶如青对夏新成说道。

夏新成对当年叶如青零口供拘捕于杰还是很佩服的，知道他是个沉稳踏实、信守诺言之人。听到叶如青亲口跟他承诺不追究他的问题，利弊权衡之下，选择了如实交代。"啊呀，这几万块钱也是一辈子的教训。"夏新成未交代先后悔。"老谭疑心重，谁也不相信。很多事情他都亲自管，下面的人根本插不上手。我们去中水拿钱时，老谭说要给我四万，我是一点儿意见也没有的。他说拿点钱走我就拿点钱走，也没想这么多。我跟武兵、老谭关系都比较好。"

"关系好就可以拿公家的钱吗？"叶如青反问了一句。

“套取三十万中介费老谭是主谋，分配方案也是他的主意。”夏新成马上推责任，“扣除约三万税费后，他分了十五万，武兵分了六万，我分了四万。当时之所以弄这些钱，是因为他在外面搞女人被老婆察觉，工资和奖金全被控制，没钱用了。”

“你还为老谭辩解呀。都是空军出身，都当过长春办事处主任，看来共同语言比较多。玩女人就可以搞国家的钱吗?”叶如青讽刺道。

“反正我的讲法跟武兵是一致的。”叶如青的话，让夏新成很不好意思。

拿下夏新成，形成了完整的证据链，吴文杰、叶如青、刘敏锋等办案人员都卸下了心中沉甸甸的石头。吴文杰决定赶快把这一成果向高得意处长汇报。

“老谭的‘两大金刚’武兵和夏新成招供后，谭向军共同贪污三十万这个证据实际上就成立了。加上潘枝买购物卡贪污的越银房地产分公司的五十万，至少现在有两块东西可以加在老谭身上，他认不认都无所谓了。中水港那块地，我们认为老谭私下从丘老板那里拿走了两三百万。”

“这样很好，谭向军有新的罪证出现了。我待会儿就打电话给范检。”高得意也很高兴。

“武兵和夏新成，我都放他们回去。关键的证人郑通才已死，如果他们翻供，老谭这个贪污还是定不下来。他们也算配合我们，检举立功吧。而且他们两人对中水地块的事介入得并不深，且不知道郑通才已死。”

高得意说：“不追究就不追究了，只要他们把事情讲清楚。”

“其实，这两人还存在其他问题的。东升公司在南州市有很多套房子，夏新成都拿去出租，租金并不入账，放到小金库分掉了。武兵跟中水五金材料公司的老总郑通才也密谋在中水再搞一块地，时间可能在2003年底2004年初，但最后没搞成。这两块我们都还没有去查，证据琐碎，年代久远，数额也不是很大。”

“主要是谭向军的问题，把精力放在他这上面。前几次都让他溜掉了，公理何在!他以为这次还能侥幸过关，怎么可能?你们要想办法把他的犯罪数额做大、做深、做扎实，让他在牢里好好悔过、反省吧!”高得意铿锵有力地说道。

“好的，还在继续查老谭。他在储运公司还有七十万没入账。在长春办事处当主任期间，也存在将房子高买低卖收中介费的问题。时间久远，没账可能查不了。”

“行吧。还是那句话，你们在前方干，我在后方做好后勤保障。几时想喝了，我几时摆!”

回到办公室，吴文杰跟张伟强说：“把夏新成也放了吧！他是东升公司班子成员唯一的独苗。”郑刚的担忧也是吴文杰的担忧，权衡东升公司整个案件，他决定不追究夏新成的任何个人问题。

“吴科长，夏新成就真的放过他了?”扎西想不通。

“东升公司五个班子成员抓了四个了。再把夏新成抓了，公司正常的生产经营就真的麻烦了。我们办案不能把企业搞垮了，维稳比办案更重要。”吴文杰解释道。

“明白了。”扎西似懂非懂。

吴文杰对谭向军、武兵两大金刚的分化瓦解成功，两个金刚的反水把谭向军供了出来。而谭向军直到上了法庭，才知和他一起“扛过枪、下过乡、嫖过娼”“歃血为盟”的兄弟在关键时刻都是明哲保身的货。一年后，武兵申请提前退休。

一〇八

吴文杰在反贪一线干了近十年，劳累疲倦，体弱身虚。因为经常晨昏颠倒，生物钟也紊乱了，白天想睡，晚上清醒。他一直想退居二线，但江柳不同意。她说你退了，我电视剧还没开拍哩。再等等吧！

这一等，就等来了包括吴文杰在内的南州市检察院一百多名正科、副处级干警必须参加的副处长职务竞岗。就算江柳不赞成他去竞争，他也身不由己。在竞岗演说中，别人都是谈自己如何优秀，吴文杰却在谈他的团队。不用想，他获得的掌声最多、最热烈。

得知入围副处长的消息时，吴文杰正和张伟强、叶如青和刘敏锋等人在南州市检察院附近的潮汕牛肉火锅店宵夜。这家店营业到凌晨两点，潮汕菜精细闻名，牛肉火锅也十分讲究。店主人将各部位的牛肉区分开来，当然价格也各不相同，按客人的喜好出售。它有秘制的酱料，有一帮固定食客。吃到尽兴处，吴文杰听到手机响。一看是在玉城市检察院挂职副检察长的本处林副处长就说：“林处，有何吩咐？”

“文杰，恭喜啊！”林处声音很大，同桌人都听得见。

“何喜之有？”吴文杰有点儿摸不着头脑。

“你入围了！”

“入什么围？”吴文杰仍没反应过来。

“副处长竞争啊！”

“哦，谢谢林处关心。我这人你还不知道，一不拉票、二不请客，入围也是白入。”

“别和尚不急太监急。你不拉票，我帮你拉。当选可要请我吃饭啊。”

“你大佬都出声了，当不当选我都一定请你吃饭，只要你有时间。”

“好。说定了。”

“好事，杰哥。”叶如青道，“好好喝几杯庆贺一下。”

“你们真希望我走？”吴文杰问。南州市检察院有个不成文规矩，一般情况下，干部提拔都是跨部门使用。

“没有不散的筵席。你也不可能一辈子当我们科长。再怎么说，你提拔也是我们科的骄傲。”张伟强道。

“顺其自然吧。”吴文杰淡淡地说。三年前院里也搞过一次副处长竞争上岗，他也是呼声最高的入围者，结果意外落选。

“不管怎么样，还是先喝一杯庆贺杰哥吧。”刘敏锋提议。

“算了，还是预祝我们叶总早生贵子吧。”吴文杰道。

“都祝，都祝。”张伟强、刘敏锋同声道。

几天后公布的结果依然和三年前一样，吴文杰榜上无名。职务上不了台阶没关系，他继续当科长就行了，谁曾想这次副处长竞争却让他腹背受敌。首先是侦查一处的政治协理员木维民，一个年纪较大的老同志怀疑吴文杰竞争副处长是冲着他的位置来的。因为吴文杰没有法律职称，当不了侦查一处的副处长，只能当政治协理员。尽管吴文杰没有入围副处长人选，但他依然耿耿于怀，到处散布谣言，说吴文杰不安心工作、权力欲强、拉帮结派、跑官要官。而吴文杰恰恰就是不会请客送礼才当不了副处长，谣言止于智者，木维民这些不当言论随时间而烟消云散。其次就是叶如青了。协助吴文杰破了不少大要案的他以为只要吴文杰上了副处级别，三科科长自然轮到他了。所以他对吴文杰也颇有怨气，认为吴文杰不走，就是挡了他当科长的道，工作也提不起劲来了。

吴文杰和叶如青是同一个战壕的战友，他这些变化逃不过吴文杰的眼睛。虽心知肚明，但又不好明说，只好找到和他一同转业进检察院的现政治部干部处处长廖扬帮忙。

廖扬安排了一次饭局，有叶如青、张伟强、刘敏锋等人参加，吴文杰也在场。席间，他有意无意地说起这次副处长竞争内幕。原来院里早已内定了副处长、协理员等部门人选，吴文杰考得再好，也不会有他的份。另外，就算吴文杰当选了，科长人选也不是叶如青的。廖扬的意思是，无论吴文杰走不走，科长都轮不到叶如青当，并不是吴文杰挡了道。

叶如青脸一阵红一阵白。当然听得出来廖扬这番话是讲给他听的。从此，他不再对吴文杰有意见，依然尽心尽力地配合他的工作。吴文杰此后不久，自动让位，让叶如青接替他，当了三科科长。

一〇九

搜查谭向军办公室发现的储运公司欠款追缴奖励三十万签领单，一直是吴文杰放不下的一件事。审讯东升公司能源分公司董事长武兵时，他提到了储运公司经理杜风与远航物流公司之间的交易。现在得闲，吴文杰觉得该好好查查了。

他把郑刚拿来的资料细细看去，除了这三十万元的签收表，还有两份是关于远航物流公司三百七十多万的还款协议书。一份是谭向军从长春办事处回来担任储运公司董事长期间，跟远航物流公司董事长黄远航签订的还款协议书，规定对方两年之内还清三百七十万欠款。另一份是东升公司给予远航物流公司优惠，减免七十万欠款的协议书。这份协议只有签名没有盖章，储运公司董事长的签名是杜风，而远航物流公司董事长黄远航的签名跟前一份协议怎么看都不像，反而跟杜风的像。吴文杰终于明白过来，这是谭向军叫杜风模仿远航物流公司董事长签的名。按照谭向军的为人，远航物流公司是还了三百七十万的，根本就没有减免。这是一份假的欠款减免协议书，七十万给谭向军拿走或者分掉了。这跟武兵的供述吻合。

盘绕在吴文杰头上的那份“储运公司欠款追缴奖励三十万元签领单”的疑云也随之烟消云散。据了解，储运公司2000年以后基本上没什么业务，处于关闭状态，应该没钱发。这肯定是谭向军从贪出来的七十万元拿出三十万来给储运公司员工发奖金，而储运公司也就五六个人，谭向军一个人就拿了十五万元。另十五万元和他心腹分掉了或个人拿走了。吴文杰分析道。

吴文杰叫叶如青和甄珠马上去东升公司将储运公司2003年的账全部调回来。一查，果然看到储运公司的到账总额确实是三百七十万，但只做了三百万的账，七十万给其他发票冲掉了。这三百万做的账还有很多纰漏。按道理，做账要有开给远航物流公司的收据和银行到账证明，但都没有。

这个时候，必须把原储运公司的董事长、现东升公司生产经营部部长杜风叫过来了。喝酒好色之徒都有一个特点，那就是形象猥琐、穿着低俗，内心又是极其的精明和狡猾。杜风就是这样一个人。

“2003年，你是不是代表储运公司借了三百七十万元给远航物流公司做生意?”吴文杰开宗明义。

“是的，当时按照老谭旨意借了三百七十万元给远航物流公司，购买十五台康明斯货车，老谭跟物流公司的黄远航董事长签的协议。他叫我借，我不得不借。”杜风把责任往谭向军那里推，闭口不提物流公司给他每台车一万元共十五万元的回扣。

“半年后，还回了多少钱?”

“还回了三百万，七十万免掉了。”

“七十万真免掉了吗?”吴文杰大声道。

“有还款协议书。”杜风的声音很小，明显底气不足。

“还款协议书是假的，你冒充黄董事长签的名。”吴文杰把假协议扔到杜风面前。

“好，我全说了吧。”铁证如山，杜风只好老实交代，“远航物流公司的确还了三百七十万，但做账时只做了三百万。”

“那七十万呢？不讲清楚，治你的罪!”

“不是我的主意，老谭叫我干的。”这回杜风是真害怕了，实话实说。“这七十万元不入账，他叫我去找些餐费来充账。账是充了，但我把这些发票都收在家里，怕迟早会有事。”

“发票带来了没有?”

“带来了。但这七十万的收支发票不齐全，我把它的开支全部记在小本上了。”杜风把不齐全的发票和小本递给吴文杰，手有些发抖。

原来早有准备，不仅几年时间来都将发票存在家里，还将开支情况记在小本上。看来是给谭向军整怕了，留了一手。吴文杰边想边看那个小本子。

小本上注明了储运公司收到远航物流公司还款七十万的开支情况，有三十万被储运公司员工以奖金名义分走。谭向军一个人就拿了十五万，员工每人只得几万。还有四十万列明是用于接待应酬，买东西，买手机，发福利。太厉害了，不到半年，就搞出七十万来用掉了，真是企业的蛀虫。从这里，吴文杰找到了谭向军共同贪污三十万、个人所得十五万的证据。

“还有件事没说。”吴文杰盯着杜风眼睛看。

杜风给他看得心里直发毛，乖乖地说：“是黄远航那十五万的事吗？”

“看来杜总是聪明人。这样，我们就省事了。”吴文杰道，“你跟黄远航很熟吗？”

“不熟，老谭介绍的。据说他曾是老谭手下的兵。”杜风道。

“听谁说的？”吴文杰问。

杜风不答，他不想把武兵说出来。

吴文杰没再追问。“听说，该款你已上缴了。为什么？”

杜风不想说。他在长春曾被谭向军下过套，一直心有余悸。

“有凭证吗？”吴文杰问。

“有。这是转账存折。”杜风从口袋里掏出存折。

看来真是做好了所有应对准备，可能是怕走不出检察院吧。吴文杰不得不佩服杜风的老谋深算了。“如何能证明这钱是黄远航送的？”吴文杰问。

“没人能证明。调入经协公司前，我在市交委工作，跟汽车生产厂家比较熟。远航公司成立后，黄远航要买车，找我帮忙。我跟汽车生产厂家打了个招呼，每台车优惠了三四万。一次吃饭后，黄远航开车送我回家。我下车后，他送我一盒茶叶。我回家打开一看，茶叶下面有十五万元现金。原来是黄远航为表示感谢，按每台车一万给了我十五万感谢费。我马上打电话给黄远航叫他拿回去，他没拿。我退不回去，只好存入南方公司的廉政账户了。存折上有时间。”

这跟武兵说的黄远航为感谢杜风借款三百七十万元给他，按每台车一万元、给了杜风十五万元的说法有出入。看来武兵对情况并不是很了解。

“当时为什么不向上级有关部门汇报？”吴文杰问。

“我不想多事。”杜风道。

“你和黄远航还有联系吗？”吴文杰问。

“本来我们联系就不多，2005年他公司搬到上海后就没联系了。”杜风道。

“杜总，还有件事。”吴文杰淡淡地说。

“请问。”杜风道。杜风总体感觉与吴文杰谈话还是较轻松的。

“听说你查过长春办事处的账？”长春嫖娼事件对杜风来说是一个永远挥之不去的噩梦。“杜总？”吴文杰看到杜风突然发起呆来，神情慢慢变得恐惧，便提高声调：“杜总！”

杜风回过神来：“抱歉，有点儿不舒服。您问什么？”

“听说你查过长春办事处的账？”吴文杰又重复了一遍。

“是的。没发现什么问题。长春办事处已撤了快十年，估计账都没有了吧。”杜风有些心虚。

以吴文杰对谭向军的了解，他是不会在同一件事上重复出错的。既然如此，就没再往下问了。“好，谢谢你的配合。我们找你的事，不能透露给黄远航。否则，会再把你叫过来的。”吴文杰直截了当地说。

“绝对不敢！绝对不敢！”说完，杜风脚底抹油般滑出了检察院。

远航物流公司是以该公司老板黄远航的名字命名的。“要想办法见见这个黄远航。”杜风走后，吴文杰回到办公室对叶如青说。

“老谭的手机信息是空的。我找情报处看看能不能恢复，看能否黄远航的联系电话。”叶如青说。

“算了吧。以老谭的智商，换部手机很简单。”吴文杰说。

“那就明着来。从网上可以查到远航物流公司的电话。公开找吧。”叶如青说。

“可以。联系上黄远航后就让他来南州。否则，我们就请上海检察院协助，找上门去。”吴文杰说。

叶如青很容易就在网上找到了黄远航公司的联系电话。自报家门后，秘书把电话转给了他。

“你好，我是黄远航。”黄远航很客气。

“我姓叶，南州市检察院反贪局的。找你了解些情况。”

“南州检察院？反贪局？请问有什么事？”

“电话不方便说，你过来一趟吧！”

“这样啊。我正在谈个项目，一下子走不开。十天后吧。”黄远航想拖延时间，以便把情况搞清楚。

“不行。今天是星期三，周六吧。周六见不到你，我们就上门去。造成什么影响我们就不管了。”叶如青不客气道。

“那好吧。周六下午 3 点南方宾馆，好吗？”黄远航试探道。如果叶如青能同意在南方宾馆见，就说明他没什么大事。

“行。”叶如青同意。

黄远航个子不高，一米六五的样子，但老板派头十足，西装革履，美女秘书、资深律师陪伴。

吴文杰掏出工作证，递给黄远航。黄远航看了一眼，递回。“请其他两位回避吧！我们是取证，要严格保密。”吴文杰道。

黄远航看了看随行人员：“既然同意在这儿见面，我相信他们。”

“尝尝看，汕头刚送到的杨梅。”秘书、律师出去后，黄远航说。

汕头距南州五六个小时车程，看来黄远航为会见做了充分准备。“黄总很讲究。”吴文杰礼节性吃了一颗，“不错。”然后，用纸巾擦手。

“抽一支，古巴的生烟？”黄远航用手指轻轻从烟盒底下弹出一支细细的烟。

“抽不惯。我抽这个。”吴文杰掏出自己的硬中华。吴文杰不派烟给叶如青，黄就示意他吃水果。叶如青摆摆手，拿出纸笔。

“请问什么事需要我配合，请直说！我知无不言。”黄远航很爽快的样子。

“黄总跟老谭熟吗？”吴文杰不急。

“我当过兵，老谭是我老首长。相信你们早知道了。每次我到南州，都会请他吃餐饭。这次过来没能联系上他。他出什么事了吗？”从电话联系到见面，这两天时间黄远航应该做了些功课。

“杜风，还有联系吗？”吴文杰想以跳跃性的问话，捕捉些信息。

“杜风？”黄远航愣了一下，“你问的是经协集团储运公司的经理？”见吴文杰没吱声，黄远航接着往下说，“早年我起家的时候，他关照过我。怎么，他也出事了？”黄远航把别人对自己的好挂在嘴上，给人感觉他很感恩。

吴文杰看了叶如青一眼。他是要拿黄远航一把，再往下谈。叶如青心领神会，开始扮黑脸，说道：“杜风关照你，你怎么谢他？”

“吃餐饭、喝杯酒总是要的。”

“就这么简单？”叶如青厉声道。

“还能怎么样？”黄远航也不惧叶如青。

“可有证人？”

“不可能。我做事从不给自己或别人添麻烦。”

“黄总！”吴文杰感到了些许火药味。心想杜风的话应该是可信的，确实不会有证人。即使黄远航现在认了，将来有高人指点，仍有可能翻供。况且今天谈话目的是针对谭向军，并不是他黄远航。于是，他缓了缓，“你可真是胆大心细啊。”

面对一个唱黑脸一个唱白脸、一快一慢的局面，黄远航本就心虚，便有点儿适应不了，遂决定速战速决：“吴科长，你们是专家，有话请直说吧。”

“行。那就说说经协集团储运公司以投资名义借你公司三百七十万的事吧。”吴文杰给黄远航一个台阶。

黄远航松了口气，终于弄清了检察院的真正目的原来不是他。他放下心来，滔滔不绝道：“退伍后，我开了个五金店卖水暖材料，兼接装修的活，小打小闹的，赚点儿辛苦钱。2003年，几个老乡约我搞长途货运。我没钱买车，就找老首长谭向军帮忙。老谭就安排他们的储运公司投了三百七十万给我，约定四六分成，三年后他们收回投资。”

“黄总，插句话。”吴文杰道，“老谭手下那么多兵，为什么对你这么偏爱？”

“不怕你笑话，我在部队是炊事班长，老谭是分管后勤的副团长。老谭有一大嗜好——爱吃猪下水。每次杀猪，猪下水我都会按他的口味做好，送到他家去。”

“我也当过兵，今天算是弄明白了，为什么在部队我就没吃过猪下水！”吴文杰笑了笑，“言归正传。你们按约定的做了吗？”

“没有。老谭他们公司财大气粗，哪里会在乎我这点儿小小的分成。不过，半年我就把借他们的钱全还上了。后来就搬到了上海。”

“还他们多少？”

“三百七十万，借多少还多少。”黄远航对吴文杰的问话有些不解。

“有没有签过减免七十万的还款协议？”

“根本不可能呀！老首长对我那么好，赚钱了，我只有多给他，不可能还要他减免。”黄远航更不解了，“不信，可查我公司账户。2003 年，财务处理的事我都让财务部专人负责，造册入账。”

“这样，黄总，上海我们就不去了。明天你交代财务部专人将你们两家所有合同、资金往来凭证坐飞机送来南州做份笔录，这事我们就了啦。”吴文杰道。

“好的。”黄远航道。

“跟老谭的事，还有什么补充的？我想，你肯定不希望我们找你第二次。”吴文杰道。

“这些年老谭的私事也找我安排过，我都是用现金或拿现金给我手下去办。说了也没用，就不说了吧。南州是我当兵、起家之地，有很深的感情，时不时会过来。上海这些年也积累了些人脉，用得着请出声。我真心想交两位检察官做朋友，不知给不给这个面子？”黄远航是个很善于把握机会的人。

“跑题了，黄总。有缘还会再见的。”吴文杰道。叶如青将笔录递给黄远航，他看都不看就签了字。然后，走进卧室拿了两袋东西出来，看得见有几条中华烟。“上海的土特产，不成敬意。”

“不行，过了。有张名片就行了。”吴文杰道。

“好吧，恭敬不如从命。下次我专门过来请两位喝酒。”

一一一

每一个贪污腐化分子都有其贪腐动机和根源。谭向军是因为升官无望，迁怒于钱，所以拼命捞。他捞钱的手法是 1994 年调去长春当办事处主任时练出来的。

时间久远，账也没有了，吴文杰无法去长春查。通过研究郑刚送来的资料却发自肺腑地佩服谭向军，的确是一个搞钱高手！他对他的兴趣越来越浓厚；对他的愤恨，也与日俱增。国家的钱，就这么轻而易举地落入了他的腰包。

吴文杰将谭向军在长春办事处的贪污整理为四部分。第一，吃空饷。就像旧军阀时期一样，一个团实际只有三百人，却报一千五百人去领饷。谭向军可以把本来三五个人的办事处上报成二十几人。天高皇帝远，谁又知道他有多少人。而经协集团的工资又很高，每人一月至少三五千元，高的还达一两万元。这样算下来，谭向军在长春当了两三年的办事处主任，可以搞出几百万。第二，高买低卖土地。作为南东省政府新设的驻长春办事处，需要买地建房、开发做生意。谭向军通过高价买进、低价卖出的方法，比如每亩十万元，但签合同时却是十五万元一亩，多出的钱就进了他的腰包。第三，收回扣。即便这样，谭向军还嫌不够，还要贪得无厌。买地时，他跟牵线的中间人说，让卖家先付两百万。然后，他跟中间人对半分，一人一百万。第四，吃中介。谭向军调回南州后，长春办事处关闭，此时要卖房卖地。他就跟买方说，我们卖这块地要有中介，如果我跟你谈，大家会以为我搞鬼。一千万的一块地按规定要付三十万中介费。因为中介公司根本不存在，这笔钱自然转给谭向军。除去交税，他可以提走二十五万元。

“这个谭向军，捞钱水平这么高。要不是被排挤到长春办事处，冯科业都不是他的对手，经协集团也早给他蛀空了。老郑，你有什么看法?”吴文杰把头从卷宗里抬起来，点燃一支烟问道。郑刚是他叫过来的，有些事他需要了解一下。

“那是肯定的。冯科业出事时，谭向军还没沾边，在公司被边缘化了。但也可以把他经营的一亩三分地——长春办事处贪个底朝天。真是处心积虑，无法无天!”郑刚也是愤愤不平。

“回来后，他逐渐进入公司权力中心。沿用长春办事处的做法，把早年公司的烂尾楼低价卖掉，收取回扣，并虚拟中介费贪掉。幸好是胡明仁来当公司董事长，否则等不到我们现在查处。真是千里之堤，毁于一人啊!”吴文杰感慨道。

“不过2004年底到2005年初，省检办的于杰、冯科业、覃仙等人的案子对老谭震动挺大。他要求心腹停止了大规模贪污受贿行为，每年只偷偷报上几十万的小数目。属于那种经常偷东西的，手痒了就偷一点儿。”坐在吴文杰前面的叶如青，也插进话来。

“老谭很鬼，贪婪成性，只要有能赚的绝不放过。他对别人也不是很大方，发钱多了又叫手下拿回来自己用，多到十几万，少到几万。”郑刚对谭向军是很了解的。

“胡明仁都很怕他，给他控制得一愣一愣的。只要是他想做的，就能做到，手段够毒的。胡明仁再有雄心壮志又怎么样，一个带一个，全带坏了。他哪里缺钱，年薪加上奖金八十万左右，属于被勾引、操纵的那类人，心态极不平衡。”吴文杰将胡明仁看穿了。

“从省经协集团到东升投资公司，先是以第二任董事长冯科业为首的‘南西帮’在省内多个城市高价购买土地，投资房地产，从中谋取私利。再到以第三任董事长肖江河叔叔肖立军为首的‘军转帮’，低价卖地捞取钱财。肖立军病退后，好像是2003年吧，老谭成了‘军转帮’的龙头老大，继续贪污腐化。最后是以第四任董事长胡明仁为首的‘煤炭帮’，没地卖就卖煤，几千万收不回来。这些帮派为了个人私利反复折腾，把好端端的公司就这么搞垮了。”郑刚悲愤地说。

“最厉害的是‘煤炭帮’，给老谭拉下水后，不搞则已，一搞就搞个一亿六千万，打算将经营煤炭的几千万债权收回来后转投到老家北部山区，高价收购陈旧的小水电站。真是恐怖！幸好我们抓得及时，制止了他的阴谋。否则，国家损失巨大。”来吴文杰办公室找烟抽的张伟强也接话道。

“谭向军就是两招：一个住房补贴，还有一个就是大水湾资产包低价卖给省检曾副检察长公子曾利群，不知给了胡明仁多少钱。就此抓住胡明仁的把柄，把他架空。”跟着张伟强一起来到吴文杰办公室的刘敏锋，也说道。

“肯定是胡明仁没有抓住谭向军的把柄，才被他要挟成为傀儡。当董事长也没用，老谭从不签字，从不经手，都叫手下人去报账。出事了，他就否认。要查他一单，太难了。”叶如青叹口气说道。

“我看老谭可以写一本《反侦查之我见》了，绝对畅销。他太有心计，太有心得，太有办法了，精明、细致、无赖、疯狂又贪婪，而且反侦查、反审讯手段特别高明。你想想，他的老婆、女儿包括外孙子、外孙女，现在都在英国，需要多少钱?”吴文杰开玩笑说道。

“我2005年查于杰案时，就怀疑于杰搞走的两千多万是和老谭对半分的。因为老谭的老婆、女儿随后也出去了，外孙子、外孙女也是在国外生的，在南州他一个亲戚也没有。但没有任何证据，于杰把所有事情全揽在头上，说是套了两千多万现金拿去搞投资，结果亏掉了。真是可恶!”叶如青忍不住骂道。

“2003年至2004年，老谭一到周末就带潘枝去茂林查账，实际上是去跟于杰密谋搞钱，搞完后于杰就跑。老谭原准备搞到明年退休后才去英国的，幸好你们抓得早。否则，这条大鱼就漏网了。”郑刚感觉不已。

“我一直怀疑老谭以支付律师费的名义吃回扣，这方面不好查。2004年老谭每处置一块资产，都有几百万律师费。其实，这些资产哪有什么法律问题，哪用得着支付律师费。他公司的律师以前是法官，懂法律，帮老谭搞了很多钱。他真是每一个角落都能筛出黄金来。”法律高才生刘敏锋讥笑道。

“其实，当初他把加油站十五万认了后，我们可能给他立案取保了，不会再往下查他了。当时办案人员少，涉案人员多，哪想他这么顽固，激起了公愤。一查下去，问题最多、最大的竟然是他。现在想来幸好他不认，要不就会让他继续逍遥法外，贪赃枉法、损公肥私，坑害国家，我们也会遗憾终生，悔恨终生!”吴文杰为自己差点儿放过谭向军，感觉有些惭愧。

“部队老政委跟我说过，老谭被抓前有预感，问过他做律师的女儿。他女儿建议老谭不认。因为反贪局主要查处贪污和受贿，传唤时间不得超过十二小时。贪污如果没有知情人指点，不容易查。受贿如果是一对一，口供最重要。若一方不承认，检方无法定罪。为此，张政委心里一直很内疚。”张伟强说道。

“有件事你们可能不清楚，老谭这么贪的人，居然没有和张政委有过经济往来。”张伟强继续说道。

“老谭可不是省油的灯，雁过一定要拔毛。”叶如青不太信。

“开始我也不信，但张政委说，他和老谭几十年的战友兄弟情，讲钱就俗了。倒是老谭帮过他一个忙。20世纪90年代中，他们做过东升公司在惠州的一个工程，东升公司欠了他们九百多万。2004年东升公司卖了一块地，老谭第一时间把钱还给了他们。张政委想对老谭表示感谢，老谭拒绝了。”张伟强说。

“贪官也是讲人情味的，老谭对潘枝、张政委都还是有真感情的。明天我们去提审一下老谭和老胡吧，想他们了。大水湾老谭给胡明仁下的什么套，也到了该解开的时候了!”

吴文杰的话，让大家笑了起来。

一一二

提审主要是为了固定证据，或者发现新问题要去进一步审查。经常去提审，也是为了核实情况，以防翻供。

这一次提审，也许是已经适应了看守所生活，或是感觉检察院找不出他更多犯罪事实，谭向军的精神状况明显比以前好了很多。但见到吴文杰，他还是有点儿畏惧。他跟人说，他这一生没怕过任何人，除了吴文杰。

吴文杰也摸透了谭向军的心理，问题太多，不知道检察院掌握了哪些情况。如果讲出来，检察院却并未掌握，等于自己制造了一条罪状。同时，他也觉得不讲未必就好。就算零口供，也会判刑很重。这种矛盾的心理让谭向军拒绝了可以从轻处理的做法：自首、退赃、坦白和检举立功。

既然谭向军不会讲，也不会认，吴文杰提审他基本都是例行性的。只是这一次，因为对他证据的搜查已告一段落，就把问题从头到尾讯问了一遍。

“姓名？”

“谭向军。”

“工作单位？”

“南方资产管理公司东升投资有限责任公司。”

“什么时候到这个单位工作的？”

“1995 年。”

“你当过驻长春办事处主任？”

“是的，1995 年至 1998 年。”谭向军记性很好，换个人都很难随口就来。

“有没有吃空晌啊？”吴文杰直截了当。

“不能啊，我怎能干那缺德事。再说那是贪污，是犯罪，我懂的！”谭矢口否认。

既然谭向军不承认，吴文杰也没必要再问。“有没有经营款项不入账？招待所餐厅对外营业款不入账的问题？”

“没有。”

“什么时候回来的？回来干什么？”

“1998 年。从长春回来后，当储运公司董事长。”

“你在担任储运公司董事长期间，发放奖金和追收债权、债务这方面有没有贪污和私分行为？

“没有。”

“储运公司真的一点儿问题都没有？”

“有问题也是我调走后，那些接我的人自作主张搞的，跟我一点儿关系也没有。”谭向军推得一干二净。

不问还好，越问越气，但吴文杰还得问下去。“当越银房地产公司法人代表、总经理时，公司名下都有哪些资产？”

“越银的地主要在南州，茂林也很多。”

“茂林房地产都是你们自己卖掉的？卖给谁了？”

“卖给鸿发公司了。”

“公司老板认识吗？”

“有的认识，有的不认识。”

“不认识的话，谁帮你们介绍的？”

“中介公司。”

“哪家中介公司？”

“兴波材料有限公司。”

“要不要支付中介费啊？”

“有的，有的，肯定要支付中介费。”

“中介费有没有实际支付啊。”

“绝对支付了。”

“真中介还是假中介啊？”

“什么叫真中介、假中介？”

“这个业务确实是由中介公司介绍你们做下来的，有几十万的中介费，这是真中介。如果是假中介，虽然把钱付给了中介公司，但中介公司在外面转一圈，收点儿手续费后钱又给回你。”吴文杰不得不耐着性子，跟他解释一番。

“没有，没有。都是真中介。”

跟谭向军真是没法谈，但每个问题又要点到，坦白自首的机会得给他。他讲不讲对吴文杰来说，已无所谓。而狡猾的谭向军不知道吴文杰想问哪一块，也不知道吴文杰掌握了他哪一块，他的策略就是矢口否认。

“茂林这块地在处置过程中，你有没有贪污受贿的行为？或者伙同于杰有没有贪污受贿的行为？卖给汽车城有没有收过汽车城老板的钱？卖给别人做房地产开发，有没有拿过人家好处？”

“没有。”

“茂林这块地，法院认定于杰挪用公款八百多万。实际上在他经手过程中有两千多万不见了。你跟这块地有没有关系？”

“没有关系。”

“卖茂林这块地时，有没有中介？”

“有中介。都是按照政策找中介公司来处理，并支付一定中介费用。”

“中介费用有没有给？是真给还是假给？”

“真给。这是真中介。于杰还是我带纪委专案组的人抓回来的。我在于杰的事情上还是立了功、有贡献的。”谭向军时刻不忘给自己脸上贴金。

“于杰这件事，你还有功了？你在里面干了多少坏事，你心里明白，我们也明白。

你还好意思说?!”吴文杰气得骂了他几句，谭向军不吱声了。吴文杰放下这一块，继续问他：“做完这块地以后，你又干什么去了?”

“越银房地产分公司茂林那些地搞完后，我提了一级，当东升公司副总经理，先后分管过原材料分公司、物业管理分公司和东升公司纪委。胡董事长过来后公司改制，又分管资产处置。”

“原材料公司做什么的?”

“主要做一些基础用的建筑材料，比如钢材等。”

“你分管资产处置时有没有问题?还有哪些资产像茂林这样，是经你手卖掉的?”

“大水湾也是经我手卖掉的，但是经过公司班子集体讨论研究决定的。那不是我一个人能决定的，资产那么大。”

“大水湾的资产，你有没有涉嫌贪污和受贿?”

“不能啊。贪污要平账。我们公司有规定，超过一万元都要董事长批准。几千元我可以做主，但那有意思吗?”谭向军的理由似乎很充分。

“如果指使他人、串通财务人员再要挟或控制董事长呢?”

“绝对没有。”

没有就不问，吴文杰不想跟他在此事上纠缠下去。“还有什么资产你处置过?有没有卖过其他地?”

“横沥那块地原来也是我负责。”谭向军显得很老实。

“横沥那块地当时是怎么卖的?”

“我们也是发动大家去找人来买，那块地比较偏。我们就通过南州国土局，当时那块地好像还是属于东禺区的，通过东禺区的关系找一位港商。当时地价也不高，谈妥两千四百万卖掉。后来上级公司认为便宜了，对资产评估有些看法，要重新审计，结果就没卖成。不久后新成立的南土区将这块地收回去了，卖了三千七百万。”

“要由你来卖，这块地不就亏了一千多万。”吴文杰将他一军。

“啊呀，我又不是专业人士，也不知道这块地会这么值钱，我卖肯定会亏了。”谭向军又在诡辩。

“这块地有没有问题?既然你们也是找人帮忙，有没有支付中介费?”

“支付了十万元中介费。这块地是真中介。”

“公对公卖掉的，怎么会有中介费?”

“的确支付了中介费。我们找人协调介绍，最后卖成了。确实这个钱是给到了中介公司手上。”

简直一派胡言，吴文杰懒得理他。“讲到地，原材料公司有没有地?”

“有啊。”

“原材料公司哪里有地?”

“中水市有地。”

审谭向军绝对不能让他摸到底，吴文杰也不想让他知道，中水的人他们全都查遍了。“中水那块地也是你负责？”

“是。”谭向军想了想，又说道，“中水那块地是武兵负责的。他找了中水一家公司把它卖掉了。”

“怎么卖的？”

“地头比较好，在中水港附近；以后要修港珠大桥，交通比较便利，价格也不高。当时有一个做水产的老板看到离港口比较近，就把它买下来做水产养殖批发市场。”

“这块地你有没有涉嫌受贿？有没有从中搞钱？有没有拿你不该拿的钱？”吴文杰绕着弯子过来，问得很巧妙。

“没有。”

“这块地卖的时候，你有没有吃差价，收人家的好处费，吃回扣啊？”

“没有。一分钱也没有。”

实际上，谭向军拿了至少两百万回扣，因为地卖得很便宜。给他回扣的那个人后来被抓了，判了二十年。

既然什么都封死，吴文杰也没有必要再问下去。“跟中水老板谈这块地时，有没有中介公司介绍？”

“有，有中介公司。我们在中水市有一家合资公司，是他们找的一家中介。”

“有没有付中介费。”

“有，付了三十万中介费给中介公司。他们都是正儿八经干了活的，我要付中介费的，不是我自己想办法能贪污掉的。”

“这个中介是真中介还是假中介。”

“真中介，钱全部给到人家手上去了。我们不可能再从中介拿什么好处。”

弄清楚了谭向军搞钱的那几个环节，吴文杰就当是过流水账似的问他。谭向军一如既往地一问三不知，把所有责任都推到武兵身上，坚称中水中介费是真实发生的。吴文杰分析谭向军的心理：他一定认为关键证人郑通才已死，检察机关取证不到；武兵和夏新成属共同贪污，不可能站在检察机关这一边。但他没想到，他的这两大金刚早已反水。真是不可救药！都是当过兵的人，吴文杰为谭向军感到悲哀。对这种不开口的人，就要做到不开口也能定他。吴文杰不会给他太多机会，就水过鸭背似的去审他。“保险股票拿钱没有？”

“什么保险？没有保险。”

“你分管加油站时有没有报过账？有没有从联营公司拿过钱？”

吴文杰不直接问他哪家公司。否则，谭向军会有一万种说法。他能力太强，又狡猾又赖，吴文杰不想让他知道他们查到了什么。

“没有，从来没有。”

“加油站没有一点儿事？”

“你问到了，我就讲讲。”谭向军醒悟似的说，“加油站我叫手下拿发票报过账。”

“报了几次？”

谭向军想想说："报过一次，有签名的。我还跟他们打过电话，说我们办公费不够，让他们帮忙解决。"

"在加油站拿过钱，你刚才怎么说没有?"

"想不起来了。我现在被你们拘留逮捕了，经过这段时间的反思，想起确实有错，去加油站报账，拿了钱。你们调查期间我没老实讲，我有问题。我现在跟你们说吧。我先买了十万元的购物卡，百货公司好像还打了个九五折吧，总共九万多元发票。我叫郭胜经理，他代表我在联营公司当董事，拿到加油站报了，再把钱拿回来。是我给他们打的电话，郭胜也签字了，钱我给了财务部的潘枝。这钱怎么用的，你找其他人调查吧。当然，这十万元的购物卡我也拿了一两万，以财务登记为准。你们可以去查一查，看我最终拿了多少。这也是我的问题，一下就不见了十万元。"

"只有这一单吗?"

"我只报过这一单。"

原来他承认的只是公家分掉的钱。太会糊弄人了！吴文杰冷笑了一声，"还有一单吧?"这一单，吴文杰已去联营公司查出来了。谭向军买了五万元购物卡，打了折后四万九千多，交代郭胜拿去联营公司报账，不要签字。联营公司专门在发票上注明：郭经理用作办公费，不签字。这钱是谭向军个人贪掉了，好在郭胜反水供了出来。

"我只有这件事，其他没有了。"谭向军坚决不承认。

"老谭啊，你这个人就是不老实。你怎么仅仅只是加油站这些事情呢？否则，我也不会抓你进来。"吴文杰挖苦道。

虽然当时的证据只有加油站这十五万，但吴文杰不相信把谭向军抓起来后查不到其他问题。所有跟谭向军打过交道的人都被他搞得很气愤，顺应民意，吴文杰自然会把他送进牢房。谭向军直至判刑，都不知道吴文杰是靠哪个证据把他抓起来的。如果他早知道吴文杰只要他认了加油站这十五万元就让他取保候审，会不会一头撞墙呢?

机关算尽，反误了卿卿性命；聪明反被聪明误。说的就是他这类人吧。

一一三

提完谭向军，吴文杰再去提审胡明仁。

胡明仁未开口先哭。几乎每次提审，他都如此。吴文杰也不管他，任由他哭。胡明仁哭毕，用纸巾擦了擦眼泪，就将中水那块地的来龙去脉说了个透。"公司领导班子办公会上老谭说：'中水地块报价的三家公司材料，我们清产小组研究了一下。出价六万的提出首付百分之六十，剩下的半年内付完，一点儿都不爽快。出价五万八千的一次性付清全款，可以考虑。出价四万多的就 PASS 算了。大家意见如何?'我说房地产我不懂，但这个价也太低了。现在是 2004 年，金融风暴已过去几年，房地产也走出低谷，地价开始回升了。我们是不是再考虑考虑。'老谭马上反驳我，'中水港地块当年炒到十七万元一亩，是有历史背景的。如果跨海大桥能建成还不止这个价。过去的事就不说它了。说实话，我们经过调查，这块地目前也就值三四万元一亩。这三家公司的报价还是经过我们讨价还价，人家才肯出的。现在上级催得这么紧，我们清理资产的任务又这么重，还是客观一点吧。’老谭都已操控好了，我还能怎样？我就说：‘就这么定吧。老谭你起草个报告。另外，办公室夏主任把今天办公会决议写个纪要，一并报南方资产公司审批。’老谭最后补充道，‘还有一点请大家再议一议。中水五金材料公司是这块地的红娘，帮助做了很多工作，现提出要三十万中介费。这也是市场规律，我看不高。当年我们还付了两百万中介费呢。大家有没有意见？’事已至此，与会人员还能说什么呢。大家见我不吱声，也不吭气了，一致同意支付三十万中介费。除中水地块，公司所有资产处置都是老谭做主，我只是一个摆设。”

“你不是公司法人代表吗，怎么会轮到老谭做主？”吴文杰故作不解。早知胡明仁只是个傀儡，他想套出更多的事。

“我有把柄捏在他手中，有口难言。”

“怎么说？”

“我说一件事能不能不追究我？”胡明仁嘴有些发抖，口齿也不清了。

“不要讨价还价。如有立功表现，可从轻处理。”吴文杰有些瞧不起胡明仁——早知今日，何必当初！

“好吧。之前的住房补贴你们都知道了。我顶不住诱惑，在老谭的唆使下，和林小铁、邱阳共同贪污了住房补贴。从此，就被老谭套住了。后来，上级指示公司成立资产处置小组，老谭自荐当小组长，并提名武兵和夏新成为组员。我不想惹事，就同意了。但我想让林小铁和邱阳参加进去，被老谭拒绝了。老谭说，他情况熟，有两个人协助就足够了。今后他只负责资产处置，其他事就不管了。我有把柄在他手上，没办法，只好听之任之了。再后来，发生了一件事，我真正被老谭给捏死了。”

胡明仁停了一下，向吴文杰要了支烟，继续说道：“大水湾土地加上烂尾楼，老谭建议打包处置。我找人问过，起码值八千万到一个亿。最后却是三千五百万底价中的标，中标者是省检曾副检察长的公子曾利群。这块地买了之后再卖出去，至少赚几千万。后来曾利群卖了这块地，挣了四千多万。起初，有三家公司报名竞标，我打听过，都是该公子的关联公司。他们的意图很明显，想围标。老谭也一直封锁消息，把招标公告拖到开标前十五天，才在报纸的一个角落刊登出来，别的公司根本来不及准备。我不想让老谭他们吃独食，就把消息透露给了林小铁和邱阳，让他们找些关系来投标。没想到黄园区检察院竟接到举报信来调查。因为住房补贴的事，我只好让林小铁和邱阳通知他们的关系退了出来，调查自然也是不了了之。我签字同意把这块地卖给曾利群后，该公子有一天来到办公室感谢我的关照，塞给我一个五万元的信封，我拒绝了。老谭对我说，我们还有几年就退休了，总要做点儿事，难免有求于人，何必呢。我没什么关系，来南州几年逐渐被边缘化，也想找个靠山，找个保护伞。曾利群第二次再来我办公室的时候，我就收下了他给的五万元感谢费。”

“真是可耻！五万元就把价值近一个亿的国有资产以三千五百万贱卖了！组织部门

怎么会选你这么个败家子来当国企董事长！”吴文杰气得骂了胡明仁一句。

“老谭因为这个事经常要挟我，随便找个理由就叫人拿张发票给我签字，我也只好睁只眼闭只眼。我给老谭捏得死死的，后怕得要命。”胡明仁老泪纵横。

“你被老谭玩弄于股掌之间，先拉你下水，抓住你的把柄后就把你架空。谁还敢说他是千年老二啊？他比你董事长还大呀！真是没用的东西！国家的钱财都给你们坑完了！”吴文杰忍不住，又教训了他一顿。胡明仁抹了把眼泪，低垂下头。“知道老谭为什么这么便宜就将大水湾的地卖给曾公子吗？老谭在里面究竟得了什么好处？”大水湾资产包这一块，吴文杰相信谭向军肯定也捞到不少好处，至少有一百万。他就是这么狠的一个人。但因为曾利群是省检曾副检察长的儿子，取证很难，他也就没往下查。

“这是因为于杰把茂林那块地卖掉了，曾公子没做成这个项目。为了还这个人情，谭向军才把大水湾资产包低价卖给他的。但老谭从中捞了什么好处，我真不知道。”

“从于杰开始到你和谭向军，公司全给你们败掉了。你刚上任时的雄心壮志哪里去了？”胡明仁又呜呜地哭起来。“这件事刺激你走向疯狂，居然想搞走国家的一亿六千万去弄什么破烂水电站？”

“那也是给谭向军操纵怕了，想挣脱他的控制又无计可施。既然他能贪，那我就要比他搞得更多，心理才平衡。”

“贪官还真会找借口，贪得有理啊！？我们在林小铁办公室抽屉搜到《关于在北部山区投资兴建中小水电站的可行性报告》，还有南方资产公司《关于东升公司在北部山区投资兴建中小水电站》的批复。南方公司同意你们以东升大厦向银行抵押贷款一亿六千万元在北部山区投资兴建或收购九个水电站，次年底和后年底分两期每期七千万元实施该项目。我曾查办过一起北部山区水电站的案子，兴建一个小电站三四百万元足够了，中型水电站也不超过一千万元。你们投资九个水电站却报价一亿六千元。不是我们及时发现，你们又要搞走国家多少钱！”说到这里，吴文杰真想挥拳向胡明仁打去。对于他这样一个谦谦君子来说，不到义愤填膺的时候，是连骂人也不会的。

令他奇怪的是，检察机关的反贪行动让南方公司避免了一亿六千万的投资风险，防止了巨额国有资产的流失，却没有得到南方公司一句感谢的话，原因是没有发生实际上的损失。有时候，国企就是这样一种理念：如果一亿六千万元被贪掉了，检察机关哪怕只追回一千万元，也会千恩万谢。

“被操控的感觉很不爽吧。明知老谭下套，自己还心存侥幸地往里钻。谁知老谭不地道，送上金箍是要念咒的。然而，老谭念还不要紧，我念却是要命的！”说完看了一眼追悔莫及、掉泪不断的胡明仁，吴文杰拂袖而去！

一一四

有些特殊案件，从立案采取强制措施到侦查补充证据，再到法院审判结束，耗时一年半也不奇怪。一般情况下，案件的取证通常由近到远。

胡明仁、林小铁两人立案拘留并转逮捕后，一年已经过去了。吴文杰一直想到他们出生、成长的流石矿务局去看看，补充证据只是一方面。因为东升公司一直以各种借口，拖着不提供胡明仁、林小铁、邱阳在流石矿务局的房产证明和领取住房补贴的证明，以及张安帮承包供电所的合同等材料。但吴文杰更想实地感受一下胡明仁、林小铁从地下到地上、从山区小镇到繁华省城、从普通矿工到领导干部再到阶下囚的心路历程。此外，他还想实地考察一下胡明仁他们策划投资收购的那九个中小水电站的情况。

吴文杰与叶如青商量，流石矿务局地处山区，办案人员人生地不熟。贸然过去，矿务局没接到通知，调查取证不会太顺利。为提高工作效率，可以让东升公司派人协调并派车同去。

叶如青就打电话给郑刚。郑刚回复说，派人、派车要向新来的董事长赵玉强请示。但赵董事长说流石矿务局他管不到，要郑刚直接向洪六哥请示。

洪六哥想了想，觉得有必要派个人跟着，看看办案人员在流石矿务局到底想干什么。他把电话打给省煤炭总公司的纪委苏书记，让他代表南方资产管理公司陪同吴文杰他们，车和司机则由东升公司派。

郑刚把洪六哥的安排告诉了叶如青，最后说："洪六哥不让我陪同你们，另外派了其他人。"

叶如青说："意料中的事，没关系。"

东升公司派了一辆七座本田，第二天上午一上班准时等候在检察院门口。带车的是一位五十多岁、穿着很普通的中年人，个子不高，干干瘦瘦，但很精明。见到吴文杰、叶如青、张伟强、刘敏锋一行四人拿着行李朝车子走来，就主动从副驾驶位开门下来，迎了上去。问道："是吴科长吧？我姓苏，是省煤炭公司的纪委书记。领导派我陪你们去流石。"

吴文杰答道："我是。麻烦你们了！"说完，伸出手与苏书记相握。握完手后，苏书记掏出名片递给吴文杰。名片显示，苏书记是南方资产管理公司属下的省煤炭工业总公司的纪委书记。

省煤炭工业总公司前身为省煤炭工业厅，于1984年8月由南东省重工业厅更名成立，当时是作为南东省煤炭行业的管理部门。1994年5月经省委、省政府决定，由省行业管理部门和行政性公司转为经济实体，并于1997年12月进行了工商登记，2000年10月省政府组建南方资产管理公司时划归南方公司管理。现主要任务是根据省政府的工作部署，从事省属煤矿关闭破产、非煤劣势企业关闭退出及企业办社会职能的属地化移交及维护稳定等工作。

就在苏书记与吴文杰他们打招呼时，司机从车上下来，打开后备箱，帮吴文杰他们放行李。吴文杰觉得这个司机有点儿面熟，想起了他原来是谭向军司机，跟郑刚坐在同一间办公室，后来做了胡明仁的司机。司机也认出了吴文杰，觉得有点儿尴尬，就笑了笑。

吴文杰与叶如青对视了一眼，叶如青点了点头。吴文杰知道他心里已有数。谭向军司机的出现，让吴文杰多了个心眼。表面上看，南方公司指派省煤炭总公司的纪委书记陪同吴文杰他们赴流石矿务局调查取证名正言顺，然而，苏书记是洪六哥钦点，会不会与案件相关的某人某事有渊源呢？一路上大家心怀各异，很少说话。

流石矿务局距南州市五百多公里，车开得不快。11点多钟了，吴文杰问：“苏书记，还要多久能到流石？”

“两个多小时。午餐那边已经安排了。大家是不是有点儿饿了？”

吴文杰说：“是有点儿饿了。我们还是在路上随便吃点吧，让他们不用等了。”即便不饿，吴文杰也不愿一到流石就被涉案单位拉去下馆子。

苏书记说：“那就到前面的菊花镇用餐吧。那里有家馆子的农家菜不错。我打个电话过去预留只土鸡，不订没有得吃。”

吴文杰说：“苏书记对这一带很熟啊。经常来？”

苏书记有点儿不自然：“哪里，哪里。因为以前来流石出差，他们都安排在那家馆子用餐，习惯了。”

车子转下高速路，约十分钟后进入一个货运繁忙的山区小镇，在路边一家大排档停了下来。

大排档的老板娘见到苏书记显得很热情：“领导，好久不见了。已按你的吩咐把土鸡炖好。其他的还是老样子，土猪肉、牛肚，很新鲜，青菜也是刚从自家地里摘的。另外，还给你留了两斤黄猄。”

吴文杰插话道：“野味就不要了。”

苏书记马上接过话：“听领导的。”又问，“这么好的菜要不要喝两杯？”

吴文杰说：“公务在身，还要赶路，算了吧。”

苏书记说：“要不来两瓶啤酒？”

吴文杰说：“好吧，就两瓶。”

两杯啤酒下去，苏书记开始介绍道：“到了菊花镇，就已进入乐源县。菊花与流石两镇，一南一北。由于乐源是山区县，从菊花到流石还要开一个多小时的车。菊花镇出产一种特有的黄辣椒，又香又辣。菊花人爱吃辣，客人如果不特意交代，每道菜包括汤都会放辣椒。菊花人家家都有几个大坛子，里面都是自制的剁辣椒或辣椒萝卜、辣椒仔姜。镇上有两三户人家辣椒酱做得特别好，很多人专门开车过来整箱整箱地买了带走。”

吴文杰和叶如青是无辣不欢的人，苏书记这一番推介，引起了两人浓厚的兴趣。吴文杰问：“流石有什么特产？”

苏书记答：“流石北部地势较高，终年云雾缭绕，雨量充足，出产一种白毛茶（又称白毛尖），因茶叶芽尖及叶背均披上薄薄的一层白毛而得名。白毛茶是乐源的一大名优特产，清朝时曾被列为朝廷贡品。流石白毛茶为手工制作，最大特点是茶叶肥厚、茸毛多，制成的绿茶汤色微绿，清澈透明，清香四溢，饮后舌底生津，回甘持久。若能以九峰泉水冲泡，口感最佳。白毛茶产量较少，在南州根本看不到。尽管菊花和流石都属乐源，但在菊花却也喝不到流石的白毛茶，在流石吃不到菊花的辣椒。所以说，小地方就是小地方，特产就是特产，要品尝得亲自去。”

见苏书记如数家珍，吴文杰越发觉得苏书记与流石有不解之源。

见大家差不多吃完了，司机起身出去等候。吴文杰出来时，司机正往后备箱搬辣椒酱。吴文杰心知是苏书记的安排，但还是出言制止了。

下午1点半左右到达流石镇。流石镇与沿途经过的其他乡镇明显不同，是铁路、公路和水路交通枢纽，一座跨河石桥连接新老两边城区。公路两旁不时可以见到大大小小的煤厂、水泥厂和木材加工厂，由外往里望，似乎见不到人。

苏书记介绍说：“流石地处乐源市北部，毗邻湖南宜章、临武、汝城三县，资源丰富，森林茂密，交通便利，是煤炭、水泥和木材的集散地，曾被誉为南东省的另一个‘金三角’。还有一个‘金三角’指珠三角。我们沿途所见的那些工厂，大多是改革开放后矿务局根据‘以煤为主，多种经营’指导思想设立的。后来人员流失严重，目前这些工厂基本处于关闭状态。”

流石矿务局机关位于老城区。远远望去，老城区的建筑物密密麻麻，倚山、沿河展开，让人不禁想起《清明上河图》。虽已显得十分破旧，但仍可看得出过去的繁华。

苏书记指着最显眼的“南岭大厦”几个字，用自豪夹杂落寞的语气说：“那几个字是邹家华副总理题的。九层楼的南岭大厦是流石最高的建筑，也是流石矿务局兴建的。后来，因资不抵债，卖掉了。”

城区道路并不宽阔，车子经过人口最密集的火车站、汽车站，慢慢开到半山腰，在金玲宾馆停了下来。

车子一边开，苏书记一边说：“流石地处交通要塞，是南东省北部的重要交通枢纽，京珠高速公路、107国道、省道248线、流源公路在镇内交汇，京广铁路自北向南纵贯全镇。镇内有三个火车站。其中，流石火车站年客流量达三百一十多万人次；货物周转量达一百二十多万吨。金玲宾馆是流石最好的宾馆，三星级。过去省领导来视察都住这里。”

吴文杰说：“太奢侈了。”

苏书记说：“山区小镇，不贵。你们的出差标准足够了。”

为便于开会和研究工作，吴文杰开了个套间，和叶如青住在一起。安排好住宿，苏书记请示吴文杰：“下一步工作怎么安排？”

吴文杰说：“一路上大家都辛苦了，我们休息一下。4点钟你来宾馆接我们，一起到流石留守处。”

苏书记说：“好。4点见。”

苏书记走后，吴文杰让张伟强和刘敏锋到他房间集中，商量下午的工作。之后，吴文杰睡意全无，只好打开电脑，上网查看乐源市、流石镇和流石矿务局的有关资料。他有个习惯，不论走到哪里，都随身带着手提电脑，一有空就上网。在当今资讯发达的时代，网上什么信息都有。

流石镇土地面积约三百平方公里，矿区面积就占了近三分之一，另有不到十平方公里的城区，其余都是山区。总人口十二万多，其中常住人口十万多。流石镇人口主要由流石、梅田两个矿务局和流石监狱组成。高峰时期，流石矿务局（创建于1955年）有三万多人，梅田矿务局（创建于1965年）近两万人，流石监狱（创建于1955年）近一万五千人。这三家单位的总人数占了流石镇总人口的百分之六七十。

流石矿务局是一个具有八十多年开采历史的老企业，自1950年4月成立至2002年3月宣告破产，开采了整整五十年，累计生产煤炭一千三百五十万吨。20世纪“大跃进”年代，流石矿务局达到生产高峰，共拥有十一个生产矿井，在册职工超过一万人，矿区总人口三万多。临破产前，生产矿井仅剩三个，在册职工四千八百人，离退休职工一千三百四十八人，矿区总人口一万二千。进入20世纪90年代后期，由于资源枯竭等原因，经济效益明显下降，出现了严重亏损、资不抵债的局面，企业被迫宣告破产。流石矿务局破产案件，是阳关市受理的较大型国有企业破产案件之一，也是南东省第二宗国有大型煤炭企业破产案件。

看完这些资料，吴文杰又输入“胡明仁”“林小铁”“邱阳”“张安帮”等名字，意外看到2006年8月10日，南方资产管理公司内部刊物《领先》刊登的一篇报道《临危不惧，彰显英雄本色——流石矿区抗洪救灾纪实》。它报道了2006年7月15日，流石留守处主任苏建才带领流石矿区干部职工抗洪救灾，尤其是原供电所所长张安帮不顾个人安危、驾驶冲锋舟抢救厂区群众和国家财产的先进事迹。吴文杰赶紧掏出早上苏书记给他的名片，上面赫然写着“苏建才”三个大字。原来苏书记就是报道中提到的原流石矿务局留守处主任苏建才。

全明白了！吴文杰全明白了。胡明仁调到南州后，接替他担任留守处主任的就是苏建才。而张安帮则是当时的供电所所长。这就是苏书记与流石矿务局的渊源！

联系前段时间的调查，当时不清晰的开始明朗起来。因在抗洪救灾工作中的突出表现，苏建才和张安帮或调走或升了一级。曾任煤炭工业总公司副总经理的胡明仁推荐苏建才出任煤炭公司的纪委书记。张安帮则被提拔为留守处副主任（副处级）。不久后，升任东升公司董事长兼总经理的胡明仁将张安帮调到其下属的物业管理分公司担任经理（享受正处级待遇）。

从相关人员的任职时间看，胡明仁等人伪造住房证明的时间正是苏建才担任留守处主任期间。出具如此重要的单位证明肯定要经苏建才同意，他是胡明仁等人贪污案的重要知情人！他想起来了，胡明仁、林小铁、邱阳在流石矿务局没有分到房子的证明，正是苏建才签名的。

一切都清楚了。洪六哥指派苏建才作陪是因为胡明仁案与苏建才有牵连，苏建才要亲自到现场指挥、掌握情况并随机应变。想到这，吴文杰预感此次的流石取证工作不会太顺利，结果也不会太理想。但了解到上述情况，他已有了对策。

一一五

流石矿务局大楼与镇政府大楼相邻，有一个占地面积约二十亩的院子。大楼高五层，有四五十个遮顶的车库，稀稀拉拉停了几辆车。大门无人值守，随便进进出出。“南东省煤炭工业总公司流石留守处”的牌子挂在一楼楼道左边的第一间门边。

苏建才领着吴文杰等人进入“主任办”，一位五十岁左右的中年人立即起身迎了出来。

“这是留守处的龚主任。”苏建才先向吴文杰介绍道，然后把吴文杰介绍给龚主任，“这几位是南州市检察院的领导。根据省领导的指示下来检查指导工作。”

“领导好。欢迎，欢迎！”龚主任热情地打招呼，请吴文杰等人坐下。“请喝茶。这是本地有名的白毛尖。”茶还冒着热气。

“路上听苏书记介绍过了。闻着很清香，汤色也很靓。”吴文杰由衷地称赞。

“其他人呢，今天不上班吗？”吴文杰一进到大院就想问。

“怕影响领导工作，安排他们到矿区去了。领导有什么指示？”龚主任说。

“什么话！人都出去了，怎么了解情况？也怪我，没交代清楚。要不你们和龚主任先谈吧！要找什么人，龚主任再马上通知。”苏书记和龚主任一唱一和，显然早已串通好了。

“没关系，我们有的是时间。完不成任务，我们是不会回去的。”吴文杰以静制动。

“那你们谈吧，我回避。龚主任，公司领导有指示，你们要全力积极配合。”苏书记说。

“一定，一定！”龚主任应承道，“领导有什么指示？”

看到苏书记出去后，吴文杰说：“可能你们也听说了，前段时间，根据省检察院领导的指示，我们查处了胡明仁等人涉嫌犯罪的问题。有些事牵扯到流石矿务局，我们专程过来调查了解。希望你如实反映，讲假话、作伪证是要负法律责任的。”

“我以党性保证实事求是。”龚主任表态道。

“好。请龚主任先简要介绍流石矿务局和流石留守处的情况！”吴文杰说。

“基本情况估计你们已经知道，或者苏书记也向你们介绍过，我就不罗嗦了。以流石为中心的乐源北部地区曾经拥有丰富的煤炭资源，具有埋藏浅、易开采等特点，开采了八九十年，为我国经济发展做出了很大贡献。常言道：‘靠水吃水，靠山吃山。’山穷水尽后，流石矿务局 2002 年宣布破产并转制。想当年，全局一万多人的在编职工、三万多人总人口，现在只剩下这个一百多人的留守处，在编的才二十多人，唉！”

吴文杰深表同情：“这既是历史规律，也是自然规律。”

龚主任说：“可不是嘛。与我们同命运的还有梅田矿务局。它们的规模比我们小一些，开采时间也不及我们一半。但有什么办法，国家有政策，政府一纸令下，照样关门。唯一幸运的是流石监狱。流石监狱创建于 1955 年，总占地面积两万多亩，是隶属省监狱管理局的正处级建制单位，在押犯一万多，曾是全国最大的监狱之一。2006年乐源特大洪灾后，搬迁到从化市，真是因祸得福。过去，流石镇的人口主要由流石、梅田两个矿务局和流石监狱三大单位组成。那时，镇上白天人来人往，晚上通宵达旦，何等繁华！如今，冷冷清清，成了一个被人遗忘的角落。”

吴文杰问：“下岗人员的安置情况怎样？”

龚主任答：“当年局里将开展多种经营时置下的几乎所有产业都卖掉后，总算将下岗人员分流出去了，现在仅保留了这座院子。院子二层以上全部出租，这才解决了留守处约一百人的生存问题。”

吴文杰又问：“留守处的职责是什么？需要这么多人吗？”

龚主任答：“留守处的主要职责是处理历史遗留问题和维稳。流石不比你们省城，小地方下岗了就没事做，没事做就没有了经济来源。现在物价这么高，靠政府给的那一点点补贴过日子都难。日子不好过，下岗人员心态就不稳定，上访时有发生。前段时间矿务局还发生了几百名下岗人员租用十几台大巴到市里上访的事件，影响很大。所以啊，我们留守处实际上就是维稳处、信访办，工作人员平时大多分布在火车站和汽车站，遇有重大节日还要派人到市政府门口，一见到局里的下岗人员就紧张。如果是上访的，工作还真不好做；做不通，拉都要拉回去。否则，饭碗不保。”

吴文杰说：“你们也真不容易。回去后，我们会向有关部门反映。”

龚主任说：“谢谢领导，光听我诉苦了。领导这次专门下来，有什么要我们配合的？”

吴文杰说：“事情倒也不多。今天时间晚了，明天你再安排人帮我们办吧。一是胡明仁、林小铁、邱阳、张安帮的分房材料。二是张安帮承包供电所的合同和审批材料。此外，帮我们找找2005年为胡明仁、林小铁、邱阳提供住房证明的经办人。”

龚主任说：“一定落实好。还有什么事吗？”

吴文杰说：“先这样吧。有其他的再说。”

龚主任说：“好。我叫一下苏书记，看他还有什么指示？”

实际上，苏建才就在隔壁办公室，或许早都听到这边的谈话了。龚主任刚出去，两人很快就一起进来了。

苏书记一见吴文杰就说：“吴科长，今晚一起吃个农家菜吧，也让龚主任尽尽地主之谊。”

吴文杰说：“不客气，我们就在金玲宾馆随便吃点儿好了。你们老朋友聚吧。”检察院有纪律，办案人员不得接受发案单位或案件关系人的宴请。况且，留守处不宽裕，吴文杰不想让龚主任破费。

苏书记乃冰雪之人，立刻明白了吴文杰的意思。“这样吧，领导。我请客总可以吧，给个面子。”

吴文杰也想换个场合与苏建才和龚主任再聊聊：“好吧，恭敬不如从命。”

龚主任马上接过话：“我让办公室主任订间房。”

吴文杰交代："一切从简。"

龚主任说："好的，只是一个土得不能再土、环境还很恶劣的大排档，领导不介意就好了。"

出了矿务局大门往右拐，跟着苏建才和龚主任的车，几分钟后就到了河边一间农家餐厅。餐厅生意很萧条，没其他客人用餐。一个四十多岁的中年女人已在那里张罗，显然苏建才他们早已有所准备。

龚主任介绍说："这是我们办公室的倪主任。"

倪主任热情地说："领导好。我安排了一些土菜，不知合不合口味？"

不一会儿，一大桌菜陆续端了上来。鸡、鸭、蔬菜是土的，鱼是山涧小溪捉的，还有野生的田鸡、黄猄和野猪肉。上一道菜，倪主任就介绍一下。

吴文杰严肃地对苏建才说："苏书记，省长来也不过如此吧？这餐饭我们买单！"

苏建才有点儿不好意思："是我的错，我没交代清楚。领导，单就不要争了。否则，回去我要挨骂。等下罚我三杯！"

吴文杰冷冷地说："还喝酒啊？"

苏建才有点儿尴尬："俗话说，'无酒不成席'，酒是我自带的大将军，一百多一瓶。"

吴文杰脸色稍稍缓和了："好吧。我的三位同事晚上还要加班，他们就不喝了，我代表。"

苏建才说："听领导的。"

苏建才带的酒吴文杰喝不习惯，几杯下去感觉有点儿晕了。

借着酒劲，龚主任对吴文杰说道："领导，我想代表流石矿务局的老员工讲几句话。最初，我们听到胡明仁等人涉嫌犯罪的事，感到很震惊。他们曾经是多么质朴、多么好的人，胡明仁还获得过全国五一劳动奖章。胡明仁和林小铁当矿工时是师徒，两次矿难都死里逃生，没想到却倒在了糖衣炮弹下，真是可惜。请各位领导念在他们曾经为国家做出过重大贡献的分上，高抬贵手，从轻发落。"龚主任一番话也说出了请这餐饭的目的。

吴文杰说："你们的心情可以理解。但功是功，过是过，功不能抵过。好在胡明仁等人都有自首情节，法院量刑时会从轻的。"

"谢谢。我敬您一杯。"龚主任说完，一口喝了。

"龚主任，问你件事。"吴文杰说，"胡明仁到东升公司后，从流石调了一批干部过去，你没动一下？"

"我不是不想，是没办法。官场上的事您比我清楚，我不比他们几位。我常年在工会工作，无用之人。林小铁与胡明仁是师徒关系，生死之交；林小铁又是分管生产和安全监督的副局长；邱阳当过胡明仁的秘书，后又任综合经营处处长，主管局里的建筑安装公司、家具厂和两座水泥厂；张安帮则是林小铁的铁杆部下，供电所长，也是个能人，不仅个人承包关村供电所，私人还有一个工程队，平时大家都不叫他张所长，而是称他张老板。说白了不去南州也好，去了说不定我也像他们一样出事了。”龚主任的话中带有些情绪。

“话不能这样说，苏书记不也没问题吗？”吴文杰故意说给苏书记听，“是不是，苏书记？”

“吴科长说得对，关键在个人。”苏建才不愿吴文杰把话题转向他，“龚主任，不说了。喝酒，喝酒！”

这时，办公室倪主任起身敬吴文杰酒。三人夹攻之下，吴文杰有些醉意，只好以茶代酒。

第二天上午10点钟，吴文杰他们来到龚主任办公室，苏建才早已等候在那里。

龚主任已将胡明仁、林小铁和邱阳三人在流石的分房材料和张安帮的关村供电所承包合同及审批材料装在信封里。“领导，很抱歉。当年给胡明仁三人盖公章、出假证明材料的那个人没找到。”

“怎么会？”这话一问出口，吴文杰就觉得多此一举。因为当时的留守处主任是苏建才，要搞清楚这件事，要问也是问苏建才，而不是龚主任。

“矿务局撤销后，留守处常年疏于管理，制度形同虚设。留守处的公章就放在这个柜子里，好几个人都有钥匙，有时还不上锁。加上留守处的人员流动性也大，谁来这里盖个章，真是搞不清楚。”龚主任很牵强地解释道。

“知道了。”吴文杰不想说出胡明仁、林小铁、邱阳三人的分房材料上有苏建才的签名。“再向你打听个人——林水记，做煤炭生意的。胡明仁交代说，收过林水记二三十万贿赂。”问归问，吴文杰并不抱希望。

“这人我知道，好像是湖南人，早年曾是流石地区比较大的煤老板。2002年矿务局关闭后，此人下落不明。听说去了中水市，还买了房子，改行做了家具。有什么事吗？”

“没事，随便问问。”

“还需要我做什么？”

“帮我打个电话给胡明仁的弟弟，让他下午到金玲宾馆来一趟，有些事情要问问他。”

“好的。下午我带他过来。”

胡明仁的弟弟是吴文杰这次流石之行要见的人之一。胡明仁曾交代说，张安帮的部分贿款由他弟弟代收。

吴文杰没想到，与胡明仁弟弟的这次会谈，让他对胡明仁有了深刻的认识。

一一六

下午3点钟，苏建才和龚主任陪同胡明仁的弟弟胡明国来到金玲宾馆吴文杰和叶如青住的房间。

“这位是南州市检察院反贪局的领导。”龚主任先介绍吴文杰，然后再介绍胡明国，“这位是胡明仁的弟弟胡明国。”

胡明国与胡明仁长得一点儿也不像，瘦瘦小小的，显得比哥哥还苍老。

“请坐。”吴文杰很客气。

“胡明仁怎么样了?”胡明国先开口说话。他居然不称胡明仁为哥哥，而是直呼其名。吴文杰觉得很奇怪。

“胡明仁涉嫌犯罪已被南州市检察院依法逮捕了。”吴文杰直奔主题，“今天请你过来，主要是要核实一些情况。”说完，转头对龚主任说：“苏书记和龚主任请你们回避一下。”

苏书记和龚主任出去后，吴文杰接着说：“据胡明仁交代，别人送他的一些钱是由你代收的，再转交给他。有没有这回事?”吴文杰有意将张安帮和胡明仁的供述反过来问。其实是张安帮交代称，他行贿胡明仁的部分现金是通过胡明国转交的，胡明仁称张安帮给他的钱他并没有全部收到。

“他扯卵蛋！他的事我从来不管。”胡明国从椅子上跳了起来。

吴文杰觉得胡明国的反弹有点儿过，就问：“胡明仁没有给过你钱吗?”

“给个卵钱！他这个守财奴从来没有给过我一分钱。”胡明国越来越激动，“我自己有手有脚，能养家餬口，靠卵他。他钱多，坐牢有个卵用!”

吴文杰阅人无数，感觉胡明国性格火暴、不像个有心计的人。“你做什么工作的?”

胡明国平静了些。“我在矿务局一个小水电站工作，下班后到镇上的钟表店帮人修钟表，每个月有一千多元收入，够吃够用。”

“你哥这么大的官不关照你一下？搞得你下班以后还要打一份工?”吴文杰有点儿不解。

“关照个卵！他把我们全家都当仇人。”

胡明国的回答让吴文杰觉得很意外：“怎么会这样?”

“说来话长。这与他大女儿的去世有关。我家有三兄弟，胡明仁是老大，我是老三，二哥在阳关市工作。胡明仁原来有两个女儿，大女儿很聪明。六七十年代，矿上的子弟学校条件很差，教学水平也不高。当时，胡明仁还是个下井挖煤的矿工，没文化，收入也不高，却很想让女儿出人头地，决定把大女儿送到二哥那里读书。那时，城里流行红裙子，乡下来的孩子哪里买得起，总觉得同学们瞧不起她，嘲笑她，慢慢地就变得不怎么讲话了。有一天，二哥上班后，他大女儿就找了条绳子，在门框上上吊了。大女儿的死对胡明仁打击很大，为这事他恨我们全家人。他当官以后，我们兄弟谁有困难他都不帮。我住的房子又小又旧，胡明仁调到南州后有几十万的年薪，他在矿上的那套房子就值几万元钱，宁愿出租也不给我，孤寒得很。他二女儿因为胡明仁当年不送她进城读书，从小就不理胡明仁；前几年技工学校毕业后，已经换了几个单位，现在好像是在珠海一家企业打工。”

胡明国说到这，吴文杰对胡家的情况大体已经清楚。“老人家身体怎样?”

“我父亲早就去世了；母亲还在，八十多岁了，除了眼睛看不见，其他没什么毛病。胡明仁没出事前，他矿上那套房子每月租金五百元，加上我出三百元，共八百元为母亲养老。如果说胡明仁给过我钱，就是给我母亲每月五百元的养老费。”

这时，吴文杰想起胡明仁一直保存的《家庭开支记录本》。这个本子详细记录了胡明仁调到南州前家里所有一百元以上的开支，其中就有每月给母亲的赡养费。看来胡明仁不仅是家里唯一的经济来源，也掌管着家里的收入和支出。实际情况也是这样的，胡明仁出事前，老婆、女儿都不知道家里有多少钱，家里的钱在哪里。移送起诉前，检察机关通知他老婆退赃时，他老婆都不知道怎么办。后来，还是胡明仁从看守所写了封信出来，交代他女儿找谁要钱，家里人才知道胡明仁把大部分存款都交给了一个朋友合伙做煤炭生意。

国企领导人必须严守国企相关规定，但一把手胡明仁因为长期与个体民营企业合作，调到东升公司后，把那些私人老板个人说了算的习气和处事风格也带到国企经营中来。本应按照企业“三重一大”事项决策程序决策的事宜，他却我行我素，不顾潜在经营风险，热衷于做融资性的投资和贸易。2005 年 4 月他擅自决定出资与草都区新华镇清布村村民投资兴建厂房项目，就受到东升公司通报批评；后来他又仓促决定与个体蔡姓老板合作经营煤炭贸易，并违规借款给蔡老板三百万元（有一百三十万无法收回）；还违规借款两百万元给蔡老板的珠海健信公司提供担保，因对方无法按时还款负连带责任，也损失一百一十万元；与贵州百宏公司合作做煤炭贸易，投入五百八十万元，因被对方诈骗只收回两百八十万元；与佛天三水恒达公司合作供应煤炭给云浮亨达水泥制品厂，被拖欠煤款达五千三百多万元，至今仍有三千五百多万元未能回收。目前，东升公司各类逾期债权共四千一百八十七万元未收回。胡明仁不守企业决策程序，自行其是，结果屡屡失手，导致一个有希望的企业再陷绝境。

“胡明仁调到南州后常回流石吗?”吴文杰也不清楚自己为什么要问这一句。

“回个卵?”胡明国越说越气，“他出去后一次都没回来过。在南州市安定下来后倒是提出把我母亲接到南州去，但母亲看不见，不愿动。此后他也不回来看看。最起码也要给父亲扫扫墓吧。哪有这样做儿子的?！脊梁骨都被人戳断了。真是报应！”

吴文杰脑海里忽然浮现出胡明仁木讷、空洞的眼神。如果说早年的贫穷导致大女儿自尽，给胡明仁造成的伤害无法弥补，成了他内心最阴暗的一块，那么晚年谭向军处心积虑的暗算，则刺激了胡明仁内心那根贪婪的神经，从此一发而不可收，直至疯狂。内心的阴暗最终变成了人生的黑暗。

一一七

结束流石的调查、返回南州的途中，吴文杰想绕道考察一下胡明仁等人精心策划、拟投资收购的几个水电站。但有苏建才和谭向军的司机陪伴左右，诸多不便。

吃早餐的时候，吴文杰对苏建才说：“临时有些私事要去阳关，朋友来车接，就此别过。”

苏建才说了几句“以后在南州多联系，好好喝喝酒”之类的客套话，就打电话叫龚主任过来。

龚主任见到吴文杰就说：“怎么才来几天就走？我们这可是著名的风景区。现在山涧水量充沛，是‘南岭十八漂’最好玩的时候，当年修建的‘7011工程’也很值得一看。我陪各位领导转转吧。”

吴文杰说：“谢谢各位了。没办法，我家里的最高领导有指示。好在公事已办完，以后再找机会专门过来玩一次。”

吴文杰因多年从事情报工作，在省内有很多社会关系。这次专门从阳关赶过来陪同他们的，是他早年结识的一位从南州来阳关投资旅游的朋友。

吴文杰将九个水电站的名字说了一遍，朋友说：“我来阳关七八年，一开始就想投资中小水电站，最终做了旅游。北部地区的山山水水我差不多都走遍了，你们算是找对了人。”

吴文杰说：“麻烦你了。”

在他的带领下，吴文杰一行以流石镇为中心，向北、向南随机考察了三座水电站，并以有意投资水电站为由，向水电站工作人员了解到一些情况。

流石镇机电排灌总站含两座电站和一个抽水站，20世纪60年代末由政府投资兴建，总装机容量为一千八百二十千瓦。因人员过剩，机器运行时间长，效益低，造成年年亏损，资不抵债。2005年11月经乐昌市批准，进行了公开拍卖，后流拍。大桥镇三角水电站由政府投资和民间集资于1998年共同兴建，装机容量为两千千瓦。兴建电站时因投资过大，造成年年亏损。为清还银行贷款、所欠债务和解除劳动合同职工的补偿费，2008年底经市政府批准，也已进行拍卖。沙溪镇田坳水电站是一座私人老板20世纪90年代初投资、装机容量只有八百千瓦的小水电站，因效益低，亦有意转让。

考察完上述三座水电站，吴文杰问朋友：“你是专家，怎么看？”

朋友说：“这三座水电站有一个特点，就是规模都不大，都存在这样那样的问题，所有人都经营不下去，想卖掉。这种水电站谁买都亏。”

吴文杰又问：“你估计一下这几个水电站值多少钱？”

朋友说：“个人意见仅供参考。流石排灌总站超不过一千万；三角水电站一千五百万左右；田坳水电站规模小，不赚钱，值不了五百万。总之，一句话，买这些水电站想赚钱，还得再投钱更新设备。”

吴文杰说：“明白了。不看了，大同小异。我们回南州喝酒吧。”

“这都是什么水电站啊，都是关停倒闭破烂不堪的，投钱下去肯定亏。这个胡明仁给谭向军拉下水后，搞钱比他还厉害。不搞则已，一搞一亿六千万，真是一肚子的坏水！”吴文杰跟叶如青、张伟强、刘敏锋摇摇头。

“他们煤炭帮在东升公司只会做两件事，经营煤炭，但六千多万外债收不回来；把南东省北部山区九个中小型水电站买下来，搞走国家一亿六千万。真是丧心病狂、变本加厉地搞垮公司。不将他们送去坐牢，我就不是人了！”张伟强痛心疾首地骂道。

流石煤矿关闭后，五十岁的胡明仁离开了他出生长大、工作了三十多年的小山区，之后从未回来过。九年后，五十九岁将要退休的胡明仁却做出了他人生中最重大的一个决定——向以流石为中心的北部山区投资一亿六千万收购九座水电站！这里面暗含什么，或许胡明仁自己也说不清楚。总之，在他的精神世界里，终点又回到起点。

回南州的路上，吴文杰、叶如青、张伟强和刘敏锋很自然就聊起了胡明仁的事，根本不觉得累。

“胡明仁和林小铁太可惜了，两人这么高的收入！胡明仁至少一年有六十多万，加上奖金，可达八十万；而林小铁每年也有六七十万。到了南州，还贪那点儿钱真是不值得。”张伟强率先说道。他是一个“炮筒子”。

“他们从流石矿务局出去就不容易，没干几年却犯罪了，变得一无所有。如果不是这些事情发生，每个人都可以好好过日子。”刘敏锋也惋惜道。

“他们的问题在于，第一，没必要一口吃成一个大胖子的。刚来南州市，就要把老婆、孩子和房子、车子等所有问题都解决。林小铁把老婆、孩子全调出来：老婆安排在公司人事部管党群工作，任人事部副部长；女儿找了关系放到电信系统。胡明仁和张安帮老婆不做事，每个人在南州都买了房子，张安帮还买了车。虽然南州是消费很高的城市，钱一下子肯定不够，但凭他们正常的工资收入和奖金再过两三年，住房、车子和家庭问题全部都能解决，没必要贪下属的钱。”叶如青是一个善于总结的人。

“第二，没必要把老部下一批批搞过来，占据整个东升公司的主要部门，加剧公司内部矛盾。东升公司总部才六十多人，有三十多人都是他们从流石调出来的，人为地将公司分成三派。之前还有两任董事长留下的两帮人，造成公司有三派人在那里斗。”刘敏锋接着说道。

“第三，更不要怀有侥幸心理，明目张胆地贪污公司住房补贴。最后还是被人知道，写信告了。世上没有不透风的墙。”张伟强也补充说道。

“我们好像在开会啊。”吴文杰笑道，“既然这样，我来做一个总结性发言吧。你们说的那是主观原因。客观原因也要找，那就是碰到了谭向军这个人。”

“对，没有谭向军这个混蛋，胡明仁和林小铁也不会如此明目张胆地犯罪。”张伟强附和道，顺便把谭向军骂了一通。

“本来他们都是踏实肯干、容易知足的矿工，并非奸诈之徒。只是到了一个繁华的大城市，生活压力比较大，要解决的问题比较多，在谭向军这种居心不良之人的蒙蔽下，很容易上当受骗；加上本人也有些私心、有些贪念，总怀有侥幸心理，所以就身败名裂了。唉，几次矿难不死，却死在灯红酒绿下。”吴文杰摇摇头，很是痛心。

四人都陷入沉思之中。车窗外闪过青翠的山林、碧绿的湖水，还有湛蓝的天空、洁白的云彩。原来，能够呼吸到自由的空气是多么美妙的一件事！

一一八

谭向军的问题，在侦查期内还可以做一下的就是去阳河监狱提审于杰。于杰服刑已经六年了。不知得知当年力保他的谭向军也未能逃脱法网时，会不会再说点儿什么。

“好啊，叫上老张一起去！”吴文杰的提议，得到叶如青的积极响应。

根据经验，在监狱服刑的人不可能重新认罪。因为害怕加重处罚，而且他有指定管教，讲与不讲肯定要听监狱方面的。

“我让省监狱管理局的朋友给阳河监狱打个招呼，下去会方便些。”吴文杰的朋友是省监狱管理局后勤处的何处长。

何处长很热情，很快安排妥当，给吴文杰回电说：“去了阳河监狱直接去找陈监狱长，他们会积极配合。”

阳河监狱创建于 1965 年，有干警职工一千多人，押犯容量九千多人，是全国目前在押犯人最大的一个监狱，也是南东省西部地区最大的现代化男子监狱，管理非常好。

吴文杰、叶如青、张伟强三人 8 点半一上班准时出发，到达阳河监狱已是中午 1 点左右。阳河监狱位于阳关市阳东县那龙镇，距南州四个多小时的车程。

他们三人在监狱大门附近的大排档随意吃了点儿饭菜，回到车上休息。下午两点半监狱上班，他们将车直接开入监狱办公区，在停车场停好，就去找陈监狱长。

陈监狱长的办公室在三楼，办公室很宽大。“陈监，你好！我们是南州市检察院的。”吴文杰说完，将介绍信和工作证递过去。

陈监很热情：“何处长打过招呼了。请坐，喝杯茶。等下我叫李副监狱长陪你们提审。”

“还是别劳李监的大驾了，让狱政科派位同志吧。”吴文杰也很客气。

“行，听你的。”陈监说完，拿出手机打了个电话，“老李，到我办公室来一下。”很快，一位一米九几的大个子走了进来。“这几位是南州市检察院的同志，过来提审于杰。”陈监先介绍客人再介绍部下，“这位是我们李副监狱长，也是从南州调过来的。”接着交代李监，“你让狱政科派个人陪一下！提审完后，你代表我请南州检察院的同志吃个饭。我有事，不参加了。”

“是。”李监答道，然后与吴文杰三人一一握手。

“太麻烦了。吃饭就不必了。”吴文杰有点儿不好意思。

“何处长专门有交代，你们一定要给我们这个面子。就在我们自己的饭堂吃。”

“好吧，恭敬不如从命。谢谢。”

喝完一杯茶，李监将吴文杰三人带到狱政科。狱政科的科长亲自陪同他们去监区。

监区长听说检察院的来提审就有些紧张，问：“是不是又发现于杰新的罪行了？”他担心影响于杰的思想情绪和监区的改造绩效。

“没有。于杰的老领导最近被我们抓了。我们过来看看于杰有没有什么要检举？”

“这样好。他思想没有顾虑和负担，我们做他的工作也好做。”监区长放下心来。犯人有检举立功表现，是监区的功劳。“我叫于杰的管教过来。”他说道。

“于杰的表现还好，中规中矩，愿意配合改造，但不算很积极，性格比较内向，不怎么多说话，所以减刑的幅度不是很大，减了两次刑，每次一年。他原来判十五年，已服刑六年，现在只剩下七年的刑期。如果在你们这儿能协助破案，还可立功，对他早日出狱也是有帮助的。”管教介绍道。

“家里有什么人来看过他？”吴文杰问。

“他那些兄弟姐妹都没来过，倒是他女儿每年从国外回来看他一次。看了他以后，于杰的精神状况就好许多，女儿也是他生活的一个希望。”

当管教将于杰从监仓提出来，坐到吴文杰他们面前时，叶如青几乎无法将这个五十出头却头发花白的苍老犯人与六年前那个面庞红润、有点儿富态的于老板对上号。

“这是南州市检察院的，现在提审你。”管教站在一旁命令道，“问你什么就说什么，老实交代。听清楚没有？”

“是。”于杰赶紧点头答道，抬头看了看对面的三个人，又低下头去，脸上没有任何表情。他也没认出叶如青来。

“于杰，身体状况怎么样？”吴文杰问道。

“还不错。”于杰怯怯地答道，头也没抬起来。

“你的老板谭向军几个月前被拘留逮捕了。这是他的拘留证和逮捕证，还有潘枝也被拘留了。”叶如青曾是于杰案的经办人，情况熟悉，自然是主审。

之所以给于杰看谭向军和潘枝的拘留证、逮捕证，是希望于杰除了对谭向军，也能提供一些潘枝的线索。潘枝取保后又翻供，而之前谭向军和潘枝经常去茂林找于杰。

“哦，他俩也进来了。”于杰隔着铁窗看了一眼叶如青递过来的东西说道，没有一点惊奇，好像早都预料到了似的。

“想不想早点儿出去和家人团聚？”叶如青问。

“想，但没什么办法。减了两次刑，也才减了两年。最多还能减一次，减一年也没什么用。”

“如有重大检举立功表现，经查证属实，我们会出公函为你提出减刑请求。”

“刚进来的时候我也检举过，写了好几页纸，结果没了下文。”

“我们今天专程从南州过来提审你，你交代的情况我们会尽快、认真核查的。”

“谢谢政府。你们问吧，知道的我一定交代。”

叶如青和吴文杰对望了一眼。看来监狱方面的改造还是有成效的，入狱前的于杰那是死猪不怕开水烫，问他什么，一个字也不说。此时，于杰愿意讲话了。

“于杰，你跟以前不一样了。以前我审你，你是打死也不说；现在愿意开口了。”

“我都这样了，进来这六年也想通了。家人不理我，跟老婆离了婚，女儿每年回来看一趟，连孙女也没见过。现在我才五十多岁，再过几年出去还不到六十岁。出去后也是跟女儿一块过了，希望能早点儿出去。不知道有什么能帮得上你们的。”

“你不仅是帮我们，也在帮自己。如果你能立功，检举谭向军和潘枝的犯罪问题，经查实无误，就会书面跟监狱方面提出来，给你请功，给你减刑。”吴文杰说。

“这样吧，我把想得起来的都告诉你们，你们去查吧。但隔了这么久，不一定很准确。如果能帮上你们，希望你们也回来帮帮我。”

“行啊。”叶如青回答道。

“茂林资产处置的时候，我们有一个招待所，我就介绍一个汽车城的老板跟老谭认识。老谭跟他商谈，把整个招待所卖给了汽车城的老板。后来这个老板给了五十万感谢费，打入我在茂林分公司旁边工行开的账户。然后，我把钱转到我在南州火车站站前路工行开的账户再提现，拿到老谭办公室交给他。这是第一笔。第二笔是我们茂林分公司有一个基建工程项目，工程造价两百多万。施工队是我找的，协议是老谭谈的。做完后，老板叫我转交三十万给老谭。第三笔就是我们茂林分公司旁边有几个网球场，将这块地卖给了茂南区某领导的亲戚做房地产开发，该亲戚又叫我提了五十万给老谭。我经手的就是这三笔，一百三十万，不知道你们能不能查得清楚。我们公司有些账被我销毁了，有些也还在。你们去茂林有关单位查查，可能也查得出来。”

“潘枝的事呢？”

“潘枝只是跟老谭来茂林，我没有直接给过她钱，钱都给了老谭。”

“她不是你的上级、副总经理吗？”

“我只对老谭。”

看样子只能这样了。哪怕会是有重大立功却可能加重刑期的事，于杰也是肯定不会说的，趋利避害是人的本性。

提审完于杰，正值监狱晚饭时间。各监区的犯人身着囚服在操场上列队集合，远远望去乌压压一片。犯人们在管教带领下，喊着响亮的口号，迈着整齐的步伐，秩序井然地走向饭堂，场面蔚为壮观。

南东省的监狱大多是上世纪五六十年代兴建的，且都建在穷乡僻壤。而大要案犯通常都在异地异监服刑。之后胡明仁、谭向军、林小铁也被收监在阳河监狱。

同案犯都被安排在同一监狱服刑的情况很少见。不知谭向军、于杰有没有碰面的机会，若能碰面又说些什么呢？吴文杰想。

于杰检举的谭向军贪污一百三十万的新证据，因为有新的案件在身，吴文杰没有办法核实。这也成为他的一大遗憾。核实的话，至少可以为国家追回一千万。他一直怀疑于杰贪污的两千万可能一半给了谭向军，谭向军才那么积极地为他掩盖罪证、减轻处罚。如果查实了这些事，于杰也会获得减刑。

一一九

东升公司系列案抓来的这八个人中，包括取保候审的肖江河、伍立志、潘枝、邱阳，只有谭向军最麻烦。作案时间跨度大，从 1998 年一直持续到 2008 年；地域宽，涉及东北、上海、中水、茂林等地；犯罪数额巨大，已查实两百万元左右，又拒不认罪，一直是零口供，情节恶劣，而且还涉嫌和人共同犯罪。要查证谭向军所有的事，需要延期羁押。

“杰哥，省院侦监处经办人来电，要求我们详细说明申请延长羁押胡明仁、谭向军和林小铁三人的充分理由，否则不予批准。”刘敏锋向吴文杰报告道。

“我记得你写的申请理由是涉案人员多、涉案金额大、案情复杂，是不是?”吴文杰问。

“是，还有嫌疑人作案持续时间长、作案地域广。但省院经办人要求说明案件的进展情况。”刘敏锋说道。

“没事，你不用管了。我去趟省院。”吴文杰说道。

“报告。”吴文杰来到省院侦监处吴问天处长的办公室。

“请进。”吴问天头都没抬。喊报告的人不是下属就是下级单位的人，吴问天习惯性地摆架子。

吴文杰也不作声，静静地站在吴问天的办公桌前。

“文杰，是你老兄啊。”过了一会儿，吴问天抬起头。看清来人，连忙起身，脸上挂满笑容，“什么风把你吹过来了?”此时的吴问天已与两个月前不同意逮捕谭向军那次会议的傲慢态度，判若两人。

“我是无事不登三宝殿，请你老人家帮忙来了。”吴文杰道。

“什么帮忙不帮忙的，我欠你的人情还不知怎么还呢。用得着尽管说。”吴问天道，“请坐！喝什么茶?”

“随便。”吴文杰道。

“普洱?”吴问天问。

“行。”吴文杰道。

吴问天动作很熟练，撬茶、洗茶、冲茶、闻香，一气呵成。“来，尝尝。”

“好茶。”吴文杰赞道。

“看来，文杰兄也是同道中人。”得到别人的赞扬是很快乐的。

“哪里，说不出所以然。”吴文杰谦虚道。

“送你一饼。”吴问天去柜筒拿出一盒递给吴文杰。

“荣幸之至。那我不客气了。”吴文杰谢道。

“说吧，什么事?”喝了一口，吴问天问道。

吴文杰将来意简单说了一下。

“小江，来我办公室。”吴问天起身拨了个电话。

一个三十来岁的小伙子快步走进来。

“怎么回事？我不是早就交代过吗，市检东升公司的案子是专案，赖检和市院的陈检、范检都特别重视，我们一定要大力支持！”吴问天严肃地说道。

小江看上去没反应过来。

“去把延期羁押的报告拿过来我看看?”吴问天道。

小江把报告拿来给吴问天看。

吴问天快速看了看，说：“我看可以了，送给张副处长批吧。”

小江转身离开。

“不好意思，为了保密，我们写得简单了些。”吴文杰道。

“理解。”吴问天道。

“谢谢。你大处长日理万机，我就不打扰了。告辞。”吴文杰起身道，“改天我请你喝酒。”

“谁请都行。”吴问天将吴文杰送出门外，两人握手告别。

一个月后，胡明仁、谭向军、林小铁三人再次申请第二次延期羁押，还是同样理由。吴问天大笔一挥：同意。

第三次申请，即便规定不允许，但谭向军的情况特殊，再加上吴文杰的人情，吴问天依然是大开绿灯，又将胡明仁、林小铁和谭向军，延期羁押两个月。

2009年1月，吴文杰将东升公司系列案移送到了公诉二处章新林那里。程序和要求是死的，人是活的，公事也需要沟通。吴文杰来到二十三楼公诉处章新林副处长的办公室。

“文杰你可是稀客啊!”接到吴文杰电话，章新林已放下手中的活，在沙发上泡茶等着。

“师父，请你帮忙来了。”吴文杰坐下道。

“我俩谁跟谁啊。”章新林递杯茶给吴文杰，“说说看。”

“东升公司的案子，我时间不够用。请你支持一下。”吴文杰直说道。延期羁押的三次申请用完了，谭向军的问题还没有完全查清楚，需要再争取点儿时间。

“没问题。我的两次退查你都可以用。”章新林很豪爽。

“谢谢。”吴文杰道。

公诉处对移送起诉的案件进行审查最长一个半月，认为需要补充证据的，可退回侦查机关补充侦查，补充侦查限期为一个月。退回补充侦查的次数不得超过两次。两次审查加两次补查，加起来总共有五个月时间。

“客气啥。还有什么我能做的?”章新林道，

“谭向军这个案件一定要放在你们处，不能放到下面区院，省得他们找关系搞来搞去，把这么大个案件给搞没了。”

“这个案件我保证留在我们这里，但你们移送起诉的数额一定得超过一百二十万。”章新林说道。

法律规定，无期徒刑和有可能判死刑的，或是副厅级别以上的，又或是犯罪数额超过一百二十万的犯罪分子，市检察院可自行起诉。如果不符合这三个标准，就要放到区检察院起诉，而如果移送到区检察院，很快会被人找关系拆数，重新处理。

“我一定会超过这个数额，到时你们也不要砍掉我们的数。”

“没问题，一分钱都不砍你们的。”

公诉处在审查证据材料的时候，如果觉得私分公款或者贪污受贿这些罪名的认定有问题，可以直接砍掉这部分的贪污受贿数额。吴文杰担心公诉处东砍西砍，超不过一百二十万元，又将案子放到区院去了。而且到法院开庭时，根本就见不着这些数，法院量刑就轻。而像谭向军这种零口供，至少也要判十年以上。

“那我没事了。”吴文杰起身准备告辞。

“忘了跟你说个事。”章新林道，“老武关于中水、横沥两块地的钱已上交，退休报告5月份南方公司已批了。我同学罗总接替他当了能源公司董事长兼总经理。”

“知道了。”吴文杰道。

“他们两位要我代他们好好谢谢你。怎么谢，你说!”章新林道。

“不必了。事出有因，情有可原，引以为戒吧。”吴文杰道，“说实话，能源公司从成立以来从未亏损，老武和罗总功不可没。尤其是2004年省企改制，能源公司划归南方公司直管后，经济效益更是连上台阶，听说还准备上市。”

“看来，什么情况你都掌握，我就不说了。不论如何，都离不开你们的呵护。”章新林道，“东升公司经此一劫，这一百多人的饭碗很成问题。估计，南方公司下属的其他五个集团公司都不愿接收他们。罗总是从东升公司出来的，对东升公司有很深的情感。罗总有个想法，本想迟些征求你意见后再向南方公司提出，就是能源公司正在扩大发展，东升公司的煤炭业务也属能源范畴，罗总想把东升公司兼并过来。”

“这太好了！我同意！不瞒你说，我正为此事犯愁哩。我不希望因为我们办案，把一个企业‘搞垮’了。”吴文杰道。

“不能这么说。你们挖出东升公司的蛀虫，表面上看东升公司不复存在，是垮了，但实际上东升公司并入能源公司将会获得新生，发展只会更好。”章新林道。

“你这样说，我也释怀了。我要谢谢罗总!”吴文杰道。

“这个，罗总可不敢当。找时间我让罗总当面向你汇报!”章新林道。

“可以。制度建设方面我可以给他提些建议。你安排，越早越好。”吴文杰道。

“一言为定!”两人击掌。

办了五六年的案件，吴文杰第一次拥有了一种成就感的快乐。以往挖出蛀虫、惩治贪腐他快乐；现在能拯救一个企业，他更快乐!

一二〇

胡明仁、林小铁、张安帮的侦查期在两个月之内就完结了，三人属于同种情形——认罪态度好，贪污数额不大，移送公诉处后也没多大异议，直接送到黄园区法院了。

法院一审就做出判决，胡明仁四年半，林小铁两年半，张安帮七年。张安帮因为一分钱都没退，判得最重，退钱是从轻处罚的先决条件。如果他退了钱，估计只会判三四年。

胡明仁还剩二十九万没退，所以判了四年。之前卖了一个车库，退掉了大部分钱。他妻子也不知道他有多少钱，他的钱都借给朋友做生意亏掉了，没钱还他。后来为了帮他减轻处罚，还了三十万，律师拿走了十五万。

张安帮贪污的钱一部分买房子，一部分买车，还有一部分请客吃饭送人。他说："我没钱退，只剩下一套房子。车子卖了也不值钱。房子买时将近一百万，我写封信叫我老婆把房子卖了吧。"

但他妻子不肯卖房子替他退钱。她跟吴文杰说："就让我老公坐牢吧，打死我也不卖房子。如果我把房子卖了，我跟小孩就要回流石去。"

张安帮的妻子从来没有工作过，矿工妻子一般都不工作的。张安帮被抓以后，她就靠张安帮以前参股水电站的一些分红糊口养家。张安帮当水电站站长时，动员胡明仁、林小铁及亲属，包括他自己，投资参股了一些水电站。由于山区水种资源丰富，不少水电站赚钱，所以即便张安帮妻子没工作，也还可以分红，每个月基本上都有几百元。

吴文杰就动员张安帮："阳关水电站你不是还有股份吗？把股份卖掉，法院可以从轻判你。"

张安帮说："卖掉股份后，我坐牢出来什么东西也没有。一没工作，坐牢出来肯定找不到工作；二没收入。"他宁愿加重处罚。最后张安帮还是借了他弟弟三十万退了一些钱，他弟弟是开大巴的。

取保候审的肖江河、伍立志、潘枝和邱阳是一年后下的判决。取保候审属于强制措施，都要起诉，法院通常会判缓刑不用坐牢。一般认罪态度好、积极退赃、犯罪数额不大——二十万以下，对社会危害小、有检举或者重大立功、出去后翻供不会对相关案件造成影响的犯罪嫌疑人，都符合取保候审。

办公室主任肖江河判了一年半，缓刑一年半；邱阳判了一年六个月，缓刑一年；伍永达因为一度病危，又做了截肢手术，判了一年，缓刑一年。潘枝则由区法院做出相对不诉决定。由于未被追究刑事责任，潘枝没被单位开除。后来，辞职去了一家外企，仍做财务高管。

黄园区检察院认为胡明仁、林小铁和张安帮判得太轻，决定抗诉。

"杰哥，黄园区检察院公诉科汪科长说，胡明仁、林小铁和张安帮判得太轻，决定抗诉。"叶如青道。

"抗诉不是那么容易的，只是希望谭向军的案子不要判轻了。审谭向军的时候要问明主审法官是谁，随时跟进。"吴文杰交代道。

"杰哥，谭向军案的主审法官是荣国团。还记得吗，2004 年水利厅向水进的案子就是他主审的。"叶如青道。

"怎么不记得，我负责的第一个案子。贪污、受贿两个罪，给他砍掉了贪污，你和老王还找过他。"吴文杰道。

“杰哥记性真好。你通过司法局律管处的朋友了解到，向水进的律师与荣国团是同学。我诈他，有举报说他通过律师收被告家属的钱，把他吓了个半死。后来，其他几个嫌犯没再敢轻判。”叶如青道。

“向水进一案我们为什么没抗诉？”吴文杰有点儿记不起来了。

“还不是因为当时我院分管公诉的梁副检察长，他现在交流到法院当副院长，他的意思。”叶如青道。

“没错。”吴文杰想起来了，“走，我跟你去拜访一下梁副院长。这次不能让荣国团再搞鬼搞怪了。”

“报告。”吴文杰和叶如青来到梁副院长办公室。

“进来。”梁副院长见是吴文杰，亲切地说道，“文杰啊，好多年不见！怎么过来了？”

“请您老人家帮忙来了？”吴文杰道，“这是叶科，我的副科长。”

“认识，反贪局的‘法官’。”梁副院长与吴文杰和叶如青两人握手。

“文杰，你还欠我餐饭。记得吗？”梁副院长道。

“怎么会？”吴文杰道，“能请老领导吃饭是天大的荣幸！请多少餐都行，怎么可能欠？”

“你当科长，在党组会上讨论我投了你一票。你是不是欠我餐饭？”梁副院长道。

“这事确实要感谢院长。当时不是你那一票，我还真当不了科长。”吴文杰道，“择日不如撞日。今天补请，如何？”

“你还当真了？”梁副院长笑道。

“真的。”吴文杰道。

“算了，改日吧。今天我没空。先说你的事吧。”梁副院长道。

“行，两餐。改日一定请。”吴文杰道。

吴文杰将东升公司系列案案情简要介绍了一下，道：“据了解，主审法官是荣国团，就是2004年水利厅案我们要抗诉的那个老兄。”

“有这么回事。当时你找过我，我没同意。”梁副院长记忆力超好，“有什么问题没有，有的话我决不轻饶他。”

“目前没什么问题，就是担心他放水。上次听说他收了律师的钱。”吴文杰道。

“放心，我会敲打敲打他。东升公司的案子我会严格把关。”梁副院长道，“这样，我把他叫过来当面交代一下。”梁副院长打了个电话。很快一个四十多岁戴眼镜的瘦高个蹑手蹑脚地走了进来。“小荣，这两位是市检察院反贪局一处东升公司案件的经办人。”梁副院长道。

荣国团与吴文杰、叶如青握手。

“荣法官，还有印象吗？六年前省水利厅向水进案件，我们打过交道。”叶如青道。

“水利厅？向水进？”荣国团想了想，又看看叶如青，神情有些尴尬。“不记得了，经手的案件太多。”

“东升公司系列案是省、市领导高度重视的专案，一定要办好。”梁副院长道。

“一定，一定。请院长放心。”荣国团道。

“不仅案件要办好，廉政还不能出问题。”梁副院长又说。

“一定，一定。”荣国团挺了挺胸。

“你们互相留个电话，随时保持联系。”梁副院长道。

一二一

2009年9月，谭向军贪污、受贿案在南州中级人民法院最大的法庭开庭审理。接到公诉处章新林处长的通知，吴文杰决定暂停所有工作，全科干警都去听审。因为每一个人都想知道：五年前经协集团系列案中逃过一劫的谭向军这一次命运如何；这个反侦查专家面对公诉机关的指控，又会是怎样一种反应。

对于一线办案的反贪干警来说，听审是一次难得的学习机会。法院的开庭审理，是对反贪干警历尽艰辛取得证据的严格检验。实际工作中，反贪干警往往只注重收集犯罪嫌疑人有罪证据，而忽略其无罪证据。

从专业角度讲，“零口供”“不服从逮捕”的谭向军是一本难得的教科书，与他斗法，虽然艰辛，却其乐无穷。

能容纳一百多人的法庭座无虚席，就连人行过道都站满了人。南方资产公司及下属机构来了很多人。见到郑刚，吴文杰向他微笑致意。吴文杰和全科干警身着便服，在靠后位置就座。前两排几乎全是胸挂工作牌的媒体记者。东升公司贪污、贿赂系列案陆续起诉、宣判，早已引起各大媒体和广大市民关注。但谭向军的家人没来。

谭向军气色很好，声音洪亮，根本看不出在看守所待了近一年半。

公诉人是南州市检察院公诉二处的“全国十佳公诉人”。主诉官用了近两个小时一一指控谭向军涉嫌犯罪的事实，并出示相关证据。主诉官念完后，谭向军很是意外，也很紧张，因为有些指控侦查人员从未向他提及。

但谭向军就是谭向军，很快恢复正常，如同审讯时一样，一如既往地否认公诉人的指控，并对包括胡明仁、林小铁、张安帮等所有证人的证言表示出极大愤慨，声称要当庭对质。

谭向军妻子江兰帮他请的律师也很特别，如果不是专业水平低，当然是相对于“十佳公诉人”而言，就是另有企图。整个庭审立场似乎都有问题，不仅没有全力维护当事人利益，时不时还站在公诉人一边对公诉人的指控表示赞同。气得谭向军不得不自己进行申辩。

吴文杰跟叶如青相视一笑，会不会是谭向军的妻子与律师串通好，让谭向军多坐几年牢，最好一辈子都不要出来，家产全归她和女儿。

他想起不久前发生的一件事。法庭开庭前，谭向军请的律师跟他说，检察院起诉他贪污一百多万，他又没有任何从轻情节——没退钱，不自首，不认罪，零口供——

可能会判得很重。谭向军权衡律师的话，还有检察院的证据和法官的倾向，认为躲不过去了，决定退钱以获取轻判。谭向军想退钱的事，吴文杰他们也很欢迎。赃款拿得回来，也是他们的工作成果。因此，他通知郑刚，让他告知谭向军的妻子回来退钱。谭向军的身份证还扣在检察院。

谭向军的妻子江兰本不想回来，之前就说他们家退不出那么多钱，只退了二十几万。她一直认为，谭向军所有的钱都给女儿出国用了，包括在国外买房子，应该是没钱了。按照谭向军年薪五十万、他们在国外一年要花三十万来计算的话。就算谭向军通过律师告诉她，让她去他单位旁边的工商银行，他在那里有一个保险箱，有些钱，她也不相信。

吴文杰却觉得，保险箱里应该有很多他们想查却一直没查到的证据，比如长春办事处资产处置、于杰茂林卖地、中水卖地和大水湾卖地等。谭向军曾经同他的一大金刚武兵说，你要好好保存这些合同、协议，后面用得着。可见谭向军的防备心理和防侦查意识，有多厉害。

吴文杰怀疑谭向军是用亲戚的名字，在银行里存了很多钱，锁在保险箱里，所以他们根本查不出来。提审于杰时他也说，保险箱必须要得到谭向军本人的亲自授权，或者他自己去开，别人开不了。

为了动员谭向军的妻子回来开保险箱，吴文杰告诉她，检察院在银行查到了谭向军有两张定期存款：一张是三十万人民币，还有一张是五万美元，已经冻结了。就算她不回来，他们也会要求银行打开保险箱，看看里面有什么。

听到谭向军在银行还有这么多钱被冻结，谭向军的妻子江兰急了，说我一定回来，他的钱也是我们夫妻共有财产。她的意思很明白，是要看看保险箱里到底有多少钱。除了法院要退赃扣走的钱，剩下的钱是夫妻共有财产，她有权拿走。而银行也心疼破箱，一把锁几百块钱。

第二天，谭向军的妻子江兰就坐飞机回到了国内。

吴文杰他们打开保险箱，里面有张存折，三百多万。江兰惊奇了，没想到谭向军还有这么多钱。随即提出要卖掉谭向军的房子。

叶如青问她："为什么要卖房子？老谭出来后住哪里？"

"老谭什么时候出来还说不清楚呢，我和我女儿、外孙女现在都过不下去了。"她一把鼻涕、一把眼泪地说了一件事。"我女儿嫁了个英国人，生了两个外孙女。女儿不工作，女婿半年前又失业了，之后一直没找到工作，三个月前还突然失踪了。真是祸不单行，现在老谭又出了这事。请你们可怜可怜我们孤儿寡母，让我把房子先卖了，救救急再说。"

"老谭是房产的共同所有人，得他同意才行。"叶如青解释道。

"老谭人我又见不到，怎么办呢？"

"委托你的律师去办吧。他可以申请会见。"

当律师向谭向军转达他老婆的意思时，谭向军很气愤，也很伤心。"夫妻本是同林鸟，大难临头各自飞。让她死了这条心吧！就是我把牢底坐穿，房子烂掉，我也决不签字让她卖。”

房子卖不成，银行保险箱里三百万元的巨额存款又被检察院冻结。江兰就串通律师，不好好为谭向军辩护，让他判重刑，最好在监狱里终老。这样一来，谭向军的巨额财产就全部归她所有了。看来，谭向军的妻子并不像外界传说的有精神病。

“辩护人有什么要质疑的？”法官问律师。

“没有。”律师无精打采。

法官和律师的对话，把吴文杰的沉思打断。他心里清楚，对谭向军的全部指控证据都不充分，律师却无心也无力辩护。

控辩并不精彩。谭向军的辩解也苍白无力，法官基本不予采信，宣布择日再对谭向军涉嫌犯罪事实进行宣判。

谭向军见无力回天，在做最后陈述时请求法官，法院认定他有罪的部分他愿意退钱，请法院从轻、从宽处理。

一个月后，南州市中级人民法院数罪并罚，一审判处谭向军有期徒刑十五年。谭向军不服，要求上诉。后来省法院维持原判。

一审判决后，谭向军整个人完全垮掉了，一夜之间头发全白。终审判决后，就住进了武警医院。

武警医院的情况吴文杰是知道的。服刑之前，所有犯罪嫌疑人如果身患重病，都由看守所安排到武警医院就医。武警医院的六楼是犯罪嫌疑人的就医专区，电梯和病房门口都有武警把守，除办案人员和律师，任何人不得入内。

后来，律师又来了一次。目的只有一个，受谭向军妻子的委托，让谭向军在离婚协议书上签字。很显然，她是想把谭向军被冻结的银行存款，据为己有。

律师说：“钱你已用不着了，但你老婆、女儿、外孙女在英国没了经济来源，生活没有保障。你要为她们着想。”

谭向军气晕了，撕碎了离婚协议书。“要我为她们着想，她们什么时候为我着想过？她们只盯着我的钱。告诉她，再提离婚，我就把钱全部捐出去！”

谭向军哀叹自己真正成了众叛亲离的孤家寡人。一年半来，绞尽脑汁地想逃避法律制裁的他，此时忽然想尽快进到监狱去。那里有很多他的同类人，他将不再感到孤单。

三个月后，谭向军结束了在武警医院的治疗，被送到阳关监狱服刑。

想当初，谭向军是何等威风！省属大型国企的副总，交往的不富则贵，每年五六十万的年薪，出入的都是高档场所。而如今，成了遭人唾弃、被人憎恶的贪官。

人非圣贤！一生之中会做错很多事，但有些事绝不能做错，比如违法、犯罪。一旦做错，哪怕用余下的生命作为代价也挽回不了。

一二二

东升系列案告一段落后，吴文杰决定依据有关规定，向南州市检察院举报中心为冯小民、李劲勇申请举报奖励。他总想尽点儿绵薄之力，补偿一下他们。

吴文杰来到院举报中心办公室。“老杜，有空吗?”吴文杰问。

“你老战友来访，怎能没空?”杜林起身道。杜林和吴文杰是同一部队的战友，一前一后转业进的检察院。

“单枞好不好?”杜林边泡茶边问。

“客随主便。”吴文杰道。

杜林的茶具是他晋升院举报中心主任时，吴文杰送的贺礼。

“味道怎么样?”杜林问。

“顶级的乌东单枞。自然没得说。”吴文杰闻了一下，喝一口道。吴文杰是个识货之人。

“什么风把你老人家吹过来了?”杜林问。

“有件事心里老是挂着，看你能不能帮帮手。”吴文杰道。

“我这只有线索，能帮你什么?”杜林问。

“举报奖励啊。”吴文杰答。

“好啊。我当主任两年多还没批过一单举报奖励呢。愿意效劳。”杜林高兴地说。

“不会吧?”吴文杰不信，“你举报中心每年至少会收到一二百条线索，就没有一单需要奖励的?”

“你有所不知啊。我这百分之九十以上是匿名线索，都不知要奖给谁。”杜林道，“还有，就是也没有哪个办案部门提出申请。当然，我们的工作做得不够，也没及时提醒办案部门。”

“申请举报奖励有什么规定?”吴文杰问。

“以法院的有效判决为准。不得超过收缴赃款或挽回损失的百分之十，十万元封顶。”杜林答。

“好。怎么操作?”吴文杰又问。

“以你们处的名义打个报告，按层级报到分管副检察长批后，附上判决书和计财处的收据影印件送给我，我再按层级报分管领导批。”杜林道。

“明白了。奖金我能代领吗?”吴文杰问。

“可以吧。但最终你要给我一个被奖励人亲笔书写的收条为凭入账。”杜林道。

“当然。”吴文杰道。

一个月后，吴文杰领出十万元举报奖励，马上给冯小民打电话。“小冯，在哪呢?”

“杰哥好。”接到吴文杰的电话，冯小民很高兴。平时都是他主动给吴文杰打电话、发短信，一直关注东升公司系列案的进展。“还在佛山市这边的加油站工作。”

“明天上午我出差去北岭，顺便去看看你！你发个详细地址给我。”吴文杰道。

“谢谢，谢谢。”冯小民有些感动。

吴文杰叫上张伟强，前往冯小民工作的加油站。一个半小时的车程。加油站位置有点儿偏，车流量也不多，估计效益不太好。

“我跟人换了班，中午请你喝一杯。”冯小民还是好酒。

“饭可以。还是老规矩，我们买单。等会儿还要赶路办事，酒就不喝了。”吴文杰道。

补偿金一到手，冯小民就屡次说要请吴文杰吃饭，都被坚辞了。“你那几万元钱，自己吃住都成问题。给家里一点儿钱，再拿点儿钱做小买卖，什么都没有了。我一个月六七千，我请你吧。”

“行，听你的。”冯小民有点儿遗憾。

“上车。你带路，就近就好。”吴文杰道。

几分钟后，三人来到一家路边大排档，找了个僻静座位。

“我们为你和李劲勇申请了十万元举报奖励。这是五万元。”吴文杰说完，张伟强将一个塑料袋递给冯小民，“你点点！写个收条给我。”

此举大大出乎冯小民意外。看到五万元钱，冯小民眼泪流了出来。

“这两年过得怎样？”吴文杰问。

“饿不死，每月两千多。”冯小民道。

“去年你不是说回南西老家做生意去了吗？怎么又来这里当加油工了？”吴文杰问。

“一言难尽啊。”冯小民道，“那些人被抓后，公司前途成了问题，张安帮的维修队也被解散了。很多人骂我和李劲勇，我怕被他们打击报复，就拿着五万多劳动补偿金去到南西东兴，想做点儿边贸生意。钱没挣着，反倒被骗了个精光。后来，老乡介绍来这里当了加油工。”

“你也不是做生意的料。两个女儿在老家读书还要用钱，这五万元要省着点儿花。”吴文杰叮嘱道。冯小民含泪点头。“李劲勇情况怎样？你们还有联系吗？”吴文杰问。

“我走后，李劲勇回到公司住宅小区当了几个月的保安队长，后来也辞职回老家了。之后，他换了电话，就再也没了联系。”冯小民道。

“他在南州有什么亲戚吗？”吴文杰问。

“没听他说过。”冯小民道。

“奖金的事就不要跟别人说了。”吴文杰交代道。

“我明白。”冯小民道。

李劲勇的补偿金，是张伟强和刘敏锋直接送到他湖北老家的。

吴文杰让郑刚在公司查到李劲勇的身份证号码和老家的通信地址后，就跟张伟强说：“张老师，抽空你和小刘去李劲勇的湖北老家走一趟，争取在春节前把这钱交到他手上。他过得也不容易。”

“好的。”张伟强道。

一周后，张伟强、刘敏锋前往湖北宜宾某县，辗转来到李劲勇老家所在的小山村，见到了李劲勇父母。

“村里的青壮年都外出务工，劲勇两口子也去了武汉。”李劲勇的父亲道。

“有他电话吗?”张伟强问。

“有的。”李父拿出个小本子。

张伟强拨通李劲勇电话，说明来意。李劲勇很是感动，连说想不到、想不到，一连声道谢。他在武汉保利地产某小区当保安队长，状况比冯小民好些，每月有三千多收入。

一二三

当八十多岁高龄的前南东省经协集团第一任董事长李再贤拄着拐杖颤巍巍地来到吴文杰面前，吴文杰才知道，原来是这位李老先生把他的电话告诉了冯小民。当然也不是经他手，是他通过别人转告的。他没有食言，在吴文杰破了东升案后，亲自出来见吴文杰了。

“我曾经训斥过胡明仁：你们这样搞下去，公司迟早要关门。果不其然，2004 年你们查的时候，当时还叫经协集团，正厅级，查完后，公司改为东升投资公司，降为正处级。今年你们抓了一窝后，正处级又降下去了，本来是南方资产管理公司下面的八大集团公司之一，现在公司撤掉了、压缩了，由原来的子公司变成孙公司。吴科长，作为公司首创者，你知道我的心里有多痛吗?”李再贤老泪纵横，哽咽道。

吴文杰递了张纸巾给李再贤，并给他续上茶。

“南方资产管理公司是南东省三大国有巨头，拥有上千亿资产，管几十家国有企业，省里面的支柱产业几乎都在南方公司。挂靠在这个公司，应该是很有发展前途的，却给这帮腐败分子接二连三地把公司搞垮。我心痛啊！”李再贤用拐杖把地面戳得震天响。“我跟公司现任纪委书记说，不要对检察院又怕又恨，怕你们抓他们，恨你们不给面子，一抓就一大窝。眼睛不能老往上看，要跟你们多联系，预防犯罪不要等有事以后才预防，否则人人都有问题，中层以上干部个个都可以抓。一个拉一个下水，一个教一个，一个带一个，把整个公司都搞坏了。”

“谢谢李老先生对我们检察院的信任和支持!”

“你知道我们经协集团原来有多少钱吗？三十多个亿啊！自己资产二十个亿，银行贷款几个亿，现在全部亏掉了。为了维持这个公司，南方公司投了十几个亿，把经协集团买了下来。可在这么好的公司管理下，现在又败在谭向军、胡明仁手里。这都是我一手创立的企业啊，如同我的孩子一样。所以，我只好请你这位老乡检察官出面，惩治这帮罪犯，挽救我的孩子了。谢谢你，吴检察官。”李再贤紧紧握住吴文杰的双手，使劲摇着。

“别这么说，李老先生！惩治罪犯、挽救企业是我们检察机关应尽的责任。看到一个原本年创收几个亿的企业现在负债累累，我心也很痛。下决心要将这些蛀虫一个个摘干净，让企业正本清源，回到它正常、干净、有序的发展轨道上来。”

“我是找对人了，你是企业的大功臣啊！谢谢你！谢谢你！”

跟李再贤见面不久，吴文杰找到范明亮局长说，他要辞去四科科长的职务。

“我当了快十年的科长，有些累了，想退居二线。让叶如青当吧，他经验丰富，法理知识深厚，能胜任。”

“那你怎么办?”范明亮笑眯眯地望着吴文杰。他并未因吴文杰主动辞职感到奇怪，相反地，如果吴文杰不这样提出来，他才感到奇怪。他太了解他了，刚到南州市检察院，还没跟吴文杰说几句话，凭他阅人无数的眼光就觉得这是一个厚道实在的转业干部。在检察院党委班子投票谁来当侦查一处四科科长时，他力挺吴文杰。

“我就做一个调研员好了，协助叶科开展工作。”

“你只做一个调研员，那不浪费人才了，也显得我这个局长太没眼光和水平了。”范明亮依然笑眯眯地说道。

“那我听领导吩咐吧。另外，我提议刘敏锋当副科长。小刘虽然年轻，但能力超群、精力充沛、责任心强。没有谁比他当四科副科长更合适了。”

“你的要求还挺多的啊。小刘是不错，但年轻了些。”

“现在不是以年龄问英雄的年代，而是凭能力。小刘情况熟，跟叶科搭档，是双剑合璧。又有张伟强这员老将辅佐，四科肯定比我当科长还会好。放心吧，范局！四科这面旗帜不会倒。”吴文杰说得自己都热泪盈眶了。可见他是多么热爱这个集体，热爱这帮同甘苦、共患难的兄弟。

范明亮显然也被吴文杰的情绪感染了，低下头，抹了抹眼角渗出的眼泪。自从吴文杰当了四科科长，就率领全科兄弟破了不少大要案，而且都是从不起眼处入手，有些还是别人认为难以攻破的案子。他知道，吴文杰对这个集体有多么深的感情，对这帮兄弟有多么爱护和关照。

“你先回去，等消息吧。”他抬起头，对吴文杰说道。

叶如青四科科长和刘敏锋四科副科长的任命，几乎是和吴文杰侦查一处协理员的命令同时下的。吴文杰一半欣喜一半纳闷。欣喜的是，院领导同意了他的提议，纳闷的是自己不仅没有解甲归田，反而还被提了一级。然而，他的纳闷还没有解开，张伟强却来办公室跟他说，想请全科的人一起吃个饭。

吴文杰问：“有什么喜事啊?”

“连续两年被评为侦查一处的优秀检察官，有一千六百元奖金。请大家一起吃个饭吧。”

吴文杰对这种荣誉是从来不要的。叶如青虽然每个案件都直接把关，但他也总是让贤，每年的评先进、评优秀都给张伟强和刘敏锋。他们负责办案审讯，非常辛苦。刘敏锋今年之所以没有评上优秀，是因为他这两年报考了在职读南州大学的法律研究生，每年都请两次假，时间都在三个月左右。从工作量来说，张伟强比他付出更多，承担的任务更重一些。

吴文杰说：“行。你请吃饭，我就给你找一瓶十斤花雕。保证你没喝过这么好的酒。”

有次跟朋友喝酒，吴文杰第一次喝到花雕。当即就跟朋友说：“这酒好，留两瓶给我。”他拿出这瓶十斤的花雕还有一个原因，就是为叶如青和刘敏锋升职庆贺。当然他没想到，这一阵子他们科的喜事太多了——叶如青的女儿顺利出生，刘敏锋结了婚，甄珠也考上了荔城市检察院的公务员。

“今天我们科是四喜临门！叶总、小刘当了正副科长，叶总荣升父亲，小刘荣升老公，还有甄珠荣升公务员。来，大家一起举杯庆贺！”吴文杰率先站起说道。

“还有科长你，荣升协理员。”张伟强说道。

“我就不算什么了，退居二线的老弱病残了。”

“科长自动让位，成全他人，高风亮节啊！我们去哪里找这么好的科长！”张伟强继续说道。

“好了，不说了！喝酒吧！”

然而，第一杯还没有喝完，刘敏锋就嘤嘤哭了起来：“我当新郎官、结束单身的日子都没有这么难过。杰哥，真舍不得你走。”

“你这个小男人，真没出息，比我们女人眼泪水都浅！”甄珠任何时候都不忘开涮刘敏锋。可说完，她也哭了。“杰哥，我能考上荔城市检察官，全靠你！虽然我的分数上线了，可没有你和荔城市检的检察长打招呼，我也不可能上。我也舍不得你走，我更不想走。”

“你们怎么那么没用呢？年轻人就是爱哭。你看我这大老爷们儿就不哭，只喝酒。”张伟强说完，拿起酒杯喝了一口，眼泪却滴在酒杯里。

“我一定不负杰哥重托，接过四科这面红旗，只会让它更红。”叶如青说完这句话，别过脸去，泪水也落了下来。

“我说你们怎么了，喝酒就喝酒，今天本来是高兴的事，怎么个个都成泪人了。”吴文杰埋怨道。不知为何，他满脸也是泪水。

不用说，这瓶十斤的花雕没有喝完。这跟四科干活的时候拼命干活，喝酒的时候也能很放得开的喝酒状况完全不同。

一二四

又是一个木棉花盛开的季节，江柳工作没有那么忙，她可以时不时地抬起头来看看这一树火红的花朵。她对这种红硕的花朵真是无比的喜爱，甚至还有那么一丝崇拜。

当吴文杰跟她说主动从侦查科长位置上退下来时，她对他还有一丝恼怒。这并不是因为他主动让位或没有跟她商讨过，而是她关于反贪的电视剧还没写好，还在搜集资料的阶段。其实，她心里对他把科长让位给叶如青还是非常敬佩的。好在吴文杰还在侦查一处，并没有到别的部门，她也略微得到了一丝安慰。况且不在反贪一线，吴文杰回家的次数也多了起来。在他的陪伴下，儿子吴空也比以前会说话了。江柳的心情自然也比以前要好。

她的目光从那一束火红的花朵移回来，又要准备去接儿子了。她拿起了电话，即便有些不情愿，还是想给吴文杰打去电话，问他今晚上回不回来吃饭，虽然她知道他百分之九十会说出“不回”两个字。

“回！今晚回来吃饭，我下班后去买菜。”听到这番话，江柳的心里乐开了花。她的内心深处多么盼望他能在家吃饭。

站在儿子的学校门口，她下意识地朝路边的汽车看去。当想起单青华不可能再在此出现时，摇了摇头，叹了口气。“人生啊人生，爱情啊爱情，多么美好，却又多么残酷。”她有些自言自语，又有些自嘲自讽。

接到吴空，江柳刚说道：“爸爸今天回家吃饭！他做饭给我们吃！”大姐的电话就打来了。“今天你大姐夫买了些狗肉，叫小吴一起来吃饭吧。”

“他真有口福，刚说今晚要回家吃饭。”吴文杰特别爱吃狗肉，甚至到了上瘾的地步。江柳经常开他的玩笑，小心爱狗人士找你算账。

江柳把手机递给吴空：“给爸爸打个电话吧！告诉他不要买菜了，去姨妈家吃饭。”

吴文杰回到家，边换鞋子边无奈地说道：“又要到你姐家吃饭！我整天在外面吃，都吃怕了，特别想在家吃顿饭。”

“你整天在外面吃当然就想回家吃，我们整天在家吃就特别想去外面吃。”江柳塞了他一句。

吴文杰脸红了，不再说话。他知道说不过伶牙俐齿的老婆，还是保持沉默比较好。

“今天什么风把你吹回来了。”江柳语带讥讽地问道。

“没事我都会回来。”

“说得好听！一个星期都难得回家一次。每次打电话给你，都好像是‘求爷爷告奶奶’一样。”

“现在退居二线了，回家的次数不是比以前多了。”

“还是老样子，改不了多少。”江柳的嘴巴不饶人。

“吴空，帮爸爸到阳台取下那件灰色T恤衫。我们走吧！”吴文杰大声朝着儿子喊道，懒得搭理江柳。

“好、好。”吴空很听吴文杰的话。只要爸爸回来，他立马就会快乐起来。

“不要穿那件，看起来像进城的农民工。”江柳大声叫住吴空，“穿那件紫色衬衣，又高贵又儒雅。一点儿都不会穿衣服。”她一边嘟囔着一边到房间给吴文杰拿衣服。自己则换下军装，穿了一条淡绿色的连衣裙出来。她的身材很好，即便生过孩子，腰还是如柳枝般纤细，连衣裙刚好把她曼妙多姿的身材展露出来。

一家三口走在去姐姐江雪家的路上，黄昏的风微微吹在身上，很是惬意舒适。此时的江柳才感受到了家庭的快乐和幸福，清秀的脸上露出了淡淡的微笑。

调皮的吴空一个人跳呀跳地走在前面，江柳则和吴文杰并排而行，英俊潇洒的吴文杰引起不少女路人侧目。不知吴文杰是没有感觉到呢还是江柳在身边故意装作看不见，一副柳下惠坐怀不乱的样子。江柳不禁莞尔一笑，用手肘轻轻捅捅他。“你的回头率还是蛮高的嘛。”吴文杰憨憨一笑，脸微微红了。这一下更把江柳逗乐了。

“没想到你这个老男人还这么害羞！我还以为你脸皮很厚哪。”江柳哈哈大笑道。

“妈妈的脸皮才厚。”跑在前面的吴空突然回头插话进来。

“我怎么脸皮厚啦？”江柳很是奇怪。

“妈妈追的爸爸，从中原追到了海南，又从海南追到了南东省，最后追到了南州市，整整追了大半个中国。”

“你这个坏小子，怎么知道那么多。”江柳佯怒道。

“你一跟爸爸吵架，不都是这样骂爸爸的吗？我为你付出了那么多，什么好处都得不到。”

“好家伙，我要揍你一顿。”江柳紧赶几步假装去打吴空，吴空拔腿就跑，边跑边“咯咯”地笑着。“妈妈你肯定追不到我！”吴文杰望着这一大一小一对活宝咧开嘴偷笑着。

突然，儿子停在一棵木棉树旁。“妈妈，你看！这棵木棉树也长眼睛的。”

江柳跑到近前定睛细看，果然，木棉树粗壮的树干上长了几只眼睛。这就奇怪了，江柳对随后走来的吴文杰大声说道：“不是只有白杨树才长眼睛的吗，怎么木棉树也会长眼睛？我还从没发现呢，看来还是小孩子眼尖。”

“这只是树的疤痕，没什么大惊小怪的。”吴文杰不紧不慢地答道。

“不对吧。你还记得我们在中原读军校时吧，那么多的树，梧桐树、槐树、榆树、橡树……都不见有长眼睛的，只有白杨树才有。南方长大的我从来没见过这种树，为此惊叹不已，专门写了一首诗，好像是：‘白杨树，你为什么长着眼睛？是为了看清世间的黑暗，还是眺望远方的光明？’你还拿去抄在了队部的黑板上。”

“不记得了。都十几年的事了。老大不小了，还那么有激情。”吴文杰在江柳面前永远都是一副心不在焉、提不起劲的样子。如果有酒喝，那就不同了。

“我发现我是在对牛弹琴。”江柳反唇相讥道。跟吴文杰在一起，任何时候，她都要占上风。

“妈妈，木棉树总是张着眼睛。它不用睡觉的吗？”吴空天真的话，使紧张的夫妇扑哧笑出声来。

江柳摸着儿子的头说道：“傻儿子啊，晚上它就闭上眼睛睡觉了！现在是白天，它当然张开眼睛啰！”

“妈妈，你看这两棵木棉树挨得很近，好像一棵是公的、一棵是母的一样。”

“什么一个公的一个母的！”江柳和吴文杰相视大笑。他们实在是给儿子逗乐了。

“它就好像爸爸和妈妈。如果旁边再有一棵树，那就是我了。”

“原来是这样。儿子真聪明。”说完，江柳好奇地仔细瞧去，果真这两棵木棉树相隔得很近。一棵高大粗壮，另一棵纤细秀挺。纤细的那棵还微微向高大的那棵倾斜，似作依偎状。两棵树的枝干在高空相互交错，夕阳的余晖给它们镀上了一层金黄的光泽，而鲜艳的木棉花则在枝头怒放。的确很像一对亲密的爱人，手挽着手，肩并着肩，相依相伴，永不分离。

刹那间，江柳的脑海里跳出了舒婷的诗《致橡树》：我必须是你近旁的一株木棉，作为树的形象和你站在一起。根，相握在地下，叶，相融在云里。仿佛永远分离，却又终身相依。真的太形象了，太逼真了！江柳差点儿要叫起来。这两棵木棉树与舒婷诗中所描绘的两棵树——橡树和木棉树简直如出一辙，不差分毫。只不过，要改为《致木棉树》才对。

此时，江柳不得不佩服小孩的观察力。这两棵木棉树就位于军区礼堂前，她经常从这里经过，却从没有把他们作为一对亲密的爱人联想起来，当然更不会想到舒婷的那首诗了。她不禁为儿子吴空的这一发现兴奋异常，很是激动地对吴文杰说道："还记得舒婷的《致橡树》吗，20世纪80年代初很流行的一首朦胧诗。你最先在杂志上看到的，然后把它抄送给我，以此表明你对我的爱意。这回你应该不会忘了吧？你看这两棵树，多像舒婷的《致橡树》啊！"

此时此刻，吴文杰罕见地不用漫不经心的口气了，抬头看看这两棵树，尔后拿出一支烟点上，慢悠悠地吐出一句："世上居然还有这么相像的事物，舒婷写的《致橡树》好像写的就是这两棵树。这两棵树的确像一对依偎在一起的恋人。真是神奇莫名。"

"是吧。"江柳走过去挽起吴文杰的胳膊，"像不像我和你呀。爱，不仅爱你伟岸的身躯，也爱你坚持的位置、足下的土地。"

"又酸了。果真是个文人，经常冒出一股酸气。我都快站立不稳了。"

"得了吧。我就知道依靠不了你。外表高高大大，别人还以为你在保护我呢。谁知道你却是一个对家庭不负责任的人，家里什么事能不管则不管，没有一点儿主见。幸好我够坚强，要不这个家怎么撑得下去？"

"还有我呢。我是个小小男子汉，我能撑起这个家。"吴空故意把他的小脑袋扬起来。"

"看到没有，儿子都比你强！那么小都知道家庭的责任感！哪像你，光知道和一帮酒肉朋友今朝有酒今朝醉。"

吴文杰不吱声了，江柳也不再说。在这两棵高大的木棉树下，他们两个人，还有身旁的吴空，并排站在一起，就像那一树火红的木棉花，闪耀着风雨如馨、永不褪色的光彩和坚强。

后记

父爱的旗帜

亲爱的父亲，我又给你写信了。我要告诉你一个好消息，我的首部长篇小说《反贪一线》要出版了。

你一定会欣慰地流出眼泪来，对吗？因为三十年前，当我第一次获得全国征文二等奖、军校征文一等奖时，我看见你拿着我的获奖证书跟你的那帮朋友炫耀说，这是小六写的文章。小六是我的小名。在你的六个儿女中，我排行老六，最小的。

这对于一向沉稳低调、寡于言辞的你来说，是一件多么难得的事。正如我读高中时你托人花了二十元钱，从桂林给我买回一套《诺贝尔文学奖获奖作品选》。在1980年代初，二十元相当于现在的两千元。而那时的你，没有收入，靠姐姐们每月给的十元钱度日。你非常节俭。我想买一双白球鞋，你说白球鞋还不是要变成黑球鞋的。我想吃肉，你却说吃了还不是要拉出来的。

可见，你是多么盼望我能在文学上有一番作为。然而，军校毕业时，我却瞒着你上了海南岛。我们军营在一座深山老林里，条件相当艰苦，毒蛇蚂蟥出没，台风暴雨肆虐；没有电视看，报纸信件一周才送来一次。我跟你说，我先要爱情，后要事业。你是多么失望，失望到偷拆我和男朋友的通信；你又是多么担心，担心到我调离了海南岛才闭上双眼。

幸好，我一直没有忘记你的嘱托，没有忘记你的殷殷期盼，即便在最艰难的环境里，也没有放弃创作。陆续在原广州军区《战士报》《战士文艺》《广州日报》《羊城晚报》《解放军报》等报刊发表了大量诗歌、散文和短篇小说。作品获原广州军区《战士报》征文一等奖和《羊城晚报》花地板小说读者评分最高分九十九分。父亲，看到这些成绩，你满意吗？

你一定会告诫我说：百尺竿头、更进一步。就像从小学到高中，我每一次考完试，你都要在试卷上写下“百尺竿头、更进一步”一样，就算这份试卷是一百分。所以，我不敢懈怠，不敢停笔。无论工作遇到多大困难，无论生活受到多大挫折，心中有一杆旗帜一直在指引着我，召唤着我：我要当作家！我要当作家！我要当作家！那就是你，父爱的旗帜啊！

也因此，我将所有发表在报刊的诗歌、散文和短篇小说合成一本书——《回望青春》出版了。去年，2017年，又出版了一本演员访谈录——《心灵之约》。而这部长篇小说《反贪一线》，我十年前就在搜集资料了。小说主人公的原型，就是你的女婿、我的先生。三十年前，我就是因为爱上了他上的海南岛。而今，我的第一部长篇小说，却源于他提供的素材。这也许是冥冥中，他给你、给我的一个补偿吧。世间的事，就是这么奇妙并充满巧合。

万事开头难！有了这第一部长篇小说，我还会有第二部、第三部长篇小说，同时也不会放弃我最喜爱的散文和诗歌创作。活到老，学到老。上大学时没能读心仪的中文系，我还想到大学去进修、去深造，打牢我的文学基础，提高我的文学素养，扩宽我的文学眼界。这正是父亲你的激励啊！你在送我的《诺贝尔文学奖获奖作品选》的扉页上，用毛笔小楷工工整整写下：书山有路勤为径，学海无涯苦作舟。

亲爱的父亲，女儿我不期望能成名成家，也不强求出精品力作，只要是在文学这条路上一直走着，就是幸福快乐的。从小到大你不是一直教我吗，踏踏实实做事，清清白白做人；宁静以致远，淡泊以明志。写作是我的爱好、信仰和生命。坐在一张书桌前，窗外是青山绿水，桌上是清雅兰花，闻着淡淡的花香，下笔如有神助。因为你就在不远处望着我，慈爱而温暖地微笑着。

你说我的笔名“灵子”不好，要改为“也芳”。但究竟是“也芳”还是“野芳”，现在已无从得知了，只知“芳”是你名字中的一个字。人总是这样的，活着的时候不知道珍惜，故去的时候才万般痛惜。但父亲，有你的芳香在，有你的微笑在，有你的爱在，我一定会写出更多、更好的作品，再也不会迷失在美好的风景里，再也不会沉溺于温柔的情爱中，再也不会感到悲伤、无助和孤单。

你的左腿曾因车祸而骨折，医生断言你站不起来了。你不被医生的话所束缚，忍着剧痛坚持锻炼，不仅站了起来，而且健步如飞。你指着左腿膝盖上密密麻麻的疤痕跟我说：遇到伤害要坚强。笑到最后的人，才是胜利者。所以，父亲啊，无论我的苦痛有多深，我都会像你一样坚强地站立起来，在文学创作这条路上一直走下去，走到春天的百花盛开和鸟语花香。

亲爱的父亲，你可以含笑九泉了！

感谢你赐予我的天赋和才华，让我的人生充满光彩！感谢你给予我的鼓励和信心，让我的生命无比坚韧！感谢你赠予我的父爱和旗帜，让我的心灵如此丰盈！

党柳灵（小六）
2018年5月16日